白话聊斋

【卷一】

［清］蒲松龄·著

陕西新华出版 三秦出版社

图书在版编目（C I P）数据

白话聊斋 /（清）蒲松龄著. -- 西安 : 三秦出版社
，2008.04（2024.1 重印）
（国学百部文库）
ISBN 978-7-80736-362-0

Ⅰ. ①白… Ⅱ. ①蒲… Ⅲ. ①笔记小说－中国－清代
②聊斋志异－译文 Ⅳ. ① I242.1

中国版本图书馆 CIP 数据核字（2008）第 027056 号

书　　名　白话聊斋
作　　者　［清］蒲松龄 著
责　　编　马静怡
封面设计　新华智品

出版发行　三秦出版社
社　　址　西安市雁塔区曲江新区登高路 1388 号
电　　话　（029）81205236
邮政编码　710061
印　　刷　北京一鑫印务有限责任公司
开　　本　680×1020　1/16
印　　张　18
字　　数　470 千字
版　　次　2008 年 4 月第 2 版
印　　次　2024 年 1 月第 2 次印刷
标准书号　ISBN 978-7-80736-362-0

定　　价　69.80 元（全二册）
网　　址　http://www.sqcbs.cn

前　言

《聊斋志异》是一部文言短篇小说集，是中国古代灵异、志怪小说的集大成之作。

《聊斋志异》作者蒲松龄（1640－1715），字留仙，又字剑臣，号柳泉，山东省淄川县蒲家庄人，世称聊斋先生，清代杰出文学家。蒲松龄自幼聪慧好学，19岁应童子试，以县、府、道三考皆第一而闻名乡里，但后来却屡应省试不第。他一生怀才不遇，穷困潦倒。然而坎坷的遭遇和长期艰辛的生活，使他加深了对当时政治黑暗、科举制度腐朽以及社会弊端的认识和了解，为日后的文学创作奠定了基础。蒲松龄自谓"喜人谈鬼""雅爱搜神"，从青年时期便热衷记述奇闻异事，写作狐鬼故事。40岁时，他将已作成的篇章结集成册，定名为《聊斋志异》，并且撰写了情辞凄婉、意蕴深沉的序文——《聊斋自志》，自述写作的苦衷，期待为人理解。此后，他没有屈从社会的偏见，抱着"纵不成名未足哀"的信念，仍然执着地写作，直至年逾花甲，方才搁笔，可以说为《聊斋志异》的创作倾注了毕生的精力。

《聊斋志异》共16卷，491篇故事。故事全是短篇，最长的也不过3000多字，短的才20多字。《聊斋志异》承袭了六朝志怪小说和唐传奇的衣钵，但在观念和作法上却有了质的飞跃，作者在谈狐说鬼中，对封建王朝统治下的社会政治、人情世态、道德伦常的"孤愤"胸怀隐约可见，虚构出奇幻瑰丽的故事，来针砭时弊，抒发忧愤，表达个人的感受、经验和情趣，寄托精神上的追求、向往。将宗教迷信意识转化为文学的审美方式正是《聊斋志异》超越以前的志怪传奇小说，成为这一类小说中最杰出的文学名著的根本原因。

《聊斋志异》内容十分广泛，多谈狐、鬼、花、妖，并以此来影射当时的社会现实，反映当时的社会面貌。其作品大致可分为以下三类：

第一类，是反映社会黑暗，揭露和抨击封建统治阶级压迫、残害人民罪行和歌颂被压迫人民反抗斗争精神的作品，如《促织》《红玉》《梦狼》《梅女》《窦氏》《商三官》《席方平》《向杲》等。

第二类，是反对封建婚姻，批判封建礼教，歌颂青年男女纯真的爱情和为争取自由幸福而斗争的作品，如《婴宁》《青凤》《阿绣》《连城》《青娥》《鸦头》《瑞云》等。

第三类，是揭露和批判科举考试制度的腐败和种种弊端的作品，如《叶生》《考弊司》《贾奉雉》《司文郎》《王子安》《三生》等。

从艺术成就上看，《聊斋志异》吸收了古代白话小说的长处，形成了独特的简洁优雅的文言风格。同时，它又采用现实主义与浪漫主义相结合的创作手法，成功地塑造了众多鲜明生动、性格典型的艺术形象。写贪官污吏，无不面目丑恶，朋比为奸；写科举考试，考生鹦鹉学舌，考官则有眼无珠；写爱情，则痴男怨女，楚楚动人；写女子，则拈花微笑，娴雅多情。书中既有对漆黑如墨的现实的不满，又有对怀才不遇、仕途难攀的不平；既有对贪官污吏狼狈为奸的鞭笞，又有对勇于反抗、敢于复仇的平民的赞叹；而数量最多、质量最好、描写最美、最动人的是那些人与狐妖、人与鬼神以及人与人之间的纯美爱情。

从故事结构上看，其情节曲折离奇，布局严谨巧妙，语言简洁生动，每个故事的情节安排也都显出作者的智慧和匠心，让读者开卷后兴味盎然，不愿释手，回味无穷。

《聊斋志异》问世后，一开始只是在民间传抄，直至蒲松龄去世50年后，才在浙江刻版问世。《聊斋志异》中的“聊斋”是蒲松龄的书屋的名字，“志”是“记述”的意思，“异”指“奇异的故事”。书刊行之后，风靡坊间，人们公认为“小说家谈狐说鬼之书，以《聊斋》为第一”。直到现在，在我国的古典小说里，几乎没有哪一部作品能够像《聊斋志异》那样雅俗共赏、老少皆爱。

为了便于不同年龄阶段、不同层次的读者阅读，本书特别挑选了《聊斋志异》中的经典篇章，翻译成白话文，定名为《白话聊斋》，以便让更多的现代读者也能从中体味到作品的深远魅力。

本书编排严谨，校点精当，并配有精美的绣像插图，这些插图和作品中的情节、人物相互对应，以达到图文并茂、生动形象的效果，具有很高的艺术价值和欣赏价值。

此外，本书版式新颖，设计考究，双色印刷，装帧精美，除供广大读者阅读欣赏外，更具有极高的研究、收藏价值。

编　者

2008年8月

目　录

卷　一

卷　二

考 城 隍

我姐夫的祖父宋老先生，名焘，是本县秀才。有一天，他因病躺在床上，恍惚中看见有个官吏牵着一匹前额长白毛的马，手里拿着官府的文告过来对他说："请你前去参加考试。"宋老先生说："主考官还未光临，为何突然提及考试的事？"那官吏并不言语，只是催促他快快动身。宋老先生只好勉强拖着病体乘马随那官吏而去。

他感到脚下的道路非常生疏。转眼间就到了一座城堡前，看上去好像是帝王的都城。一会儿功夫他们便进入官府，只见房舍十分壮丽豪华，上面坐着十多个官员，却不知是什么身份的人，其中只有关帝爷还认识。屋檐下摆着小桌和墩子各两个。在他之前，有一个秀才已坐在一端，宋老先生便挨着他坐在旁边。小桌上放着笔和纸，很快试题纸传下来，展开一看，见上面写着八个字："一人二人，有心无心。"两人很快把文章写成，呈到殿上。宋老先生文中有这样两句："有心为善，虽善不赏；无心为恶，虽恶不罚。"殿上众神传阅之后，称赞不已。众神召宋老先生上殿说："河南缺一个城隍神，你可去任此职。"宋老先生这才醒悟过来，感激涕零地叩头相谢道："承蒙受到恩赐的任命，怎敢推辞。只是家里有七十二岁老母，无人奉养。我请求侍奉老母送终后，再听从任命。"上面有位像帝王模样的人立即令人查看他母亲的寿数，一位留着长胡须的官吏翻开表册查阅一遍说："还有九年阳寿。"正当大家踌躇间，关帝说："不妨让张先生暂且代职九年，到时让他接任。"然后又对宋老先生说："本应立即赴任，今念及你的一片仁义孝敬之心，可批准九年假期，到时候再召你赴任此职。"随即又勉励了那位秀才几句，二人垂首叩拜一齐退下。

那位秀才握着宋老先生的手，一直送到郊外。他自我介绍说是长山县张某。临别时又作诗相赠，具体内容全忘了，其中仅"有花有酒春常在，无烛无灯夜自明"两句记下了。宋老先生骑上马告别张某而去。

等回到家里时，豁然如梦初醒。这时，他已死去三天了。老母亲听见棺材里有呻吟声，赶忙将他扶出来。过了大半天，他才能说话。家里派人到长山县一带去打听，果然有张某此人，就在这一天死去了。

后来过了九年，宋母果真去世。等到为老母办完丧事以后，宋老先生沐浴更衣，进房安然而死。他岳父家住在县城西门内，这天忽然见宋老先生乘坐雕饰华丽的马车，并有众多随从陪同而来，登堂拜别。大家都很惊疑，却不知道他已经成了神仙。当岳父家的人奔走乡里去询问时，宋老先生已经去世了。

宋老先生有自记小传，可惜经过丧乱以后失传了，这里所记不过是个大略罢了。

尸　变

阳信县有位老翁是本县蔡店人，村子距县城约有五六里远。他和他儿子在路边开小店做生意，也供过路的商人住宿。有几个车夫，经常贩卖东西从这里过往，每次都要在他家里住。

一天黄昏时分，这四个人一起来到店门口，要求投宿。但老翁家里房间已经全部让客人住满了。四个人商量了一下，觉得再也没有别的去处，就坚持要求老翁想办法安排他们住下。老翁沉思了一下，想起有一个空地方可以住人，只是怕客人们不满意。客人们说："我们只求有一间侧房能够安身歇息就行，哪里还敢挑来拣去的呢？"

原来，老翁有一个儿媳妇刚刚死去不久，尸体就停放在将要让客人留宿的这间屋子里。儿子出门去购买棺材，还没有回来。老翁想着这灵室还安静，就领着客人们穿过通道到了那里。客人们进到室内，只见里面桌案上灯光昏暗，桌案后面搭着布帐，布帐后面停着一具女尸，纸糊的被子盖在死者的身上。他们再看看要住的地方，是屋子里面的小套间还有一个里间的小屋子，放着连在一起的床铺，算是一个通铺。这四个客人白天奔波赶路，实在疲乏极了，头刚一挨枕头，就都睡着了，鼾声又粗又重。

其中有一个客人还处在似睡似醒的朦胧状态，突然听到停尸的灵床上有"嚓嚓"的响声。他赶紧睁开眼睛看去，只见灵前的灯光将他所能看到的一切照得非常分明：那女尸竟然揭开纸被坐起来，一会儿工夫便下了床，慢慢地走到四个客人的卧室里来。客人见那女尸脸上呈现出淡淡的金黄色，额头上戴着一圈生丝绢。女尸走到客人床前，把那熟睡的三个客人都吽吽地吹了一遍。醒着的那位客人见此情景，恐惧极了，害怕女尸也来吹他，就悄悄地拉着被子把自己的头完全盖住，在被窝里屏住呼吸，连唾沫也不敢咽，静静地听外面的动静。不一会儿，女尸果然来到他跟前，也像对别的客人那样，把他吹了一遍。后来，他感觉到那女尸出了卧室，然后，又听见灵床和纸被的响声。客人胆战心惊地掀开被角，往灵床那边窥视，看见女尸仍然像先前一样僵卧在那里。客人更加恐惧，不敢出一点声。他在被子里悄悄地用脚蹬别的几个客人，但是他们连动都不动，他想来想去没有别的办法，就准备穿上衣服逃跑。

客人刚刚提起衣服要穿，突然又听见外间灵床响起"嚓嚓"声。客人害怕极了，急忙又躺下，把头缩进被子里。他感觉到那女尸又来了，一连吹了好几遍才离去。过了一会儿，灵床又有了响声，客人知道女尸又躺下来了。于是从被子里慢慢伸出手摸见裤子，急忙穿上，也来不及穿鞋，光着脚往外跑。那女尸也随即离了床，似乎要来追赶他。等女尸离了帐子，客人已经拉开门栓，撒腿跑出屋外。女尸也紧紧地追随着奔跑出来。客人一边奔跑一边大声呼叫救命，但村里的人却没有一个惊醒的，客人想去敲主人家的门，但又害怕来不及而被女尸追上，就只好在去县城的路上拼命逃窜。

客人跑到东郊，看见前面有一座寺庙，也能听见里边传出来的木鱼声。客人用力猛敲寺庙的大门。庙里的和尚感到太突然，没敢及时来开门放他进去。转眼间，那女尸已追到客人跟前，距离只有一尺多，客人更加窘迫不堪。幸亏庙门外有一棵大白杨树，树围大概有四五尺粗，客人趁机用白杨树来掩护自己。女尸追到右边，他就藏到左边，女尸追到左边，他就又藏到右边。女尸被激怒了，更加暴怒。双方都疲倦不堪。女尸首先停了下来，站在原地不动了。客人更是汗流如注，上气不接下气，躲避在树中间歇气。没过多久，女尸突然暴起，伸出两条长胳膊，隔着树身来抓扑他。客人恐惧极了，被惊吓得瘫软无力，扑倒在地上。女尸没有抓着客人，抱着白杨树僵硬地站立在那里。

和尚在庙门里窃听了好长时间，外面没了声息，也没了动静，这才慢慢地开了门出来看个究竟。只见客人躺在地上一动不动，和尚拿着蜡烛上来照看，发现客人死了。和尚又俯下身去摸摸，觉出客人心口微微跳动，口里还有一丝丝气息。和尚当即把客人背进庙里。过了很长时间，天快亮的时候，客人方才苏醒过来。和尚又给客人喝了些汤水，然后问他怎么会弄成这个样子，客人有气无力地把他所遭遇到的一切，全都告诉了和尚。

这时，晨钟已经敲响，东方呈现出鱼肚白，曙色迷蒙，和尚壮着胆子往外看，果然发现有一具僵硬的尸体，依靠白杨树站着。和尚大吃一惊，派人将女尸追逐客人的事报告给县官。县官立即亲自到现场问取证词查验尸身。县官让人去拔女尸的手，但是女尸的双手牢牢地抓着树身，怎么也取不下来。县官近前仔细一看，只见女尸左右手的四个指头互相并在一起，卷曲成铁钩形状，深深地抠进树身，连指甲也陷了进去。县官又叫几个人一起合力往外拔，这才把女尸的手指从树身里弄出来。然后再看手指抓过的孔穴，就像用凿子凿成的深洞一样。县官派差役到老翁家里去探视，而老翁家里因尸体不见，客人毙命，正议论纷纷。差役将女尸和客人在东郊庙门外相斗的情状告诉了主人。老翁马上跟随差役到了东郊庙门外，将女尸抬了回去。

客人哭着对县官说："我们一起出来了四个人，现在只剩下我一个人回去，这让我怎么给乡亲们交待呢？ 他们一定不会相信我的话的。"县官一想也是，就当下写了一纸文书作为证明，将客人送回原乡。

瞳　人　语

京城里有一士人叫方栋，非常有才气，但是为人轻薄放荡，特别不守礼节。他每一次在郊野路上遇见游玩的女子，就总是要轻佻地尾随在人家后面追逐一阵子才罢休。

清明节的前一天，他偶尔到郊外去游玩，看见一辆小车，挂着彩色帐幔，十分华丽，有几个婢女骑着马相随慢行。其中有一个婢女，骑着小骏马，容貌长得非常美丽，光彩照人。方栋被这漂亮女子所吸引，也骑着马紧随其后。稍稍逼近一些，发现小车的帐幔掀开，露出一处小孔，从这孔里望进去，他看见里面坐着一个女郎，芳龄大约十六岁，红妆艳丽，娇美绝伦，举世无比，确实是平生从未目睹过。方生就像被勾了魂似的，身不由己，目光一直不能离开车内的漂亮女子，他骑马和小车紧紧相随，有时他的马走到前边，他就让马稍停一下；有时他的马落在后边，他就又把马拍打一下，让它赶上去。就这样，他跟随那漂亮女子一直奔走了好几里路。方生在马上忽然听见车内女子叫骑马随从的婢女走近到车跟前，那女子说道：“把车帘子给我放下来，外面哪儿来的疯狂轻薄儿郎，不停地往车子里边偷看。”于是婢女将车帘子放了下来，回头对方生怒气冲冲地说：“你知道她是谁吗？她就是仙境中芙蓉城的七郎子的新媳妇，现在她要回娘家去看望自己的父母。她和那些没有身份的农家娘子不一样，怎么能随便叫秀才偷看呢！”婢女说完话，很快从地上掬起一把被车轮辗得很细的尘土，向方生猛地扬了过去，方生的双眼顿时被眯得睁不开了。等他擦揉了一阵子再去看那车子，车马和人早已走得很远很远了，只留下一丝渺茫的幻影。方生又惊又疑没有方法，只好悻悻地掉转马头回家去。

方生回到家里，眼睛一直很难受。他就请人翻开上下眼皮，看里边还有什么东西。

结果发现眼球上生出一个白翳，正好盖在瞳仁上。睡了一个晚上，眼睛更加难受，眼泪扑簌簌地往下流，止也止不住。后来，白翳长得越来越大，几天以后，竟然长得跟铜钱一样厚。不久，右眼上也长起一个螺旋状的东西。见此情形，家里就帮他四处求医找药，但什么药也治不好他的病。方生内心十分痛苦，对自己不检点的行为，感到非常后悔。

方生听说《金光明经》能够解除他的厄运和痛苦。于是就找来一本《金光明经》，请人教他诵读。刚开始的时候，方生还觉得烦躁，时间长了，他便安定下来。早晚没事的时候，他就盘腿坐下，只管捻着珠子诵读《金光明经》。这样一直坚持了一年多时间，一切世俗杂念都因此而被净化了。

有一天，他忽然听见左眼里有像苍蝇嗡嗡那么大的声音在说话："这里面太黑了，像漆一样，真是无法忍耐憋闷死人了！"右眼里也有相同的声音呼应说："是的，咱们可以一块出来游玩一会儿，透一透这闷气儿也会舒服些。"紧接着，方生便隐隐约约感觉到两个鼻孔在轻轻蠕动着，十分痒痒，再接着就好像有什么东西，离开鼻孔出去了。过了很长时间，那东西又回来了，仍旧沿着两个鼻孔爬上去，又进到眼眶里去了。然后，两个眼眶里又有像苍蝇嗡嗡那么大的声音在说："很长时间不到花园里去观望了，那些珍珠兰没人浇灌，已经枯死了。"方生平时非常喜欢香兰，在花园种植了很多，平日里都要去亲自灌溉，现在，自从双目失明之后，一直没有顾得上去浇灌。刚才，当他听到眼睛里的对话之后，心里就很着急，立即问妻子道："花园里的兰花怎么会憔悴而死？"方生的妻子很奇怪，于是就反问他怎么会自己知道花园里的兰花枯死了呢？方生将自己眼睛中两个东西对话的事向妻子说了。方生的妻子当即到花园去看那些兰花是不是真死了，结果确实像方生说的那样，兰花全枯死了。方生的妻子异常惊讶，就悄悄地藏在房子里，等待方生眼睛里的东西出现，果然看见有两个小人顺着方生的鼻孔爬出来，这两个小人还不到黄豆那么大，从门里飞出去，越飞越远，最后竟然消失了，不知道去了什么地方。过了不久。方生的妻子又发现那两个小人手臂相挽着从外面回来，飞到方生的脸上，就像进洞穴里一样钻进方生的两个鼻孔。方生妻这样观察了两三天。

后来，方生又听见左眼眶里的小人在说："每次迂回着从鼻孔出出进进，就像钻隧道一样麻烦，这样太不方便了，还不如自己重开一道，出入会很方便的。"右眼眶里的小人回答说："我这儿壁膜太厚了，要弄开一道门，很不容易。"左眼眶又说："让我先在这边试着开辟门道。如果能开出，就和你一块儿从这儿出进。"话音刚落方生即觉得左眼眶里的眼膜像被抓起来，使劲地撕裂着，方生疼痛得难以忍受。这样持续了一会儿功夫。方生再睁开眼睛，立即觉得已能豁然看见东西了。方生高兴极了。赶快告诉了妻子，妻子过来仔细看他的眼睛，发现他的眼膜上果真被撕开一个小缝隙，眼膜里的黑眼球炯炯有光，就像绽裂的花椒。

再睡了一个晚上，方生眼睛里的障膜已经完全消失。再仔细看时，竟发现左眼里多了一个瞳仁，然而右眼里的旋螺还像以前那样，没有任何变化。方生这才知道他左右眼里的瞳仁已经合住在一个眼眶里了。方生虽然瞎了一只眼睛，但是比起先前用双眼去看东西，却更加清晰明了。因此，方生对自己的行为更加检点，对自己的要求也更加严格。乡里人便称赞他的美德。

异史氏说："乡里有一士人，有一天和两个朋友在路上骑马而行。他远远看见有一个少妇骑着驴出现在前方，他开玩笑吟唱诗句说：'有美人啊。'又回头对两位朋友说：'驱马前去，睹一睹那漂亮女子的芳容！'于是，几个人会意地大笑着驱马赶上前去。很快地，他们就追上了前边骑驴的漂亮女子，仔细端详时才发现，那女子原来是他的儿媳妇。他心里极其愧疚，垂头丧气，一下子沉默了，什么话也说不出来。他的两个朋友假装不知道真情，对他的儿媳妇进行十分下流的评论，他非常难堪羞愧，结结巴巴地说：'那是我的大儿媳妇。'两个朋友听后，不由都转过脸去偷着笑了一阵才算罢休。轻薄的人在谋图侮辱别人的时候，往往最后反而侮辱了自己，这实在可笑。至于那个双目失明的方生，则是遭到了鬼神的惨报。主持芙蓉城的神仙，不知是什么神，难道是菩萨现身不成？然而小郎君能够洗心革面，鬼神即使凶恶，也何曾不允许人们悔过自新啊。”

画　　壁

江西有个叫孟龙潭的人，他和一个姓朱的举人在京城里客居。有一天，他们两个人无事闲游，不觉来到一座庙门前，看那殿宇禅舍，都不是太恢宏宽敞的，只有一个云游四方的老僧人暂住在里面。老僧人见有客人来了，整理一下衣服便上前来相迎。孟、朱二人向他还了礼，说明自己是来随意游玩游玩。老僧人便领他们到庙中转悠：

庙里塑着南朝高僧志公禅师的像，两面墙壁上是一些非常精妙的绘画，人物画得栩栩如生。东面的墙壁画着天女散花图，在这幅图画中有一个少女披垂着长长的秀发，手里拈着一束鲜花，樱唇含露，楚楚欲动，眼波洋溢着柔情，闪闪有神。朱举人站在画前，凝目注视了很久很久，不觉有些神情摇荡，意念飘飖，在恍然沉思中眼前幻化出许多奇境来。朱举人感觉到自己飘飘然而起，像腾云驾雾一样，飞升到壁画里。朱举人看殿阁林立，层层叠叠，和人间所能见到的大不相同。在殿阁里一个老僧人正于座上在讲说佛法，旁边围绕着很多和尚。朱举人也站在中间聆听老僧人布道传经。

刚站了一会儿功夫，他就觉着似乎有人暗中拽他的衣襟，回头一看，却是那位披着长长秀发的散花少女，她笑容可掬地离去。朱举人转身便跟着她走，绕过曲栏，来到一个小屋，却犹豫不敢近前。少女回过头来，举起手里的花束，远远地摇动着做出向他招呼的样子，他这才大胆地走了过去。他发现屋里寂静无人，于是上前去拥抱那少女，少女并没有怎么拒绝，竟然和他相好上了。过了一会儿，那少女关上房门出去了，临走时叮咛不要咳出声，夜里她会再来。

就这样，他们在一起相好了两天，不料却被几个女伴发觉，大家一起搜出朱举人，便共同取笑那少女说：“说不定你肚子里的小郎君已经很大了，怎么还头发蓬蓬学做处女的样子呢？”说话间，大家便捧着玉簪、耳环之类的首饰，催着她上头扎髻，那少女脉脉含羞，并不说话。女伴中有一个人说：“姐姐妹妹们，咱们不要闹得太久了，怕人家不高兴。”于是大家便嘻笑着离去。

女伴们走后，朱举人仔细端详这女子，见她梳起高高的发髻，云鬟低垂，俨然一个少妇的新面貌，比起先前少女妆束更加美艳。朱举人环顾四周无人，渐渐拥抱亲昵，双方沉入爱河，香兰熏心，其乐无穷。这时，突然听见一阵靴子声传来，还有锁链的声音，随即又夹杂着威喝声和辩解声。这女子惊起，和朱举人一起向外偷看，只见一个身穿金甲的使者。脸面黑得像漆一样，手里握着槌棒和铁锁，众女子围绕着他。使者问大家："都到齐了没有？"大家回答："到齐了。"使者又说："如果什么地方隐藏着下界凡人，大家都应该立即出面告发，不要自寻烦恼。"大家齐声说："没有的事。"金甲使者回转身用老鹰似的眼光，四面搜寻，仿佛真发现有凡人藏在这里似的。女子惊恐不已，面如死灰一般。她连忙对朱举人说："你赶快躲在床底下！"女子说完，急忙打开墙上的小门，仓惶逃走。朱举人趴在床底下，连喘都不敢喘一下。不一会听见靴子声来到屋里，然后又出去了，再过一会儿，喧嚣声慢慢远去了，他这才渐渐安下心来。但是门外还有过往和说话的声音。朱举人畏缩恐惧时间很长，觉出耳畔有蝉叫声，眼中也要冒出火星，那情景简直无法忍受。只有静静地等候那女子回来，竟然不明白自己是怎么钻进床底下的。

就在这个时候，孟龙潭一人尚在殿中转悠，转眼间发现朱举人不见了，便疑惑不解地询问引路的老僧。那老僧笑笑说："到那边听讲说佛法去了。"孟龙潭又问："在什么地方？"老僧说："不远。"过了一会，老僧用手指弹弹墙壁叫道："朱施主，怎么游了这么长时间还不回来？"转眼间只见壁画上出现了朱举人的影子，站在那里好像在倾耳聆听。老僧又叫道："你的伙伴等你好长时间了。"朱举人旋即从墙壁上飘然而下，落地后竟像木头一样呆立在那里，两眼瞪着，腿脚酥软，心也灰冷灰冷。看到这情景，孟龙潭大吃一惊，一问，才知道他正趴在床底下听到呼叫像雷鸣一样，所以走出来探听。

这时，大家再看壁画，发现原来拈花的女子，已不再是先前的那个披垂着秀发的少女，现在却是螺髻高高悬在头顶的风韵少妇了。朱举人惊慌地跪拜在老僧面前请求解释，老僧笑着说："迷幻由人而生，贫道无法解释。"朱举人心情郁闷，志气低沉；孟龙潭却惊叹不已，茫然无主。于是便立即起身，走下台阶而出。

异史氏说："幻由人生，说出这话的人像是一位深明哲理的人，人如果有了荒淫的意念，因此会生出猥亵的幻境；如果有了猥亵的念头，因此也会生出恐怖的幻觉。菩萨点化愚顽蒙昧的灵魂，千变万化，都是人心自动所为。老僧教人心切，只可惜未听说他们听其言而大彻大悟，披散头发进山去修行。"

咬　鬼

沈麟生说：他的一个朋友某老翁，夏天睡午觉，恍忽间看见一个女子掀开帘子进来。这女子用白布裹着头，身上穿着孝服，径直朝里屋走去。老翁怀疑她是来找自己的妻子说话，但又一想不对头，她为什么突然穿着这一身孝服到别人家？正疑惑不解

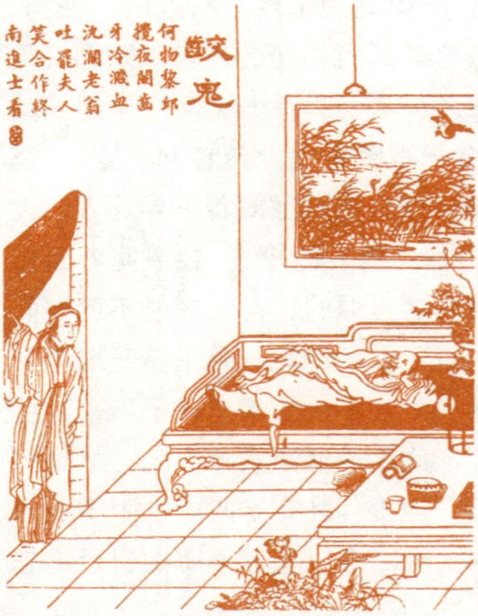

时，却看见那女子又出来了。仔细一看，她大约有三十多岁，脸色又黄又肿，眉眼紧紧皱在一起，神情十分可怕。她在屋里徘徊着，并不离去，又慢慢地逼近床边。老翁假装睡着，看她会怎么样。不料想，那女子竟然撩衣上了床，压在老翁的肚子上，他感觉有千百斤那么沉重。这时，他虽然心里很清楚，但是手好像被捆住了，抬不起来；脚也软绵绵的，动也动不得。焦急中他想呼救，但却苦于喊不出声来。那女子用嘴去嗅他的脸，从颧骨到鼻子、眉毛、额头，齐齐闻了个遍。那女子的嘴冷得像冰雪，寒气直透骨髓。老翁在窘迫之中想出一个办法，等她闻到脸颊和下颏的时候，就趁机咬住她。不一会儿，那女子果然闻到下颏，老翁便立即趁势用力咬住那女子的颧骨，直到咬进肉里去。那女子疼痛难忍，只得松开他，一边挣扎一边哭叫着。老翁却咬得越发起劲，只觉得血水流得满脸都是，把枕头也浸湿了。彼此正相持不下，忽然听见妻子在屋子外面说话的声音，于是他连忙大声喊道："有鬼！"口一松，那女子立即飘忽逃跑。妻子慌忙奔进屋子，却什么也没看见，便嗔笑睡魇了，正做着恶梦。老翁便把刚才的经过详细说给妻子听，而且指血为证。妻子和他共同查看，果然发现一滩水像是从屋上漏下的，流在枕头和席子上，湿了一大片。夫妻两个伏下身子去闻，只觉异常腥臭，老翁便呕吐不止。过了好几天，老翁还觉得嘴里有一股腥臭味儿。

王　六　郎

在淄川城的北郊，有一家姓许的打鱼人。他每天夜里到河边去捕鱼，都要带上酒，一边捕鱼一边饮用。他每次饮酒的时候，总是要先往地上洒一杯，虔诚地祈祷说："淹死在河水里的鬼魂们也来喝一杯吧。"时间一长，这便成了他的一种习惯。别的人捕鱼往往一无所获，而他却总是将满筐的鱼带回家来。

有一天夜里，正当他独自饮酒时，有一个少年来到他身边，徘徊着不肯离去。于是，他就招呼少年和他一起来饮酒。但是，这天夜里他连一条鱼也没有捕到，心里很失落。这时，少年站起身说："请让我到下游去为你驱赶鱼吧。"少年说完话，便飘然离去。不长时间，少年又回来了，并且对他说："有一群鱼来了。"少年说完话不久，果然听见很多鱼的唧唧呷呷的叫声。许渔夫趁机撒网，很快就捕上好几条鱼，都有一尺多长。许渔夫极其喜悦，就向少年表示真诚感谢。少年说他要回去了，许渔夫就拿起自己捕的鱼想送给他，但是少年说什么也不要。少年对许渔夫说："屡次都来喝你的好酒。赶鱼是区区小事，不值得这样道谢。如果你不嫌弃，以后就经常为你效劳。”许渔夫回答说：“今夜仅仅只和你初次对饮，怎么能说是多次相扰呢？假使你能长期来我这儿光顾，那确实也是我的心愿，但我只是没有更好的东西招待而难为情。”许渔夫又询问少年的姓名字号，少年说：“我姓王，没有字号。以后见了就直呼王六郎好了。”说完，便离去了。

第二天，许渔夫用卖鱼得来的钱又买了酒，等夜幕降临以后，便带着酒到了河畔。那少年早已先于他在河边等待着。于是，两人像故友一样坐下来开怀畅饮。干过数杯之后，少年还像昨夜一样，到河的下游去为许渔夫赶鱼。这样一直过了大约有半年多。

有一天夜里，王六郎忽然对许渔夫说：“咱们从认识到现在，真是比亲兄弟还要密切，可是要不了多久咱们得分手了。”他说这话时，神情、语调都显得很忧伤、悲凄。许渔夫很吃惊地问他原因，他几次想说却都打住了。最后终于说道：“像我们两人这样深挚的情分说出来你也许不会惊怕的。现在我们就要分手了，我不妨还是明白告知你：我实际上是个鬼，平素特别贪恋美酒，因而于沉醉中不慎落在水里被淹死，在这里做鬼已有好几年时光了。以前你比别人捕鱼多，都是因为我在暗中赶鱼帮助你，这都是我有意借此来答谢你以酒洒地来祭奠我。到明天，我做鬼的期限已满，那时将会另有替身来代我，我便要到别处去投生。咱们共聚的机会只有今夜最后一次了，所以不免难过。”许渔夫刚听这话，非常吃惊，但毕竟在一起这么长时间了，关系非常亲近，所以也就不再恐怖，也为王六郎感到悲伤。于是又斟满一杯酒递给他说：“六郎，喝了这杯酒，不要太悲哀。相见时间太短，又要匆匆分手，确实令人伤怀。但是高兴的是你的劫难已过，应该祝贺才是，喜多于悲。”说完，两人又举杯畅饮了一番。许渔夫又问六郎：“你的替身是什么人？”王六郎说：“兄长明天可在河边观望，正午时分会有一个女子从这里过河，落水而死的便是她。”俩人一直喝到鸡叫时才洒泪告别。

第二天，许渔夫到河边耐心地等候，想观看变化。果然看见有一个妇人抱着婴儿来到河边，一到河上就跌落到水里，婴儿被扔在岸上，举手蹬脚地啼哭。那妇人在水里一会儿沉下去，一会儿又浮上来，最后又忽然水淋淋地爬上河岸来，在原地稍稍休息了一下，就抱起婴儿径直走了。在妇人落水挣扎时，许渔夫在岸上很是不忍心，心里想着要下水去救她。但他转念一想，这妇人正是王六郎的替身，就只好打消了念头不救。后来，等妇人自己爬上岸来，他却又有点怀疑王六郎的话不灵验。

黑夜来临，许渔夫仍然到老地方去捕鱼。过不久，少年又来了。少年先开口说道：“现在我们又相聚在一起，而且不必说分别的话了。”许渔夫问他原因，少年说：“本来妇人已经做了替身，但是我可怜她怀里抱着婴儿。为了代替我一个人却要送掉两条性命，我也于心不忍，所以就放弃了这次机会。但以后要再找到一个新替身，不知还要等到什么时候。也许是我们兄弟二人的缘分还没尽吧。”许渔夫深为感叹地说：“你的这片仁慈之心，一定能通达上帝啊！”于是，他们又像先前那样相聚共饮。

几天以后，王六郎又来向许渔夫道别，许渔夫怀疑他有了新的替身。六郎赶快解释道：“哪里呀，上次我救妇人的一片恻隐之心，果然上达天庭，现在授命我去做招远县邬镇的土地神，明天一大早就去赴任。你老兄倘若不忘咱们往日的交情，以后可以前去看望小弟，千万不要怕路途遥远而忘掉了我！”许渔夫欣然地向他道贺说：“你真正成为神仙，足以宽慰人心。如果可能，我一定会去看望你的。但只是人神道路阻隔。即使我不怕路途遥远，又怎么能够彼此相通呢？”少年说：“你不用忧虑，到时候只管前往就是。”六郎临分手时，又再三地叮咛他一定要前往。

许渔夫回到家里，真的马上准备行装，打算当即去招远县探望王六郎。他妻子笑着劝他说：“从咱这里到招远，两地相距几百里路程。你即便是真正找见了那地方，只恐怕你和那泥塑像无法共同对话的。”许渔夫并不听妻子的劝说，辛苦跋涉，终于到了招远县。在那里，他询问当地居民，果真有个邬镇。后来又找到邬镇，他住进一家旅馆，问土地祠在什么地方。主人非常惊讶地说：“难道客人是姓许吗？”许渔夫答：“就是，你怎么知道的？”主人又问：“你是从淄川来的吗？”答：“正是。你怎么都知道？”旅馆主人没有回答他，转身出去了。过了一会儿，男人们抱着孩子，女人们从门里探头窥视，纷纷来了许多人，一层一层围得像墙一样堵塞在门外，许渔夫更加惊讶了。众人于是告许他：“几天前的夜里梦见土地神说：‘我在淄川有一个姓许的朋友，近日要前来，大伙要帮他一些盘缠费用。’所以我们在这里已经恭候很久了。”许渔夫也感到奇怪。就特地前往土地祠祭祝说：“自从和你分别，做梦都想着你。这次特地远道而来，为实现昔日定下的盟约。承蒙你托梦告示父老乡亲，使我非常感动。我很惭愧自己没有带什么厚重的礼物来，只有这一杯薄酒献给你。你如不嫌弃，就请像在河边那样干了它吧！”渔夫说完，又烧纸钱。忽然，只见一股风从神座后面吹起，旋转了很长一阵时间方才散去。

到了夜间，许渔夫梦见王六郎来了。只见他穿戴非常整洁讲究，和以前所见的样子大不相同。王六郎向他拜谢说：“承蒙你远道赶来，使我感激泪下。但今天担任小小的神职，不便于和你相见。你我虽然近在咫尺，却如同远隔山水，心里非常难过，本地百姓会送给你些薄礼，聊表一点心意，以答谢咱们以往的友好交情。等你启程回归的时候，我一定抽身前来相送。”

许渔夫在邬镇居住了几天，起了归心。大家都非常殷勤诚恳地挽留他再住些时间。乡亲父老从早晨到晚上都纷纷宴请他，一天之内，就有好几户人家做东道主。但许渔夫终究归心似箭，坚决辞别，要立刻上路。起身那天，大家都争先向他馈赠礼物，时间不长，东西就装满他的行囊。当地的老人小孩都赶来给他送行。他刚刚走出村子，忽然，眼前刮起一股旋风，一直相伴跟随了十几里路。许渔夫已经觉知那是王六郎来送他，他频频地回过头来相拜说：“六郎，请多珍重！ 不要再远送了，您怀有一颗仁爱之心，定能为一方民众造福，用不着老朋友我再多说什么了。”那股旋风盘旋了很长一阵时间后，这才离去。村里相送的人，无不惊讶。

许渔夫回到家里，日子过得比以前稍稍宽裕了些，于是他不再夜里出去捕鱼了。

后来，他偶尔碰见招远一带的人，就很关切地问起土地神的情况，他们都说很灵验。

有人说，邬镇就是章邱县的石坑庄。但不知道谁的说法对。

异史氏说：“身处青云得志的环境，而不忘那些贫贱的朋友，这就是六郎做神很灵验的原因。今天乘坐着豪华车马的王公贵族，哪里肯与戴斗笠的故友再去相认呢？我家乡有一位隐士，家境很贫寒。他有一个从小交结过的好朋友，正担任着一个肥缺之职。他心想如果投奔此人，一定能得到周济。他竭尽全力筹了一些路费，远涉千里去投奔朋友，结果使他大失所望。他没有办法，只好把行李和来时所骑的马都变卖了，这样才得以还乡归家。他的一个同族兄弟为人非常诙谐、滑稽，特地作了一首《月令》词嘲笑说：‘这一个月，哥哥回得家来，貂皮帽子没有了，伞盖也没有了，良马变为草驴，靴子悄无声息。’读后，叫人不禁发笑。”

偷　　桃

幼年时到省城去参加考试，正值春节。按照惯例，春节的前一天，各行各业经商的生意人，都要张灯结彩，吹吹打打地赶赴到藩司衙门前，把这称作“演春”。当时，我也跟随友人去看热闹。

这一天，游人聚集得像一堵堵墙壁似的，府堂上有四位身着红袍的官员，分东西两排面对面端坐着。那时，我年龄还很小，不知道他们都是些什么官。只听得到处人声嘈杂，锣鼓喧天，震耳欲聋。忽然看见有一个人带领着披散头发的小孩，挑着担子走上堂来，他好像在报告几句话，由于周围人声像潮水一般汹涌，根本听不清他说了些什么，只能看见堂上那些官员在发笑。这时，有一个身着青衣的人大声宣布：“变戏法开始。”那人一面答应着，一面问道：“变什么戏法？”堂上的官员们交头接耳，其中有一个小官吏下来问那人：“你有什么专长？”变戏法的人回答：“可以使时令颠倒而变出东西。”小官吏向在座的官员回了话，然后又下来命令道：“就做取桃子戏法。”

变戏法的人说声：“好的。”于是脱下衣服盖在箱子上，故意做出抱怨的样子说：“长官太不分时序节令了，现在正是冰天雪地的严冬，怎么会有桃子可取？如果不取吧，却又怕长官们发怒，这可叫人怎么办呢？”他的儿子说：“父亲，已经许诺了的事情，怎么能够推辞呢？”变戏法的人踌躇了很长时间，终于说：“我翻来覆去地想过了，初春时节到处一片积雪，人世间哪里能找到桃子？只有天池上王母娘娘的花园里，一年四季花果从不凋谢，那里或许会有。必须得上天去偷。”儿子为难地说：“唉呀！可以沿着阶梯爬上去吧？”父亲胸有成竹地说：“可以，我有法术。”

变戏法的人打开箱子，拿出一捆魔绳，大约有几十丈长，他找见绳头，向空中用力抛去，那魔绳即刻朝天际直立起来，好像上面有什么东西牢牢挂住一样，不一会儿，变戏法的人把绳子越抛越高，一直进入云层里，最后，他手里的绳子也抛完了。变戏法的人转身对儿子说：“你过来！ 我老了，身体笨拙了，手脚也不灵便了，不能上去了，还是得你上去一趟。”老头说完，就把绳子交给了孩子，又说：“你抓住它，就可以上到天上。”儿子接过绳子，脸上现出很为难的神色，抱怨说：“阿爸太不明白事理了，这样危险的一条绳子，要我攀着它爬到万丈高的天上去，如果绳子在空中断了，岂不粉身碎骨！”父亲抚拍哄劝儿子说：“我已经失口了，后悔不及，还是烦劳你走一趟吧。你不要怕危险，如果能偷取来桃子，就一定能够得到百金重赏，可以用这笔钱给你娶个漂亮媳妇。”儿子没有办法，只好抓住绳索盘绕着往上爬去，脚随着手移动着，就像蜘蛛结网一样，慢慢爬进云霄里去了，从地上再也看不见他的踪影。

过了很长时间，真的从天上掉下一个桃子来，有碗那么大。变戏法的人高兴极了，他捧上桃子恭恭敬敬地献上公堂。那些官吏惊喜地互相传看多时，而谁也不知道那桃子究竟是真是假。人们突然发现绳子掉落在地上，变戏法的人大惊失色，说道：“坏了！ 上边有人弄断了我的魔绳，叫我的儿子攀附什么呢？”过了一阵子，有一个东西掉下来，人们仔细一看，见是那孩子的头颅。变戏法的人手捧儿子的头大哭着说：“肯定是偷桃时，被果园的守护神发觉。我的儿子完了！”又过了一阵子，天上掉下来一只脚，紧接着，那孩子的身体被肢解成几截，纷纷落下来。整个身体没一处是完整的。变戏法的人大为悲哀，流着泪把儿子的骸骨收拾在一起，装进箱子里。末了，他对大家说：“我老头就只有这一个儿子，整天跟随我游荡南北，如今受了长官之命，上天去偷桃，不幸却遭受这样大的横祸，我得去好好安葬他。”说完，走上堂来，跪着对众官说：“为了偷取桃子，送了我儿子的命，请可怜可怜我老头子，帮我安葬了儿子，我死了也一定要报答大人们的恩德。”

那些在座的官吏见发生了这样的事故，都惊吓得目瞪口呆，大家都向老头给银两，老头收了钱，装进腰包，然后若无其事地走下府堂，敲着箱子说道：“八八儿，还不赶快出来向大人们谢赏，等什么呢？”大家眼睁睁地盯着那箱子，突然见一个蓬头小孩用头顶着箱盖出来了，面朝堂上在座的官员磕头作揖。大家仔细一看，这小孩正是变戏法人的儿子。

由于这个戏法变得太出奇了，所以至今还记忆犹新。后来我听说白莲教的人能玩这种法术，猜想这人是他们的后代吧？

种　梨

有一个乡下人到集市上去卖梨，那梨的味道甘甜鲜美，价钱自然也很昂贵。这时，有一个穿戴极其破烂的道士，走到这人车子跟前来乞讨梨子吃。乡下人很鄙夷地呵斥他走开，但那道士就是不离去。乡下人有些恼怒，于是责斥谩骂起来。道士却并不生气，心平气和地说道："你这么大一车子梨，足足有几百颗，贫道也不贪心，只是想乞讨一颗尝尝，这对你来说，并不会有多大损失，你发的什么怒呀？"在一旁观看的人也好心劝他，捡一个不好的梨子打发他去，然而乡下人就是执拗不给。

正当他们喧吵不休的时候，集市上一个酒店的伙计实在看不下去，就自己掏钱买了一个梨给了道士，道士很感激地向他拜谢了，然后又回头对旁边围观的人说："出家人不知道什么叫作吝啬，我现在有很多好梨，愿意拿出来给大家尝尝鲜。"旁边有人问他："你自己既然有梨，为什么不吃自个的，还讨要人家的梨？"道士回答说："我就需要这种梨核作种子。"道士说完，便拿着梨大口吃完，把梨核吐在手心攥着，然后从肩上解下一把铲子，就在脚下的地上挖了一个几寸深的坑，把梨核埋进土中，他又向集市上的人要烧开的水来浇灌它。旁边喜欢热闹的人连忙到路边的店里去要来滚开的热水给道士，道士接过来浇在坑里。大家盯着那坑仔细观看，一会儿，果然见坑里冒出树芽，渐渐地越长越高，转眼间就长成了一棵大树，枝叶茂盛，一忽儿开了花，一忽儿又结了果，只见那树上的梨非常繁盛，又大又香。道士走到树下随手摘下那些梨，分给旁边观看的人吃，一会儿就分食完毕。末了，道士又取出铲子来砍梨树，叮叮咚咚地砍了很长时间，梨树终于被伐倒。道士连枝杆带叶子一起扛在肩上，从从容容离去了。

开始，当道士做出这戏法时，那卖梨的乡下人也夹杂在众人当中，好奇地踮起脚跟，昂着头，一眼不眨地看热闹，竟至于忘了卖梨。等道士走了以后，他才回头看见车子上的梨早已空了。他这才醒悟过来，原来刚才道士给大家分吃的那些梨，全都是自己的。他再仔细看看，又发现车上的把手也丢失了，上面留下了新的断茬，显然是被刚刚截去。乡下人彻底明白了事情原委，心里愤恨至极，急忙去追踪道士。当他转过墙角，发现车把就被丢在墙根下面，这才知道道士所砍的梨树正是这个车把。而道士早已无影无踪，集市上的人被逗得轰然大笑。

异史氏说："这乡下人太糊涂，那种吝啬的憨态伸手可掬，被世人们所见笑是有的。常常能见到乡里有钱的人家，遇到好朋友来借米，就内心不安，并且盘计着：‘这是好几天的花费啊。’这时，有人劝他救救人的一时困难，让孤寡之人吃上一顿饱饭，一听这话，他就有些生气，于是又盘计起来：‘这是可供十个人、五个人吃的口粮啊。’更有甚者在父母兄弟之间，也会斤斤两两地计较。然而，这些人一旦嫖赌起来，便鬼迷心窍，花尽钱财也在所不惜；遇上刀斧架在脖子的危难，花钱赎命唯恐不及。诸如此类，不胜枚举，那个愚蠢的乡夫，何足为怪。”

劳山道士

本县有姓王的读书人，在兄弟中排行第七，原本是望族世家子弟。王生少年时代喜欢学道。有一天，他听人说劳山这地方有很多神仙，于是背上书箱，专程前往游学。

他登上一座山顶，发现有一座道观，格外幽静。道观里有一个道士盘腿坐在蒲团上，长长的白发披垂在肩头，精神焕发，气度豪迈。他叩拜见礼和道士攀谈，感觉到其中道理非常玄妙，于是就请求拜道士为师。道士摇摇头说：“看你娇生惯养的样子，恐怕受不了这等清苦。”王生自信地说：“只要师父肯收我为徒，我保证能吃得这份苦。”道士的门徒非常多，傍晚时分，便都聚集在一起，王生对他们很敬慕，一个一个向他们行礼，于是就留在观内学道。

第二天一大清早，道士把王生叫去，交给他一把斧子，叫他跟着大伙一起上山去砍柴，王生很恭敬地接受了安排。过了有一个多月时间，他的手脚都磨起了一层厚茧，实在忍受不了这种苦，心里暗暗起了回家的念头。

一天晚上，他回到观里，看见师父和两位客人喝酒，这时，四周已经一片黑暗，观里并没有灯盏蜡烛，师父就拿起一张纸剪成圆镜形状，把它粘贴在墙壁上，顷刻间，室内生光，明亮得像有一轮圆月映照一般，连细微的头发也能看得清清楚楚，门徒们在一旁伺候着师父和客人，在庭堂上奔走不停，非常殷勤。其中一位客人说道：“这样美好的夜晚，饮酒为乐，不能不让大家共享欢乐。”客人说完，就从桌案上取下一把酒壶来，交给门徒们，让大家放开畅饮，一醉方休。王生心想：门徒有七八个人，只有一壶酒，怎么能人人都喝上呢？他还在纳闷时，只见大家各自分头去寻找酒具，争先喝酒，生怕转到自己跟前酒壶空了。但是说来也怪，那小小的一壶酒，你斟我酌，倒来倒去，却总有美酒犹如甘泉一般涌流出来，并不见有所减少，王生感到十分诧异。这时，又听见另一位客人说道：“承蒙道长赐予明月相照，像这般默默饮酒，不免有些寂寞，为何不把嫦娥请来为我们起舞同乐？”客人说完，当即把一根筷子抛进月中，于是就看见一个美女风姿翩翩地从月亮中走出来。刚开始还不到一尺来长，等落到地上，很快就和常人一样大小。只见那美女秀颈颀长，纤腰柔细。她将长袖款款扬动着，跳起了“霓裳羽衣舞”。随后又唱道：仙君啊仙君，你何时归还？为什么要我幽禁在月宫呢？那歌声清丽激越，清脆如管箫之声。唱完后，在空中盘旋了一圈，然后登上桌子。大家正看得惊讶，而那仙女依旧变成一根筷子。

道士和客人们开怀大笑。又有一个客人说：“今夜最快乐，我喝得有点醉了，你们在月宫为我饯行可以吗？”三个人离宴席而去，慢慢地进入月亮中。大家清清楚楚地看见他们坐在月亮里继续开饮。三个人的胡子眉毛逼真清楚，就像映在明镜里的身影。过了不长时间，月光渐渐暗淡下来，直到完全消失，有一个门徒点亮蜡烛，这时大家分明看见观里只有师父一人独坐，那两位客人却无踪影。桌上吃剩的饭菜残渣依然存在；墙壁上的那轮明月，只不过是一张像圆镜一样的白纸罢了。

师父问大家：“你们都喝好了吗？”大家回答：“喝好了。”师父又说：“喝好了就趁早睡觉去，不要误了明天砍柴。”于是，大伙应声各自走散。王生心里很羡慕，从此又打消了回家的念头。

又过了一月天气，实在艰苦难熬，但是还未得到道士的一点传授。王生心下怎么也不愿意再呆下去了，于是向师父告辞说：“弟子不辞辛苦，跋涉了几百里的路程来向师父学道，即使得不到长生之术，或者得到一点小小的功夫，也可稍稍慰藉一下我的求教之心。现在我已经来了两三个月了，每天所能干的不过就是早出砍柴，晚上归宿而已。弟子当初在家里时，从未遭受过这等艰苦。”道士听完，却不经意地笑笑说：“我一开始就说过你恐怕受不了这份苦，怎么样？ 今天果真应验了。明天一大清早就送你回去。”王生又说：“弟子毕竟在观里劳作多日，还请师父略教我一点小技，不白来这一趟就行了。”道士问道：“你想学什么道术？”王生回答：“我每次看见师父行走时，能够穿墙越壁而过，什么也不能隔挡，我只请求能学到这样的本领就满足了。”道士笑着答应了。道士教给他一段口诀，让他自己默念一遍，然后大声命令道：“进吧！”王生面朝墙壁却不敢进去。道士又重复一遍：“试着进。”王生小心翼翼地往前走去，碰到墙面被挡住了。道士向他提醒说：“低着头就可以进去，不要犹豫。”王生退后几步，然后跑过去，等触到墙壁时却感觉什么阻碍也没有，再回头一看，发现自己果然已在墙壁另一边了。这时他欣喜若狂，立即过去向道士致谢，道士告诫他说：“回家后一定要洁心操守，否则法术就不灵了。”于是，打发了他些路费，让他回家。

到家以后，王生便向家人自夸说遇到了神仙，学得了道术，再坚硬的墙壁都不能阻挡。妻子不相信他的话，他就按照道士教的法儿，在离墙壁几步远的地方向前猛奔过去，结果额头碰在坚硬的墙壁上，一下子跌倒在地上。妻子扶他起来，发现他额头上隆起一个大疙瘩。妻子耻笑他吹牛，王生又惭愧又气愤，咒骂那道士没安好心，欺骗了他。

异史氏说：“听了这故事，没有不大笑的。可是像王生这类人，在世上还多的是。现在有很多粗鄙的家伙，喜欢阿谀奉承而害怕良言忠告。于是就有了那些无耻的谄媚奉迎之徒，为主子们出一些逞强逞暴、作威作福的害人之计，以取得欢心，并且欺骗说：‘坚持这样去做，可以横行无阻。’开始尝试未曾不无小小的效应，于是自以为即使这样大的天下，也都可以横行霸道，为所欲为，不落得个头触硬壁倒地血流的下场不会停止。”

蛇　　人

东郡有个人，以耍蛇为职业。他曾经蓄养着两条驯服的蛇，都是青颜色，大的称作大青，小的叫二青。小的额头上有个红点，很是灵活、驯顺，盘旋缠绕，无不随人意愿。耍蛇人非常喜爱，把它另眼看待。

一年以后，大青死去，耍蛇人想补上一条，但是苦于没有闲暇机会。有一天夜里，耍蛇人在山上佛寺寄宿。第二天天亮，他打开竹篓看时，发现二青也不见了。耍蛇人痛不欲生，怅惘极了。他到处寻找，到处呼喊，最终还是杳无踪影。以前，只要遇到深山密林，草木茂盛的地方，他就会放两条蛇出去，让它们自由自在，放开性子玩一阵子，过后不久，它们都很自觉地重新回来。由于这个缘故，他希望二青这次也能自己回来。他一直坐等了很久很久，太阳已经升得很高很高了，还不见二青的影子，他终于绝望了，只好怀着难过的心情离开寺庙，登途赶路。

他刚走出庙门几步远，忽然听见草丛中有一种窸窸窣窣的声音。他本能地停下脚步回头去看，惊喜地发现二青回来了，他高兴极了，如获至宝一般。他放下担子，停在路边休息，蛇也停止移动，和他一起休息。这时他一看二青身后，才注意到那里有一条小蛇尾随着。耍蛇人激动地蹲下来，俯身抚摸着二青说：“我以为你离开我走了呢，小伙伴是你相邀来的吗？”耍蛇人当即拿出食物来给它吃，同时也给小蛇东西吃。小蛇有些惧怕，缩着身子不敢来吃。二青衔着食物去喂它，俨然一个主人敬待客人的样子。耍蛇人再去喂它，它这才大胆地吃了。吃完东西，小蛇跟着二青一起进到竹篓里，耍蛇人背着它们继续行路。

耍蛇人很精心地驯练小蛇，它很快就学会了各种技巧动作，盘绕旋转都很符合要求，其驯顺与熟练程度，和二青没有多少差异。于是耍蛇人给它起名叫“小青”。从此，耍蛇人带着它们在四方卖艺献技，确实获利不少。

大凡耍蛇人玩蛇都是以二尺为标准，太大了就会过重，往往需要更换。但是由于二青太驯顺，所以耍蛇人并没有放走它。以后，又过了二三年时间，二青已经长到三尺多长了，盘卧在竹笼里占得满满的，这时，他才决定放它走。一天，他走到淄川东山停下来，先给二青喂了一顿美食，然后把它放出竹篓，并向他祝福来日平安。二青走了一段路，很快又回来了，在竹篓外逶迤盘桓。耍蛇人忍痛割爱地向它挥手致意道："你快快地去吧！ 世上没有百年不散的筵席，你从此隐居于深山大谷，很可能会化为神龙，小小竹篓哪里是你的久居之地呢？"于是二青便离去了。耍蛇人一直深情地目送着它远去，一会儿它又回来了，耍蛇人仍然挥手赶它，它还是不肯离去，却频频地用头触着竹篓，小青在竹篓里也是随之振奋跃动。耍蛇人马上醒悟过来，他问二青："是不是想和小青告别一番？"于是便打开竹篓，放小青出来。小青和二青彼此头舌交并，显得难舍难分，亲热极了，仿佛有千言万语要相互叮咛。一会儿时间，两条蛇一起蜿蜒离去。耍蛇人正猜疑小青不会回来了，很快小青竟然独自一个回来了，爬进竹篓卧下。

此后，耍蛇人到处物色，却一直没有寻到一条理想的好蛇。小青这时也渐渐长大了，不便于再玩耍。后来虽然找到一条，也比较驯顺听话，但总是不如小青那么随人意愿。而小青已长得像小孩手臂那么粗大了。

在此之前，二青在山中生息，樵夫常常撞见它。再过几年以后，二青已有好几尺长了，足足有碗口那样粗大，而且时不时出来追逐行人，来往行人互相告诫，都不敢从那里走。

有一天，耍蛇人经过，有一条蛇猛然出现，像一阵疾风似地追赶过来。耍蛇人大为惊恐，狂奔逃命，那蛇也越发追赶得迅猛了，耍蛇人回头看时，见那蛇已经追到身边。他再细看蛇头，只见有一个很清晰的红斑点，这才断定是二青，就急忙放下肩上的担子，大声叫道："二青！二青！"那蛇马上停下来，昂起头持续了很久。二青很亲热地纵身缠在耍蛇人身上，和过去一样熟练。耍蛇人知道它不存恶意，但无奈它太粗大，耍蛇人已经承受不了它的重量，于是就躺在地上叫它松缠，二青很通人性地脱身下来。它又用头去触摩竹篓，耍蛇人明白它的意思，就把小青从篓里放出来，两蛇相见如故，非常亲密地交缠在一起，很久很久才分开。耍蛇人对小青说："我很久就想和你分手了，今天正好有了伴儿。"然后又对二青说："小青本是你引来的，现在还是你再引它去吧，我还有一句话要叮咛你们：深山里有的是吃的喝的，不要惊扰过往行人，否则会遭天谴的。"二蛇似乎有所接受，双双低下头来。然后，二蛇突然腾空跃起，二青在前，小青随后，凡是二蛇经过的地方，草木都分向两边，成为通道。耍蛇人定定地站在原地看着它们远去，直到望不见影子才离开。从此以后，行人往来如常，没人知道那蛇到什么地方去了。

异史氏说："蛇是愚蠢的动物，而对故人却有如此眷恋之情，并能听从善意的劝谏。但奇怪世上俨然有一些人模人样的家伙，对待十多年的老朋友，或者几世蒙受恩惠的主人，却总想落井下石，恩将仇报。还有一些道貌岸然者对朋友的忠言劝谏，不但不予理睬，反而恼怒而视同仇敌。像这样的人，与这两条蛇相比，而应感到羞愧。"

雹　神

王筠苍先生到楚地任职，打算登临龙虎山去拜谒张天师。他走到鄱阳湖边，刚到船上，就看见有一个人划着一艘小艇过来，此人通过船主请求与王公相见。王公见来人相貌堂堂，身材魁伟，从怀里掏出张天师的名片，说道："天师闻讯大人光临，特地差遣小人前来带路。"王公很惊奇张天师会预先得知他的来访，更为敬慕，便虔诚地随同前往。

到了龙虎山，张天师隆重设宴款待嘉宾。王公见在宴会上服侍的人，无论是衣饰还是相貌，都与常人大不相同。先前驾小艇的人也侍立在一旁。片刻间，他俯在张天师耳边细语，张天师就对王公说："这是先生的同乡，先生不认识吗？"王公问他是谁？天师回答说："这就是世间所传说的雹神李左车。"王公听了非常吃惊，脸色也变了。天师又说："他刚才说，奉旨要前去降雹，所以特地来告辞。"王公惊问："在什么地方降雹？"天师说："在章邱。"王公因章邱与自己的家乡接壤，起身离席向天师请求免降。天师说："这是玉皇大帝的旨令，什么时候在哪里降雹，都有一定数额，怎么能徇私情？"王公苦苦哀求，天师低头沉思了许久，便回头对雹神说："那就多在山谷降些，别伤害庄稼好了。"随后嘱咐道："有贵客在座，去时文明些，不要太粗莽。"

雹神李左车出去，到了庭院中，忽然脚下生烟，云雾满地环绕，过了一会儿，猛然用力腾空，开始时只有庭中树那么高；再往上腾起，就超过楼阁了；随后又听得轰隆一声巨响，便向北方飞去。大家只感到房屋震动，桌案上的杯盘器皿摇摆颠簸不已。王公十分震惊，说道："他离开时都要响惊雷吗？"天师笑着说："没听我刚才告诫他，所以才迟迟而起，要不然就平地一声炸雷，轰然离去了。"

王公告别回去，记下了当时的日期，派人到章邱一带去察问，这一天果然天降冰雹，沟渠河叉都积满了，但是田地里只不过有几颗零星冰雹而已。

狐 嫁 女

吏部殷尚书是历城人，年少时家境贫寒，为人很有谋略胆识。县里有原来官宦人家遗留下来的家园，宽广有几十亩，楼阁相连，延伸不断。由于里边常常出现一些鬼怪异事，所以长期以来，一直荒废着，没人敢去居住。后来，园里长满了蒿草，即使青天白日，也没人敢进到里边去。

有一天，殷公和朋友们在一起饮酒时，有人开玩笑说："如果有谁敢一个人进去住上一夜，我们大家凑钱设宴款待他。"殷公站起身说："这有什么大不了的！"当即带上席子前往园里居住。朋友们送他到门口，还开玩笑说："我们大家在这里等候着，倘若遇见鬼怪，就大声呼救。"殷公很不以为然地笑着说："若有鬼狐之类，我一定捉来作为凭证。"于是进了园林。只见蒿草丛生如麻，大路小径全被遮盖住了，难以分辨。当时正值七月初八，一轮残缺的上弦月，孤零零地挂在天空，月色虽然昏暗，门户却幸而分辨得清。殷公摸索向前，走了好一阵子，才到达一座后楼。他登上月台，觉得这里清爽洁净，令人喜爱，就在这儿停下来。殷公举首西望，只见月亮仅仅剩下一线余光。他一个人静静地坐了很久，见没有任何动静，心想平日谣传不能相信，不觉暗自发笑。他觉着既然没有什么鬼怪变异，就无须提防，干脆还是躺一会儿。于是他就地一躺，以石为枕，仰面遥看牛郎星和织女星。

大约将近二更时分，殷公有些倦意，正要昏昏欲睡时，突然听见楼下传来脚步声，向着楼台拾级而上。于是在假装熟睡中偷看。有一个身着青衣的丫鬟端着一盏莲花灯，蓦然发现睡在地上的殷公，惊吓得直往后退缩，对身后的人说："有一个生人在这里。"下面的人问道："是谁？"丫鬟回答："不认识。"过了一会儿，一个老翁上楼来到殷公身边仔细一看，说："这是殷尚书，他已睡熟，不用怕，我们只管办自己的事儿。殷公为人爽直不拘泥，也许不会责怪的。"于是，大家都进楼去了，楼门全打开了。没过多一会儿，来往的人越来越多，楼阁里灯火辉煌，如同白昼。殷公稍稍翻了一下身子，咳嗽了几声，老翁见他醒了，就出了楼门跪在跟前说："小人有个女儿，今晚出嫁，不想冲撞了您，请不要怪罪。"殷公起身扶起老翁说："不知今夜是个大喜的日子，我只是惭愧没有什么可以作为贺礼！"老翁说："承蒙贵人光临，为我们驱除凶神恶煞，这已经很是万幸了，老朽想请您赏光婚礼，更增加一些喜庆气氛。"殷公很爽快地答应了。

殷公随老翁走进楼里，见布置得十分豪华绚丽。这时，有个妇人近前来向他行礼，约莫四十来岁。老翁介绍说："这是我的妻子。"殷公也还了礼。紧接着，室内乐声骤起。这时，有人跑上楼来大声说："来了！ 来了！"老翁立即出门去迎接，殷公也站起来等候。转眼工夫，宫灯相照，人群簇拥着新郎进来了。新郎大约有十七八岁，长得很秀气，很有风度。老翁引他到殷公跟前行礼。新郎看了看殷公，殷公也就充作主

持婚仪的傧相似的，按半个主人的身份答礼，接下来是翁婿互拜，过后便入席。过了片刻，又来了一群浓妆淡抹的丫鬟使女。酒肴美馔，香气扑鼻，玉碗金盏，交相辉映。酒过数巡，老翁叫使女去请小姐出来，使女应了一声便去了。过了很长时间不见出来，老翁就亲自掀帘去催促，很快，新娘就被丫鬟老妪们扶拥着出来了。只见新娘容光照人，玉佩环坠，泠泠作响，香兰芳草，馥馨醉人。老翁命她向客人拜了拜，拜完就坐在母亲身边。殷公稍稍注视了一下新娘，见她头戴翠凤，耳垂珠玉，容颜美丽绝伦，世上少见。随即主人又用大金杯酌酒劝饮，大得可盛几斗酒。

殷公心想，这大酒杯可以拿回去给人作为见证，就随手藏在袖子里，然后他便假装醉酒，伏在桌子上睡着了。大家见状便说："殷公醉了，殷公醉了！"再过了一会儿，就听见新郎辞别，紧接着，又乐声大起，其他人也都纷纷下楼去了。后来，主人收拾酒具时，发现少了一只大金杯，四处寻找也没找见。有人怀疑也许杯子在殷公身上，老翁急忙制止住，只怕殷公听见。最后，楼里楼外彻底寂静无声，殷公才起身，四处漆黑无灯火，只剩下脂粉香气和酒肉香味，还在到处飘散。天色大亮后，殷公从从容容地出了楼，他用手摸摸衣袖，金杯还在，就大步走出园林。这时，朋友们正在门口等着，怀疑他夜里出来、趁早又进去的。他便掏出金杯让大家看，无不惊异，便问他都见到了些什么，他把自己亲眼目睹的一切向大家讲述了一遍。大家一想，这金杯不是贫寒书生所能拥有的，这才相信了。

后来，殷公考中了进士，在肥丘做官。当地有一个姓朱的世家公子宴请他。席上，主人命令仆人去取大杯来向客人敬酒，仆人去了很长时间不见回来。这时有一个年轻仆人过来附在朱公子耳边说了几句悄悄话，公子脸上立即现出怒色。过了一会儿，主人端金杯向客人劝酒，殷公仔细端详，发现这杯子无论是样子、花纹等，都与当年狐狸精所用的金杯毫无差异。殷公大为疑惑，就问这酒杯是什么地方制做的？主人说："此杯总共有八只，是先父做京官时特请良工监制的，这是上世所传宝物，珍藏多年了。因大人光临敝舍，刚才从箱罩取出以款待大人。只剩下七只，那一只怀疑是被家人偷去，但是十多年一直尘封如故，实在无法理解。"殷公笑着说："想必这金杯是仙物羽化了。但世传珍品是不能失去的，我那里正好有一只与公子家的非常相像，愿意以此物奉送。"吃完筵席，回到公署，殷公当即派人骑马把那只金杯送去。朱公子看罢，又与家物对比，确实丝毫不差，心里惊讶极了。他亲自登门去致谢，询问此物从何而来。殷公就把以前经历的事情详细讲给他听。这才知道千里之外的物品，狐狸精可以随意取用，但却不敢长久留下。

三　生

刘举人能记得前世的事情。他和我已故的同族兄长蒲文璧同一年考中举人，曾清清楚楚地谈论前世的事情。

他自称自己第一世是个绅士，品行多有不检点，活到六十二岁就死了。他初次见到阎王，阎王以乡里长者的厚礼对待他，给他赐座，请他品茶。他瞥见阎王杯中的茶水非常清澈，而自己杯中却浑浊如胶。他心里怀疑莫非迷魂汤就是这样子？他趁阎王不注意，就将杯中茶水悄悄倒在桌子下面，假装喝完。过了一会儿，阎王查出他前生的罪恶，一怒之下，命令群鬼将他揪下去，罚他做马。立即就有恶鬼将他捆绑起来拉着走。他被拉到一家大院跟前，只见门槛很高，无法跨越。他正踟蹰时，恶鬼用鞭子猛抽了他一下，他疼得栽倒。当他抬头看时，发现自己已在马圈里，只听有人叫道："黑马生了个小驹，是匹公马。"他心里很清楚，嘴里却说不出话。他觉得肚子很饿，迫不得已，就靠近母马来吃奶。过了四五年天气，他就长得身高马大，最怕抽打，一见马鞭，就惊恐逃窜。每次遇到主人骑他，就放上鞍子，又加上障泥，轻轻拽住辔嚼，这样还不太痛苦。如果遇到仆人、马夫骑他时，不用鞍鞯，用两脚紧紧夹击马腹，直疼到心腑里去。他忍不过这种折磨，气得三天不吃东西，就死了。

他第二次到了阴间，阎王一查他罪罚期限未满，责斥他有意逃避惩罚，于是就将他一身马皮剥掉，又罚他做狗。他心里非常懊丧，不愿意去，群鬼对他一顿乱揍，忍不住皮肉疼痛，他就逃窜到荒郊野外。他心想着不如死掉的好，于是气呼呼地走上悬崖往下一跳，跌在地上爬不起来。他再抬头一看，自己已经趴在狗窝里，母狗正爱昵地用嘴舔着他的头和身子，他明白自己又生在人世上了。稍稍长大一点，看见粪便之类，他知道那很污秽，闻上却还有些香味，但他决心不去吃那些东西。大约过了一年，他常常气得要死，又害怕阎王责斥自己罪孽未满有意逃避，只好强忍着。无奈主人养着他又不肯杀，于是他故意咬掉主人腿上的一块肉，主人怒不可遏，一顿乱棒将他打死。

他第三次来到阴间，阎王再次审讯他，憎恨他是疯狗，于是又鞭打数百下，再将他罚为蛇。他被关在一间阴暗的房子，见不上太阳，苦闷极了，就沿着墙壁往上爬，从屋子的一个孔穴钻出去。这时他发现自己伏在深草丛中，居然成为一条蛇。他发誓不残害生灵，饥饿的时候，只吞食树上的果子。过了一年多，他常常思索着，自杀不行，害人而死也不行，想找一个好死的上策却没有。一天，他正躺在荒草丛里，听见一阵车轮声传来，他急忙爬出去挡在路当中，车轮飞驰而过，他被压断成两截。阎王纳闷他这么快又来了，他赶快伏在地上申辩。阎王见他这次是无罪而死，就原谅了他，准许他罪期已满再回阳世做人，这就是刘举人。

刘举人一生下来就会说话，读书能过目不忘，辛酉年考中举人。他常常奉劝人：骑马一定要放上鞍子，千万不要用腿夹击马腹，这比用鞭子抽打更厉害。

异史氏说："禽兽之中，竟有王公大人在其中，其所以如此，是由于在王公大人之中，未必没有禽兽。所以贫贱之人做善事，好比想要得花而栽树；高贵人家做善事，好比已经有了花儿，还要更精心培养其根基。栽下树木可以使其长大开花，培养根基可以使花保持长久开放。否则，拉车或被笼套所束缚，那就是做马；再不然，去吃粪便，经受烹割之苦，那便是做狗；还不然的话，就要披上鳞介，将葬身鹳鹤之腹，这就是做蛇了。"

叶　　生

淮阳县有位姓叶的书生，我已忘了他的名字，此人文章诗词写得很好，红极一时。但他时运不佳，每次考试都落榜。适逢关东丁乘鹤来淮阳做知县，见到叶生的文章很欣赏。后来和他见面谈话，更器重他。丁知县让他住进县衙门里读书习文，时不时赐予钱粮等物来周济他家。到了科考的时间，丁知县有意在学政大人跟前吹捧他，于是他便得了全县的第一名，丁知县对他的期望更迫切。在省上乡试以后，丁知县又找来他的试卷阅读，边读边拍着桌子称道。但是不料想命数限人，文章却与时运不相容，等发榜时，才知道他又挫败。叶生非常懊丧地回到家里，他为辜负了丁公这样的知己深感愧疚，精神上受到沉重打击，人越来越消瘦，整天痴呆着，活像个木偶。

丁知县得知他的境况，召见他多方安慰，叶生为此感激涕零。丁知县同情他，并向他约定等自己任期满了后一同去京都。叶生内心十分感戴，辞别回家后一直闭门不出。不久，病倒在床。丁知县闻讯后经常派人来探望，无奈服了很多药都没有效果。这时候，丁知县因得罪上司而被免职，就要解任离去。走之前，丁公写信给叶生，大意说："我回归有日，现在迟迟不动的原因是为了等你，你早晨一到我下午就动身。"送信人来到病床前，叶生把信接到手里泪流不止地说："我重病在身，一时难以痊愈，请丁公还是先走吧。"丁公听了这消息，不忍心马上离去，慢慢等他能好起来。

过了几天，门卫忽报说叶生来了，丁公十分欣喜，亲自出门去迎接，并询问他的病情。叶生说："我得了这样的病烦劳您久等，心里实在不安宁，今天才勉强可以随您同行。"丁公于是装束登途，回家后，让儿子拜叶生为师，白天晚上相聚在一起。

丁公子名叫再昌，十六岁，当时还不会写文章。但却极聪明，凡考科举的八股文只要过目两三遍，便牢记不忘。这样教了一年时间，就能下笔成文，再加上父亲的关系，很快就考上了秀才。叶生将自己一生中所拟定的应考习题全部教给公子通读，省上乡试时，七道试题没有一个疏漏，丁公子中了第二名。丁公有一天对叶生说：“你把自己准备的文章随便拿出几篇教给小儿，就很快使他成名，但以你这样的高才却长期被遗弃，真是无可奈何啊！”叶生也不无感慨地说：“这就是命运啊，无法抗争。但今天我能借公子的福分为我的文章吐一口气，让天下的人都知道我沦落半辈子，并非本事不如人，这样我也就很满足、很欣慰了。况且我一生得到您这样的知己，已没有什么遗憾的了，又何必要取得科举功名才算发迹走运呢？”

丁公觉得叶生离家时间很长了，害怕耽误岁考，就劝他回去省亲。但是叶生有些凄然不愿离开，丁公也就不再勉强了。丁公子要去京城会考，丁公嘱咐儿子替叶生出钱捐个监生。丁公子在京城又考取了进士，授官为工部主事。公子也一块带着叶生到官署，他们朝夕相处，关系很融洽。

过了一年，叶生参加顺天府乡试，中了举人。这时适逢丁公子奉命到南河道去办理公务，公子对叶生说：“这次去南方正好离贵乡不远，先生今天已获取功名，正可衣锦还乡。”叶生心里也很高兴。于是他们就选好日子一起出发。到达淮阳县境，公子备好马匹，命仆从护送叶生回家。

到了家里，只见门庭萧条破败，心里十分悲凄，他很犹豫地走到庭院里，看见妻子正拿着簸箕从屋里出来，她看见叶生，扔了手里的家具就跑，吓得失魂落魄。叶生很悲凉地说：“我今天已经显贵了，三四年时间不见，怎么就认不出来了呢？”妻子站得远远地说：“你不是已经死了好几年了吗？怎么能说成了贵人呢？这么长时间一直没安葬你的原因是由于家境太穷，儿子尚小，现在老大才刚刚长大成人，近日就将要卜个好日子安葬，再不要作怪来吓活人。”叶生听了妻子的话，惆怅失意。他徘徊着走进屋里，看见自己的灵柩还停放在那里，往地上一扑，就消失了，但是衣帽鞋袜却像蝉蜕一般原本原样地留在地上。妻子见此情景，先是有些惊愣，随后就抱起丈夫的遗物痛哭起来。儿子从私塾放学回来，看见家门口停放着马匹行李，先问清来历，然后很惊异地跑回家告诉了母亲，母亲也含泪把自己刚才见到的一切说给儿子听，又仔细询问了来人，才知道了事情的原委。

仆从回去后，丁公子得知了事情真相，泪流如雨，立即命令备上车马到叶家去凭吊，亲自出钱为恩师置办丧事，以举人的礼节安葬了叶生。临走时，丁公子又给叶家留下一笔钱，要让叶生的儿子读书，并托付学政大人给予关照。一年以后，叶生的儿子考上了秀才。

异史氏说：“魂魄依顺知己，竟忘了自己已经死了吗？听说的人怀疑它，而我非常相信。情投意合的倩女，魂魄离身去追随情郎，远隔千里的好朋友，还认识梦中的寻觅之路。何况书海苦读，呕出心肝的学士；雅曲知音，惯道我辈的天性和命理呀！唉！遇合难以期待，际遇非常糟糕。行迹零落孤独，对着影子经常发愁；傲骨峥峥不屈，搔头自洁自爱。叹自己面目的寒酸，招致鬼物的讥笑。一直考不上的穷秀才，连条条头发胡须都丑陋；一旦落榜，文章处处都有毛病。古今痛哭的人，首推不被理解的卞和；良马劣马颠倒，谁是识马的伯乐？怀抱名帖而投靠无门，三年使名帖上的字都磨灭了。侧身展望，四海没有自己的家园。人活在世上，只须闭着眼睛走，听任上天的摆布升降罢了。天下气宇不凡而沦落得像叶生其人一样的，也不算少，只是怎能使爱才的丁公又回来，使他们生死都相随呀！唉！”

青　凤

太原府有一户姓耿的人家，原本为世族大家，宅院宏阔宽敞，但是后来败落了，楼阁相连，大半都空废着无人居住。因为常常出现怪异现象，门往往是自己打开又关上，家人总是在半夜被吓得惊叫不安。耿氏很忧虑，就搬到别墅去住，只留下个老头看门。从此，宅院更加荒芜。有时能够听到里面的欢歌笑语、鼓乐吹奏。

耿氏有个侄子名叫去病，生性狂放，无拘无束。他告诉老头如果有什么见闻，要尽快相告。到了夜间，老头看见楼上灯光忽明忽灭，就赶快去告诉耿生。小伙子不听劝阻，执意要进去看个明白。他向来熟悉这里的门户，拨开蓬蒿，迂回来到楼上。开始，他并未看见什么奇异现象。当他穿过楼道，就听见有人窃窃私语。悄悄藏起来偷看，见房里点着两根大蜡烛，明亮得像白昼。一个儒生打扮的老翁坐北向南，一个四十多岁的妇人与他对坐。东边是一个少年，大约二十岁，西边是个少女，不过十五六岁。桌上摆着酒肉佳肴，四个人正团团围坐在一起又说又笑的。耿生突然进去，笑着说：“有一个不速之客来了。”大家受了惊吓，纷纷奔逃躲藏。只有老翁出来责问道：“是什么人敢闯入内室？”耿生说：“这是我家闺房，你占用着，自饮美酒，也不邀请主人，岂不太吝啬？”老翁端详着他说：“你不是主人。”耿生说：“我是狂生耿去病，主人的侄子。”老翁尊敬地说：“久仰大名！”于是作揖相拜，请耿生入席，又叫家人来换酒菜，耿生劝止了。老翁便向耿生敬酒。耿生说：“我们可算是世交，大家用不着回避，还是请大家一块共饮。”老翁叫道：“孝儿！”很快就有个少年进来，老翁指着他介绍说：“这是小儿。”少年相拜入座。耿生问起他们的家世，老翁说：“名叫义君，姓胡。”耿生向来豪放，谈论风生，孝儿也很潇洒，几句话说得两人就情投意合。耿生二十一岁，比孝儿大两岁，因此就称他为弟弟。老翁说：“听说尊祖父曾写过《涂山外传》，你知道不？”耿生回答说：“知

道”。老翁又说：“我是涂山氏的后代。唐代以后，家谱世系还能记得，五代以前的就失传了，望公子赐教。”耿生将涂山女帮助大禹治水的故事大略讲了讲，有意渲染了一番，讲得有声有色，娓娓动听。老翁听得喜笑颜开，对儿子说：“今天有幸听听以前从未听过的故事，公子也不是外人，可以叫你娘和青凤一起来听听，好叫她们也知道我们祖先的功德。”孝儿进入帷帐，一会儿妇人带少女一块出来。耿生仔细打量，那少女生得一副好身材，款款柳腰，横生娇态，闪闪秋波，智慧流溢，真是美艳绝伦，举世无双。老翁指着妇人说：“这是拙妻。”又指着女子说：“这是青凤，我侄女。她很聪慧，所见闻的事情会牢牢记住，所以叫她也听听。”耿生讲完故事便喝酒，他不住地顾盼少女，直看得眼睛发呆。少女觉察到了，害羞地低下头去。耿生又暗中轻轻地踢她的莲花脚，少女就急忙把脚缩回去，却并不愠怒。耿生的神志有些飘飘然，不能自控，竟然拍着桌子说：“能得这样的美女为妇，就是做皇帝我也不干！”妇人见他渐渐酒醉，更加发狂，就和青凤起身，急忙揭开帘子进去。耿生很失望，就辞别老翁出来，但心里却恋恋不舍，一直思念着青凤。

第二天夜里他又去楼上，那里满屋芬芳，彻夜不消，但是整个屋子却没有一点声响。他回家和妻子商议，打算携家搬到楼上去住，希望和青凤能再见面。但是妻子却不答应，他只好自己一个人去，在楼下读书。夜里，他有些困倦，就靠着桌子打盹。这时，有一披发鬼怪进来，脸黑得像漆，大睁两眼直瞪着耿生看，耿生笑着用手指头蘸着墨汁也往自己脸上涂抹，也大睁两眼，目光灼灼，与长发鬼对看。那鬼很惭愧地离去。

又一夜，已是更深，正要熄灯就寝时，忽听楼上有开门声，耿生就急忙起身去看，已见门扉半开，接着就听见有细碎的脚步声，然后就见有灯光从房中照来，仔细一看是青凤。她一看见耿生吓得往后退，连忙关上房门。耿生直直跪在地上对青凤倾诉说：“小生不怕凶险都是为了你，幸好这里没有别人，我只求和你握一下手，死而无憾。”青凤在里面说：“你的眷眷深情我怎能不知，但叔父家规严厉，我不敢答应你的要求。”耿生一再苦苦地哀求：“我并不敢奢望亲近你的玉体，我只求一睹你的容颜，心里就满足了。”青凤似乎有所心动，开门出来，伸手抓住耿生的胳膊扶他起来。耿生欣喜若狂，拉着她的手到了楼下，拥抱着她放在自己的膝盖上。青凤说：“你和我幸有缘分，但是过了这一夜，相思也无用。”耿生问道：“为什么？”青凤说：“叔父只怕你的狂放不羁，所以装扮成凶鬼来吓你，但你却不怕，现在已搬住到别的地方去了。全家人都把东西搬走了，只叫我留在这儿看房子，明天我也就一块搬走了。”说完，她就要走，说：“怕叔父回来撞见。”耿生强留她不让走，想和她亲热，两人正相持不下，老翁突然推门进来，青凤又羞又怕，无地自容，低头靠在床边，用手捏弄着衣带不说话。老翁怒骂道：“你这贱女子，玷辱我家门风！不快快走开，将用鞭子抽打！”青凤低着头跑出去，老翁也随后出去。耿生悄悄跟在后边偷听，老翁还在责骂不休，言词激烈，难以忍受。他又听见青凤伤心地嘤嘤啜泣。耿生在外面听得心如刀割，大声喊道：“这是我的错，与青凤有什么关系？请你原谅青凤，要杀要剐，我都愿意承受！”过了许久，终于寂静无声，耿生这才下楼去睡觉。

从此以后，宅院内再也没有声息动静。耿生叔父听说后很为此称奇，他愿意将宅院卖给侄子叫他去住，不在乎价值多少。耿生大为欣喜，就带着全家搬进了。住了一年，颇感舒适。但他一时一刻也没有忘记过青凤。

正值清明节扫墓回家途中，他看见有一只狗正追逐着两条小狐狸，其中一条落荒而逃走，另一条在大路上恐慌得要命，看见耿生，依恋不去，发出哀声，低头贴耳，似乎在向他求救。耿生很怜悯它，揭开衣襟，裹着它抱回家里。关上门后，耿生把它放在床上，却变成了青凤。耿生高兴极了，就一边安慰一边问她。青凤说："刚才和小丫鬟出来玩，遭了这样的大祸。要不是被你相救，肯定葬身犬腹了。请你不要把我视为异类而厌恶。"耿生说："我朝思暮想，连魂梦都在牵着你。现在见到了你如获至宝，敢说什么嫌弃！"青凤说："这是天分，不遭这次大难，怎能跟随你？这是不幸中的万幸，那丫鬟回去一定会说我死了，你我便可长期相依在一起了。"耿生听后十分高兴，就为她安排了另外一处房子住下。

过了两年多，一天夜里，耿生正在书房里读书，孝儿忽然闯入。耿生放下手里的书本，问他从什么地方来。孝儿跪在地上凄怆地说："家父遭遇横祸，非您无救。他本想亲自来求见，又怕您会拒绝见他，所以就叫我来了。"耿生问他什么事，他说："你认识莫三郎吗？"耿生答："他是我一位科举同年朋友的儿子。"孝儿说："明天他将到你家来，如果见他带有猎获的狐狸，望你留下它。"耿生说："当年他在楼下羞辱我，我一直耿耿于怀，这事不想去过问，如果一定要我效力，非得让青凤来不可！"孝儿一听，潸然泪下："凤妹妹已在三年前就葬身郊野了。"耿生将袖子一甩说："既然如此，我们之间仇恨就更深一层！"说完，他便举书高声诵读，再也不看孝儿一眼。孝儿一看没了指望，就捂着脸大哭着离去。

耿生来到青凤住房，把刚才发生的事情告诉给青凤。青凤一听脸色剧变，她问耿生："你真的救他不？"耿生笑着说："救是救的，刚才没有答应的原因，仅仅是为了报复一下以前他的蛮横无理。"青凤转忧为喜说："我从小父母双亡，全靠叔父养育成人，往年被责骂，那是家规本该这样。"耿生说："这是对的，但这事总是使人心里不舒服。你如果真死了，我决不相救。"青凤笑着说："你好残忍呀！"

第二天，莫三郎果然来到，马的前胸系着镂金的勒带，腰挎虎皮弓袋跟着大队随从，威风凛凛。耿生出门相迎，见他猎获的禽兽很多，其中有一条黑狐，伤口的鲜血浸透皮毛，耿生用手一摸，感觉还有些体温。他托词有件裘皮大衣破了，正好需要补一下，请求留下黑狐。莫三郎二话没说，慷慨取下送给耿生。耿生接过，当即交给青凤。又设宴与客人畅饮一番。

客人走后，青凤将黑狐抱在怀里，三天才苏醒过来。黑狐辗转着化为老翁。他抬头看见青凤，怀疑不在人间。青凤将所发生的事情全部向他说了，老翁感激地向耿生下拜，羞愧地对前嫌深表歉意。老翁欣喜地对青凤说："我一直说你不会死的，现在果然活得好好的。"青凤对耿生说："你如果念及我们的情分，请你还把楼房借给我们，使我能够报答叔父的一片养育之恩。"耿生答应了。老翁很惭愧地辞别而去，夜里，果然带着全家搬来住下。

从此以后，人狐如同一家，彼此之间并无猜忌和隔阂。耿生住在书房里，孝儿时常过来和耿生谈天、饮酒。耿生妻子所生的儿子一天天地长大了，就请孝儿教他读书习文。孝儿还能够循循善诱，是很不错的老师。

画 皮

太原府有个姓王的书生，大清早出门，在路上遇见一个女子，怀里抱着包袱，独自奔走，步履十分艰难。王生加快步伐赶上她，见她有十五六岁的样子，长得非常漂亮，于是起了爱慕之心。他问女子："为什么一大清早就独自一人行路？"女子说："赶路的人，不能做伴解愁闷，何必烦劳多问？"王生说："你有什么愁闷就说出来，也许我能效力，不会推辞的。"女子神色惨淡地说："父母贪图钱财，把我卖给富豪人家，大老婆非常嫉妒我，一整天地不是骂就是打的，我实在忍受不了这羞辱，所以打算走得远远的。"王生又问："你准备到哪里去？"女子说："逃亡流落在外，还没个去处。"王生说："我家离这儿不远，只要愿意，可委屈暂住。"女子很高兴地答应了。王生帮她提着包袱，领她一块到了家里。女子看看屋里没有别的人，就问："您怎么没有家眷？"王生答道："这是我的书房。"女子说："这是个好地方，如果您同情我，让我生活下去，必须保守秘密，不要对别人说起。"王生满口答应，就和她同居了。王生让她藏在密室，过了好多天也没人知道。后来，王生将这事悄悄告诉给妻子陈氏，妻子疑心这女子是大户人家的小妾，劝丈夫将她送走，王生根本不听。

一个偶然的机会，王生在市上，碰见一个道士，道士看到他后，现出惊愕的神色。问他："你遇见过什么？"王生说："没有遇上什么。"道士说："你身上邪气环绕，怎能说没有遇见什么？"王生极力辩解。道士只好离去，临走时还遗憾地说："糊涂啊！世上竟有死期就要临头还不觉悟的人！"王生因他话里有话，不得不怀疑起那女子。又转念一想，明明是个美丽的姑娘，怎么会是妖怪，猜想是道士借镇妖除怪来赚取几个饭钱吧？一会儿功夫，他就回到书房，一推门，发现里边插着，进不去。于是起了疑心，就翻墙进去，而房门也紧关着。他蹑手蹑脚走到窗前朝里面偷看，只见一个恶鬼，脸色青翠，牙嶙峋犹如锯齿一般。那鬼把一张人皮铺在床上，正拿着一支彩笔在上面描画着，很快就画好了，把笔扔在一旁，然后双手将人皮提起来披在身上，顷刻间化成一位女郎。看见这情景，王生吓得胆战心惊。一声也不敢吭，像狗一样伏下身爬了出去，慌慌张张去追赶道士。然而，那道士早已不知去向。他到处去找，终于在野外碰见。王生扑通一声跪在地上向道士哀求救命。道士说："让我替你赶走它。其实这鬼也怪可怜的，好不容易才找到一个替身，我也不忍心伤害它的性命。"于是他把蝇拂交给王生，叫他拿回去挂在卧室的

门上，分手时向王生约定有事到青帝庙去找他。

王生回到家里，不敢去书房，晚上就睡在内房，并将道士给他的蝇拂挂在门上。约莫到了一更时分，他听见门外有戢戢的声响，王生自己不敢去看，却叫妻子去偷偷看，只见那女子来了，望着门上的蝇拂不敢进屋。女子在门外咬牙切齿，站了很久才离去。过了片刻却又来了，而且嘴里骂着"道士吓唬我，我总不能把吃进嘴里的食物又吐出来！"于是便将蝇拂取下来弄碎，竟然破门而入，径直闯到王生床前，剖开王生的肠肚，双手抓起王生的心脏离去。王生的妻子吓得大声呼叫。丫鬟端着蜡烛进来一照，见王生已死，胸腔到处血迹模糊，陈氏吓得连哭都不敢出声。

第二天，叫王生的弟弟二郎赶去告诉道士。道士发怒说："我本来是怜悯它，它竟敢这样！"当即就跟着二郎一起赶来。但那女子已不知去向。道士抬头环顾四周，说："幸好没走远。"又问道："南院住的是谁家？"二郎说："我住在那里。"道士说："它现在就在你家里。"二郎一听很诧异，认为没有。道士又问："是不是有个陌生人曾经来过？"二郎回答说："我一大清早就到青帝庙去请您，确实不知道，我可以回去问问。"二郎去了一会儿，就回来说："果然有人来过，早晨来了个老妇人，想在我家做仆人，我妻子把她留下了，还在家里。"道士说："正是这鬼怪。"当即和二郎一起前往。道士手执木剑，站在庭院中央，大叫一声："大胆孽鬼，快快还我蝇拂来！"老妇人在屋里吓得大惊失色，正要出门逃路，道士急追过去，一剑将她击倒在地，人皮哗啦一声脱落下来，立地还原成一个恶鬼，躺在地上像猪一样地嗥叫着。道士用木剑削了它的头，那鬼顷刻间化为浓烟，在地上盘旋成一团。道士拿出一个葫芦，拔开塞子，将葫芦放在烟雾中，眨眼间就将那烟雾全都吸进葫芦里。道士塞住葫芦口，将葫芦收好装进袋子。大家去看人皮，眉眼手脚都很齐全。道士像卷画轴似地将人皮卷起来收好，正要告别离去，陈氏跪在门口，哭求道士让他把丈夫救活。道士推辞无能为力。陈氏哭得更加悲伤，伏在地上不起来。道士沉思了一下说："我法术太浅，实在不能起死回生。我指给你一个人，他也许能救你丈夫，你去求他一定会有结果的。"陈氏问："什么人？"道士说："街上有个疯人，常常睡在粪土里。你去试着向他求告，他若要发狂侮辱你，你千万不要气恼。"二郎也知道有这么个人，于是辞别了道士，和嫂嫂一起上街去找。

他们见有个乞丐正在路上唱歌，鼻涕流有三尺长，满身污秽叫人无法接近。陈氏跪行向前，那乞丐笑着问道："美人儿爱我吗？"陈氏向他说明来由。乞丐又大笑着说："人人都可以做丈夫，救活他有什么用？"陈氏坚持苦苦地哀求。乞丐说："真是怪了！人死了乞求我来救活，难道我是阎王吗？"说完，怒气冲冲地用拐杖打陈氏。陈氏含泪忍受着疼痛和侮辱。街上看热闹的人渐渐云集过来，在四周围成了人墙。乞丐咳痰唾涕弄了满手，举到陈氏嘴边说："吃了它！"陈氏涨红着脸，但她想起道士的嘱咐，就强忍着吞食下去。她只觉得那东西进到喉咙里梗得像一疙瘩棉絮，格格而下，随后郁结在胸口不动了。乞丐大笑着说："美人爱上我啦！"说完，就起身走了，连头也不回。他们追随其后，进到庙里，想再去求他，但却不知他在哪里。他们在庙前后找遍了，也不见他的踪影。

陈氏羞愧万分地回到家里，怜念丈夫的惨死，又回想起在大街上当着众人的面吞食乞丐的咳痰唾涕，真是倍感奇耻大辱，难受得俯仰痛哭，恨不得即刻死掉。她正要擦去血污收尸入棺，家人站在一旁望着，没人敢到跟前去。陈氏抱尸收肠，一边收拾一边痛哭。直哭得声音嘶哑时，突然想要呕吐，只觉得胸口间停结的那团东西直往上冲，哇地吐出，还没来得及看，那东西就已经掉进丈夫的胸腔里。她很吃惊地一看，原来是一颗人心，已在丈夫的胸腔里“咚咚”地跳了起来，而且热气蒸腾，像烟雾一样缭绕着。陈氏感到十分惊异，就急忙用双手合住丈夫的胸腔，用力往一块挤。她稍一松手，热气就从缝里冒出来。于是她又撕下绸布当带子，把丈夫的胸腔紧紧捆住。她再用手去抚摸尸体，已觉得慢慢温暖了。然后她又给盖上被子，到半夜时掀开被子一看，竟然有了呼吸。第二天天亮时，丈夫终于活过来了。一苏醒他就说：“我恍恍惚惚，就像在梦中，只觉得肚子在隐隐作痛。”他们再看肚皮被撕破的地方，已经结了像铜钱大的痂，不久完全好了。

异史氏说：“世人啊太愚蠢！明明是妖怪，却把它当成美女。愚人啊糊涂！明明是忠告之语，却看作是妄言。然而，贪恋别人的美色，并企图占有她，自己的妻子就要甘心情愿地吞食别人的痰唾。天道善于报应，而那些既愚蠢又糊涂的人不省悟罢了，太可悲啊！”

陆　判

陵阳县有个朱尔旦，字小明。此人性情豪放，但平时比较迟钝，虽然学习很勤奋，而学业上却未出名。

一天，他和文社众学友一起饮酒，席上有人跟他开玩笑说：“您素负豪名，若能深夜到十王殿左边走廊下把判官像背来，那么，我们大家凑钱设宴款待您。”原来陵阳有座十王殿，里面的神神鬼鬼全是木雕的，妆饰得栩栩如生。东廊屋中有判官立像，面呈绿色，满脸赤须，形貌非常狰狞可怕，有时能听见里面有拷讯声。白天进去的人，都会吓得毛骨悚然。因此，大家就用这来难为他。朱尔旦很不在意地笑笑，起了身径直往十王殿走去。没多久，门外就传来呼喊声：“我把髯宗师给大家请来了！”众人站起来，一会儿朱尔旦真把判官像背进来放在桌上，并为判官像连敬三杯酒。大家眼看着，都吓得瑟缩发抖，不敢坐稳，叫快快地将判官像背回去。朱尔旦又以酒浇地，祈祷说：“弟子太轻狂无礼，大宗师想必不会怪怨的。寒舍离此处不远，在您高兴的时候，就请光临共饮，希望不要有人鬼的界限。”说完，就将判官像背回去了。

第二天，大家果然宴请他，一直喝到天黑才醉意蒙眬地回家。但是他还觉得酒兴未尽，就又挑灯独饮。这时，忽然有人掀开帘子进来，他抬头一看，正是十王殿里的判官。朱尔旦站起身说：“想来我是要死了！昨天晚上我有所冒犯，今天是来惩罚的么？”判官捋着浓须笑着说：“不是。昨日承蒙你盛情相约，今夜正好有空，特意前来赴旷达之人的约会。”朱尔旦很高兴，赶快请客人坐下，亲自起来洗杯温酒。判官说：

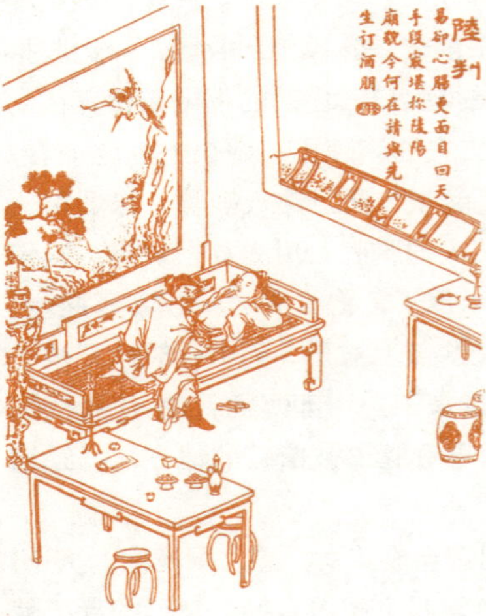

“天气温暖，可以冷饮。”朱尔旦遵命，把酒壶放在桌上，跑去告诉家人准备些菜肴水果下酒。妻子一听是判官来了，害怕极了，就劝朱尔旦不要出去。朱尔旦不听，立等着做好菜肴来。换杯敬酒，才问判官姓氏。判官笑道：“我姓陆，没有名字。”谈起古书，判官应答如流。朱尔旦问陆判官：“你会八股文吗？”陆判官说：“还能辨别出优劣，阴间与阳间所读的，基本差不多。”陆判官很能喝酒，连饮十大杯。朱尔旦因为白天已喝了不少酒，晚上再接着饮，终于不胜酒力，醉醺醺地倒在桌上睡着了。一觉醒来，只见灯光昏暗，鬼客早已离去。从此，陆判官常常隔三两天来一回，两人关系更加融洽。有时他们就睡在一起。朱尔旦拿出自己的文稿来向陆判官请教，陆判官也不见外，就直接拿红笔在上面勾勒点批，看了多篇，陆判官都说不好。

一天晚上，朱尔旦喝醉了，就先睡下，陆判官还自斟自饮。在醉梦中，朱尔旦突然感到五脏六腑微微有些疼痛，他一睁眼，发现陆判官正坐在床前划破他的肚子，取出肠胃一一清理。便吃惊地问：“你我向来无仇无怨，为什么要杀我？”陆判官笑着说：“别怕，我正在替你换一颗灵敏聪慧的心。”陆判官很从容地把肠胃放进去，然后合好，最后再用裹脚布把腰部缠紧，做好这一切，并未见床上有什么血迹，只是觉得肚子略略有点麻木。他看见陆判官把一个肉块放在桌上，就问怎么回事，陆判官说：“这是你原来的那颗心，作文没有灵气，是因为心窍堵塞。我刚才从阴间千万颗心脏中拣了一颗绝好的给你换上，拿着这个还得去补缺数。”说完，便掩门离去。天亮以后，朱尔旦将肚子上的裹脚布解开一看，伤口已合好，只有一条红线仅存。从此，他文思大有进步，读书过目不忘。过了些日子，他再拿着文稿让陆判官看，陆判官说：“不错了。只是你福薄，做不了大官，只能中个举人罢了。”朱尔旦问：“什么时候可以中举？”陆判官说：“今年一定中头名。”不久，朱尔旦科试得了冠军，接着乡试又夺了魁。同社学友向来都爱揶揄他，等看见他考举人的试卷，都很惊讶。大家细细盘问他，才知道他换了心。大家都求他在陆判官跟前通融通融，愿意和他结交。陆判官答应了。大家共同设宴款待陆判官，刚到更时陆判官来了，只见他满脸赤须飘动，双目炯炯有神，如同电光一样闪亮。众人吓得脸色大变，牙齿不停地打战，渐渐就都溜之大吉。

朱尔旦就领着陆判官到自己家里去喝酒。朱尔旦带着醉意对陆判官说：“清肠洗胃，我已受惠不少，现在我还有一件小事相烦，不知行不行？”陆判官让他直说。朱尔旦说：“既然心肠都可以换，我想面目也可以改变了。我妻子身体都还可以，就是相貌不好看，想烦你动动刀斧换一下，怎么样？”陆判官笑着说：“可以，让我慢慢想办法。”过了几天，陆判官半夜来敲门，朱尔旦急忙让进来。用灯一照，见他衣襟裹着个东西。一问，陆判官说：“你以前嘱咐的事，一时不好物色，刚才正好有机会弄到这颗美人头，就来满足你的要求。”朱尔旦一看，脖子上还流着血。陆判官催他快快进去，不要惊动鸡犬。朱尔旦顾虑夜里门上了锁进不去。判官来到，一手推门，门就自己开了。他把判官领到卧室，见夫人侧身睡着，陆判官把头交给朱尔旦抱着，他自己从靴子取出短剑，按住夫人的脖子用力一切，就像切豆腐一样，头落到枕边，又急忙从朱尔旦怀里拿过美人头接在夫人脖子上，看看是否端正，然后再按捺好，最后把枕头垫在肩膀下边，叫朱尔旦把夫人的头埋在僻静处，他便离去了。朱妻醒来，觉得脖于有些麻，脸上像有什么东西粘着，她用手一搓，看见血块，非常害怕，便大声叫丫鬟端水来洗，丫鬟见她满脸是血，吓得要命。一洗脸，盆里水都染红了，抬头一看，夫人面目全变了。夫人拿着镜子自己一照，很惊诧又不明白是怎么回事。朱尔旦进来说明了缘故，仔细端详，只见她又长又细的秀眉，弯弯如柳叶，掩映着双鬓，脸上一笑，出现两个小酒窝，完全是一个画中美人儿。解开衣领查验，只见脖子有一圈红线，红线上下肉色全然不同。

在此之前，有个吴御史的女儿长得非常漂亮，还没有出嫁就先死去两个未婚夫，所以都十九岁了还未嫁人。她在上元节游十王殿，当时游人太杂乱，其中一个无赖见她长得这么美丽，就起了歹心。无赖暗中问清吴家住址，夜里翻墙进去，先把一个丫鬟杀死在床下，企图强奸吴女，吴女一边抵抗一边喊救命。无赖一怒之下把吴女也杀了。吴夫人隐约听到吵闹声，叫身边丫鬟去看，丫鬟看见尸体，吓得要死。全家人闻讯惊起，将尸体停在堂上，把砍下的头放在脖子边，一家人号啕大哭，整整闹腾了一夜。第二天早晨，揭开被子一看，身体在而头不见了。将侍女挨个鞭打一遍，说她们看守不紧叫狗吃了。吴御史将杀人案告到官府，官府限令捉拿罪犯，但三个月过去了，也没有抓到凶手。后来，慢慢地有人将朱家发生换头的奇闻说给吴御史听，吴御史有些怀疑，就派了家里一个老年女佣到朱家去探视。女佣进门一见朱夫人，吓得一口气跑回吴家告诉给主人。吴御史再看看女儿尸体明明在，自己也惊疑不决。他猜疑是朱尔旦用妖术杀害了他女儿。他去质问朱尔旦。朱尔旦说："妻子夜里做梦换了头，也不明白是什么原因。说我杀了你女儿，实在冤枉。"吴御史不相信他的话，就告到官府。官府先抓来朱家仆人审问，口供和朱尔旦说的完全一致，长官一时也定不了案。朱尔旦只好向陆判官讨主意，判官说："这不难，可以让这女孩自己说明。"吴御史当晚就梦见女儿说："我是被苏溪杨大年杀害，与朱举人无关，朱举人嫌自己妻子长得不漂亮，陆判官就取了我的头和他妻子换了，这样我虽然身死头却还活着，请不要和他们为仇。"吴御史醒来把所做的梦告诉了夫人，夫人说她也做了相同的梦。于是把情况告诉给官府，一查问，苏溪果然有个杨大年，当即逮捕刑讯，就承认了罪行。

吴御史来到朱家，求见朱夫人，从此他和朱尔旦以翁婿相称。并把朱妻的头和女儿尸体合在一起安葬了。

朱尔旦三次入京会考，因违犯考场规则而被逐出。朱尔旦从此灰心仕途，一直默默无闻地过了三十多年。一天晚上，陆判官来告诉他："你寿命不长了。"朱尔旦问还有多长时间，判官说只有五天了。朱尔旦又问有没有救？判官说："这是天意，不可违抗，个人怎么能随意改变？而且，达观的人把生死看得同样乐观。何必以生为乐而以死为悲？"朱尔旦觉得他说得对，就立即置办衣被棺材等。一切准备完毕，便穿戴整齐寿终正寝。朱尔旦死后第二天，妻子正扶着棺材哭泣，朱尔旦却从容地从外面进

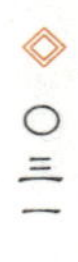

来。妻子很害怕。朱尔旦说："我确实已做了鬼，却和活着时一样，想着你们孤儿寡母的，放心不下，特地回来看望你们。"妻子更哭得伤心不已，悲痛欲绝。朱尔旦平心静气地安慰她。妻子说："自古以来就有还魂的说法，你既然有灵，为什么不再复活呢？"朱尔旦说："天意不可违背。"妻子问他："你在阴间做什么？"朱尔旦回答："陆判官推荐我管理文书事务，授有官职，不算苦。"妻子还想说什么，朱尔旦说："陆判官和我一起来的，可为我们准备些酒菜。"快步走了出去。妻子去准备了。只听两人还和生前那样谈笑着，声音很响亮。到半夜时分再去看，两人已杳然离去。

从此，朱尔旦每隔三两天就回一趟家，有时他竟然在家留宿，和妻子感情还像以前那样亲近，有时还顺便料理一下家务。儿子叫朱玮，已有五岁，朱尔旦回家时还常常抱着他玩。到七八岁时他就教他读书。儿子很聪明，九岁就能作文，十五岁考取秀才，竟不知道父亲已死。从这时起，朱尔旦回家次数渐渐减少，只是偶尔回来一回。又一天夜里他回来对妻子说："我们要永别了。"妻子问他将去哪里，他说："奉上帝之命做了华山山神，将要远道赴任，事务又多，所以不能再来了。"母子听了抱着他就哭，他说："别这样，儿子已长大成人，家里日子也过得去了，哪里有百年不散的夫妻？"他又看着儿子说："好好做人，不要坏了父亲的事业。十年后还可相见一次。"说完径直走出门去，消失了。

后来，朱玮二十五岁时中了进士，官至行人之职。他奉命前去祭祀西岳华山，途经华阴县境内，忽见一队车马，上张羽盖，随从众多，直冲他的仪仗队驶来。他很诧异，仔细一看，原来车上坐着他的父亲。他便下车伏在路旁哭拜，父亲停车说："你为官声誉好，我可以闭上眼了。"朱玮伏拜不起，朱尔旦催车前行，火速奔驰而不顾。但刚离开几步远，回望儿子解下佩刀叫人送来，远远地说："佩着它，会显贵的。"朱玮起来，想去追赶，只见车马随从像疾风一样飘逝，转眼间杳无踪影。朱玮悲恨许久，抽刀细看，做工极为精细，上面刻着一行小字："胆欲大而心欲小，智欲圆而行欲方。"朱玮后来官位做到司马。生有五个儿子，分别叫朱沉、朱潜、朱汤、朱浑、朱深。一天夜里他梦见父亲说："佩刀应赠给朱浑。"他照办了。朱浑后来做到左都御史，政绩较卓著。

异史氏说："断鹤续凫，矫作者妄；移花接木，创始者奇。凿去心脏肝肠，施用刀术换取头颅，更是神技妙术。陆判官这人，可以说外貌丑陋，却内心美善。从明代至今时隔不远，陵阳陆判官还在吗？还有灵验不？假如在的话，我就是替他赶车，也感欣慰啊！"

婴　宁

王子服是莒县罗店人，早年丧父。王子服非常聪慧，十四岁就考取了秀才。母亲很钟爱他，平时不让他到郊野去游玩。他曾与肖氏女子订婚，但未娶进门就夭折了，至今还一直没有找到如意的配偶。

上元节时，舅表兄吴生邀他一起去游玩，他们刚到村外，舅家一个仆人来把吴生叫走，王子服见来游的女子特别多，也就乘兴独自闲逛。他见一个漂亮女子带着丫鬟，手里拈着一枝梅花，美丽无比，笑容可掬。王子服被她迷住了，目不转睛地盯着她看，竟忘乎所以。女子走过去几步，对丫鬟说：“这个少年目光灼灼地盯着人看，像个贼似的。”女子将手里的花往地上一丢，吟吟地笑着走了。王子服捡起被遗弃在地上的花，心里充满了惆怅，很失落地返回。到家里，把那枝梅花悄悄地藏在枕头底下，自个垂头倒在床上，不说话也不吃饭。母亲不知什么原因，只是心疼地看着儿子发愁。母亲请来道士驱邪禳灾，不但没有减轻儿子的郁闷，反而有所加剧，眼看着儿子一天天消瘦下去。母亲又请医生来诊视，谁知吃药后益发昏迷不醒。母亲用手轻抚着他问病因，他却默然不答。

正好吴生来了，母亲嘱托他偷偷地问儿子。吴生来到床前，王子服一见他，忽地泪流满面，吴生坐在床边安慰，又询问原因。王子服如实向他说了，并向他请求办法。吴生笑着说：“你也太痴情了，这小小的愿望有什么达不到的？ 我可以替你去打问打问，徒步到郊外去游玩，谅定不会是富贵人家女子。倘若她还没有许人，这就很好办了，再不然，充其量就是多出些钱，我想一定能成。只是你得好好养病，只要痊愈，这事我保证替你办好。”王子服听完，舒心地笑了。吴生出来，告诉了姑姑，当即打探女子的住处，但查来问去也没个下落。母亲忧心忡忡，再没有别的办法。

自从吴生去后，王子服心绪好转，脸上有了笑意，饭量也稍微有些增加。过了几天，吴生又来了，王子服询问结果，吴生哄他说：“已经打听到了，我以为是什么人呢，竟是我姑姑的女儿，也是你的姨表妹。现在还没有订亲，虽然是近亲结为婚姻有点不合适，但只要如实相告，就没有什么不如意的。”王子服高兴得眉开眼笑。他又问女子住哪里，吴随意提了个地方说：“在西南面的一个小山村，离这儿大约三十多里。”王子服又再三再四地托付，吴生慷慨地答应着离开。

后来王子服饮食不断增进，几天后身体就康复了。有一天，他掀开枕头去看那花，只见已经干枯，但却并未凋谢。他把花儿拈在手里，浮想联翩，那女子就像站在眼前。过了很久也不见吴生来，王子服就捎信叫他，吴生托故不愿来。王子服很恼怒，又郁郁寡欢起来。母亲担忧他会旧病复发，就急忙为他四处求婚，一和他商量，总是摇着头不愿意，只是盼着吴生来。而吴生却毫无踪影，他就更加怨恨吴生了。他转念一想三十里路并不算远，为什么不自己去看看，何必要仰仗于别人？就把那支干枯的梅花藏在袖子里，自己堵着气前往，而家里人却不知道他的行踪。

王子服孤零零独自行路，一路上不见别的人影，无从问路，只顾往南山方向走。走了大约有三十多里，来到一片乱山丛中，这里满眼葱翠，使人赏心悦目，四周异常寂静，了无人踪，只有鸟儿能飞过险峻小路。举目四望，只见遥远的山谷下面，在花从树林中，隐隐约约有几家小院落。王子服下了山来到村里，见这里房屋并不多，全是些茅草房，但感觉很清静幽雅。有一户人家门朝北开，门前种着很多垂柳，院墙内桃杏繁茂，花香宜人，高高的翠竹杂间其中，果树与竹林中有鸟儿在不住地啼唱，悦耳动听极了。王子服怀疑这是人家的别墅亭园，所以就不敢贸然闯入。他再回头看对面人家门前有块巨石，光洁闪亮，于是他就走过去坐在上面休息。

一会儿听见墙内有个女孩拉长声音在喊“小荣”，声音娇细甜润。他正倾耳聆听时，只见有个女子从东边出来向西走来，手里拈着一支杏花，微低着头，正准备往头发上插戴。她一抬头看见王子服，于是不再往头上插，含着笑拈花进去了。王子服仔细审视，发现这正是上元节时在郊野遇上的那位女子。他不觉欣喜若狂。但一想没有什么借口进去，喊声姨妈吧，却从未来往过，不免冒昧，生怕弄错。但是附近却又无人可问。他坐也不是，去也不是，进退两难，这样一直从早晨挨到太阳西斜，真是望穿秋水，连饥渴也忘记了。时不时瞥见那女子露出半边脸偷偷窥视他，似乎在惊讶他为何不离去。忽然有个老妇人拄着拐杖出来，对他说：“你是何处少年，听说你清晨就来到这儿，现在还不走，你想要干什么？难道肚子不饿？”王子服急忙起身向老婆婆作揖说：“我是来访亲的。”老婆婆有点耳聋，没听清他的话，他就又大声说了一遍。老婆婆问道：“亲戚姓什么？”王子服答不上来。老婆婆笑着说：“奇怪啊！连姓名都不知道，访的什么亲？我看你这少年，是个书呆子。还不如跟我到屋里来，吃顿粗茶淡饭，家里有张小床你晚上可以过夜。等明天回去问清姓名，再来探访也不迟。”王子服这时正感觉饥肠辘辘想吃东西，而且进屋就可以和那美人慢慢接近，高兴极了。

他跟着老婆婆进到门里，只见脚下全是白石砌路，两旁红花掩映，台阶上落着片片花瓣。曲曲折折往西走着，又进了一道门，庭院里是满架的豆棚花。老婆婆把客人请进屋，墙壁粉刷得异常洁白，看上去明亮如镜。院里的海棠连枝带花，伸进窗户。屋里的桌凳、床铺之类，样样都整洁光亮。他刚刚坐下，就觉得有人在窗外偷看。老婆婆叫道：“小荣，快去做饭。”外面有丫头高声应答。相对而坐，王子服详细陈述了自己的宗族门第。老婆婆说：“你外祖父是姓吴吗？”王子服说是。老婆婆惊讶地说：“那你就是我的外甥，你母亲是我妹妹，多年来因家境贫穷，又没个能顶门立户的男儿，所以就隔断了音信。不想外甥已成大小伙子了，还不相识。”王子服说：“我这次就是来找姨妈的，匆忙中竟忘了姓什么。”老婆婆说：“我夫家姓秦，并未生育儿女。惟一的女儿，也是姨太太所生，她母亲改嫁，留给我抚养。女儿很灵巧，就是缺少教育，贪玩，爱笑，不知什么叫愁。过会儿叫她来见你。”很快，丫头就把饭端来了，菜肴里还有肥嫩的小雏鸡。老婆婆在一旁不停地劝他多吃。吃完饭，丫鬟收拾餐具。老婆婆说：“去唤婴姑娘来。”过了好大一会儿，就听见门外有隐隐的笑声。老婆婆朝外面一唤说：“婴宁，你姨表哥在这儿。”门外依然嗤嗤的笑个不停。丫鬟把她推了进来，她还是掩着口，笑声不断。老婆婆嗔怒地瞪着她说：“有客人在，嘻嘻哈哈，成什么样子？”女子忍住笑站在一旁，王子服向她作揖。老婆婆说：“这是王郎，你姨妈的儿子，一家人却不相识，真让人见笑了。”王子服问：“妹子多大年龄了？”老婆婆没听懂，王子服又说一遍。女子笑弯了腰。老婆婆说：“我说她少教诲，这不是看见了吗？今年十六了，痴呆得像个婴儿似的。”王子服说：“比我小一岁。”老婆婆说：“外甥十七了，莫不是庚午年生，属马的？”王子服点点头。老婆婆又问：“外甥媳妇是谁？”王子服说：“没有。”老婆婆说：“像外甥这样一表人才，怎么十七岁了还未订婚？婴宁也正好没有婆家，本来该是天生的一对，只可惜有近亲之嫌。”王子服并不说话，目不转睛地看着婴宁。丫鬟在一旁小声说：“目光灼灼的，贼性不改。”婴宁听了又大笑起来，回头对丫鬟说：“去看看碧桃开花了没？”说罢，即刻起身出去，走时依旧用袖子掩着口，脚步细碎。到门外，便放声大笑。这时，老婆婆也起身，叫丫鬟给王子服铺床，说道：“外甥来一趟不容易，应住上三五天再送你回去。如果还嫌寂寞，后院有个小园子可供玩耍，也有书可读。”

第二天，他到屋后，果然看见有半亩大的园子，绿茵茵的细草铺在地上，像毡毯一样碧茸茸的，杨花点点，坠落在路畔，与绿草相映成辉。其中有草屋三两间，花林环抱四周，十分幽雅。王子服在花丛中穿行散步，听见树上一阵“苏苏”声，仰面看时，只见婴宁坐在树上。她看见王子服过来，大笑着几乎要从树上跌落下来。王子服忙说：“别这样，小心掉下来！”婴宁边笑边下，不能自我控制。快要下到地上了，失手栽了一跤，这才止住笑。王子服赶快过去扶她，趁机在她手腕上捏了一把，婴宁又笑起来了，直笑得浑身发软，靠在树上不能行走，很长时间才停止。王子服一直等着她笑完，才从袖子里取出梅花给她看。婴宁接过花说：“都枯了，怎么还留着？”王子服说：“这是上元节时妹子扔下的，所以一直小心地保存着。”婴宁问他：“留它有什么意义？”王子服回答：“表示爱你不能忘记。自从上元节见到你，就相思成病，想着不久会死掉的，不料今天又见到了你，还望你怜悯怜悯我。”婴宁说：“这实在是小事，是至亲有什么吝惜？等你回家时，园里的花，可叫老奴折一大捆送你。”王子服说：“妹子怎么这么实心？”婴宁疑惑不解地问：“怎么是实心？”王子服说：“我并不是真爱花，而是太爱拈花的人。”婴宁说：“既然是亲戚，爱是不用说的。”王子服说：“我所说的爱，并非亲戚之间一般的爱，而是夫妻之间的爱。”婴宁又问：“亲戚之爱和夫妻之爱有什么不同？”王子服说：“夫妻相爱，就是晚上同床共枕。”婴宁低头沉思了很长时间才说：“我不习惯晚上和生人睡在一起。”话还没说完，丫鬟悄悄来到跟前，王子服溜走了。过了不久，他们都到了老婆婆那里，老婆婆问：“到哪里去了？”婴宁说在屋后园子说话来。老婆婆责怪道：“饭熟好长时间了，有什么话说这么久？”婴宁说：“大哥说要和我睡觉。”一句话说得王子服面红耳赤，难堪至极。急忙用眼睛瞪她。她微笑不再言语。幸亏老婆婆没听见，却还在啰啰唆唆追问他们说些啥。王子服赶紧用别的话来搪塞掩饰。趁机小声责备婴宁。婴宁说：“刚才那些话不该说吗？”王子服说：“这是背着人讲的话。”婴宁说：“背别人可以，岂能背老母亲。况且睡觉是平常的事，有什么忌讳的？”王子服怨她太实心，没有办法叫她明白。

刚吃完饭，就见家里牵着两头驴来找王子服。开始，王子服离家后，母亲等他很久不见回来，就产生怀疑，先是在村里几乎找遍了没见人影。后来又到吴生家去询问，吴生想起他当初哄骗王子服所说的话，因此就叫家人到西南面的山村来寻找。家人问了好几个村，最后才找到这儿。王子服刚出门时，正好碰上，当下进屋向老婆婆辞行，并且请求带着婴宁一块回去。老婆婆高兴地说：“我早有这个想法，不是一天了，只是我年迈不能远行，正好有外甥带着宁儿去认认姨妈，再好不过！”老婆婆说完又大声喊婴宁，婴宁笑着过来，老婆婆说：“有什么喜事，笑得没完没了？若不傻笑，就是十全十美的人。”老婆婆一边数落一边生气地瞪着她。又说：“快去收拾一下，表哥要和你同去呢。”又为王家来的人准备了些酒菜吃了，才送他们出门。临走时又叮咛婴宁说：“姨家很富足，能养得起闲人，到了那儿不要急着回来，可以学些诗书礼仪，将来也好侍奉公婆。姨妈给你找个好女婿。”于是两人起身同行，走到山坳，再回头看时，还依稀望见老婆婆倚在门前往北目送着他们。

回到家里，母亲见儿子领回来个这么漂亮美貌的女孩，吃惊地问她是谁。王子服说是姨表妹，母亲说：“以前你表哥吴生对你说的话全是编造的，我没有姐姐，哪来的外甥女？”又问女子，她说：“我不是母亲亲生的。我父亲姓秦，他死的时候我还是个婴儿，所以什么也记不得了。”母亲说：“我确实有个姐姐嫁给秦家，但已死去好多年了，难道会复活？”于是又追问女孩关于她母亲的相貌特征以及身上的痣瘤等等，女子答对得完全符合。母亲还是怀疑地说：“是她没错。但她去世好多年了，怎么可能还活着？”她还疑惑未解，这时吴生来了。女子赶快进到里屋。吴生问明事情原委，茫然很久。忽然说道：“女子是叫婴宁吗？”王子服说是，吴生连连说是怪事，母亲问吴生怎么会知道，吴生说：“秦家姑妈去世后，姑父一直单身，后来被狐怪迷惑而病死。姑父与狐妻生下一女叫婴宁，在婴儿时，家里人都见过。姑父死后，狐怪还常来看那女孩。后来家里人求来张天师的神符贴在墙上，狐怪就把女儿带走了。莫非就是她？”大家疑惑猜测，却听见里屋吃吃地全是婴宁的笑声。母亲说：“这女孩太憨了。”吴生要求亲眼看看她。母亲进去，她却只管大笑着并不理会。母亲催她赶快出去见客，她这才极力忍住笑，又面对墙壁站了好一阵子才出来。刚刚拜了拜，就立即转身进屋，又放声大笑。满屋的妇女都受了感染，于是禁不住全笑起来。

吴生提出要到山村去看看情况，顺便为王子服做媒。他找到那里，并没有什么房舍家园，只见山花零落满地。吴生回忆姑妈埋葬的地方似乎不远，但是坟墓埋没荒草中，无法辨认，惊叹地返回。母亲怀疑婴宁是鬼怪，进里屋把吴生的话讲给她听，她却没有任何反应；说到她无家可归，她也没有丝毫悲伤的意思，只是一味地憨笑着。大家也无法断定。晚上，母亲让她和家里小女儿一块睡。天亮时，她很自觉地来向母亲问安。她做针线活灵巧得无人能比。只是老爱笑，禁也禁不住。但是笑得很可爱，即使狂笑也无损于她的娇媚，大家都很喜欢她，邻居无论是未嫁少女还是过门媳妇，都争着和她做朋友。母亲决定择个吉日为他俩完婚，却始终怀疑她是鬼。于是就暗地偷看她在阳光下有没有影子，结果都与常人没有丝毫差异。吉日到了，母亲让她身穿艳服，妆扮得楚楚动人，举行婚礼。结果她笑得太厉害，使婚礼无法进行。王子服因为她太憨痴，生怕她把闺房中的隐私泄漏出去，而她却守口如瓶，绝不肯吐露一个字。每逢母亲愁闷或发怒时，只要她到跟前一笑，一切便消解了。家里丫鬟女佣偶犯过失，害怕受罚遭打，常常求她到母亲那里说闲话，犯过的丫鬟女佣趁机进去认错，事情就过去了。她爱花成癖，向所有的亲戚打探好花，甚至偷偷典当首饰，用来购买好花种子，几个月过去，家中所有地方都种满花木。

院子后边有一架木香，和西邻相接，她常常攀上去摘了花往头上插。母亲偶尔遇见，就要呵斥，她却终不能改变这个习性。一天，她刚上到树上，西边邻居的儿子看见她，看得直发愣，被她的美貌所倾倒。她对他笑着。他以为女子对他有了情意，更加淫心荡漾。女子笑着指指墙根下边，他想那一定是她给他暗示幽会地点，于是心都醉了。天黑以后，他按约前往，看见女子果然等在那里。他上前就去和她相交，顿时感到阴部像锥刺一样，疼痛直往心里钻，他大声号哭着倒在地上。仔细看时哪里是什么美女子，而是一截朽木扔在墙根下，他所接触的便是朽木上的一个湿窟窿。其父闻声赶来问他怎么回事，他只哼哼不说话。妻子来问，他才说出实情。他们点灯一照，见窟窿里有只大蝎子，像小螃蟹那么大。其父破了木头将蝎子弄死，然后把儿子背回家，到半夜就死了。邻居老头把王子服告到官府，揭发婴宁是妖怪。县令一向钦佩王子服的才华，熟知他是品行忠厚的人士，说邻居老头蓄意诬告，将用杖责打。王子服代向县令求情，才免受杖罚，释放回家。母亲对婴宁说："你这样憨狂，我早知道会乐极生忧的。县令贤明，幸好未受连累。要是碰上个糊涂县官，一定会逮你到公堂去拷问的，叫我儿子有什么脸面再去见人？"婴宁脸色严肃，发誓不再笑。母亲又说："人哪有不笑的，但必须笑得适时。"但婴宁确实从此不再笑了，即使有意逗她，她还是不笑。不过一整天里也未见她有不高兴的脸色。

一天夜里，婴宁对王子服流下眼泪。王子服感到奇怪。她呜咽着说："以前因为和你相处时间短，说出来怕你被吓着。现在知道婆婆和你都很爱我，也没有猜疑，我对你直说了也许无妨吧？我本是狐母所生。母亲临去时将我托给鬼妈妈，我们相依为命十多年，这才有了今天。我没有兄弟姊妹，现在唯一可依靠的只有你了。如今老妈妈孤零零地守在山谷，无人怜悯为她合葬，常常抱恨九泉之下。你如果肯花点钱，使地下老母消除悲痛，那么天下养女儿的人家就都不忍把女婴溺死或者抛弃。"王子服答应了她的要求，但是顾虑在荒草堆里无法辨认坟墓。婴宁只说不必担忧。选定日子夫妻俩就用车拉着棺材前往山谷。婴宁在荒草乱石中指示墓穴，果然挖出老婆婆的尸骨，皮肤还好好的。婴宁抚尸哭得很伤心。然后把尸首入棺运回，找见秦氏的坟墓合葬了。当天夜里，王子服梦见老婆婆来向他致谢，醒来后对婴宁说了，婴宁说："我夜里见到她了，她嘱咐我不要惊动你。"王子服很惋惜没有邀请留下老婆婆。婴宁说："她是鬼，生人多的地方阳气太胜，她怎么能久住呢？"王子服又问起小荣，婴宁说："她也是狐，聪明极了，狐母留她照看我，她常常去找食物喂我，我总是在心底里感激她的恩德。昨天问母亲，说她已经出嫁了。"从此，每到清明节，夫妻俩就一起去秦氏墓前去祭拜，从未误过。过了一年，婴宁生下一个男孩。他在母亲怀抱中就不怕生人，见人就笑，和母亲的性格一模一样。

异史氏说："观婴宁一味地憨笑，似乎她是没有心肝的人。但是墙根下的一出恶作剧，显示出她聪颖过人。至于悲凄恋念鬼母，反笑为哭，我想婴宁大概是用笑来掩护自己了。我曾经听说过山中有一种草，一名叫'笑矣乎'，闻闻它，就会大笑不止。房里若种了这种草，那么合欢、忘忧之类花卉都将大为逊色。至于解语花，我嫌弃它太做作呢。"

聂小倩

宁采臣是浙江人，为人慷慨豪爽，端正自重。他常对人说："平生除过妻子，不近其他女色。"

一次，他有事去金华府城，行至北郊，卸装在庙里休息。寺里的大殿、宝塔等建筑都十分壮观、华丽，只是蓬蒿长得比人都高，好像从未有人进来过。东西两边僧人的房舍门都虚掩着，只有南边的一间小屋新上了门锁，再看看殿东一角，高高的竹子有满把粗，阶下有个大水池，池里的野藕正开着花。他很喜欢这里是个幽静的所在。正值学政大人巡视到来，城里的房价极贵，心想不如就住在这里，于是在寺院随意走走，等和尚回来。傍晚时分，他见有个书生来开南屋的门，宁采臣就过去向他打招呼，并把想在寺院留宿的意图说了，书生说："这里没有房主，我也是在这里暂住，你只要不嫌这里荒凉就住下吧，我还有幸早晚向你求教。"宁采臣很高兴，就铺草为床，支起木板当桌子，要在这里久住。这天夜里，明月高悬，清光柔媚似水，两人在殿廊上促膝相谈，互通姓名。书生自我介绍说："姓燕，字赤霞。"宁采臣以为他是来应试的秀才，但口音却不像浙江人，一问才知是陕西人。他说话朴实真诚。随后没什么可谈的了，于是拱手道别，各自就寝。

宁采臣因到了生地方，很久不能入睡。他听到房子北边传来说话声，像是住着人家。他起身伏在北边墙壁石窗户下偷偷窥视，见短墙外有个小院落，有四十岁左右的妇人和身穿暗红色衣服、头戴银首饰的驼背老太婆，在月光下对话。妇人说："小倩为何这么长时间还不见来？"老太婆说："大概就要来了。"妇人又说："该不会是对老母有怨言吧？"老太婆说："这倒没听说，但她好像有些不高兴。"妇人说："对这丫头不宜太好！"话音未落，就见一个十七八岁的少女进来，容貌美艳绝伦。老太婆说："背地不要说人，我两个正说着，小妖精进来没有个响声，幸亏没说什么坏话。"又说："小娘子确实是个画中人，假使我老太婆是个男人，也会被勾了魂去。"少女说："姥姥若不夸赞我，还会再有谁说我好呢？"她们下边说些什么就听不清楚了。宁采臣以为她们是邻居人家女眷，就睡下不再去听。过了很久，那边才悄无声息。

他正要睡着时，忽然觉得有人进来了，他急忙起身一看，正是北院那个少女。他惊讶地问她来干什么，女子笑着说："迷人的月夜睡不着，想和你玩玩。"宁采臣严肃地说："你要防别人说闲话，我也怕流言。稍一失足，就会廉耻丧尽，道德败坏。"女子说："深夜没人会知道。"宁采臣大声呵斥她，她在地上打着转还想说什么，宁采臣又喝道："快走！ 再不走，我就要叫南边屋子的人来看。"女子害怕了，才退了出去。但她刚到外面就又回来了，拿出一锭黄金放在褥子上。宋采臣抓起来一把扔到屋子台阶下边，说道："不义之财，不要玷污了我的口袋！"女子很羞惭地出去，从地上拾起金子自言自语说："这汉子真是铁石之人。"

第二天一早，有个兰溪县书生带着仆人来等候考试，住在东厢房，夜里暴病而死，脚心有个小孔，像是锥子扎的，还有细细的一丝血流出来。大家不知什么缘故。过了一夜，仆人也死了，症状和主人一样。晚上，燕生回来了，宁采臣询问怎么回事，燕生认为是鬼怪弄的。宁采臣向来耿直胆正，对此很不在意。

半夜时分，那女子又来了，她对宁采臣说：“我见的人多了，没有人像你这么刚正的，你确实是个正直人，我不敢欺骗。告诉你吧，我姓聂，叫小倩，十八岁时夭亡，就葬在寺院隔壁。我常被妖魔威胁，干各种下贱的事务，强装笑脸勾引男人，这实在不是我的意愿。今夜寺院里无人可害，恐怕夜叉会来危害你的。”宁采臣很害怕，问她该怎么办？ 她说：“和燕生住在一起，会免除大难。”他问为何不去迷惑燕生？ 女子说：“他是个奇人，不敢接近。”宁采臣又问：“怎么去迷惑人？”女子说：“谁要是亲近我，我就悄悄地用锥子刺他的脚心，他就会昏迷不醒，于是抽他的血供妖魔喝。假使谁爱钱我就给他金子，其实那不是金子，是罗刹鬼的骨头，谁拿了它就会剜取谁的心肝。这两种办法都是用来对付那些好色或者贪财的家伙的。”宁采臣感谢她来通信，并问夜叉什么时候来？女子说是明晚。分别时，女子流泪说：“我掉进苦海里，上不了岸，您是君子，义气冲天，一定能把我救出苦海。如果愿意将我尸骨重新葬个好地方，您就是我的再生恩人。”宁采臣毅然答应一定照办。又问她葬在什么地方，女子说：“你一定记住，白杨树上有鸟巢的便是。”说完，一出门就不见了。

第二天，宁采臣害怕燕生有事出门，一大早就到他的房间去约请。到半清早准备好酒菜同饮，并留意观察燕生的举止，最后提出晚上要和他同住一屋。燕生以性情孤癖喜欢寂静来推辞，宁采臣把自己的铺盖硬搬进燕生的房里，燕生没办法，只好同意。他叮嘱说：“我知道你是个大丈夫，令人敬佩。但我有些话不便明说，希望你不要翻看我的箱子和包袱，否则，这会对我们两个都不好。”到了晚上，他们都各自睡了。燕生把一个箱子放在窗户上，刚挨上枕头不久就鼾声如雷。宁采臣却睡不着，大约一更时分，窗外隐隐约约有个人影，慢慢地走近窗户往里偷看，目光闪烁。宁采臣吓得刚要叫醒燕生，突然有一个东西破箱飞出，光亮耀眼，像是一匹白练，碰折了窗上的石棂，极快地向外面一射，随即又收回箱中，仿佛电光消失一样。燕生觉察起身，宁采臣装睡偷看他。燕生端起箱子检查着，从里边取出个东西，对着月光闻闻看看，只见那东西白光晶莹，有二寸来长，大约像韭菜叶宽。燕生把它裹了几层包好，仍旧放进破箱里，自言自语说：“什么老鬼怪，竟这般大胆，把我的箱子都弄坏了。”说完又睡下了。宁采臣非常奇怪，就起来问他，并把自己刚才看见的情形告诉了他，燕生说：“蒙你顾爱，怎敢隐瞒。我是剑客。要不是这石窗棂，鬼怪早死定了；即使这样，还是受了重伤。”宁采臣又问他藏的是什么东西？ 燕生说：“是剑，刚才闻闻，有一股妖气。”宁采臣要看。燕生向他慨

然出示，是一柄寒光闪闪的小剑。于是宁采臣对他更加敬重。

早晨起来，看到窗户外留有血迹。宁采臣走出寺院，只见北边全是乱坟，那边果然有棵白杨树，树顶有个鸟巢。他办完事情，打点行装准备回家。燕生为他饯别，两人结下深厚情谊。燕生送给宁采臣一个破皮袋，说："这是个剑袋，好好珍藏着，它能驱邪除妖。"宁采臣还想跟他学剑术，燕生说："像你这样刚正而又重信义的人本来可以学学，但是你是富贵场上人，不是我们这一行的。"宁采臣托辞他有个妹妹葬在这里，挖出女尸，用衣物包好，雇船回家。他的书房靠近野外，就建造坟墓把女尸葬在书房附近，并祝祷说："我同情你孤孤单单，把你葬在这小屋附近能听见你的声音，也免得让你受恶鬼的欺凌。送你一杯水酒喝，不成敬意，希望不要嫌弃。"他祝祷完就往回走，却听见后面有人喊："等等，一块走！"他回头一看，见是聂小倩。她高兴地感谢说："您的信义，我死十次也不足以报答。请带我回家拜见公婆，我愿做个婢妾也无悔。"宁采臣仔细看她，只见她肌肤光洁如流霞，小脚翘若细笋，白天端详，更加娇艳。两人一起回到书房。宁采臣叫小倩稍坐一会儿，他先进屋告诉母亲。母亲听了很吃惊。当时宁采臣的妻子重病在床很久了，母亲劝他不要说，害怕使其受惊。正说时，小倩已轻盈地进来，向母亲跪拜。宁采臣说："这就是小倩。"母亲很惊惶，只听她说："我孤身一人，远离亲人，蒙受公子恩德，施于我身，我愿意做奴妾服侍他，报答深情厚意。"母亲见她长得风姿绰约，端丽可爱，才敢开口和她说话："姑娘肯照顾我儿子，我高兴都来不及。但我一辈子就他这么一个儿子，还要靠他传宗接代，不能娶鬼妻。"小倩说："我决无二心。我这九泉之下人，老母既不信任，我愿把他当哥哥对待，就跟母亲在一起，早晚侍候，行吗？"母亲见她这么真诚，就同意了。她还想拜见嫂子，母亲以她有病推辞，这才止了。小倩当即下厨做饭，穿堂入室，像是家里人一样熟悉。天黑了，母亲害怕她，让她自己回去睡，没给她安排床铺，她心里明白母亲的意思，就辞别了。经过书房时她想进去，又退出来，只在窗下徘徊，好像怕什么。宁采臣叫她进去，她说："房里的剑气我很怕，当初我一路上不敢见你就是这个缘故。"他马上明白是剑袋的关系，就忙取下拿去挂在别的房间。小倩进来坐在烛光下，好一会儿也不说一句话。很久才问："你夜里读书不？我小时候念过《楞严经》，现在大半都记不得了，请找一卷，夜里没事时请大哥指导我读。"他答应了。小倩又默默地坐着，无话可说，二更快过去了，还不想走。宁采臣催她走，她悲凄地说："我怕回荒墓里去，到那里孤零零一个人。"宁采臣说："书房里又没第二张床，而且兄妹之间到了台阶上就应避嫌。"小倩站起来，一副痛苦神色想要哭的样子，抬脚想走又不愿走，慢慢出门，到了台阶上就消失了。宁采臣心里很可怜她，本想留她睡在别的床上，又怕母亲不高兴。

小倩早晚都向母亲问安，侍候梳洗，下堂操持家务，一切都博得母亲欢心。一到黄昏就自觉告退，每次经过书房都要在烛光下读一阵经书，只要一看宁采臣想要睡觉，她就很难过地离去。以前，宁妻卧病在床，母亲劳累得厉害，自从小倩来后，母亲轻松多了，心里很感激她。日子久了，更加亲近，母亲竟把她当成自已的女儿，居然忘记她是个鬼。晚上再也不忍心叫她走，就留她一起住。小倩刚来时不曾饮食，半年后渐渐吃几口稀粥。母子俩都越发喜爱她，说话时都忌讳说鬼字。人们也辨别不清。

不久，宁妻去世，母亲有收小倩为儿媳的意思，但又怕对儿子不利。小倩猜出母亲的心思，找机会对母亲说："我来一年多了，母亲该了解孩儿的心，我不想害任何人，所以才跟随宁郎来家里。我没有其他心思，只因公子为人光明磊落，天和人都钦佩。我心里实际想侍奉他三五年，等他成就功名做官后，我也可借以封诰，在阴间也感到荣光。"母亲也知道她没有恶意，只是怕她不能生儿育女。小倩说："生儿育女是上天所授，大哥有天福，将有三个光宗耀祖儿子，不会因为娶了鬼妻就绝后的。"母亲相信她说的，和儿子商议婚事。宁采臣很高兴，于是发出请帖，大办婚筵。亲戚朋友有人要求看看新媳妇。小倩穿戴得花枝招展，落落大方地出来见客人，大家看了无不艳羡，都不相信她会是鬼，而以为她是仙。因此亲戚的妇女都送厚礼表示祝贺，争相拜会结识她。小倩很擅长画兰梅，就用画幅来答谢她们，大家得到画卷都珍藏起来，以此为荣。

有一天，她低头站在窗前，显出怅然若失的样子，忽然问道："剑袋在哪里？"宁采臣说："因为你害怕，我就把它放在别的房间了。"小倩说："我接受阳气已经不少了，不再害怕，应当取来挂在床前。"宁采臣问她为什么要这样做，小倩说："三天来，我一直心跳不停，想着是金华那老妖精恨我远逃，恐怕早晚会找来的。"宁采臣拿来剑袋，小倩翻来翻去看了很长时间说："这是剑仙盛人头用的，已经破旧成这样子，不知杀了多少人！我今天看着它还浑身发抖。"说完就挂起来。第二天，又叫挂在窗户上。夜里她坐在烛前，叫宁采臣不要睡。忽然有一个东西，像飞鸟一样落下来，小倩吓得把身子缩在帐幕中。宁采臣一看像夜叉的样子，目光如电流，舌头血红血红，张牙舞爪地扑上前来。它到了门口又停住，在外边徘徊了很久，慢慢靠近剑袋，企图用爪子摘取，好像要将它撕裂，剑袋突然"咔嚓"一声响，一下子胀得像两个竹筐那么大，仿佛其中有个鬼物猛地伸出半个身子，把夜叉揪了进去，旋即没了声息，剑袋也收缩成原来的样子。宁采臣非常惊惧，小倩也出来，欣喜万分地说："这下没有危险了！"他们再去看袋子里面，只有几斗清水罢了。

几年后，宁采臣果然中了进士，小倩也生下个男孩。宁采臣纳娶一个小妾后，两人各生下一个男孩。三个儿子都做了官，而且有好的声望。

凤阳士人

凤阳府有个读书人，背着书箱去远方游学。他走时对妻子说："半年就可以回来。"可是他一走十几个月，竟一直没有消息。妻子对丈夫的盼望十分迫切。

一天夜里，妻子刚刚头挨着枕头，月光照耀着纱窗，树影婆娑摇动，就又激起了她的满怀离情。正当她辗转反侧不能入睡时，忽然有一个身穿艳丽服装的漂亮女子，掀起帘子走了进来，邀她一块去，妻子怕路途遥远难走，漂亮女子只管叫她不要担心。说着就牵上她的手往出走，在月光地里走了一小段路程。妻子觉得行走得太快，而自

己却步履艰难，就叫她稍微等等，说要回家去换一双夹底鞋。漂亮女子牵着她的手在路边坐下，把自己脚上的鞋脱下借给了她。她很高兴地穿上，觉得非常合适，就又起身跟着走。这回觉得脚步轻盈，像飞一样快。一会儿，她就看见自己的丈夫骑着一头白骡子来了。丈夫见到妻子非常吃惊，急忙从骡子上下来问道："你到哪里去？"妻子说："我来找你。"他又回头问那漂亮女子是谁？妻子还未来得及开口，漂亮女子却掩嘴微笑着说："暂且不必问这些，娘子一路奔波实在不容易，郎君也披星戴月地奔驰了大半夜，人畜想必都很疲乏了，我家离得不远，请前去歇歇，明天一早再赶路也不晚。"抬头一看，果然在几步之外就有一个村落，于是他们一同前往。

来到一所庭院，漂亮女子叫醒睡梦中的丫鬟起来招待客人。漂亮女子说："今晚月色明媚，不需点烛，小台石榻上可以坐。"士人把骡子拴在屋檐前的木柱上，就过来坐下。漂亮女子对妻子说："鞋子大不合脚，在途中很不舒服吧？你回家时有牲口骑，请把鞋还给我。"妻子道谢一番，把鞋子还给她。片刻间，摆上饭菜，漂亮女子斟酒说："你们夫妻离别已久，今夜才得团圆。薄酒一杯，为你们敬贺。"士人也举杯还谢。主客欢聚，又说又笑，腿脚交错相碰。士人一眼不眨地盯着漂亮女子看，多次说些轻佻的话来挑逗她。尽管他们夫妻久别初聚，却并不说一句互相问候的话。漂亮女子美丽的眼睛脉脉传情，并说一些调情的暗语。妻子默默无语地干坐着，在一旁装傻。到后来，两人都有些醉意，言语举止越发猥亵。漂亮女子又用大杯向士人劝酒，士人借口醉了推辞，而漂亮女子却劝得更殷勤。士人笑着说："你为我唱一曲，我就喝这杯酒。"漂亮女子并不拒绝，就拿起牙拨一边拨琴一边唱道：

黄昏卸得残妆罢，窗外西风冷透纱。听蕉声，一阵一阵细雨下。何处与人闲磕牙？望穿秋水，不见还家，潸潸泪似麻。又是想他，又是恨她，手拿着红绣鞋儿占鬼卦。

唱完歌，漂亮女子笑着说："这是市井中下里巴人的歌谣，不堪让您一听，但因是世俗所崇尚的，所以就赶时髦学唱罢了。"漂亮女子声色靡靡，态度轻狎，士人大为迷惑，更加不能自制。一会儿，漂亮女子佯装醉酒离开酒席，士人也起身跟着漂亮女子去了，很久不见出来。丫鬟也困得伏在走廊上睡着了。妻子一人孤零零地坐在那里，无人陪伴，心里愤懑极了，非常难堪。她本想独自逃回家去，但是又苦于夜色迷茫，记不清回归的道路，一时拿不定主意。妻子起身去探看。刚刚走近窗下，就隐隐约约听见男女之间的那种缠绵的做爱声。再仔细听，又听到丈夫把他们夫妻俩平时做爱的种种猥亵情状完全讲了出来。妻子听到这里，气得浑身战栗，心怦怦地跳个不停，真是无法忍受。她想着还不如出门跳进深沟里死掉算了。她愤怒地正走着，忽然看见弟弟三郎骑马到来，立即跳下马问她怎么了。她把刚才发生的事情说给弟弟听。三郎火冒三丈，立即同姐姐一起返回直入那人的家，只见房门紧闭，男女间的枕上私语还喁喁不断。三郎举起一块斗大的石头，直往窗棂上抛掷过去，窗棂咔嚓一声被砸断了好几根。里边大喊："郎君头破了！怎么办？"妻子一听，吓得大哭起来，对弟弟说："我并不是要叫你杀死他，现在该咋办？"三郎瞪着眼睛说："你呜呜哇哇地哭着催我来，现在刚消除了胸中的恶气，却又来袒护丈夫，怨怪起我来了。我才不习惯像丫头一样听人指使！"说完，转身就走，妻子又抓住弟弟的衣角说："你不带我一起去，叫我往哪里去？"三郎一把将她推倒在地，脱身离去。妻子一下子惊醒过来，才知道是在做梦。

过了一天，士人果然回来，骑着白骡子。妻子感到很奇怪而没有说出来。士人这一夜也做了个梦，他把自己所梦见的情形对妻子说了，结果和妻子做的梦完全相同，所以两人都很吃惊。随后，三郎听说姐夫出远门回来，也前来问候。谈话中对士人说："我昨夜梦见您回来，今天果然如此，真是太奇怪了。"士人笑着说："幸亏我没有被大石头砸死。"三郎惊讶地问原因，士人把自己做的梦给他说了。三郎大为吃惊，原来夜里，他也做梦梦见姐姐向自己哭诉，他气愤地向窗户投掷石头。三人做梦都很相同，只是不知道漂亮女子是什么人？

胡　四　姐

泰山有位姓尚的书生，平时独自住在清静的书房。正值秋夜，银河高悬，明月当空，清光流泻而下。尚生独自一人徘徊在花丛中，遐想联翩。这时，忽然有个女子翻墙过来，对他笑着说："秀才深思些什么？"等走近了，见她生就一副花容月貌，如同天仙一般。尚生惊喜地搂着她进了书房，很是亲昵地缠绵了一番。女子自我介绍说："我姓胡，名叫三姐。"尚生问胡三姐住在什么地方，她只笑不答。尚生也不再追问，只希望永远相好就行了。从此，胡三姐每天夜晚都来。

一天夜里，他们两人坐在灯下促膝相谈，尚生非常喜欢胡三姐，目不转睛地看着她。胡三姐笑笑说："为什么这样呆呆地看着我？"尚生说："我看你像那美艳绝伦的芍药碧桃花，真是整夜整夜地凝视，也不觉厌烦。"胡三姐说："我容貌这般丑陋，却被你这么看重。如果再见了我家四姐，不知如何神魂颠倒呢！"尚生听了欲念倾动，恨不得即刻一睹芳容，直挺挺地跪在地上向胡三姐哀求要见胡四姐。第二天夜里，胡三姐果然带着胡四姐一块来了。只见她十五六岁的样子，就如清晨带露的粉荷，三月里春雨滋润的杏花，嫣然含笑，娇艳妩媚，真是美丽绝伦，举世无双。尚生一见，欣喜欲狂，赶快拉她坐下。胡三姐和尚生说笑，而胡四姐在一旁只低着头用手拈绣带。过了一会儿，胡三姐起身告别，胡四姐要跟她一块走，尚生却拽住她不让走，望着胡三姐说："我的亲亲，请你说一声吧！"胡三姐便笑着说："看把个狂生焦急的！妹妹你就稍稍待一会儿吧。"胡四姐不吭声，胡三姐就走了。两人尽情交欢一番，完事后就用胳膊作枕头，躺在一起互诉身世，不隐瞒什么。胡四姐说自己是狐精。尚生迷恋于她的美貌，所以并不见怪。胡四姐告诉他：“姐姐最为狠毒，她已经杀死三个人，凡是被她迷惑的人没有不死的。我有幸承蒙你的宠爱，不忍心看着你被害死，应当趁早和她断绝来往。”尚生听了十分恐惧，向胡四姐求问对付的办法。胡四姐说：“我虽然是狐精，却得到了仙人的正法，可以画一道符贴在卧室门上，就能使她不敢近前。”说完就给他画了一道符。天亮以后，胡三姐来了，一见符果然退却，说：“这丫头太负心了，倾心于新郎，竟然把媒人忘了。你们两人应有缘分的，我也不会记恨，但何必要这样做？”说完就走开了。几天后，胡四姐说她有事要到别的地方去，和尚生约定隔夜再来。

这天，尚生偶然出门观光。山下原来有一片槲树林，苍莽中走出一个少妇，长得很有些风韵，她走到尚生跟前说：“秀才何必天天为迷恋胡家姐妹而沾沾自喜？ 她们又不会给你一文钱。”少妇说着就拿出一吊钱来给尚生，并且说：“你先拿着回去买好酒，我随后带美味佳肴来，和你一起畅饮。”尚生拿了少妇给的钱回来后果真去买了酒。不长时间，少妇也如期而至，把烧鸡和卤猪肘放在桌上，用刀子切成细丝。于是两人斟酒对饮，边喝边相互调笑，显得异常和谐融洽。随后吹灭蜡烛，携手上床，极尽淫欲放荡之兴。天亮后才起床。少妇正坐在床边要穿鞋时，忽然听见有人说话，细细倾听，外边的人已经揭帘进来，原来是胡家姊妹俩。少妇一眼瞥见，就仓惶而逃，连鞋子也丢在床下。姊妹俩于是骂道：“你这骚狐精，竟敢来和人睡觉！”她们追出去，过了一阵子才回来。胡四姐埋怨尚生说：“你这人太不长进了，竟然和一个骚狐精厮混在一起，叫人无法再和你接近。”说着，脸上现出既生气又失望的神情转身要走。尚生十分惶恐，赶快跪下认错，言辞十分恳切。胡三姐又在一旁调解劝说，胡四姐怒气渐渐消解，慢慢地又和好如初。

有一天，一个陕西人骑着驴登门拜访说：“我一路寻找妖怪，不是一朝一夕了，今天总算在你这里找到。”尚生的父亲觉得这人话里有话，就向他询问来由。客人说：“我奔游四方，一年十二个月常有八九个月不在家，我弟弟被妖怪蛊惑杀害。我回家后非常悲愤，发誓要找到妖怪并杀死它为弟弟报仇。我已奔波几千里，未见妖怪踪迹。如今妖怪在你家，不消灭它，一定会有继我弟弟而死的。”这时，尚生和胡四姐她们正来往得密切，父母略有觉察。他们听客人说了这些话，心里非常惧怕，就请客人进门作法。客人拿出两个瓶子摆在地上，画符念咒，过了很久，就发现有四团黑雾分别被收进两只瓶子里。客人高兴地说：“一家妖怪全到了。”于是就用猪膀胱裹住瓶口，封得非常牢固。尚生的父亲很高兴，就坚决请求客人留下吃饭。尚生很为胡四姐她们难过，他走到瓶子跟前窥视，听见胡四姐在瓶中说道：“坐视不救，你为何这么负心？”尚生更加感动，

急忙拿起瓶子启封，但却怎么也打不开。胡四姐又说："不必这样，只要放倒法坛上的旗，用针戳破猪膀胱，我就能从空隙里出来。"尚生照她说的办法做了，果然看见有一丝白气从小孔中钻出来，一直升到天空里去了。客人出来，看见旗横倒在地上，大吃一惊说："妖怪逃走了，这肯定是你家公子干的。"客人摇摇瓶子，俯着耳朵听听，说："幸亏只逃走了一个。这个怪物不该死，可以赦免。"于是便带着瓶子走了。

后来，尚生在田里监督佣人们割麦子，远远看见胡四姐就坐在前面的一棵大树下面。尚生走过去握着她的手向她问好。胡四姐说："分别有十年之久了，现在我已修炼成仙。但心里一直想念着你，所以专程来看望看望。"尚生想请她一块到家里去。她拒绝说："我已今非昔比，不能再去沾染俗尘世情，以后还会相见的。"说完，就不见踪影了。

又过了二十多年，正当尚生一人独处，看见胡四姐从外面进来。尚生很高兴地问候她。胡四姐说："我现在已名列仙籍，本来不该再到尘世来。但总是念及你的厚情，所以就特地来向你告知你的死期。你可以及早安排后事，但不必悲伤，我会度你为鬼仙的，不会有什么痛苦。"胡四姐说完就走了。到了胡四姐所说的日子，尚生果然死了。

尚生是我的朋友李文玉的亲戚，我曾亲眼见过他。

侠女

金陵人顾生，多才多艺，但是家境非常贫寒。又因为母亲老迈，不忍心远离膝下去游学，每天只是给别人写字作画，得到一点钱财以维持生计。他已经都二十五岁了，还没有娶妻。

他家对门有一所空着的旧宅院，有一个老太太和一个少女租住在里边。因为她家没有男子，所以就没人询问她们是什么人。有一天，顾生偶然从外面回来，看见女郎从母亲房里出来，年龄大约十八九岁，美丽淑雅，世上少有人能与她相比。她看见顾生并不怎么躲避，但意气凛然。顾生回到屋里问母亲，母亲说："这是对门女子，她来向我借剪刀和尺子。刚才她说家里也只有一个老母亲。她不像是贫寒家庭出身。我问她为什么不出嫁，她借口说是母亲年老需要奉养，就不愿出嫁。我明天应该过去拜见一下她母亲，顺带从侧面示意，她若没有什么奢望，你可以为她代养老母。"第二天，顾母前去拜见女子的母亲，她母亲是个聋子。看她家里连隔宿的粮食都没有。顾母问她以什么为生，说全靠女儿做针线活为生。顾母慢慢将话题引到将两家合为一家的事上来，老母似乎同意，转身和女儿商量，而女儿却沉默不语，好像很不乐意。顾母只好回去。她仔细思量着说道："女子该不是嫌我家太贫寒？在人跟前不苟言笑，真是'美艳如桃李，冷酷若冰霜'的奇人！"母子两个又是猜又是叹息，就此作罢。

有一天，顾生正在书房，有个少年前来向他求画。少年长得风度翩然，行为却极为轻佻。顾生问他从何处来，少年说是邻村。此后每两三天就来一回。这样，彼此就慢慢地熟悉了，两人互相开玩笑，顾生怀着异念去拥抱他，他并不怎么拒绝，两人便发生了同性恋。从此两人来往非常密切。

一次，正好遇见、女子从门前经过，少年一直目送着她，问她是准，顾生说是邻家女子。少年说："她长得这么艳丽，神情却为什么那么可怕？"过了一会儿，顾生回到屋里问母亲。母亲说："刚才女子是来借米的，说是家里断炊火一天了。这女子极其孝顺，只是穷得太可怜，应该稍稍地周济周济。"顾生依从了母亲的话，就背了一斗米送过去敲开门，说明了母亲的意思。女子收下来，也不道谢。女子每次到顾家来，只要看见顾母缝衣做鞋，她就主动帮忙，在家里出出进进，完全像个媳妇一样。顾生更加感激她。顾家每次收到客人送来的好吃的，必然要分给她母亲一些，女子从不说感谢的话。顾母下身生了痈疽，疼痛难忍，昼夜呻吟不止。女子时时到床前来探望，给她清洗伤口抹药，每天不下三四次。顾母心里很是不安，但女子毫不嫌弃腥秽。顾母叹道："唉，哪里能找来个像你这样的好媳妇，一直侍奉我到死！"说完，伤心地哽咽起来。女子安慰她说："你有个非常孝顺的儿子，胜过我们寡母孤女百十倍。"顾母说："床头服侍的活儿，哪里是男儿所能做的？况且我已年老，早晚将遭病而死，很担心会绝后。"正说着，顾生进来了。顾母泪如雨下，说："我们欠姑娘的太多了，你一定不要忘记报答人家。"顾生于是拜伏在地。女子说："你敬奉我母亲我没谢你，你谢什么呢？"自此，顾生对女子更加敬爱。但是她举止生疏冷漠，让人无法接近。

有一天，女子出门时，顾生用眼注视着她，女子忽然回头向他嫣然一笑。顾生喜出望外，当即跟着到了她家。顾生有意挑逗她，她也不拒绝，于是和她欣然交欢一番。事毕，女子告诫顾生说："这事只能做一回，不能再有第二次！"顾生并未应声就回家去了。第二天，他又和女子约会。女子脸色严厉，置之不顾而离去。她每天到顾家来几次，常常见面，但是并不在言辞或神色上给他以亲切可近的暗示，有时顾生稍稍用游词调戏，她却以冷言冷语回敬，让人不寒而栗。她忽然在没人的地方问顾生："每天来的那少年是谁？"顾生如实告诉了她。女子说："他的举止状态，对我已多次无礼。因他和你关系亲昵，所以我一直置之不理。请你转告他，如果再这样，这便是他自己讨死！"晚上，顾生把女子的话转告给少年，并且告诫他一定要小心，她不可冒犯。少年不以为然地说："既然不可冒犯，你为什么用私情冒犯她？"顾生否认他和她有任何瓜葛。少年说："如果没有瓜葛，那些不可告人的猥亵言辞，怎么会传到你的耳朵呢？"把顾生噎得无言以对。少年说："我也烦你向她传个话：不要这么假惺惺地作态，要不然，我要将此事到处传扬开去。"顾生听了十分气愤，怒形于色，少年才离去。

一天夜里，顾生一人在书房独坐，女子忽然进来，笑嘻嘻地说："我和你情缘未断，岂不是天意！"顾生欣喜欲狂，一把将女子搂在怀里，正要亲热，突然听见一阵脚步声响，两人吃惊地站起来，就见少年推门进来了。顾生惊讶地问道："你来干什么？"少年不怀好意地笑着说："我特地来看看这个贞洁的人儿。"他又回头对女子说："今天不会再怪别人了吧？"女子脸颊绯红，柳眉竖起，一语不发。她急忙掀开上衣，露出一个皮鞘，顺手抽出一支一尺来长的利剑，晶莹闪亮，寒光逼人。少年一见，吓得转身就逃。女子立即追出门外，四处看看不见踪影。女子将剑猛地往空中一抛，戛然一声震响，空中闪现出灿然的光芒，像一道长虹，随即就有一个东西掉落在地上。顾生急忙用蜡烛一照，见是一只白狐，头和身子已被劈为两段。顾生恐惧极了。女子说：“这就是你的相好美童。我本来宽恕了他，无奈他自己不想活下去！”说完，她便收剑入鞘。顾生拽着她要进屋子。她说：“刚才这妖物败了人的意兴，我明晚再来。”说完就出门径直走了。第二天晚上，她果真来了，两人尽情缠绵一番。顾生问起她超人的剑术，她说：“这事不是你所能知道的，必须严守机密，泄漏出去对你很不好。”顾生又向她提起嫁娶的事。她说：“咱们夜里同床共枕，白天我为你操持家务，这不是妻子做的事是什么？实际上已经做了夫妻，何必还要再提嫁娶呢？”顾生说：“你莫不是嫌弃我贫穷吧？”女子说：“你固然贫穷，难道我就富吗？今晚与你相聚，正是由于怜悯你的贫穷。”临别时，她又叮咛说：“这种苟且的行为，不能常有。该来的时候，我自然会来的；不该来时，强求也不会有好处。”以后每次相见，顾生总想拉她说情话，她往往避开。但是缝衣服、烧火做饭，她都完全承担，就像是妻子。

过了几个月，女子的母亲死去，顾生竭尽全力埋葬了她，从此女子就独自居住。顾生心想她孤单一人睡觉，可以和她同居。他就翻墙进去，隔着窗子不停地叫女子，室里始终不应声。顾生看门上锁了锁，屋里没人，私下怀疑她和别人有约。第二天夜里他又去了，但还像昨晚一样，屋空门锁。顾生在女子窗户上留下一块佩玉走了。过了一天，他们在顾母的房间相遇。顾生出来时，女子跟在他身后说：“你在怀疑我吗？人各有心事，不可告诉别人。今天想使你无疑，怎能办到？但是有一件事需要你赶快想办法。”顾生问她什么事。她说：“我怀孕已经八个月了，恐怕早晚要分娩。我身份未明确，能为你生孩子，但不能为你养孩子。你可以悄悄告诉母亲，给孩子找个奶妈，就假说是抱养人家的，请不要把我说出去。”顾生按女子说的告诉了母亲。母亲笑着说：“这女子真是奇怪，聘她不成，却私下和我儿子结为夫妻。”母亲高高兴兴地照办了。又过了一个多月，女子好几天都没来顾家。顾母有些怀疑，就到她家去探望，门紧关着，四周冷清。顾母敲了好长时间，女子才蓬头垢面地从里边出来，开了门让顾母进去，她又把门关上了。在屋里，顾母发现孩子已经呱呱啼叫地躺在床上。顾母惊喜地问：“生下几天了？”女子说：“三天了。”顾母抱起来一看，是个男孩，孩子脸盘丰满额头宽广，很漂亮。顾母高兴地说：“媳妇儿啊，你已为我生了孙子，以后孤零零一身，将托身何处？”女子说：“区区隐衷，不敢告诉老母亲。等夜里没人时，可将孩子抱过去。”母亲回家告诉了顾生，他们都为此感到诧异。到了夜里，顾生把儿子抱了回去。

再过了几天的一个晚上，快到半夜时分，女子忽然敲门进来，手里提着皮袋，笑着说：“我大事已了结，现在要和你分手了。”顾生急忙问她什么原因。女子说：“你代我养母的恩情，我时时刻刻都不能忘怀，以前所说的‘此事只做一回不能再有第二次’，是由于报恩并不只在床上。因为你贫穷不能成婚，我特意为你生儿延续一线血脉。本来期望一次可以达到目的，不料月经又来了，于是破戒又来了一次。现在你的恩情总算已报，我的愿望也实现了，再没有什么遗憾的了。”顾生问：“袋子里是什么东西？”女子说：“是仇人的头。”顾生翻开一看，只见人头上胡须头发全粘在一起，血肉模糊。他惊恐极了，就又追问根底。女子说：“以前不给你说，是害怕你泄漏出去。现在事情已经办成，不妨向你直说了。我本是浙江人，父亲做官为府同知，被仇人陷害，抄了家。我背着母亲逃出来，隐姓埋名已经三年了。当时没有立即报复，只因还有母亲在。母亲去世了，肚子里又怀着孩子，所以就一拖再拖。前几天夜里出去不为别的事，是仇家的门户道路不熟，怕有闪失。”说完，她就出了门，又回头嘱咐说：“我生的儿子，要好好抚养。你福薄，年寿不高，儿子可以为你光大门庭。夜深，不可惊动老母，就此去了。”顾生深感凄凉，正要问她去哪里，女子像电光似的一闪，转眼间就看不见她的影子了。顾生叹息着在门口呆呆地站了很久，好像失魂落魄似的。第二天，顾生将女子离别的事告诉了母亲，母子在一起嗟叹了好一阵子。

三年后，顾生果然死去。儿子十八岁中了进士，还奉养祖母到终老。

异史氏说：“人一定要娶个侠女似的妻子，才可以蓄养娈童。不然，你喜欢他，他就要勾引你的老婆了！”

酒　　友

车生家产不及中等水平，但是他嗜酒成性，每天夜里不喝上三杯就睡不着觉，所以床头上的酒杯总是不空。

一天夜里，他醒来翻身时，发现似乎有人睡在身旁，他以为是衣服掉在旁边。用手一摸，是个毛茸茸的东西，像猫却要大些。他点着蜡烛一照，原来是只狐狸，醉沉沉地像狗一样盘曲卧着。他再看酒瓶，发现已经空了。因而笑着说：“这是我的酒友。”不忍心惊动它，又给它盖上衣服，搂着就一起睡了。他留着烛火，要观察它究竟如何变化。半夜时，狐狸欠伸着。车生笑着说：“睡得美极了！”他掀开衣服一看，却见它变成个英俊潇洒的书生。书生急忙起身拜伏，感谢车生的不杀之恩。车生说：“我嗜酒成癖，别人都认为我太痴，只有你才是我真正的知己。如果不见外，咱们就做个好酒友吧。”车生说着就拽他上床再睡。并且说：“你以后可以常来，不必顾虑。”狐狸答应了。车生醒来后，狐狸早已离去。于是又准备下一杯好酒，专等狐狸。

晚上，狐狸果然来了。于是双双促膝畅饮。狐狸酒量特别大，而且又很诙谐，于是只觉得相见恨晚。狐狸说："屡次承蒙用好酒招待，不知用什么来还报？"车生说："喝几杯薄酒，何足挂齿！"狐狸说："话虽这么说，但你毕竟是个穷书生，几个喝酒钱来得不容易。我应为你想办法弄点酒钱。"第二天夜里，狐狸来告诉他："在离这儿七里远的东南方，路边有丢下的银子，早早地去取回来。"一大清早，他到指定的地方去，果然拾得二两银子，就用它买了好菜，供晚上喝酒用。狐狸又说："你家后院窖里藏着钱，可以挖出来用。"车生照办，果然挖出一百多吊钱来。车生高兴地说："口袋有钱了，再也不用发愁没酒喝了。"狐狸却说："不能这样。车辙沟里的几滴水经得住几次舀？还应该想别的办法。"另一天，狐狸对车生说："集市上的荞麦价钱很低，这是奇货可以囤积。"车生听从了，便收买荞麦四十多石。大家都讥笑他。过了没多久，天大旱，庄稼全都枯死，只有荞麦可以播种。车生将荞麦种子卖出去，竟赚了十倍的钱。从此更富裕，购置了二百亩良田。播耕的事他只听从狐狸的安排，所以多种麦，麦就丰收，多种小米，小米就丰收。一切种植的时间，都让狐狸决定。日子长了，关系更加亲密，狐狸称车生的妻子为嫂子，把车生的儿子当作侄子。后来车生死了，狐狸就不再来。

阿　宝

广西的孙子楚是一位名士，一手长有六指，生性迂阔，不善言谈，如果有人诓骗他，他总会信以为真。有时在宴会上有歌妓，他远远看后必定避开。有人知道他的这种特点，就使计骗他来，指使歌妓逼着和他亲热，这时他会脸红到脖子根，紧张得汗珠直滴。大家以此取笑为乐。于是形容他痴呆神态，互相传播，当作丑话，给他取个绰号叫"孙痴"。

县里有个大富商，可以跟王侯比富。他家都与贵族联姻。他有个女儿名叫阿宝，是个绝代佳人。每天都在择婿。那些大户人家的子弟都争先恐后地致送聘礼与他家攀亲，但都不合富商的心意。这期间，孙子楚正好丧妻，于是就有人戏弄他，怂恿他前去求婚。孙子楚也不权衡权衡，居然照着别人的话去做。富翁往日听说过他的名声，但嫌他贫穷。媒婆准备出门时，正好碰见阿宝，阿宝问她有什么事，媒婆就把孙子楚向她求婚的事说了。阿宝开玩笑说："他若能去掉六指，我就嫁给他。"媒婆不知是戏言，就一本正经地告诉了孙子楚。孙子楚说："不难。"媒婆走后，他就拿起斧头将第六指剁断了，一下疼到了心里，鲜血涌流不止，几乎死去。过了好几天，孙子楚才能起床，到媒婆那里把手伸给她看。媒婆很吃惊，就跑去告诉阿宝。阿宝也很惊奇，又开玩笑说再请他去掉痴呆。孙子楚听后就大声申辩，说自己不痴。但他又没有办法见到阿宝当面表白。他回头想想，阿宝也未必就像天仙一样美丽，为什么把自己看得这么高贵？因此，他以前对阿宝所产生的念头顿时就冷漠了。

正值清明节，按照风俗习惯，这一天妇女们都要出来游玩，而那些轻薄少年，也成群结队地去追逐女人们，对她们进行大肆品评。同一文社有几个朋友强迫邀请孙子楚一块去。有人嘲讽他说："难道你不想一睹意中人的芳容吗？"他也知这是戏言，但因为自己曾两次受阿宝揶揄的缘故，所以也想亲眼看看阿宝究竟是个什么样的人，于是便欣欣然跟着一起去寻觅她。他们远远望见有个女子在树下休息，那些恶少年像一堵墙壁似地包围着她。大家说这女子肯定是阿宝。于是快步赶过去，果然是阿宝。仔细一瞧，见她确实长得美丽绝伦。一会儿，围观的人更多。阿宝起身，急忙离去。大家都为她所倾倒，望着她的背影评头品足，群情若狂，而只有孙子楚一个人默不作声。等众人要到别的地方去，回头看时，他还痴呆地站在那里，叫他也不答应，仿佛根本没听见似的。大家过去拽他说："你的魂让阿宝勾走了吗？"他也不应声。大家因为他平日不爱言语，也就不觉为怪，有的推，有的拉，把他弄回家。到家后，他往床上一躺，终日不起，昏昏然像醉酒一般，叫都叫不醒。家里人怀疑他是失了魂，于是就跑到野外去招魂，却不见好转。家里人使劲拍打着他问，只听见他呜呜哝哝地说："我在阿宝家。"再仔细追问，他又默然无声了。家里人很惶惑，不知是什么原因。

那天，孙子楚见阿宝离去，心里恋恋不舍。只觉己身随她走了，渐渐地和她并肩相伴而行，也没有人阻拦他。就这样他一直跟着阿宝到了她家，不管是坐还是睡都和她相依相伴。夜里总是和她亲热，觉得非常和谐。时间长了，他感到肚子出奇地饿，就想着回一趟家，但又迷迷糊糊不知道回家的路。阿宝每天夜里梦见自己和一个男人相交，她问这人的名字，回答说："我是孙子楚。"她心里很诧异，却又不敢告诉别人。孙子楚在床上躺了三天，已经奄奄一息。家里人十分惊恐，就托人婉言告诉富翁想在他家招魂。富翁笑着说："平素从不往来，怎么会将魂失落在我家？"孙家人苦苦哀求，富翁才答应。巫师拿着孙子楚穿过的衣服和卧席到了富翁家。阿宝问清缘故，非常害怕，不让巫师到别处去，就直领着进了自己的闺房，任凭他魂离去。巫师刚回到孙家，孙子楚已经在床上呻吟开了。苏醒后，阿宝房里的妆奁、摆设、用具等，是什么颜色什么名称，他都说的一字不差。阿宝听说了这个消息，就更加惊诧，打心底深受感动，想着孙子楚对自己确实是情深意笃。

孙子楚起床后，无论是坐还是站，都凝思痴想，恍恍惚惚。常常打听阿宝的行止，希望能再见到她。四月八日浴佛节，他听说阿宝要到水月寺去烧香，于是早早地在路边等候，一直望得眼睛晕眩。直到中午时分阿宝才来到，她从车里看见孙子楚，用纤纤细手掀开帘子，目不转睛地看着他。孙子楚更为激动，就紧紧跟着她。阿宝命令丫鬟去问他的姓名。孙子楚很殷勤地向丫鬟做自我介绍，神魂更加摇荡。阿宝的车子走后，他才回家。一到家里就病倒了，昏迷中不进饮食，在梦里不停地叫着阿宝的名字。

孙家原来养着一只鹦鹉，忽然死了，小孩拿着它在床前玩。孙子楚想着自己假如能变成鹦鹉，振翅一飞就能到达阿宝房间该有多好。他正凝神想象时，而身子已翩然变成鹦鹉了，立即就飞走，一直飞到阿宝的房间。阿宝看见鹦鹉很高兴，就扑捉住，把它的翅膀绑起来，用芝麻喂养它。鹦鹉大叫道："姐姐不要绑！ 我是孙子楚。"阿宝大吃一惊，就赶快解开，它并不飞走。阿宝祝愿说："你对我的一片深情我已铭刻在心，但是现在我们已是人禽异类，怎么能结成夫妻呢？"鹦鹉说："只要能守在你身边，我就已经心满意足了。”别人给它喂食，它不吃；阿宝亲自喂，它才吃。阿宝一坐下，它就飞到她的膝盖上；阿宝睡觉时，它就停在她的床边。就这样持续了三天。阿宝非常怜悯它，就暗地里派人到孙家去探察，只见孙子楚僵卧在床上气绝已三天，只是心头还有些温度。阿宝又祝告说：“只要你能变成人，我就誓死嫁给你。”鹦鹉说：“你又骗我。”阿宝对天发誓。鹦鹉斜睨着她若有所思似的。过了一会儿，阿宝缠足时，把鞋脱在床下，鹦鹉猛地落下来，衔着鞋飞走了。阿宝急忙呼叫时，鹦鹉早已飞远了。阿宝又派女佣到孙家去打探，而孙子楚已经醒过来。孙家人看见鹦鹉衔着绣花鞋飞进屋里，落地后死去，大家都很惊异。孙子楚苏醒后就要绣鞋，家里人都莫名其妙。这时阿宝派的女佣正好来了，入屋问孙子楚绣鞋在什么地方，孙子楚说：“这是阿宝给我的信物，请你转告她，我忘不了她对我的金口玉言。”女佣如实告诉阿宝。阿宝更是惊奇不已，所以就让丫鬟把事情原委告诉给母亲。母亲查明一切属实，就说：“孙子楚很有些才名，只是像司马相如一样很贫穷。择婿好几年，找了这样一个主儿，恐怕会被大户人家取笑。”阿宝因为绣鞋的缘故，发誓非他不嫁。父母无奈，只好顺从了她，当下派人通知孙子楚。孙子楚非常高兴，病也顿时好了。富翁主张让孙子楚来入赘，阿宝说：“女婿是不能长期住在丈人家的。况且孙郎家贫，时间长了会被人看不起。我既然答应嫁给他，就甘愿和他一起住茅草屋，吃粗茶淡饭，不会埋怨。”

孙子楚亲自上门来迎娶阿宝，两人相逢仿佛有一种隔世的亲情感。孙子楚自从得了阿宝家丰厚的陪嫁礼，日子好过多了，增殖了不少财产。但是孙子楚是个书呆子，不懂得如何治家理财，幸好阿宝很善于持家，也从不使孙子楚被家事所烦扰。过了三年，孙家更富足了。这时，孙子楚却忽然得了病死去，阿宝伤心极了，整天哭得眼泪不干，直至不吃不睡。劝也不听，乘夜里悬梁自尽。幸亏丫鬟发现得及时才被救活，但她还是绝食。三天后家人叫来亲戚们，准备安葬孙子楚。听到棺材里有呻吟声，大家打开棺材，见孙子楚已活过来。孙子楚自称：“我见到阎王，阎王因我平生为人朴实真诚，任命我做地府部曹。这时忽然有人报告：‘孙部曹的妻子也要到了。’阎王一查生死簿，说：‘此人还不该死。’又报告说：‘她已绝食三天了。’阎王回头对我说：‘你妻子操守节义使人感动，暂且赐你再生。’于是就派鬼卒驾马送我回来了。”他很快身体康复了。

这一年正值乡试，考试前，有几个少年有意捉弄孙子楚，一起商拟了七道生僻题，把他叫到没人的地方，神秘地对他说：“这是某家打通关节才搞到的，现在特意秘密告诉你。”孙子楚信以为真，日夜揣摩，写成七篇应试文章。那些人都在暗地里讥笑他。主考官想着题述奏说容易造成抄袭模仿的弊病，极力打破常规。当试题纸一发下，那七道题完全相符，孙子楚一举夺魁。第二年，他又中了进士，授予翰林。皇帝听说他的婚姻经历很离奇，于是就召见他询问。孙子楚详细讲述奏说。皇帝很高兴而且很赞赏。后来又召见了阿宝，给她很多赏赐。

异史氏说：“性痴的人一般都意志专注，所以痴心读书的人写文章一定很出色；痴心技艺的，他在这方面的技术一定很精良。世界上那些放荡不羁而一事无成的人，都自认为是不痴的聪明人，比如因嫖娼而破产，赌博而败家，难道是痴人做的事吗？由此可知聪明过人，才是真痴，那位孙子楚怎会是痴啊！”

张　诚

河南人张氏，他的祖籍是山东。明朝末年山东地方战乱，他的妻子被清兵虏掠而去。张氏常年到河南客居，于是在这里安家。他娶了本地女子为妻，生下儿子叫张讷。不久妻子死去，他续娶了妻子，生下儿子叫张诚。后妻牛氏为人凶悍，常常嫉恨张讷，把他当仆人看待，让他吃粗劣的饭菜。牛氏责令他每天砍一担柴，若不这样便鞭打怒骂，张讷实在不能忍受。牛氏总是把好吃的饭菜藏起来给张诚吃，还送张诚到学堂去读书。后来张诚渐渐长大，性情友爱，他不忍心看着哥哥那样辛劳，常常在背地里劝说母亲，母亲根本不听。

一天，张讷上山砍柴，中途遇上暴风雨，就到岩石下去躲避，雨停下时天已黑了，他肚子也饿了，就背着柴回家去。母亲见他砍的柴少，就发怒不给他饭吃。张讷太饿了，进到自己屋里僵直躺着。张诚从学堂回来，见哥哥沮丧的样子，就问：“病了吗？”张讷说：“饿了。”张诚问他原因，他把经过说了。张诚听后很难受地走了。过了很长一会儿，便怀揣着饼子来给哥哥吃。张讷问他吃的是从哪儿弄来的，张诚说：“是我偷了面让邻居婶子做的，你只管吃不要说话。”张讷吃完饼子告诉弟弟说：“以后不要这样做，事情露馅了会连累弟弟的。而且一天吃一顿饭，不会饿死的。”张诚说：“哥哥身体虚弱，怎么能多砍柴！”

第二天吃过饭，张诚偷偷进山，来到张讷砍柴的地方。张讷见了他吃惊地问：“你来要干什么？”张诚说：“帮你砍柴。”张讷又问：“谁叫你来的？”张诚说：“是我自己来的。”张讷说：“且不说你不会欢柴，即使会，也不必这样。”于是催他赶快回去。张诚并不听，用手脚折断树枝来帮助哥哥。张诚说：“明天我应该拿个斧子来。”张讷又到跟前劝阻他，见他手指破了，鞋也透了，便伤悲地说：“你不立即回去，我就用斧子把自己砍死！”张诚这才回去了。张讷把他送了好长一截路，才回到山上去砍柴。张讷砍好柴背回去，到了学堂嘱咐张诚的老师说：“弟弟年龄小，要看严些，山里虎狼太多。”老师说：“上午不知他到哪里去，已经将他责打过了。”张讷回到家里对弟弟说：“你不听我的话，遭到责打。”张诚笑着说：“没有的事。”第二天，他带了斧子又到了山里，张讷大惊说：“我一再劝你不要来，为什么又来了？”张诚不听哥哥的话，砍柴砍得更快了，直至汗流满面也不休息。他见大约砍了一捆，就不辞而归。老师以为他逃学又责打他，他便向老师实话相告。老师很赞赏他仁贤，就不再禁止。哥哥一再劝阻，他始终不听。

一天，他们和几个人正在山里砍柴，有一只老虎突然来了。大家吓得都趴在地上，老虎一直冲到张诚跟前把他叼走了。老虎拖着人走得慢，张讷追上它，就用斧头猛力向它砍去，砍中大腿，老虎疼得狂奔而去，张讷没追上它，痛哭着回到砍柴的地方，大家都劝慰他，他哭得更加伤心，说：“我弟弟和别人家的弟弟不同，况且他是为我死的，我还活着干啥？”说完就用斧子自砍脖子。大家赶快上去救，斧刃已入肉一寸多深，鲜血像水柱一样往出直涌。张讷昏死过去。大家很惊慌，就从他衣服上扯下布条包扎住伤口，七手八脚地把他扶回家。母亲哭骂着说：“你害死了我儿子，就轻轻割一脖子来搪塞。”张讷呻吟说：“母亲不要难受。弟弟死了，我肯定不会再活着！”张讷在床上，伤口疼得无法忍受睡觉，只是白天晚上靠着墙壁哭泣。父亲怕他也死去，就到床前来给他喂些吃的，牛氏一见责骂得更厉害了。张讷便不吃东西，三天后就死了。

村里有个巫师，常到阴间去当鬼差。张讷和他半途相遇，向他诉说了昔日的苦难。又询问弟弟的去向，巫师说没听到张诚的消息。于是转身引导张讷前去。到了一个都会，见一穿黑衫子的人从城里出来，巫师拦住他代问，穿黑衫的人从背着的包里取出检牒查看，上面记有一百多名男女，并没有叫张诚的。巫师怀疑会不会在别的册子上。黑衫人说：“这一路归我管，怎么会被错拘去。”张讷不相信，强求巫师进到城里。城中新鬼、旧鬼你来我往，匆匆忙忙，见到熟识的就问，都说不知道。忽然听喊道：“菩萨来了！”抬头仰望时，只见云端里有个伟人光照四周，上下明彻，顿时觉得整个世界一片光明。巫师向他庆贺说：“大郎有福啊！菩萨几十年才来一回阴间，解除大家的烦恼，今天算是碰巧了。”说着就将张讷按着跪在地上。众鬼囚纷乱喧嚷，合掌齐声称颂：慈悲的菩萨救苦救难。喊声震天动地。菩萨手里拈着杨柳枝，向众鬼一一洒下甘露，细如尘雾，转眼间光收雾敛，什么也看不见了。张讷感觉自己脖子上沾着露珠，斧子砍了的地方不再疼痛。巫师仍领着他一块回去。望见家门的时候，才告辞而去。

张讷死后两天，突然复活，他把自己所见到的一切都说了，相信张诚并没有死。母亲却认为这是他捏造的，反而责骂得更凶了。张讷很委屈又无处诉说，摸摸伤口确实好了。就挣扎着起来，跪着对父亲说：“我要穿云入海把弟弟找回来，如果找不到，我决不返回，父亲就全当孩儿死了。”父亲把他领到没人的地方，与他相泣而别，不敢挽留他。

张讷离去后，每走到交通要道处就打听弟弟的消息，途中路费用完了，就一边乞讨一边寻找。过了整整一年，他到了金陵，身上穿的衣服全都破了，就弯腰沿着墙根而行。正走路间，他突然看见十多个人骑马经过，他赶快躲到路边。其中有一个人的样子像官长，有四十来岁，那些大汉骑着高马，前后护卫着他。一个少年骑着一匹小骏马，频频注视张讷，张讷想他是贵族公子，不敢抬头看。少年停下，忽然从马上跳下来，喊道："这不是我哥哥吗！"张讷抬头仔细一看，是张诚。张讷握住弟弟的手失声痛哭起来，张诚也落泪说："哥哥为何漂落到这里？"张讷向他诉说了真情，张诚更加悲伤。同行的人都下了马来询问缘故，张纳又如实告诉官长。官长命令让出一匹马给张讷，骑马并行回到家里，然后张讷才详细问起张诚的遭遇。

当初，老虎叼着张诚去后，不知什么时候将他扔在路边，张诚躺在路上过了整整一夜。第二天正遇上张别驾从京城来，路过这里，见他长得斯文，怜悯地抚摸着他，他渐渐苏醒过来。说到自己的家乡，已离得很远了。于是，张别驾就把他带回自己家里。张别驾为他敷药治病，过了些日子，他身上的伤全好了。张别驾没有儿子，就收他为义子。刚才是张别驾带他一起去郊游。张诚把自己的经历向张讷说了。正说着，张别驾进来了，张讷向他不停地拜谢。张诚进到里屋，取出新衣服让哥哥穿。家里又置酒席招待张讷。张别驾问道："你们家族在河南，共有多少成年男子？"张讷说："没有。父亲原是山东人，后来流居到河南。"张别驾又问："我也是山东人。你老家属什么地方管？"张讷说："曾经听父亲说，是属东昌府管辖。"张别驾惊喜地说："咱们还是同乡啊，你父亲是怎么流落到河南的？"张讷说："明朝末年清兵打到山东，掠走前母。父亲又遭到兵火，家室无存。以前曾在河南经商，对这里比较熟悉，所以就定居了。"张别驾又惊讶地问："你父亲叫什么名字？"张讷说了。张别驾瞪大眼睛看了张讷一会儿，又低头像是有些怀疑，然后快步走进里屋。过了一会儿，陪着老夫人出来。张讷向老夫人行礼后，老夫人问张讷："你是张炳之的孙子吗？"张讷说："是。"老夫人一听放声大哭，对张别驾说："这是你的弟弟。"张讷张诚兄弟俩疑惑不解。老夫人说："我嫁给你父亲三年时间，流离到北地，身属旗人黑都统黑固山，半年后生下你哥哥。又过了半年，黑都统死了，你哥哥补缺旗下，升到这个官职。现在已经卸任了。我无时无刻不在想念家乡，于是脱离旗籍，恢复张家的宗族。多次派人到山东打听消息都毫无音讯，咋知道你父亲西迁到河南！"于是又对张别驾说："你把弟弟作为儿子，太折福了。"张别驾说："我以前问张诚，他并没有说过祖籍是山东，想着是年龄小不记事。"兄弟三人按年岁排，张别驾四十一岁，是长兄；张诚十六岁，是最小的；张讷二十二岁，排行老二。张别驾有了两个弟弟，高兴极了，当晚就和弟弟们睡在一起，共诉骨肉离散的遭遇，又说了回乡的计划。老夫人担忧会不为新家所容。张别驾说："如果能相容就在一起住，不相容就各住各的，天下哪有不认父的家？"

张别驾当下卖掉房屋，准备好行装，按定下的日子向西进发。到了家里，张讷、张诚兄弟俩先去向父亲报知。父亲自从张讷离别，妻子不久死去，只剩下孤身一人，形影相吊，十分凄惨。他突然看见儿子回来，欣喜之极，精神恍惚若受惊一般。他又看见张诚，惊讶得说不出话来，只是一个劲儿地流泪。又告知张别驾母子到来时，老头子不再流泪而发呆，也不知是喜是悲，只是愣愣地站在那里。一会儿，张别驾进来向他叩拜一番。夫人过来抓着老头的手，相对着哭个不停。老头见丫鬟、仆人站满屋里屋外，坐也不是，站也不是，不知该咋办。张诚不见母亲，一问才知道已死去，便号啕大哭，一直哭得昏死过去，过了很长时间才醒过来。张别驾出钱修建了楼阁，又请老师来教两个弟弟。从此，张家牛马满圈，家室人丁兴旺，居然成了大户人家。

异史氏说：“我听完这个故事，多次掉下泪。一个十多岁的孩子拿着斧子帮助哥哥砍柴，我不觉慨叹道：‘这不是晋朝时救助哥哥王祥的王览再次出现了吗？’于是催人泪下一次。当老虎叼着张诚而去，不禁使人失声大呼：老天爷是这样的糊涂！于是又催人泪下一次。当兄弟俩意外相逢，又令人欣喜得落泪；他们又多了一位兄长，增添一层悲伤，却不禁使人为张别驾落泪。一家人团聚，让人意外地吃惊，又意外地欣喜，没来由的眼泪又不觉为老头子落下。不知道后世，也有人像我这样地爱流泪吗？”

红　玉

广平县人冯翁有一个儿子，名叫相如，父子都是秀才。冯翁已近六十岁，性格端正耿直，而家里经常穷困不堪，几年间，老伴与儿媳先后去世，更加悲凉，一切家务都得亲自操持。

一天夜里，相如一人在月下独坐，忽然看见东邻有个女子从墙头偷看。他仔细端详，见那女子长得很漂亮，走到她跟前，她含情微笑。他打手势招呼她，她既不过来也不离去。相如就一再请求她过来，她才从梯子上爬过来，两人便共枕同眠，睡在一起。相如问她的姓名，女子说：“我是邻居之女，名叫红玉。”相如很喜欢她，便与她订终身之好。女子答应了。后来红玉每夜都来和他欢聚，这样大约过了半年时间。

冯翁偶然起夜，听见儿子房里有女子的说笑声，悄悄近前去窥察，发现有个女子。他不觉发怒，立即将儿子喊出来，骂道：“你这畜生，干些什么事？家境衰落到如此地步，还不刻苦奋发，竟然学浪荡吗？若被人知道，就败坏了你的品德；人不知道，也缩短了你的寿命。”相如扑通一声跪到地上向父亲认错，哭着说知道悔改。冯翁又叫来那女子训斥道：“你一个女孩子家也不知严守规矩，既玷污自己，又伤害了别人。倘若事情暴露出去，不仅仅只是我们一家丢脸。”骂完后，老头便愤愤然回自己房里睡觉去了。红玉流着眼泪对相如说：“你父亲斥责我们，很使人感到羞辱。咱们的缘分到这里就算完了。”相如说：“有父亲在，我不能自作主张。你如果对我真有情，还应含羞忍辱地继续好下去。”红玉言辞决绝，相如便涕泪俱下。红玉却劝住他说：“我和你没有媒妁之言，父母之命，只是翻墙越隙暗中往来，这怎么能白头偕老呢？此处有一个好女子，你可以托媒人聘她，结为夫妻。”相如告诉她家里穷得没有能力娶亲。红玉说：“明天晚上你等着我，我可以替你想想办法。”到了第二天夜里，红玉果然到来，拿出四十两白银送给相如，说：“离这儿六十里的地方有个吴村，村里有家姓卫的，他家女儿今年整十八岁，因为要聘礼太高，所以还没人能娶得起她。你给卫家送去这笔重礼，一定能成好事。”红玉说完，就

离去了。后来，相如选择时机趁机向父亲说起此事，表示他想前去相看。但他不敢提起红玉给他的那笔聘金。冯翁自知家里无钱，就劝他不要去。相如婉言对父亲说："只去试探一下罢了。"冯翁点头同意。

相如就向朋友借了马匹仆人，前往卫村。卫家是世代农民，相如把卫老头请出来，说闲话中提及亲事。卫老头知道相如出身望族，又见相如长得仪表堂堂，心里已有许亲的意愿，只是怕相如不肯拿出更多的彩礼。相如听他讲话吞吞吐吐，就明白了他的心思，于是将那四十两银子掏出来放在桌上。卫老头很高兴，就请来邻居书生做中间人，用红纸写下婚约。相如便进屋去拜见卫氏母女。卫家屋子狭窄，卫家女儿藏在母亲身后。相如扫了一眼，见她虽然身穿粗布衣裳，但长得光彩照人，心里暗暗喜悦。卫老头借邻家屋子来设酒款待女婿，在席间说："公子就不必亲自迎娶了。等我们稍做些陪嫁衣服，就将嫁妆和人一起抬着送过去。"相如和他们约好日子，就回来了。相如骗父亲说，卫家看重冯家清高的门第，不要彩礼。冯翁听了也高兴。到了约定的日子，卫家果然将女儿送过来。卫氏很勤俭也很孝顺，夫妇两人感情很深厚。两年后，便生下一个男孩，取名福儿。

恰巧在清明节那天，妻子抱着儿子去扫墓，路上偶然遇见本县一个乡绅宋某。此人曾做御史官，因行贿而被免职，还乡后仍大施淫威。这一天他也扫墓回来，见卫氏长得十分娇艳，就起淫心。他一问村人，得知是冯家媳妇，料想相如是个贫士，用重金诱惑，希望使他动心而让出自己的妻子。宋某派家人前去暗暗示意。相如一听，脸上现出怒色，但一想自己不是宋家对手，便转怒为笑，回家告知父亲。冯翁怒火中烧，奔出家门，指着宋某家人破口大骂，宋某家人仓皇逃窜而归。宋某也大怒，就派了几个人前往冯家，对冯家父子大打出手，气势凶恶，卫女听见打闹声，将小孩放在床上，披散着头发大喊救命。那一群人不由分说，抢了卫女，直向宋家抬去。冯氏父子被打得遍体鳞伤，在地上呻吟，小孩也在床上哇哇啼哭。邻居们很同情他们，就把他们抬到床上躺下。过了一天，相如才勉强拄着拐杖站起来，冯翁却气得吃不下饭，不久便口吐鲜血死去。相如痛哭不已，抱着儿子到衙门去告状，上至总督巡抚衙门，几乎告遍了，始终没有得到伸张。后来他又得知妻子不屈服而死，更加悲痛。他满腹含冤却无处申诉。常常心里想着要拦路杀死宋某，但怕他出门时随从众多，还担心儿子太小，无处托付。他白天夜里苦苦哀思，两眼未合过。

忽然有一个壮士登门来凭吊，络腮胡子宽下巴，从未见过。相如请他坐下，刚想询问他的姓名籍贯，而客人却抢先说："你有杀父夺妻的仇恨，而忘了报仇吗？"相如怕他是宋某派来的探子，就假装着应付他。客人仿佛被激怒了，双目怒睁，眼眶欲裂，转身要出门说："我把你当君子，现在才知道你原来是个不足挂齿的懦夫！"相如观察他的言行，不像是装出来的，就跪下来拉着客人说："我生怕宋家派人来引诱我上钩，所以才这么谨慎。我实话告诉你：我卧薪尝胆已有多日，只是可怜这襁褓中的儿子，怕使我们冯家绝后。你是个仗义之士，能不能代我抚养他？"客人说："这本是妇道人家所做的事情，我不能使你如愿。你想托别人代替抚养孤儿的事，就请你自己办，而你亲自要报仇的事，我愿意代你去办。"相如听了他的话，在地上叩响头。客人并不答理，径自转身出门。相如赶快追出来问他的姓名，客人说："事情办不成，不愿受责备；办成了，也不会接受感谢。”说完就离去了。

相如唯恐灾祸殃及自身，就抱着孩子逃走了。深夜时分，宋某全家都睡去，有人翻过重重墙垣，将宋某父子三人一起杀死，又杀了一个媳妇一个丫鬟。宋家递状子告到官府。县官大惊。宋家坚持控告是相如所干，县官于是派差役前往捉拿，而相如已不知去向。由此便确认是相如干的。宋家仆人与官府差役四处搜寻。夜里，他们在南山听见小孩的啼哭声，就循声搜寻，捆着相如拉走了。小孩哭得厉害，众人将小孩夺过去扔在路边。相如怨恨欲绝。县令见到他，责问道：“为什么杀人？”相如申辩说：“冤枉啊！宋某等人夜里被杀，我白天就出走，并且抱着个小孩，怎么能够翻墙去杀人？”县令说：“既然没杀人，你为什么要逃跑？”相如被问得答不上话来，就被投到监牢里。相如悲愤地说：“我死了不足怜惜，小孩何罪之有？”县令说：“你杀人家儿子多了，现在杀你一个儿子，怨什么？”相如被革去功名，屡次遭受酷刑，始终不招供认罪。这天夜里，县令刚刚躺下，听见有什么东西击中床，响声震耳，他惊恐得连声呼叫。全家人都被惊起，举着蜡烛察看，发现一把短刀亮闪闪地放出寒光，刀尖已扎入床板有一寸多深，紧得拔不下来。县令看见，吓得魂飞魄散。衙役们手持刀枪四处搜寻，什么痕迹也没有。县令心里发虚，觉得宋家人已经死了，没什么可怕的，于是在上报这宗案子时为相如开脱，终于无罪释放。

相如回到家里，瓮里早已没有米面，他一人孤孤单单地面壁而坐，凄惨极了。幸好邻居送来些饭食，暂且得以度日。当他想到大仇已报，心里觉得欣慰，再一想到家里遭到这么大的灾难，几乎满门灭绝，就不禁潸然泪下，等想到自己贫寒半生，连个儿子也保不住，冯家香火断绝，就在无人处失声大哭，不能自我控制。这样过了半年时间，捉拿案犯的禁令更松了，他便去哀求县令，要求判决归还妻子的遗骨，由他安葬。后事办完，十分悲伤，在床上翻来覆去睡不着，只感到绝望。忽然听见有人敲门，他凝神仔细一听，有一个人在门外和小孩说话。他急忙起来从门缝往外看，好像是个女子。他刚一开门，就听见女子说：“大冤已经昭雪，幸得无恙吧！”他觉得声音很熟悉，仓促中却又记不起来。当他秉烛相照时，才认出是红玉。她手里牵着一个孩子，那孩子在胯下嘻笑。相如来不及询问，抱着红玉就哭。红玉也凄然泪下。红玉推了一下孩子说：“你忘了自己的爸爸了吗？”孩子抓着红玉的衣服，目光闪闪地望着相如。相如仔细端祥，认出他正是福儿。于是大吃一惊，哭着问：“你从哪儿找到他的？”红玉说：“实话告诉你，以前我对你说我是邻家女，那是骗你的。我是狐仙。那天我在黑夜中行走，听见小孩在山谷口啼哭，就抱到陕西抚养。得知你而今大难已过去，所以领他来和你团聚。”相如挥泪向她拜谢。孩子在红玉怀里，就像依偎母亲一般，竟然不再认识自己的爸爸。

第二天天还未亮，红玉便起了床。相如问她要干什么，红玉说：“我要走了。”相如光着身子跪在床头哭得抬不起头。红玉笑着说：“我只不过是哄哄你。现在家道要重新创建，非早起晚睡不可。”于是清除杂草打扫灰尘，像男子那样操劳。相如忧虑家境太贫穷，日子过不下去。红玉说：“你只管闭门安心读书，不要操心家里经济，或许不至饿死的。”于是拿出银两来置办了织布机，租下了几十亩田地，雇人来耕作。她自己里里外外一手操持，耕作修房每天如此。邻里听说她是个贤慧的媳妇，更乐于主动来帮助她。过了大约半年时间，家道兴旺已像富户。相如感激地对红玉说："这个被毁掉的家，全靠你白手重建起来。但是还有一件事没了却，不知该怎么办？"红玉问他什么事，相如说："考试的日期已经迫近，我的功名还未恢复。"红玉笑笑说："在此之前，我已送给学官四两白银，你的功名已经恢复在案。这事若等你说起再办，早就耽误得不像样了。"相如更加敬慕她的神明。这次乡试，他中了举人。这一年他三十六岁，田地肥沃，庄稼连片，房屋鳞次栉比。红玉腰身苗条柔美，似乎风都把她能吹走，但操持家业胜过了农家妇女。即使在严寒的冬天，她的手也柔嫩如脂。她自己说已经二十八岁了，别人看去却只不过二十岁上下。

异史氏说："冯家父子具有贤德，所以才得侠士的相报。不只那位壮士是侠士，狐精红玉也是侠士。相如的遭遇也真算奇异了！ 但是县官的荒谬令人发指，使人愤怒。那短刀震响，扎入床板，为何不稍稍移到床上半尺左右？ 若让宋人苏舜钦读到这里，一定会像当年读《汉书 · 张良传》时，对刺客未击中秦始皇而拍案大叫，饮一杯酒后说：'可惜啊没击中！'"

林　四　娘

在青州道任职的陈宝钥，是福建人。一天夜里，他一人独坐，有一个女子掀起帘子进来。他仔细一看，并不认识。女子容貌艳丽无比，身着明朝宫女的长袖衣服。女子笑吟吟地对他说："夜里一个人独坐，难道不感到寂寞吗？"陈宝钥吃惊地问她是什么人。女子说："我家不远，就在你的西邻。"陈宝钥料想她是鬼，但心里喜欢她，于是拉着她坐下来。陈宝钥听她谈吐很高雅，就更加高兴。陈宝钥拥抱她，她也并不反抗。女子回头看看说："这儿再没有别的人吗？"陈宝钥急忙起来关上门户，说："没人。"陈宝钥催女子脱了衣服，女子很羞怯。陈宝钥便替她脱了。女子说："我二十岁，还是个处女，不能忍受粗暴。"亲热过后，只见初红浸席。随后在枕边说悄悄话，女子说自己是林四娘。陈宝钥详细询问她的身世，女子说："我一生的坚贞清白，已被你破坏得几乎完了。只要你能真心爱我，就希望永远好下去，何必说许多话？"不久鸡叫了，女子便起身离去。

从此，林四娘每晚必来。他们常常闭门欢饮，当谈及音乐，她还能剖析曲调。陈宝钥猜想她肯定会唱歌。林四娘说："这是小时候学的。"陈宝钥请她演唱一曲。林四娘说："好久都不演唱了，节奏大半都忘记了。恐怕被知音乐者笑话。"陈宝钥又催她唱，她这才低下头边击拍边唱起了《伊州》《凉州》等曲，歌声哀婉、凄切，动人心弦。唱完，潸然泣下。陈宝钥也为之悲痛，他拥抱着她安慰说："请不要唱这些亡国之音，使人心里伤感。"林四娘说："歌声是宣泄人的情绪的，悲伤的人唱不出欢快的曲调，就如同心里欢乐的人唱不出悲切的歌曲一样。"两人感情的亲昵，胜过夫妻。

慢慢地，他们相好的事被家里知道了，听了林四娘哀婉的歌唱，没有人不落泪的。陈夫人私下窥见她的容颜，料想人世没有这般美丽的人，怀疑她不是鬼就是狐精。她怕陈宝钥受迷惑，就劝他不要和林四娘来往。陈宝钥听不进去，只是一再地追问林四娘的身世。林四娘悲凄地说："我本是衡王府的宫女，因遭难而死，至今已有十七年了。我因仰慕你的高义，才与你相爱，但从未想过要祸害你。假如你疑虑害怕，那我们就从此分手。"陈宝钥说："我并不嫌你，只是我们既然相爱到这个份上，就不能不了解了你的真实情况。"陈宝钥又问起宫里的事情。林四娘追忆叙述，讲得津津有味。说到衡王府衰败之时，竟然哽咽地说不出话来。林四娘整夜很少睡觉，每晚常常起来诵读《准提》和《金刚》等经文。陈宝钥问："九泉之下也能自我忏悔吗？"林四娘说："和人间一样。我为自身终生沦落而忏悔，希望超度来生。"她又常常和陈宝钥评论起诗词，对有缺点的诗句她往往给以批评，遇到佳句，她便慢声娇吟起来。风流优雅，使人忘记倦怠。陈宝钥问她："能写诗吗？"林四娘说："当年在世时偶尔凑几句。"陈宝钥要她为自己写首赠诗。林四娘笑笑说："我这儿女之语，不足为你这样的高人称道。"

过了三年。一天夜里，林四娘忽然很凄惨地前来辞别。陈宝钥很吃惊地问她为什么。林四娘说："阎王因我前生无罪，死后还不忘念经，命我投生王府。今宵一别，以后永远不能相见。"说完便声泪俱下。陈宝钥也禁不住泪眼蒙胧。于是两人设酒痛饮。林四娘慷慨地唱起来，音调哀婉悠长，一字唱得千曲百转。每次唱到伤心处，就呜咽着唱不出声来。她几次停下来，又几次唱下去，而后才唱完，不能再畅饮。她站起迟迟疑疑要离去，陈宝钥一再挽留，于是她又陪坐了一会儿。最后，鸡突然叫起来，林四娘站起来说："我再也不能久留了。以前你总是怪我不肯献丑，现在要永别了，应当草草为你赋诗一首。"她要过笔来写成后说："心悲意乱，不能细心琢磨，音韵错乱，请不要给别人看。"说完便以袖掩面离开。陈宝钥送到门外，她湮然消逝。

陈宝钥怔怔地站在那里，心绪惆怅了很久。回到屋里，打开林四娘写的诗，字迹端秀，把诗珍藏起来。诗是这样写的：

静锁深宫十七年，谁将故国问青天？
闲看殿宇封乔木，泣望君王化杜鹃。
海国波涛斜夕照，汉家萧鼓静烽烟。
红颜力弱难为厉，蕙质心悲只问禅。
日诵菩提千百句，闲看贝叶两三篇。
高唱梨园歌代哭，请君独听亦潸然。

本诗有重复脱节的地方，怀疑是传抄中出现失误。

鲁 公 女

招远县有个书生叫张于旦，为人狂放不羁，在寺庙里读书。当时招远县令姓鲁，是朝鲜人。他有个女儿喜欢打猎，张生和她在荒野恰巧相遇，见她姿色秀丽，身穿锦绣貂皮大衣，骑着一匹小黑马，翩翩然是画中人一般。回到家里，他还一直回想着她的美丽容颜，心里非常艳羡。后来，他听说鲁县令的女儿暴病而死，便悲痛欲绝。

鲁公因家太远，就将女儿的灵柩停放在张生读书的寺庙里。张生将鲁公女儿的灵寝敬如神明。早晨必上香，吃饭时必祭奠。他常常洒酒在地祷告说："虽然只睹你半面，常常魂牵梦绕，谁知你这般俏丽的美人，却转眼间化为异物。而今我与你近在咫尺，却像遥隔千万里，让人抱恨不已！然而活着时有拘束的礼节，死后却不再有禁忌了。你若九泉之下有灵，就请姗姗而来，安慰我对你的一片倾慕之痴情。"张生就这样祈祷了几乎半个月。一天夜里，他正挑灯夜读，忽然一抬头，只见那女子笑吟吟地站在灯前。他惊起询问，女子说："感谢你的一片真情，我不能自我控制，所以就不避私奔之嫌而来了。"张生高兴极了，于是两人就好上了。此后，那女子每夜必来。她对张生说："我活着时酷爱骑马射箭，把射死獐鹿作为快乐，所以罪孽深重，死后没有归宿之处。你若是真心爱我，就请你代我诵《金刚经》五千零四十八遍，我将永世不忘你的恩情。"张生按照她说的，每天晚上起来在她灵前手捻佛珠念经。

偶尔逢上过节的时候，张生想和她一起回家去。女子担心自己脚力弱不能跋涉，张生请求抱着她走，女子笑着答应了。张生觉得自己像抱着个婴儿一样，并不觉得累。于是就习以为常了。他考试的时候也背着她一起前往。但是，每次都得夜里行走。张生要去考举人，女子说："你没福份，考试是徒劳的。"张生听她的话，就不去应试了。

过了四五年，鲁公被罢了官，无钱把女儿的棺材运回老家去安葬，将就地安葬，但又苦于没有地方可葬。张生便主动说："我有一块地在寺院附近，愿意献出安葬女公子。"鲁公一听很高兴，张生又尽力帮鲁公办理丧事。鲁公很感激他，却并不明白其中的缘由。

鲁公离去以后，他们二人还像以前那么亲密往来。一天夜里，女子偎在张生怀里，泪滚如豆。她说："我们相好五年，现在却要分手了。蒙受你的恩情，我几生几世都报答不尽。"张生很吃惊地问她为什么说这样的话。女子说："承蒙你代我念经，已经五千零四十八遍满数了，现在要往河北卢户部家投生。如果你不忘我们今天的情分，就请你在十五年以后的八月十六日前去与我相会。”张生流泪对她说：“我已三十岁的人了，再过十五年，就快进棺材了，相会又能干什么？”女子也哭着说：“我愿做丫鬟来报答你。”停了停，她又说：“请你送我六七里路程。这段路有很多荆棘，我的衣服太长，走起来很不方便。”于是她抱着张生的脖子。张生把她一直送到大路上。见路边有一队车马，马上有一人的，也有两人的；车上有三人的、四人的、十多人的不等。唯独有一辆雕花车子，挂着红幔，里面只有一个老太太独坐。她见鲁公女来了，就叫道：“来了吗？”女子回答说：“来了。”便回头对张生说：“送这儿就行了，你回去吧，不要忘了我对你说的话！”张生答应着。女子向车子跟前走去，老太太伸手拽她上去，车子即刻启动，车马轰隆隆地走了。

张生孤独而惆怅地回去，把时间记在墙壁上。他想起念经的效应，于是就念得更虔诚了。有一天夜里，他梦见神人告诉他：“你志向确实可嘉，但必须要到南海去。”张生问：“南海有多远？”神人说：“近在方寸之地。”他醒来后悟出其中的意思，渴望领悟佛理，修行更为虔敬。三年以后，他的二儿子张明、大儿子张政都先后科举高甲。他虽然突然发迹，但仍然坚持做善事。夜里他梦见有个青衣人邀他去，到了一座宫殿，见中央坐着一个人，像菩萨的样子，迎着他说：“你为善可喜，只可惜年寿不长，幸已请上帝优待。”张生拜伏在地上叩头。菩萨叫他起来，请他坐下，又给他喝茶，茶叶芬芳如香兰。菩萨又命令童子领他去沐浴。只见池水清澈，游鱼历历可数，进到水里感到很温和，用手掬着水一闻，有一股荷叶的香味。一会儿，他慢慢地移到水深的地方，一失脚陷进水里，水一直将他淹没了。他这时突然惊醒了，感到很诧异。从此他的身体更加健康，眼睛更加明亮。他用手一捋胡子，白胡须纷纷掉落，再过了很久，黑胡须也落完了，脸上的皱纹也舒展了。过了几个月后，下巴光净无须，面呈童颜，宛如十五六岁的时候，总喜欢玩耍和做游戏，也像个小孩。而且非常讲究打扮，穿衣很注意。两个儿子常常劝他注意身份。不久，他妻子因老病去世，儿子想找个大户人家的女子来为他续弦。他说：“等我从河北回来后再娶。”他屈指一算，已到约定日期，于是命令仆人备马跟随着他一起去河北。到了那里一打听，果然有个卢户部家。

先前，卢公生了一个女儿，一出世就会说话，长大后越发聪颖美丽，父母对女儿钟爱极了。贵族公子前来求婚，她总是不愿意。父母很奇怪，就问她，她便把自己前世订盟约的事原原本本说了。一算年龄，父母便笑着说：“痴心丫头！张郎今年已年过半百，人事变迁，也许早已死去。即使活着，也已头秃齿缺。”但是女儿不听劝告。母亲见她意志坚决，就和卢公背地商定，告诫守门人有客人来不要通报，企图让女儿过期绝望。

不久，张生寻到门上，守门人拒绝通报。他没办法，只得返回旅馆，心里想不出好主意，十分惆怅。闲着没事，他便到郊外去游，顺便暗中打听女子的情况。女子却以为张生负约不来，泪流不止，也不思饮食。母亲趁机说：“他不来肯定已死，即使没死，违背誓约也是他的责任，与你无干。”女子不说话，只是终日卧床不起。卢公很忧虑，也想见见张生究竟是怎样的人，于是他托词游玩散心，和张生在郊野相遇。他一看张生是个少年，就很诧异。就地而坐交谈，发现张生风流洒脱。卢公一高兴，就把他请到家里。张生正要探问，卢公却站起来，招呼张生先坐坐，他匆匆进到里屋，把这事告诉了女儿。女子很欣喜，挣扎着起来，偷偷一看觉得形貌不相符，又哭哭啼啼地回到自己的房间，责怪父亲欺骗自己。父亲竭力解释他就是张生。女儿不说话，只是哭泣不止。卢公出来，情绪很懊丧，对客人的态度也很不热情。张生问："贵家族里有人在户部任职的吗？"卢公不在意地答应着，眼睛看着别的地方，不理会客人。张生觉出他的怠慢，就告辞出来。

女子哭了多日，终于憔悴而死。张生夜里梦见女子来了，说道："到我家去的真是你吗？年龄和相貌差别这样大，所以叫我发生错觉。我已忧愤而死。烦劳赶快到土地祠去为我招魂，还能活的，若要延迟就来不及了。"张生醒来后，就急忙赶到卢家门口，一打听，果然有个女儿已死两天了。张生大为悲痛，哭着去为女子吊丧。随后，他把梦中的事对卢公说了。卢公按照他说的，到土地祠招魂后返回。揭开被子，抚摸尸体，呼叫名字祝告。一会儿就听见女儿喉咙里有一种咯咯声，又见女儿张开嘴唇，吐出一块痰就像冰一样。然后把她扶在床上，慢慢又呻吟起来。卢公欣喜极了，引导客人出来设宴款待。在酒席上仔细了解官阶门第，知道张生是名门大户，就更加喜欢了。

卢公为他们择定吉日，办了婚事。张生在卢家住了半个多月，然后带着妻子一起回家。卢公把他们送到家里，又住了半年才离去。张生夫妇在房里，俨然像一对小两口，不知真情的人，居然把儿子和媳妇误认为是公婆。卢公过了一年就死去，儿子太小，被当地豪门劣绅所陷害，家产几乎丧尽。张生将他接到抚养，以后便以这儿为家。

胡　氏

直隶省境内有个大户人家，招聘家庭教师，忽然有个秀才登门来毛遂自荐。主人把他请进屋里，见他言辞开朗爽快，于是很欣喜。秀才自称是胡氏，主人当即留他执教。胡氏教学认真，学识渊博，不是一般下等士人。但是他时常出去游玩，往往夜深才回来。门虽然紧紧锁闭，没听见他敲门却已在自己房子里。于是大家怀疑他是狐狸。但是观察狐狸并没恶意，就很优待他，不因为他是异类而失礼。

胡氏知道主人有个女儿，多次向主人示意要结为婚姻，但主人却装作不知道。有一天，胡氏请假离去。第二天，就有一个客人来访，把黑驴拴在门前，主人把他迎进屋里。客人有五十多岁，衣服穿得干净整洁，谈吐很文雅。坐定后，客人自述来意，才知道是来为胡氏作媒的。主人沉默了很久，说："我和胡先生交往已久，关系非常密切，为什么一定要结为婚姻？况且小女已许人了。烦你向胡先生代谢。"客人说："我们确知小姐待聘，为什么执意拒绝？"客人再三请求，主人不答应。客人感到惭愧，便说："胡门也是世族，难道不如先生门第高吗？"主人直言说："实在没有别的意思，只嫌弃不是同类。"客人听后愤怒，主人也发怒了，于是彼此之间争吵起来。客人站起来要抓主人，主人命令仆人用棍棒将客人往出赶，客人吓跑了。但是客人将驴子丢下，大家过去一看，见它全身黑毛，尖耳朵长尾巴，俨然一个庞然大物。牵它却不动，驱赶它，它随手跌倒在地上，原来是一只唧唧叫着的蝈蝈虫。

主人因客人言辞激愤而去，想着他肯定会伺机前来报复，于是做好戒备。第二天，果然见有大队狐兵前来挑衅，有的骑马，有的步行，有的手执刀戈，有的拿着弓箭，马嘶人叫，气势汹汹，主人吓得躲在屋里不敢出来。狐兵扬言要点火烧房子，主人更加害怕。有健壮的家丁，带着家人喊杀出来，双方扔石射箭，互相攻击，彼此都有创伤。狐兵渐渐势衰，纷纷败退而去。狐兵将刀丢弃在地上，像冰雪一样闪闪发光，走过去捡起一看，原来不过是高粱叶子。大家笑话说：“伎俩不过如此罢了。”但还是害怕狐兵再来为害，所以更加警惕。

第二天，大家正聚在一起说话，忽然有一个巨人从天而降，身高有一丈多，身围足有几尺，拿着的大刀像门扇那么大，追人而杀。大家用箭射、用石头打，那巨人被打倒在地上死了，大家走近一看，原来是草扎的人。于是大家觉得打败狐兵太容易了。以后三天，狐兵再也不出现。大家也就有些放松警惕。主人去上厕所，忽然看见狐兵拿着弓箭向他围过来，乱箭齐发，直射到屁股上。主人恐惧极了，急忙喊大家反击，狐兵这才退去。等拔下屁股上的箭一看，全是高粱杆。这样一直持续了一个多月，狐兵去来无常，虽然威害不严重，但天天严加防范，主人为此深感忧虑。

一天，胡先生亲自领着狐兵前来。主人亲自出来，胡先生见他，便立即躲进狐兵群里。主人呼叫他，他不得已才出来。主人说：“我自己觉得没有对先生失礼，却为什么要和我大动干戈？”群狐要射主人，胡先生阻止了。主人上前握住胡先生的手，将他邀到家里，设酒款待，从容地说：“先生是通情达理的人，一定能谅解的。以我们的情分，岂不乐意结为婚姻？只是先生的车马、宫室都和人类不同，若要小女嫁给你，就是先生本人也应该明白这是不可能的。况且谚语说得好：‘强拧的生瓜不甜。’先生又何必强求呢？”胡先生非常愧悔。主人又说：“这不要紧，我们的旧情还在，你如果不嫌弃尘世俗人，现在做你学生的小儿已经十五岁了，让他做你家的女婿。不知你家有没有年龄相当的女子？”胡先生高兴地说：“我有个妹妹，比公子小一岁，相貌还不错，把她许给公子，不知怎样？”主人起来拜谢，胡先生也起来还礼。于是主客互相敬酒，欢天喜地，以前所发生的不愉快都忘了。主人又命令家人大办酒席，犒劳那些随从，上上下下都非常欢娱。主人详细问胡先生的住地，为的好送彩礼。胡先生谢绝了。从白天一直痛饮到夜里，醉醺醺地离去。从此便相安无事。

后来过了一年多，并不见胡先生来，有人怀疑胡先生的婚约是假的，但主人一直坚信地等待着。又过了半年时间，胡先生突然来了，问完寒暖便说：“妹妹已长大成人，请选定良辰吉日，我就送她来侍奉公婆。”主人很喜悦，当即共同定下喜日，胡先生告辞而去。到了夜里，果然有车马送新娘来。嫁妆非常丰盛，新房几乎全堆满了。新娘去拜见公婆，显得异常温柔秀丽。主人非常欣喜。胡先生和他的一个弟弟一起来送新娘，谈吐都风趣高雅，而且也很豪饮。天亮后才离去。新娘能够预知年岁丰收与灾荒，所以家中生计方面的事，都按她的意见办。胡先生兄弟和他们的母亲常常来看狐女，人都见过他们。

黄　九　郎

何师参，字子萧，他的书斋位于苕溪东岸，门前是一片旷野。一天黄昏，他出门散步，看见一个妇女骑着一头驴子从门前经过，后面跟着一个少年。妇女年龄大约五十多岁，意态风度清雅脱俗。转眼看那少年，有十五六岁，丰采胜过年轻美貌的女郎。何生素来就有同性恋的癖好，看见这个少年，像丢了魂似的，翘足站在那里一路痴呆呆地目送着少年，直到看不见踪影才回到书房。

第二天一大早，他就候在路边，直到太阳落山，天黑下来，那少年才过来。何生殷勤地招呼他，笑着询问他从哪里来。少年回答是从外祖父家来。何生请他到自己的书房稍稍休息一下，少年推辞说没有空闲时间，何生硬拉着他，这才进了书房。刚坐了一会儿，他就坚决告辞，何生怎么也留不住他。何生只好挽着手把他送出门，并且约定让少年以后经过门前时一定要进来坐坐。少年连声答应着去了。从此，何生如饥似渴地思念着少年，不停地出来眺望，腿脚从未歇过。

一天，太阳半落西山，少年突然到来。何生高兴极了，赶快将他邀请进来，吩咐书童设酒招待。他问少年姓名，少年说："姓黄，在家里排行老九，因为小还没有字号。"他又问："你为什么过往得这么频繁？"少年说："母亲住在外祖母家，常年多病，所以常常去看望。"喝了几巡酒，他说要走。何生连忙抓住他的胳膊，用身子挡住去路，锁了门。黄九郎没办法，红着脸又坐下。于是两人便挑灯絮谈，黄九郎温柔得像处女。话语涉及调戏，黄九郎便羞得面向墙壁。没多久，何生请他一起上床。黄九郎不愿，托辞说自己睡觉不老实。何生再三强求，这才脱了上下衣服，穿着内裤躺卧床上。何生吹灭蜡烛。一会儿，他就移近黄九郎同枕，弯着胳膊夹着大腿紧紧抱住黄九郎，苦求着要和他亲昵。黄九郎愤怒地斥责道："我见你是个高雅的读书人，才和你交往，但你做出这样的举动，实在是禽兽作为！"后来，天快亮了，黄九郎径自走了。

何生只怕他从此断绝来往，又在路边等候，踱小步而注目盼望，几乎要望穿秋水。过了几天，黄九郎才到来。何生一边迎接一边向他谢罪，硬拽着他到了书房，促膝谈笑，暗自庆幸黄九郎不记恨前嫌。不久，他们上床之后，何生又抚摸着黄九郎哀求着要与他亲昵。黄九郎说："缠绵之情已深深镂刻在我内心，但亲爱何必做这样的事？"何生仍然以甜言蜜语纠缠黄九郎，要亲近一下他的玉体。黄九郎只好顺从了他。何生等他睡着之后，悄悄做起轻薄动作。黄九郎被折腾醒来，摸见自己的衣服，赶快起身连夜逃走了。

何生郁郁寡欢，若有所失，废寝忘食，一天天地消瘦下去。他每天都叫书童在门前守候。一天，黄九郎从门前经过，就要径直过去。书童拽住他的衣服将他拉进书房，他见何生清瘦得厉害，大吃一惊，慰问如何成了这样。何生便实话相告，边说边落泪，黄九郎细声细语说道："区区意愿，说句心底话，这种爱对我无益处，对你更有害，所以我不愿做。你既觉得快乐，我还有什么吝惜的？"何生一听大为欣喜。黄九郎走后，他的病情立即减去了大半，几天后便康复了。后来黄九郎真的来了，便和黄九郎缠绵一番。黄九郎说："我现在勉强承奉你的意愿，希望你不要长此这样。"过后又说："我有求于你，肯为我出力吗？"何生问他什么事？他说："母亲患了心绞痛，只有太医齐野王的先天丹可以治疗。你和他交情深，应能求得。"何生答应了，他临走再次嘱咐何生不要忘了。何生当下就进城求药，到天黑时就交给黄九郎。黄九郎十分高兴，便拱手道谢。何生又强求与黄九郎交合。黄九郎说："不要再纠缠我。我为你谋得一个佳人，胜过我亿万倍！"何生问是什么人。黄九郎说："我有个表妹，美艳绝伦，举世无双。你如果愿意，我可以作媒人。"何生微笑不回答。

黄九郎怀揣着药走了，三天后才来，又说要药。何生怨怪他为什么几天不来。黄九郎说："本来不忍心祸害你，所以有意疏远。既然得不到谅解，请你不要后悔。"从此黄九郎便每夜必来与他相欢。黄九郎每隔三天问他要一次药。齐野王奇怪何生为什么要药这么频繁，说道："服这药的人没有超过三付的，为什么长久未好？"于是一次为他抓了三付药一起交给他。又看着何生的脸说："你神色灰暗，病了吗？"何生说："没病。"齐大夫给他号脉，吃惊地说："你有鬼脉。病在少阴，你再不谨慎，生命就有危险了！"何生回去将此事告诉了黄九郎。黄九郎慨叹道："真是良医啊！我实为狐，相处久了恐怕对你没好处。"何生怀疑他诓骗，就把药藏起来，不全交给他，怕他不再来。过了不久，何生果然病倒，请齐野王来诊断，说："以前你不说实话，现在精气已消散将尽，临近死亡，即使神医秦缓也无能为力！"黄九郎当天来探视，说："你不听我的劝告，果真到了这一步！"何生不久死去。黄九郎痛哭着离去。

原来，本县有某翰林，少年时曾与何生为同窗好友，十七岁时任选翰林。当时陕西布政使贪婪而残暴，贿赂了朝中官员，没有人敢揭露他。何生的同学秉公上书，弹劾其恶劣作为，但是皇帝认为他超越权限，罢免了他的官职。那个布政使升任本省巡抚，整天找他的岔子。这个同学少年时曾有英雄美称，当时叛王非常赏识他。巡抚便掏重金收卖到这个同学当年与叛王的来往书信，以此相威胁。这个同学很害怕，被迫自缢。夫人也上吊自杀。这个同学过了一夜忽然苏醒过来，说："我是何子萧。"诘问他，说的全是何家的事，于是大家才明白他这是借尸还魂了。怎么也留不住，何生跑回自家旧屋。巡抚怀疑其中有诈，定要设计陷害他，于是派人向他敲诈千两白银。他假装答应，内心却忧闷得要死。忽然通报黄九郎来相见，两人欢欢喜喜地相诉心曲，真是悲欢交集。他又想和黄九郎交合，黄九郎问道："你有三条命吗？"他说："我觉得活着太累，不如死了安然。"于是说了他的冤苦。黄九郎忧郁地沉思着，停了一下说："我们有幸活着相聚。你孤单一身这么久了，我以前曾说过的那个表妹，贤慧聪颖又美丽多谋，一定能替你分忧。"他想见见这女子的容貌。黄九郎说："这不难。明天我将请她来陪伴母亲，要从门口经过，你可装着是我的兄长，我假装渴了要水喝。你说声：'驴子跑了'，就表示你相中了。"计议完后，黄九郎便走了。

第二天正午时分，黄九郎果然带着一个女孩从门前经过。他便拱手和对方絮絮叨叨，又扫了一眼女子的模样，女子长得妩媚秀丽，美若仙女。黄九郎问他要茶喝，他就邀黄九郎进去。黄九郎说："三妹不要见怪，这是我的盟兄，不妨歇会儿。"黄九郎将表妹扶下来，将驴拴在门外进来。何生亲自去沏茶。他看着黄九郎说："你前边的话没尽意，现在就是死了也值得！"女子从话音里听出像是说自己，便从床边站起来，娇柔地轻声道："走吧。"何生看着门外说："驴子跑了！"黄九郎急忙跑出去。何生当即抱住女子要与她交欢。女子脸色顿时变得紫青，窘迫得像被囚禁了似的，大叫"九哥"，外面却没有应声。女子说："你有自己的老婆，为什么要败坏别人的廉耻？"何生说自己没有妻子。女子说："你若能海誓山盟，不遗弃我，我便答应。"何生立即指着光明的太阳发誓。女子也不再拒绝。事情完了，黄九郎才回来。女子怒形于色斥责他。黄九郎说："这是何子萧，以前的名士，现在他的身份是翰林，和我关系密切，很可靠。就是说给舅母听，也不会怨怪的。"天黑了，何生挽留不让走，女子怕姑母责怪。黄九郎表示由他担当责任，于是骑着驴走了。

女子在此住了几天，有个妇人领着丫鬟从门前经过，年约四十上下，神情意态很像三娘，何生叫女子出去看，果然是她母亲。母亲看着女儿奇怪地问道："你怎么在这里？"女子羞愧得不知该说什么。何生请她到屋里，向她跪拜着说明了一切。女子的母亲笑道："九郎太小孩气了，为什么始终不和我商量？"女儿亲自到厨房去，为母亲做了吃的，吃完饭母亲离去。

何生得了这样美丽的女子作配偶，很称心愿。但愁绪满怀，常常愁眉不展。女子问他，他追述始末。女子听后笑着说："这事只需九哥一人就能解决，可有什么发愁的？"何生询问缘故。女子说："听说巡抚大人贪恋声色变童，这全是九哥的长处。投其所好而献上，可以解除怨结，又可以报仇。"何生担心黄九郎不会答应。女子说："只要苦苦哀求。"过了一天，黄九郎来了，何生跪着迎接他。黄九郎吃惊地问："我们是两世至交，只要我能尽力效劳的，献身也在所不惜，怎么突然做出这样的举动？"何生把心里话说了。黄九郎脸上现出难色，女子说："我失身于他，是谁造成的？如果他半途死去，我将怎么办？"黄九郎不得已，答应了。何生立即和他商量，急忙送信给同事好友王翰林，让他送黄九郎去。王翰林明白其中的意图，于是大摆宴席，款待巡抚，叫黄九郎装扮女郎，跳天魔舞，黄九郎俨然一副美女姿态。巡抚被迷惑住了，多次请求王翰林，要用重金买下黄九郎，只怕所开价码不够。王翰林故意沉思而为难

他。过了很长时间，王翰林才以何生同学的名义把黄九郎献给他。巡抚一高兴，便把前怨一笔勾销。

巡抚自从得到黄九郎，起居形影不离，他身边本来有十多个侍妾，他把她们看作尘土一般。黄九郎饮食供奉如同王侯，巡抚给他赏赐的金银，数以万计。半年后，巡抚病倒。黄九郎知道他离死期已很近了，于是将金银珠宝绸缎等装上车子，告假回到何生家。不久，巡抚终于毙命。九郎出钱，修建房屋，购置家具，广招婢仆，他们母子以及舅母都住在一起。黄九郎出门时，车马很豪华，没有人知道他是狐狸。

我曾作过《笑判》一篇，一并记录在这里：

男女同居，是夫妻生活的重要准则；燥湿互通，为阴阳相交的正常现象。张君瑞迎风待月，不免放荡不羁；汉哀帝断袖之癖，更是丑不可闻。只有大力士，鸟道才能开通；不是桃源洞，渔篙岂容误入？如今有些人追随下流而流连忘返，放着正道却避而不走。云雨未兴，竟而上下其手；阴阳反背，居然表里为奸。不爱女体，胡说老僧正在坐禅；偏喜男身，真是性爱不看对象。把赤兔马系在辕门，即将弯弓射戟；从国库中盗出大弓，就要斩关夺路。黄鳝入绔，分明荒唐之梦；红李钻核，岂是接代之种？那黑松林戎马顿来，固可相安无事；若黄龙府潮水忽至，何能抵御有方？宜斩断那钻刺的根子，堵塞那来往的通道。

连　琐

杨于畏，新近迁居到泗水河畔。书房临旷野，围墙外边是一片古墓，每至夜间听到白杨树在风中哗哗作响，如浪涛汹涌之声。

有天深夜，杨于畏独坐在昏暗摇曳的烛光下，正觉得孤凄寂寞，忽听得墙外有人吟诗：

玄夜凄风却倒吹，流萤惹草复沾帏。

反反复复吟诵着，声音十分哀怨凄苦。细听时，声音婉转轻柔像是一位女子的。心里纳闷。第二天到墙外察看，并无人迹，只在荆棘丛中发现一条紫带，于是捡回来放在窗上。这天夜里，将近二更，又听到如昨天一样的吟诗之声。杨于畏将凳子移到窗下，站上去向外看，吟诗声立即中断了。他知道这一定是鬼，但心里十分向往。

再一天晚上，他便早早伏在墙头观察，大约一更快过，便见一位女子从荒草中慢慢走了出来。她扶住一棵小树，低着头哀婉地吟诗。杨于畏轻轻咳了一声，女子一闪便没入荒草。杨于畏便等在墙下，听到她吟完那两句诗时，就隔墙而接下去吟道：

幽情苦绪何人见，翠袖单寒月上时。

过了很长时间，寂然无声。杨于畏便回到室内。刚刚坐下，忽见一美貌女子从外面进来，一边行礼一边说："先生原来是一位风流儒雅的读书人，我竟太多地害怕逃避。"杨于畏高兴地拉她坐下。她清瘦胆怯，弱不禁风。问道："你家在哪里？为什么长久寄居此地？”女子说：“我是陇西人，随父漂流寄居，十七岁时突然病故，至今有二十多年了。栖身这阴间荒野，孤独寂寞得像失群的野鸭。那两句诗是我自己为抒发幽怨而做的，文思接不上，没有做完。今天承蒙你代我续上后两句，在九泉之下也欣喜。”杨于畏向她求欢。她悲伤地说：“我不过是一堆枯骨，比不上活人，如与人交欢会折人寿命的，我不忍心对你这样。”杨于畏就不再要求。又嬉戏着用手摸其双乳，依然是个处女。又撩开裙衣看她的一对小脚，女子低头笑道：“你这疯子太多事了。”杨于畏抚摸着她的一双小脚，发现一只袜子用紫带系着，另一只上面却系着一根丝绳。问她：“为什么不都系上紫带？”她说：“那天夜里为了躲避你，匆忙中不知遗落在什么地方。”杨于畏说：“让我替你系上吧。”就从窗上取来给她。她惊奇地问从什么地方得来，杨于畏便如实讲了。女子便解下丝绳，系上紫带。女子翻看案上的书，忽见到《连昌宫词》，说：“我生前最爱读它，今天见了，如同做梦一般。”杨于畏就与她谈论诗文，言谈间越发觉得她聪明可爱。两人剪烛夜谈，如同好朋友一般。

从此，只要在夜里听到吟诗声，不一会她就会来。她再三叮嘱：“你不可将此事让别人知道。我生来胆子就小，害怕碰见坏人。”杨于畏答应她保守秘密。两人情同鱼水，不是夫妻，胜似夫妻。她常代杨于畏抄书，字迹端正秀丽。又自选宫词百首，抄录下来供平日吟诵。又让杨于畏购置了棋盘、琵琶等物，每夜教他下围棋，不然就拨弄琵琶。弹一曲凄凉的《蕉窗零雨》，催人泪下，使杨于畏不忍听完，弹一曲欢快的《晓苑莺声》，使杨于畏顿感心情舒畅。挑灯做游戏，过得十分愉快而忘天亮。曙光微现，她便仓皇别去。

一天，杨于畏的朋友薛生来访，杨于畏正在午睡。薛生看见房中摆着琵琶、棋具，觉得十分蹊跷，因为杨于畏向来不爱好这些。又翻出宫词，字迹像是女人笔体，心里更加怀疑。杨于畏醒来，薛生问他：“这些玩意儿从哪里来的？”他回答说：“想学一学音乐、下棋。”再问诗册，说是从朋友处借来的。薛生反复欣赏，翻到最后一页，见一行小字：“某月某日连琐书。”便笑着说：“这是女郎小名，你为何这样地骗我？”杨于畏窘困得无言以对。薛生更是苦苦追问，杨于畏不说。薛生把诗册挟在腋下，杨于畏更难堪，只好将实情和盘托出。薛生再三要求见她一面，杨于畏答应等与她商量后再说。夜里女子来后，听到此事十分生气，杨于畏苦苦解释也无用，她说：“恐怕你我的缘分尽了。”临去时又说：“我暂时避一避再说。”第二天，杨于畏将这些如实告诉薛生，薛生不相信，怀疑杨于畏借口推托。当晚又邀了两个朋友同来，而且迟迟不走，故意喧哗吵闹。虽遭杨于畏白眼，仍我行我素。这样过了几晚，什么事情也没有，这群人渐渐安静下来，准备离开。就在此时，忽然听到吟诗声，音调十分凄凉。薛生仔细聆听，而同伴王生却是个鲁莽之人，拿起一块石头向吟诗处抛去，并大声吼叫：

“装模作样，不出来见客。这吟的是什么好诗，凄凄切切，让人不舒服。”立时，吟诗声消失了，大家都埋怨王生，杨于畏更是怒形于色。第二天，一行人便悻悻而去。

杨于畏独自呆在书房，盼望女子能再来，却始终不见踪影。过了两天，她突然进门来向杨于畏哭诉：“你招来的那群粗人，真把我吓坏了！”杨于畏不停地道歉。女子匆匆而别说：“我说过你我缘分已尽，从此分别了。”从此，一个多月都不见她来。

杨于畏朝思暮想，瘦得不成人形，却也无可奈何。一个夜里，正独自饮酒，忽见女子掀帘入室，杨于畏喜出望外地说：“你肯原谅我了吗？”女子流着泪，什么也不说。杨于畏急忙追问，女子欲言又止，说：“我生气而去，现在又因急事来求你，难免不惭愧。”杨于畏再三问有何急事，她才说：“不知从哪里来了一个龌龊差役，逼我做他的小老婆。我想自己是清白人家的女儿，怎能屈身于下贱的鬼东西？可是，我如此身单力薄，又如何能抵抗强暴呢？你如能念及我们曾情同夫妇，想来不会不顾我的死活。”杨于畏勃然大怒，愤恨地要去拼命。但担心人鬼异途，帮不上忙。女子说：“你明晚早睡，我会来你梦中相邀。”于是两人又倾心交谈，坐等天亮。临去时，女子又叮嘱杨于畏白天别睡觉，留到夜间去睡以便践梦中之约。杨于畏答应了她。

第二天下午，杨于畏喝了点酒，和衣上床睡觉。忽然女子来了，交给他一把佩刀，领着他进入一所大院。两人正在说话，听到有人用石头砸门，女子惊恐地说：“仇人来了！”杨于畏开门冲出，只见一人戴着红帽、穿着黑衣，满脸都是络腮胡子。杨于畏义愤填膺，大声斥责他。对方横眉竖眼，嘴里骂骂咧咧。杨于畏大怒，向差役奔去。差役就用石块没头没脑地向杨于畏砸来。杨于畏被一块石头击中手腕，手中的佩刀掉到地上。正在万分紧急之际，忽然望见远处有一个人在射猎，正是王生，就大声喊他援救。王生赶来，一箭射中差役大腿，再一箭就要了他的命。杨于畏欣喜若狂，连忙向王生道谢。王生问是怎么回事，杨于畏就详细说了。王生听了也很欢喜，想着这样一来，就足以弥补自己上次无理取闹的过失了。就同杨于畏一道进了女子房中。女子仍是惊魂未定，战战兢兢地躲在一旁，一句话也不敢说。桌上有一柄一尺多长的刀，用金玉装饰，王生抽出一看，寒光闪闪，可照见人影，于是赞不绝口，爱不释手。王生与杨于畏略略说了几句话，见女子胆战心惊的样子，便告辞了。杨于畏转身回自己家，刚过了墙就倒下，于是从梦中惊醒，此时村中雄鸡开始叫明。觉得手腕痛得厉害，天亮一看，腕子已红肿了。中午，王生来访，说夜里做了个怪梦。杨于畏说：“梦中射箭了吧？”王生问他如何知道，杨于畏伸出手给他看，说明其中原委。王生依稀记得梦中见到过女子，恨没能真的见到她，又暗自庆幸对女子有功，就请杨于畏在女子面前说些好话，要求见一面。

当天夜里，女子来向杨于畏致谢。杨于畏归功于王生，又转告了王生的诚意。女子说：“这次多亏他仗义相助，我不会忘记的。但他长得五大三粗的样子，我心里实在害怕。”随后又说：“他十分喜欢那把佩刀。这把刀是我父亲当年出使广东时用一百两银子买来的，我十分喜爱，就向父亲要来，用金丝缠着刀柄，还镶上珍珠。父亲可怜我短命，就用这把刀给我陪葬。现在我割爱愿意送给王生，见刀如同见我。”第二天，杨于畏向王生转达了女子心意，王生十分高兴。到晚上，女子把刀带来，对杨于畏说：“望他好好爱护此刀，这可是来自海外的珍品。”从此，两人又如当初一样往来。

又过了几个月，她突然含笑对杨于畏似有话说，却红着脸不好意思。杨于畏将她搂在怀中问她，她说："长时间承蒙你眷恋垂爱，使我受到活人气息的滋养，又吃了人间的饭食，白骨渐渐就有了生机。现在必须得到活人的精血，才可以复活。"杨于畏嘻嘻地说："并非我舍不得奉献精血，而是你自己不肯呀！"女子说："与我交欢之后，你会大病二十多天，但吃了药就会好。"于是两人交合起来。同床后，女子又说："现在还需要你身上一点血液，能为你的爱人忍痛一回吗？"杨于畏取快刀在手臂上刺出血来，女了仰卧在床，把鲜血滴入肚脐。起身后说："从明天起我就不再来了。你要记住一百天后到墓地来找我的坟，如果看到哪一座坟前的树上有青鸟在叫，就立即挖开它。"杨于畏答应了。出门时，女子又吁嘱："千万别忘，或早或迟，都不行。"就走了。

十多天后，杨于畏果然病了，肚子胀痛，看病吃药之后，泻下不少像黄泥一样的秽物，又过十几天，才完全康复。

杨于畏计算日子，待到满百日那天，命家人扛着铁锹在坟地等待。夕阳西下之时，果然见一对青鸟在树上啼叫。杨于畏大喜说："行了"！赶忙动手掘墓，掘开坟穴，见棺木已腐朽，而女子面貌栩栩如生。用手摸摸，身体微热。就用衣服裹住抬回家，放在暖和的地方，慢慢就有了呼吸。又给她灌了几口热汤，到了半夜便苏醒过来。她常常对杨于畏说："二十多年就像一场梦一样。"

白 于 玉

吴筠，字青庵，年少即有才名。葛翰林读了他的文章，常常赞赏不已。并托好友把吴生邀到家中，亲自领略他的言论风采。常说："哪有像吴秀才这样才华横溢的人，不会出人头地的？"又托邻居传话给吴生说："假使能奋发得志，我就把女儿嫁给他。"吴生听了这话欣喜若狂，当时葛翰林有个女儿特别美丽。他相信自己会取得功名的。然而，乡试落榜。他托人向葛翰林说："大福大贵本来应有，只是不知是早是迟。请等我三年，三年内我若仍不得志，他家小姐可嫁别人。"于是更加发愤苦读。

有天晚上，朗朗月光下站着一位来访的书生，皮肤白皙，留着短胡须，细细的腰瘦长的双臂。来人自称姓白，字于玉。吴生迎他进门，刚刚交谈了一会儿，便使人心胸开阔。吴生对他十分友好，当晚就留他同住。白于玉第二天起身后即告辞，吴生嘱咐他能常来。白于玉很感谢吴生的厚意，愿搬来与他同住，于是二人约好日子，就分手了。

到了那天，白于玉先让仆人送行李炊具来。稍后，自己骑着一匹骏马而来。吴生另外安排了一所房屋。白于玉叫仆人把马牵走。从此两人朝夕相处，交情更深。吴生见他读的书不是一般常见的，更没有八股文之类，不免惊讶，问他。他笑着说："读书人各有志，我不是热衷于功名的人。"每到夜间，请吴生喝酒，给吴生推荐的一本书，内容都是吐纳养生之术，大半看不懂，吴生认为不切实用而将书放在一边。有一

天，白于玉对吴生说：“前些天给你的书，是《黄庭经》要诀，修仙的云梯。”吴生笑着答道：“我迫切需要的不是这个。况且求仙的人，必须断绝情缘，消除各种杂念，我却做不到。”白于玉问：“为什么？”吴生说自己主要考虑的是传宗接代。白于玉说：“为何长时间不娶妻？”吴生笑着用《孟子》上的话回答：“寡人有疾，寡人好色。”白于玉也套用《孟子》上的话而笑着说：“‘王请无好小色。’你爱的是谁？”吴生便把葛翰林许婚的事从头至尾说了一遍。白于玉怀疑葛家小姐未必真美，吴生说：“她的美貌是人所皆知，不是我的品味低。”白于玉微微一笑，没有说话。

第二天，白于玉忽然整装辞行。吴生十分难过，口里说个不停。白于玉只好让侍童先背行装走。两人正依依不舍地话别，这时有一只青蝉落到了桌上，白于玉说：“接我的车驾已至，就此分手。今后如果想念我，可以睡在我睡过的床上。”吴生还想再问，一眨眼白于玉已变成指头般大，跨上蝉背吱的一声就飞入云霄。吴生才知道他不是凡人，惊诧了好长一会，怅然若失。

过了几天，忽然纷纷下起细雨，吴生对白于玉的思念之情愈发难耐，看他睡过的床，已有不少老鼠脚印。一边叹悔一边打扫，铺上席子就睡。不多时，白于玉的侍童来叫他去，他欣喜相随。就见一只比燕子还小的凤凰飞来，侍童捉住对吴生说：“黑夜路不好走，请骑上这个吧。”吴生担心太小背不起，侍童说不妨一试。吴生跨上去才觉得绰绰有余，侍童坐在凤尾，小凤展翅一飞，凌空而起。不一会，就见前面出现一道红色大门。侍童扶吴生下来，告诉他这是天门。走到门口，吴生看见门边卧着一只大老虎，十分恐惧，侍童用身体挡住老虎，让他过去了。进去之后，才发现这里景色秀丽，与尘世完全不同。侍童领他来到广寒宫，只见里面台阶全由水晶铺成，人好像走在镜子中一样。两棵参天桂树在空中交织在一起，浓郁的花香随风飘散。亭台楼阁上，都配以红色门窗，在那里进进出出的美人，个个都是风姿绰约，世间难寻。童子说：“西王母宫中美女比这里的更好。”然后就带他出来了。一会儿，就看见白于玉在门前迎候，二人携手同入。只见屋外有清泉涓涓流淌，细白的砂地，玉砌的雕栏，不知身在何处。刚就座，就有年轻貌美的女子来献茶。又过一会，白于玉命人设酒宴招待，四位美女在席间穿梭侍候。吴生刚觉得背上有些发痒，美人就轻轻用纤手搔挠，吴生顿时心神不定。半醉间与美人搭话，她们都笑着远远避开。白于玉命美女唱歌以助酒兴。有个穿绛红色衣服的女郎举杯向客而唱，其他女郎以笙管相和，接着一个穿绿裤的美女一边酌酒一边唱歌。还有一个穿淡白色绸衣和一个穿紫衣的，在一旁嬉笑推让着，不肯上前。白于玉命这两人一个斟酒，一个唱歌。紫衣人便举杯来到吴生面前敬酒，吴生假装接杯，轻轻碰了一下她的手腕，女郎一笑，失手打破了酒杯。白于玉怪她不小心，她一面笑着拾起破杯，一面低头小声地说：“冷得像鬼手一样，还硬要来抓人手臂。”白于玉大笑，罚她唱歌跳舞。这时，穿白衣的又来敬酒，吴生推辞不能再饮，她捧着酒，站在那里面有为难之色，吴生不忍心，便又干了。立时便醉了蒙胧，眼光也就愈发不加掩饰地在四位美人身上流连盼顾，觉得这四人，个个都是绝色。他不假思索地对白于玉说："世上美貌的女子，我只求一个得不到，而你却拥有这么多，能不能让我今天真正风流一次？"白于玉笑着说："你心目中不是早有佳人了，这些你能看得上吗？"吴生说："今天才知道自己不过是井底之蛙。"白于玉便把姑娘们叫到面前，让他自己挑选。看来看去，反而挑花了眼，决定不下。因为紫衣人刚刚与吴生有过把臂之好，白于玉就命她侍候客人。于是二人云雨一番，十分缠绵。吴生要求送件东西作纪念，女郎便脱下臂上金手镯交给了他。这时侍童忽然进来说："这里是天宫，凡人不能久留，请你快快离开。"女郎悄悄地走了。吴生问主人何在？侍童说："他上朝去了，临走时吩咐我送客。"吴生跟他走到门边，却不见了侍童，此时老虎大吼一声，吴生大惊，从天上跌了下来。

吴生从梦中惊醒时，已是日高三丈。起身正整理衣服，有样东西从怀中落在床上，一看，正是那只金镯子，心中对梦里所做的事情越发觉得奇异。此后，他对尘世间的万种俗念都一扫而光，一心只想求仙，但唯一顾虑的，就是自己至今还没有留下后代。过了十个多月，一天，吴生正在午睡，梦见紫衣人从外面进来，怀里抱着一个婴儿，她说："这是你的骨肉，天上不能留，特地抱来交给你。"就把婴儿放在床上，用衣服盖好，匆匆要去。吴生将她拉住不放，要与她交欢。她说："前次见你就是结婚，这次是与你永别的。你我百年夫妻已经到头。你倘若有志修仙，也许会再见。"吴生醒来，见婴儿在被褥中熟睡，就抱给母亲看，并说明缘由。母亲十分高兴，雇了一个乳娘哺育，取名梦仙。

吴生托人转告葛翰林，说自己将要修仙，请小姐另择佳偶。葛翰林不同意，但吴生非常坚决。葛翰林告诉了女儿，女儿说："远近无人不知我已经许配给了吴郎，如今又改变主意，这不成了再嫁？"翰林又将女儿意思告诉吴生，吴生说："我现在不但无意于功名，而且对男女之情也已淡薄。现在之所以没有披发入山，只因老母在堂。"葛翰林又与女儿商量，女儿说："吴郎穷，我不嫌弃，甘愿与他粗茶淡饭过日子；他要出家，我会代他侍候老母，决不再嫁。"派的人来回跑了三四趟，一直没拿准个主意。葛家于是选择吉日，备上车马、嫁妆，把女儿送到吴家成亲。吴生被葛女的贤德深深感动，夫妻互敬互爱。葛女孝顺婆婆，比穷人家女儿更为诚恳体贴。一晃两年过去，吴母去世。葛女将自己的嫁妆典当了，为其像模像样地营办丧事。吴生对妻子说："有你这样贤德的人在，我还有什么可忧虑的！但想到我一旦成仙，全家就可以升天，所以我将离家远去，家中一切都托付给你了。"葛女不加阻拦，随他去了。自己在家料理家务，抚养孤儿，将生活安排得井井有条。

小梦仙渐渐地长大了，十分聪明。十四岁时，被誉为神童，中了举人，十五岁授任翰林。每当皇帝为他先人及父母行封典时，都不知道自己生母的姓氏，只封葛母一人。他常问母亲：父亲在哪里？母亲便将事情全部告诉了他，他就想弃官去寻找父亲。母亲说："你父亲出家已有十多年了，如今也许已修炼成仙，你到哪里去找？"后来，有一次吴梦仙奉旨去南岳祭祀，半路上遇见强盗。正在危急关头，忽然有一个道人持剑而来，将强盗驱散。吴梦仙再三致谢，要给道人以重金，道人不收。临别之际，将一封信给吴梦仙托他转交，并说："我有一位要好的故交，和你是同乡，请代我问候他。"问他故交的姓名，道人答："叫王林。"吴梦仙想村中并无叫王林的，道人说："像你这样的达官贵人，当然不会认识那些身份卑微的野老村夫的。"又拿出一个金手镯说："这是女人用的东西，我们出家人留着也没有用处，就送给你吧。"一看，那镯子雕镂的十分精美。带回家后就交给了夫人。夫人请来名工巧匠，照样子做一只想与之相配，但做出来的始终比不上原来的那一只精美。吴梦仙问遍了全村之人，谁都不知有叫王林的人。就偷偷拆开信件，上面写道：

你我三年夫妻，一朝分离便天各一方。你为我葬母教子，大德大贤，我无法报答恩情。今送上仙丹一丸，将它打开吃下，就可以成仙了。

信后写着"琳娘夫人妆次"。看完后，仍不知是写给谁的。就拿去给母亲看，母亲捧信大哭，说："这是你父亲的家信。'琳'正是我的闺名。"这时，吴梦仙恍然大悟，原来"王林"是"琳"字拆开，于是十分悔恨。又拿出金镯给母亲看，母亲说："这是你生母遗物，你父亲出家前给我看过的。"再看那丸药，只有黄豆大小。吴梦仙高兴地说："我父亲已经是仙人了，母亲吃了这药必定会长生不老的。"他母亲没有立即将药吃下，而是将它藏好。正好葛翰林来看外孙，就将那信读给老人听，又奉上药丸祝寿。葛翰林剖开，两人各吃一半。当时葛翰林已达七十高龄，老态龙钟，服了药丸之后，立刻精神焕发，体力陡然强壮。回家时不再乘轿而改步行，家人竭力追赶，才勉强能跟上。

一年之后，京城着了一次大火，烧了一整天还无法扑灭。吴家老少都站在庭院中，整夜不敢睡觉。眼看那熊熊烈火已波及到附近，邻家屋顶已透出火光，全家人惊慌失措，无计可施。忽然夫人臂上金镯嗖的一声飞去，眼见它越变越大，最后覆盖在吴家宅院上面，好像月亮的光圈。大家清清楚楚地看到金镯的缺口正对着东南角。一会儿，火势从西边蔓延而来，烧到光圈边上，竟转而向东去了。火渐渐地远去了，大家都以为金镯子不会再回来，忽然见红光一收，镯子铮的一声就掉到了脚下。这次大火，把京城几万间居民住宅绵延烧成了灰烬，吴家宅院前后左右的人家，无一幸免，唯独吴宅安然无恙。只有院子东南角一栋小楼房被烧毁，就是金镯子缺口处漏遮的地方。吴母已年过半百，有人看见她，还像二十来岁的人。

连　城

乔生是晋宁人，少年时代就才华出众，但二十多岁仍未得志。他为人仗义，十分重情谊。当他的好朋友顾生死后，他念及与顾生生前的交情，常常去接济顾生的妻儿；当地知县不幸死在任上，家属流落，无法还乡。乔生又顾念知县生前对自己的赏识，便倾家荡产把知县的灵柩及家属送回老家，往返两千多里。当地文人学士因此非常敬重他，而他也因仗义疏财使家道衰落了。

当地史举人有个女儿，名叫连城，擅长刺绣，又知书达理，史举人对这个女儿百般娇宠。为了给女儿挑选佳偶，他拿出女儿所绣的《倦绣图》征集少年题诗作词。乔生看后，便题了一首绝句：

慵鬟高髻绿婆娑，
早向兰窗绣碧荷。
刺到鸳鸯魂欲断，
暗停针线蹙双蛾。

同时还写了一首诗赞美连城高超的挑技绣艺：

绣线挑来似写生，
幅中花鸟自天成。
当年织锦非长技，
幸把回文感圣明。

连城见了乔生的诗，十分喜爱，在父亲面前称赞不已，父亲却嫌乔家贫穷。连城逢人便夸奖乔生，又知道乔生仗义疏财，家境艰难，暗地里让女佣以父亲的名义送些钱给乔生。乔生感叹地说："连城可算上是我的知己了。"因此，便朝思暮想，如饥似渴。不久，连城许配给盐商的儿子王化成，乔生才断了念头，但仍是对她梦牵魂绕，从心里感激、敬佩她。

又过了些时候，连城染上了痨病，病情日益严重，终于卧床不起。有西域来的和尚自称能治好此病，但必须以男子胸上一钱肉来配药。史举人托人到王家告诉女婿，女婿笑着说："蠢老头，想挖我心头之肉。"去的人回来转述了这话，史举人当众扬言："有能割肉的，我就把女儿嫁给他。"乔生听说后立即前去，当场拿出刀子割下一块肉给了和尚。鲜血如泉涌，浸透了衣襟。和尚为他在伤口敷上药止住了血。而后用人肉配了三丸药，分三天服下。三天以后，病真的好了。史举人准备履行自己的诺言，让人转告王化成一声。王化成知道后十分生气，要打官司告史家。史举人心中害怕，就摆下酒席来招待乔生，席间，把一千两白银摆在桌子上对他说："我辜负了你的大恩大德，用这个表示酬谢。"并说明了不得已违背诺言的缘故。乔生气愤地说："我之所以能献出自己的胸前肉，只是为了报答知己，难道是为了卖肉吗？"说完甩手就走了。连城知道了，心中十分不忍，又拜托女佣前去安慰乔生，说："以你的才华，不会永远这样被埋没的。到时候天底下还愁没有美人来陪你？我做过一个不祥的梦，预示着我三年之后必定会死，你也不必和别人争一个死鬼了。"乔生告诉佣人说："士为知己者死，并不是为了美色。只怕连城未必真正知道我的心思，如果她真是我的知己，即使不结婚也没什么要紧。"女佣代连城发誓，说她的确是一片真心。乔生说："如果真是这样，我俩相逢时她能对我笑一笑，我就死而无憾了。"过了几天，乔生偶然在路上遇见连城，她刚刚从叔父家返回，乔生目不转睛地看着她，只见她秋波盈盈，转过头来对乔生含情脉脉地嫣然一笑。乔生大喜说："连城果然是我的知心人呀。"

后来王家去史家商量婚事之时，连城旧病复发，拖了几个月后，终于死去。乔生前去史家吊唁，因悲痛过度而昏迷过去，史家急忙将他抬回家中。乔生知道自己已经死了，心中也没有什么难过的。游游荡荡出了村子，一心只想遇见连城。远远望见从南至北，许多人密密麻麻地在赶路，也就挤了进去。不一会，来到一所官署中，竟见到了已死去的顾生。顾生惊讶地问他：“你怎么来这里了？”就将他往外拉，想让他走。乔生叹了口气说：“我还有心事未了。”顾生说：“我在这里主管文书，长官很信任我，如果有能为你出力的地方，你尽管说。”乔生便问连城在哪里。顾生带着他找了好几个地方，终于找见了连城，她正和一个白衣女郎两人泪眼婆娑地坐在走廊角上。连城看见乔生过来，高兴地连忙站了起来，问他怎么来的。乔生说：“你已经死了，我又怎么能活着！”连城哭着说：“像我这样忘恩负义之人，你不但不嫌弃，反而还以身殉情，这又何苦！我今生已不能陪伴你了，但愿来世能相随。”乔生就对顾生说：“你去忙自己的事吧，我以死为快乐，不想复活了。麻烦你告诉我，连城将托生在何处，我要和她一同前去。”顾生答应后便离去了。连城又指着身边的白衣女郎对乔生说：“她与我同姓，名叫宾娘，是长沙史知府的女儿。因为我俩一路同来这里，因而同命相怜。”乔生见史宾娘神情凄楚可怜，刚想多问两句，这时顾生已经回来，恭贺乔生说：“我已帮你将事情办妥了，就让这位娘子与你一同还魂复生，好吗？”两个人都是十分欢喜。谢过了顾生，两人正要告辞，只听得史宾娘在一旁大哭起来说：“姐姐你走了，我又该到哪里去呀？求求你救我一命，我甘愿为你当侍女。”连城心里难过，没有办法，就求乔生，乔生又只好再去求顾生，顾生一口推托说不行。但经不起乔生再三强求，就说：“我再去试试吧。”过了约一顿饭的工夫，他又返回摇着手说：“怎么办呢？我是无能为力了。”史宾娘听了，更是放声大哭起来，紧紧拉着连城的胳膊，唯恐她马上离去。见此情景，顾生不忍，就下狠心说：“带上宾娘一同去吧，如果降下罪来，就由我一人担当！”史宾娘这才破涕为笑，和乔生他们一同出去了。乔生担心她回家路远没有人陪伴，史宾娘说：“我愿和你们一同走，不愿回家。”乔生道：“你这样说就太傻了。你不回去，怎么能复活呢？如果有一天我去湖南，你见了我不躲开，那就算我有幸了。”这时正好有两个老太婆带着公文要去长沙，乔生便将史宾娘托付给二人，双方洒泪而别。

回程途中，连城走得很慢，走一会就坐下休息，前后歇了十几次，才来到家门口。连城说：“再生之后，真怕我们的事又有什么反复，不如你先去要回我的尸体，我在你家复活，应当不会有什么差错了。”乔生答应了。二人同回乔生家。连城这时又举步艰难，乔生在旁耐心等待。她说：“我现在心中十分紧张，这次如果策划不好，来生也许仍得不到自由。”这时二人已来到厢房中。沉默片刻，连城笑着问：“你不喜欢我吗？”乔生不明白这话的意思。连城羞红着脸说：“我总担心你我的事情不成，再次辜负了你。让我们在做鬼的时候先结为夫妻吧。”乔生十分欢喜，二人在厢房里情意绵绵，不愿马上复生。缠绵三日，连城说：“‘丑媳妇早晚也要见公婆’，我们在这里偷偷摸摸，决非长久之计。”就催乔生先进室中。乔生刚一到灵堂，就苏醒过来。全家人都十分惊讶，连

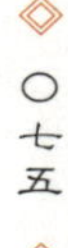

忙喂他汤水。乔生让人把史举人请来，说自己能使连城复活，请求把她尸体送来。史举人十分高兴地答应了。刚刚将连城尸体抬进来，人已经复活了，她对父亲说："我已经委身于乔生了。如果有变动的话，也只有一死了。"史举人回家后，让丫头去乔家侍奉小姐。王家得知此事，告到官府，县官受贿，又将连城判给王家。乔生气得要命，也无计可施。连城到了王家，不吃不喝，但愿快快死去。无人时就上吊，第二天奄奄一息，王家怕出人命，只好抬回史家，史家又抬回乔家。王家知道后也无可奈何，从此这件事也就了结了。

连城身体恢复后，常常怀念史宾娘，想派人去湖南探问消息，又因路远而拿不定主意。一天，家人进来说："门口停了一辆马车。"夫妇二人赶忙迎出，这时史宾娘已来到了庭院。彼此相见，悲喜交加。史知府亲自送女儿前来，乔生迎入。史知府说："小女全靠你得以死而复活，她立誓不嫁人，如今照她意愿行事。"乔生磕头谢过。这时，史举人也来了，和史知府共叙同宗亲谊。

乔生名年，字大年。

异史氏说："因一笑相知而致以身相许，可能有人会觉得这是痴人做的傻事；但那田横五百壮士难道是痴人吗？世上知音难寻，往往使英雄豪杰感激于心，不能自已。可怜茫茫四海之内，但教锦心绣口的才子，仅仅倾心于女子的一笑，是多么可悲啊！"

商　三　官

旧诸葛城有个读书人叫商士禹。他因喝醉酒后说笑话冲撞了当地豪绅，被豪绅唆使家奴一顿乱棍打伤，抬回家后就死了。

商士禹有两个儿了，长子叫商臣，次子叫商礼，还有一个女儿名叫商三官。商三官当时已年满十六，许配了人家，因为父亲丧事而没有完婚。兄弟两个为父亲之死出门去打官司，很长时间也没有结果。女婿家便托人劝说商三官的母亲，请求将婚事先办了。母亲准备答应。这时商三官听到后走进来说："天下哪有父亲尸骨未寒就办喜事的儿女，他家里难道没有父母吗？"女婿家人听了这话，十分惭愧，也就不再催促了。后来，弟兄两个打官司没有赢，含冤回到家中，全家人满腔悲愤。兄弟俩准备将父亲尸体留下不葬，以便再次告状。商三官说："人无缘无故被杀死而官司都打不赢，这世道是什么样的世道就可知了。老天爷不会专为你们弟兄俩派一个青天大老爷来的。让父亲死了也不得安宁，做儿女的又于心何忍。"二位兄长听从了她的话，将父亲人葬了。葬礼之后，商三官连夜潜逃，不知去向。母亲心中不安，害怕女婿家知道了要人，不敢声张，又让两个儿子暗中打听。将近半年，都得不到半点消息。

后来那个豪绅过寿，招来戏班子在家里演唱。老艺人孙淳带了两个弟子前来。一个叫王成，长相平平，但吐字清晰，音色宏亮，受到众人赞赏。另一个叫李玉，长相秀气标致，简直胜过美女。但让他演唱，却推辞说记不住词，勉强哼了几个曲子，都

是些民间土调，听得众人直鼓掌喝倒彩。孙淳十分难堪，对主人说：“这小子学艺还没有几天，只能为各位陪酒，请千万不要怪罪。”就命李玉在席上斟酒。李玉在席间殷勤侍候，又有眼色，豪绅十分喜爱他那股机灵劲。酒宴结束后就留他与自己过夜。李玉为豪绅宽衣解带，整理床铺，侍候得十分周到。豪绅醉醺醺地以语言挑逗，他只是面带微笑。豪绅愈发对他入迷，就打发仆役们都出去，只把李玉单独留下。李玉等佣人们一出去，就将门从里边反锁上。过了一会，那些在另一间屋中喝酒的佣人忽听房中发出格格的声音，有个佣人就跑过去看，见室内一片漆黑，什么声音也没有。刚要转身离开，忽然间从室内传出一声，像是有什么东西重重落在地上。喊了两声，里边也没有回音。就叫来众人破门而入，才看见主人已被斩为两段，而李玉也自尽身亡。因绳索被扯断，尸体掉在地上，剩下那段绳子还牢牢系在房梁上。众佣仆大惊失色，连忙通报了豪绅家眷，里里外外都不知其中缘故。众人将李玉尸体移到庭院时，发觉他脚下鞋袜空空飘飘，好像没有脚一样，解开一看，原来是一双女子的小脚。众人更是惊恐，把孙淳叫来盘问。孙淳吓得不知说什么好，只回答：“李玉是一月前才来我门下学艺的，今天执意要给主人祝寿，我实在不清楚他的底细。”众人看到她里边还穿着孝服，便怀疑是商家的刺客。暂时派两个家丁看管尸体。这二人看她肢体仍然柔软温暖，面容栩栩如生，便想奸淫。其中一个抱着尸体正要解下衣裤，忽然头上如同挨了什么东西重重一击，顿时口吐鲜血而死。另一个吓得失魂落魄，忙告诉众人。人人都对女尸恭恭敬敬，看作神灵一样。立即上告了官府，官府传问商氏兄弟，都说不知，只是妹妹离家出走已有半年。官府让他们去认尸，果然是三官妹妹。官府认为商三官是世上少有的女子，便判两兄弟领尸回去安葬，并责令豪绅家不许寻仇。

异史氏说：“商家两兄弟竟然不知自家有个女中豪杰，真是白当了一回大丈夫。而商三官的作为，也真是能惊天地泣鬼神了，所以也不能怨世人都庸庸碌碌了。希望天下女子都来买丝为商三官绣像，它和人们供奉关羽也差不了多少。”

庚　　娘

金大用是中原地区世家子弟。妻子是尤知府的女儿，名叫庚娘，美丽贤惠。夫妇俩感情很深。后来因为战乱，家人失散。金大用便携带家属逃往南方。

逃亡路上，遇见一年轻人，也是带着家眷南逃，自称是扬州的王十八，愿意为向导。金大用很高兴，于是结伴而行。不久，便来到河边上。庚娘悄悄对丈夫说：“咱们不要和他们同船。他常常盯着我看，而且表情也很奇怪，看来是居心叵测。”金大用答应了。

王十八忙前忙后地找船、运行李等，十分殷勤，金大用不忍心推却他的一番好意，又想他也带着妻子，应该没有什么问题。在船上，王妻子与庚娘同住，态度和蔼可亲。王十八在船头上和船工说话，像是老相识一般。船走了不大一会，天已是黄昏了，只见四周天水茫茫，让人辨不清南北。金大用见这里偏僻险要，觉得有些可疑。这时，一轮明月冉冉升起，船已来到一片芦苇丛中。船在这里停了下来，王十八邀金大用父子出来看看，便乘其不备，将金大用挤到水里。金父见状，刚要呼喊，又被船工一篙戳了下去。金母听到声音出来探看，也被戳下水去。这时，王十八才大声喊救人。金母出来时，庚娘就在后面，已经约略看见了些。见一家人都落水，也就没有露出惊慌，只是哭着说：“公公婆婆都不在了，我到哪里去呢？”王十八进来劝解说：“娘子不要悲伤，请跟我一同去金陵。我家有良田美宅，家境丰裕，保你吃穿不愁。”庚娘止住哭说：“如果真能这样，我也满足了。”王十八十分欢喜，对她殷勤备至。当天夜里，就向她求欢。庚娘推托说自己正来月经，王十八便和妻子去睡了。一更刚过，就听得夫妻俩在舱中吵架，不知是为了什么。又听见女的说：“你做的事是会遭天打雷劈的。”王十八就殴打妻子，只听女的大声说：“死就死，真不愿当杀人犯的老婆。”王十八大吼大叫，将妻子揪出舱，只听“咕咚”一声，王十八大声喊：“我老婆掉到水里了！”

不久，船到了金陵。王十八将庚娘带回家中，拜见老母。老母奇怪这不是原来的儿媳。王十八回答：“掉在水里淹死了，这是新娶的。”二人回到房中，王十八又对她动手动脚。庚娘笑着说：“你三十多岁的人了，还没有经过男女之事吗？一般小户人家成亲，也须一杯薄酒，你家如此富裕，应该不成什么问题。两个人清清醒醒地度过洞房花烛夜，真有些说不过去。”王十八听了很高兴，就摆上酒菜对饮。庚娘不住地劝酒。王十八已经有了醉意，便开始推辞。庚娘强装媚态相劝，王十八不忍心拒绝，于是又喝了满满一大杯。这一下彻底醉倒，脱光衣服催促庚娘上床。庚娘收拾了杯盘，吹灭了灯，托说要小便，出去拿了一把刀进来，在黑暗中摸到王十八的脖子。王十八这时还拉着她的胳膊纠缠，庚娘用力砍他的脖子，没有杀死，他喊着跳起来，庚娘又砍了一下，才杀死了他。王母闻声赶来，庚娘将她也杀了。事情被王十八的弟弟王十九察觉，庚娘知道逃不掉了，急忙自刎，但刀口钝，砍不进去，就开门快跑出去。等王十九追上来时，庚娘已跳进水池中。连忙喊人打捞，救上来时人已死了，但依然容貌秀丽，栩栩如生。众人来王家验尸，见窗上有一封信，打开一看，原来庚娘将自己的冤屈全部写在上面。众人为庚娘的刚烈所感动，商量集资安葬她。到天亮时，来观看的人达数千，个个面对遗容朝拜。一天之内，便集得安葬费一百两，将她葬在南郊。还有人为她穿戴了珠冠锦袍的寿衣，墓中随葬品满满的。

当初，金大用被挤下水后，因为抓住一块木板而幸免于难。第二天早上漂到淮河边，被一条小船救起。这船是富翁尹老头专门用来拯救落水者的。金大用苏醒后，去向尹老头谢救命之恩，尹老头很优待他，留他教自己儿子读书。金大用因为不知父母下落，要去寻找，所以犹豫不决。这时，听说捞起一个老头和老太婆尸体，金大用怀疑是父母，一看果然是。尹老头帮着置办了棺木。金大用正痛哭着，又报说救起一个女的，自己说是金大用的妻子。金大用去看时，不是庚娘，而是王十八的妻子。她向金大用大哭，求他不要抛弃她。金大用说：“我现在心乱如麻，怎么顾得上你。”女人更悲伤了。尹老头了解了事情经过，认为这是苍天报应，劝金大用收她为妻。金大用说：“父母刚刚去世，我正在居丧，而且必须报仇，如有妻室拖累，实在太不方便。”女的说：“照您说的，如果现在是庚娘，也以此为理由不要她吗？”尹老头认为她言之有理，愿意暂时代金大用收养她。金大用答应了。安葬父母时，女人披麻戴孝，尽了礼数。

丧事过后，金大用藏刀在身，手捧要饭碗，打算去扬州。女的说：“我姓唐，祖居金陵，和那个狼心狗肺的是同乡，他过去说家在扬州是骗你。而且，他和江湖上的强盗都是一伙，你如果不小心，报仇不成，反会遭殃。”金大用听了不知如何是好。这时忽然到处有传播女子报仇的事情，人名、地点说得有凭有据。金大用得知此事悲喜交加，对唐氏说：“幸好我对你没有什么，不然，我家有这样的烈妇，而我再娶，不就成了负义的男人了？”但唐氏已经说定了，不肯中途分手，愿留下作妾。

这时，尹老头的旧交袁某来访，与金大用一见如故，请金大用做他的秘书。金大用便随他去剿灭流寇，袁某后来立了大功，金大用因他的保荐，也授任游击。回到淮上后，金大用便与唐氏成婚。婚后二人同去南京，准备修筑庚娘的墓地。船过镇江时，想登金山，正行至江中，忽然有只小艇擦船边而过。这时金大用看见艇中有一位老太太和一位少妇，那少妇的长相与庚娘一模一样。船过后，少妇从窗口往外看，金大用一怔，连她的神情都那么像庚娘。金大用满腹疑虑又不敢贸然追问，情急之下喊了一句：“看一群鸭子飞上天了。”少妇听了，也喊着说：“馋嘴儿想偷吃猫食吗？”这两句话是当年两人在闺房中调笑的戏语。金大用大吃一惊，掉转船头靠近一看，真是庚娘。丫头将庚娘扶过船，两人抱头痛哭，船上旅客也为之感动。唐氏过来，用拜见正妻的大礼叩拜庚娘。庚娘惊问原委，金大用便将前后经过叙述一遍。庚娘拉着她的手说：“当时与你在船上交谈过，心里常常还记起你，想不到现在成为一家人了。你代我安葬了公婆，理应我先谢你，怎么能以妾礼相见呢。”于是两人以姊妹相称，庚娘大一岁，叫唐氏为妹妹。

原来，庚娘埋葬之后，自己也不知过了多久，忽听得有人对她说：“庚娘，你丈夫还在，你们还会团聚。”而后就好像从梦中惊醒。一摸，四面是板壁，才知道自己已死了，被埋进坟墓。她只觉得胸中憋闷，倒也不太难受。刚巧村里一些无赖之徒，见庚娘殉葬品很多而且很好，来掘墓破棺，正要取东西时，发现庚娘还活着，惊慌极了。而庚娘也害怕这些人伤害自己，就哀求说：“幸亏你们前来，使我重见天日。头上的珠宝，你们都拿去，希望把我卖去当尼姑，还多少得点钱。

我决不会告发你们的。”盗贼叩头说：“娘子是个烈妇，鬼神都敬重你。我们不过是穷急了没办法，才干这种伤天害理的事情。你如果不泄漏，已属万幸，又怎么敢将你卖去做尼姑呢？”庚娘说：“这是我自愿的。”又有个盗贼说：“镇江有个耿老夫人，无儿无女，她要是见了你，一定会十分欢喜。”庚娘表示感谢，取下头上珠宝首饰全送给他们，他们不敢接受，庚娘一定要送给，才一同拜谢收下。于是将庚娘送到耿夫人家，假说是船遇风迷路而来投奔。耿夫人出身世家大族，年老寡居度日，见到庚娘，十分高兴，看作自己亲生女儿。刚才是母女两人从金山准备回家。庚娘一五一十地讲完之后，金大用就到船上拜见耿夫人，夫人像对待女婿一样待他，接到家里留住几天才让回去。此后，大家经常来往。

异史氏说：“面临危难之时，坏人得生，好人丧命。生者让人愤恨，死者使人落泪。至于像庚娘这样处危不乱，谈笑自若，亲手杀死仇人，千古以来刚烈的男儿中，能有几个可以和她并列？谁说女子中没有英雄豪杰呢？”

宫　梦　弼

保定府有个大财主，叫柳芳华。他为人慷慨大方，好结交朋友，家里常常有上百位宾客。为了帮助别人渡过难关，千金在所不惜，而借他钱的人很少偿还。柳家有个客人叫宫梦弼，是陕西人，却从来没有向柳芳华借过什么。他来柳家，一住就是一年半载。此人谈吐不俗，柳芳华和他相处的时候最多。柳芳华的儿子叫柳和，当时还是儿童，把宫梦弼称作叔父。宫梦弼也喜欢与柳和在一起玩。每到柳和从学堂回来，二人就玩“埋银子”的游戏，将屋内地板挖开，将石块当作银子埋进去，五间屋子都被他们埋遍了。大家都觉得很可笑，而柳和却十分喜欢他，比对别人更亲近。

十多年过去了，柳家家境日益破落，也养不起众多食客了，于是客人越来越少。但十几位客人在家吃喝谈笑，还是常有的。到柳芳华晚年时，更捉襟见肘，还变卖田产来供养客人。柳和也是大手大脚，学他父亲样子结交了一帮小朋友，柳芳华也不制止。不久，柳芳华病故，家里竟然没钱治丧。宫梦弼便自己出钱，为柳芳华办了丧事。柳和至此更加敬重宫梦弼，家中大小事务，一概委托宫叔办理。宫梦弼从外面回来，总带着一些瓦砾扔到屋子角落，也不知他的用意。柳和经常向宫梦弼埋怨日子越来越难，宫梦弼说：“你没有尝过受苦的滋味。现在就是给你千两银子，也会立即挥霍掉。男人怕的不是穷，而怕的是不自立。”有一天，宫梦弼告辞回家，柳和哭着求他很快回来，宫梦弼答应后就走了。柳和没有能力养活自己，家当日益被卖光，只盼着宫叔回来帮他理家。然而宫梦弼一去不返，一点消息都没有。

原先，柳芳华在世时，给儿子订了一门亲事，是无极县黄家的闺女。黄家也很富有。后来见柳家穷了，就有悔婚的意思。柳芳华去世时，派人送去讣告，黄家没有人来吊丧。柳家以为是路途遥远而原谅了。服丧期满后，柳母打发儿子去黄家商定结婚的日子，还希望黄家念及交情而能有所照顾。柳和到了后，黄某听说他衣冠不整，挡在门外不让进。又让人带话说：“回去拿够百两白银再来，否则，就死了这条心。”柳和听了，失声痛哭。对门刘老太太见他可怜，就给他一碗饭吃，又拿出三百铜钱作路费，劝他回家去。

柳母十分生气、伤心，但也无计可施。又想到过去那些客人大多数都欠钱不还，就想找几个富裕点的寻求资助。柳和说：“过去和我们交往的是看中了我们的钱财。假如我现在仍是高车驷马，借一千两银子也不难。如今这样子，谁又会念及旧恩，顾及过去的情分呢？况且父亲当年借钱给人，并没有订下什么契约，也没有担保人。欠我们的债也没有凭证。”柳母一再坚持，柳和只得照办了，前前后后跑了二十多天，竟没有人肯给一文钱，唯有唱戏的李四，曾受过柳家的好处，听到这件事，送来一两银子。母子俩抱头痛哭。从此，就对这门亲事也绝望了。

黄家女儿已长到十五六岁，知道父亲回绝了柳和的亲事，心中十分反感。父亲又给她另寻人家，黄女哭着说：“柳郎不是生下来就穷。如果他家比先前更富，就是有人同我家作对，还能夺走他吗？嫌贫爱富，是不仁不义。”黄某听了很不高兴，又用各种方式劝她，她始终都不动心。父母对她的行为十分恼怒，一天到晚地责骂，她十分坦然。不久，黄家遭到盗贼抢劫，夫妇俩被强盗拷打几乎死去，而家中钱财被洗劫一空。又过了三年，家里更穷了。

有一个从西边来的商人，听说黄女长得漂亮，愿出五十两白银作聘礼。黄某贪图钱财就答应了，准备强迫女儿嫁给商人。黄女知道后，将自己打扮成乞丐的样子，连夜逃走，沿途乞讨，走了两个月，才来到保定府境，打听到柳家住址，直接找到他家。柳母以为她是个女乞丐，就赶她走。黄女哭哭啼啼讲了自己的来历。柳母拉着她的手说：“你怎么成了这个样子？”黄女又悲伤地讲述了缘故。柳和母子都哭起来。等她梳洗更衣之后，容光焕发，眉清目秀，美貌无比。柳家母子都十分欢喜。然而一家三口，每天只能吃上一顿饭。柳母哭着说：“我们母子俩本当如此，只是可怜了我这好儿媳了。”黄女笑着宽慰道：“如今的日子，和我当乞丐时的日子相比，真是到了天堂一般。”一番话将母亲又说笑了。

一天，黄女无意间走进一间空房，见里面长满荒草。慢慢走进内室，灰尘积了老厚一层。角落中满满堆了些东西，用脚尖一碰，还挺硬的，顺手捡起一看，却是一锭锭银子。黄女大惊，赶快把这事告诉了柳和。柳和忙和她一同去察看，原来是宫叔过去扔在屋角的瓦砾，现在都变成了白银。又想起小时候和宫叔玩“埋银子”的游戏，会不会都是白银？然而旧房屋已抵押给了别人，于是赶快把房屋赎回。进去一看，那些已经残破的砖头下露出的仍然是石头，不觉失望。等到挖开完好的地砖，下面都是光灿灿白银。顷刻之间，挖出好几万两银子。从此赎回田产，买了奴婢，家中豪华，超过了往日未衰落时。柳和时时勉励自己："如果不能自立，就辜负了宫叔一番苦心。"从此刻苦读书，三年后考中举人。这时，柳和亲自带着银两去酬谢刘老太太。他服饰华美，灿烂醒目，十几个奴仆都骑着高头大马跟随后面，十分威风。那刘太太仅有一间房子，柳和便坐在床上与她交谈。一时小巷中人欢马叫，十分热闹。

黄家自从女儿逃掉之后，被商人逼着退还彩礼，而银两已用去不少，只好将房子变卖，才还齐了钱。这时穷困潦倒，同柳和当年没有什么两样。看到过去的女婿如今气势如此显赫，只能紧闭房门独自伤感。

柳和在刘老太太家拉家常，老太太为他做了酒菜。老太太谈到黄家女子的贤惠，对她的逃跑十分惋惜。又问柳和娶妻没有，柳和说："娶了。"酒饭吃完，柳和坚持要刘老太太去看新娘子，一同坐车回去了。到家后，黄女装扮一新，貌似天仙，由一群丫鬟扶出见客。刘老太太见了，十分惊讶。坐下慢慢叙旧，黄女急着打问父母生活情况。刘老太太住了几天，受到最好的招待，又给她上下一新做了一身衣服，才送她回家。她回去后，把见到黄女的事告诉了黄家，并转达了女儿对父母的问候。黄家老两口十分惊讶。刘老太太劝他们去投奔女儿，黄某又实在不好意思。

后来，黄家老两口因为贫病交加，实在无奈，不得已黄某去了保定。到了柳家门口，只见门楼高耸，华丽气派。看门人高声大气对着黄某怒视，一整天也不进去通报。后来，看见一个妇人从里面出来，黄某低三下四地求她将自己到来的事情告诉女儿。不一会，妇人又出来，领着他来到偏房说："我家娘子很想见您一面，但又怕郎君知道，还要等找到机会才行。您什么时候来的？肚子饿吗？"黄某于是讲了自己的苦处。妇人将一壶酒、两盘菜摆在他面前，又给他五两银子，说："柳少爷在房内摆酒，娘子恐怕来不了。明天一大早你快离开，别让少爷知道。"黄某答应了。第二天一早，黄某就来到门外，大门还未开，就坐在包袱上等着。忽听得一阵喧哗，说是主人出门。黄某刚要回避，柳和已经发现，向左右打听这是何人，奴仆们没有知道的。柳和生气地说："一定是歹人，把他捉拿到官府去。"众人应声而出，用绳子将黄某绑在树上。黄某又羞又怕，说不出话来。一会，昨天遇见的妇人出来，跪着说："是我舅舅，因为昨天到的晚，所以未向主人说。"柳和便叫人放了他。妇人送黄某出门时说："都怪我昨天忘了叮咛看门人，才出了这种差错。我们娘子说：如果想她了，可以让老夫人装扮成卖花的人，与刘老太太一同前来。"

黄某回去后，将这些告诉了夫人。黄母十分思念女儿，马上就告诉了刘老太太，两人就一同来到柳家。过了十几道门，才来到女儿住的地方。女儿满身珠光宝气，香气扑鼻，口中娇滴滴吩咐一声，老少仆妇，赶忙上来团团侍奉，搬来金交椅，放上消暑的竹夫人，伶俐的丫鬟泡上茶。母女俩相视泪光莹莹，以暗语互相问候。到了晚上，两个老太太被安置到另一间房中，被褥舒服、讲究，即使当年黄家富裕时也没有的。住了三五天，女儿对母亲很殷勤尽心。黄母常常在无人处向女儿认错。女儿说："我们母子间没什么可记仇的，只是女婿的气至今没消，不能让他知道。"所以每当柳和一来，黄母就赶快躲避。一天，两人刚刚坐在一起，不防柳和猛然推门进来撞见，十分生气地说："哪来的乡下婆子，竟敢和娘子平肩并坐在一起，该把头发揪下来。"刘老太太忙上前解围，说："这是我的亲戚，卖花的王嫂，请莫责怪。"柳和忙向刘老太太道歉，坐下说："你来了几天，我太忙，顾不上和你叙谈。黄家老畜生还活着吗？"刘老太太笑着说："都好。只是日子过得太艰难了。官人如此富贵，何不稍念一下翁婿之情？"柳和拍着桌子说："那年若不是您可怜我，给我一碗粥喝，我连家都回不了。现在恨不得剥了他们的皮，顾念什么翁婿之情。"说到气处，不禁跺脚大骂。黄女生气地说："他们再不好，也是我的父母。我当时路远迢迢来你家，冻坏了手，磨破了脚，脚趾露在外面，自问没有对不起你的地方。你为何还要当着女儿的面骂父亲，让人难堪呢？"柳和这才息怒退去了。黄母羞愧得无地自容，马上要回去，女儿悄悄给了她二十两银子。自从那次分别后，很长时间都没有了音讯，黄女对父母的思念越来越深。柳和便派人把他们接到家中。老两口到后，羞愧不安。柳和道歉说："去年你们来时，不明白告诉我，多有得罪。"黄某只是连声称是。柳和命人给两位老人从头到脚置换一新，又留下住了一个多月。黄某因内心不安，几次要回去。柳和送给白银一百两说："那商人给你五十两白银，我今天加倍付你。"黄某红着脸接受下来。柳和派车送二老回去。以后，黄家日子稍稍宽裕。

异史氏说："富贵之家失势，再没有人登门，真令人气愤，想闭门不再交友。然而像宫梦弼那样的好友，买棺营葬，化石成金，不能说不是慷慨好客的回报。至于闺中女子，坐享荣华，如果不是像黄氏女这样贞洁自爱，谁能当之无愧？可见老天有眼，是不会随便降福于人的。"

本乡有一个富翁，做生意精打细算，发了财。他在地窖里藏了数百两银子，唯恐别人知道。因而穿得破破烂烂，整日吃糠咽菜来证明自己贫穷。偶然有亲戚朋友拜访，也从不请人吃饭。如有谁说他家不穷，他便瞪眼看着对方，好像有不共戴天之仇。到了晚年，每天只吃一升榆树皮屑，瘦得手臂上垂下一寸多长的皮。而他藏着的白银始终不取出来。后来饿得快死了，两个儿子守着问他，还是不说。等他自己觉得不行了想要说时，却舌头发硬说不出话，只是乱抓胸口，咳几声就归天了。而子孙连买棺材的钱都没有，只好用草席裹着埋了。唉！像这种藏钱在窖中就算是富有，那么国库中几千万两金银，何不能说归我所有呢？真是愚蠢啊！

狐　　妾

莱芜县人刘洞九在汾州做官。一天，正当他一个人在官署中独坐时，就听到亭子外面有人说说笑笑地走近了。不一会，就进了屋。原来是四位女子。一个四十多，一个约有三十，还有一个二十四五的样子，最后那个也就十来岁。她们并排立在桌前，你看我，我看你地笑着。刘洞九早已知道官署中常闹狐狸，因而对她们不理不睬。过了一会，那个最小的拿出一条红手巾扔在刘洞九的脸上，刘洞九捡起扔在窗前，还是不理睬。四个女子笑笑就走了。

不久，那个年龄最大的来了，对刘洞九说：“我妹妹和你有缘分，希望你不嫌弃她。”刘洞九漫不经心地答应，她就走了。一会儿，她又和一个丫鬟扶着那个最小的女子进来，让刘洞九和她并肩坐好，说：“你们俩人真般配，今夜就是洞房花烛夜，你要好好侍奉刘郎，我走了。”这时，刘洞九才低头仔细看了看少女，见她长得美艳无比，就与她结为夫妇。刘洞九问她的来历，她说：“我本不是人，但实在又是人。我是这里前任官员的女儿，被狐狸祸害死了，埋在花园里。而狐狸又用法术使我复活，所以也就和狐狸一样了”。刘洞九就用手摸她的尾巴骨，她笑着说：“你以为狐狸有尾巴吗？”又转过身子说：“你仔细摸吧。”从此，就住下不走了。她不论到哪里，都和小丫鬟们在一起。刘洞九家人都把她看作小夫人。丫鬟奴婢拜见她时，都能得到很多赏赐。

有一次刘洞九过生日，来了很多客人，共摆三十多席，需要很多厨师。刘洞九预先下令把城里厨师找来，可是只来了几个，刘洞九很生气。狐女知道后就说：“别发愁，厨师既然不够用，不如把来的也打发走，我虽然没什么本事，但办三十桌酒席还是可以的。”刘洞九十分高兴，命人将酒席上要用的鱼肉菜蔬调料等全部搬到内衙。家人只听里边刀和砧板的声响不停。门里的案子上放了许多菜盘菜碗，转眼间都变得满满当当。十几个侍者来回穿梭着端盘上桌，竟然取不完。过一会侍者来要汤饼，只听里边说：“主人事先没有吩咐，一下子就要怎么办？”过了片刻，又说：“没办法，只好借了。”一会儿，就听得喊人让来取汤饼，侍者过去一看，见三十多碗汤饼正热腾腾冒着气摆在那里。客人走后，狐女对刘洞九说可以去某某家交汤饼钱。派人送钱去，那家人正为失去汤饼而感到惊奇，这下才知道是怎么回事。

有天晚上，刘洞九正饮酒，偶然想到山东那种略带苦味的佳酿。狐女说她可取来，就出了门。过了一会回来说：“门口现在有一坛酒，可供你喝好几天。”刘洞九去看，果然是老家的“瓮头春”酒。

过了几天，夫人打发两个仆人来汾州。路上有一个仆人说：“听说那个狐夫人给的赏钱很多，这次去得了赏钱，我要买一件裘皮大衣。”狐女在官署中已知道了，对刘洞九说：“家中派的人要来了。可恨那奴才对我无理，我要教训他。”第二天，那个仆人刚一进城，头就剧痛起来，到了衙门之后，就抱着头嚎叫起来。家人忙着找医生来看，刘洞九笑着说：“不用治，时候到了自然会好！”众人这才怀疑他得罪了小夫人。那仆人心想，自己刚刚到，连衣服都未来得及换，怎么就得罪了她呢？实在想不起来，只好跪在地上哀求。这时门帘里才传出狐女的声音说：“你叫夫人就行了，为什么要带个‘狐’字？”仆人这才想起来，连连叩头求饶，里面又说：“既然想得到毛皮衣，怎么又能无礼？”停一停又说：“你的病好了。”刚一说完，仆人头就不痛了。仆人谢罪刚要出去，忽然帘中抛出一个小包，说：“这是一件羊羔皮衣，拿去吧。”仆人解开包一看，里面有五两白银。刘洞九这时向仆人们问起家中情况，仆人说一切都好，只

是有天晚上丢了一坛子酒。问明日子，正是狐女取酒的那个晚上。大家都惊讶她的神奇，称她为“圣仙”。刘洞九还请人为她画了一幅肖像。

当时张道一在山西做提学使，听说了狐女的事后，以同乡名义来拜访刘洞九，想见她一面，被狐女拒绝。刘洞九拿出画像让他看，被他强行夺去。把像挂在自己卧室，早晚祷告说：“以你这样美丽的质姿，找什么人不可以？偏要找像刘洞九那样的老头子！我比刘洞九强多了，你为什么就不来看看我呢？”狐女早已知道了这些话。她在衙门里对刘洞九说：“张公十分无理，我要小小地教训他一顿。”一天，张道一对着画像正要祷告，忽然像是有谁用戒尺在头上猛击一下，当时头痛欲裂。他吓得赶快把画像还了回去。刘洞九问怎么回事，送画人还不肯说实话，编造了理由。刘洞九笑着说：“你主人的头是不是还痛呢？”送画的人知道瞒不过去，就实说了。

不久，刘洞九的女婿亓生前来，要求拜见狐女，她坚决不见，但亓生执意要见，刘洞九说：“女婿不是外人，见见也无妨。”狐女说：“见了就要送他见面礼，而他抱的希望太大，我无法满足，所以不见。”但女婿一再坚持，狐女答应十天后再见。到了那天，亓生进来隔着帘子作揖，问候了几句。隐约看见了一点面容，不敢细看。退出去，走了几步，就回头注视。这时就听狐女说：“女婿回头看了。”说完一阵大笑，声音像猫头鹰叫一样。亓生听了，腿脚发软，摇摇晃晃如失魂落魄。出来后坐了很长时间，才缓过气来。说：“刚才听那笑声，如似一阵霹雳，身子都不听使唤了。”一会儿，丫鬟奉命送来银子二十两。亓生接后对丫鬟说：“圣仙天天和岳父在一起，难道不知道我生性惯于挥霍，没有花小钱的习惯吗？”狐女听了说：“我本来知道他会这样。刚好手头不宽裕。早几天和同伴去开封，遇到那里涨大水，钱库被淹，从水里捞上一点钱，哪够填补无底洞似的欲望？而且即使送他一大笔钱，他也没有福气享受。”

因为狐女什么事都能未卜先知，刘洞九遇见疑难之事都找她，她也无所不能。一天，她正与刘洞九并肩而坐，忽然仰天大惊说：“大难临头了，怎么办呢？”刘洞九赶忙问家属会怎么样？她说：“除了二公子有危险外，其他人都好。这里不久就会成为战场，你必须想办法去到远处公干，可能会免去灾难。”刘洞九便请求上级，被批准去云南贵州解运粮饷。路途遥远，人人都替他担忧，唯有狐女向他祝贺。不久，姜瓖谋反，汾州大乱。刘洞九次子从山东来，不幸遇难。城破时官员们大多遭难。唯有刘洞九平安无事。动乱平息后，刘洞九返回汾州。不久因一件大案的牵连被撤职，倾家荡产，连吃穿都成了问题。而当权者仍对他敲诈勒索，刘洞九忧愁无奈至极。狐女说：“别发愁，床底下有三千银两，足够你用了。”刘洞九高兴地问：“从哪里偷来的？”狐女说：“天下无主的钱财取之不尽，还用偷吗？”刘洞九在狐女帮助之下，脱身回到莱芜县，狐女跟着他去。几年后，忽然离去了。走时留下了几件东西，其中有丧事用的小白幡，长约二寸。大家认为不吉利，不久，刘洞九便去世了。

阿　霞

文登县人景星，少年时很有才名。与陈生是邻居，两人的书房仅隔着一堵矮墙。

一天傍晚，陈生经过荒野时，忽听得有女子在松柏林里啼哭，走近一看，树上挂着一根带子，有个女子正要上吊。陈生问她，女子流着泪说："母亲出远门了，把我托付给表兄，可他心狠手毒，对我不好，我孤孤单单，无处可去，这样还不如死了好。"说完，又开始哭了。陈生解下带子，劝她嫁人。女子担心没有可靠的人。陈生要她暂时住在自己家，女子便和他一同回去了。在灯下细细一看，这女子长得美貌绝伦。陈生十分欢喜，就想对她无礼。女子挣扎呼喊，声音传到了隔壁。景星跳墙过来看，陈生才放了她。女子见了景星，停住哭啼注视了好长时间，才向外跑去。二人赶忙去追，但已不知去向。景星回房后，关上门准备睡觉，却见女子笑盈盈地从房里出来。景星吃惊地询问，她说："陈生无德无福，我不能将终身托付于他。"景星听了很高兴，问她姓名，说："我家祖居在齐地，姓齐，小名阿霞。"景星以言语调戏她，她也不拒绝，于是两人就同床共眠了。景星书房每日人来人往，女子一直躲在房子里边。过了几天说："我暂且先去。你这里嘈杂，太困扰了，从今往后，我晚上来好了。"问她家住何方，说："正好离这不远。"就一大早离去了。晚上果然来了，两人恩爱如鱼水之情。又过了几天，她对景星说："我俩虽然恩爱，但这样终究不是长久之计。我父亲在西边做官，明天我要陪母亲去探亲。有机会我想禀告父亲，和你结为终身。"问她去多久，约定为十天。

女子走后，景星心想两人在书房同居，不是长远之计，但回家去，又怕妻子嫉妒。算计不如把妻休了。于是暗下决心。妻子一来时就对她大骂，妻子委屈万分，痛不欲生。景生说："你死了还连累我，不如回娘家去。"妻子哭诉着："结婚十年来，自问没有什么过错，你为什么这样无情？"景星不听，恶狠狠地把她驱逐出门。妻子走后，景星一心盼着女子来，不料过了很长时间还是音信全无。妻子回娘家后，多次托人说情，景星一概置之不理。妻子不得已改嫁给姓夏侯的。夏侯家的田地与景星家相连，平日时常发生争执，积久成仇。听说妻子嫁到夏侯家，又气又恨；但是，想到阿霞会来，稍稍觉得好受些。然而一年多过去了，仍是无影无踪。

海神生日那天，海神庙里外人山人海，景星也去看热闹。远远望见一个女子很像阿霞，走过去，她已躲进人群中。跟踪着走到庙外。已经赶不上了，只得怀恨而归。

又过了半年，在路上见到一个穿红衣的女子，后边跟着一个老仆人，骑着黑驴过来。景星望去，是阿霞，就问仆人："娘子是谁？"仆人回答："是南村郑公子的继妻。"又问："娶了多久？"回答说："半个月罢了。"景星寻思，莫非认错了人吧？女子听到说话声，回头看了一眼，景星仔细一瞧，就是阿霞。景星见她已嫁了人，满怀怨恨，大声说："霞娘，为什么忘了诺言？"仆人听他喊主妇，想动手教训他，被阿霞拦

住。她取下面纱对景星说："你这负心汉，还有脸见我吗？"景星说："是你负我，不是我负你。"阿霞说："负了你的夫人，比负我更厉害。结发夫妻尚且如此，何况他人？过去我因为你祖宗积德，你已名登科榜，所以委身于你。现在因为你抛弃妻子，阴司已把你的禄秩削掉了，今年科举第二名的王昌，就是替代你的。我已嫁给郑公子，不劳你牵挂。"景星低着头一言不发，女子抽打驴子飞快地走了。这一年乡试，景星落榜，第二名果然是王昌，郑公子也考中了。景星从此被人看成薄幸之流，四十岁尚无配偶。家境一日不如一日，常在亲友家混饭吃。偶然来到郑家，郑公子留他住宿，被阿霞发现，未免同情。问郑公子："堂上客人是不是景星？"郑公子问她怎么认识？阿霞说："没有嫁给你时，曾在他家避过难，得到他很好的照料。他虽然薄情卑鄙，但祖宗之德未尽，又是你的故交，应该适当照顾。"郑公子觉得她说的有理，为景星做了新衣服，又留他住了几天。一天夜里准备睡觉，有个丫鬟拿着二十多两银子送给他，阿霞站在窗外说："这是我的私房钱，聊以报答你过去的恩情，可拿去找个老婆。你祖宗余荫还在，可以延及子孙。今后要检点，免得短寿。"景星表示感谢。

回家后，用十几两银子买来一个士绅家的丫头，又丑又凶。生下一个男孩子，后来中了进士。郑公子后来做了吏部郎中。他死后，阿霞送了葬，回来时家人撩开车帘一看，车里已经空了，才知道她不是人类。唉！人没有了良心，喜新厌旧，最后弄得鸡飞蛋打，这是老天的报应啊！

翩　翩

罗子浮是邠州人。父母相继早逝，八九岁时，依靠叔父罗大业生活。罗大业任国子祭酒，家境富有，却没有儿子，把罗子浮看作亲生骨肉。罗子浮十四岁时，因受坏人教唆，开始嫖妓。一个南京来的妓女寄住在邠州，将他迷得神魂颠倒。那妓女回南京时，罗子浮偷偷跟着她去了。在南京的妓院中一住半年，花光了钱，就被冷落在一旁。不久，又得了杨梅疮，浑身溃烂发臭，被赶出了妓院，流落在街头乞讨。路人见到他，无不远远避开，他自己也生怕客死他乡，就一路要着饭向西走，每天三四十里，渐渐就到了邠州境内。心想自己一身脓疮，实在无脸见人，便在外乡徘徊。见天黑了，就想去山中的庙里安身。正走着，遇见一位十分美丽的女子。她走上前问："要去哪里？"罗子浮就如实说了。女子说："我是出家人，住在山洞里。洞里有地方可以让你住下，也不必害怕野兽。"罗子浮高兴地随她去了。到了深山，见到一个山

洞。洞前有一条溪水，溪上架着石桥。离桥几步远的地方，还有两间石屋。进屋一看，里面光线很好，不需点灯。女子叫他脱去破衣烂衫，去溪水里洗澡，说："洗了澡，疮就好了。"又掀开幛子，打扫床铺，催他就寝，说："睡吧，我给你缝一件衣裳。"于是，用芭蕉叶那样大的树叶，剪制衣服，罗子浮躺在床上看着，不多时，衣服做好了，叠在床头，吩咐他早晨起来穿上，就在他对面床上睡下了。

罗子浮洗过澡后，疮果然不痛了。醒来一摸，已结痂了。早晨起身，怀疑树叶不能穿。但取来一看，却是碧绿色锦缎，平整光滑，闪闪发亮。不久，吃早饭了，见女子将树叶剪成饼的样子，吃到嘴里果然是饼。又剪了鸡、鱼等，煮熟之后和真的一样美味可口。屋角上还放着一瓮好酒，随时可取来喝，少了就舀溪水灌进去。罗子浮在这住了没几天，病就全好了。他向女子求欢，女子说："你这个浪子，才安下身来，又生妄想。"罗子浮说："这是为了报答你的恩德。"于是两人同床共眠。

一天，忽然有个少妇笑着进来，对女子说："翩翩，看把你这小鬼头快活的，什么时候做成的这桩好事？"翩翩忙起身迎接，也笑着说："原来是花城娘子，这么长时间都不见你，今天是什么风把你吹来的？生了儿子没有？"少妇答："又是个小丫头。"翩翩笑着又说："看来花城娘子是只会生女儿了，为什么不带她来？"答："刚才把她哄睡着了。"于是大家坐下一同饮酒。花城娘子对罗子浮说："你这小郎君可是烧了高香了。"罗子浮打量她，见有二十三四岁的样子，风流妖媚，不觉心生爱意。就趁弯腰在地上捡水果时，悄悄捏了一下她的脚尖。花城娘子只是望着他笑，装作不知道。罗子浮正暗自欣喜，忽觉全身冰凉，衣裤全变成了树叶，心里一惊，赶快收起杂念，端坐几上，慢慢衣服内又有了温暖。心中侥幸没被两位女子看到。一会儿，又趁劝酒之际，抓了抓花城娘子的手，花城娘子正在说笑，毫不理会。就在罗子浮心旷神怡的瞬间，衣服又变成了树叶，很久才恢复原状。从此，他再不敢胡思乱想。花城娘子笑着说："你家郎君，太不规矩。如果不是你喜欢吃醋，他恐怕会跳到天上去。"翩翩也嘲讽说："这薄情之人，应该让他冻死。"两人一起鼓掌而笑。花城娘子站起身说："小丫头该醒了，恐怕已哭断了肠子。"翩翩也起身笑着说："只顾勾引别人的汉子，还能记得小江城要哭坏了。"花城娘子走后，罗子浮担心挨骂，但翩翩不动声色，和往日一样。

不久，秋风飒飒，落叶翻飞。翩翩忙着收拾落叶，准备过冬。看罗子浮冷得缩身耸肩，就用包袱把洞口的白云捡来，给他做成棉袄。穿到身上又暖又轻。

一年之后，翩翩生下个男孩，十分聪明。罗子浮天天在洞里逗孩子玩，也很快乐。但又时时怀念家乡，让翩翩与他一同回去，翩翩说："我不能去。要去，你自己去。"罗子浮没办法，也只得留下。这样又是两三年过去了，儿子渐渐长大，就与花城娘子结为亲家。罗子浮挂念叔父年老，翩翩说："叔父虽老，身体还健康，你不必记挂。等保儿结婚后，去留听你的。”翩翩在洞中常用树叶写字教儿读书，儿子过目成诵。翩翩说：“这孩子有福相，到了尘世间不怕做不成大官。”又过几年，保儿到了十四岁，花城娘子亲自送女儿来成亲。那女儿容光焕发，衣衫艳丽，十分动人。罗子浮夫妻俩很是高兴，全家举行宴会。翩翩拔下金钗，打着拍子唱道：

我有佳儿，不羡贵官；
我有佳妇，不羡绮纨。
今夕聚首，皆当喜欢。
为君行酒，劝君加餐。

随后，花城娘子便回去了。儿子、媳妇住在对面石屋中。儿媳孝顺双亲，和亲生女儿一样。

罗子浮又想回家乡。翩翩说：“你骨子里便带俗气，终久不能成仙。儿子也是富贵命，可以把他一同带去，我不耽误他的前途。”媳妇请求和母亲告别，正说着，花城娘子就来了。小两口都对母亲依依不舍，热泪盈眶。两个母亲都说：“暂时先去，以后还可以回来。”翩翩用树叶剪成三匹驴子，叫他们三人骑着回家。

这时，叔父罗大业年纪已老，辞官在家。他以为侄儿早就死了，忽然见他回家来，还带着孙子和孙媳，高兴得如获至宝。进门后，他们各自都看到自己穿着一片片树叶，就扯开它，里面棉絮变成白云飘上天去。于是换了衣服。后来罗子浮思念翩翩，同儿子、媳妇一道进山寻访，只见遍地黄叶，洞口已迷失不见，只好含泪还家。

异史氏说：“翩翩、花城娘子，大概是仙人吧？她们以树叶为食，以白云为衣，多么神奇啊！但在闺房中调笑亲热，生儿育女，又与人世间有什么不同？山中十五年，回家后虽然没有丁令威化鹤归来‘城郭如故人民非’的变化，但再入深山，白云迷漫，洞口湮没，没有踪迹可找，看这景观，真像汉代刘晨、阮肇入山逢仙女后回船内的光景了。”

青　梅

南京有一位程姓的书生，性情磊落豪爽，从不因小事与人计较。有一天，他从外面回到家，正在解衣带，忽然觉得带子的一头沉甸甸的，好像有什么东西掉下来。低头看看，什么也没有。然而，就在他转身之际，一个女子从他的衣服后面钻了出来，用手捋着头发朝他微笑，美丽极了。程生怀疑她是鬼，女子说：“我不是鬼，是狐狸。”程生说：“如能得到绝世佳人，就是鬼也不怕，何况狐狸。”于是便和她亲密地生活在了一起。

过了两年，狐女生下一个女孩，他们为这女孩起小名叫青梅。狐女常对程生说：“你不要再娶妻子了，我会为你生个男孩子的。”程生听信了她的话，就没有娶妻子。为此，亲戚朋友一同取笑他，讽刺他，程生终于意志动摇，聘娶湖东一个姓王的女子为妻。狐女听到这消息后，十分生气。她给青梅喂完了奶，然后将她扔给程生说："这是你家的赔钱货，养着她杀了她全由你，我凭什么替人家做奶妈啊！"说完就出门走了。

青梅长大后十分聪明，美好秀丽，相貌酷似她的母亲。后来，程生得病死了，其妻王氏也重新嫁了人。青梅则寄养在堂叔父家里。她这个堂叔父行为放荡没有德行，要把青梅卖了为自己挣一笔钱。恰巧有一个姓王的进士候缺在家，听说青梅十分聪明美丽，便花大价钱把她买了回去，让她做女儿阿喜的使唤丫头。阿喜年方十四，生得天姿国色，美丽绝伦。见到青梅，阿喜十分高兴，与青梅同吃同住，形影不离。青梅也善于伺候，能用眼睛听话，用眉目传言，善解人意，因此王进士一家人都很疼爱她。

同城有个姓张的书生，字介受，家境贫寒，没有什么声望，租住在王家的院子里。张生孝敬父母，品行端正，为人处事十分讲究礼法，又勤奋好学。一天，青梅偶然走进他家，发现他正坐在石头上喝糠粥；青梅走进屋里同他母亲拉家常，发现桌上摆着猪蹄。当时，张生的父亲正卧病在床，张生走进屋来，抱起父亲，帮他小便。结果，张生的衣服被尿液弄脏了。老父察觉到了，很是过意不去。张生掩盖住身上的尿渍，赶紧跑出去用水洗了，生怕让老父知道。青梅因此对他产生了敬意。回到家中，她又将所见所闻告诉了阿喜，并对她说："寓居在咱家的这位房客，不是个等闲之辈。小姐不想找个如意郎君也就罢了，如果要找，张生便是最好的人选。"阿喜担心父亲嫌他家穷。青梅说："不对，这事主要在于小姐自己。如果你认为可以，我就暗地里告诉他，让他找媒人来提亲。如此，夫人一定会找你去商量，到时，你只管答应'是'，事情就成了。"阿喜又担心嫁给他会一辈子受穷被人耻笑。青梅说："我自信有眼力能看准天下的读书人，决不会错的。"

第二天，青梅就将此事告诉了张生的母亲。张母大吃一惊，说她的话有悖常理，不是个好兆头。青梅说："我家小姐听说公子是个贤德之人，对他十分敬佩。我是看出她有这个意思才来替他们说合的。你请媒人去说，我和小姐在一旁帮腔，料想此事会成功的。即便他家不答应，对公子又有什么丢人的呢？"张母说："就这样吧！"于是，便请了一个姓侯的卖花女人前去说媒。王夫人听了觉得很好笑，又将此事说给王进士听。王进士也大笑起来。两人把女儿叫出来，告诉了她侯氏的来意。没等阿喜回答，青梅就极力称赞起张生的人品来，并肯定地说他将来一定会大富大贵的。王夫人又问女儿："这是你的终身大事，如果你能吃糠咽菜，就为你答应这桩亲事。"阿喜低着头沉思了许久，然后对着墙壁说："贫富是命中注定的事。如果命好，即使穷也不会长久，不穷的日子倒是无穷尽的。如果命薄，像那些穿锦着缎的王孙贵族，后来穷得没有立锥之地，其人数还少吗？这事全由父母做主。"当初，王进士将女儿叫来商量，无非是想博得一笑，听了女儿这一番有违他初衷的话，很不高兴地说："你真想嫁给张生吗？"阿喜低头不语；再问，还是不回答。王进士恨恨地骂道："你这不长进的贱骨头！想要提着篮子做乞丐妇，难道不羞死！"听了这话，阿喜羞红了脸，气得一句话也说不出来，流着泪回到自己房里。媒人也没趣地走了。

青梅一看这事不成，便想把自己嫁给张生。几天后的一个夜晚，她来到张生屋里。张生正在读书，惊问她有何事到此。青梅面带羞色，吞吞吐吐地表明了来意。张生十分严肃地拒绝了她。青梅哭着对他说："我是一个良家女子，并非轻浮私奔的人。只因你是一个贤良的人，才愿将终身托付于你。”张生说：“你爱我，是认为我品行好。可是，黑夜的私情行为，知道自爱的人都不会做的，更何况一个有品德的人呢？试图从淫乱开始，以达到终成夫妻的目的，君子尚以为不可。何况这事还成不了，你我以后又该如何处人呢？”青梅说：“万一能够成功，你肯接纳我吗？”张生回答说：“能够得到像你这样的美人做妻子，我还有什么可求的呢？但还有三件无可奈何的事，所以不敢轻易答应。”青梅问：“哪三件事啊？”张生答道：“你不能自己做主，就无可奈何；即使你能自己做主，而我父母不同意就无可奈何；即使我的父母同意了，但赎你的身价必定很高，我一贫如洗无处筹措这笔钱，就更无可奈何。你还是赶快走吧，瓜田李下，人言可畏啊！”青梅临走，又叮嘱张生说：“假若你对我有意，希望你和我共同想个办法。”张生答应了。

青梅回去后，阿喜责问她上哪里去了，她便跪下如实说了。阿喜十分生气，认为她这是偷情，准备痛打一顿。青梅哭着表白说没有做什么见不得人的事，并将事情的详细经过告诉了阿喜。阿喜感叹道：“他不干苟且偷合之事，这是知礼；做事情一定要告诉父母，这是有孝心；不轻易答应别人，这是讲信用！有了这三样美德，老天必会保佑他的，他不用担心受穷一辈子了。”接着又问青梅：“你打算怎么办？”青梅回答说：“嫁给他。”阿喜笑着说：“傻丫头，你能自己做主吗？”青梅回答：“要是不行，就一死了之。”阿喜说：“我一定要使你如愿以偿。”青梅连忙跪下叩头感谢。

又过了几天，青梅询问阿喜道：“前些天你讲的话是逗着玩呢，还是果真大发慈悲？如果是真的，我还有一些小小的事情，请求你可怜。”阿喜问她是什么事情，青梅回答道：“张生拿不出聘礼，我也没有力量自己赎身，如果一定要拿足赎金，那么，嫁我和不嫁我一样。”阿喜沉吟了半晌说：“这事我也无能为力。我说让你嫁给了张生，还恐怕不行；如果说一定不要赎金，父亲一定不会同意，我也不敢说什么了。”听了这话，青梅急得直流眼泪，只是一个劲地哀求小姐可怜、帮助她。阿喜思考了很长时间才说：“没有别的办法，我自己还攒了一点私房钱，全部拿出来帮助你。”青梅连忙拜谢，于是悄悄告诉了张生。听说此事后，张生的母亲大喜，又多方借贷，凑足了赎金，然后藏起等待好消息。

适逢王进士被派往山西曲沃县做县令，阿喜乘机对母亲说：“青梅年龄已经大了，父亲现在又要到山西赴任，不如打发她走吧。”王夫人本来就认为青梅太聪明，担心她把女儿带坏了，常要把她嫁出去，但又怕女儿不高兴。听了女儿这番话，她很是高兴。过了两天，有个佣人的媳妇过来表明了张家想向青梅求婚的意思。王进士笑着说：“张生这个人也只配娶个婢女，上次他也太不知好歹了。然而，卖给高门大户做侍妾，身价应是我买进她时的两倍。”阿喜赶忙对父亲说：“青梅侍候我这么长时间了，将她卖给别人做小妾，我实在于心不忍。”王进士便让人捎话给张家，仍以

原来的价格立赎身契，把青梅下嫁给张生。

过门以后，青梅对公婆曲意体贴，周到细心，超过了张生。而且，操持家务更勤快，不以吃糠咽菜为苦。为此，张家的人没有不敬重她的。青梅还做起刺绣活来，卖得很快，商人们守候在张家门口，唯恐收购不到手。这样挣来的钱就勉强可以维持穷日子了。青梅还时常劝导丈夫，不要因操心家务事而耽误了读书，家中有关生计方面的事都由她一人担当了。

王进士要去山西上任，青梅就去与阿喜告别。阿喜见到她后，流着眼泪说："你已经如愿了，我将来肯定不如你。"青梅说："我怎敢忘记这一切是谁恩赐的呢？但小姐说你的命运不如我，恐怕是要折我的阳寿。"说完话，二人流着泪依依惜别。

王进士到山西半年后，王夫人就死了，灵柩停放在寺院中。又过了两年，王进士因为行贿罪被免职，赎罪罚款就花了万把两银子。从此，王家逐渐破败下去，连生计都难以维持，仆人也都各奔东西。正当此时，又流行瘟疫，王进士染病身亡，只剩下一个老妈子跟随着阿喜。没有多久，老妈子也死了。阿喜一人孤苦伶仃，生活更加艰苦。邻居有一位老太太劝阿喜嫁人，阿喜回答说："谁能为我安葬双亲，我就嫁给谁。"老太太可怜她，送给她一斗米后就走了。半月后，老太太又来了，对阿喜说："我已经为你尽心尽力了，但事情仍很难办。贫穷的人无力替你安葬双亲，而富贵人家又嫌你是个破落户的后代。有什么办法！不过，还有一条路可走，就怕你不肯答应。"阿喜问："还有什么路？"老太太说："这里有个姓李的男子，想找一个小妾，倘若见了你的姿容，再让他出钱厚葬你的双亲，他一定不会吝惜的。"阿喜听了后大哭道："我是个官宦人家的女儿，竟要去给人家做妾吗？"老太太无言以对，只得走了。

从此，阿喜每天只能吃一顿饭，勉强维持生命，以图能得到一个好的身价。如此又过了半年，阿喜的生活更难维持了。有一天，老太太又来了。阿喜哭着对她说："生活困顿到如此程度，常常想要结束自己的生命。之所以还恋恋不舍地苟活在世上，只是因为二老的灵柩还没有安葬。我将要死了，谁替我收拾双亲的尸骨呢？我想来想去，不如就依你所说的办吧。"于是，老太太就领来了姓李的男子。那男子只是稍稍看了一眼阿喜，便喜不自禁。很快地，他就出钱办理安葬之事，等两具灵柩都掩埋好了，就接阿喜回去，拜见他的大老婆。那大老婆是个十分凶悍且又嫉妒心很强的女人，姓李的男子起初不敢说是娶阿喜为妾，而是托辞说买了一个婢女。谁知一见到阿喜，那大老婆便勃然大怒，并用棍子将阿喜打出屋去，不准她进门。

阿喜披头散发，泪流满面，进退无路。恰巧有一个老尼经过，见阿喜可怜，便邀她与自己同住到尼姑庵里。阿喜便跟着她走了。到了庵里，阿喜请求削发为尼。老尼没有答应，说："我看姑娘不像一个要长期流落风尘的人。庵中粗茶淡饭还可以维持。你先暂且住在这里等待着。时来运转，你就只管走你的。"

阿喜在庵里住了一段时间后，街上的一些无赖看她长得漂亮，便时常来敲打庵门，用一些淫荡不堪的话语调戏她，老尼也无法制止。阿喜为此气得直哭，想要自尽。老尼去请求吏部的一个官员在庵门口贴出一张告示，严禁到此骚扰，恶少无赖才稍稍有所收敛。后来，又有人于夜间在尼庵的墙壁上打窟窿，老尼发现后大声呼叫，打洞者才逃走。老尼为此又上告到吏部，吏部差人抓住首恶分子送到州府打了一顿棍子，才逐渐安定下来。

又是一年过去了。一天，一位贵公子从这里路过，见到阿喜，为她的绝代容貌感到惊异，硬逼着老尼为他撮合，并拿出重金贿赂老尼，老尼婉言相告："人家是官宦人家的小姐，不甘心做妾的。公子暂先回去，容我慢慢给你回复。"公子走后，阿喜又想服毒自杀。夜里，梦见父亲来到了她身边，痛心疾首地说："当初我没有顺从你的意愿，使你落到这种地步，后悔已经晚了，但不要寻短见，缓些日子，你从前的愿望还会实现。"阿喜很是惊异。天亮了，她梳洗完毕，老尼望着她惊奇地说："从脸色看，你的晦气已全部消失，强暴无理的事不用担心了。你的幸福就要降临，可不要忘了我啊！"老尼的话还没有说完，便又有一阵敲门声传了进来。阿喜大惊失色，猜想一定是贵公子家派来的人。老尼打开门，果然是贵公子家的仆人。仆人一见老尼的面就忙着追问那事谋划得怎样了。老尼笑脸相迎，好言应对，只求再给她三天时间。仆人向老尼转达主人的话说，如果事情办不成，就让老尼亲自向公子交待。老尼恭恭敬敬地答应着，并敬请仆人先回去。阿喜在一旁悲伤得直流眼泪，又想自尽。老尼阻止她。阿喜担心三天后贵公子再来时，她们将无言以对，老尼说："有我这条老命在，是杀是砍全由我一人承当。"

第二天，天将要黑的时候，外面下起了倾盆大雨，忽然听到有人吵吵嚷嚷地使劲敲门。阿喜以为事情发作，吓得不知如何是好。老尼冒着雨打开庵门，只见一乘轿子停在门口，几个丫鬟从轿中搀扶出一位相貌绝佳的夫人。仆从们气势不凡，车马装饰很华贵。老尼惊奇地询问他们是什么人，对方回答："是推官老爷的家眷，到庵里暂避风雨。"老尼将他们引入殿中，搬出矮榻请这位贵夫人坐。贵夫人的丫鬟仆妇也都走进禅房，各自寻找休息的地方。有人在内室看到了阿喜，见她美丽动人，便跑去告诉了夫人。不久，雨停了，夫人站起身来，要求到禅房里看看。老尼将她领进禅房。夫人看见一女子艳丽绝顶，眼睛便一动不动地盯着。阿喜也对着夫人打量了老半天。这贵夫人不是别人，正是青梅。各人不禁失声而抱头痛哭，于是分别叙述了离别后的行踪。

原来，张生的父亲病故，张生服丧期满后，参加科考，连连告捷，被朝廷任用为主管狱讼的推官。张生先侍奉母亲上任，然后派人搬迁家眷。阿喜感叹地说："今日相见，你我又何止是天壤之别！"青梅笑着说："幸亏小姐屡遭挫折，尚未婚配，正是老天要让我们团聚啊！假如不被大雨阻挡，又怎能在这里巧遇呢？这里一定有鬼神相助，仅凭人力是无法做到的。"于是取来镶有珠宝的帽子和锦绣织就的衣裳，催促阿喜换上。阿喜低头徘徊，犹豫不决。老尼则在一旁极力相劝。阿喜担心就这么去与青梅同居一处，名分不正。青梅说："过去咱们俩的名分就定了，我这做丫头的怎敢忘记你的大恩大德呢？你再想想张生，难道是负义的人吗？"说完，硬逼着阿喜换上了衣服，然后一同别过老尼走了。

到了任所，张生母子非常高兴。阿喜拜见张母说："我今天实在没有脸面拜见母亲。"张母笑着安慰了她，并计划选择黄道吉日，为她和张生完婚。阿喜说："倘若尼庵中有一点生路，我也就不和夫人来这里了。如果还念着过去的旧情，给我一间房子，可以容得下一只蒲团就满足了。"听了她的话，青梅只是笑而不答。到了结婚的那一天，青梅抱来了艳丽的结婚礼服。阿喜左右为难，不知该怎么办才好。不一会儿，听到鼓乐声大作，阿喜也无法自己做主。青梅带着丫鬟老妈子硬是给她穿上了礼服，搀扶着走出房门。她见张生穿着朝服向她作揖，就不知不觉地款款向他回拜起来。完毕，青梅将她拽进洞房，说："空着这个位子，等你好久了。"并回头对张生说："今夜你总算得到报恩的机会了，可要好好侍候她呀！"说完话，转身就想走。阿喜却拉住她的衣角不放。青梅笑着说："不要留我，这事可不能代劳呀！"掰开她的手指脱身而去。

在以后的日子里，青梅侍奉阿喜毕恭毕敬，小心谨慎，从不敢以张生的正妻自居。而阿喜也始终惭愧不安。张母让她们互相以夫人称呼，而青梅始终以婢妾自居，不敢有丝毫的松懈。三年后，张生奉调入京，路过尼庵，拿出五百两银子为老尼祝寿。老尼坚辞不收。张生一再坚持，老尼才收下二百两，用这钱修建了一座观音菩萨庙，立了一块王夫人碑。后来，张生官做到侍郎，程青梅夫人生了两个儿子一个女儿，王阿喜夫人生了四个儿子一个女儿。张生上书皇帝，陈述上述情况，两人都被封为夫人。

异史氏说："上天降生美丽的女子，本来就是用来匹配天下贤士的。而世俗的王公大人，却要留给纨绔子弟。这样，老天爷必然不同意而要力争的。但事情离奇曲折，致使从中撮合的人费尽无限心机，老天爷也真是用心良苦啊！只有程青梅夫人能够慧眼识别英雄于穷困未达之时，发誓要嫁给他，且以死来保证。而那些衣冠楚楚，一副体面人模样的官宦大人，反而抛却有德行之人去追求纨绔之徒，见识是何等地低于一个丫头啊！"

罗刹海市

马骥，字龙媒，是个商人的儿子。他风姿秀美，从小洒脱豪爽，喜欢歌舞。经常混迹于戏曲艺人之中，用锦帕缠着头，俨然是漂亮的少女，得到一个"俊人"的绰号。十四岁，马骥考入府学，就小有名气。后来，他的父亲年岁大了，歇了生意，闲居在家，对马骥说："你读的那几本书，饿了不能当饭吃，冷了不能当衣穿。我儿可以接替为父的事业做买卖。"马骥就逐渐做起生意来了。

一次，马骥随人出海经商，被飓风刮走，几天几夜之后，漂到了一个都城。这里的人都长得异乎寻常的丑陋，见到马骥，竟以为见到了妖怪，都高声喊叫着逃走了。马骥初次见到这种情景，大惊失色，等到他明白这里的人是害怕自己时，便反过来以此欺压这里的人。遇到吃饭喝酒的，他便跑过去，人都吓得逃走了，他就坐下来把剩下的食物大嚼一顿。如此呆了很久，马骥又来到山村。山村里的人倒有些普通人的样子，但衣衫褴褛，如同乞丐一样。马骥歇息在树下，村里的人不敢过来，只是从远处望着他。时间长了，他们觉得马骥不像是吃人的恶魔，才敢稍稍接近他。马骥笑着与他们交谈。这里的语言虽然不同，但大致还能听懂。马骥便告诉他们自己是从哪里来的，又是如何到这里来的。村里人听了很高兴，纷纷祷告邻里，说这个客人并不是吃人的怪物。然而，那些样子特别丑陋的人，只是看看他就走了，始终不敢和他接近。而那些敢于接近他的人，大都嘴巴、鼻子的位置长得基本上与中国人一样。他们纷纷拿出酒来请马骥喝。马骥问起他们害怕的缘故，回答说：“曾听我们祖父辈的人说过，从这里往西两万六千里的地方，有一个中国，那里人的相貌都长得很奇特。以前是耳闻，今天才知道是真的。”马骥问他们为什么这样贫穷，他们说：“我们这个国家所看重的，不是文章，而是长相。那美到极点的可以官拜上卿；次一点的可以做地方官；再次一点的，也能博得达官贵人的宠爱，获取丰厚的食物供养妻子儿女。像我们这样的，一生下来就被父母视为不祥之物，往往弃置不顾。其中不忍心马上丢弃的，都是为了传宗接代罢了。”马骥又问：“这个国家叫什么名字？”那些人回答：“叫大罗刹国。都城在北边，离这儿有三十里路。”马骥请他们领自己去看看。于是他们鸡叫时分起床，领着他一块前去。

天亮之后，他们才到达都城。都城的墙用黑石头砌就，颜色如墨，城中楼阁高近十丈，然而楼顶很少用瓦，是用红色的石头覆盖在上面。捡起一片这样的石头在指甲上磨一磨，和丹砂没有什么两样。正值罢朝的时候，朝中有乘着华丽车马出来的，村里人指着说：“这是宰相。”马骥一看，只见那人两个耳朵反长着，鼻子有三个孔，睫毛长得像帘子一样盖住了双眼。紧接其后，又有几个骑马的出来，村里人指着说：“这几个是大夫。”并依次指出他们的官职，都面目狰狞，奇丑无比。但官位越低，其丑陋之状也略减弱。一会儿，马骥转身往回走，被街市上的人看见了，这些人大呼小叫，狂奔不止，就如同碰到了怪物一样。村里人百般解释，街市上的人才敢站在远处张望马骥。

等他们回到村里，全国的人，都知道山村里来了个怪人。于是，士绅大夫争着要长见识，就令村里人邀请马骥。然而，马骥每到一家，看门人都要将大门关起来，男人妇女都从门缝偷偷看着马骥，窃窃私语。整整一天过去了，没有人敢请马骥进门。村里人说：“这地方有一位警卫过宫门的郎中，曾为先王出使他国，见的人多，或许不会见到你就害怕。”马骥便去拜访这位郎中。郎中果然很高兴，并将马骥奉为上宾。马骥观察郎中的相貌，如八九十岁的人，而且，眼球突出，满脸络腮胡子，活像刺猬。郎中说：“我年轻的时候，奉王命出使过许多国家，唯独没有到过中国。如今我已一百二十多岁了，得以见到中国的人物，不能不将此上奏天子。然而，我赋闲在家，已十多年没有踏过宫廷的台阶了。明天一早，我将为你亲自跑一趟。”于是，吩咐家人摆上酒菜，行主客之礼。酒过数巡，郎中唤出歌女十几个，轮番歌舞。歌女一个个貌似夜叉，且都用白色的锦缎缠着头，身上的红裙拖到了地上。演唱的不知是什么歌词，腔调节拍也很怪异。主人看得听得很开心。主人问：“中国也有这种歌舞吗？”马骥回答：“有。”主人请马骥学唱几句。马骥便敲着桌面，打着拍子，为他唱了一曲。主人听后高兴地说："太妙了！这声调就如同龙啸凤鸣，我从来没有听到过。"第二天，郎中上朝，将马骥推荐给国王。国王欣然下令召见。但有几位大夫说马骥长得太怪异，恐怕会惊吓了国王。国王便作罢。郎中出来后告诉马骥，深深为此遗憾。

马骥住在郎中家里已经很久了。一天，他在与主人饮酒时喝醉了，拔剑起舞，用煤灰将脸涂抹成戏剧中张飞的样子。主人认为很美，说："请你就以张飞的这副模样去见宰相，宰相肯定乐于用你，高官厚禄不难到手。"马骥说："咳！闹着玩玩还可以，怎么能改变自己的本来面目来谋取荣华富贵呢？"主人坚持要他这样做，马骥只得答应。于是，主人大摆宴席，邀请达官贵人做客，让马骥画好脸谱后等待。时间不久，客人们到了，主人便叫马骥出来见客。客人们惊讶地说："奇怪啊！为什么上次那样丑陋而现在这样美！"于是便与马骥一同饮酒，十分高兴。席间，马骥婆娑起舞，唱了一曲弋阳腔，满座的宾客无不为之倾倒。第二天，纷纷上奏，向国王保荐马骥。国王十分高兴，派人持旌节去召见他。见面时，国王向他询问中国的治国之策，马骥十分详尽地介绍了一番，大受国王的称赞与嘉奖，并在离宫设宴招待他。酒喝到酣畅时，国王问马骥："听说你会演唱高雅的乐曲，能不能唱给我听听？"马骥当即起舞，也效法此地歌女的做法用白锦帕缠了头，演唱靡靡之音。国王十分高兴，当即封他为下大夫。从此以后，时不时地就让马骥陪着他一块喝酒吃饭，给予特殊的恩宠。然而，时间一久，文武百官慢慢觉察出马骥的面孔是假的。他每到一处，都会看到人们窃窃私语，不大乐意与他交往。马骥到这时很孤立，心里惴惴不安。于是，他上疏请求辞官退休，国王不准。他又请求休息，国王才给了他三个月的假。

马骥乘驿站车马，载着国王赐给的金银财宝，又回到了原来的村庄。村民们跪在路旁迎接他。马骥将金银财宝分给过去与他交往过的好朋友，村民们欢声雷动。他们说："我们这些贫贱的村民受到大夫的赏赐！我们明天就到海市上去，采购些奇珍异宝报答你。"马骥问："海市在什么地方？"村里人回答："海市即海中的集市。四海的鲛人集中在那里做珠宝生意，四方十二国的人，也都来此做买卖，其中还有许多神仙游玩于其中。不过，那个地方云霞遮天，波涛汹涌，贵人看重自己的生命，不敢冒险到那里去。他们将金银布匹交给我们，替他们代购奇珍异宝。现在离海中集市的日期已经不远了。"马骥问他们怎样知道逢集的日期，村里人回答："每当看到海上有红色的鸟儿来往飞翔，七天后，就会有集市。"马骥问何时启程，希望和他们一同前去游玩观赏。村民劝他珍惜自己的生命，不要去冒险。马骥说："我本来就是漂洋过海的客商，还会怕波涛？"

一会儿，果然不断有人送钱送物来托村民们买东西，马骥便与村民们一道将东西装到船上。船可容纳几十人，底是平的，四周有高高的栏杆。十个人摇橹，拍水行进如箭。航行了三天，远远地看见云水缥缈之间，有层层叠叠的亭台楼阁，来这里贸易的船只，纷纷聚集如同蚂蚁。一会儿，他们来到城下。看那墙上的砖，大小足有一人长。城上的岗楼高耸入云。一行人系了船进城，看到市上所陈列的都是各式各样的奇珍异宝，光彩夺目，大都是人世间没有的。

忽然，一个少年骑着骏马过来，市上的人纷纷让路，说是"东洋三太子"来了。路过这里时，太子看到了马骥，便说："这不是外地人吗？"当即有随从人员过来询问马骥的籍贯。马骥站在路旁行礼，把自己的国籍家世详细告诉了。太子高兴地说：“既然承蒙光临，肯定缘分不浅。”于是给了他一匹马，邀他并骑而行。二人出了西城，刚到岛岸，座下马便长嘶一声跃入水中。马骥大惊失色。海水都向两边分开，像墙一样高高立起。很快地，马骥就看到一座宫殿。宫殿以玳瑁作梁，鱼鳞作瓦，周围墙壁晶莹透亮，像镜子一样可以照见影子，使人眼花缭乱。太子下得马来，作揖将马骥让进宫。抬头仰视，见龙王坐在殿上，太子上前启奏道：“我到海市游览，碰到中国贤士，特地引来参见大王。”马骥上前跪拜舞蹈。龙王说：“先生是一位饱学之士，想必能压倒屈原、宋玉。我想烦劳大手笔写一篇《海市赋》，希望不要吝惜先生珠玉一般的文字。”马骥叩头领命。龙王立即授给他水晶制成的砚台、龙须制成的笔。其纸洁白如雪，其墨芳香似兰。马骥一挥而就，很快就写成一篇千字赋文，呈献殿上。龙王击节赞赏道：“先生如此大才，给水国增添了光彩呀！”于是召集各部龙族，在采霞宫大摆宴席。酒过数巡，龙王举杯对马骥说：“我有爱女一个，还未寻觅到理想的伴侣，我想将她的终身托付于先生。不知先生意下如何？”马骥离席而立，既惭愧又感激，口里只有答应的份儿。龙王对侍从于左右的人说了几句话。不一会儿，便有几个宫人搀扶出一位姑娘。只听得环珮叮当，鼓乐齐鸣。两人交拜之后，马骥张眼偷看新娘，确实是仙女。新娘行完礼后离去。过了一会儿，酒宴散了，有两个丫鬟挑着灯笼，将马骥引入一座偏殿。新娘浓妆坐在那里等候他。再看殿内，珊瑚床装饰着各种各样的珍宝；帐外的流苏上，缀挂着斗大的明珠；被褥异常轻软，散发着浓郁的香味。第二天天刚亮，便有许多年轻漂亮的宫女丫鬟进来，在两边侍候。马骥起身后，匆匆上朝拜谢龙王。龙王即刻封他为驸马都尉，并把他写的那篇赋迅速发往各海。各海的龙王，都派专使前来祝贺，并纷纷送来请柬，邀请驸马前去赴宴。马骥身着锦绣衣衫，驾驭青龙拉的车子，在一片吆喝声中走出宫殿。几十名骑着马的武士，身背雕弓，手持白玉棍，明晃晃一片挤满大街。马上有歌女弹筝，车中有乐伎吹笛。三天工夫，马骥就游遍了各海。一时间，“龙媒”的大名便传遍了四海。

龙宫中有一株合抱粗的玉树，树干晶莹透明，如同白色的琉璃；树干中有树心，为淡黄色；树颈比胳膊细，树叶绿如碧玉，有铜钱那样厚，密密匝匝地洒下满地绿荫。绿荫下，马骥常与公主吟诗唱歌。树上结满了栀子花似的花朵，每飘落一片，便会发出清脆悦耳的声音。拾起来一看，则如雕镂精细的红色玛瑙，光明可爱。枝头上，常有一种奇异的小鸟飞落鸣叫，毛色黄绿，尾巴比身子还长，叫声如玉笛奏出的哀婉曲。马骥听了，不由得思念起故乡来。他对公主说：“我漂泊在外整整三年，与父母远隔两地，每当想到这些，就禁不住要涕泪沾胸，你能随同我一道回去吗？”公主说：“仙境与人间路途不通，我无法跟你去呀！我也不忍心以夫妻之爱，夺取你们父子间的欢乐。让我再想想办法。”马骥听了，眼泪不由自主地流了下来。公主也叹息着说：“看样子是不能两全其美了。”第二天，马骥外出归来。龙王对他说：“听说驸马非常思念故乡，明天天一亮就替你准备行装，行不行？”马骥拜谢龙王说：“我本是一个漂泊在外的人，承蒙龙王过分宠爱，报恩的真诚想法，铭刻在肺腑。让我暂时回乡探望一下父母，过后再想法团聚。”到了晚上，公主摆设宴席，与马骥话别。马骥想与她约定再会的日期。公主说：“你我的缘分已经完了。”马骥听了，十分悲痛。公主安慰他说：

“你回去奉养双亲，足见你有孝心。人世间的聚散离合，一百年就像一朝一夕罢了，何必像儿女般伤心落泪？从此以后，我为你守贞，你为我守义，身在两地，心想在一处，就是恩爱夫妻，何必一定要朝朝暮暮厮守在一起，才能算是白头偕老？如果谁违背了今日的盟约，图谋再婚，将是不吉利的。如果发愁无人主持家务，可以收一个婢女做妾。还有一件事我要嘱咐你：自和你结婚后，我似乎已有了身孕，劳烦你给这未出生的孩子起个名字。”马骥说：“如果是个女孩，就叫龙宫；是男孩，就叫福海。”公主要求马骥留下一件东西作为将来的凭证，马骥便将他在罗刹国得到的一对赤玉莲花交给公主。公主说：“三年后的四月八日，你应当乘船到南岛，届时，我把你的亲生骨肉交给你。”说完话，公主取过一个鱼皮做的袋子，装满珠宝，交给马骥说：“好好藏着，几生几世吃、穿不完的！”第二天天刚亮，龙王便设宴为他饯行，并送给他许多珍贵的礼物。马骥拜别龙王，离开龙宫，公主乘白羊车，一直将他送到海边。马骥上岸下马，公主道一声千万珍重，回转车子便走，一会儿便走出很远。此时，海水也重新合拢，再也看不到公主了。马骥这才回去。

自从马骥漂海外出，人们都以为他已经死了。等他回到家里，家里人无不感到诧异。所幸父母都还健在，只有妻子已经改嫁他人。马骥这才醒悟到公主要他“守义”的意思，原来她早已知道了。父亲要他再娶，他不答应，只收了一个婢女做妾。他牢牢记着三年后的约会，到了那天，驾船来到南岛。见两个小孩浮坐在水面上，拍水玩耍，不动也不沉。马骥前去引领他们，其中的一个很机灵，拉着他的胳膊一下就跃入怀中，另一个则哇哇大哭，似乎是怪他不抱自己。马骥便伸手把另一个也拉了上来。仔细一瞧，两个孩子原来是一男一女，相貌都很清秀。孩子的头上戴着花冠，花冠的正中各镶一块玉器，这玉器正是他留给公主的那对赤玉莲花。孩子的背上有一个锦囊，拆开一看，有一封信，信上写道：

公婆想来都好。别后已有三年，仙境与凡世永隔；盈盈一水相望，使者与信息难通。对你每时每刻的思念，已变成梦中的相会；长时间地翘首眺望，只落得后脖颈酸痛。茫茫大海无边无际，别愁离绪难以排遣。想到奔月的嫦娥，尚且空守月宫，投梭的织女，还要怅望银河，我有何德何能，竟要与心爱的人永远厮守在一起？每每想到这里，也就破涕为笑了。别后两月，竟生下一对孪生儿女。如今，他们已牙牙学语，懂得一些大人的言笑，而且，自己会伸手拿枣抓梨，离开母亲也可以生活了。我把他们送还给你，你所赠送的一对赤玉莲花，就缀在他们的花帽上作为凭证。每当你将孩子抱在膝头上时，就如同我在你的身边一样。听说你忠实地履行了过去的盟约，我心里感到了莫大的安慰。我这一生决无二心，到死也不会再有其他念头。你就好比一个远戍的征人，我就像一个望夫归来的妇人，即使不能生活在一起，难道不也像琴瑟一样是一对恩爱夫妻吗？我唯一感到遗憾的，是公婆虽然已经抱了孙儿，却还未见过我这个儿媳。从情理上讲，这不能不说是一大缺憾。等到一年之后，婆母去世，我将到她老人家的墓前，尽一点儿媳的孝心。从今往后，只要龙宫能健康地成长，或许还有母女相聚的机会，福海长命百岁，也有互相来往的时候。真诚地希望你珍重自己，我心中想说给你的话实在是说不完道不尽啊！

马骥反复诵读着这封信，不停地用手擦着眼泪。两个孩子抱着他的脖子说："咱们回家去吧！"马骥听了，越发感到悲伤，抚摸着两个孩子的头说："你们知道家在哪里吗？"孩子哭着，只是咿咿呀呀地嚷着要回家去。马骥眼看着海水茫茫，无边无际，苍天辽阔，难见尽头；大雾弥漫中不见公主身影，烟波浩渺中难觅入海路途，无可奈何中，只得抱着两个孩子掉转船头，怅然若失地返回家。

马骥知道母亲寿命不会太长，便预先为老人家准备好了寿衣寿木，并在墓地周围种了上百棵松树和檟树。过了一年，老母亲果然去世了。灵柩抬到墓穴时，见一个披麻戴孝的女子站在那里。正当人们吃惊地注视着她时，忽然狂风大作，雷鸣电闪，继而又是一阵暴雨，眨眼之间，女子已踪影全无。墓地四周新栽的松柏，本来大多已枯萎，这时都复活了。

福海一天天长大，时常思念母亲。忽然跳到海中，好几天才回来。龙宫因是女孩，去不了，就常常关着门独自哭泣。一天，白昼漆黑得如同夜晚一般，公主忽然进了屋，劝龙宫说："孩子，将来你自己也要成家的，为什么要哭哭啼啼的？"于是赠给八尺长的珊瑚树一棵，龙脑香一帖，明珠一百颗，八宝镶金盒一对，作为她的嫁妆。马骥听到说话声，突然闯进屋，拉着公主的手伤心地哭起来。不一会儿，只听得一声炸雷穿屋，公主已不见了。

异史氏说："装出一副假面孔，迎合世俗所好，人情世态与鬼一样。类似将疮痂当美食一样的怪僻嗜好，到处都有。你自己稍觉惭愧的事情，别人说是不错；你自己觉得十分惭愧的事情，别人说是十分的好。如果你耻于媚俗而保持着男子汉的本来面目公然走过市面，人们见了不害怕逃走的恐怕很少了。如此，那个陵阳的痴人卞和，将抱着价值连城的美玉向什么地方哭诉呢？ 唉！ 向往中的荣华富贵，只能在虚幻的海市蜃楼中去寻找罢了！"

促　　织

明朝宣德年间，因皇宫里盛行斗蟋蟀的游戏，官府每年都要向民间征收蟋蟀。这东西本来不是西部地区的特产，但华阴县县令想巴结上司，献了一只上去，试着让它斗了一回，发现很厉害，因此就责令华阴县经常进贡蟋蟀。县令把这差事摊派给乡里的里正。于是街面上一些游手好闲、不务正业的少年每捉到一头好的，就用竹笼养起来，提高价钱当作奇货。乡里那些奸诈狡猾的差役们也借此敲诈勒索，按人口摊派，往往是为了一只蟋蟀，就逼得好几户人家倾家荡产。

本县有个叫成名的书生，多次赶考都没能中个秀才。成名为人迂腐，不善言谈，便被狡诈的差役报请到县上充任里正的差事，他想尽办法也没能摆脱掉。不到一年，就把自己一点微薄的家产赔光了。碰巧，上面征收蟋蟀的任务又下来了，成名既不敢按人口向百姓摊派，自己又没有什么东西可用来抵偿，直愁得要死。妻子对他说："死了又有什么用？还不如自己去寻找，说不定还能侥幸捉到一头。”成名认为妻子说得不错，于是便早出晚归，提着竹筒和铜丝笼，到墙脚下、草丛中，搬石块、挖洞子，没有一样办法没用到，但仍是无济于事。就是捉到了三两头，也都是低劣瘦小的，不合乎要求。县官制定了严格的期限，十多天的时间里，他就挨了一百多下板子；两条大腿被打得脓血淋漓，连蟋蟀都不能去捉了。成名躺在床上翻来覆去，只想着要自杀。

正在这时，村里来了一个驼背巫婆，说她能借助鬼神的指示预测吉凶祸福。成名的妻子便带了钱前去问卜。只见红颜少女和白发老婆婆挤满了巫婆的门口。进了屋，有一间密室，密室的门口挂着帘子，帘子的外面摆着香案。占卜问卦的人在香炉里点上香，然后连连磕头。巫婆站在一旁，眼望空中，代人祈祷，两片嘴唇一张一合，也不知念些什么词，屋里的每个人都恭恭敬敬地站在一边听候消息。不大一会儿，帘内就会扔出一张纸片来，上面写着的便是人们想要知道的事情，没有丝毫的差错。成名的妻子把钱放在案上，也像其他人一样点香磕头。约有一顿饭的工夫，帘子一动，一张纸片飘落在地上。捡起来一看，上面没字而是画。画中似乎是一座殿阁，像寺院；殿阁的后面有一座小山，山下怪石纵横，荆棘丛生。一只“青麻头”蟋蟀卧伏在荆棘丛中；旁边一只蛤蟆，摆出一副要跳起来的样子。成名的妻子将纸片看了好一阵，也没弄懂是什么意思。但看到画中有一只蟋蟀，隐隐约约地“画”中了自己的心事。于是把纸片折好装起来，带回家交给成名看。成名反复思量着，莫非是在教我猎取蟋蟀吗？他仔细端详着那张画，发现其中的景致与村东的大佛阁十分相似。于是挣扎着爬起来，拄着拐杖，拿着画，按照画上指示的方向，来到了寺院后面。寺院的后面有一座古墓，在茂密的草丛中高高隆起；沿着古墓往前走，就见一排排的石头像鱼鳞一样排列着，跟画中的一模一样。成名在杂草丛中侧身细听，并缓缓地向前移动脚步，就像是在寻找一枚针或一粒芥菜籽似的。弄到眼睛看花了，耳朵听不清了，可还是没有发现蟋蟀的踪迹，也没有听到蟋蟀的叫声。就在到处搜寻时，一只癞蛤蟆突然跳了出来，逃走了。成名愈发惊奇了，急忙跑过去追赶。癞蛤蟆跳进了草丛中。循着癞蛤蟆的踪迹，成名拨开草丛，发现有一只蟋蟀趴在荆棘的根部，急忙扑捉，那蟋蟀竟又跳进了一个石洞里。他用一根草伸进洞里轻轻拨动，蟋蟀没有出来；又用竹洞里的水去灌洞，蟋蟀才出来。这只蟋蟀的模样十分健壮，成名追着赶着捉住了它。仔细一看，发现它身架大、尾巴长，金色的翅膀青色的头。成名高兴极了，将蟋蟀装进笼子带回家，全家人也兴高采烈地庆贺成名抓到了这个宝贝，好像即使价值连城的璧玉也比不上。将它蓄养在装有泥土的盆子里，用螃蟹肉和栗子果实喂养，精心照料，万般爱护，只等着期限一到，就送到官府应付公差。

成名有个九岁的儿子，趁父亲不在家的时候，偷偷打开瓦盆想看看蟋蟀。瓦盆刚开个缝，蟋蟀就跳蹦走了，速度很快，捉不住。等抓到手时，蟋蟀的腿已断了，肚子也破了，很快就死了。孩子害怕哭着告诉了母亲。他母亲听了，气得面色灰白，大声骂道：“祸根，你的死期到了！等你父亲回来，自会跟你算账的！”孩子哭着跑出去了。一会儿，成名回来，听了妻子的话，全身就像被冰雪浸透了一般。他怒气冲冲地寻找儿子，可儿子已无影无踪，不知跑到哪里去了。最后，在一口井里找到了儿子的尸体。

一时间，成名满腔愤怒化为巨大的悲痛，呼天撞地，哭得死去活来。夫妻俩悲伤痴呆地相对而坐，茅舍里没有点火做饭的炊烟，也没了生活乐趣。

天快黑了，成名才拿了一块草席，把儿子裹了准备埋葬。走近抚摸儿子，似乎还有一丝微弱的气息。高兴地把孩子放到床上，半夜里苏醒过来。夫妻俩的心里才稍稍有点安慰。但蟋蟀笼子空空的，看着就让人感到气虚，连话也说不连贯了，但也不敢再追究儿子的过失。从天黑到天明，成名没有合一下眼皮。

太阳已经出来了，可成名依然躺在床上长吁短叹。忽然，门外传来一阵蟋蟀的叫声。成名惊奇地爬起来察看，那只蟋蟀好像还活着。成名很高兴，急忙捕捉。蟋蟀叫一声就跳走，而且跳得很快。成名又用手掌去捂盖，掌心里空空的，似乎什么也没有。成名的手刚拿起来，它又突然蹦着跳着地逃走了。成名急忙去追，见它绕过墙角，不知跑到什么地方去了。他转来转去四处张望，发现蟋蟀趴在墙上。仔细一看，这只蟋蟀又短又小，黑里带红，完全不像先前的那只。成名嫌它太小，没有理它，仍然四处张望，寻找刚才他追逐的那只。忽然，墙上的小蟋蟀跳了下来，落在了他的袖子上。成名低头一看，发现它的形状像个土狗子，梅花形的翅膀配上长腿方头，样子似乎还很精神。成名高兴地把它收进了笼子里。想要把它献到官府里，心里又有些慌恐不安，害怕它不合县官的心意。于是思量着让它先跟别的蟋蟀斗一斗，看行不行。

村里有个好事的年轻人，养着一只蟋蟀，自己给这蟋蟀起名叫“蟹壳青”，每天都与别人家的蟋蟀角斗，没有不赢的。他将它养起来牟取大利，但价格太高，也就没人买。听说成名想斗蟋蟀，他就径直来到成名的家。一看成名养的蟋蟀，就捂着嘴暗暗发笑。于是取出自己的蟋蟀，放进笼中和成名的相比较。成名一看，人家的蟋蟀又大又壮，便自添了几分羞愧，不敢与人家的较量。那年轻人坚持要和他的较量。成名想，养着这样一个低劣的东西终归也没有什么用，不如就让斗一斗，也让人开开心。于是，就把自己的蟋蟀和年轻人的放在一个盆子里让斗。小蟋蟀伏在瓦盆里不动，呆头呆脑地像个木鸡。年轻人又放声大笑。试着用猪鬃撩拨它的须，仍然不动，年轻人又笑起来。但在屡次撩拨之后，小蟋蟀终于被激怒，它直奔“蟹壳青”，就角斗起来。两个蟋蟀腾身跳跃，互相攻击，振动翅膀，发出搏斗声。一会儿，就见小蟋蟀跳了起来，张开尾巴，伸直胡须，直扑过去咬住了大蟋蟀的脖子。年轻人大吃一惊，急忙把它们分开。小蟋蟀振动双翅洋洋得意地鸣叫着，似乎是在向主人报捷。成名十分高兴。就在人们共同观赏的时候，一只公鸡突然奔窜过来，径直把嘴伸进盆里去啄蟋蟀。成名大惊失色，高声叫喊。幸好公鸡没有啄到，那小蟋蟀跳出一尺多远。公鸡又大踏步地追逼过去，小蟋蟀已被压在爪下了。仓促间，成名不知该怎样去救小蟋蟀，急得直跺脚，脸上也失去了颜色。可是，只一会儿的工夫，公鸡便伸长脖子，晃动脑袋，不停地拍动着翅膀。

成名走近一看，原来小蟋蟀已跳在了鸡冠上，使劲咬住鸡冠不放。成名惊喜异常，急忙捉住小蟋蟀放进笼中。

第二天，成名把蟋蟀献给了县官。县官看他太小，就怒斥成名。成名向县官叙述了这小蟋蟀的奇异之处，县官不信，让小蟋蟀试着与其他的蟋蟀角斗。结果，那些蟋蟀都被斗败了。又试着让它和鸡斗，果然和成名所说的一样。县官奖赏了成名。县官把蟋蟀献给了巡抚大人。巡抚大人把蟋蟀用金笼子装好，献给了皇上，并在奏折中详细陈述了它的本领。小蟋蟀到了宫里，皇上让它和全国进贡的诸如"蝴蝶""螳螂""油利达""青丝额"等等稀奇古怪的蟋蟀一一角斗，结果没有一只能斗过它的。而且，这小蟋蟀每当听到演奏琴瑟之音，便会随着节拍翩翩起舞。这使皇宫里的人更加感到惊讶。皇上高兴极了，颁发圣旨，给抚巡奖赏了马匹和锦缎。抚巡大人也没有忘记自己的荣耀是谁带来的，不久，那个送上蟋蟀的华阴县令便以"政绩卓异"的考绩上报。县官一高兴，便免了成名的徭役。又嘱咐学政，让成名进了县学，成了秀才。

过去了一年多，成名儿子的精神恢复了。据他说，自己曾经变成一只敏捷善斗的蟋蟀，直到今天才苏醒过来。

巡抚大人也重重奖赏了成名。不到几年，成名家便有良田百顷，楼阁万间，牛羊各二百头。每次出门都是身着轻裘，座跨骏马，派头超过了世家大族。

异史氏说："皇上偶然使用一件东西，未必不是事过就忘了，而下面经办的人却把它看作定例。再加上做官的贪婪，当差役的残暴，老百姓天天典弃妻子、卖掉儿女，永远得不到安宁。所以皇上的一举一动都关系着老百姓的命运，千万忽视不得啊！只有成家父子因为当里正而贫穷，又因为献上蟋蟀而富裕，穿轻裘，骑骏马，意气洋洋。然而，当他担任里正，遭受毒打的时候，又哪里会想到这一步呢？老天爷想要奖赏这个忠厚老实的人，才使得巡抚、县官一同享受蟋蟀带来的恩惠。我曾听人说过这样的话：一人飞升，鸡犬成仙。真是不假啊！"

狐　谐

万福，字子祥，博兴县人，从小攻读诗书。家里虽有一点产业而命运不好，已经是二十多岁的人了，还没有取得秀才资格。乡里有个陋习，即常常选报富裕人家的人充任里正，忠厚善良的人家往往因此被弄得倾家荡产。碰巧，万福也被推荐充任里正这个差事。万福非常害怕，便逃跑出走，到了济南，租了客房住下来。

一天夜里，有个私奔的女子到来，长得很漂亮，万福十分高兴，就和她住到了一块儿。万福问女子叫什么名字，女子自称："我实际是狐狸，但不会伤害你的。"万福非常喜欢她，也就不怀疑。女子嘱咐万福不要和别的客人住在一起。从此，她每天都来，与万福同床共枕，相处在一起。万福所需的日常生活用品，没有一件不是狐女带来的。

过了不久，有几个老相识不断地来拜访万福，常常要住上一两天才走。万福很讨厌他们，但又不好意思将其拒之门外，不得已，把实情告诉了他们。客人都希望一睹狐女的仙姿玉貌，万福便把客人的要求告诉狐女。狐女对客人说：“看我干什么？我是跟人一样的。”听她的声音，清脆婉转似在眼前，四下张望，又不见她的身影。客人中有个叫孙得言的，善于开玩笑，一定要叫狐女出来，说：“听到你娇滴滴的声音，我已魂飞魄散了。你又何必吝惜芳容，叫人只闻其声，不见其人，空自相思呢？”狐女笑着说：“好孝顺的孙子！你想给你的祖奶奶画画像吗？”客人听后都笑了。狐女又说：“我是狐狸，让我给客人讲讲狐狸的故事，不知愿不愿听？”众人都表示愿听。

狐女说：“从前有个村子，村里有个旅店，旅店里有一群狐狸，常常出来作弄旅客。来往的旅客都知道此事，因而互相告诫不要住这家旅店。半年了，店里冷冷清清。店主人愁得要命，因而非常忌讳别人说狐。有一天，忽然来了一个远方客人，自称是外国人，看到这个旅店就投宿。店主人很高兴。他刚把客人让进门，便有一个过路人悄悄地告诉客人说：‘这家旅店有狐狸。’客人害怕了，告诉店主人要搬到别的地方去住。店主人极力辩解，说那是胡说八道。客人这才住了下来。客人进了卧房，刚要躺下休息，就有一群老鼠从床下钻了出来。客人大惊，急忙跑出屋子，高声叫道：‘有狐狸！’店王人惊讶地问出了什么事。客人埋怨道：‘狐狸窝就在你的店里，你为什么还骗我说没有？’店主人又问：‘你见到的狐狸是什么样子？’客人说：‘我刚才看见的是细细的，小小的，不是狐儿子，也一定是狐孙子！’”

狐女的故事讲完了，满座的客人也被逗乐了。孙得言说：“既然不肯让我们见一面，我们也就不走了，留在这儿过夜，让你们做不成云雨巫山的美梦。”狐女笑着说：“你们在这里留宿也没关系，但如果有冒犯，请不要放在心上。”客人害怕她恶作剧，就都走了。然而，每隔几天，他们总还要来一趟，以讨得狐女一阵笑骂。狐女非常诙谐，每说一句话，都能让客人们笑得前仰后合，就连最善于开玩笑的人也逗不过她。因此，客人们都戏称她为“狐娘子”。

一天，万福置办酒席宴请宾客。万福坐了主人的位子，孙得言和另两位客人分坐在左右，上席放了一个坐榻，请狐女屈就于此。狐女推辞说她不会喝酒。大家请她坐下一块聊天，她答应了。酒过数巡，大家投掷骰子玩起一种叫“瓜蔓”的酒令。有个客人正好碰到瓜色，应当喝酒，他开玩笑似地把酒杯移到上座前说：“狐娘子的脑子太清醒了，就请你暂且代我喝了这一杯吧！”狐女笑着说：“我从来就不喝酒，但我愿意讲个故事，给各位助助酒兴。”孙得言捂着耳朵说他不愿听。客人们都说：“你如果骂人，就要罚酒。”狐女笑道：“那我骂狐狸怎么样？”大家说：“可以。”于是竖起耳朵听。狐女说："从前，有一位大臣出使红毛国，戴着一顶用狐狸腋下皮毛做的帽子去见国王。国王见了这帽子很是奇怪，便问：'这是什么皮毛？如此暖和厚实？'大臣告诉是狐狸皮。国王说：'这种动物我从来没听说过。狐狸的狐字怎么写？'大臣一边在空中比划着写，一边解释：'右边是一个大瓜，左边是一个小犬。'"客人们又哄堂大笑起来。

坐在左右的是姓陈的两兄弟，一个叫陈所见，一个叫陈所闻。两兄弟见孙得言被狐女的笑话整得狼狈不堪，便说："公狐狸到哪里去了，竟由着母狐狸在此撒野放毒，恶语伤人？"狐女说："刚才的那个故事我还没有讲完，就被一群狗给咬乱了。请让我把故事讲完。那个红毛国的国王看到使臣骑的骡子，很是奇怪。使臣告诉他：'这骡子是马生的。'国王更加奇怪了。使臣说：'在中国是马生骡子，骡子生小马驹。'国王又详细询问原由。使臣说：'马生骡子，是臣(陈)所见，骡子生小马驹，是臣(陈)所闻。'"满座的人又大笑起来。众人知道说不过狐女，便相互约定：以后谁要带头开玩笑，就罚谁作东道主请客。,

过了一会儿，大家的酒都喝到了酣畅淋漓处，孙得言又开起玩笑，对万福说："我有一个上联，请你对出下联。"万福问："上联是什么？"孙得言说："妓者出门访情人，来时'万福'，去时'万福'。"满座的人思来想去，没有人能对出下联。狐女笑着说："下联我已有了。"大家支起耳朵听，狐女说："龙王下诏求直谏，鳖也'得言'，龟也'得言'。"听了这下联，四座的人笑得前仰后合，直不起腰来。孙得言恼恨地说："刚才和你定下规矩，为什么又违戒？"狐女笑着说："这回确实是我错了，但不这样，就不能对出确切工整的对子。明天我设宴，以赎我的过错。"大家相视而笑，也就不说什么了。

狐女的诙谐故事很多，一下实在难以说完。

过了几个月，狐女与万福一同回家。就要进入博兴县的地界了，狐女对万福说："这里有我的一个远房亲戚，好久没有来往了，不能不去问候一下。天已经黑了，我带你到那里住一晚上，等到明天再走。"万福问在什么地方，她用手指了指前方说："不远。"万福疑疑惑惑，因为这地方原来没有村落，姑且跟着她走。走了两里多路，果然看见一个村庄，万福从来没有见过。狐女上前敲门，一个老年仆人为他们开了门。进了门，又见千户万门，楼阁重叠，似大户人家。一会儿，见到了主人，是一个老头同一个老太太，向万福施过礼就坐下了。接着，主人摆出丰盛的宴席，以女婿之礼招待万福。万福就在这里住了一夜。第二天早晨，狐女对万福说："我突然同你回去，恐怕你家里的人感到意外和害怕。不如你先回去，事先跟家里人说一声，我随后就到。"万福依了她的话，先回到家，把情况告诉了家人。没有多长时间，狐女也到了。她和万福说说笑笑，别人虽然能听见她的声音，却看不到她的身影。

过了一年，万福有事要到济南去，狐女也跟随他一同前往。路上，突然过来几个人，狐女跟上去和他们交谈，十分亲热。随后，狐女对万福说："我本来是陕西人，因前世与你有一段缘分，所以和你生活了这么一段时间。现在，我的兄弟来了，必须和他们一起回去，不能侍候你到底了。"万福极力挽留，她不答应，终于走了。

姊妹易嫁

掖县的毛相国，原本家里很穷，父亲常给人家放牛。当时，本县有个姓张的大户人家，在东山的南面新开了块墓地。有人从那墓地旁边经过，听到坟墓中有呵斥声传出："你们赶快搬走，不要长期混占贵人的宅子！"姓张的大户听到人们传说此事，起初也不大相信。事后，他又接二连三地梦见有人警告说："你家的墓地，本是毛公的风水宝地，怎么能长期借住在这里？"从那以后，张家不吉利的事时有发生。有人劝他把坟地迁走，说这样可以逢凶化吉。张家听从劝告，把坟地迁到别处去了。

一天，毛相国的父亲又去放牛。在路过张家的旧墓地时，突然遇上了大雨，便躲进废弃的墓穴中避雨。随后，雨越下越大，奔腾咆哮的洪水灌进了墓穴，竟把毛相国的父亲淹死了。那时，毛相国还是个孩子，他母亲亲自跑到张家，想讨一小块地方，埋葬孩子的父亲。姓张的问了他们的姓名后，大为惊异。接着，他又跑到毛相国父亲淹死的地方看了一下，发现老头死去的地方恰好是正当放棺材的位置，更惊奇了。于是，就让毛母在原先的墓穴里安葬了自己的丈夫，并要她把儿子带来。安葬完，毛母领着儿子到张家拜谢。姓张的看到孩子，十分高兴，就把孩子留在家里，教他读书，对待他就像对待自己的孩子一样。又请求把大女儿许配给他作妻子。毛母不敢答应这门亲事。姓张的妻子说："既然我们已亲口将女儿许配给你儿子，又怎能中途变卦呢？"听了这话，毛母才答应了。然而，张家的女儿却非常地瞧不起毛家，对这门亲事的不满和怨恨情绪时常流露出来。有人提到这件事，她总要捂上耳朵。还经常对人说："我死也不嫁给放牛人的儿子！"

到了迎亲的那一天，新郎已经入了席，花轿车也停在张家的门口，而张家大女儿却还在用衣袖捂着脸，对着墙角哭哭啼啼。催她梳妆，她不动弹，怎么劝，也不听。一会儿，新郎告别要走，喧天的鼓乐立刻吹打起来，张家大女儿还是眼泪不断而头发蓬乱。姓张的要女婿再等一会儿，他亲自进屋去劝，女儿流着眼泪，就像没有听见一样。父亲大怒，硬逼着她去上轿车，她哭得越发厉害了。父亲见状一时也没了办法。就在这时，又有家人来报告说："新郎要走了。"父亲急忙跑出去说："梳装打扮还没有完毕，请再稍等一下。"说完后，又跑进屋里劝女儿。父亲进进出出，不停地往来于女儿和女婿之间，脚步一刻也没有停下过。又过了一会儿，事情变得更加紧迫了，而大女儿到底也没有回心转意的样子。父亲没有办法，急得几乎要去寻死。

这时候，张家二女儿在旁边，对姐姐的做法很看不惯，她也帮助父亲苦苦地哀求姐姐，劝她梳妆打扮。她姐姐生气地说："小妮子！ 你也学着别人的样子跟我啰唆！ 你为什么不跟着他去呢？"妹妹说："父亲当初并没有把我许配给毛郎。如果真的把我许配给了他，又何劳姐姐来劝驾呢？"父亲听她的话说得爽快，便私下里和她的母亲商量，要以妹妹代替姐姐。母亲随即就来征询二女儿的意见："那个忤逆不孝

的丫头不听父母的话，我和你父亲想让你代替姐姐出嫁，你肯去吗？”二女儿爽快地回答道：“只要是父母叫女儿出嫁，即便是嫁给乞丐，女儿也不敢推辞，再说怎么见得嫁给毛家儿郎就一定会饿死呢？”父母听了她的话，非常高兴，就用她姐姐的嫁妆把她打扮起来，匆匆地登上花轿车，打发走了。

张家二女儿过门以后，和毛郎非常和睦融洽。让毛郎略感不足的是，张家二女儿过去害过秃疮病，头发有些稀疏。时间长了，毛相国慢慢地知道她是替姐姐嫁过来的，更加以为知己而感激她。

过了不久，毛相国考上了秀才。又到省城参加乡试，要经过王舍人店。店主人先前曾梦见一个神仙对他说：“早晚有毛举人要来，此人以后将会解救你脱离苦难。”因此，店主人一早起来后，专门仔细察访从东边来的客人，等接到了毛相国，十分高兴。他供给毛相国十分丰厚的吃穿住等一应生活用品，而且一文钱不收，只是把睡梦征兆作为重大寄托。毛相国也更加自负，心想：妻子的头发稀稀拉拉的，将来肯定会被达官贵人所耻笑，等到富贵之后，应当休了她重娶一个。不久，考试结束，张榜揭晓，毛相国竟名落孙山。他垂头丧气地踏上了返家的路程，烦恼得对自己的前途悲观失望。因为心中有愧，怕见店主人，没有再走来时的道路，而是绕道回到了家中。

三年以后，毛相国又去应考，店主人仍像先前一样迎候、款待他。毛相国说：“你当初说的话没有应验，我很惭愧，白让你侍奉了一回。”店主人说：“只因你暗中想换个妻子，所以被阴曹地府除去了举人的功名，又怎么能说是我的梦不灵呢？”毛相国吃惊地询问缘故。原来店主人与他分别后，又梦见了那个神仙，毛相国的心思就是那位神仙告诉他的。毛相国听了，又后悔又害怕，呆呆地站在那里，像个木头人。店主人劝他说：“秀才应该自尊自爱，最终能够考上举人的。”没过多久，毛相国果然考中了第一名举人。而且，他夫人的头发也随即长了起来，乌黑发亮似浓云一般，更增添了妩媚。

张家大女儿嫁给同乡一个有钱人家的儿子，很是得意，而且自视甚高。没想到丈夫是个行为放荡、好吃懒做的花花公子，殷实的家业渐渐被他坐吃山空，家境逐渐衰微，房里空空，连锅也揭不开了。姐姐听说妹妹成了举人夫人，心里更加惭愧后悔。姐妹俩在路上相遇，总要想法避开。过了不久，姐姐的丈夫死了，家里更加破落。紧接着，毛相国又考中了进士。姐姐听说了，更加悔恨，一气之下，竟出家当了尼姑。等到毛相国以宰相身份回到故乡时，她又强迫一个小尼姑前去问候，希望能得到一些馈赠。小尼姑到了府上，相国夫人赠送给她若干匹绫罗绸缎，把银子夹在里面，而小尼姑并不知道。小尼姑将东西带回去交给师父。师父大失所望，气愤地说：“给我一些金钱，我还可以用来买柴买米；像这种礼物，我要它有什么用！”于是又叫小尼姑将东西送了回去。毛相国和夫人感到很奇怪，打开绢帛一看，银子还在里面，才明白她退回东西的意思。于是拿出银子笑着说："你师父连一百两银子都消受不起，哪能有福分跟我这个老尚书。"随即拿出五十两银子交给小尼姑说："拿回去作为你师父的生活费用，给多了恐怕她这命薄福浅的人难以承受啊！"小尼姑回到庵里，将所见所闻一一告诉了师父。师父默默无言，只是不停地叹息着。回想自己一生的所做所为，总是颠倒黑白，避美就恶，又难道是由于别人？

后来，店主人因为一桩人命官司被投入大牢，毛相国极力为他解脱而免罪释放。

异史氏说："张家的旧墓，成了毛家的风水宝地，这事也够奇怪了。我听当今的人说起'大姨夫作了小姨夫，前解元作了后解元'的玩笑话，这事难道是聪明狡猾的人能算计得到的吗？ 唉！ 那主宰人生的苍天，早已没什么可问了，为什么到了毛公这里，却又这么灵验地有了回声呢？"

续 黄 粱

福建有位曾举人，参加礼部会试高中进士以后，邀了几个新中进士到城郊去游玩。偶尔听说昆卢禅院住着一个算命先生，他们便骑着马一同去问卜。进了禅院，互相施礼后坐了下来。算命先生见曾某一副得意洋洋的神态，便略略奉承一番。曾某摇着扇子微笑着对算命先生说："你看我有没有穿蟒袍、系玉带的福分？"算命先生郑重地说他将来要做二十年的太平宰相。曾某大为高兴，气势更加不可一世了。

这时，正碰上天下小雨。曾某便和朋友一块儿到僧房避雨。僧房里有个老和尚，深眼窝，高鼻梁，坐在蒲团上，见了他们，傲慢无礼貌。几人随便招了招手，然后爬上床谈笑起来，大家都祝贺曾某将来要做宰相。曾某此时心高气盛，指着同游的几个人说："等我做了宰相，就举荐张老做应天巡抚，我家表兄弟当参将、游击，我家的老仆人也可以捞个千总把总当当，我就心满意足了。"听了这话，满座的人都大笑起来。

过了一会儿，门外的雨下得更大了。曾某有些困倦，便伏在坐榻上睡着了。忽然，他看见两位宦官，拿着天子的手诏，喊着"曾太师"，召他进宫去商量国事。曾某得意非凡，急忙进宫朝见皇帝。皇帝见了他，向前挪动了一下座席，亲热地交谈了很长时间。皇帝授权三品以下官员，或升或降，或任或免，均由他做主。赐给他蟒袍、玉带和名马。曾某穿戴好了，叩头谢恩，然后走出宫门。

回到家中，曾某发现家已不是原来的样子，雕梁画栋，极其壮观，自己也不明白怎么会一下子就显贵到如此地步。他手拈胡须轻轻呼唤了一下，仆从们的应答便像雷声滚动。一会儿，文武大臣纷纷前来敬献海外贡物，那些躬身弯腰，奉迎讨好的人，一个接着一个地出入于他的门户。六部尚书来了，他匆匆忙忙地起身相迎；侍郎一级的来了，他也与之作揖寒暄；地位再低一些的，他只是点点头而已。山西巡抚给他送来十个歌女，都是如花似玉的美女。其中有两个最美丽的，一个叫袅袅，一个叫仙仙，受到他的特别宠爱。每当节假日，曾某便沉浸在声色犬马之中。

一天，曾某忽然想起他贫贱时曾得到同乡绅士王子良的周济，如今自己平步青云，身居高位，而他却宦途失意，郁郁不得志，何不就此拉他一把？于是，第二天早晨，曾某就上了一道奏折，推荐王子良为谏议大夫，即刻就奉到皇帝应允的圣旨，提升重用。曾某又想起郭太仆曾经与他有过小小的过节，便立即传话给谏官吕某和侍御史陈昌，让他们按他的旨意同时弹劾郭太仆。第二天，弹劾郭太仆的奏章接连呈上，皇帝就下旨罢免了郭太仆。有恩于自己的人升了官，有怨于自己的人被免职，如此恩怨分明，曾某感到十分痛快。他偶然出行郊外，一个醉汉冲撞了他的仪仗队，他便叫人绑了醉汉，送到管理京城的最高行政长官京兆尹那里，醉汉立即死于棍下。那些跟他房屋相连、土地相接的大户人家，都畏惧他的权势，纷纷将良田美宅献给他。从此，他的财富简直都可以和皇帝相比了。可惜不久，袅袅、仙仙相继死去，他朝思暮想，夜不能寐。他忽然想起，过去东边邻居家的女儿长得很美，多次想买来做妾，都因为没有钱而未能如愿以偿，如今总算可以实现自己的愿望了。于是，打发了几个能干的仆人，硬把银子送到她家。没有多长时间，那姑娘便被一乘藤轿抬来了。姑娘比过去所见到时，更加娇艳动人。回想起自己的生平经历，能够如此也满足了。

又过了一年，朝中官员暗中议论，似乎对他心存不满的大有人在。然而，这些人都贪恋厚禄，不敢直言。曾某心高气盛，根本没把他们放在眼里。有一位龙图阁大学士包大人向皇帝奏了一本，奏疏大意是：

微臣以为，曾某原是一个酒徒赌棍，市井小人。只因一句话迎合了圣意，便受到皇上的恩宠。于是，父亲穿紫服，儿子着红袍，一家人享尽荣华富贵，恩宠也达到了极点。曾某不想着捐躯报国，以报答皇上的恩德于万一，反而恣意妄为，滥用职权，作威作福，所犯死罪，像头发那样难以数清！朝廷的官职，被他作为牟取个人私利的奇货，根据职位的大小、肥瘦，定出高低不等的价格。因而，公卿将士都奔走于他的门下，迎合他的心意，寻找机会以谋取肥缺，其做法就如同做买卖的商贩。至于仰承他的鼻息望尘而拜的人，就更是数不胜数了。即或朝中有几个不肯阿谀奉承、卖身投靠的杰士贤臣，轻的被安置在闲散无权的部门，重的则被罢除官职，降为平民。更有甚者，凡是不偏袒他的，就要得罪他这个指鹿为马的奸相；哪怕片言只语触犯了他，也要被发配到豺狼出没的荒凉之地。朝廷官员为此而感到寒心，皇上也因此而陷于孤立。还有，平民百姓的良田，被他任意侵吞蚕食；良家女子，被他强行买来做妾。邪气冤氛，充塞四方，使得天地失色。只要他家的奴仆一到，太守、县令也得看脸色行事；他的书信一去，按察司、都察院都得循情枉法。甚至连他奴才的儿子、稍稍有点瓜葛的亲戚，出门也要乘坐官府的马车，横冲直撞，像风行雷动一般。地方上的供给稍微慢一点，从马上立即抽下鞭子来。荼毒百姓，奴役官吏，他的扈从所到之地，都被搜刮得一干二净。而曾某气焰煊赫、炙手可热，依仗皇上的宠信，毫无悔过之意。每当蒙皇上宣召来到宫殿，都要把陷害好人的谗言灌进皇上的耳朵里；刚从参政议政的朝廷回到家中，而那寻欢作乐的靡靡之音已经泛起于后花园中。声色犬马，昼夜宣淫，国计民生，从不过问。世上哪有这样的宰相啊！朝野惊恐，人人自危；人情汹汹，民愤日增。若不及早将他正法处死，势必酿成曹操、王莽那样的篡位之祸。微臣日夜忧虑，不敢安居，甘冒杀身之祸，列举曾某的罪状，上报皇帝知道。乞请砍掉奸佞的头颅，抄没他贪赃枉法得来的家产，上可以平息皇天的震怒，下可以大快人心，顺应民情。如果微臣所说的有半点谬误，请将最惨酷的刑法——刀锯鼎镬，施加在臣的身上。

奏章递上，曾某听到后吓得魂飞魄散，如同饮了冰水，浑身颤抖。幸好皇上对他特别宽容，把奏章扣在宫中。不料，科、道、九卿等朝臣，纷纷上书，弹劾曾某，即使是过去拜在他的门下、称他为干爹的，也都变了脸孔。皇上下令抄没了他的家产，将他充军云南，他儿子任平阳太守，皇帝也派人前去捉拿提问。

曾某听到圣旨，正惊恐万状，接着就有几十名武士，佩剑持戈，闯进内室，摘掉他的官帽，扒掉他的官服，将他与妻子都捆绑起来。一会儿，看见许多当差的役夫，将他的财物搬到院子里，金银钱钞达数百万，珍珠、翡翠、玛瑙、玉石等名贵宝石达数千斗，帷幔、窗幕、桌几、床榻之类，也多至几千件，以至小孩的襁褓、女人的鞋袜，撒落在庭中阶前，满地都是。曾某一一看在眼里，心酸眼疼。又过了一会儿，有人从屋内揪出他的美妾，披头散发，娇声哀啼，玉容花貌，无人怜爱。曾某悲痛得如烈火烧心，却敢怒而不敢言。不久，楼阁仓库，全部查封完毕，贴了封条，曾某立即被呵斥出府。监守人推推搡搡地拉出去一长串人。夫妻二人忍气吞声地踏上充军之路，要求一辆破马车代步，也没得到允许。走了十多里路，曾某的妻子因为脚小无力，摇摇晃晃地要跌倒，曾某不时地用一只手拉着她走。这样，又走了十多里路，疲倦不堪。突然，一座高山出现在眼前，直插云霄，曾某担心无法爬上去，时时挽着妻子的手相对哭泣。而押解的人对他们横眉怒目，不许稍稍停留一下。看看太阳已经落山，没有投宿的地方，不得已，一前一后深一脚浅一脚地往前走。走到半山腰，曾某的妻子精疲力尽，坐在路旁哀声哭泣。曾某也停下来休息，任凭押解的人大声斥骂。正在这时，忽然听得有许多人齐声呐喊，只见一大群强盗手持锋利的刀剑，跳跃着朝这里冲集，押解的人大惊，各自逃命去了。曾某直挺挺地跪在地上说："我是个孤身发配远方的人，口袋里没有值钱的东西。"苦苦哀求饶了他。众强盗瞪着眼睛大声宣称："我们都是被你陷害的冤民，只要奸贼的脑袋，别的什么也不要！"曾某也怒气冲冲地斥骂道："我虽然有罪，但还是朝廷命官，你们这些强盗怎敢如此！"强盗勃然大怒，挥动大斧对准曾某的脖颈就是一下。曾某感觉到了脑袋落地发出的响声，就在惊魂未定的时候，又冒出两个小鬼，反绑了他的双手，赶着往前走。

大约走了几个时辰，来到一个大都市。不多时，看到一座宫殿，殿上坐着一位相貌丑陋的大王，正伏在案前决断死鬼的祸福。曾某紧赶走前几步，跪伏在地上请求宽恕。大王翻阅案卷，才看了几行，便勃然大怒，说道：“这是欺君误国之罪，应该投到油锅里去炸！”大王声音刚落，万鬼齐声附和，如同响雷。随即就有一个巨鬼将他揪到阶下。阶下有一只七尺多高的大鼎，四周燃着熊熊的炭火，鼎被烧得通红发亮。曾某吓得浑身发抖，流泪哀求，欲避不能，欲逃无路。那巨鬼左手抓着他的头发，右手握着他的脚踝，将他扔进鼎中。曾某只觉得孤零零一个人随着油波上下翻滚，皮肉被炸焦了，剧烈的疼痛透骨钻心；沸腾的油灌进肚里，煎熬着五脏六腑。他只求快一点死，但又怎么也死不了。约摸一顿饭的工夫，那巨鬼才用一把巨大的叉子把他叉了出来，又使跪伏在殿堂下。大王又一次查阅案卷，发着脾气说：“依仗权势，欺压百姓，应受刀山之刑！”于是巨鬼又将他揪了出去。只见一座山，虽不太大，却十分陡峭险峻，山上纵横交错地排列着锋利的刀刃，层层叠叠，如同竹笋。此时，刀山上已有几个人穿肠破肚地挂在上面，呼号之声惨绝，使人耳不忍闻，目不忍睹。鬼催促曾某赶快上山，曾某大哭着直往后退缩。巨鬼用带毒的锥子猛刺他的脑袋，曾某忍着疼痛，乞求怜悯。巨鬼大为生气，一下子将他提起来，用力抛向空中。曾某只觉得身躯飘浮于云雾之上，又晕晕乎乎地往下一落，刹那间，交错的刀锋，刺入胸膛，痛苦得无法形容。又过了一会儿，沉重的身躯直往下坠，使得刀孔渐渐变阔。忽然身子从刀山上脱落下来，四肢抽搐。巨鬼又揪他去见大王。大王命鬼吏计算一下他生前卖官鬻爵、贪赃枉法、霸人财产一共得了多少金银。当即就有一个胡子卷曲的鬼拿着账簿，打着算盘说：“三百二十一万两。”大王说：“他既然要聚敛起来，就让他全部喝下去！”一会儿，鬼吏便搬来许多金钱堆在台阶上，如一座小丘陵。紧接着，鬼吏又将金银投入大锅，用烈火将其溶化成液体，另有几个鬼吏用勺子往他嘴里灌，流到脸上，脸上的皮肤立刻抽裂，进到喉咙，五脏六腑马上沸腾起来。生前总嫌这东西太少，而此时却又恨这东西太多。用了半天时间才喝完。接下来，大王命令将他押解到甘州府去托生为女人。

才走了几步，他就看到一个大铁架，架上竖着一个铁梁。铁梁有好几尺粗，上面系着一个火轮，周长不知有几千里，轮上的火焰五彩缤纷，光亮直照云霄。鬼用鞭子抽打着让他登上轮子。他刚闭上眼睛登跳轮子，轮子就随着他的脚转动起来。他觉得身体直往下坠，一直落到地上，浑身冰凉透骨。睁开眼睛看看，发现自己已经变成了一个婴儿，而且还是女的。再看看自己的父母亲，都是衣衫褴褛，补丁摞着补丁。一间破土屋里，放着破瓢和棍子。曾某心里明白，自己成了乞丐的女儿。自此，她每天都要跟随手捧讨饭碗的乞丐父母去沿街乞讨，饥肠辘辘，总难一饱。她穿着破烂单薄的衣服，寒风吹来，透心刺骨。十四岁那年，她被父母卖给一个姓顾的秀才做妾。粗茶淡饭，葛衣布衫虽然有了，但大老婆却十分凶悍，时不时地就要用鞭子和板子抽打她，动不动还要用烧红的铁条烙她的胸脯和乳房。幸好丈夫还同情怜爱她，心中还能得到稍许的安慰。东边邻居家有一个坏小子，忽然翻墙过来逼迫她和他私通。她想，自己前身作恶多端，已经受到阴曹地府的惩罚。今天哪敢再做坏事。于是大声疾呼，把丈夫和大老婆都叫了起来，坏小子才仓皇逃走。没有多长时间，秀才在她的屋里过夜，她正在枕边絮絮叨叨地向秀才诉说冤苦，忽然震天撼地一声巨响，房门大开，有两个强盗持刀闯入，砍下秀才的脑袋，用袋子装走了室内的衣服和财物。她吓得缩成一团，躺在被子底下，一声也不敢吭。等到强盗走了，她才哭叫着跑向大老婆的房里。

大老婆大惊，哭着和她一同验看秀才的尸首。大老婆怀疑是她串通奸夫杀死了自己的男人，因此写状子呈上州官。州官对她严厉审问，终于因受不了酷刑而屈招。依照刑律，她被判了凌迟处死的重刑。绑赴刑场，她一股冤气郁塞胸膛，跳着蹦着，大声喊冤，觉得阴曹地府的十八层地狱，也没有这么黑暗。

正悲痛号哭间，忽然听到同游的人喊道："曾兄是做恶梦了吧？"曾某猛然间醒了过来，见老和尚依然盘腿坐在蒲团上。同游的人都争着对他说："天也黑了，肚子也饿了，你为何睡了这么长时间？"曾某神色惨淡地站了起来。老和尚微笑着问："二十年太平宰相的占卜还算灵验吧？"曾某越发感到惊异，连忙下拜，向和尚请教。老和尚说："只要积德行善，即使身陷火坑，也能得到神佛的解救。我一个山野和尚知道什么！"

曾某兴致勃勃而来，却不料垂头丧气而归。他做宰相的念头，也由此淡薄了。后来，他遁入山林，不知下落。

异史氏说："赐福给行善的人，降祸给淫恶的人，这是上天亘古不变的规律。一听说做宰相就喜不自胜的人，肯定不是因为喜欢做宰相要鞠躬尽瘁，这是可想而知的。这时在曾某的心目中，做宰相是要住殿堂楼阁，娶娇妻美妾，天下的财物无所不有。然而，梦境毕竟是假的，幻想也不会成真。他有了不切实际的妄想，神就用虚幻的梦境来回答他。黄梁米饭快要煮熟的时候，做这种梦的人肯定会有，那么，就把它附在《邯郸梦》的后面吧。"

棋　　鬼

扬州副总兵梁公，罢官居乡间，每天携带棋盘酒壶，到山林间游玩。有一天，正赶上重阳佳节，梁公约了友人登高下棋。忽然来了一个人，在棋盘旁转来转去，看着梁公他们下棋，久久不肯离去。看他的样子，很是贫寒俭朴，破烂的衣袖上还挂着丝丝缕缕的线头。但他的意态温和文雅，有文人学士的风度。梁公客气地请他坐，他就坐下了，态度很是谦逊。梁公指着棋盘对他说："先生一定是很善于下棋的，何不同我这位朋友下一盘？"那人谦让了好一会儿，才坐下来和梁公的朋友对局。一盘下完，那人输了。他神情沮丧，但又似乎不愿轻易罢手。又下，又输，他更加愤恨羞愧。斟上酒请他喝，他也不喝，只是拉着客人要求再下。从早晨一直到日头偏西，连小便都顾不上。

正当两人为一个棋子的走法争执不休之时，书生忽然离开棋盘，站在一旁发抖，神色变得凄惨沮丧。过了一会儿，他又跪倒在梁公的座前，磕着头请求梁公救他。梁公大吃一惊，疑惑不解，连忙扶起他说："这不过是一种游戏，先生何必这样？"书生说："请您嘱咐马夫，不要系我的脖子。"梁公又感奇怪，问道："马夫是谁？"书生答道："马成。"原来，梁公有个马夫叫马成，常常被摄入阴曹地府当差，每隔十几天就要去一回，携带阴曹地府的文书去勾魂。梁公认为书生的话太古怪，便打发人去探看马成，而马成僵卧在床上，已经有两天了。梁公于是大声呵斥马成，叫他不要对书生

无礼。话音刚落，书生眨眼间便从他刚才站立的地方消失了。梁公惊叹了许久，才明白书生是鬼。

过了一天，马成苏醒过来，梁公把他叫到跟前询问事情的原委。马成说："这个书生是湖襄一带人，喜爱下棋成了癖，家产因此被他折腾得一干二净。他父亲很担忧，把他关进书房里。他总是跳墙出来，偷偷地找个空闲地方，和人下棋玩乐。他父亲骂他训他，但始终不能制止，以致最后抱恨而死。阎王因为书生没有德性，便缩短了他的寿命，罚他进了饿鬼狱，到现在已经七年了。正碰上东岳泰山帝君的凤楼落成，发下文书向阴曹地府的文人学士征求碑文。阎王把他从狱中提出来，让他去应征作文，用来赎罪。不料想他在半道上拖延，大大耽误了期限。东岳帝君打发值班的功曹来责问阎王。阎王大怒，命小人们到处搜捕他。昨天，我遵照主人您的吩咐，所以没有用绳子捆绑他。"梁公问道："现在他怎么样了？"马成回答："依旧交给狱吏，恐怕永远也没有转生的希望了。"梁公叹了口气说："嗜好的误人，竟到了如此地步！"

异史氏说："看到下棋，就忘记了自己是个死人；等到自己死了，看到下棋，又忘记了自己可以立功托生。这难道不是嗜好超过了对生的渴望吗？然而，嗜好下棋到了这种地步，却仍未学到几招高明的棋法，以致九泉之下，白白地增加了一个长死不生的棋鬼，真是可悲啊！"

辛十四娘

广平县有个姓冯的书生，是明朝正德年间的人。冯生年轻时为人轻佻放荡，喜欢无节制地喝酒。有一天天刚亮，他独自外出，碰到一位少女。少女披着红色的斗篷，容貌十分娇媚动人。少女身后跟着一个小丫鬟，正踏着露水匆匆忙忙地赶路，鞋袜都被打湿了。冯生对这女子很是爱慕。

傍晚时分，冯生喝醉酒回家，路旁有一座寺院，久已荒废，一个女子从里面走了出来，就是早晨看到的那位美人。美人猛然看到冯生，急忙又转身走了回去。冯生暗自思忖：如此一个美人怎么会在寺院里？于是，他把毛驴拴在寺院门口，进去要看个究竟。

冯生走进寺院，看到院内零零落落的满是断墙残壁，台阶上细草丛生，像地毯一样。冯生正在东张西望，一个须发斑白、衣帽整洁的老头走了出来，问冯生道："客人从何处来？"冯生答道："偶然经过古寺，想进来瞻仰一番。老人家为何也到了这里？"老头说："老夫流落在外，尚无容身的地方，暂借此地安顿家小。既然承蒙光临，就请您进去坐一坐，有粗茶可以代酒。”于是很客气地请他进去。

冯生发现，大殿后有一所院落，一条石板铺就的小道又光又亮，没有丛生的杂草荆棘。进得屋内，则又是一种情致，门帘床幕，喷发着诱人的香味。二人坐下，互相通报各自的姓名，老头说：“愚翁我姓辛。”冯生借着几分酒劲，突然向老头问道：“听说您有一位女公子，还未找到合适的配偶。小生我不揣冒昧，愿意自我作媒，亲自求婚。”辛老头笑着说：“请容我和妻子商量一下。”冯生当即索取纸笔，写下一首诗：

我就像那唐朝的裴航，
买来玉杵送到玉堂。
云英姑娘如果有意，
我愿酿制那爱情的不老琼浆。

辛老头笑着将诗交给了左右的人。过了一会儿，有一个丫鬟出来对着辛老头耳语几句。辛老头便起身请客人耐心地坐一会儿，然后掀开门帘进里屋去了。冯生隐隐约约听得辛老头说了几句话，就又出来了。他想着老头一定带来了好消息，不料老头却只是坐着与他谈笑，其他的话一句也没有。冯生忍耐不住，问道：“不知您的意思如何？希望您能告诉我，以消除我心中的疑虑。”辛老头说：“你是一个十分出众的人，我对你仰慕已久。但我有一些难以启齿的话，不便对你直说。”冯生一再请求，辛老头才说道：“我有十九个女儿，已经出嫁的有十二个。女儿的婚嫁之事，全由我妻子做主，老夫从不过问。”冯生说：“我只要今天早晨带着小丫鬟踏露而行的那个。”辛老头并不答话，两人相对，默默无语。这时，冯生听到屋内传出一阵轻声慢语，便借着酒劲掀开门帘说：“夫妻既然做不成，那就让我看一看小姐的容貌，以消除我的遗憾。”屋内的人听到帘钩响动，都惊诧地站了起来。果然有一位红衣女郎，抖动衣袖，低垂云鬟，袅袅亭亭地站在那里，舞弄着手中的衣带。看到冯生突然闯了进来，满屋的人都有些惊慌失措。辛老头十分生气，叫几个人将冯生拖了出去。冯生酒力发作，便一头栽倒在乱草丛中。辛家众人将碎石乱瓦像雨点般地投下来，却幸好没有打着他。

冯生在荒郊野外躺了大约个把时辰，听到驴子吃草的咀嚼声，于是爬起来跨上驴背，踉踉跄跄地踏上了回归的路途。夜色朦胧，道路难辨，误入一条有溪水的山谷中，狼在奔跑，猫头鹰在嚎叫，冯生吓得汗毛倒竖，心头发凉。他犹豫不决，四处张望，并不知道这是什么地方。再向远处张望，那黑森森的树林中有灯火闪烁，他猜想一定是个村庄，便骑驴直向灯火处奔去。到了跟前，抬头看见一座高大的门楼。冯生提起鞭子，敲了敲门。里面有人问道：“你是何处的公子，半夜到此？”冯生说自己迷失了道路，里面的人说：“等我告诉主人。”冯生只得站在一旁，伸长了脖子等候。一会儿，忽然听得有人开锁拉门，紧接着一个健壮的仆人走了出来，替他牵了驴子。冯生走了进去，见屋子十分华丽，大厅里还亮着灯火。他刚坐下一会儿，就有一个妇人走了出来，询问他的姓名。冯生告诉了她。又过了一会儿，有几个婢女搀扶着一位老太太走了出来，婢女通报说：“郡君夫人到！”冯生站起来，准备躬身下拜，老太太制止了他，坐下对他说：“你不是冯云子的孙儿吗？”冯生回答说：“是的。”老太太说：“那你就应当是我的外甥孙子了。老身我漏尽灯残，是快要死的人了，骨肉至亲之间，确实少了走动。”冯生说：“孩儿从小就失去了父亲，和祖父来往过的人，十个中有九个都认不得了。从未拜识过您，还请老人家能告诉我。”老太太说：“你自然会知道的。”冯生不敢再问，只是坐在那里苦思冥想。老太太问道：“外甥孙子怎么会深更半夜到这里来？”冯生很自负有胆量，把一天的经历一一说给老太太听。老太太笑着说道：“这是一件大好事呀！况且我的外甥孙子是有名气的读书人，跟他家结亲，决不会玷污他家的名声，他一个野狐狸精凭什么如此自高自大？外甥孙子不要担心，我能为你把这件事情办成的。”冯生连连称谢。老太太又看了看左右的人说：“我不知道辛家的女儿竟长得这样好！”婢女回话说：“他家一共有十九个女儿，都长得风流标致，不知道官人想聘的是老几？”冯生说：“年龄大约十五六岁的那个。”婢女说：“这是十四娘。今年三月，她曾跟着她的母亲来为郡君夫人祝寿，您怎么就忘了呢？”老太太笑着说：“是不是那个脚穿刻有莲花瓣的高底鞋，里面装着香粉，蒙着面纱走路的小妮子？”婢女回答道：“是的。”老太太说：“这个小妮子很会别出心裁，摆弄娇媚。但她确实长得苗条可爱，外甥孙子的眼光不差。”随即又对婢女说：“可派小狸奴去把她叫来。”婢女答应着去了。

过了一会儿，婢女走进来告诉老太太说：“辛家十四娘已经叫来了。”说话间，就见那个穿红衣裳的姑娘，看见老太太后立刻弯腰叩头。老太太忙将姑娘拽了起来，说道：“以后做我家外甥孙子媳妇，不要再行丫头的礼了。”姑娘站起身来，袅袅亭亭地立在老太太身边，红色的衣袖低垂。老太太用手理了理她的鬓发，又捻了捻她的耳环，说：“十四娘近来在闺房中做些什么？”姑娘低声回答：“闲暇时，做些挑绣活。”回头看到了冯生，显得害羞，有些局促。老太太说：“这是我的外甥孙子。他好心好意地想与你结姻缘，为什么要使他迷失道路，害得他在山沟里流窜了整整一夜？”姑娘低头无语。老太太接着说道：“我叫你来，没有别的什么事，想为我的外甥孙子做个媒。”姑娘依然默默无语。老太太要婢女们打扫新房，陈设被褥，马上让他们成亲。姑娘害羞地说：“让我回去告诉父母一声。”老太太说：“我替你做媒，有什么错吗？”姑娘说：“郡君夫人的旨意，我父母当然不敢违背。但是，就这样草草地成婚，婢子我就是死了，也不敢奉命。”老太太笑着说：“这小姑娘志气坚强，真是我的外甥孙子媳妇啊！”于是从姑娘头上拔下一朵金花，交给冯生收起来，并要他回家查看一下黄历，选择一个黄道吉日成亲。然后打发婢女把辛家十四娘送了回去。此时，已能听到雄鸡的报晓声，老太太派人牵了驴子送冯生出门。

冯生走了几步，猛一回头，村庄已无影无踪。在浓郁的松林与楸林中间，只有几座被乱蓬蓬的杂草覆盖着的坟墓。冯生站在那里想了好一会儿，才记起这里是薛尚书的墓地。薛尚书原是冯生祖母的弟弟，所以薛尚书的夫人薛老太太才管冯生叫外甥孙子。冯生知道自己遇见了鬼，但不知道十四娘究竟是什么人。他叹着气回到了家，随便翻阅了一下黄历，拣个日子，等待着婚期的到来，可担心鬼的誓约难以靠住。于是，他又一次来到了先前去过的寺院，只见毁堂破败不堪，一片荒凉。问问住在寺院附近的人家，都说寺院里常常出现狐狸。冯生暗自想：如果能够得到一个美人，即便是狐狸也好。到了选定的吉日，他打扫了庭院和走廊通道，并打发仆人轮番眺望，到了半夜，还是没有一点动静。冯生已不再抱希望了。过了一会儿，门外传来一阵喧哗声。冯生拖拉着鞋子出去，看见一辆彩车已停在院内，两个丫鬟扶着十四娘坐在用青布搭成的帐篷中。嫁妆也没有什么，只看到两个长着长胡子的仆人抬着一个有瓮那么大的瓷罐，放在屋子的角落。冯生得到美丽的妻子，十分高兴，也就不疑虑她是不是人类。他问十四娘："那老太太不过是一个死鬼，你家为何对她那样服服帖帖？"十四娘答道："薛尚书现在做五都巡环使，方圆数百里的鬼狐都是他的侍从，所以他很少回到墓地中去。"冯生没有忘记大媒人的恩德，第二天，专程到墓地祭奠了薛老太太。回来后看到两个婢女拿着贝形花纹的绵锻前来祝贺，直接把东西放到几案上后就走了。冯生将此事告诉给十四娘，十四娘看了看东西说："这是郡君夫人送的礼物。"

同乡有一位通政使的贵公子，姓楚，从小和冯生同窗就读，关系很亲密。楚公子听说冯生娶了一位狐妻，三天后送来许多礼物，并前来喝喜酒。过了几天，楚公子又差人送来请柬，邀请冯生到他家去饮酒。十四娘听说后，对冯生说："那天楚公子来，我从壁缝偷看了他一下，发现他长着一副猿猴的眼睛，鹰隼的鼻子，这种人不能多往来，还是不去的好。"冯生答应了。第二天，楚公子找上门来，责问他为何负约，同时拿出了自已的新作给冯生看。冯生在评论时杂以嘲笑，整得楚公子羞愧难当，两人不欢而散。冯生回到屋里，将这事笑着说给十四娘听。十四娘凄惨地对冯生说："楚公子是个豺狼性格的人，不能和他亲近，你不听我的话，将来肯定会有大灾难的！"冯生笑着感谢妻子的提醒。后来，他与楚公子在一起时，总是恭维他，以前的不愉快也渐渐消除了。正值提督学政夫人科考秀才，楚公子考了第一，冯生考了第二。楚公子沾沾自喜，派遣仆人邀请冯生到他家去饮酒。冯生借故推辞了。楚公子不停派人来请，冯生不得已，才去了。到了楚家，冯生才知道是楚公子的生日，宾客满堂，宴席十分丰盛。楚公子拿出自已的试卷给冯生看，亲友们也一个个挤了上来，争相传看，不时地发出赞赏声。酒喝过数巡，大厅里奏起了音乐，吹吹打打的十分粗浊杂乱，宾主很高兴。这时，楚公子忽然对冯生说："俗话说：'场中莫论文。'这话在今天看来十分荒谬。小生这次考试之所以能排在你的前面。就是因为文章的开头几句，比你的略高一筹罢了！"楚公子的话刚说完，满座的人都随声赞叹。冯生此时已醉，忍不住哈哈大笑说："你到现在还以为是你的文章写得好，才考取第一的？"冯生的话音刚落，满座的宾客都为之大惊失色，楚公子更是羞惭满面，气得说不出话来。客人们渐渐散去了，冯生也溜了回来。酒醒以后，冯生感到很后悔，于是把事情的经过告诉了十四娘。十四娘很不高兴地说："你真是识见寡陋的轻薄子弟！ 用这种轻薄的态度对待君子，就是缺德；用来对待小人，就会招来杀身之祸。看来，灾祸已经离你不远了！ 我不忍看到我将来颠沛流离，请允许我离开你吧！"冯生害怕得流下了眼泪，并深深地表示了悔改之意。十四娘说："你如果一定要我留下，那我和你订个规矩：从今往后，关起门来，呆在家里，断绝一切交游，不要由着性子喝酒。”冯生诚恳地接受了她的规劝。

十四娘为人处事十分勤俭洒脱，每天以纺纱织布为事。时时独自回娘家看看，但从不在娘家过夜。有时，她还会拿出一些银子，做点儿小买卖，有了盈余，就投进从娘家带来的那个大瓷罐中。她每天都关门闭户，如果有人来拜访，就吩咐老仆人婉言谢绝。

有一天，楚公子遣人急速送来一封信，十四娘烧了信，不让冯生知道。第二天，冯生到城外吊丧，在丧主的家里遇到了楚公子。楚公子拉住他的臂膀苦苦邀请，冯生借故推辞。楚公子让马夫拉着他的马，簇拥着他往前走。到了家里，立即让人摆上酒菜，冯生推辞要早些回去。楚公子百般阻拦，又唤家中的歌妓出来弹筝助兴。冯生本来就是个放荡不羁的人，被十四娘长久地关在家中，早已感到烦闷不堪，现在忽然碰上这样一个狂喝畅饮的机会，立即来了豪兴，也不再有什么顾忌。因此，只一会儿工夫，他就喝得酩酊大醉，倒卧在酒桌上。楚公子的妻子阮氏，生性最是凶悍忌妒，家中的丫头和小老婆没人敢涂脂抹粉。前一天，一个丫头走进楚公子的书房，被阮氏抓住。阮氏用棍子猛击丫头的脑袋，丫头被打得脑袋破裂，当场死去。楚公子因为冯生嘲笑轻视自己，早已怀恨在心，天天想着怎样报复，便想出用酒将冯生灌醉，然后诬告他杀人的计谋。此时，楚公子乘冯生烂醉如泥的间隙，将那丫头的尸体扛到床上，然后关上门径自去了。冯生睡到五更时酒醒了，睁眼看看，发觉自己睡在几案上。他爬起来想找个床铺，有个又潮又腻的东西绊了他的脚，伸手一摸，是个人。他以为是主人打发来陪伴他的僮仆，便用脚踢了一下。那人一动不动，而且已经僵硬了。冯生猛然受到惊吓，跑出门去大呼小叫。听到喊声，楚家的仆人们都爬了起来，点灯一照，看到丫鬟的尸体，便揪住冯生大闹起来。楚公子出来验看尸首，一口咬定是冯生逼奸不成，杀死了丫鬟，当下就将冯生捆绑着送到了广平府。

过了一天，十四娘才知道这个消息。她禁不住泪流满面地说道：“我早就知道会有这么一天的！”于是按日给冯生送去银钱。冯生见到知府后，无法申诉，早晚遭受拷打，皮开肉绽。十四娘亲自到监狱去探望他，冯生见到妻子，悲愤填膺，一时竟气得说不出话来。十四娘知道楚公子这陷阱布得很深，就劝丈夫暂时承认楚公子诬谄他的罪名，以免再受皮肉之苦。冯生流着眼泪答应了。

十四娘往返于监狱与家庭之间，即使近在咫尺，别人也看不见她。每次探监回来，她总是唉声叹气的。有一天，她突然打发走了从娘家带来的贴身丫鬟。一个人孤苦伶仃地过了几天后，她又托人买了一个良家女子。这女子名叫禄儿，已十五六岁，容貌十分漂亮。十四娘与她同吃同住，对她的关怀爱护远远超过了其他婢女仆人。

冯生承认了酒后杀人的罪名，被判了绞刑。老仆人得到消息后，泣不成声地告诉了十四娘。十四娘听了，神情坦然，似乎一点也不在意。很快地秋天处决的日子到了，十四娘这才匆忙奔走起来。她早出晚归，整天地不歇脚。每当到了寂静无人的地方，她便独自一人郁闷悲伤，以至于饭也吃不香，觉也睡不好。有一天，大约是午后，先前被她打发走的丫鬟忽然回来了。十四娘马上起身，把她引到没人处交谈。等到谈完出来，十四娘已是笑容满面，又开始像平时一样料理家务了。第二天，老仆人探监，带回冯生要求与妻子最后诀别的口信。十四娘漫不经心地应了一声，并未显出悲伤来，很安然地不当一回事。家人们窃窃私议，都认为她太狠心了。就在这时，道路上忽然沸沸扬扬地传播着一个消息，说是姓楚的通政使被撤了职，平阳道台大人奉了皇帝的圣旨前来复审冯生的案子。老仆人听到消息后十分高兴，立即告诉了十四娘。十四娘也很高兴，马上派人到衙门里去探望冯生。此时，冯生已经出狱，主仆相见，悲喜交集。一会儿，衙役捕得楚公子到案，一经审讯，便弄清了事情的全部真相。冯生被无罪释放。回到家中，见到妻子，冯生不禁潸然泪下。十四娘也十分悲痛凄楚，悲伤之后又转为欢喜。然而，直到此时，冯生也还不知道自己的冤情怎么被皇帝知道的。十四娘指了指贴身的丫鬟对冯生说："这就是为你翻案的功臣。"冯生十分惊愕地向她询问其中的缘故。

原来，十四娘差遣这个丫鬟到了京城，想让她进到皇宫里为冯生陈述冤情。丫鬟到了京城，发现宫门由神将守护着，她在环绕宫墙的河沟里徘徊了好几个月，也没能进去。害怕误了救人的大事，丫鬟打算返回家中另作打算。正在这时，她忽然听到皇上要到大同去巡视的消息，便赶在皇上之前到了那里，假扮成一个流落风尘的妓女。皇帝到了妓院，她受到了极大的宠爱。皇帝疑她不像是个沦落风尘中的人。丫鬟便抽抽搭搭地哭泣起来。皇上问："你有什么冤苦？"丫鬟回答说："我原籍广平府，是秀才冯某的女儿。父亲被人诬谄，已经问成死罪，于是把我卖到了妓院。"皇帝听了，很是凄楚，赏给丫鬟银子百两。临走的时候，又详细询问了这桩冤案的前后经过，用纸笔记下了有关人员的姓名，还说要与丫鬟共享荣华富贵。丫鬟说："我只想父女能够团聚，并不奢望荣华富贵啊！"皇上点头称是，然后走了。

丫鬟将事情的前后经过详详细细地讲给冯生听了，冯生慌忙给丫鬟下拜，两眼泪珠闪烁。

又过了一段时间，十四娘忽然对冯生说："我如果不是为了儿女私情，哪里会有这么多的烦恼？ 在你被捕入狱的那段时间里，我奔走于亲戚朋友之间，可他们中没有一个肯想想办法。当时的辛酸苦辣，实在无法倾诉。现如今，我已看透了世态人情，厌倦了尘世生活。我已经为你物色好一个很好的配偶，我们俩可以就此分手了。"冯生听了这话，痛哭流涕，伏在地上不肯起来。十四娘才暂时放下这个话题。晚上，她打发禄儿去陪伴冯生，冯生拒不接纳。第二天早晨，冯生看到十四娘的时候，发现她容光大减；又过了一个多月，已渐渐衰老；半年后，竟变得又黑又瘦，就像农村的老太婆。然而，冯生对她的爱恋之情，始终没有改变。一天，十四娘突然又提起了分手的事，并说："你已经有了美丽的伴侣，还要我这丑陋的老太婆干什么？"听了这话，冯生哭泣悲哀得和以前一样。又过了一个月，十四娘突然得了暴病，不吃不喝，奄奄一息地躺卧在病榻之上。冯生煎汤送药，侍奉她就像侍奉父母一样。然而，巫术医药都未能治好十四娘的病，她终于溘然长逝。冯生悲痛欲绝，随即用皇上赐给丫鬟的银子，给她办理了丧事。几天后，丫鬟也走了。冯生这才娶禄儿做妻子。过了一年，禄儿生下一个儿子。然而，由于连年收成不好，冯生的家业日渐衰落。夫妻二人无计可施，对着影子发愁。忽然想起屋角的那个大瓷罐，往日常见十四娘往里面投钱，不知还在不在。到跟前一看，但见豆豉盆、盐罐子满满当当地堆了一地。夫妻二人将这些东西一件一件地搬开，然后用筷子插进瓷罐试探，满满的很坚实，插不进去。不得不将瓷罐打破，金钱便倾泻出来。从这以后，冯生的家顿时富裕起来了。

后来，老仆人偶然路过西岳华山，碰到了十四娘，乘着一头青骡，丫鬟骑着驴子跟在后面。十四娘问老仆人：“冯郎还好吧？”随后又说：“请代我转告你家主人，我已成仙了。”话刚说完，便不见了踪影。

异史氏说：“轻薄的话，常常出于文人之口，这是君子痛心疾首的。我自己就曾经落下轻薄的名声，要说冤枉，那也太迂腐了；然而，我也未尝不刻苦自励，以使自己勉强跻身于君子的行列。至于是祸是福，我也就不去管它了。像冯生这样的人，仅仅一句话没有说好，几乎招来杀身之祸，如果不是家中有一个仙人，他又怎能脱离牢狱，从而再活在当世呢？太可怕了！”

胡 四 相 公

莱芜县的张虚一是学使张道一的二哥。这人性情豪放，不受任何约束。听说本县某人的宅院成了狐狸的安乐窝，他便拿着名片，恭恭敬敬地前去拜访，希望能见狐狸一面。他把名片塞进门缝中，过了一会，门便自动打开了。随身的仆人见状，吓得掉头就跑。张虚一却整理了一下衣服，毕恭毕敬地走了进去，见客厅里桌椅床几均摆得整整齐齐，但静悄悄地无一人。张虚一拱手作揖祝祷说：“小生我诚心实意地前来拜访，仙人既然没有将我拒之于门外，何不彻底让我一睹面容？”话音刚落，忽听得空无一人的房子中有人答话说：“劳先生大驾光临，真可谓空谷足音啊！请坐下说话。”随即就有两把椅子自动移动，面对面地摆放在一起。张虚一刚刚坐下，又有一个镂漆的红色茶盘托着两盏香茶，悬放在张虚一和对面那把椅子的面前。张虚一取了一盏，喝了起来，听到对面有喝茶的声音，却始终看不到喝茶的人。喝完了茶，就有酒菜摆了上来。张虚一详细询问对方的身世，对方回答说：“小弟姓胡，排行第四，仆人们都称呼我为胡四相公。”二人互敬互饮，高谈阔论，意气十分相投。席上鳖肉鹿脯，夹杂着时蔬香菜，十分丰盛。递酒送菜的似乎有许多小厮，喝完了酒，张虚一很想喝茶，念头刚一在脑海中转动，香茶已摆在了他面前的桌上。凡是他心中想要的东西，没有一样不是随着他的念头出现就送上来的。张虚一十分高兴，一直喝到酩酊大醉，才告辞回家。从此以后，他每隔三五天就要到胡家去一趟，胡四相公也时常到张家来，两人都以宾主之礼相待。

有一天，张虚一问胡四相公说：“南城中有个巫婆，每天借托狐仙给人治病，向病人勒索财

物。不知她家的狐仙，你是否认识？”胡四相公说：“那巫婆是胡说八道，她家根本没有狐狸。”过了一会儿，张虚一出去小便，听得有人小声说道：“刚才您说的那个南城假托狐仙的巫婆，不知道是什么样的人？小人想跟着先生去看一下，麻烦您跟我的主人说一下。”张虚一知道说话的是个小狐狸，便答应道：“好的。”于是在席上向胡四相公提出请求：“我想要一两个你手下的仆人跟我走一趟，去看看南城那个自称是狐仙附身的巫婆，敬请你答应。”胡四相公一再说没有这个必要，张虚一再三请求，他便答应了。过了一会儿，张虚一告辞出来。他刚一出门，便有马儿自动走到他的跟前，好像有人牵着似的。张虚一骑马而行，一路上小狐陪伴着他聊天。小狐说：“以后先生行走在路上时，觉得有细沙散落在衣襟上，就是我们跟随在您的后面。”说话间，他们已进入南城，到了巫婆家。巫婆见张虚一来了，笑着迎上来说：“贵人怎么突然有空光临？”张虚一说：“听说你家的狐崽子很灵验，果真是这样吗？”巫婆正颜厉色地说道：“如此轻薄的话，不应当从贵人嘴里说出来！ 怎么能随便叫狐崽子？ 恐怕我家花姐听到不高兴！”巫婆的话还没有说完，半空中忽然飞来半块砖头，砸在了她的胳膊上，巫婆踉踉跄跄地险些栽倒。她大吃一惊，对张虚一说道：“官人你怎么能拿砖头砸我老婆子？”张虚一笑着说：“老婆子眼瞎了吧！ 你何时看到过自己的额头被砸破了，反倒要冤枉手插在袖子里的旁观者？”仓促之间，巫婆没有看清砖头是从哪里打出来的。就在她疑惑不解、四处张望的时候，又有一块石子飞落下来，击中巫婆，将她打倒在地，接着，污泥脏水纷纷落下，把巫婆的脸涂抹得像鬼一样。吓得她哀号不止，大喊饶命。张虚一请小狐狸饶了她，这才停止。巫婆急忙爬起身逃进屋里，关上门再也不敢出来。张虚一喊着问她道：“你的狐赶得上我的狐吗？”巫婆只是连连谢罪。张虚一抬头望着空中，告诫小狐狸不要再伤害巫婆，巫婆这才战战兢兢地走了出来。张虚一笑着劝告了她一番，方才回去。

从此以后，每当他行走在路途上，觉得有细沙淅淅沥沥地往下落时，就喊小狐狸说话，每次都有应答。有小狐狸做依靠，张虚一连虎狼强盗都不害怕。这样过了一年多，张虚一跟胡四相公成了莫逆之交。他曾经问胡四相公的年龄，胡四相公说确实记不清了，只是说：“我亲眼见黄巢造反，就像发生在昨天。”

一天晚上，两人正在闲聊，忽听得墙头沙沙作响，声音很猛烈。张虚一觉得奇怪。胡四相公说：“这一定是家兄。”张虚一说：“何不邀他来一起坐坐？”胡四相公说：“他的道行很浅，只要能抓只鸡吃吃就很满足了。”过了一会儿，张虚一对胡四相公说：“交情之深，像我们两人这样的，可以说没有什么遗憾的了；然而，我始终未能看到你的面容，确实属于一大遗憾！”胡四相公说：“只要交情深就够了，见面干什么？”

一天，胡四相公置办了酒席，邀请张虚一前往赴宴，顺便向他告别。张虚一问道：“你打算到什么地方去？”胡四相公说：“小弟生在陕西，现在要回去了。先生常常为与我面对面却不能看到我的面容而感到遗憾，现在就请你认一认相交数年的好朋友，以后见面时也好相认。”张虚一四下张望，但什么也没看到。胡四相公说：“你把卧室的门试打开，小弟就在里面。”张虚一即推开门一看，而里面有个美少年，正在对着他微笑。美少年衣冠楚楚，眉目如画，转眼之间，就不见了。张虚一转身走出，后面便有杂乱的脚步声跟着他，并说：“今日总算消除了先生的遗憾。”可是，张虚一依然恋恋不舍，不忍与胡四相公分别。胡四相公劝他说："人生离合自有定数，何必如此介意呢？"说完，便用大杯劝张虚一喝酒。两人一直喝到半夜，胡四相公才让人挑着纱灯将张虚一送了回去。等到天亮以后，张虚一再去探望，就只剩下一座冷冷清清的空房子了。

后来，张道一先生做了四川学使。张虚一仍像以前一样清贫因而千里迢迢地去看望弟弟，原指望能得到一笔丰厚的馈赠。住了一个多月后返家，和原先的愿望差别很大，一路上，他骑着马儿唉声叹气，没精打采地如同木偶。忽然间，有一个少年骑着小青马，悄悄跟在了他的后面。张虚一回头一看，见少年的服装与坐骑都很华丽，神态也十分文雅，便与他聊了起来。少年察觉张虚一不高兴，就问他有什么心事。张虚一叹着气将在弟弟那里受到的冷遇说给少年听。少年也着意安慰了他一番。两人同行了有一里多路，走到一个岔路口时，少年才拱手与张虚一告别说："前面路上有一个人，将交给您一件老朋友送给您的东西，务请笑纳。"再想问个明白，少年已骑着马飞快地跑了。他想过来思过去，终究也没弄明白少年话中的意思。又走了二三里路，看见前面有一个老仆人，拿着一个圆形的小筐，献到他的马前，说："这是胡四相公敬献给先生的。"张虚一才恍然大悟。接过筐子，打开一看，是白花花的一筐银子。回头再看老仆人，已经不知到哪里去了。

封　三　娘

范十一娘是田鹿城范祭酒的女儿。她年少娇美，尤其擅长吟诗作词。父母对她十分宠爱，如果有人前来求婚，就让她自己选择，而她却很少有能看得上的。适值正月十五元宵佳节，水月寺里的尼姑举办"盂兰盆会"，这一天，到这里游玩的女子像云彩一样密集，范十一娘也夹杂在其中。就在她四处观赏的当儿，有一个少女紧紧地跟上了她，不住地打量着她，像是有什么话要说似的。十一娘仔细一看，是个十五六岁的绝代美人。十一娘对这姑娘很有好感，并很快喜欢上了她，反而目不转睛地注视她。那姑娘微笑着对她说："姐姐莫不是范十一娘吧？"十一娘回答说："是的。"姑娘说："很早就听说过你的芳名，人们传言的果真不假。"十一娘也问起了她的姓名和住址。姑娘说："我姓封，排行第三，就住在邻近的村子。"两人手拉着手很高兴，言语情态，温柔委婉。由此，两人都对对方产生了爱慕之情，恋恋不舍。十一娘问："你怎么也没有个同伴？"封三娘回答说："我父母去世的早，家中只剩下了一个老妈子，看守家门，所以不能跟来。"十一娘就要回去了，封三娘目不转睛地看着她，眼中积满了泪水，十一娘也茫然若失，便邀请封三娘到家中去玩，封三娘说："娘子你是朱门绣户的有钱人家，我和你连个远亲都不是，去了怕遭致讥笑和嫌弃。"十一娘一定要她去，封三娘回答说："改日再说吧。"十一娘便拔下头上的金钗送给三娘，三娘也摘下发髻上的绿簪作为回报。

十一娘回去以后，特别地想念封三娘。她拿出三娘赠的绿簪来看，不是金的也不是银的，家里人也都不认识是什么东西做的，觉得很奇怪。她天天盼着三娘能来，以致都想出病来了。父母问明了原因，派人到邻近的村子去打听，但没有人知道有个封三娘。

到了九月九日重阳佳节，十一娘因身体羸弱，心情无聊，便让丫鬟强扶着到花园赏菊。丫鬟在东边的篱笆边放了一个坐褥，让她坐下。忽然，有一个女子攀着墙头往园里张望，十一娘扫了一眼，原来是封三娘。封三娘喊着对她说："快来拉我一把！"丫鬟答应着，很快地就将她接了下来。十一娘大喜过望，立即站了起来，拉她坐在了坐褥上，责怪她负约，又问她是从哪里来的。三娘回答说："我家离这儿很远，常常来舅舅家玩。上次我说住在邻近的村子里，指的就是舅舅家。与你分别后，想你想得好苦，然而，贫贱的人与富贵人家交往，脚还没有踏进门，心中先感到惭愧了，怕被丫鬟仆人们下眼相看，所以才没有来。刚才从你家墙外走过，听到有女子说话的声音，便扳着墙头看看，希望是小姐，现在果然如愿了。"十一娘也讲述了因思念三娘而得病的事。封三娘听了泪如雨下，并说道："我来了应该保守秘密，如果让那些多事的人知道了，说长道短的，我可受不了啊！"十一娘答应了。

两人一块儿回到闺房，睡在同一张床上，尽情地说着心里话，十一娘的病也很快地就好了。两人结为姐妹，连衣服鞋子都换着穿。看见有人来了，三娘便躲进帐幔中间。

过了五六个月时间，范公和夫人渐渐地知道这件事情了。一天，两人正在下棋，夫人突然进来，仔细观察，惊奇地说道："真不愧是我女儿的朋友啊！"又对十一娘说："你在闺中有个很知心的朋友，我和你父亲很高兴，为什么不早一点告诉我们呢？"十一娘便把封三娘的意思转告给母亲。夫人看着三娘说道："你给我们的女儿做伴，我们很是欣慰，为什么要瞒着呢？"封三娘羞得满脸通红，不言不语。只是用手搓捻着裙带。夫人走了，三娘也要告别离去。十一娘苦苦挽留，她才又留了下来。

一天晚上，三娘忽然从门外慌慌张张地跑了进来，哭着说："我一再说不能留，今天果然遭到了如此大辱！"十一娘惊讶地问她是怎么回事。三娘说："刚才我去上厕所，一个少年男子跑了出来横加干扰。幸好我逃脱了。这么一来，我还有什么脸面见人！"十一娘详细地询问了那男子的相貌，抱歉地说道："不要见怪，那是我的傻哥哥。等一会儿我告诉母亲，打他一顿板子就是了"。封三娘坚持要走，十一娘请求她天亮以后再动身。三娘说："舅舅家离这儿很近，你只要用一张梯子将我送过墙就行了。"十一娘知道再也留不住她了，便让两个丫鬟翻过墙去送她。走了大约半里路的样子，封三娘辞谢了丫鬟，自己走了。丫鬟返回家中，十一娘正扶着床伤心地哭着，那样子就好像失去了如意郎君一样。

几个月后，丫鬟有事到东村，傍晚回来，迎头碰到了封三娘和她的老妈子。丫鬟很高兴，赶忙行礼问候。三娘也很伤感地问起了十一娘的日常生活情况。丫鬟拉着三娘的袖子说："三娘到我家去吧，我家小姐盼你盼得要死！"三娘说："我也很想她，但不想让她家里人知道我去。你回去后把花园的门打开，我自己会去的。"

丫鬟回去后，将这消息告诉了十一娘。十一娘很高兴，即刻按她所说的去办，而封三娘已来到花园了。两人相见，各自倾诉了别后的思念之情，絮絮叨叨地说个没

完没了，以至连觉都不睡了。三娘看丫鬟已经睡熟，便起来，与十一娘躺在一个枕头上。她悄悄对十一娘说："我已知道你还未许配给人，凭你的才貌和门第，何愁找不到一个如意、尊贵的郎君？然而，纨绔子弟傲慢无礼，不值得称述。如果想找个好丈夫，就不要计较贫富。"十一娘表示赞同。三娘又说："在我们去年相遇的地方，如今又要作道场了。明天，再请你去一趟，我会让你看到一个如意郎君的。我小时候读过为人相面的书，我替你看上的人是不会有差错的。"

天刚亮，三娘就走了，并约定在庙里相会。十一娘果然去了，三娘也如约在那里等着她。两人在园子里游览了一圈后，十一娘便邀请封三娘与她一起坐车回去。两人拉着手出了门，见到一个十七八岁的秀才。秀才穿着布袍，虽然衣饰不大讲究，但仪表却很俊美伟岸。三娘偷偷指着秀才对十一娘说："这人可是未来翰林院中的人才啊！"十一娘斜着眼睛稍稍地看了秀才一眼。封三娘告别说："你先回去，我随后就到。"

傍晚时分，三娘果然来了。她对十一娘说："刚才我去详细了解了一下，那秀才就是与你同乡的孟安仁。"十一娘知道这人家中很穷，认为不大合适。三娘说："你怎么也落到世俗偏见中去了？这个人如果是长期贫贱的人，我就抠掉自己的眼珠子，再也不为天下的人看相了。"十一娘说："那你说该怎么办？"三娘说："希望得到你的一件东西，拿给他作为信物。"十一娘说："姐姐你怎么这样草率！我的父母都健在，要是他们不同意怎么办？"三娘说："我之所以这样做正是害怕他们不同意啊！如果你的意志很坚决，是生是死都无法改变它！"十一娘说什么也不同意这么办。三娘说："你的姻缘已动，但劫难还没有消除。我之所以这样做，是为了要报答你从前待我的一片好心。我这就告辞了。拿你送给我的金凤钗，假托你的名义送给他。"十一娘正想再商量商量，她已经出门走了。

当时孟安仁很穷，但很有才华。他想自己选择找个好妻子，所以到了十八岁还没有定亲。这一天，他忽然看到了两个十分艳丽的女子，便胡思乱想起来，直到回到家里了，还没有放下这念头。一更天快要亮了的时候，封三娘敲门进来了。点上蜡烛一看，原来是白天见到的那个姑娘。孟生十分高兴地问她是从哪里来的，三娘说："我姓封，是范十一娘的女伴。"孟生大喜过望，等不及细问，便走上前来拥抱三娘。封三娘推开了他，说："我不是来毛遂自荐的，而是像汉代的曹丘生举荐季布那样来为我的女伴做媒的。十一娘愿意与你缔结百年之好，请你找媒人去提亲吧。"孟生十分惊异，不相信竟有这等好事。三娘便拿出了金凤钗给他看。孟生看后喜不自禁，发誓说："承蒙十一娘如此眷爱，我如果得不到她，就宁肯终身不娶！"封三娘便走了。

第二天一早，孟生便托了邻居一个老妇人去向范夫人提亲。范夫人嫌他家贫穷，没有和女儿商量，就立即推辞了。十一娘知道后，感到很失望，深深埋怨封三娘误了自己的大事。但金钗已无法要回，十一娘只得以到死都不嫁人来表示对他的忠贞不渝了。

又过了几天，有一个官绅想为自己的儿子向范家求婚，害怕范家不同意，便请了县官去做媒人。当时，那个官绅的权势正盛，范公心里很怕。他拿这事去征求十一娘的意见，十一娘表示不愿意。母亲追问她是什么原因，她默默不语，只是流泪。后来，她让人暗地里告诉范夫人，除了孟生，她谁也不嫁！范公听了，更加生气，竟将十一娘许配给了官绅家。而且，他怀疑十一娘与孟生有私情，便找了个吉利的日子，想尽快让十一娘和官绅的儿子成亲。

十一娘气愤不过，绝了食，整天躺在床上不起来。到了迎亲的前一天晚上，她忽然起来了，并且对着镜子打扮起来。范夫人暗自高兴，以为十一娘已经回心转意。不一会儿，丫鬟匆匆忙忙地跑来说："小姐上吊了！"全家人大吃一惊，痛哭流涕，后悔也来不及了。停尸三天后，就把她埋葬了。

孟生自从老妇人回来说范家不肯许婚，便气得要死。即使这样，他仍在四处探访，希望能挽回。等到听说十一娘已经有了主儿，他更是怒火中烧，所有的念头都灰飞烟灭了。没有几天，又听说十一娘已寻了短见，他悲痛万分，恨不能跟着美人一同死去。傍晚，他从家里出来，想趁着黑夜到十一娘的墓前痛哭一场。忽然，有一个人走了过来，近前一看，原来是封三娘。三娘对孟生说："恭喜，你的婚姻喜事可以办成了。"孟生流着眼泪说："你不知道十一娘已经死了吗？"三娘说："我所说的可以办成，正是因为她死了。你赶快叫家人掘坟开棺，我有奇药，能使她苏醒过来。"孟生依照她的意思刨开了坟墓，打开了棺材，然后又把墓坑填好。孟生自己背着十一娘的尸体，与三娘一道回到家里，把尸体放在床上。三娘给十一娘灌了药，一个时辰后，十一娘苏醒过来了。一回头，她看到了三娘，便问："这是什么地方？"三娘指着孟生说："这就是孟安仁。"接着便把怎样救活她的经过说了一遍。十一娘这才如梦初醒。封三娘怕事情泄露了出去，便带着他们前往五十里外的一个山村躲了起来。

三娘想告辞离去，十一娘哭着劝她留下来做伴，让她住在另一个院子。他们卖掉了为十一娘殉葬的首饰，作为日常生活开支，日子倒也过得不错。可是，每次遇到孟生，三娘总要躲避起来。十一娘慢慢地开导她说："我们姐妹，亲密得跟亲骨肉没有什么两样，可我们终究不能这样长期地呆在一起。依我的意思，咱俩不如效法娥皇、女英，一同嫁给孟生。"三娘说："我从小就得到了一种养生的秘诀，这种叫作吐纳之术的秘诀可以使我长生不老，所以不愿嫁人。"十一娘笑着说："流传于世上的养生术可谓汗牛充栋，可是，哪个又能行之有效呢？"三娘说："我所得到的养生之术并不是世人已知道的那些。世上流传的大都不是真正的秘诀，只有华佗的五禽图，不是胡说八道。大凡修炼之人，无非讲究个血气流通，如果得了气逆打嗝的病症，只要做一下虎形站立的姿式，打嗝立即就好了，说明不是很灵验吗？"

十一娘见说服不了她，便和孟生暗中商量好了一个计谋，让他假装出远门去了。到了晚上，十一娘硬劝三娘喝酒，等三娘醉了以后，孟生便偷偷地溜了进来，跟她睡到了一块儿。三娘酒醒了，说道："妹子你可把我给害了！假如色戒不破，我修炼成功后，就能升入第一天。如今中了你们的奸计，是命中注定罢了！"说完就起身告辞。十一娘向她表白了自己的诚意，苦苦哀求她原谅。三娘说："实话告诉你吧，我是狐。因为看你容貌美丽，突然萌生了爱慕之情，如同作茧自缚，以至有了今天。这是情魔的劫数，与人力无关。继续留在这里，情魔便会更加滋生，就没尽头了。妹子福分还大着呢，前途无量，请自珍自爱。”说完就无影无踪了。十一娘夫妻俩惊叹了好长时间。

过了一年，孟生参加乡试、会试，果然连连报捷，中了举人、进士，任翰林之职。他投递名片，要谒见范公，范公又惭愧又后悔，不愿见他。孟生一再请求，范公才答应见他。孟生进到屋里，向范公行女婿的礼仪，伏地叩拜，非常恭敬。范公恼羞成怒，怀疑孟生是嘲弄、羞辱自己。孟生将范公请到另外一个屋子里，原原本本地告诉了事情的经过。范公不大相信，派人到孟家去一打听，这才惊喜异常。他暗中告诫孟生不要张扬，害怕传出去会招来灾祸。

又过了两年，那个官绅因行贿说情被人告发，父子二人充军到辽海卫。十一娘这才回到娘家探亲。

花 姑 子

安幼舆是陕西选拔的贡生，为人轻财好义，喜欢放生。每当看到猎人捕获到鸟类，他都会不惜大价钱买下来后放掉。有一天，碰上舅父家办丧事，他去送丧。晚上回来，路过华山，迷路在山谷中，他心中害怕起来。忽见一箭之外，有灯火闪耀，安生便急忙奔了过去。走了没几步，猛地看见一个老头弯着腰、拄着棍，快步从一条弯弯曲曲的小道上走了过来。安生停下脚步，刚想向他打听路该怎么走，老头却已先问起他是什么人来了。安生说自己迷了路，并说前面灯火闪耀的地方肯定是个村庄，想到那里去投宿。老头说：“那里不是安乐乡。幸亏老夫我来了，可以跟我走，我那间茅棚还可以容得下你歇息。”安生大喜过望。跟着老头走了一里多路后，看到一个小村庄。老头敲了敲柴门，一老妇人出来，开了门说：“是郎君来了吧？”老头回答说：“是的”。

安生进到屋中一看，屋子又潮又小。老头挑亮灯，催促安生坐下，就叫人随便准备些饭菜。然后，对老妇人说：“他不是别人，是我的救命恩人。老婆子你行走不大方便，就叫花姑子来斟酒。”

不大一会儿，一个女郎端着饭菜进来了。她站在老头身边，不停地用秋水一样清澈明亮的眼睛打量着安生。安生仔细端详了一下女郎，发现她既年轻，又漂亮，简直就跟天仙一样。老头回过头去叫女郎烫酒，女郎便走到屋子西墙角炉子旁，拨开了火门。安生问道：“这姑娘是老先生的什么人？”老头回答说：“老夫姓章，七十岁了，只有这么一个女儿。农家人没有丫鬟仆人，你又不是别人，所以我才敢叫妻子儿女出来见你，请不要见笑啊！”安生又问：“贤婿家住何方？”老头回答：“女儿尚未许人。”安生夸奖她既贤惠又美丽，赞不绝口。就在老头一再谦逊的时候，女郎忽然叫了起来。老头跑进厨房，原来是炉上的酒溢了出来，致使火苗窜出有一尺多高。老头端下酒壶，扑灭了火苗，呵斥女郎说："这么大的丫头了，酒烧热溢得很猛不知道吗？"回头一看，见炉子旁边有一个尚未扎制完成的用高粱芯子做的厕所神紫姑，便又呵斥道："头发都长得那么长了，还像个小孩子一样淘气！"老头拿着那没有做完的紫姑对安生说："只顾了做这个捞什子，以致让酒都溢了出来。这样的丫头还劳你夸奖，难道还不羞死！"安生仔细看了看那紫姑，眉目衣服都制造得非常精细，便赞扬说："虽然是孩子们的小玩艺，但从中却也可以看出她的心灵手巧来。"

酒喝了不大一会儿，花姑子便不断地前来斟酒劝酒。她面含笑容，落落大方，一点儿也不羞涩、忸怩。安生目不转睛地看着她，不禁有些动情。这时，忽然听得老妇人在叫，老头便进屋去了。

安生看看无人，便对花姑子说："看到你天仙一般的面容，我的魂都快丢了。想找个媒人来提亲，怕事情成不了，怎么办？"花姑子抱着酒壶，面对着火炉，一声不吭，就像没有听到一样，问了几次，她都不回答。安生慢慢地走进房子，花姑子站了起来，厉声说道："狂妄的家伙跑进屋来，想干什么！"安生跪在地上，苦苦地向她哀求。花姑子准备夺门而出，安生猛地站了起来拦住她，嬉笑着亲起她的嘴来。花姑子颤抖着声音大声呼叫，听到叫声，老头急忙跑了进来问发生了什么事情。安生松开手，走了出来，心中又是惭愧又是惧怕。而花姑子却从从容容地对父亲说："酒又溢了出来，如果不是安郎来，酒壶恐怕也要被烧化了。"安生听到花姑子的话，心才安了下来，更加感激花姑子了。经历这么一惊一吓，安生已是丧魂落魄，想跟花姑子亲热一番的念头也消失了。他假装喝醉了酒，离开了酒席。花姑子见状便也出去了。老头为他铺好了被褥，关好了门，也出去了。安生难以入睡，还没等天亮，就向主人打招呼告别走了。

回到家中，安生立即请他的好友前往那座茅棚替他求婚。整整一天，朋友才回来，竟然没有找到老头的住处。安生便带着仆人骑着马，顺着回来时走过的路自己去寻找。到了那地方一看，只是悬崖绝壁，竟然没有一个村庄。访问了一下附近的村子，也没有什么姓章的人家。安生失望地回到家中，饭吃着不香，觉睡着不甜，从此便得了个神智不清、头昏眼花的毛病。勉强喝点稀粥，就恶心地想要吐出来。每次昏迷过去，嘴里都呼唤着花姑子的名字。家里人不了解其中的缘故，只是日夜围在他身边侍奉，病情一天天加重。

一天晚上，守候人因太疲倦都睡着了。朦朦胧胧中，安生觉得有人在摇他、推他，略微睁开眼睛一看，见是花姑子立在床前，立刻觉得神清气爽。注目细看面前的花姑子，安生不禁潸然泪下。花姑子低下头笑着说："痴郎何至于到这种地步？"便爬上床，坐在安生的大腿上，用两手按摩他的太阳穴。安生立刻感觉到有一股奇特的麝香味，穿过鼻孔，沁入骨髓。按摩了好一会儿，安生忽然觉得满头汗水，渐渐地全身也沁出了汗珠。女郎小声地对他说："你屋子里的人太多，我不便住在这里。三天后我再来看你。"又从绣着花的袖筒里掏出几块蒸饼放在床头上，悄悄地走了。到了半夜，安生浑身的汗消了下去，想吃点东西了，摸过蒸饼吃了起来。不知这饼里包的什么佐料，特别的香甜，一连吃了三个。吃完之后，他用衣服将剩下的饼子盖了起来，又朦朦胧胧地睡了过去。直到日上三竿，他才醒了过来，身上像卸掉了重负一样轻松。三天后，蒸饼吃完了，他的精神也更加爽快了。于是，他打发走了家人。他又担心花姑子来了进不了门，便偷偷地走出了屋子，拔掉了所有的门闩。

工夫不大，花姑子果然来了。她笑着说："痴情郎！难道不想谢谢我这神巫吗？"安生高兴极了，抱过花姑子就亲热起来，缠绵悱恻，恩爱备至。事完之后，花姑子说："我冒着风险，蒙受耻辱来和你偷情，我之所以要这样做，是为了报答你的大恩大德啊！然而，我实在不能与你永结同好，请你还是早做别的打算吧。"安生沉默了许久才问道："你我从不相识，什么时候与你家有过交往，我实在记不起来了。"花姑子并不回答，只是说："你自己好好想想。"安生坚持要与她永结同好，花姑子说："一夜一夜地往这跑，固然不行；永做一对夫妻，也不可能。"安生听了这话，不觉悲上眉头。花姑子说："你一定要跟我相好，明晚就请到我家去吧。"安生这才由悲转喜，并问："路途如此遥远，你那纤纤小脚，怎么能说来就来了？"花姑子说："我本来就没有回去。东头的聋老太太是我姨妈，为了你的缘故，一直停留到现在，家中恐怕要怀疑怪罪了。"安生与她同枕共衾，觉得她的气息肌肤，到处都香喷喷的。便问："你薰了什么香，都浸入到骨髓和肌肤里去了？"花姑子说："我生来就是这样，并非拿香薰的。"安生愈发惊奇了。

第二天，花姑子早早地就起了床，向安生告别。安生担心自己会迷路，花姑子便和他约定在半路上等他。到了傍晚，安生急急忙忙地就上路了，花姑子果然在路旁等他，并相伴着他一同来到她的住处。老头和老妇人高高兴兴地出来迎接。待客的酒菜没有什么好东西，只是摆满了一些蔬菜。吃完饭，老头便请安生歇息。这期间，一直没见花姑子来照看一下，安生心里很有些疑惑。夜深了，花姑子才来，说："父母絮絮叨叨地总也不睡，以致劳你久等。"两人卿卿我我地温存一整夜，花姑子对安生说："今晚的欢会，乃是永久的离别啊！"安生吃惊地问她为什么，花姑子回答说："父亲认为这小村太荒凉，要将家搬到很远的地去。与你相会缠绵，也就是这一夜了。"安生舍不得放她走，一会儿仰天抹泪，一会儿低头哽咽，十分悲伤。就在恋恋不舍的时候，天渐渐地亮了。老头突然闯了进来，骂道："这丫头玷污了我清白的家风，真叫人羞愧得要死！"花姑子大惊失色，匆匆忙忙地跑了出去，老头也跟着出去了，边走边骂。安生心惊胆战，感到无地自容，偷偷地跑了回去。

安生徘徊了好几天，心情始终不能平静下来。于是思谋着晚上再去一趟，翻过墙看能不能找到机会。他想，老头一再说我有恩于他，即使事情败露了，他也不会严厉谴责我的。于是，趁着夜色跑到了山中，在山里来回地转，迷迷糊糊地不知该往哪里去。安生非常恐惧。就在他四处寻找归路时，看见山谷中隐隐约约地有一座宅院。安生高兴地奔了过去，发现那宅院的门楼高大雄伟，像是官宦人家的宅第。见大门还没关闭，安生便向守门人打听章家的住址。这时，有一个丫鬟走了出来，问道："是什么人在半夜里打听章家的住处？”安生说：“章老头是我的亲戚，我偶然间迷了路，找不到他家了。”丫鬟说：“小伙子不用打听章家了。这是花姑子的舅母家，她如今就在这里，让我去禀告一声。”丫鬟进去不大工夫，就出来邀请安生。两人刚刚踏上屋檐下的过道，花姑子便跑出来迎接。她对丫鬟说：“安生跑了半夜，想必已经很困倦了，可以收拾床铺。”说完，两人手拉着手进入床帏之中。安生问：“你舅母家怎么再没有其他的人？”花姑子说：“舅母到别的地方去了，留我给她看守屋子。有幸能与郎君在这里相会，难道不是前世的缘分吗？”依偎在花姑子的身旁，安生觉得有一股十分刺鼻的膻腥味，心中有些疑惑，感到不大对劲。花姑子抱住他的脑袋，突然用舌头舔起他的鼻孔来，安生感觉像被一枚毒针刺中了大脑。安生害怕得要死，急着想挣脱逃走，可身体像被大绳捆上了一般。不大一会儿，他便昏昏沉沉地没有知觉了。

安生彻夜未归，家中人找遍了所有的地方，始终没有见到他的踪影。有人说傍晚时分曾在山路上见过他。家里人便进山去寻找，结果发现他赤身裸体地死在悬崖下面，感到奇怪而闹不清原因，将尸体抬了回来。就在众人围着安生的尸体痛哭不止的时候，有一个女郎前来吊唁，从门外号啕大哭着跑了进来。她抚摸着安生的尸体，按捺着他的鼻子，眼泪像断了线的珠子似地流进他的鼻孔里，呼喊着说：“天啊，天啊！你怎么糊涂到这种地步！”痛哭得嗓子都嘶哑了，过了一阵才停止。她告诉家人说：“停尸七天，不要装敛。”众人不知她是什么人，正要张口询问，她高傲不行礼，含着眼泪径直出去，挽留她，连理也不理。有人跟在她的身后，她一转眼不见了。众人怀疑她是神仙，就小心谨慎地依照她的话办。晚上，女郎又来了，仍像昨天一样大哭了一场。到了第七天晚上，安生忽然苏醒过来，翻身呻吟。家人都很害怕。这时，女郎进来了，相对啼哭。安生挥了挥手，让家人都出去了。女郎拿出一束青草，熬了一碗汤，就着床头让安生喝了下去。只一会儿，安生便能说话了。他叹了口气说道：“害死我的是你，使我复活也是你了！”接着便向她叙述了自己的遭遇。女郎说：“这是蛇精在冒充我！你第一次在山谷里迷路时看到的那灯光，就是这家伙搞出来的。”安生说：“你怎就能将死人救活，使白骨生肉呢？该不会是神仙吧？”花姑子说：“我早就想告诉你了，但又怕引起你恐慌。五年前，你是不是在上华山的路上买了一只猎人捕获的獐子，而又把它放了？”安生说：“不错，有那么回事。”花姑子说：“那就是我的父亲啊！以前常说你对我家有大恩大德，就是这个缘故。本来，你前两天已投生到西村王主事的家，我和父亲告到了阎王的殿前，可是，阎王不肯发慈悲。我父亲愿意用毁掉自己多年修炼的道行作为代价，代替你去死，苦苦哀求了七天，才把事情办成。今天还能相见，实在是幸运罢了！不过，你虽然已经复生了，肢体肯定要瘫痪，能得到那蛇精的血，将血兑到酒里喝了，病才能痊愈。”安生恨得咬牙切齿，但担心没有办法将那蛇精抓住。花姑子说：“这事不难办。只是要伤害许多生灵，连累我百年后不能成仙。它的巢穴就在山谷中的悬崖上，到了太阳快要落山的时候，可以让人在崖下堆些茅草放火烧，再在外面准备些弓箭手警戒，就可以捕获到蛇精了。”讲完，她便向安生告别说：“我不能终身侍奉你，心里实在很难过。然而，仅仅是为了你的缘故，我的道行已经损折了七成，请你怜悯、宽恕。近一个月来，我觉得腹中微微震动，恐怕是怀上孩子了。不管生男生女，一年之后我一定送交给你。”说完，流着眼泪走了。

过了一晚，安生觉得自腰以下的肢体都坏死了，抓也好，搔也好，都不知道痛痒。他便将花姑子的话告诉了家人。家人到了悬崖边，按照花姑子所教的办法，在洞口点起一把大火。一条大白蛇冲过火焰逃了出来。弓箭手数箭齐发，将它射死了。等火焰熄灭以后，进到洞中一看，大大小小的几百条蛇全烧焦发臭了。众人回到家中，将蛇血交给安生。安生连服三天后，两条腿便能慢慢挪动了，半年过去，才能下床走路。

后来的某一天，安生独自行走在山谷中，碰到了一个老妇人，将一个被褥裹着的婴儿交给他，并说："我女儿向你问好。"安生正要询问花姑子的情况，一眨眼间，老妇人已不见了。打开包被一看，是个男孩。他将孩子抱了回去，以后再没有娶妻。

异史氏说："人不同于禽兽的地方很少，这不是定论。蒙受他人的恩惠，结草衔环相报以至于终身，与禽兽相比，会让人感到惭愧的。至于花姑子开始寄聪慧于娇憨之中，最后托深情于淡漠之间，由此可知娇憨是聪慧的极端，淡漠是感情的顶点。这就是仙人吧！"

长治女子

陈欢乐是潞安府长治县人。他有个女儿又聪慧又俊美。有个道士到他家讨饭吃，斜眼看了一下他女儿便走了。从此，那道士天天都托着饭钵到陈家的住宅一带转悠。碰巧，有一个瞎子从陈家出来，道士便追了上去与他同行，问他从什么地方来。瞎子说："刚才到陈家算命去了。"道士说："听说他家有个女儿，我的一个表兄弟想向她求婚，但不知她的生辰八字。"瞎子告诉了他，道士便告别走了。

过了几天，女子正在房里刺绣，忽然觉得双脚麻木。渐渐，延伸到大腿，又渐渐延伸到腰部，不一会儿，便昏倒在地。定了一会神，才恍恍惚惚地能站起来，想找到母亲把这事告诉她。等得出了门，却发现一望无际的黑色波浪中，只有一条像线一样的小路通向远方。她惊恐不已，急忙往回退去，但屋门和整个住宅已经被黑水淹没。回头再看那条小路没有行人，只有道士在前面缓慢地走着。于是，她远远地跟在道士的后面，希望能碰到一个同乡，说出她所经历的一切。走了几里路后，她忽然看到一幢房子，仔细一看，原来是自己的家院。女子大吃一惊地说："奔波了这么长时间，原来还在自己的村子里。怎么刚才就糊涂到这种地步！"她高高兴兴地进了门，父母还没有回来。她又走到自己的屋子里，发现绣了一半的鞋子，还在床上。她觉得经过这一会儿的奔波，很累了，便走到床边，坐下来休息。

忽然，道士闯了进来。女子大惊，想要逃走。道士抓住她按在床上。女子想大声喊叫，可嗓子哑了喊不出声来。道士急忙用一把快刀剖出女子的心脏。女子立即觉得魂魄悠悠离开躯壳而立，四下里一看，家已经不是家了，只有一堵陡峭的悬崖覆盖在头顶的上方。她又看到道士拿了自己心脏中流出来的血，涂抹到一个木头人身上，叠起指头念咒语。女子便觉得那木偶人与自己合为一体了。道士吩咐她说："从今以后，你得听从我差遣，不得违抗！"说完，就给女子穿戴起来。

陈家丢失了女儿，一家人都惊恐不安。找到牛头岭，才听村里人传说，岭下有一个女子被剖心而死。陈欢乐跑去察看，果然是他的女儿。他哭着把状告到了县官那里。县官派人抓来了居住在牛头岭一带的百姓，把他们几乎都拷问遍了，还是没有一点头绪，于是将那些嫌疑犯暂时收押起来，等待复审。

此时，道士已走出数里之外，坐在路旁的柳树下休息。忽然他对女子说："现在派你去办第一件事情，去县城里察看此案的审讯情况。到那里后，你当隐藏在县衙大堂的暖阁上，如果看到县官动用大印，就赶快避开，切切记住，不能忘了！限你辰时去，巳时回。迟一刻，就在你的心上刺一针，使你立即痛疼；迟两刻，刺两针；刺到第三针时，你的魂魄就不复存在了。"女子听了这话，浑身打战，接着飘然而去。转眼之间来到县衙，按照道士吩咐的藏身在暖阁之上。这时，牛头岭下的百姓正环列着跪在堂下，还没审讯。县官碰巧要在公文上加盖官印。女子没来得及躲避，而官印已从印匣里拿了出来。女子觉得自己的身体沉甸甸、软绵绵的，撑托着她的纸糊窗格似乎不能承受，"扑"地一下发出了声响。听到响声，满堂的人都惊愕地四下张望。县官再举官印，相同的声音又响了一下。举到第三下时，女子便坠落在地下。这一回的声音很响，众人都听清楚了。县官站起身来祝祷说："如果是含冤而死的鬼魂，就请直接陈述，为你申冤昭雪。"女子哭哭啼啼地向前，将道士杀害自己并驱遣自己到此的经过一一向县官陈述了一遍。县官打发差役立即去抓道士。到了柳树下，道士果然在那里。差役抓回了道士，一审讯，他便招了。于是，在押的牛头岭百姓也释放了。

县官问女子说："你的冤已申了，现在准备到哪里去？"女子说："准备跟着大人。"县官说："我的衙门里没有地方容纳你，不如暂时回你家去。"女子过好半天说："你的衙门就是我的家，我就要进家去了。"县官又问了几句，一点声音也没有了。县官退堂进入家中，而夫人刚生了一个女孩。

荷花三娘子

湖州府的宗湘若是个读书人。秋日里的一天，他到农田里巡视，看到庄稼茂密的地方，摇荡得很厉害。他心里疑惑，便越过田间的小路去看，原来是一对男女正在野合。宗湘若笑了一下，准备转身离开。就见那男子十分羞愧地结好了腰带，匆匆忙忙地逃走了。那女子也随之站了起来。宗湘若细细一打量，竟长得很文雅娟秀。宗湘若从内心里喜欢上了她，想上去和她缠绵一番，又觉得这么干太粗鄙。于是略微靠前用衣袖拂拭她说："在田野里幽会很快乐吗？"女子笑而不答。宗湘若靠近女子身边解开她的衣服，发现皮肤细腻得如同油脂一样，于是上上下下地探摸了好几遍。女子笑着说："酸腐的秀才！想干什么，就干什么好了，到处乱摸什么？"宗湘若追问她的姓名，女子说："缠绵一番，便各奔东西，问得这么详细做什么？难道准备留下名字立贞节牌坊吗？"宗湘若说："在野田草露中交合，是山村放猪人的做法，我不习惯。以你这样的美丽，就是和人私下约会也应当自重自爱，选个好地方，何止于如此草率？"女子听了，十分赞许。宗湘若又说："我那简陋的屋子离这里不远，请你过去玩玩吧！"女子说："我出来已经很久了，恐怕要被人怀疑，晚上可以去的。"又详细地询问了宗湘若住处的标志，然后匆忙上了小路，飞快地离去了。一更的鼓声刚刚敲过，女子果然来到了宗湘若的屋中。两人行云播雨，十分地欢爱。就这样过了一个多月，这事无人知道。

碰巧，有一位西域和尚住在本村的寺庙里，见到宗湘若后，他吃惊地说道："你的身上有股邪气，是否遇到过什么人？"宗湘若回答说："没有。"过了几天，宗湘若忽然毫无来头地病了。女子每夜都要带来新鲜的果品给他吃，殷勤地安慰调护他，就如夫妻一样交好。然而，她一睡下来，就强求宗湘若和她交合。宗湘若因为有病，很有些吃不住。他怀疑这女子不是人，但又没有办法暂时让她离去，于是说："前两天有个和尚说我被妖精迷惑，现在我真的就病了，他的话果然灵验。明天，我就请他来一趟，让他给我画一道符咒。"女子听了，脸色立刻变得惨白，宗湘若更加怀疑她不是人了。第二天，他便打发人将实情告诉了和尚。和尚说："这是一只狐狸精。它的道行还很浅，制服很容易。"于是画了两道符咒，嘱咐来人说："回去之后，拿一个干净的坛子放在床边，将其中的一道符咒贴在坛子口上。等到狐狸精窜了进去，就赶忙用一只盆子盖上。然后再把另一道符咒贴在盆上，连坛带盆一块儿投进汤锅中去用烈火煎煮，不多久就死了。"家人回去后，按照和尚教的办法做好了准备。

夜已经很深了，女子才到来。她从袖中拿出金橘，刚要到宗湘若床前去问好。忽然，坛子口发出飕的一声，女子已被吸入坛中。家人猛地跳了起来，盖上坛口贴上符，准备马上就煮。宗湘若看到撒落满地的金橘，回想起女子对他的一往深情，心中一酸，感动不已，立即让家人把她放了。家人揭去符咒，掀开盖子，女子从坛中走了出来，神情极为狼狈。她向宗湘若叩着头说："我的大道即将修成，但却差一点儿毁于片刻之间。你是仁人君子，我发誓一定要报答你的不杀之恩。"说完便走了。

几天之后，宗湘若的病情更加严重，看那样子活不了几天了。家人准备到集市上去为他买副棺材。途中，遇到一个女子，问他说："你是宗湘若的仆人吗？"家人回答说："是的。"女子说："宗郎是我的表兄。我听说他病得很厉害，很想去看望他，但碰巧有事不能去了。这里有灵药一包，麻烦你转交给他。"家人接过药便回去了。

宗湘若思来想去，表亲中并没有什么表姐妹，于是知道这是狐女在报答他。吃了她的药，病果然好多了，十天后，便恢复了健康。宗湘若从内心里感激狐女，向上天祈祷，希望能再见她一面。

一天晚上，他关了家门正在屋中自斟自饮，忽然听到有人在用指头敲打窗户。他打开门出去一看，正是狐女。宗湘若大喜过望，握着她的手连连称谢，并请她进屋一同饮酒。女子说："离别以后，我的心里很是不安，总觉得无法报答你的大恩大德。现在，我已为你找到了一个很好的配偶，不知是否能稍稍赎回我的罪过？"宗湘若问："是什么人？"狐女说："这人你不知道。明天早晨，你早点儿赶到南湖，如果看到有采菱女子，身着白绉纱披肩的，就赶快划船去追她。如果你迷失了她逃离的方向，就看堤边有一枝矮杆的莲花隐藏在荷叶下面。你将那莲花采回来，用蜡烛烧它的花蒂，自然得到美女，而且能享受高寿。"宗湘若牢牢记住了她的话。说完话，狐女便要告辞离去。宗湘若坚持要她留下来。狐女说："自从遭受了那次劫难，我立即悟得了大道。怎么还能以男女间的欢爱，招致他人的怨恨呢？"说完，很严肃地走了。

宗湘若依照狐女的指示，来到南湖，看见荷花丛中的美女真不少。中间有一位少女，披着白绉纱的披肩，真是一个绝代佳人。宗湘若催船逼近少女，忽然迷失了她的去路。便拨开一丛丛的荷叶，中间果然有一枝红色的莲花，枝杆不到一尺。宗湘若折了它回到家中。进门将花放在桌上，然后削剪好烛芯放在旁边，准备点燃起来。

回头，发现那莲花已化作一个美女。宗湘若惊喜异常，连忙向她施礼。女子说："痴呆书生！我是妖狐，就要祸害你了！"宗湘若不听。女子说："是谁教给你的？"宗湘若回答道："小生我自己就能认识你，还用人教？"说完，便抓住她的胳膊去拉她，女子顺着他手滑落下去，化作一座怪石。怪石一尺来高，面面玲珑透亮。宗湘若把石头置放在香案上，点起香，对它顶礼膜拜。到了夜晚，他又关好门窗，塞好洞穴，唯恐它逃走。天亮起来看它，却又不是石头了，而是一件绉纱衣饰，而且很远地就能闻到它散发出来的芬芳气味；翻开衣领一看，还残存着残脂剩粉。宗湘若拉开被子，搂着那白绉纱衣又睡下了。傍晚时分，他起来点灯，等到返回床边，却发现枕上躺着个美女。宗湘若高兴极了，又害怕她再次变化，苦苦向她哀求了一番后便躺在了她的身边。少女笑着说："孽障啊！不知是什么人多嘴多舌，使得你这疯狂儿纠缠个没完没了！"于是不再拒绝。然而在交合中，少女好像承受不了，屡次请求宗湘若停止。宗湘若不听。少女说："如果你不听，我就要变回去了！"宗湘若害怕她再变，便作罢了。

从此以后，两人的感情十分和谐。金银绸缎装满了箱柜，宗湘若也不知道是从哪里来的。女子见了其他人，只是轻声道个诺，好像有口不能说话似的，宗湘若也从不对他人说起女子的奇异来历。女子怀孕十个多月，计算着分娩的时间到了，便进了屋，叮嘱宗湘若关上门，不要让外人叩门，然后自己用刀剖开腹部，把儿子取了出来。她让宗湘若撕了一块布，将腹部的伤口包扎起来，过了一夜就好了。

又过了六七年，女子对宗湘若说："我们的缘分已经满了，请就此告别吧。"宗湘若听了，不觉流下了眼泪，说道："你嫁给我时，我的家境还贫困得不能自立，全靠你才富裕起来，你怎么忍心马上就远离？而且，你又没有家族，以后孩子长大了，不知道母亲是谁，也是一件恨事啊！”女子也郁郁不乐地说：“有聚必有散，这是一个常理。孩儿有福相，你也可以活到一百岁，还有什么要求呢？我本来姓何，如果你想念我时，就抱着我的旧物呼叫‘荷花三娘子’，会看到我的。”话刚说完，她便挣脱了宗湘若的牵扯，说道：“我去了。”宗湘若吃惊不小，抬头一看，女子已飞过他的头顶。宗湘若跳了起来，急忙去拉扯，只抓到了女子的一只鞋子。鞋子脱落到地上，变成了一只石燕，颜色比丹漆还红，里外晶莹透亮，好像水晶一样。宗湘若捡起石燕，收藏了起来。然后翻检箱子，发现女子刚来时所穿的那件白绉纱披肩还在。每当想念时，就抱着披肩呼叫“三娘子”，便有女郎隐约可见，带笑的面容，含情的眉黛，和先前一样，只是不说话罢了。

窦　氏

南三复出身于晋阳的一个官宦世家。他家有一所别墅，离居住的地方十多里，每天都要骑马去一趟。有一天，正好碰上下雨，途中有一个小村子，见到一户农家的院子很是宽敞，便前去避雨。附近村子里的人一向都很敬畏南三复。不一会儿，主人出来邀请他到屋里去坐，显得局促不安、十分恭敬。南三复走了进去，发现主人的房子矮小得很。等他坐下来后，主人才拿起扫帚，殷勤地打扫了一番。然后，又冲了蜂蜜水当作茶献了上来。南三复叫主人坐下，主人这才敢坐。问他的姓名，自称：“叫廷章，姓窦。”不大一会儿，主人又端出了好酒，煮了子鸡，侍奉得十分周到。有个刚成年的女子送菜送饭，时常停在门外，稍稍显露半个身子来，大约十五六岁，长得端正美妙，无人能比，南三复不觉动了心。

雨停后，南三复便回家去，而对那女子的思念很迫切。第二天，他准备了粮食布匹去感谢窦廷章，以借此机会接近那女子。从此以后，他时不时地要到窦家去一趟，带着酒菜，与窦廷章对饮，舍不得离去。那女子渐渐熟悉了，就不太回避，不停地在他面前走来走去。南三复拿眼瞟她，她就低着头微笑。南三复更加神魂颠倒了，隔不了两三天就要去一趟。

一天，碰巧窦廷章不在家，南三复坐了许久，那女子才出来招呼他。南三复一把抓住她的臂膀要亲热。女子又羞又急，严肃地拒绝说：“我虽然穷，也要嫁人的，你怎么能依势欺人！”当时，南三复刚刚死了妻子，便作揖央求说：“倘若能得到你的爱怜，我决不再娶别人。”女子要他发誓，他便指天发誓，表示要坚守盟约，永不改变，女子这才答应了他。

从这天起，南三复一窥探到窦廷章外出了，就要过来和女子缠绵。女子催促他说："遮遮掩掩的幽会，终究不是长久之计。我家每天都处于你的庇护之下，假如你肯和我家结为姻好，我父母肯定会引以为荣的，没有不成的。你应该尽快想个办法！"南三复答应了。可回头一想，农家女子怎能和自己相匹配，就暂且找一些借口敷衍她。

恰巧，这时有个媒人来给南三复说亲，女方是大户人家的女儿。南三复起初还有些犹豫，但一听说那姑娘不但人长得漂亮，而且陪嫁品也很丰厚，便下决心答应了这门亲事。

窦家女子因为有了身孕，对南三复催得更紧了，南三复干脆不到她家去了。不久，窦女分娩，生下一个男孩。窦廷章大怒，用鞭子抽打女儿，窦女把真情告诉了父亲，并说："南三复和我订有盟誓，打算娶我。"窦廷章这才放了女儿，派人去询问南三复，南三复当下就不肯承认。窦廷章便扔了婴儿，更加厉害地抽打女儿。窦女暗地哀求邻居的一个妇人，请她将自己所遭受的痛苦告诉给南三复。南三复同样置之不理。

夜里，窦女偷着跑了出来，看到被扔掉的婴儿还活着，就抱了起来去找南三复。窦女敲开了南家的大门，对守门人说："只要有你家主人的一句话，我就可以不死。他就是不眷念我，难道连儿子也不顾念吗？"守门人将这话原原本本地转达给南三复，南三复却命令守门人不要让她进来。窦女靠在南家的大门上，悲哀地哭泣着，一直延续到五更天才听不到了。等到天亮一看，她怀抱孩子坐着僵死了。

窦廷章非常气愤，上告到官府，官府中人也都认为南三复无情无义，打算治他的罪。南三复害怕了，花了上千两银子贿赂官府，才免于处罚。

不久后的一天夜里，那个将女儿许配给了南三复的大户人家的主人，梦见窦家女子披散头发抱着孩子来警告他说："绝对不能把你的女儿许配给那个负心郎，如果许配给他，我肯定要杀了她的！"那大户人家贪图南三复的财富，最终把女儿许配给了他。结婚那天，陪来的嫁妆十分丰盛，新娘也很漂亮，只是很爱啼哭，整天见不到一点笑容，就是在枕席间欢爱的时候，也常常是鼻涕一把泪一把的。问她什么原因，也不言语。过了几天，新媳妇的父亲来了，一进门就掉眼泪。南三复来不及问明原因，便跟着一同进到屋里。老头一见女儿，吃惊地说："刚才在后花园里，见我女儿吊死在一棵桃树上，现在这房里的女子是谁？"他女儿听到这话，脸色突变，一下倒在地上死了。仔细一看，却是窦女。二人急忙赶到后花园，新娘果然吊死了。

南三复和老头惊骇到了极点，跑去告诉窦家。窦廷章扒开了女儿的坟墓，打开棺材，尸体没有了。以前的怨恨还没有消除，这次更加悲愤恼怒，于是，窦廷章又一次将南三复告到了官府。官府因为这个案子的情节离奇古怪，打算治南三复的罪，又因证据不足无法定案。南三复又以重金诱劝窦廷章，哀求他了结此事；官府也受了他的贿赂，便不再过问此案了。然而，南家从此也逐渐衰落下来，又因为这件怪事传播开来，好多年里没人敢把女儿许配给他。

南三复实在没有办法，到离家百里以外的地方聘下曹进士的女儿。还没等到举行婚礼，正赶上了民间谣传说皇帝要在民间挑选美女充实后宫，所以，有女儿的人家，都把女儿送嫁婆家。有一天，一个老妇人引着一乘轿子来到南家，自称是曹家来送女儿的。老妇人从轿中扶下女子，送进屋里，对南三复说："皇帝挑选嫔妃的事已很急了，仓促之间，不能按迎亲的礼仪办事，只得把小娘子先送了来。"南三复问："怎么没有送亲的客人？"老妇人说："稍稍办了些嫁妆，都跟在后面。"说完，匆匆忙忙地走了。

南三复看女子风流标致，就亲密地与她开玩笑。女子低头扯弄裙带，神情酷似窦女。南三复心里很不痛快，只是没敢说什么。女子爬到床上，拉过被子蒙上头睡下了。南三复也认为这是新娘子惯有的情态，没有在意。直到天快黑了，曹家的人还没有到，南三复才起了疑心。掀开被子去问新娘，新娘已死在了床上，身体都凉透了。南三复非常惊异，不知是什么缘故，于是打发一个仆人骑马把消息告诉曹家，而曹家竟没有送女儿的事情。此事一张扬出去，大家都觉得很怪异。

当时，有个姓姚的举人刚刚埋葬了女儿。只隔了一夜，墓就被盗贼掘了，棺材被打开，尸体也丢失了。姚举人听说了这件怪事，就到南三复家去验看，果然是他的女儿。掀开被子一看，全身一丝不挂。姚举人大怒，呈递状子到官府。官府因南三复多次做出败坏道德之事，很讨厌他，便以挖坟暴露尸体罪，判处他死刑。

异史氏说："开始和人淫乱，最后又与其结成夫妇，这行为已经是不道德；更何况是赌咒发誓于前，断绝关系于后的呢？女子在家挨打，他听之任之；在他门前哭泣，他仍然听之任之，他的心肠多么狠毒啊！因而他所受到的报应，也比李十郎惨得多。"

云翠仙

梁有才原是晋地人，后来流落到济南府境，靠做小买卖为生，没有家室也没有田产。有一天，他跟随村里人去游览泰山。正值四月上旬，山上香客络绎不绝。中间还夹杂着信佛的善男信女，领着大概百十来个男人，混杂着跪在菩萨的宝座下面，跪的时间，以烧完一炷香为限度，人们称之为"跪香"。梁有才看到跪香的人中有一个女郎，约十七八岁，长得很漂亮，心中便盟发了爱慕之情。便假装香客，跪在女郎的身边。然后，又装出双膝困乏无力的样子，故意将双手拄在她的脚上。女郎回过头来嗔怒地瞪了他一眼，跪行几步躲开了他。梁有才也跪行几步，又挨近了她。过了一会儿，又将双手拄在她的脚上。女郎察觉到了，立刻站起来，不跪了，出了门就走。梁有才跟着也站了起来，想去跟踪她。出门一看，已不知她到哪里去了。他感到非常失望，只得闷闷不乐地往回走。

正行进间，忽然看到那女郎跟着一个老太太在前面走着。老太太看样子是女郎的母亲。梁有才紧赶几步，跟在了她们的后边。老太太与女郎边走边谈。老太太说："你能去参拜娘娘，这是件大好事！你没有兄弟姐妹，只要能得到娘娘的暗中保佑，保佑你得到一个如意郎君，能够相互孝顺长辈，也就不必选贵公子、富王孙了。"梁有才听了，暗自高兴，便慢慢地去和老太太套近乎。老太太自称姓云，姑娘叫翠仙，是她的亲生女儿，家住西山，离这里有四十里地。梁有才说："山路崎岖不平，老母步履细碎，小妹妹又如此柔弱，到何时才能到家呢？"老太太说："天色已晚，打算先到她舅舅家住上一宿再说。"梁有才说："刚才您说到选择女婿，不计较贫贱富贵，我还没有结婚，不晓得老母亲对我是否中意？"老太太征求女儿的意见，女儿不说话。一连问了几遍，她才说道："他这人没有福相，加之生性放荡没有德性，那一颗轻薄的心还容易反复。女儿我不能给这种举止猥琐的人作妻子！"梁有才听了，赶忙表白说自己又真诚又朴实，并且指着太阳连连发誓。老太太很高兴，竟答应了这门亲事。翠仙虽不乐意，也只能生生气而已。老太太又抚慰了她一番。

梁有才为了献殷勤，从口袋掏出钱来，雇了两乘轿子，让老太太和翠仙坐上，自己则徒步跟在后面，就像个仆人一样。每当到了险要难走的地方，他都要大声呵斥轿夫不得颠簸摇摆，显得十分殷勤周到。不久，他们来到一个村庄，老太太便邀请梁有才一同到女儿的舅舅家去。舅舅出来相见，是个老头；舅母出来相迎，是一个老太婆。老太太分别叫他们哥哥和嫂子，并说："有才是我的女婿，今天恰好是黄道吉日，不必另择日子了，今晚就给他们成亲。"翠仙的舅舅也很高兴，拿出酒菜招待梁有才。吃喝完了，将翠仙精心装扮一番，然后扫了床铺，催促他们歇息。翠仙对梁有才说："我很清楚你不是一个仁义之人，迫于母亲的成命，就胡乱地跟你过吧。你如果还算个人，就不必操心我们的共同生活。"梁有才唯唯诺诺地答应了。第二天早晨，老太太对梁有才说："你最好先走一步，我带着女儿随后就到。"

梁有才回到家里，打扫了屋子，老太太果然伴送女儿来了。走进屋内一看，见空荡荡的什么也没有，便说："像这个样子，怎么能生活下去？我得赶快回去一趟，略微帮助你们解决一下困难。"说完便走了。第二天，就有几个男仆女婢送来了衣服、食物和各式各样的器具，将屋子摆得满满当当的。这些仆人婢女没有吃饭就走了，只留下了一个婢女。

梁有才从此便过上了吃得饱、穿得暖的生活，无所事事，只是每天带着村里的无赖酗酒赌博，渐渐地连翠仙的簪子和耳环也偷去赌了。翠仙劝他，他也不听。翠仙实在忍受不了了，只好严密地守护着自己的箱笼，防他就像防贼一样。

有一天，梁有才的一个赌友叩门拜访，看到翠仙，非常吃惊，便开着玩笑对梁有才说："你如此富贵，何必为贫穷而感到忧愁呢？"梁有才问这话从何讲起。赌友回答说："刚才我看到你的夫人，真是像天仙一样啊！这样美丽的女人跟你的家道太不相称了。如果将她卖给有钱人家做妾，你可以得到白银百两；如果卖到青楼里当妓女，则可以得到千两。你有千金放在家里，还愁饮酒、赌博没有钱吗？"有才虽然没有说什么，但心里默许了。

从此以后，梁有才每次回到家中，就要在翠仙面前唉声叹气，总是说日子已穷得过不下去了。见翠仙没有理他的茬，梁有才便拍桌子，扔汤匙筷子，骂婢女，做出种种丑态给翠仙看。一天晚上，翠仙打来了酒，与他对饮。她忽然说道："因为家中贫穷，你天天焦心发愁。我没有办法改变这贫穷的境况，替你分忧，心里哪能不感到羞愧？但我身边实在没有值钱的东西，只有这个婢女，卖了她，还可以稍稍贴补一下家用。"梁有才摇了摇头说："她能值几个钱！"又喝了一阵，翠仙说："对于你，我还有什么事不能答应呢？但我实在没有力量帮你了。想你如今贫穷到这种程度，就是到死那天都跟着你，也不过是共同分担百年的苦难，又能有什么发迹之日呢？不如将我卖给富贵人家，如此，对你我都有好处，得到的价钱或许会比婢女要多些。"梁有才故意装出很惊讶的样子，说道："何至于到这种地步！"翠仙一再坚持自己的意见，并摆出一副很严肃的神态。梁有才高兴地说："让我们再商量一下吧。"

于是即通过一个太监，将翠仙卖给教坊做歌妓。太监亲自到梁家来相人，看到翠仙，很是高兴。害怕买不到手，太监便先写了一张八百贯钱的契约。事情眼看就要办成了，这时翠仙说道："母亲因你家中贫困，心中日日牵挂。今天，我们母女的情分要断了，准备回家去看看；何况，你与我断绝关系，怎么能不告诉老母一声？"梁有才担心老太太会阻拦，翠仙说："这事是我自己愿意的，保证不会出差错。"梁有才同意跟她走一趟。

快半夜了，他们才抵达翠仙的娘家。叩开门进去，见楼阁华丽，仆人婢女们来来往往。梁有才每天和翠仙生活在一起，曾多次提出要来探望岳母，都被翠仙劝阻了，所以，他虽做了云家一年多的女婿，却从未到过岳母家。到了这个时候，他才大吃一惊。看到她家中如此富有，他唯恐不让翠仙去做小老婆或歌妓。翠仙带着他上下楼，老太太吃惊地问："夫妻双双来做什么？"翠仙怨恨地说："我一再说他不是一个仁义之人，现在看来，果然如此！"说完便从衣服里面拿出两锭黄金放在桌上，说："幸亏黄金没被这小人骗去，现在还是退还给母亲吧。"老太太惊异地问这是怎么回事，翠仙说："他就要把我卖了，我收藏这些金子也没有什么用处了。"然后指着梁有才大声骂道："狼心狗肺的东西！过去你肩担手提，沿街叫卖，脸上沾满了尘土，脏得像鬼一样。刚刚接近我的时候，一身的汗臭味能薰万人，皮肤上结满了污垢，一块块地直往下掉，手脚上的老茧，足有一寸多厚，使人成夜成夜地感到恶心。自从我到了你家，你便过上了安逸舒适的生活，这层鬼皮也才脱掉。老母亲就在面前，难道我是在污蔑你吗？"梁有才耷拉着脑袋，大气都不敢出一口。翠仙又接着骂道："我自知没有倾国倾城的容貌，不配去侍奉贵人；但像你这样的男人，我自认为还能配得上。我有什么地方亏待了你，你连一点儿夫妻之情都不顾了？我不是没有能力盖楼房，置良田，但一想到你这轻薄的骨头，要饭的长相，我就什么都不想干了。你这东西，终归不是能与人白头偕老的！"

就在翠仙痛骂不休的时候，那些老妈子、小婢女们纷纷赶了来，臂挽着臂，襟连着襟，将梁有才团团围在中间。听了翠仙对他的数落，便都唾骂他，齐声说道："不如把他杀了，何必跟他费话！"梁有才十分害怕，爬在地上连连叩头，不停地说自己后悔了。翠仙又气冲冲地说道："卖妻子已经是很可恶的了，但这还不是最可恶的，你怎么能忍心把与自己同床共衾的妻子卖去做妓女呢？”翠仙的话还没有说完，众婢仆已瞪裂了眼睛，纷纷操起尖利的簪子、剪刀，去刺扎梁有才的两肋和胯部。梁有才大喊大叫，请求饶命。翠仙拦住了她们，说道：“还是先放了他吧。他虽然无仁无义，但我还不忍心看他这副战战兢兢的可怜相。”说完，便带着众婢仆下楼去了。

梁有才坐在楼上听了好大一会儿，等到所有的声音都沉寂下去，便想偷偷逃走。猛抬头看见了天上的星斗，东方已经发白，四野苍茫，灯火也很快就熄灭了。再一看，根本就没有什么屋宇，自己原来是坐在悬崖峭壁上。俯瞰身下涧谷，深不见底。梁有才吓得要死，生怕掉了下去。他稍稍挪动一下身子，只听得轰隆一声，山石崩塌，他也随着崩塌的山石滚落下去。幸好岩壁间横斜出一棵枯树，挂住了他，才不至于坠落谷底。因树枝顶着腹部，他的双手双脚均悬在空中，无所着落。往下一看，只见白茫茫一片，不知有多少丈。他身不敢翻，手脚不敢动，只有扯着嗓子大声嚎叫，全身都肿了，眼睛、耳朵、鼻子、舌头以及身上的力气也都用尽了。

太阳渐渐升高，一个砍柴的樵夫发现了他。樵夫找来绳子，垂落到岩崖间，将他拉到崖上，他气息奄奄已快要死了。人们将他抬回到他的家，只见门窗洞开，家中荒凉得如同一座破庙一样，那些豪华的家具什物都没有了，只有绳子缠绑着的床和破烂不堪的桌子，这两样原属于他自己的家具，零零落落地摆放在屋里。梁有才灰心丧气地躺了下来。饿了，就向邻居讨点饭吃。不久，身上肿胀的地方便溃烂了，长了一身的癞子。村里的人瞧不起他的为人，都不理睬他。梁有才没有办法，只得卖了房子，住到山洞里，每天揣着一把刀子，沿路乞讨。有人劝他卖了刀子换些吃的，梁有才不肯，说：“我住在山洞里要防备虎狼，这刀是用来自卫的。”后来，梁有才在半道遇到了劝他卖妻的那个赌友，就装出十分哀伤的样子走上前去同他说话，突然抽出刀来把他杀了，于是他被收捕了。县官了解到他杀人的缘由后，也就没有忍心用酷刑虐待他，只是将他关进狱中。不久，梁有才便病死在牢房里。

异史氏说：“如能得到一个眉若远山抹黛、脸如芙蓉盛开的美貌女子，就是生活困苦，给个南面称王的机会，也不换啊！自己本来就没有人样，却要怨恨交了个恶友，所以，做人朋友的人不能不引以为戒。大凡浪荡子弟引诱他人去嫖娼竞赌，做种种不仁不义的事，如果事情没有一败涂地，即使不埋怨，但也绝对不会感激。等到被引诱者身上没了衣服，妻子身上没了裤子，众人指指点点，即使没病也得羞死。这个时候，穷困破败的忧虑，无时无刻不在他心里转悠；穷困破败的怨恨，无时无刻不在他嘴里恨恨地发泄着。宁静而又冷清的夜晚里，裹在为牛御寒的草鞯中，辗转难眠。然后，历历在目地想到没有败落时的美好生活，想到将要败落时的狼狈处境，又历历在目地想到致使他家境败落的原因，并因此想到致使他家境败落的那个人。到了这个时候，怯懦者便会坐了起来，抱着破棉絮垂头丧气，不停地咒骂；强悍者则会忍着寒冷，裸露身子，点燃灯火，磨刀霍霍，要报仇的念头使得他等不及天明了。所以，劝人做好事，就好比赠送橄榄；引诱人干坏事，则如同馈赠腐败变质的腊肉。听别人说话的人固然应当反省，而说话的人就能不小心谨慎吗？”

白话聊斋

【卷二】

[清] 蒲松龄·著

陕西新华出版 三秦出版社

胡 大 姑

益都县人岳于九的家中常常有狐狸作祟，布帛器皿，动不动就被抛到了邻家的墙那边。岳于九存放了一匹很精细的丝绸，准备用它做衣服。等取出来一看，包扎完好，再打开细看，发现两头是实的，中间已经空了，丝绸已全被狐狸剪走了。诸如此类的事情经常发生，搞得岳于九一家难以忍受。家里有人气得高声辱骂，岳于九急忙制止说："不要骂了，小心叫狐狸听见。"狐狸在房梁上答话说："我已经听见了。"从此闹得更加厉害了。

有一天，岳于九夫妇躺在床上尚未起来，狐狸把他俩的衣服、被子摄取走了。两人光着身子蹲在床上，眼望空中苦苦哀求，希望狐狸能把衣服还回来。忽然，两人看到一个美貌的女子从窗口飘了进来，把他俩的衣服扔到床头上。两人一看，这女子个头不太高，穿着绛红色的衣服，外面套一件雪花马甲。岳于九穿上衣服，向她拱了拱手说："上仙如有意照顾我们，就请不要骚扰。请你给我做个女儿，怎么样？"狐女说："我的年龄比你还大，你怎么妄自尊大？"岳于九又请求她与妻子结拜为姐妹，狐女这才答应了。于是让家里人都称呼她为胡大姑。

此时，颜神镇张八公子家中的楼上，也住着一只狐狸，时常与张家人聊天。岳于九问胡大姑："你认识它吗？"胡大姑回答说："那是我家喜姨，怎么能不认识呢？""岳于九说："那个喜姨从来不给人家找麻烦，你怎么就不跟她学学呢？"狐狸不听，还是照样骚扰。还不大骚扰其他人，而专门找岳于九儿媳妇的麻烦：常常拿了她的鞋袜、簪子、耳环，丢到路边，常常在她的饭碗中埋上死老鼠或者粪便一类的脏东西。儿媳妇总是将碗一扔，大骂"骚狐"并不向狐狸乞求告饶。岳于九向狐狸祷告说："孩子们都喊你叫姑姑，你怎么就这样不讲长辈的体面呢？"狐狸说："叫你的儿子休了老婆，让我来做你的儿媳妇，就会相安无事的。"岳于九的儿媳妇听了，大声骂道："你这骚狐狸真不知羞耻，要和别人争汉子呀？"说话时，儿媳妇正坐在衣箱上面，忽然，家人看见她的屁股底下冒出一股浓烟，热得如同坐在蒸笼上一样。打开衣箱一看，里面收藏的衣服差不多都成了灰烬，剩下的一两件，则都是她婆婆的。狐狸又叫岳于九的儿子休了老婆，儿子不答应，又催促他，还是不答应。狐狸大怒，飞起石头就向岳于九的儿子打去，直打得头破血流，差点儿丧了命。岳于九更加忧虑了。

西山有个叫李成爻的，善于画符咒，点神水，岳于九便拿了钱请他来家驱狐捉妖。李成爻先用金粉在红绸上画符，三天后才将符画完。接着，他又将一面镜子绑在一根棍子上，以棍作柄，把整个院子里里外外照了一遍。他让一个小孩跟在他的身后，小孩如看到了什么，就要急忙告诉他。二人来到一个地方，小孩说墙上好像有只狗卧伏着。李成爻立即用食指和中指画了一道符贴在那里。然后，他便作"禹步"走法，在院子中转，口里还念着咒语。只过了一会儿，就见家中所养的猪和狗都来了，一个个

耷拉着耳朵，收卷起尾巴，好像是来听取训诫似的。李成爻挥了一下手说道：“去！”猪、狗一个跟着一个地走了。李成爻又念起咒语，这回是一群鸭子来了，李成爻一挥手，也叫它们走了。随后，鸡来了。李成爻指着其中的一只，大声喝骂。其他的鸡都走了，只有这只鸡独自伏在地上，扑腾着翅膀，拖长声音鸣叫了一声，说：“我不敢了。”李成爻对岳于九说：“这家伙就是你家所做的‘紫姑神’变的。”岳于九一家人都说未曾做过“紫姑神”。李成爻说：“‘紫姑神’如今还在。”家里人仔细回忆了一番，这才记起三年前曾经做过这么个玩意儿，而家中的怪异现象也就是从那个时候开始出现的。于是，家里人四处搜寻，最后发现那用草扎成的“紫姑神”偶像还在猪圈的梁上。李成爻取下偶像投入火中，然后拿出一个盛酒的瓶子，念了三次咒，又大喝三声。伏在地上的鸡站起来径直去了。听到瓶口有人说：“岳四好狠心啊！几年以后，我还会再来的。”岳于九乞求李成爻将瓶子放到火中烧了，李成爻没有同意，把瓶子带走了。

有人看到李成爻家的墙壁上挂着几十个瓶子，凡是塞住了瓶口的，里面装的是狐狸精。听说李成爻总是一个个地将狐狸精放出来，让它们到别人家去兴妖作怪，由此来获取酬钱，把它们居为奇货。

考　弊　司

闻人生是河南人。他生病已有一天，看见进来一个秀才，跪在床下，向他行叩见礼，神情很谦恭。行完了礼，秀才又请闻人生到外面散步，并挽着闻人生的胳膊，边走边谈，话多得就像抽不完的茧丝。已经走出好几里路了，还不见他有告别的意思。闻人生自己停下脚步，拱手与他告别。秀才说：“麻烦你再多走几步，我有一事相求。”闻人生问他是什么事，秀才回答说：“我们这些人都属考弊司管辖。考弊司的头头叫‘虚肚鬼王’，按照惯例头一次拜见他的人，都要被割下一块腿肉，我们想求你去给说个情。”闻人生惊奇地问道：“你们到底犯了什么罪，以至于要受到如此严厉的处罚？”秀才说：“不必有什么罪，这是惯例。如果多贿赂些钱，还可以免受此割。可我太穷没有钱。”闻人生说：“我与鬼王素不相识，如何为你效力呢？”秀才说：“你前世是他的祖父，他应当能听从你的。”

说话之间，两人走进一座城市，来到了一座衙门的前面。衙门的房屋并不怎么高大宽敞，只有一个厅堂又高又大，堂下两侧各有石碑一块，石碑上刻写着几个比笆斗

还要大的字，一边是“孝悌忠信”，一边是“礼义廉耻”。迈步顺台阶上去，见厅堂的中央挂着一块匾额，大书“考弊司”三字。厅堂左右的柱子上雕刻一副翠绿色字迹的楹联，上联为“曰校、曰序、曰庠，两字德行阴教化”，下联为“上士、中士、下士，一堂礼乐鬼门生”。

两人还未游览完毕，已有官员走了出来，官员卷发驼背，好像有好几百岁了，而且鼻孔朝天，嘴唇外翻，连牙齿都包不住。他身后跟着的书记官则是虎头人身。另外还有十几个侍从，也大都面貌狰狞，丑陋如同山怪。秀才说：“这就是鬼王。”闻人生害怕得不得了，急忙要退回去。此时，鬼王已经看见他并从台阶上走下来，拱手将他让到大堂上。鬼王问候他的起居，闻人生只管唯唯诺诺地答应着。鬼王又说：“您到这里来有何见教？”闻人生便将秀才托他办的事情告诉了鬼王。鬼王板着面孔、说：“这件事已有成例，即使是亲生父亲的命令，也不敢照办！”神色阴森严肃，似乎是一句话也听不进去。闻人生不敢再说什么，站起身来立即告辞，鬼王倾侧着身子送他，一直送到了门外才转身回去。

闻人生没有马上回去而是偷偷溜回院子里，想看看鬼王究竟干什么。他刚刚走到堂下，便见那秀才与几个同辈人已被反绑着双臂、夹勒着十指，像是捆绑起来的罪犯。一个面貌狰狞的人走了出来，扒下秀才们的裤子，露出大腿，从上面割下一片肉来，足足有三指宽。秀才大声号叫着，声音都快哑了。闻人生年轻重义，按捺不住，愤怒地大声喊道：“这样凶残狠毒，成个什么世界！”鬼王吃惊地站了起来，命令暂时停止割肉，并踮起脚跟走下台阶，迎接闻人生。闻人生气愤地走出衙门，遍告市民，说他要到上帝那里去控告鬼王。有人笑话他说：“你也太迂腐了！蔚蓝的天空苍茫无际，到哪里去寻找上帝而向他告状呢？只有阎王跟这些家伙接近，你向他申诉或许还能有些效应。”就指给他到阎王那里去的路径。

闻人生顺着那条路跑去，果然看到一座气势威赫的宫殿，阎王刚刚坐下，准备升堂审案。闻人生伏在阶下，高声喊冤。阎王将他招上台阶，询问完毕，立即命令众鬼带上绳子、提上锤子去抓人。一会儿，鬼王和秀才们都被带来了。审问的结果都是实情。阎王大怒，说道：“我怜悯你前世读书刻苦，才暂且委派你去主管考弊司，等待机会叫你投生到富贵人家去。如今，你竟敢如此无法无天！既然这样，就应该抽掉你的善筋，增加你的恶骨，罚你生生世世不得发迹！”众鬼得令，先用鞭子抽打鬼王一顿，鬼王跌倒在地，摔掉一颗牙齿；接着，又用刀子割破他的手指，抽出他的筋来，那根筋白晃晃亮晶晶的，如同茧丝一样。鬼王大声喊痛，跟杀猪似的。手脚上的善筋都被抽完以后，有两个鬼卒把他押了出去。

闻人生给阎王叩了头，道了谢，走出来，秀才跟在他的身后，由衷地对他表示感谢，并挽着他的胳膊送他走过街市。路上，闻人生看到一户人家挂着红色门帘，帘内有一个女子露出半边脸，十分漂亮。闻人生问道：“这是谁家？”秀才说：“这是妓院。”

都已经走过去了，闻人生还徘徊不前，舍不得离开，于是坚持不让秀才再送。秀才说："你是为我而来的，如果让你独自一人回去，我怎么过意得去呢？"闻人生坚持要他回去，秀才才走了。闻人生看到秀才走远了，急忙跑进挂着红色门帘的人家。女子出来见他，满心的喜悦都流露在脸上。她领他走进内室，催促他坐下，两人互相道了姓名。女子自称："姓柳，名叫秋华。"一个老太婆走出来，置办酒菜。喝完酒，两人进入帏帐，男欢女爱，十分浓烈，信誓旦旦，愿意结为姻好。天亮后，老太婆进来说："家里的柴米均已告竭，要让郎君破费一些，怎么办呢？"闻人生顿时想起自己的口袋里是空的，又惭愧，又惶恐，默默地不出一声。过了好久，说道："我确实不曾带得一文钱来，我写个欠债的字据，等回去后，马上给您送来。"老太婆一听这话，立即变了脸色，说道："你在哪里听说妓女亲自讨要过夜的钱？"秋华在一旁皱着眉头，一句话也不说。闻人生脱下衣服作为抵押。老太婆拿了衣服嘲笑道："这东西还不够偿还我的酒钱呢！"嘟嘟囔囔地很不满意，并和秋华一道进去了。闻人生感到很惭愧，过了好长时间，仍希望秋华能出来与他告别，重申一下晚间订下的婚约。可等了老半天也没见什么动静，便偷偷地溜进去看，见老太婆和秋华从肩膀以上都变成牛头鬼面，眼睛闪闪发光，正面对面地站着。闻人生吓得半死，急忙跑了出去。他想回去，可街上的道道岔岔很多，也不知该走哪一条路。问街上的行人，又没有一个知道他所说的村庄。

闻人生在街上徘徊了两个昼夜，意冷心酸，饥肠辘辘，进也不是，退也不是，真不知该怎么办。忽然，那秀才从街面上走过，看到他，吃惊地说："你怎么还没有回去？而且狼狈成这个样子？"闻人生满脸愧色，不能回答。秀才说："我明白了！被花夜叉迷住了。"便气势汹汹地去找她们，并说："秋华母子为什么连一点面子都不给人家留呢？"去了不大工夫，便把衣服拿回来交给闻人生，说："淫婢太无礼，我已经责骂过她们了。"秀才将闻人生送到家中，才告别走了。

原来，闻人生三天前突然死了过去，到现在又突然醒了过来。所经历的情景，他能说得清清楚楚。

狐 惩 淫

某生购置了一所新住宅，常闹狐狸，家中所有的吃穿用品，大都被它毁坏了，它还常常把尘土放在汤饼中。

一天，有位朋友来访，碰巧某生出去了，到了晚上还没回来。某生的妻子准备了饭菜招待客人，客人吃完后，某生的妻子便和丫鬟吃他剩下的饭菜。某生平时很放荡，喜欢买一些春药收藏在家里，不晓得什么时候被狐狸拿了来放在饭食里。某生的妻子吃粥时，发觉粥里有一股冰脑和麝香的气味，便问丫鬟是怎么回事，丫鬟说她也不知道。这妇人刚吃完饭，就觉得欲火上升，连一会儿都不能忍耐，而且，越是强行压抑，

欲火越是强烈。想想家中再也没有男人可以与之私奔，只有一个客人留宿，于是就去敲那客人的屋门。客人问她是谁，她如实说了。问她来干什么，她没有回答。客人拒绝她说："我和你丈夫是道义上的朋友，决不敢做出禽兽不如的丑事来！"这妇人还是恋恋不舍，不肯离去。客人大声责骂她说："某兄的学问品行，都被你糟踏光了！"并隔着窗户，吐了她一脸唾沫。妇人十分羞愧，便走了。

妇人心想，自己怎么会这样？忽然想起了碗中那奇异的香味，莫不是吃了春药？检视包里的春药，果然纷纷扬扬地洒落一桌，碗里杯里都是的。她知道冷水可解药性，就拿了冷水喝。顷刻之间，她的头脑清醒了，回想刚才的所作所为，羞愧得无地自容。她躺在床上，辗转反侧，看看即将拂晓，越想越觉得天亮以后无法见人，便解下带子上吊了。丫鬟发觉后把她救了下来，她的呼吸已经快断绝了。到了早上，她的鼻孔中才有了些气息。

客人在夜间就逃走了。

某生直到黄昏时分才回到家中，见妻子躺在床上，便问怎么回事。妻子一声不吭，只是流泪。丫鬟将主母上吊自杀的情景告诉给他，某生大吃一惊，一再追问她为何要寻短见。妇人打发走了丫鬟，才向他说出了真情。某生叹了口气说道："这是我荒淫放荡的报应啊！ 与你又有什么干系呢？ 幸亏我有这样一位好朋友，不然的话，我还怎么做人呢？"从此后便痛改前非，宅中的狐狸也因此绝了迹。

异史氏说："居家过日子的人常常告诫人们不要在家中收藏砒霜和毒酒，但从来没有人告诫不要收藏春药，这一点与人们害怕兵器却又喜欢男女交合很相似。哪里知道，那春药对人的毒害要远远超过毒药呢？大凡收藏春药者不过是想讨得妻妾的欢心罢了！竟至于引起了鬼神的憎恨，何况人纵欲淫乱的害处，要超过收藏春药呢！"

某生参加考试，从郡城回来时，天已黑了，他带了一些莲子、菱角和藕，进了屋，就都放在了桌子上。另外，他还带回一件藤津淫具，用水浸泡在盆中。邻居们因为他刚刚回来，便提了酒来为他接风。某生慌慌张张地将水盆放在床底下，让妻子准备饭菜，要与客人喝几杯。喝完了酒，某生急忙走进内室，点了灯去照床下，盆里已经空了。问妻子，妻子说："我刚才拿了它与菱藕一道招待客人了，你怎么还要找呢？"某生回想起刚才吃过的菜中混杂有黑色的条状物，在座的客人都不知它是什么东西。便失声大笑，说道："傻婆娘！这是什么东西，也可以拿来招待客人？"他妻子也疑疑惑惑地说："我还埋怨你不告诉我怎么个煮法呢！ 那东西又丑陋，又不知道叫什么名字，我只好糊里糊涂地把它切成了条块。"某生便把那东西的用处告诉她，两人相对大笑。

如今，某生已经做了官，可与他关系要好的朋友们还常常拿这件事来开他的玩笑。

江　城

临江府高蕃，从小便很聪明，仪态也极其俊美。十四岁时，就考中了秀才。有钱有势的人家都争着要把女儿许配给他。但高蕃择偶的条件很苛刻，多次违背了父亲的意愿。高蕃的父亲名叫仲鸿，六十岁，身边只有这一个儿子。对他很宠爱，从来不忍心不按他的心愿办事。

当初，东村有一个教书的樊老头，在集市设馆教小孩读书，带着家眷租高家的房屋居住。樊老头有个女儿，名叫江城，与高蕃同岁。那时，两人都只有八九岁，两小无猜，成天在一起玩耍。后来，樊老头搬走了，隔了四五年，两家都没有互通音信。有一天，高蕃在一条狭小的巷子里碰到一位女郎，长得非常美丽，后面还跟着一位六七岁的小丫头。高蕃不敢仔细盯着看，只是斜着眼瞟了她一下。那女郎目不转睛地凝视着他，似乎有什么话要说。细细一看，原来是江城。两人顿时惊喜异常。但他们谁也没有说话，只是呆呆地立在那里，脉脉含情地注视着对方。过了好长时间，两人才相互告别，但还是恋恋不舍的。走时，高蕃故意把一条红手帕丢落在地上，小丫头赶紧拾了起来，高兴地交给了江城。江城将手帕塞进袖中，换了自己的香巾，假装对小丫头说："高秀才并不是外人，不能把他丢失的东西隐藏起来，你应当追上去还给他。"小丫头果然追了过去，把手帕还给了高蕃。高蕃得了手帕，十分高兴。

高蕃回去就请见母亲，请求她派人到樊家去提亲。母亲说："她家房无半间，到处流浪，怎么和咱家匹配呢？"高蕃说："我自己愿意，不会后悔的。"母亲拿不定主意，便去和他父亲商量，他父亲说什么也不同意。高蕃知道后闷闷不乐，一粒饭也咽不下去。他母亲十分担扰，就对他父亲说："樊家虽然贫穷，但也不是市侩流氓所能比拟的。我想到她家里去看看，如果他家的女儿确实与咱家儿子相匹配，定了这门亲事也不会有什么害处。"高蕃的父亲说："好吧。"

高蕃的母亲以到真武大帝的祠堂中烧香为借口，来到樊家。看到姑娘明眸皓齿，长得很漂亮，高蕃的母亲很喜爱。她取出银子、绸缎等丰厚的礼物送给樊家，如实说明了自己的来意。江城的母亲谦让了一番后，接受了高家的婚约。高蕃的母亲回家后，讲述了订亲的经过，高蕃才满脸笑容。

过了一年，高家选了个黄道吉日，把江城娶了过来。小两口你欢我爱，感情很好。可是，江城爱发脾气，翻脸就不认人，而且言语尖刻，唠唠叨叨地闹得高蕃的耳根子终日不得清静。高蕃因为疼爱她，都包容了下来。公婆听说了，心里很不高兴，私下里把儿子责怪了一顿。这事不知怎么地被江城知道了，她大发脾气，辱骂得更凶了。高蕃只是稍稍回敬了几句，她就越发地不愿意了，连打带骂地将高蕃赶出屋子，拴上门闩。高蕃冻得瑟瑟发抖，也没敢敲门，抱着膝头在房檐下过了一夜。从此，江城便将高蕃当作仇人看待。开始，高蕃直挺挺跪在地下，尚可以消解一下，渐渐地就是屈膝下跪也不灵验了，高蕃的日子更加难过了。公婆稍稍责备了江城几句，她顶撞得厉害的样子，简直无法形容。公婆愤怒到了极点，逼着儿子把她休了。樊家老头又羞愧，又惧怕，忙托了朋友到高家去说情，高蕃的父亲坚决不同意。

一年多后的一天，高蕃外出遇到了岳父，岳父将他邀到家里，一再地向他陪不是，并让女儿打扮了一番出来与他见面。夫妻俩你看看我，我看看你，都有些悲哀。樊老头于是买了酒来，款待女婿，并连连劝酒，十分殷勤。天黑以后，又执意要高蕃在他那里过夜，还另外安排床铺，让他们夫妻二人睡在一起。天亮了，高蕃辞别樊家老头和江城，回到家中，不敢将实情告诉父母，随便掩饰了一下就过去了。自此，每隔三五天，他便要到岳父家去住一宿，他的父母也没察觉。一天，樊老头亲自来到高家。开始，高蕃的父亲不想见他，后来迫于樊老头的一再请求，才与他见了面。樊老头两膝着地，爬行到高父面前，替女儿向他求情，高父仍不答应，并推说是儿子不同意。樊老头说："女婿昨夜就住在我家，没听到他说不同意的话啊！"高父惊讶地问道："他是从什么时候开始在你那里过夜的？"樊老头详细叙述了事情的经过。高父红着脸表示歉意说："我确实不知道此事。他既然爱她，我为什么独独要和她结仇呢？"樊老头走后，高父便将高蕃叫出来大骂了一顿。高蕃只是耷拉着脑袋听着，连大气也不敢出一口。就在高父大骂不止的时候，樊老头已将女儿送了来。高父说："我不能老是为儿女们受过，不如咱们各立门户分开住，就麻烦亲家为我们主持一下分家的盟约吧。"樊老头劝他，他也不听。于是便分了一所院子让儿子、儿媳去住，还拨了一个丫鬟去侍候他们。

夫妻俩独自生活了一个多月，尚能相安无事。公婆私下里感到很是欣慰。不久，江城又渐渐地放肆起来，高蕃的脸上常常有被指甲抓破的痕迹，他父母明明知道这是怎么回事，但还是狠了狠心不去过问。一天，高蕃实在忍受不了江城的殴打，便逃到了父母那里躲藏，筋疲力竭的样子就像小鸟被老鹰追赶一样。父母很惊疑，正要问个究竟，江城已拿着棒子追赶了过来，竟然在高父的身边捉住高蕃用力捶打。公婆流着眼泪大声喝止，江城只是不听，又连连地打了几十下，才咬牙切齿地离去了。高父气得直往外撵儿子，说道："我就是为了避开喧嚣，才与你们分开单过的。你本来乐意承受，还逃跑干什么？"

高蕃被父亲赶出后，徘徊于大街小巷，没个落脚的地方。母亲担心他经受不住磨难和挫折去寻死，就让他单独一人住一间房子，并给他送去饭菜。她还请来了樊老头，让他去教训女儿。樊老头来到女儿的房里，想尽了一切办法开导她，江城始终不听，反而恶言恶语惹老父亲生气。樊老头甩袖而去，发誓说他再也不认这个女儿。不久，樊老头便因生气得了病，和老伴相继离开了人世。江城恼恨父母，也不回去吊丧，只是从早到晚地隔着墙高声咒骂，故意让公婆听。对此，高父一概置之不理。

高蕃自从独自一人住一间房子以后，真像脱离了苦海，但也时常感到凄凉寂寞。他暗中买通了一个姓李的媒婆，让她叫了一个妓女陪他，妓女每天都是夜来晨走。时间长了，江城略有所闻，就到高蕃住的房里去漫骂。高蕃极力辩白，指天发誓，江城才走了。从这以后，她便天天监察着高蕃的动静，想找出漏洞来。有一天，姓李的媒婆从高蕃的房中出来，恰巧被江城碰到了。江城急忙喊住她。看到江城，媒婆吓得脸色大变。江城更加怀疑了，就说：“你把他的所作所为明明白白地告诉我，我或许还可以饶恕你，如敢隐瞒一点，我就把你头上的老毛全部拔光！”媒婆战战兢兢地告诉她说：“半月来，只有妓院的李云娘来住过两宿。刚才公子说，他曾在玉笥山看到陶家的媳妇，特别爱她那一双尖尖的小脚，让我把她招了来。那女子虽不守贞洁，但也未必就像妓女那样随便就陪人睡觉，能不能办成不知道。”江城因媒婆还算老实，便姑且宽恕了她。媒婆想走，江城又强行留下了她。到了晚上，她喝令媒婆道：“你先到高蕃的房里去，吹灭蜡烛，就说陶家的媳妇来了。”媒婆依照她的吩咐一一照办了，江城立即钻进高蕃的房中。高蕃高兴极了，拉着她的胳膊，催促她赶紧坐下，向她诉说了自己的思念之情。江城只是一言不发。高蕃在黑暗中捏住了她的脚，说：“自从那天在山上一睹芳容，使我一直不能忘怀的就是你这双脚罢了。”江城仍然不说话。高蕃又说道：“平素的心愿，直到今天才得以实现，怎么能见了面又不好好看一下呢？”便亲自点了灯来照，却原来是江城。高蕃大吃一惊，脸吓得变了色，手中的灯也掉在了地上。他直挺挺跪在地上，瑟瑟发抖，就像有人把刀架在了他的脖子上一样。江城揪着他的耳朵，将他拖了回去，用针在他的大腿上扎了个遍，并让他睡在床下，一醒来就骂他一顿。高蕃自此便像畏惧虎狼一样畏惧江城。即便江城偶而给他一个好脸，让他跟她同睡一床，他也会因为恐惧而无法使她和自己得到满足。江城便抽打他的嘴巴，喝令他滚下床去，越发地讨厌他，不把他当人看了。高蕃虽然每天都生活在温柔乡里，但像被囚禁于牢狱之中，必须看着狱吏的脸色行事，受尽了折磨。

江城有两个姐姐，嫁的都是秀才。大姐性情温和善良，拙于辞令，与江城很难说到一块儿。二姐嫁给一个姓葛的书生，为人狡黠善辩，喜欢搔首弄姿、顾影自怜，相貌虽赶不上江城，但凶悍嫉妒，与江城不相上下。两姐妹碰到一块儿，不谈别的，只讲述自己如何大发雌威，把丈夫整得服服帖帖，而自鸣得意。所以，这两人的关系最为要好。高蕃到亲友家去，江城都要生气，惟独到葛家去，她不禁止。有一天，高蕃在葛家喝醉了酒，葛生嘲笑他说：“你怎么就那样怕她呢？”高蕃笑了笑，回答道：“世界上的事情，有许多都无法解释。我害怕她，是因为她长得漂亮。但还有那么一种人，他的老婆赶不上我老婆漂亮，而怕老婆却远远超过了我。这不是越发让人难以理解了吗？”葛生听了这话很惭愧，一句话也答不上来。葛家丫鬟也听到了这话，就又学给了二姐听。二姐大怒，拿起一根棍子就往外走。高蕃见她样子凶恶，趿了鞋子想逃，二姐的棍子已落了下来，打中了他腰间的脊椎骨。打了三棍，高蕃跌了三跤，连爬都爬不起来了。又一失手，打中了高蕃的脑袋，顿时血流如注。直到二姐走了，他才拖着被打伤的身子，蹒蹒跚跚地回到家中。

江城惊讶地问他是怎么回事。高蕃因自己冒犯了二姐，开始还不敢马上就把真情告诉她。江城再三盘问，他才一一道出了事情的经过。江城用布包扎了他的伤处，气愤地说道："人家的男人，何劳她捶打！"便换了一套短袖衣衫，怀揣一只木杵，带了丫鬟直奔二姐家去了。到了葛家，二姐说说笑笑地前来迎接。江城一声不吭，掏出木杵就将二姐打翻在地，又撕破她的裤子痛加殴打。二姐被打落了牙齿，打裂了嘴唇，打出了屎尿。江城这才回了家。二姐又羞愧，又恼怒，便打发葛生去找高蕃告状。高蕃赶忙迎了出来，极力加以劝慰。葛生私下里对高蕃说："我这回来，实在是迫不得已。那悍妇不仁不义，正好借妹妹的手惩治她一下，我们俩又有什么过不去的？"不料想，这些话被江城听到了，立即跳了出来，指着葛生大骂道："你这肮脏的东西！自己的老婆吃了亏，受了苦，反而偷偷地去和别人拉关系！这样的男人，不应该往死里打吗？"便高呼快找棒子来。葛生窘迫不堪，抢着跑出大门逃走了。从此，高蕃再也没有地方可去了。

有一天，同窗的学友王子雅来拜访，高蕃一再挽留，要陪他喝两杯。饮酒时，王子雅不停地拿女人开玩笑，说了许多轻薄淫秽的话。碰巧江城此时正趴在窗前偷看客人，听了个一清二楚。她暗中在汤里投了巴豆，端出来招待客人。不大工夫，王子雅便上吐下泻很厉害，仅剩下一口气了。江城打发丫鬟去问他："还敢不敢无礼了？"王子雅才明白自己的病是怎么得来的。他一边呻吟，一边哀求江城宽恕。江城便把早已准备好的绿豆汤端来让他喝。王子雅喝下这汤，才止住了泻吐。从此，朋友们都互相告诫，再不要到高家去饮酒了。

王子雅自己开有一个酒店，店里有许多红梅，设宴邀请同窗好友们前来赏梅。高蕃假托说有一个文会，向江城禀报后也去了。天已黑了，众人都有些醉意，王子雅说道："近日，南昌来了一个名妓，寄居在我们这里，可以把她叫来陪陪酒。"众人听后，十分高兴，只有高蕃一人离开了席面，准备向众人告辞。众人拉住他说："你夫人的耳目虽长，但也听不到、看不到这里。"相互发着誓说要保密，高蕃这才坐了下来。不大一会儿，妓女果然来了。众人一看，她有十七八岁，玉佩叮当，发髻高耸，很是漂亮。问她的姓名，她说："姓谢，名叫芳兰。"见她谈吐十分风流雅致，满座的客人不由得欣喜若狂。而芳兰却独独对高蕃有意，屡次对他投来深情的目光。众人觉察到了，就故意拉着他俩并肩坐到一起。芳兰拉着高蕃的手，用自己的手指在他的手心上写了个"宿"字。此时此刻，高蕃真是想走不忍心，想留又不敢，心乱如麻，无法言说。但还是与芳兰头挨头说着悄悄话，杯碰杯，神态也越发地狂妄了，那家中的胭脂虎，早已被他忘到了九霄云外。不知不觉间，就听得更鼓已响，店中喝酒的客人也越来越少，只有远处的座位上还坐着一个俊美的少年，对着烛光，独斟独饮，旁边还站有一个小书童侍候。众人窃窃私语，都认为那少年很清高风雅。不久，少年吃完了酒，走出了门，小书童出去后又转身返了回来，对高蕃说："我家主人在外边相候，有一句话要跟你说。"众人一脸的茫然，只有高蕃脸色大变，来不及与众人告别，便匆匆忙忙地走了。原来，那少年就是江城，那小书童则是她的丫鬟。

高蕃跟着江城回到家中，趴在地上挨了她一顿鞭子。从此，江城对他的管制更加严厉了，就连婚丧庆吊等必要的应酬都不允许他去参加。学政按临府县考察，高蕃因为讲错了试题的内容而被革去秀才的功名。

有一天，高蕃和一个丫鬟讲了几句话，江城怀疑他们有私情，便用坛子扣住那丫鬟的脑袋将她毒打了一顿。打完了，又把高蕃和丫鬟绑起来，用绣花剪子在他们的肚皮上各剪一块皮肉下来，交换着贴在对方的伤口上，然后为他们松了绑，要他们自己把伤口包扎好。一个多月后，补上的皮肉竟与四周的皮肉长合到了一起。江城还常常光着脚将烧饼踩进尘土中，喝令高蕃将它吃掉。凡此种种，不一而足。

高蕃的母亲因挂念儿子，偶然到他们的家，看到儿子被折磨得骨瘦如柴，回去后便痛哭流涕，痛不欲生。夜里，她梦见一个老翁告诉她说："不要忧愁烦恼，这是前世的报应。江城原是静业和尚养的一只长生鼠，公子的前身则是一个书生，这书生有一天到寺中游玩，无意中把长生鼠踩死了。今天的这种恶报，靠人力是不能够挽回的。你每天早晨起来后，诚心诚意地诵念一百遍观音咒，必定会有效果的。"高母醒来后，把梦中的情景告诉了高蕃的父亲，都感惊异。夫妻二人遵照去做，虔诚地念了两个多月的经，江城仍像从前一样蛮横，而且还更加放肆了。一听到外间有锣鼓的响动声，她就要握着头发跑出去，痴呆呆地向远处眺望，成千上百的人指着她议论纷纷，她竟也泰然自若，不以为怪。公婆虽为她感到万分羞耻，但却也无法制止她。

有一天，门外忽然来了个老和尚宣扬佛法，围观的人很多，像一堵墙一样把老和尚围了起来。老和尚吹动蒙在鼓上的牛皮，发出了牛一般的叫声。江城跑了出来，看到围观的人太多，没有一点儿空隙，就要丫鬟搬出一张凳子来，让她踩上去踮着脚尖看。众人把目光都集中到了她的身上，而她竟像没有发觉似的。过了一会儿，老和尚即将演讲完毕时，要了一杯清水，拿着走向江城念咒语说："不要恼，不要恼！ 前世也不假，今世也不真。咄！鼠子缩头去，莫叫猫儿寻。"念完后，便吸了一口清水，喷射到江城的脸上。江城的膛上顿时脂粉淋漓，并流到了衣襟上。众人大吃一惊，以为江城肯定会大发雷霆，可江城却连一句话也没说，自己擦了面孔，又自己回去了。老和尚也走了。

江城回到家中，只是呆呆地坐着，就像丢失了什么似的，一天没有吃饭，整理了一下床铺就立即睡了。到了半夜，她忽然叫醒了高蕃。高蕃以为她要小便，就赶紧捧了尿盆送上。江城推开了尿盆，暗地里拉了高蕃的手臂，将他拽入被窝。高蕃得到如此优待，竟吓得四肢发抖，就像得到了皇上的圣旨一样。江城长长地叹了一口气，说道："把你整成这个样子，我以后还怎么做人呢！"说话间，便用手抚摸着高蕃的身子，每摸到一处被刀棍搞伤的疤痕，她都要低声哭泣，并用手指甲掐自己一顿，恨不能立即去死。高番见她如此痛苦，心里实在过意不去，便极力地安慰劝解她。江城说："我想那和尚一定是菩萨变的，他只用清水喷了一下我的脸，我就像是被换了一副心肠。现在再回忆我的所作所为，就如同隔了一世似的。过去的我和现在的我，难道就不是一个人吗？有丈夫而不知道与之同乐，有公婆而不知道恭身侍奉，我这是安的什么心啊！ 明天，我们应当搬回去，仍旧与父母住在一起，以便早晚给他们请安。"两人絮絮叨叨地说了一夜的话，就如同把分别了十年的话语都攒到了这一夜似的。

第二天天刚亮，江城就爬了起来，折叠衣服，收拾器具，让丫鬟拿了箱子，她自己则背了被褥，催促高蕃赶快去敲公婆的门。高母开了门出来，惊奇地问他们这是干什么。高蕃便将妻子的想法告诉了母亲。母亲还在迟疑，江城已带着丫鬟进去了。母亲也跟着走了进去，江城跪在地上，悲哀地哭泣着，只求婆母能免她一死。母亲察觉

到她确有悔改的诚意，便也哭了起来，并说："我儿怎么一下子就变得这样懂事了呢？"高蕃便细细地向她讲述了事情的经过，母亲这才醒悟，她过去所做的那个梦已经应验了。老人家很是高兴，立即叫仆人为他们打扫先前曾住过的那间屋子。从此以后，江城凡说话做事总要察看老人的脸色，顺承老人的心意，比一个孝子还要孝顺。见了外人，便害羞得像个新娘子。有人开玩笑似的谈起了她的那些陈年旧事，她就羞得面红耳赤。而且，她还很勤俭，又善于理财，三年中，公婆虽未过问家中开支，但依然成了巨万富户。

这一年，高蕃在乡试中考中了举人。江城时常对他说："当年我见了芳兰姑娘一面，到今天还常常想起她。"高蕃因自己不再遭受虐待，已是心满意足，所以也就不敢萌生非分之念，只是含糊糊地支应。碰巧，他因为要去参加考试，去了京城，几个月后才回来。进屋看见芳兰正在与江城下棋。高蕃吃了一惊，忙问是怎么回事。原来是江城花了几百两银子，把兰芳从妓院里赎了出来。

有关江城与高蕃的事，浙江的王子雅说得最为详细。

异史氏说："人生的因果，一饮一啄都要受报应。只有报应妻子身上的，就像恶疮生长在骨头上，毒害最惨酷。往往看见天下间贤良的妇人不过十分之一，而悍妒的妇人却有十分之九，这也足以说明世上能够修身行善的人太少了。观音菩萨如此法力无边，为什么不将她盂中清水遍洒整个大千世界呢？"

孙　　生

有个姓孙的书生，娶了个官宦人家女儿辛氏做妻子。新媳妇进门之前，事先做好一条带裆的裤子，并在裤子上缝了许多带子，把自己的全身缠绕得密密麻麻地，拒绝丈夫与她同床。她还在床头放了锥子、剪子之类的尖利器械自卫。孙生屡次被她刺伤，只得搬到另外的床上去睡。结婚一个多月了，他还没有敢和妻子"接触"一下。即使是两人白天相遇，那辛氏也从来没有对他笑过一声，说过一句话。

这事被孙生的一个同窗学友知道了，他私下里问孙生说："夫人能饮酒吗？"孙生回答："能喝一点。"同窗便开玩笑似地说："我有一个解决的办法，又好又容易实施。"孙生问道："什么办法？"同窗同答说："放一些迷魂药在酒中，骗她喝了，到那时你就可以为所欲为了。"孙生听后只是笑了一下，但心里却佩服他出了个好主意。在向医家请教了一番之后，他煮煨了一壶乌头酒，小心翼翼地放在了桌上。到了晚上，孙生斟了别一种酒，独自喝了几杯便睡了。如此这般过了三个晚上，辛氏却始终没有去动那酒。

一天晚上，孙生都睡下好一会儿了，一看妻子还是静静地坐在床头上，便故意地打起呼噜来。辛氏见他"睡"了，就下了床，取了酒煨在炉子上。孙生躺在被窝里暗自高兴。过了一会儿，辛氏倒了酒，满满地喝了一大杯。接着，又斟了一杯，大约喝

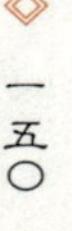

了一半后，又把酒倒回到壶里，然后就整理了一下床铺睡下了。过了很久，床上已没有一点声音了，而油灯仍然亮晃晃地还没有熄灭。孙生怀疑她还醒着，便故意大声地说道："锡灯都快要烧化了！"见妻子没有应声，孙生又喊了一声，结果还是没有声音。光着身子去看，妻子已经烂醉如泥了。孙生打开她的被子，偷偷钻了进去，一层又一层地扯断了她身上的带子。辛氏心里很明白，但身子动弹不得，话也喊不出口，任凭他轻狂了一番去了。等到醒来以后，她的心里感到非常厌恶，便拿了绳子上吊了。孙生在睡梦中听到一阵急促的呼吸声，起来跑过去一看，妻子的舌头已伸出了两寸多。孙生大惊，急忙割断了绳子，将妻子扶到床上躺下。一个多时辰后，辛氏才苏醒过来。打这件事以后，孙生也很厌恨辛氏，两人走路都要互相避开，各走各的，偶然碰到一块儿了，便各自低下脑袋。四五年过去了，两人没有说过一句话。有时，辛氏和别人在屋子里有说有笑，但一见孙生回来，脸色立刻大变，冷如冰霜。孙生则常常寄居在书房里，整年都不回房，即使强迫他回到房子，他也只是面对墙壁坐上一会儿，默默地独自睡下。他的父母很担忧。

有一天，一个老尼姑来到孙家，看到辛氏，极力称赞。孙生的母亲并不言语，只是在一旁唉声叹气。老尼寻问其中的缘故，她便将儿子和媳妇的事向她诉说了一遍。老尼说："这事很好办！"孙生的母亲高兴地说："如果能让媳妇回心转意，我将不会吝惜酬金的。"老尼看看屋中无人，便扒着孙生母亲的耳朵悄悄说道："买一幅春宫画来，三天之后，我来为你压邪。"老尼走了以后，孙生的母亲立即去买了一幅春宫画，等待老尼到来。三天后，老尼果然来了。她叮嘱孙生的母亲说："此事要绝对保密，千万不能让夫妻两个知道了。"便把画中的人剪了下来，又取出三根针，一撮艾，连同剪下的画一同用白纸包裹得严严实实，并在外面画了几条如蚯蚓似的杠子。她又让孙生的母亲将媳妇骗了出来，偷拿了她的枕头，拆开针线，把纸包塞了进去，然后再缝好，放回原处。老尼就走了。到了晚上，母亲强迫孙生回到房里去睡，并派了一个老妈子去偷偷听房。二更天快要过去了，忽听得辛氏在叫孙生的小名，孙生没有搭理。又过了一会，辛氏再次呼唤孙生，孙生用厌恶的口气说了许多不中听的话。天明以后，孙生的母亲走进他们的卧室，发现夫妻俩仍然是背对着背地躺着，便知道老尼的法术没有生效。她把儿子叫到没有人的地方，十分委婉地劝说了他一番。孙生一听到妻子的名字，便咬牙切齿，大发脾气。母亲生气地骂他，孙生头也不回地走了。

过了一天，老尼又来了，孙生的母亲告诉法术不灵验。老尼非常疑惑。孙母便又将夜里听到的情况告诉了她。老尼笑着说："你以前只说是媳妇憎恨丈夫，因而我只给女方压邪。如今，你媳妇已回心转意，没有回心转意的是男方。让我给两方都压邪，保证灵验。"孙母按照她意思，要了儿子的枕头来，由老尼像前一次一样做好手脚，又喝令儿子回房去睡。一更多天时，还听得两个人的床上都有翻来倒去的声音，并不时的有咳嗽声，像是都睡不着似的。时间久了，就听得两个人在一张床上唧唧哝哝地说着话，只是隐隐约约听不清楚。天都快亮了，还能听到他们嬉戏逗乐，吃吃地笑个不停，被派去偷听的老妈子将听到的情况告诉了孙生的母亲，孙母大喜，等老尼来了，备了一份丰厚的礼物送给她。

从此以后，孙生和辛氏便如同琴瑟和鸣，感情十分融洽。辛氏生下一男二女，两人十多年中没有拌过一次嘴。要好的朋友私下里问孙生这其中的缘故，孙生笑了笑说："以前一看到她的影子就生气，加今一听到她的声音就高兴，我自己也无法解释这种心情。"

异史氏说："将憎恶转化成爱怜，这法术也够神了。然而，既然能叫人喜爱，也就能叫人愤怒，作法的人很神，也正是他的可怕之处。先哲曾经说过：'六婆(牙婆、媒婆、师婆、虔婆、药婆、稳婆)不入门。'这话很有见地！"

邵　女

柴廷宾是太平府人。他的妻子金氏，不生育，又特别妒忌。柴廷宾用百两银子买了一个妾，金氏凶残地虐待她，过了一年就被折磨死了。柴廷宾生气地出去，几个月都单独住宿，不进金氏的房子。一天，逢柴廷宾的生日，金氏很庄重地施礼，柔声细语地向丈夫祝寿。柴廷宾不忍心拒绝，才和金氏说话。金氏在她的寝室设酒宴，招待柴廷宾。柴廷宾推说醉了，辞别金氏回到自己的房间。金氏艳妆浓抹，亲自来到柴廷宾的房间，说："我是一心一意地为你祝寿，既然醉了，请喝一杯再回去。"柴无奈才进入金氏房中，喝酒说话。金氏从容地说："前些时候不慎将婢子折磨致死，现在想来非常后悔。何必就为此记仇，而忘了结发夫妻的情义呢？今后请纳十二个小妾，我也不挑任何毛病。"听金氏如此说，柴心中很高兴，夜深了，蜡烛已尽，柴廷宾遂宿金氏房中。从此，俩人敬爱如初。

金氏便找来媒婆，嘱咐她们为丈夫物色好女子；而背后又让她们拖延不报，自己则经常假装催促。就这样过了一年左右，柴廷宾心急不能等待，遍托亲朋好友为他购置小妾。一日，购得林家的养女。金氏一见，喜形于色。每天和林一起吃饭，胭脂首饰，任随林氏取用。然而林氏原本是燕地人，不曾学过针线活，除过绣鞋以外，别的都不会做。金氏说："我家一向勤劳俭朴，不像王侯富豪家，买她作画儿看的。"于是拿出锦缎，教林氏裁剪缝制衣服，就像一个严格的师傅教徒弟那样。林氏初学缝纫，难免错误百出。金氏开始时责骂她，接着就用鞭子抽打。柴廷宾见了非常心疼，但也无可奈何。而金氏又装出比以前还爱惜林的样子，往往亲自为林涂脂抹粉，梳妆打扮。但林的鞋跟有折痕，就用铁棍打林的两个腿弯，头发稍有散乱，就打她耳光。林氏忍受不了金氏的虐待，就上吊死了。柴廷宾非常伤心，对金氏产生了怨恨。金氏反而怒气冲冲地说："我替你教训娘子，有什么罪过?"。柴廷宾这才明白金氏的恶毒心肠，因

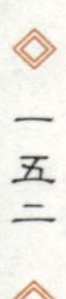

此决心与金氏反目，永不和好。

柴廷宾背地里在别墅修了一所房子，准备买美人在这里居住。转眼过了半年，未遇见合适的人。

有次偶尔参加朋友的葬礼，看见一个十六七岁的姑娘，长得非常美丽。柴廷宾不自禁地看得呆了。那女子怪他不停地看自己，把脸转开了。柴廷宾问了好几个人，才知道是邵氏。邵父是个贫寒的读书人，只生有这个女儿。邵氏从小就很聪慧，教她读书，过目成诵。她特别喜欢读内经和冰鉴书。邵父特别疼爱她，有给提媒的，就让她自己选择，而无论贫富都没有让邵氏满意的，因此直到十七岁还未订婚。柴廷宾得知这些情况后，知道她不肯嫁给自己作小妾，可是心中一直忘不掉邵氏。有时又想，邵家较贫寒，或许可以用钱财来打动。可是请了几个媒人，谁都不敢前去说媒。因此也灰心了，不敢再想。

一天，忽然有个贾婆卖珠宝路过柴廷宾家，柴廷宾把想娶邵氏为妾的想法告诉了她，并给她很多钱，说道：“只求把我的一片诚心告诉邵家，成与不成都不怪你。万一能成功，则千金在所不惜。”贾婆因见此事有大利可图，便答应了。

贾婆来到邵家，故意不说正题，只与邵妻闲聊天。当看见邵氏时，惊喜地赞叹道：“真是个美貌的姑娘，假如到了昭阳院，赵飞燕姐妹哪里数得上呢？”接着又问：“女婿是谁家的？”邵妻回答道：“还没订婚。”贾婆说：“这么个漂亮的姑娘，一定能嫁到王侯家。何愁没有王侯家的公子做女婿呢？”邵妻叹道：“王侯家不敢奢望，只要是个读书人，就是万幸了。我家这个小冤孽，反复挑选，十个没有一个中意，也不知心里是怎么想的。”贾婆说：“夫人不必烦恼，这么聪明漂亮的姑娘，不知前生修得什么样的功德的人，才有福娶得！昨天碰到一件非常可笑的事：柴家郎君说：在某家坟边，望见姑娘美丽，愿意用千金为聘礼。这不是饿急的猫头鹰想吃天鹅肉吗？让我怒斥一番，无趣地走了。”邵妻微笑不答。贾婆又说：“就因为他是秀才，不好与他计较，若是别人，这失尺而得丈的事，应该可以做了。”邵妻仍然笑而不答。贾婆拍掌说：“如果真是这样，为我老婆子考虑，这计议就错了。今天受夫人厚爱，进屋就促膝交谈并给我喝酒，如果你得了千两银子，出门坐的是马车，进门住的是高楼大厦，那时我再到你门前，你的看门人就要把我赶走了。”邵妻沉思了好一会儿，起身离去，和丈夫商议，过了一会儿，又把女儿叫去。又过了一会儿，三人一齐出来，邵妻笑着说：“丫头真是奇怪，多少好姻缘都不同意，听说为贱妾反而同意了。只怕要让读书人笑话了。”贾婆说：“假如过门后，生得一个小公子，大夫人又能怎么样呢！”说完，又把柴准备让新人在别处居住的计划介绍一番，邵妻更是高兴，对女儿说：“你同贾姥姥说，这是你自己的主意，以后不要后悔，反来埋怨父母。”邵女红着脸说：“父母因此得很多钱财而安享晚年，也算养

女儿一场而得济了。况且我自认为命薄，如果得到佳偶，一定会减寿的，少少受些折磨，未必不是福。前日看见柴相公也是一脸福相，一定能子孙兴旺。”

贾婆听后大喜，急忙跑回柴家报告。柴廷宾喜出望外，立即拿出千两银子，备好车马，把邵女娶到别墅。家里其他人都不敢声张。

邵女对柴廷宾说：“您的计划，就好像燕子把巢筑在帏幕上一样，朝不保夕。不让人说话而防止走漏消息，这怎么可能呢？还不如早回去，时间短而不致引起大祸。”柴廷宾怕邵女受到金氏的摧残。邵女说：“天下没有不能感化的人。我既然没有什么过错，她又怒从何起呢？”柴廷宾说：“不行。这个金氏特别蛮横，不是用情理能感动的。”邵女说：“我身为二房，受些折磨也是应该的。如不这样，提心吊胆地过日子怎么能长久呢？”柴廷宾认为说得对，但仍犹豫不决。

一天，柴廷宾到别处去了。邵女穿上婢妾的衣服，出得门来。命令仆人牵一匹老母马，一个老妇人带着一个包袱跟在后面，一直走到柴家。见到金氏，跪伏在地上述说了经过。

金氏开始非常生气，继而一想她前来自首，也情有可原。又见邵氏打扮很朴素，脸上显出谦卑的样子，气也渐渐消了。于是命令丫鬟拿出锦缎衣服给邵氏穿。并对邵氏说：“他这个轻薄寡情的人在众人中说我的坏话，使我横遭非议。其实都是他不仁不义，丫鬟们没有德行而致激化成的。你试想他竟背着妻子另立家室，这难道还是人吗？”

邵女说：“我仔细观察，柴郎已有后悔之意，只是不好意思认错。谚语说：‘大者不伏小。’按理而论：妻子和丈夫的关系，就像儿子和父亲，小妾和夫人的关系那样。夫人您如果能以好言相劝，那么过去的积怨就可以消除了。”金氏说：“他自己不来，我怎么和他说？”随即又让丫鬟老妈子为邵女打扫房间。金氏虽然心中不高兴，也暂且忍着。

柴廷宾听说邵女回家，非常担心，心里猜想羊入虎群，已咬得不堪设想了。急忙跑回家。见家中很安静，才放下点心。邵女迎到门口劝柴廷宾，让他去金氏房中，柴廷宾面有难色。邵女哭劝，柴廷宾听进一些劝了。邵女又去见金氏说：“柴郎刚回来，自感惭愧不好意思见夫人，求夫人前去一起嘲笑他一番。”金氏不肯去。邵女说：“我已说过，丈夫和妻之间的关系，就像夫人和小妾的关系一样。古时孟光举案齐眉，而人们没有说她是讨好丈夫，为什么？名分在那儿，就应该这样。”金氏无话可说，才随邵女过去。见到柴廷宾说：“你狡兔三窟，还回来干什么？”柴廷宾低头不语。邵女用臂肘碰了柴廷宾一下，柴廷宾才勉强笑了一下。金氏脸色缓和了一点，转身要走。邵女推柴廷宾随金氏去，又让厨师准备饭菜。从此夫妻又和好了。

邵女早早起床，穿上青色衣裙到金氏房中请安。金氏洗完脸，邵女马上将毛巾递过去，完全按小妾的身分行事，礼节非常周到。柴来到她的房中，她苦苦推辞，十来天才肯留柴一夕。金氏心里也佩服邵女的贤惠，自愧不如邵氏。可是慢慢地由惭愧又转变成妒忌。只是邵女伺候很谨慎，挑不出什么毛病，有时稍说一下，邵女都是很顺从地接受。

一天夜里，柴廷宾与金氏有一点小争执，在早晨梳妆时金氏还怒气未消。邵女在旁为金氏棒着镜子，镜子掉在地下摔破了，金氏更加生气，手握头发瞪着眼睛。邵女害怕了，跪在地上哀求免于责罚。金氏怒气不消，拿鞭子抽打邵女几十下。柴廷宾实在忍不住，气冲冲地进来，把邵女拉出去。金氏还唠叨着追着打。柴廷宾大怒，夺过鞭子打金，把她的脸都打破了，她才退回房去。从此夫妻反目成仇。

柴廷宾禁止邵女到金氏房去，邵女不听。早晨起来，跪着爬到金氏的床帏外。金氏拍着床板大声怒骂，不听邵女的解释，把邵女赶走。金氏日夜咬牙切齿，想等着柴廷宾外出再找邵女解恨。柴廷宾知道了，谢绝一切活动，闭门不出。金氏无可奈何，每天鞭打仆人，以泄心头之恨。仆人们被折磨得苦不堪言。

自从柴廷宾与金氏反目以来，邵女也不敢让柴廷宾过来住，柴廷宾于是独宿一室。金氏知道了，心里稍安。有一个年纪大一点的丫鬟，平常很狡猾，偶然一次和柴廷宾说话，金氏怀疑他们之间有私情，就把这个丫鬟狠狠地打了一顿。这个丫鬟总是在没人的地方狠狠地咒骂金氏。一天晚上，轮到这个丫鬟值夜，邵女嘱咐柴，不要让这个丫鬟去金氏房里。邵女说："这个丫鬟面带杀气，恐怕要出事。"柴廷宾依她所说，把这个丫鬟叫来，诈问她："你要干什么？"丫鬟已惊慌得一句话也答不上。柴廷宾更怀疑，搜查她的衣服，找出一把刀子。丫鬟无言，只跪在地上请求处死自己。柴廷宾正想打她，邵女阻止说："这事让夫人知道了，丫鬟就必死无疑了。她的罪过固然很大，然而不如把她卖了，既能使她保全性命，我们又能得到些银子。"柴廷宾认为有理，刚好碰上有人买妾，急忙将这个丫鬟卖了。

金氏因为这事没和她商量，怪罪柴廷宾，进而迁怒邵女，辱骂更加厉害。柴廷宾生气地对邵女说："都是你自找的，前日若杀掉了她，怎么会有今天？"说完就走了。金氏对柴廷宾说的话感到很奇怪，问遍了身边的人，没有一个人知道。问邵女，邵女也不说。金氏更加烦闷和恼怒，扯着邵女的衣服叫骂不休。柴廷宾于是返回，以实相告。金氏大惊，向邵女赔礼，但心里又恨他们不早说。柴廷宾以为金氏对邵女的嫌隙都消失了，不再有所防备。恰巧柴廷宾出远门，金氏于是把邵女叫到跟前，数落说："要杀主人的人罪在不赦，你把她放走是什么用心？"邵女仓皇间找不出适当的话来为自己辩解，金氏烧红烙铁烙邵女的脸，想要把她毁容。仆人侍女们都为邵女感到不平。每听得邵女痛彻心肺的号叫声，家中的人都哭出声来，纷纷求情，愿意代替邵女受死。金氏这才不烙，拿出针刺邵女胁下二十余下，才让邵女离开。

柴廷宾外出归来，见邵女脸上的烙伤，大怒，要去找金氏。邵女拉住柴廷宾的衣服说："我明知是火坑而故意跳进来。当时我嫁给你的时候，难道把你家当成天堂了吗？也是自觉命薄，用这来泄命运之神的怒恨罢了。安心忍受，还有期满的时候。若要再去触犯，就像把土坑填平而又掘出个土坑一样。"接着用药敷患处，几天后就痊愈了。忽然照镜子后惊喜地对柴廷宾说道："你今天应该为我贺喜，她把我脸上的晦纹烙断了。"依然早晚侍奉金氏，和往日一样。

金氏见前几天大家都为邵女哭，知道自己如同独夫，略有愧悔之念。便经常喊邵女一起做事，言词和脸色都很平和。

过了一个多月，金氏忽然得了反胃的病，不思饮食。柴廷宾恨她不早点死，丝毫不过问。几天，金氏腹胀如鼓，日夜疼痛困扰。邵女伺候她有时都顾不上吃饭和睡觉。金氏更加感激她。邵女说自己懂一些医道，想给她治疗。金氏感觉过去对邵女折磨太

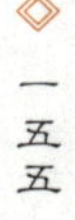

惨，怕邵女以此来报怨，所以拒绝了。

金氏平时管家严厉，仆人都听她约束。自她病后，都懒散地没人干活。柴廷宾亲自管理，操劳非常辛苦，可是家中的米盐，还没吃就没了。感慨中想起了妻子平日操持家务的功劳，就聘请医生为金氏看病。金氏对人总是自称为“气蛊”，所以医生疹脉后，都说是气郁。这样换了几个医生，都没有效果，金氏已濒临病危了。一次又要烹药，邵女说：“这种药，没有丝毫作用，只会使病情加重。”金氏不信。邵女暗中另开了药方，抓了一剂药换下原来的药。吃下后，不一会儿连解三次大便，病好像没了。金氏就更加笑话邵女的话荒诞。呻吟着对邵女说：“女华佗，现在怎么样！”邵女和其他侍女都笑了。金氏问原由，才实话告诉她。金氏哭着说：“我今日受你再生之恩却不知道！从今以后，一切家政，由你决定。”

不几天，金氏病愈。柴廷宾摆设酒席为她庆贺。邵女捧酒壶站在一边。金氏站起夺过酒壶，拉邵女与自己并肩坐下，亲热无比。夜深了，邵女托故离席而去，金氏派两个丫鬟把她拉回来，硬让她和自己睡在一个床上。从此，有事一定要和邵女商量，吃饭一定要在一起，比亲姊妹还和睦。

不久，邵女生一男孩。产后身体多病，金氏亲自照料，就像侍奉自己的母亲一样。

后来，金氏得了心病，一痛起来，则面目发青，只想寻死。邵女急忙到街上买来几枚银针。等赶回来，金氏已气息奄奄。邵女按穴位刺入，马上就不痛了。过十余天后复发，再用针刺。过六七天又发作。虽然每次邵女都手到病除，不至有太大痛苦，然而心里非常恐惧，老怕病情复发。

一天夜里，她梦见来到一个地方，好像是个庙宇，大殿上鬼神都活动起来。一神问道：“你就是金氏吗？ 你罪行太多，寿数应该尽了。念你已经改悔，所以只降灾给你，以示小小的惩戒。以前你杀了两个女人，是她们前生的报应。而邵氏有什么罪过遭你这样的毒手？ 鞭打她的惩罚，已有柴生代报，可以相抵。所欠一烙加二十三针，现在只三次，只偿还个零数，就指望病根除了？明天又该发作了。”醒后非常害怕，还希望是恶梦而不是真的。第二天吃过饭后果然又病了，疼痛更加难忍。邵女来了，又用针扎，手到病除。

邵女犹豫不决地说：“我的医术全用上了，病根怎么不除呢？ 请让我再用艾灸烧灼。这病非得用艾烧灼皮肤使烂才能治好，只是怕夫人不能忍受。”金氏回忆起梦中神说的话，所以面无难色。在呻吟忍受之际，心想欠此十九针，不知以后变成什么症状。不如一次受尽，希望以后不要再受苦了。当艾灸完了，请求邵女再为她扎针。邵女笑着说：“针怎么能随便滥扎呢？”金氏说：“不用按穴位，只求你刺十九针。”邵女笑而不动。金氏一定要请邵女扎，在床上向邵女下跪。邵女始终不忍下手。金氏只好把梦中情况以实相告，邵女才大概沿着经络，如数刺了十九针。从此康复，果然不再犯病了。更加自我忏悔，对下人也能和颜悦色。

儿子取名叫俊，聪明无比。邵女经常说：“这孩子有翰林相。”八岁有神童之称，十五岁考中进士，授任翰林。这年柴廷宾夫妇四十岁，邵女也三十二三了。回家探视父母，乡邻们都为她感到荣耀。邵翁自从卖掉女儿后，家中很快就富裕起来了，然而读书人都羞与他为伍。到这时，才有人和他家往来。

异史氏说："女子妒忌，本是天性。而作为小妾的，又炫耀自己的美貌，耍弄小聪明，更增加了夫人的怒火。唉！这就是祸事的根苗。如果自安命运，自守本分，无论受到多少挫折都不改变自己的志向，这怎么能引来刀杖加身之苦呢？竟至于被别人从死亡边缘拯救过来，才有悔悟之念，唉！这难道能叫做人吗？如数偿还，不增加利息，也是老天爷的宽恕。只是以医术对病人的罪恶进行报应，不是太颠倒了吗！经常看见有愚蠢的夫妻，抱病终日，任凭医生针刺艾灼而不敢呻吟，我心里常感到奇怪，现在才醒悟了。"

福建有一个人刚娶了小妾，晚上来到妻子房中，不敢马上离去，装作脱鞋上床的样子。妻子说："去吧，不要装样子！"丈夫还在犹豫，妻子严肃地说："我不像别人家好妒忌的人，何必如此。"丈夫才离去。妻子一人躺在床上，翻来覆去不能入睡，于是，起来到小妾屋门外偷偷地听着。仅能隐约听得小妾的说话声，不大清楚，只有"郎罢"二个字，稍听得明白。郎罢，是福建人对父亲的称呼。妻子听了一会儿，痰涌上来昏倒过去，头碰门上发出响声。丈夫吃惊地起床开门，身体倒入屋中。喊小妾点灯一看，原来是妻子，急忙扶起灌水入口。妻子眼睛刚刚睁开一点，就呻吟着说："谁家郎罢让你喊！"妒忌之情真可笑。

二　　商

莒县有一人家姓商，兄富有而弟贫穷，俩人的家只隔一堵墙。康熙年间，遇上一个灾荒年，弟弟家吃了上顿没有下顿。一天，已到了中午，还没生火做饭，商二空着肚子踱来踱去，想不出办法。妻子让他去向兄长告借。商二说："没用，如果兄长可怜我贫苦，应当早就来帮我了。"妻子坚持让他去，商二就让儿子前去。一会儿，儿子空着手回来了。商二说："怎么样！"妻子问儿子："你伯父怎么说的"。儿子说："伯父犹犹豫豫地看伯母，伯母对我说：'兄弟分居，有饭各食，谁还能顾谁呢'"。商二夫妇相对无言，暂时把一些破坛子和旧床卖掉，换一些粗粮维持活命。

村里有三四个无赖少年，看商大家富足，夜里跳墙进院。商大夫妇从熟睡中惊醒，急忙边敲脸盆边大喊。邻居都忌恨他，没人来救援。没办法，急忙喊商二。商二听嫂子呼喊，想去救援，妻子制止不让去，并大声对嫂嫂说："兄弟分居，有祸各受，谁能顾上谁呀！"一会儿，强盗打破了门，抓住了商大夫妇，用烧红的烙铁烙他们，喊叫声特别凄惨。商二说："他固无情，哪有看着哥哥要死而不救的！"领着儿子翻墙而过，大声疾呼。商二父子一向勇猛有力，人都怕他，更怕惊动别的人到来援救，强盗便逃走了。看兄嫂，两腿都被烙焦了。商二把他们扶到床上，把婢女和仆人都召集来，父子才回去。商大虽受了伤，但钱财没有丢失，他对妻子说："现在财物能留下，全是弟弟救助的功劳，应该分给他一些。"妻子说："你有好兄弟，就不受这个苦了！"商大不言语了。

商二家断粮了，以为哥哥一定会有所报答，过了很久，没有声息。商二的妻子等

不下去，让儿子拿着口袋去商大家借粮，只借得一斗米回来。商二妻子生气他们借给的太少，要去找商大。商二把她劝住了。

又过了两个月，饥饿得支持不住，商二说：“现在没有办法谋生，不如把这个宅院卖给哥哥，哥哥怕我到别处去，也有可能不要房契而周济我们一些粮食。就是不这样，得十余两银子，也可以存活下去。”妻子认为对，让儿子拿着房契去商大家。商大把此事告诉了妻子，并说“我弟弟再不好，我们也是骨肉手足，他要离开我们就孤立了，不如让他把房契拿回去，我们周济他家一些粮食算了”。他妻子说：“不行。他们说要离去，是要挟我们。真像你说的那样，就中了他们的圈套了。世上没有兄弟的人，就都死了吗？我们把墙加高，足可以保护自己。不如收下他的房契，让他走，也可以扩大我们的宅院。”商量已定，让商二在出让宅院的契约上画了押，给了钱让他们搬走了。于是商二搬到邻村去居住。

村里一些为非作歹的人听说商二搬走了，又聚在一起闯进商大家，抓住商大，用种种刑具残酷地拷打他，要他把所有的金钱都拿来赎命。强盗临走时，打开仓库，喊来村中贫困的人，随便拿取，一会儿就把粮食抢光了。

第二天，商二才知道这件事，等赶来，商大已昏迷不能说话了。商大睁开眼睛看见弟弟，只能用手抓床而已。不一会儿就死了。

商二愤怒地到县衙告状。领头闹事的人都逃跑了，没法抓获。抢粮的有百余人，都是乡村里的贫苦百姓，官府也没有办法。

商大留下一个儿子，才五岁。家中破落，贫苦不堪，经常自己跑到叔父家，几天都不回去。送他回去，就啼哭不止。商二妻子很不高兴。商二说：“他父母不仁义，孩子有什么罪呢？”于是给他买几个蒸饼，亲自送他回去。过了几天，又避开妻子，偷偷地背一斗粮送给嫂子，让她抚养儿子。以后经常这样。又过了几年，商大家卖了田地和宅院，得到的钱，足以自给自足了，商二就不再来了。

后来又遇到一个大灾荒年，饿死者不计其数。商二家人口多，没能力照顾别人。侄儿那年十五岁，幼小不能独立劳动，让他提篮随兄卖烧饼。一天夜里，商二梦见兄长来到，脸色凄惨地说：“我被妻子的话迷惑，丧失了手足之情，弟弟你不计前嫌，使我羞愧难当。我家卖掉的老宅院，现在还空闲着，可以租下来住。屋后一个长有蓬草的土块下面，埋藏有一窖银子。挖出来，可以小富。让我的丑儿跟随你；长舌老婆我真恨她，不要管她。”商二醒后，很感惊异。

商二出高价给那所宅院的主人，才租下来。果然从后院挖出五百两银子。从此不再卖烧饼，让兄弟俩在街上开了一个店铺做生意。侄儿很聪明，计算从不出差错，又很诚实谨慎，凡是经手的钱财，一分一文都要告诉商二。商二更加喜爱他。一天，侄儿哭着请求给他母亲一些粮食。商二妻子不想给，商二感念他的孝顺，按月给他母亲粮米。几年后商二家更富足了。商大妻子病死了，商二也老了，让侄子分家另过，把家产的一半给了他。

异史氏说：“听说商大一丝一毫的东西也不轻易给人或取于人，也是个洁身自好的人。然而唯妻言是听，糊涂得不敢说一句话，忽视骨肉之情，终于因吝啬而死。唉！又有什么奇怪啊！ 商二开始时贫穷，最终富起来。他为人有什么长处可言？ 只是不十分听妻子的话罢了。唉！一种行为不同，人品就不一样了。”

梅　女

封云亭是太行地方的人。他偶然间来到府城，白天躺在客店休息。当时他正值年轻丧偶，在寂寞之中，很想女人。就在他聚精会神地冥思苦想的时候，发现墙壁上有个女人的影子，好像贴在墙上的画。他想这一定是想念女人所引起的幻觉。但是，过了很长时间，影子既不消失也不动，他感到非常奇怪。起身细看，影子变得更加真切；再近前细看，居然是一位年轻女子，面带愁容伸着舌头，绳索套在秀美的脖子上。封云亭正看得吃惊的时候，年轻女子好像要下来。知道是个吊死鬼，但是凭着白天，他不太害怕。对她说：“你有什么冤屈未申，我一定竭力相助。”影子居然从墙上走下来说：“咱们偶然相遇，怎么能用这么重大的事情去麻烦你？ 只是这九泉之下的枯骨，舌头不能缩进口里，绳索不能从脖子上取下来，请你把屋梁弄断烧掉，这大恩大德如同山岳了。”封云亭答应，随即影子也不见了。封云亭把房主叫来，问他为什么会发生刚才所见到的事情，房主说：“这房子十年前是梅家的住宅。夜里有个小偷进来偷东西，被梅家抓住送到管治安的典史那里，典史接受了小偷三百文钱的贿赂。就诬陷梅女和小偷通奸，要把梅女拘留审验。梅女得到消息后气愤不过，上吊自杀了。后来梅氏夫妇也相继死去，他家的宅子归了我。住店的客人常常见到一些怪异的现象，但没有办法制止。”封把女鬼说的话告诉给房主。房子主人考虑到拆房子换屋梁费用太大，感到为难；封云亭就出钱帮助房主拆房梁。房子梁修好以后，封云亭又住到了原来的房中。梅女当夜又来到封云亭的面前，道谢之后，脸上充满了喜色，姿态娇媚。封云亭非常爱慕她，想要与梅女交欢做爱。女鬼低头惭愧地说：“我身上的阴惨之气，不但对您没好处；如果这样做了，那么生前别人加给我的污秽肮脏之辞，就是用西江的水也洗不清。以后有结合的机会，现在还不到时候。”封云亭问：“什么时候？”梅女只是微笑不答。封云亭问：“喝点酒吗？”梅女回答说：“不喝。”封云亭说：“面对美人坐着，呆眼相看，这又是什么滋味？”梅女回答说：“平生游戏娱乐的方法，只懂深闺之雅戏——打马。可是两个人又太单调，夜深了又苦于没有棋盘。现在漫漫长夜没法打发，姑且和你做交线翻服的游戏。”封云亭听从了她的意见。两人膝盖相碰，一个人将双手的食指和中指像戟一样伸开来绷线，另一个人翻线，翻了很长时间，封云亭就眼花缭乱不知怎么翻才对；梅女一边口诉如何翻法，一边用面部表情示意他怎样

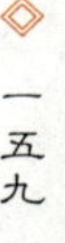

翻，这样越翻越奇妙，变化无穷。封云亭笑着说："这真是闺房中绝妙的游戏。"梅女回答说："这玩法是我自己悟出来的，只要两根线，就交织成各种各样的花样，人们不深入观察罢了。"玩到夜深觉得疲倦，他极力让梅女去睡，梅女说："阴间的人不睡觉，请你自己睡吧。我稍懂一点按摩术，愿意使出全副本领，帮助你做个好梦。"封云亭同意了。梅女叠起双掌给他轻轻地按摩，从头顶到脚跟都按摩遍了，她的手所按摩过的地方，骨头好像酥了一样好受。接着又握指成拳，轻轻地敲着，好像用棉絮摩擦皮肤似的，全身舒服得无法形容。当捶到腰间的时候，嘴巴和眼睛都有了倦意，当捶到大腿上的时候，就昏沉沉地睡着了。等到醒来的时候，时间已快到晌午了，封云亭感到全身骨节舒服轻松，和往日大不一样。封对梅女更加爱慕不已，他绕着屋子喊了好一阵，可是并没有一点回应。直到太阳西下，梅女才来到。封云亭问梅女："你住在什么地方，叫我到处喊？"回答说："鬼没有固定的住所，总之是在地下了。"封云亭又问："地下有缝隙可以容身吗？"梅女回答说："鬼不受土地的阻碍就像鱼不受水的阻碍一样。"封云亭抓住梅女的手说："如果你能复活，就是倾家荡产也要把你娶过来。"梅女笑着回答："用不着倾家荡产。"玩到半夜，封云亭苦苦要求梅女和他同床。梅女说："不要缠我，有个叫爱卿的浙江妓女，最近搬到我家北边居住，人长得非常有风韵。明晚，叫她和我一起来，让她替我陪你，怎么样？"封云亭同意了。第二天，梅女果然和一个少妇一起来了。少妇年龄有三十岁左右，眼神飘忽，暗暗透出风流放荡的情态。三个人挤在一起亲密地坐着，玩打马的游戏，玩完最后一局，梅女站起来说："聚会到这时正好，我暂离开。"封云亭想要留住她，可是梅女轻飘飘地如一阵清风似的不在了。封云亭和爱卿两人上了床，解衣做爱，快乐非常。封云亭问她的家世，她含糊应对不肯说出详情。只是说："郎君如果喜欢我，只要用手指轻敲北墙，小声叫：'壶卢子'，我立即就来。叫三声不答应，就知道我没闲工夫，不要再叫了。"天快亮的时候，爱卿进到北墙的缝隙当中离开了。

第二天，梅女一个人来了，封云亭问她爱卿为啥没来，梅女说："被高公子叫去陪酒了，所以没来。"于是两个人点着蜡烛在灯下谈心。梅女总像有话要说，但嘴唇一动就停住了；封云亭再三追问她，但还是不肯说，只是不停地叹息罢了。封硬拉她玩交线的游戏，玩到四更天她才离开。从这时起梅女、爱卿两个经常来玩，嬉笑之声通宵达旦，全城的人都能听到。那个典史官吏，也是浙江世家之子，他的妻子因为和仆人私通被他休了。后来又续取了顾氏，两人相亲相爱感情很好；可惜结婚才一个月顾氏就死了，典史心中非常怀念她。听说封云亭与女鬼有交情，想要打听阳世人与阴间人怎样相会，于是骑上马到封云亭处拜访。封云亭开始不肯答应，典史再三恳求，封云亭只好设宴招待他，答应为他把鬼妓招出。到了黄昏，封云亭敲着墙叫"壶卢子"，三声未毕，爱卿就来了。爱卿抬头看见典史，脸色突

变，回身想走，封云亭挺身将她拦住。典史细细一看，勃然大怒，抓起大碗向爱卿扔去，爱卿忽然不见了。封云亭见状非常吃惊，不知道是什么原因，正要详细询问，即见黑暗中走出个老太婆，冲着典史大骂："你这个卑鄙的贪赃贼！坏了我家的摇钱树！快拿出三十贯钱赔我！"说完拿着手杖就打典史，打中了他的头。典史双手抱着头悲伤地说："这顾氏是我老婆，年纪轻轻就死了，我正在为她伤心得要死，不料她做了鬼却不洁不贞，与你老太婆有什么相干？"老太婆生气地说："你本是浙江的一个无赖，花钱买了条乌角腰带，就鼻孔朝天了！你当官有什么黑白之分？袖筒中有三百钱就是你的爹了！你搞得天怒人怨，死期已到了，你爹妈替你向阎王爷求情，愿意把心爱的儿媳送入妓院，替你偿还贪债，你还不知道吗？"说完又打他。典史被打得高一声低一声地哀叫着。封云亭正吃惊地不知怎样解劝，看见梅女从房中走出来，瞪着眼睛，吐出舌头，脸色变得十分可怕，靠近典史用长簪刺他的耳朵。封云亭非常吃惊，用自己的身子挡着典史。梅女愤恨难平。封云亭劝她说："典史即使真的有罪，可他死在我的寓所里，那么责任就在我身上。请你不要因打老鼠把家具也毁坏了呀！"梅女就拉住老太婆对她说："暂时留他一口气，看我的情面，照顾一下封郎。"典史仓皇鼠窜而去。回到衙门后，患上了头痛病，半夜就死了。

第二天夜里，梅女出来笑着说："痛快！终于出了这口恶气！"封云亭问："你和他有什么冤仇？"梅女说："以前我就对你说过：他接受贿赂诬陷我与别人有奸情，我对他心怀仇恨很久了。常常想请你帮助昭雪，因为平时对你没任何好处，所以很惭愧，几次话到嘴边就止住了。刚好昨晚听到屋里打斗的声音，我暗中偷听，没想到这家伙正是我的仇人。"封云亭吃惊地说："这就是诬陷你的坏蛋哪！"梅女说："那个典史在这里当了十八年官，我也冤死十六年了。"封云亭问："老太婆是什么人？"梅女回答："她是个老妓女。"封又问到爱卿的情况，梅女回答："她病了。"接着微笑着说："我以前对你说过我们结合有期，现在真的快到了。你曾经说愿意倾家荡产来赎我出去，还记得么？"封云亭回答："现在我还是这么想啊！"梅女说："实话告诉你，我死后就投生到延安展举人家去了。只是因为大冤未申，所以拖延到现在灵魂还在这里。请你用新绸子做个装鬼的袋子，使我能够进入袋子里伴你一块到展家去求婚，估计展家一定会答应的。"封云亭担心门户身分悬殊，恐怕求婚不能成功。梅女说："只管去，不用担心。"封云亭就听从了她的话。梅女又嘱咐说："路上千万不要叫我，等到结婚那天晚上喝交杯酒时，把绸口袋挂在新娘头上，然后赶快说：'莫忘，莫忘！'"封云亭答应了。刚把口袋打开，梅女就跳进去了。

封云亭到了延安，一打听，果然有个展举人，生了一个很漂亮的女孩，只是患有呆痴病，又常把舌头伸出口外，像狗在烈日下喘息似的。十六岁了，还没有人来提亲。父母为她的事都愁病了。封云亭到展家递上名帖，详细地通报了自己的家世。然后回到自己的寓所，请媒人到展家去提亲。展举人很高兴，把他招为上门女婿。展女痴呆得很厉害，见人不知道行礼，只好让两个婢女连拉带扶地引进新房。众婢女离开新房后，展女解开上衣露出双乳，对封痴笑。封云亭将装梅女鬼魂的绸袋倒过来挂在展女的脖子上后赶紧喊："莫忘！莫忘！"展女两眼盯住封生细细地看，好像在惊奇地想着什么。封云亭笑着对她说："你不认识我了吗？"还把绸口袋举起来给她看，展女才醒悟过来，急忙整理好上衣，两人亲热地交谈。

第二天早上，封云亭进房拜见岳父。展举人安慰他说："我那呆女儿什么都不懂，既然承蒙你看上了她，如果你有想法，我家中有不少聪明伶俐的丫鬟，乐意赠送。"封云亭极力争辩说展女不痴，展举人很怀疑。没多久展女来了，语言行动都很得体，看到女儿这样良好的状态，展举人非常吃惊，展女只是对着父亲掩口微笑。展举人仔细地盘问女儿，女儿进退两难，羞于开口；封云亭替她向展举人简单地叙述了事情的经过。展举人非常高兴，对女儿的疼爱，比以往好多了。于是让儿子展大成和封云亭在一起读书，提供非常丰厚的待遇和学习条件。一年多，展大成渐渐地对封云亭轻慢起来，并讨厌他，所以郎舅两个人关系很不协调；家里的仆人也对封云亭说长道短，展举人也被这些闲话所迷惑，对封云亭的态度冷淡下来。展女发觉后，对封云亭说："岳父家是不能长久地住下去的；凡长久住在岳父家里的，都是让人瞧不起的窝囊废。趁着现在还没有太大的裂痕，应该尽快回老家。"封云亭同意了，告诉展举人。展举人想把女儿留下，女儿不答应。展举人父子俩都很生气，不给他们车马。展女拿出自己的首饰换钱租了车马回到封家。后来展举人叫女儿回家探望，展女执意推辞不肯回去。后来封云亭考中举人，翁婿两家才有了来往。

异史氏说："官位越低的人越贪婪，常情难道都是这样吗？受了人家的三百文钱就诬梅女与贼通奸，典史的良心丧尽了。他失去了妻子，而妻子又进了妓院，他本人也最终因此而横死了。唉！实在可怕啊！"

康熙二十三年，章丘地方有个典史为人最是贪婪狡诈，百姓都非常恨他。突然，他的妻子被骗子拐走。有个人替他贴出一张寻人启事，上面写道："某官因自己不小心，丢失了夫人一个。她身上没有多余的东西，只有七尺长的红绸子，包着一个元宝，翘边细纹，一点破损都没有。"也算是风流的小报应了。

阿　英

庐陵人甘玉，字璧人。父母早亡。留下一个弟弟叫甘珏，字双璧，才五岁就跟着哥哥一起生活。甘玉性情友爱，抚养弟弟如同对待自己的孩子一样。后来甘珏渐渐长大了，长得丰姿超俗，人既聪明，又会写文章。甘玉更加喜爱弟弟，常常对人说："我的弟弟堂堂一表人才，不能没有美人相伴"。但是由于挑选得过分苛刻，婚姻之事始终没有着落。

当时甘玉正在匡山寺里读书，一天晚上，刚刚躺下，就听到窗外女子说话的声音。偷偷一看，见有三四个女子席地而坐，几个小丫鬟摆上酒菜，都是国色天香，个个漂亮。其中一个女子说："秦娘子，阿美为什么不来呀？"坐在下首位置的女子说："她昨天从函谷关回来，被坏人打伤了右臂，不能和咱们一起玩乐，正因这在家里生气呢。"另一个女子说："前一天夜里，我做了一个十分可怕的恶梦，现在想起来还吓得

出冷汗呢。”坐在下首位置的女子说：“不要说了，不要说了。今晚姊妹高兴地在这里聚会，讲那吓人的恶梦使人不快乐。”这女子笑着回答说：“你这小丫鬟怎么这么胆小，难害怕虎狼把你叼去不成？想要让我不说梦景，那就要唱一支曲子，给姊妹们喝酒助兴。”坐下首位置的女子就低声吟唱道：“阶下的桃花次第开，昨天的踏青约会我答应得很痛快。告诉东邻的女伴稍等莫催促，我穿好了风头绣花鞋马上就到来。”唱完，满座的人没有不赞叹称赏的。

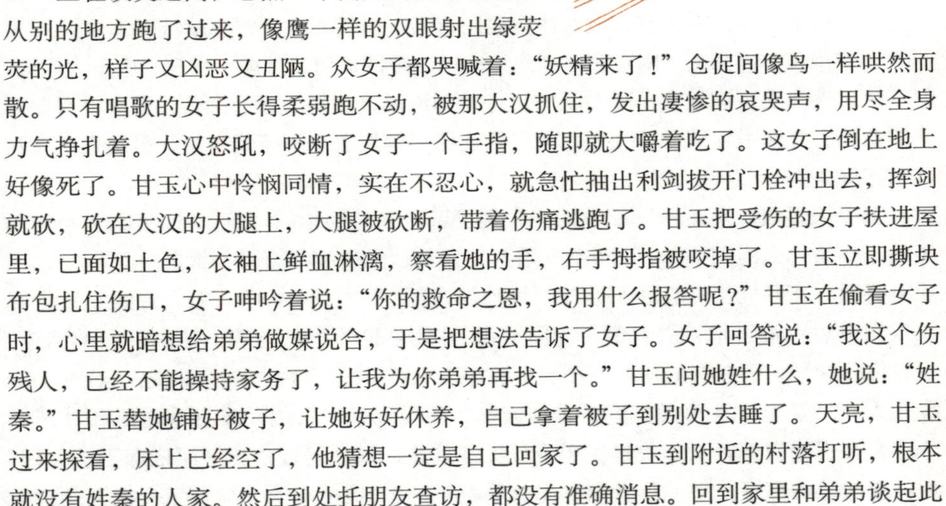

正在谈笑之间，忽然一个高大的男子板着脸从别的地方跑了过来，像鹰一样的双眼射出绿荧荧的光，样子又凶恶又丑陋。众女子都哭喊着：“妖精来了！”仓促间像鸟一样哄然而散。只有唱歌的女子长得柔弱跑不动，被那大汉抓住，发出凄惨的哀哭声，用尽全身力气挣扎着。大汉怒吼，咬断了女子一个手指，随即就大嚼着吃了。这女子倒在地上好像死了。甘玉心中怜悯同情，实在不忍心，就急忙抽出利剑拔开门栓冲出去，挥剑就砍，砍在大汉的大腿上，大腿被砍断，带着伤痛逃跑了。甘玉把受伤的女子扶进屋里，已面如土色，衣袖上鲜血淋漓，察看她的手，右手拇指被咬掉了。甘玉立即撕块布包扎住伤口，女子呻吟着说：“你的救命之恩，我用什么报答呢？”甘玉在偷看女子时，心里就暗想给弟弟做媒说合，于是把想法告诉了女子。女子回答说：“我这个伤残人，已经不能操持家务了，让我为你弟弟再找一个。”甘玉问她姓什么，她说：“姓秦。”甘玉替她铺好被子，让她好好休养，自己拿着被子到别处去睡了。天亮，甘玉过来探看，床上已经空了，他猜想一定是自己回家了。甘玉到附近的村落打听，根本就没有姓秦的人家。然后到处托朋友查访，都没有准确消息。回到家里和弟弟谈起此事，悔恨得如丧魂魄。

有一天，甘珏到郊外去游玩，偶然间遇到一个十五六岁的少女，姿色娟秀，看着他微笑，好像有话要说。先是用传神的眼睛四下里看看然后说：“你是甘家的二郎吗？”甘珏回答：“是。”少女说：“你父亲当年曾经要聘我作你的妻子，为什么现在要违背以前的婚约，另聘秦家的姑娘呢？”甘珏说：“我从小丧失父母，过去的旧交我都不认识，请把你的家庭情况告诉我，回家后问问我哥哥。”少女说：“用不着详细说家族门第，只要你一句话，我就会亲自到你家去。”甘珏以没有告诉哥哥为托辞不肯答应。少女笑着说：“傻郎君！你就这么怕你的哥哥？我姓陆，住在东山望村，三天以内，我等你的好消息。”于是告别了甘珏走了。甘珏回到家中，把路上遇到少女的经过告诉给哥嫂。哥哥说：“她说的都是谎话！父亲去世时，我二十多岁了，如果有这种说法，我哪能没听说过。”甘玉又因那年轻女子一个人在郊野行走，而且碰到男人就随便交谈，更加看不起她。接着甘玉又问这姑娘长得怎么样。甘珏从脸红到脖子根，一句话也回答不出来。嫂子笑着说：“猜想一定是个美人。”甘玉说：“小孩子哪能分辨出什么美丑？即使很漂亮，也一定赶不上姓秦的女子；等到秦家的女子谈不成，再提她也不晚。”甘珏没出声退了出去。

过了好几天，甘玉在行路的途中，看见一个女子，哭着向前赶路。甘玉勒住缰绳停马向那女子偷看一眼，见这姑娘美得人间少有。他就叫仆人上前问她哭什么。 她回答说：“我从前许配给甘家二郎，因家庭生活贫困搬到外地去了，与家乡人断绝了音信，直到最近回来，才听说甘家三心二意，要违背前盟撕毁婚约，我要去问问大伯子甘璧人，看他怎样安置我？”甘玉惊喜地说：“我就是甘璧人。我父亲从前给订下的婚约，我实在不知道。这里离我家不远了，请你到我家再商量。”说着下马让姑娘骑上马，自己牵着马徒步回到家里。姑娘自己介绍说：“我小名叫阿英，家中没有兄弟姐妹，只是和表姐秦氏住在一起。”这时甘玉才明白他要找的美女就是眼前这位。甘玉想要到她家把此事告诉给她的家人，姑娘执意不让去。甘玉心中暗喜弟弟有了这样一位漂亮的妻子，但是又担心太轻佻招人议论。过了很长一段时间，发现阿英很庄重和顺，又温柔健谈，对待嫂嫂像对待自己的母亲一样恭顺，嫂嫂也就特别喜欢她。

正值中秋节，甘珏和阿英正在亲热地喝酒，嫂嫂请阿英过去。甘珏心中不太乐意。阿英让来人先走，说她自己随后就来。可她却说说笑笑坐了好一会儿，根本没有要离开的意思。甘珏怕嫂嫂等得太久，所以连连催促她快去。阿英只是笑，最终也没有到嫂子那里去。

第二天早晨，阿英刚刚梳妆完毕，嫂子亲自来关切地问阿英。“昨天晚上咱们对坐时，你为什么闷闷不乐？”阿英只是微笑。甘珏觉得有些奇怪，询问一下原委，发现阿英同时在两处出现。嫂子非常吃惊地说：“假如她不是妖怪，怎么会使分身法？”甘玉知道后也很害怕，隔着窗子对阿英说：“我家世代积德行善，从来不和谁结怨，如果你是妖怪，请赶快走开，千万不要杀害我的弟弟呀！”阿英羞愧地说：“我本来不是凡人，只是公爹从前把我许给甘珏为妻，所以表姐秦氏因此催促我过来和甘珏成亲。自知不能生儿育女，曾多次想告辞离开甘珏，只是兄嫂待我好而依恋不忍离开。现在既然已被怀疑，那就让我们从此分手吧！”一转眼的工夫，变作了一只鹦鹉，翩翩飞去。

甘父在世时，养了一只鹦鹉，很解人意。甘父经常亲自给它喂食。那时甘珏只有四五岁，父亲喂鸟时，他就问：“养鸟做什么？”甘父开玩笑说：“将来给你做老婆呀！”有时鹦鹉没食了，甘父就对甘珏说：“再不取鸟食来，就要饿死你媳妇了。”全家人都拿这话和甘珏开玩笑。后来鸟笼的铁链断了，鹦鹉飞走了。这才明白过去的婚约，说的就是这件事。可是甘珏明知阿英是鹦鹉所变，而心里却一刻也放心不下。嫂子更加挂念，早晚想起来就掉眼泪。甘玉也后悔，可也没一点办法。

两年以后，甘玉又给弟弟娶了一个姓姜的姑娘，心里总觉得不如意。他们有个表哥在广东做主管司法的推官，甘玉到广东去探望他，长时间没有回来。正赶上土匪作乱，附近的村庄大部分都烧成废墟，甘珏非常害怕，领着家人到一个山谷里避难。山里避难的人很杂，男女老少都有，互相都不认识。忽然听到一个女人小声谈话，声音极像阿英。嫂子叫甘珏过去看一下，果然是阿英。甘珏非常高兴，抓住她的胳膊不放。阿英就同同来的人说：“姐姐们暂且先走一步，我去看看嫂嫂就来。”阿英一到，嫂子看见她就伤心地哭起来，阿英再三劝慰，又说：“这里不是安身的地方。”于是劝他们回去。大家说害怕土匪骚扰，阿英坚持说："不要紧。"于是一同回来了。阿英抓起一把泥土封住大门，嘱咐大家安心住在家中不要轻易出去，坐着说了一会话，反身想要离开。嫂嫂急忙握住了她的双手，又叫丫鬟抓住她的左右两只脚，阿英没办法，只得留在这里，但是她不常回到自己过去住的房间去，只有甘珏再三求她时，她才去一次。嫂嫂常向阿英说甘珏不满意新娶的姜氏，阿英便每早起来都给姜氏梳妆。梳完头发，又仔细地给姜氏扑上脂粉，人们再端详姜氏，比平时漂亮了好几倍。这样一连过了三天，姜氏居然变成了一个漂亮女子。嫂子对这件事感到很吃惊，于是对阿英说："我连个孩子也没有生，想给你哥哥买个妾，还没来得及办理此事。不知在丫鬟们当中有没有能把容貌修饰漂亮的？"阿英回答："没有哪个人不能改变容貌的，只是容貌好的容易收到好的效果。"于是让阿英把所有的丫鬟都细看了一遍，只有一个长得又黑又丑的丫鬟有生男孩的相。于是把她叫过来，给她认真地洗干净，然后用浓粉和美容药末涂在她的脸上。这样美容了三天，丫鬟的脸色由红黑色变黄，二十八天后，脂粉渗入到皮肤里，丫鬟的相貌好看多了。就这样每天只是关门作乐，并不考虑外面的兵火。

一天夜里，喧闹的声音从四面八方响起，全家人都不知如何是好。一会儿便听到门外人叫马嘶，乱哄哄地离开了。到了天亮以后才知道昨晚村中各家被土匪烧掠干净，土匪成群结队到处搜遍了，凡是躲在山洞中的人全被杀死或掠走了。于是全家人更加感激阿英，像神仙一样看待她。阿英忽然对嫂子说："我这次来，只是因为嫂子对我的恩义难忘，在离散和战乱中替你们分点忧愁。大伯子哥就要回来了，我在这里，就像俗话所说，既不是妻子，又不是侍妾，可要笑死人了。我姑且离开，有闲空时再来看望。"嫂子问："你大哥在路上平安吗？"阿英说："最近在途中有场劫难。这不关别人的事；秦家表姐受过大哥的恩惠，想必会图报答的，肯定没危险。"嫂子留她再过一夜，天未亮就离开了。

甘玉从广东回来，听说家乡土匪作乱，日夜兼程往家走。在行进途中遇上了强盗，主仆扔下马匹，各人都把钱缠在腰上，躲藏在荆棘丛中，这时一只秦吉了飞来荆棘上，展开翅膀遮住他们。甘玉看见。秦吉了的脚上少了一个足趾，心里感到很奇怪。一会儿许多强盗从四面围上来，把荆棘草丛找遍了，好像在搜查他们。两个人吓得连气都不敢喘。强盗散开了，秦吉了才飞走。甘玉回到家里和家人谈了各自的遭遇，才知道秦吉了就是他在庙里搭救的漂亮姑娘。

以后每当甘玉外出不回来，晚上阿英就一定来。估计甘玉快回来了，阿英清早就走了。甘珏有时在嫂子那里遇见阿英，乘机请她到房里去，但阿英总是口头答应却不赴约。一天晚上，甘玉到别处去了，甘珏料想阿英一定会来，便躲在暗中等候，不一会儿，阿英真的来了。甘珏突然跳出来，挡住阿英并把她拉到自己房里。阿英说："我和你的缘分已尽，勉强苟合，恐怕被神灵惩罚。稍稍留有余地，每隔一段时间会上一面，怎么样？"甘珏不听，终于同阿英睡到了一起。天亮时，阿英去见嫂子，嫂子对阿英昨晚没来感到奇怪。阿英笑着说："途中被强盗所劫，有劳嫂子挂心了。"说了几句话就急着走了。过了一会儿，一只大山猫叼着一只鹦鹉从房门口经过，嫂子吓得要命，怀疑这一定是阿英。她当时正在洗头，赶忙停下来大声喊叫，大家一起呼喊追逐，才从山猫爪中救出。鹦鹉左翅膀沾满血污，已经奄奄一息了。嫂子把鹦鹉放在自己的膝头上，抚摸了好长时间，鹦鹉才渐渐苏醒过来，自己用嘴梳理着翅膀上的羽毛。又过了一会儿，在室中飞绕一圈，叫道："嫂嫂，永别了！我怨恨甘珏呀！"扇动着翅膀飞走了，再也没有回来。

青　娥

霍桓，字匡九，是晋地人。他的父亲做过县尉，很早死了。留下霍桓最小，聪敏过人。十一岁时，作为神童考中秀才而进县学读书。可是他的母亲溺爱，从来不让他出家门，到了十三岁时，还连叔叔、伯伯、外甥、舅舅都分不清。

同乡有个武评事，喜欢道家法术，进山修行后再也没回家。他有个女儿叫青娥，十四岁，长得异常漂亮，小的时候就常偷看父亲的有关道家的书籍，羡慕何仙姑得道成仙。父亲进山修行后，她立志不嫁人，母亲对她也没办法。

有一天，霍桓从门外偶然看见了青娥，他虽年幼无知，但只觉得对这女孩爱慕到了极点，却又说不清楚，便把这种感受直接说给母亲，让母亲托媒人去提亲。母亲明知对方不会同意，所以对儿子的要求感到很为难。霍桓却因此闷闷不乐，母亲怕挫伤儿子的脸面，就委托有交往的朋友向武家提亲，果然不成。霍桓行走坐卧都在想办法，但始终拿不出主意来。这时恰好有个道士从门口过，手里拿着一把小铲，才有一尺来长。霍生借来看了一下，问道："这是干什么用的？"道士回答说："这是挖药的工具，东西虽小，坚硬的石头也能挖进去。"霍生不太相信，道士就用小铲砍墙上的石头，石头应手而落像腐朽了一样。霍生惊叹不已，拿在手里摸来摸去舍不得放下。道士笑着说："公子既然喜欢它，就把它送给你。"霍生非常高兴，要给钱酬谢，道士不接受，走了。

霍生拿着小铲回到家里，用砖头石块作试验，全砍碎了。他一下子想到用它把武家的墙挖个洞就可以看到青娥了，却不知道这样做是非法的。到了夜深人静时，霍生翻墙而出，一直跑到武家的住处，共凿开两道墙，才到达了武家的院子，看见小厢房里还有灯火未灭，弯下身子向里偷看，见青娥正在卸晚妆准备睡觉。过了一会儿，灯熄灭了，屋里安静下来没一点声音。又打洞穿墙进到屋里，青娥已经睡熟了。霍生轻轻地脱掉鞋子，悄悄爬上床去，又害怕把青娥惊醒觉察出来，那就一定遭到呵斥驱逐，便偷偷地躺在了青娥绣被的旁边，闻到了青娥身上的香气，心中暗暗地感到快乐。由于忙碌了半夜，疲倦得厉害，稍一合眼，不知不觉就睡着了。

青娥一觉醒来，听到身边有呼吸的声音，睁开眼睛一看，见墙洞有月光透入，吃了一惊，急忙穿衣起床，黑暗中拔门闩开门轻轻地走了出去，敲窗子叫醒了女仆，一起点起灯火，操起木棒来到绣房中。看见一个少年书生沉睡在青娥的绣床上，一端详，认出是霍家的孩子霍桓，用力推才把他推醒。霍桓爬起来，眼睛像流星一样灼灼有神，似乎并不害怕，只是羞涩地一声不吭。众人指着他说他是个小偷，大声恐吓斥骂，他才流着泪说：“我并不是小偷，实在是因为太爱小姐的缘故，希望能够接近小姐闻到她身上的香气罢了”。大家又怀疑挖透好几层墙，不是一个小孩子所能干得了的。霍生拿出小铲说了它的奇特功效，大家当场试了试果然非同一般，惊讶极了，怀疑这一定是神仙给他的。女仆们想要把此事告诉给武夫人。青娥低头默然沉思，意思好似不同意这样做。众人私下猜知青娥的心思，于是说：“这孩子的人品、神童的名声和门第还不至玷辱我们的门庭，不如放了让他离开，回去后再请个媒人来提亲。明天早晨，只向夫人撒谎说进来了盗贼，行吗？”青娥不置可否。于是众女仆便催霍桓快走。霍桓从女仆手中要回铁铲。众人笑着说：“傻小子！ 还忘不了作案的工具吗？”霍桓又发现枕边有青娥的金钗一支，偷偷地放到衣袖里。但是被一个丫鬟看见了，急忙告诉了小姐。青娥没说什么也没生气。一个年纪大的女仆拍着霍桓的脖子说：“不要说他傻气，心眼可乖巧透了！”于是让霍桓仍然从墙洞中出去。霍桓回到家之后，不敢把所发生的事情如实地告诉母亲，只是求母亲再托媒人去武家表示求婚之意。母亲不忍心明显地拒绝他的要求，急忙托媒人向别的人家提亲。青娥得知此事后，心中十分焦急，暗中派心腹丫鬟去给桓母传话。桓母非常高兴，又派媒人向武家提亲。正巧小丫鬟在武夫人面前泄露了霍桓夜入青娥绣房的秘密。武夫人觉得受到了侮辱，非常愤怒。霍家所托的媒人一到，更触发了她恼怒的情绪，拿着拐杖指天画地，大骂霍生，并连及他的母亲。媒人吓得逃回霍家，将武夫人如何骂霍家母子的情形详细讲了一遍。霍母也非常生气地说：“不成器的孩子所做的事，我一直蒙在鼓里。为什么便对我也无礼辱骂！ 当荡儿淫妇睡在一块时，为什么不把他们一起杀了？”于是见到亲属，总是要详细诉说一遍。青娥听说了，羞愧得要寻死。武夫人非常后悔，但又没办法让霍母闭口不言。青娥暗中派人向霍母婉言致意，表示除了霍桓，她决不嫁他人，她的言辞很悲切，霍母被感动，从此就不再讲了，但是提亲的事也就中止了。

正赶上秦地人欧公做当地县令，看过霍桓的文章，非常器重，常常招霍桓到衙署谈话，对他很偏爱优宠。有一天，问霍生说：“你结婚了没有？”霍生回答：“没有。”欧公仔细问他为什么没结婚，霍生回答：“早先我和武评事的小女青娥有婚约，后来因为一点小嫌隙耽搁下来了。”欧公问：“现在还愿意这婚事吗？”霍生含羞不语。欧公笑着说：“让我来为你成全这件美事。”于是派县尉和教谕到武家下聘礼。武夫人很高兴，就把婚事定下了。

过了一年，霍家将青娥迎娶过来。青娥一进家门，就把小铁铲扔到地上，说：“这是做贼用的工具，快把它拿走。”霍生笑着说：“不要忘了媒人。”珍惜地带在身边一刻不离。青娥为人温柔善良沉默寡言，每天除了早、午、晚三次给婆婆请安外，其余的时间多半是关在屋里静静地坐着，不太留心家务。但有的时候婆婆因别家婚丧外出，家里的事青娥都经管起来，很是井井有条。

过了一年多，青娥生了个儿子取名叫孟仙。她把照料孩子的事全委托给乳娘、保姆，似乎对孩子也不太疼惜。又过了四五年，青娥忽然对霍生说："我们欢爱的缘分，到现在有八年了，现在是相聚的日子短，而离别的日子长，怎么办呢？"霍生惊奇地问她为何说此话，她沉默不语。然后又精心装扮去拜见婆婆，回身进了房间。霍生追到房间去问她，她已经仰面躺在床上断了气。霍家母子十分悲痛，买最好的棺材将她安葬了。

这时，霍母已年迈体衰，每当抱起孙子，就免不了思念媳妇，难过得如同撕肝裂肺，由此导致身体染病，渐渐地衰弱得不能起床了。吃东西就反胃，只想喝鱼汤。但附近却没有鱼，需要到百里以外才可以买到，当时男仆和马匹都被派到外面去了。霍生对父母非常孝顺，等不及仆人马匹回来，拿着钱独自出门去给母亲买鱼了。白天黑夜赶路，足不停步。等返回到山里时，太阳已经落山，两只脚一走一拐，一步只能迈出去几寸。后来有一个老头来了，他问霍生："脚上是不是打泡了？"霍桓连连点头。老头就拉他坐到路边，敲石取火，点着用纸包着的药末，用来熏霍桓的脚。熏完之后，试着走了几步，脚不但不疼了，而且走起路来更有力了。霍桓对老头非常感激，向老头再三致谢。老头又问："你有什么事这么急急忙忙？"霍桓把母亲害病的起因原委细说了一遍。老头又问："为啥不另娶一房妻子？"霍生回答说："没有遇上好的。"老头指着一个遥远的山村说："那村里有个漂亮姑娘，如果能跟我一起去，我愿意给你做媒。"霍生以母病重等鱼吃不能耽搁为由，谢绝了老人的好意。老人便向霍桓拱手致意，相约以后霍生到村中来时，只要打听老王就行了，说完告别后离开。霍生回到家中，把鱼煮好捧给母亲。母亲只稍稍吃了一点，几天后病就好了。霍生于是带着仆人骑着马去到那个村子找姓王的老头。可是等到了与姓王的老头分手的地方，却找不见他从前所指的村子。徘徊了一个多时辰，夕阳渐渐落山，山谷多而纷杂，又看不到远处，于是就和仆人上山去找那个村庄。可是山上的小路弯转崎岖，没法骑马行走，只得徒步登山，爬到山顶时，已经是暮色苍茫了。众人迈着小步一边走一边向四周看，根本就没有村庄。正要下山，往回走的路也迷失了。霍生心里不安，焦躁得心中像火烧一样。正在胡乱寻找归路的时候，黑暗中坠到了绝壁之下。幸亏几尺之下有一窄窄的石台，霍桓坠落在石台上，石台仅能容下一人，往下看漆黑见不到底。霍桓害怕极了，一动也不敢动。又幸好崖边上都长满了小树，像栏杆一样拦住了他的身子。过了一会儿，霍桓发现脚边有个小洞，心里暗暗高兴，用背靠着崖石，像爬虫一样爬进洞里。这时心情稍稍稳定下来，希望天亮后能够向外呼救。又过了一会儿，发现洞的深处有点点亮光，像星星一样。霍桓慢慢向亮点处靠近，走了三四里，忽然看见了房屋，虽然没有灯烛，却明亮得和白天一样。一个漂亮的女人从房子里走出来，仔细一看，原来是青娥。她看见霍生，吃惊地问："郎君怎么能到这里来了？"霍生顾不上说话，拉住青娥的衣袖痛哭起来。青娥再三劝慰，才止住悲哀。青娥问到婆母和儿子的近况，霍生详述了家中痛苦的状况，青娥听了也很难过。霍生说："你死了一年多了，这莫不是阴间吧？"青娥说："不是，这是神仙洞府。那时我并没死，所埋掉的，是一根竹拐杖罢了。郎君你现在来了，也和神仙有缘分。"于是就领着霍桓去拜见自己的父亲。见一个长胡子老人坐在堂上，霍桓急忙走上前叩拜。青娥说："霍郎来了。"老人吃惊地站起来，握着霍桓的手简单地说了说家常事。便说："女婿来了很好，有缘份应当留在这里。”霍桓推说母亲焦急地盼望回去，不能在这里久住。老人说：“这我也知道。但是晚三五天回去，又有什么关系呢？”于是拿出酒菜招待他，又让丫鬟在西边的堂屋里铺床，拿最好的锦绣被褥放在床上。霍生回到卧室后，拉着青娥上床和他睡觉。青娥拒绝说：“这是什么地方，容许做不庄重的事？”霍生抓住她的手不放，窗外丫鬟嗤嗤笑个不停，青娥更觉难堪。正在争执的时候，老头进来了，叱责道：“你这凡夫俗骨玷辱了我的仙洞！应该马上离开！”霍生向来要强，忍受不了这般侮辱，变了脸色说：“男女之情，人人难免，作为老人怎么能偷看？马上离开是可以的，只是要青娥随我一起走。”老头没话说了，叫青娥随霍生一起走，打开后门送出。把霍生骗出门以后，父女俩却关上门走了。

霍生回头一看，悬崖峭壁，险要至极，连点缝隙也没有，只身一人孤影相随，不知归途在哪。看天上，一弯晓月高挂在天空，星斗已渐渐稀少。霍生惆怅了很长时间，悲愤过后而怨恨，面对绝壁呼喊，一直没有回应。悲愤至极，从腰中取出小铲，向崖壁奋力凿进，转眼间就挖了三四尺深。隐隐约约听到有人说道：“真是孽障呀！”霍生更快地凿起崖壁来。忽然洞底开了两扇门，老翁将青娥推出说：“走吧！走吧！”崖壁随即又合上了。青娥埋怨霍桓说：“既然爱我娶我为妻，哪有这样对待丈人的？是哪里的老道士给你这个小铲作凶器，把人纠缠到要死的地步！”霍生得到了日思夜想的青娥，心情得到了安慰，也不再争辩，只担心道路险恶难以回家。青娥折了两枝树枝，她和霍生一个人骑上一条，树枝就化成了马，行走如飞，不一会儿就到家了。这时霍桓已从家里走失七天了。

当初霍生与仆人在山中互相走失，仆人找他没找到，回去禀告了霍母。霍母派人搜遍山谷，没有踪迹。正在忧愁担心之际，听说儿子自己回来了，高兴地出门迎接。抬头看见媳妇，几乎被吓死。霍生简单地讲述了这几天的遭遇，母亲才放下心来。青娥因自己的行迹离奇，担心引起别人的议论，要求立即搬家。霍母同意了。霍家在别的县另有产业宅院，确定了日期搬到那里，没人知道。

全家在一起生活了十八年，青娥又生了一个女儿，嫁给了同县的李家。后来霍母也寿终正寝了。青娥对霍生说：“我老家的草田当中，有野鸡孵了八个蛋，可以把母亲葬到那里，你们父子扶柩回去下葬，儿子已经长大成人，应该留他在老家守墓，不用再来了。”霍生按照妻子的话，安葬好母亲就自己回来了。过了一个多月，儿子孟仙回来看望父母，两个人已不知去向。询问家里的老仆人，却说：“去安葬老夫人后再也没回来。”孟仙心里感到奇怪，也只能对天长叹罢了。

孟仙的文章在当地名声很大，但是科考却不顺利，四十岁还未考上举人。后来以拔贡的身分参加顺天乡试，在考场中遇见同一号舍中一个十七八岁的考生，神采俊秀飘逸，非常喜欢他。看他的考卷，注明是顺天府廪生霍仲仙。孟仙吃惊得目瞪口呆，于是向仲仙说出了自己的姓名，仲仙也感到奇怪，就问孟仙的乡里籍贯，孟仙全告诉了他。仲仙高兴地说：“小弟进京时，父亲嘱咐我，考场中如果遇到山西姓霍的人，是我们本家族，应该热情结交，现在果然遇上了。但不知为什么我们的名字这么相同？”孟仙又问仲仙的高祖、曾祖以及父母的姓名，听后吃惊地说：“这是我的父母呀！”仲仙怀疑年龄不相符，孟仙说：“我父母都是仙人，怎么能从相貌断定他们的年龄呢？”于是孟仙把过去的事一一说了，仲仙才相信了。

考试结束后，两人顾不上休息，便一起坐车奔回家。才到家门口，仆人迎出来告诉说，昨晚老太爷和太夫人不知到什么地方去了。两兄弟非常吃惊。仲仙进屋问他妻子，妻子说：“昨晚我们在一块喝酒，母亲说：‘你们夫妇年纪小不懂事，明天你们大哥来后，我就不用担心了。’今早我进房一看，才发现已经寂静无人了。”兄弟俩一听，顿足捶胸大哭起来。仲仙还想到处寻找，孟仙认为这样做没有用处，才算了。

这次考试仲仙考上了举人，因祖籍在山西，仲仙就跟着哥哥回老家。他们都希望父母还在人间，每到一处都要打听，可是终于没有找到父母的踪迹。

异史氏说：“霍桓用铲凿壁打洞钻入武家，睡到青娥床上，他的情意太痴了。挖开峭壁骂岳父，他的行为太狂了。仙人之所以要撮合他的婚事，无非是用长生来报答他的孝心罢了。然生活在人世上，生育子女，那么始终住在人间又怎么不可以呢？而在三十年当中，一再遗弃自己的孩子，这到底为了什么？奇怪！”

小　翠

任太常寺卿的王某，是江浙人。小时候，一天白天正睡在床上，天忽然阴暗下来，雷声大作，一只比猫大的动物跑来躲在他的床下，转来转去不肯离开。一会儿天晴了，此物才从床下出去。一看，不是猫，才觉得害怕，大声喊住在隔壁的哥哥。哥哥听说后，高兴地说：“弟弟将来必定是个大贵人，这狐狸是来躲避雷击劫难的。”后来，果然很年轻就考中了进士，从县令晋升为御史。

王御史得了个儿子，叫元丰，非常傻，十六岁了，还分不清男女，所以同乡人没有愿嫁女儿给他的。王御史很担心儿子找不到媳妇。这时刚好有个妇人带着一位少女来到王家，自己请求把少女给元丰做妻子。再看少女，笑盈盈的，像个天仙。王御史高兴地问其姓名，妇人回答：“姓虞，名小翠，十六岁了。”王御史要和妇人商量聘礼的事，妇人说：“她跟着我连糠菜都吃不饱，一旦到了你家，住进宽敞的屋舍，使唤丫鬟仆人，吃的是鱼肉米面，她生活得顺心满意，我就安心了，难道像卖菜那讲价钱吗？”御史夫人高兴极了，送给妇人很多礼物。妇人马上叫女儿叩拜王御史和夫人，并嘱咐说：“这是你的公公婆婆，要恭敬小心地侍奉。我很忙，先走了，过三五天再来。”王御史叫仆人用马车送她。妇人说：“我家离这里不远，不用麻烦了。”便出门走了。

小翠一点也不依恋妈妈，马上打开梳妆盒翻着里面各种绣花样品。王夫人也很喜欢她。过了好些天，小翠的母亲并没来看她，邻居向小翠打听她家的住址，她傻乎乎地说记不清了。于是打扫了另外一所院子，在那里给他们举行了婚礼。

亲戚们听说王御史捡了个穷人家的女儿做媳妇，都讥笑他，但是一看小翠美若天仙，都吃惊不小，各种议论也就平息了。小翠很聪明，能体察公婆的喜怒变化。王御史夫妇疼爱小翠，超过了普通婆媳之情。只是对待小翠很小心慎谨，唯恐她嫌弃痴呆

的儿子，可小翠整天欢欢笑笑不嫌弃元丰，只是太爱游玩戏要了。用布做一个球，踢着玩，她穿着小皮靴，把球踢出好几十步，哄骗元丰奔跑捡球，元丰和丫鬟们常跑得汗流满面。一天，王御史偶然来看儿子，球“呼”地一声正好打在了他脸上。小翠和丫鬟们吓得躲了起来，只有元丰还蹦蹦跳跳去追那球。王御史生气了，捡起一块石头扔过去打他，他才吓得趴在地上哭了。王御史把此事告诉了夫人，夫人训斥小翠，小翠低着头微笑，用手抠着床。夫人走了之后，还是像原来一样蹦蹦跳跳，用胭脂把元丰涂成像鬼一样的大花脸。夫人见了，越发生气，把小翠叫来，大骂一通。小翠靠着桌子，用手摆弄衣服上的带子，不害怕，也不回话。夫人没办法，只好用棍子打儿子出气。元丰号啕大哭，小翠吓得变了脸色，跪下来替丈夫求饶。夫人一看，怒气顿时全消，放下棍子走了。小翠笑着把元丰拉进屋里，帮他打扫掉衣服上的灰尘，擦去脸上泪痕，抚摸着身上的伤痕，又拿了红枣板栗哄他，元丰破涕而笑。小翠把院门关上，一会把元丰打扮成楚霸王，一会儿打扮成匈奴人，自己就穿着鲜艳的服装，束着细腰，在帐幕下翩翩起舞。有时在发髻上插着野鸡翎，手拨琵琶叮叮咚咚地响，成天弄得满院子嘻嘻哈哈的。王御史因为自己的儿子太傻，不忍心过分责备儿媳，即使有所耳闻，也放置一边好像没听到。

和王御史住在同一街巷的是王给事中，两家相隔十多户人家。两家向来不相容。当时正赶上三年一次的对官吏政绩大检查，王给事中忌妒王御史掌管河南道监察大权，想设计陷害他。王御史知道他的阴谋，担心受陷害，又没办法对付。

一天傍晚，王御史早早睡下了。小翠戴官帽穿官服，剪些白丝当胡须，装扮成宰相的样子，又叫两个丫鬟穿黑衣服装成随员，从马棚中偷出马骑上，开玩笑说：“去拜访王先生。”骑马来到王给事中家的大门口，小翠用鞭子抽打随员而大声说道：“我是拜访王御史的，不是拜访王给事中的。”调转马头回家了。到了家门，看门人误以为真，跑进去告诉了王御史，王御史急忙穿戴好出来迎见上司，才知道是儿媳闹着玩的。他气坏了，对夫人说：“别人正在找我的毛病，她反把家丑弄到人家门前去宣传，我的灾难快到了。”夫人也恼怒，跑进小翠房里把她狠骂一顿。小翠只是傻笑，一句话也不说。夫人想打她，又不忍下手，想休了她，又没娘家。王御史夫妇又怨又悔，整晚都睡不着觉。当时的宰相某公威势显赫，他的仪表形象，穿着打扮，以及随员，和小翠装扮的一模一样。王给事中也以为真有其事。到王御史门前探听了好几次，可到了半夜还没出来，怀疑宰相同王御史有什么密谋。第二天早朝，王给事中问王御史：“昨晚宰相大人到你家了？”王公怀疑他在讥笑自己，红着脸，含含糊糊应了几声，王给事中越发怀疑是真，便放弃了陷害王御史的打算，从此反过来巴结王御史。王御史了解到事情的原委之后，心里暗暗高兴。私下里嘱咐夫人，劝儿媳不要再这么干，小翠笑着答应了。

第二年，宰相某公被免了职。刚好一封给王御史的私人信件，误送到王给事中的手里，王给事中非常高兴，先托与王御史有交情的人向王御史借一万两银子，王御史拒绝了。王给事中亲自到王御史府上。王御史听到通报后，慌急中找不到衣服和帽子，好半天出不来。王给事中等了好一会，不见王御史出来，认为是怠慢他，气愤地要离开。忽然看见元丰穿着龙袍、戴着皇冠被一个女子从门内推出来。王给事中先是大为吃惊，接着便笑着哄骗他脱下皇冠和龙袍拿走了。这时王御史才穿好衣服赶了出来，可王给事中已经走远。王御史听说王给事中拿走了皇冠和龙袍，吓得面如土色，哭着大声说："这真是祸水呀！没几天我家将灭族了！"和夫人一起拿着棒子去找小翠。小翠已经知道，关上院门，任公婆怒骂。王御史非常气愤，用斧子砍门。小翠在里面含笑对公公说："公公请不必发怒！有媳妇在，就是刀锯斧砍，都由我一人承担，一定不会使双亲受连累。公公拿着斧头，是要杀媳妇来灭口吗？"王御史这才住手。

王给事中回去后，果然上疏皇帝，揭发王御史图谋不轨，有皇冠龙袍为证。皇帝非常吃惊，要求拿来验证，不料皇冠是由高粱秆心编成的，龙袍是破黄棉布包袱皮做的。皇帝对王给事中无事生非很生气。又把王元丰叫来，皇帝看到他憨乎乎的样子非常好笑，笑着说："这个样子能做皇帝吗？"便将王给事中交给刑部、都察院和大理寺去审理。王给事中又告王御史家有妖人，刑部严厉审问王御史家的仆人，都说除了颠媳妇痴儿子，再没有别的，邻居也都说疯颠儿媳和痴呆儿子整天闹着玩，没别的说法。于是定了案，判处王给事中充军云南。通过这件事，王御史认为小翠是个奇异的人。又因她母亲一直不来，猜想她不是凡人。便叫夫人去盘问，小翠只是笑不回答。反复追问，她就捂着嘴说："我是玉皇大帝的女儿，婆母不知道吗？"

过了没多久，王御史被提为太常寺卿。五十多岁了，常常发愁没有孙子。小翠过门三年，每晚都与元丰分床而睡，似乎未有过男欢女爱之情。夫人让人抬走了一张床，嘱咐公子和媳妇同睡一床。过了好几天，元丰对母亲说："你把我的床借去，硬是不还！小翠每晚都把脚和大腿压在我的肚子上，使我喘不过气来，又常掐我的大腿里侧。"丫鬟女仆听了没有不大笑的。夫人一边斥骂一边轻轻打了他一下，把他撵走了。

一天，小翠在房里洗澡，元丰见了，非要和她一块儿洗，小翠笑着拒绝了，告诉他先等一会儿。她洗完后，给浴盆里换上热水，解开他的长袍和裤子，和丫鬟一起把他扶进澡盆。元丰感到热得闷人，高声喊着要出来。小翠不让，用被子蒙上。过一会儿，一点声音也没有了，掀开被子一看，已经没气了。小翠却没事一样地笑着，一点不吃惊，把元丰拖到床上，把身体擦干净，重新盖上被子。夫人听说后哭着跑进来，骂道："疯丫头为什么杀死我儿子！"小翠笑说："像这样的傻儿子，不如没有。"夫人听了更气愤，用头去撞小翠，丫鬟们争着上前劝解拉开。正吵得乱哄哄的时候，一个丫鬟说："公子出声了。"夫人收住泪抚摸着儿子，只见元丰气喘吁吁，大汗淋漓，被褥都湿透了。有一顿饭工夫，汗干了，元丰忽然睁开眼把四周每个人看了一遍，好像不认识一样，然后说："我现在回忆过去，好像做了一场梦，为什么？"夫人听儿子说的不像傻话，感到十分诧异。就拉着他去见父亲，王公试了他好几次，果然不傻了。老两口高兴得如获至宝。到了晚上，又把元丰的床放到原处，重新在床上铺好被褥，放好枕头，看他怎么样睡觉。元丰进房后，把丫鬟都打发走了。早晨去察看，那张床白铺了，他根本没睡自己的床。从此后，小翠的疯癫和儿子的痴呆病都好了，小两口安静又和谐，形影不离。

又过了一年多，王公被王给事中的同党诬陷罢了官，还受到一些谴责。家里有一只过去前任广西巡抚赠送的玉瓶，价值一千两银子，想拿去贿赂当权的人。小翠喜欢它，在玩赏时失手摔碎了。她心里很难过，亲自向公婆道歉。王公夫妇正因罢官的事不痛快，听说后，大怒，两人一起大骂。小翠气愤地跑出来，对元丰说："我在你家，所保全的不止是一个花瓶，你父母为什么不给我留点情面？实话告诉你，我本不是凡人。因我母亲遭雷轰劫难时，受到你父亲的保护，而你和我又有五年的缘分，所以让我来报答从前的恩德，了却我母亲长久以来的心愿。我在你家受的唾骂像头发一样多得数不清，之所以没立即走，是因为我们的缘分还没满。现在我还能待下去吗！"气冲冲地走了，元丰和家人出去追时已杳无踪影。王公心里空荡荡的，感到愧疚，但已悔之莫及。元丰回到房里，看到小翠用过的脂粉、鞋子等物，哭得死去活来，食不甘味，睡觉不安。一天比一天憔悴瘦弱。王公非常忧虑，急忙张罗着给元丰续娶妻子来解除他的烦恼。元丰却不乐意。只好请一位画家画了一张小翠的肖像，日夜在像前洒酒祈祷，这样差不多有两年时间。

有一回，元丰偶尔出外办事回来时，天色已晚，明月皎洁。当他骑马从村外自己家亭园的墙外经过时，听到墙内有说笑的声音。便勒住马，让马夫拉住缰绳，自己登上马鞍向园里看，见两个女郎在里边游戏，浮云掩月，月色昏蒙，辨不清两人的相貌。但听见穿绿衣服的说："应该把你这丫鬟赶出门去。"穿红衣服的说："你是在我家亭园中，还要赶谁走呀？"绿衣人说："丫头不害臊，媳妇没做好，让人赶出来，还冒认人家的财产。"红衣人说："为什么不看看，我比起你这么大年纪还没人要强得多。"元丰听红衣人说话的声音特别像小翠，急忙大声喊："小翠！"绿衣人边走边对红衣人说："暂且不和你争嘴，你男人来了。"一会儿，红衣人跑过来，果然是小翠。高兴极了。小翠让他翻墙过来，她从这边扶住跳下来，说："两年不见，瘦得只剩一把骨头了。"元丰拉着小翠的双手哭了，详细诉说对她的思念之苦。小翠说："我也知道，可我没脸再见家人。今天和大姐游戏，又和你不期而遇，可见天定的姻缘是不可逃避的。"元丰请她一同回家，小翠不答应。她提出一同住进园亭里来，元丰答应了。他派仆人跑回去告诉母亲。夫人吃惊地穿衣起床，坐轿子来到花园门口，用钥匙打开园门走了进来。小翠连忙跪下拜见婆婆，夫人抓住小翠的手臂扶她起来，流着泪检讨过去的错误，感到无地自容，说："如果能忘记前嫌，就和我一同回去，给我晚年一点安慰。"小翠坚决不同意。夫人考虑到花园荒凉冷落，要多派几个仆人来侍奉。小翠说："别人我都不想见，只是先前两个丫鬟和我朝夕相处，还忘不了，另外只要一个看门的老人就行，其他人都用不着。"夫人全照她的话办了。对外人说元丰在园中养病，每天送些食物罢了。

小翠常劝元丰另外娶一个妻子，他不答应。又过了一年多，小翠的容貌和声音渐渐和从前不一样了，元丰拿出画像比较，好像是两个人。元丰很奇怪。小翠说："你看我现在还像过去那么漂亮吗？"元丰说："漂亮还漂亮，但和过去比要差一些。"小翠说："大概我是老了。"元丰说："才二十多岁，怎么会这么快就老了。"小翠笑着把画像烧了，元丰去抢救，已化成了灰。

一天，小翠对元丰说："过去在娘家当姑娘时，父亲说我到死也不会生育儿女。现在公婆年纪大了，只有你这么一个儿子，我确实不能生育，恐怕要断了你家的后代。希望你另娶一个妻子，早晚侍奉公婆，你可以两边往来，也没有什么不方便的。"元丰同意了，和钟翰林的女儿订了亲。婚期快到了，小翠给新娘做好衣服鞋子，送到婆婆手上。等到新娘进门，她的言谈举止，音容笑貌，和小翠无一丝一毫的差别。全家人都感奇怪，来到花园一看，小翠已经不知去向。元丰向丫鬟询问，丫鬟拿出一条红手巾说："娘子暂时回娘家去了，给你留下这条手巾。"元丰展开一看，手巾上系着一块玉玦。元丰知道她不会回来了，便带着丫鬟一起回家。

元丰虽一刻不忘记小翠，幸好一看到新娘就像看见了小翠一样。元丰这才醒悟，和钟氏的婚姻，小翠预先就知道。所以先把自己的容貌变得和钟家姑娘一模一样，以此来安慰元丰。

异史氏说："一只狐狸，还想报答别人无意中给她的恩德。但受人再造之恩的达官贵人，却因碎了一只玉瓶便破口大骂，是多么庸俗啊！月缺重圆，从容离开，才知仙人情谊，比世俗的人们要深得多了。"

细　柳

细柳姑娘是中都读书人的女儿。有人见她细腰婀娜可爱，开玩笑叫她"细柳"。她从小聪明，识文解字，爱读星相之类的书。但性格内向，平素缄默少语，从来不谈及人家是非。要是有人来说媒，一定要亲自看看对方的相貌。看过的人很多，都没看中。此时已十九岁了。父母生气地说："天下就没有一个满意的，你是否要当一辈子老姑娘？"细柳说："我实在是想借他人的福泽去战胜上天所注定的苦命，没料这么长时间都未能如愿，这也是命中注定。从今以后，我听从父母的安排。"

当时有个姓高的书生，是出身世家的有名气的学士，听到细柳聪明貌美之名，就和她缔结了婚约。完婚后，夫妻关系融洽。高生前妻留下个男孩，小名叫长福，只有五岁，细柳对他关怀备至。她回娘家时，长福就哭着要跟去，就是斥骂让他留在家里也不听。过了一年多，细柳生了个儿子，取名长怙。高生问她给孩子取名字的含义是什么，回答说："没别的意思，只是希望他常常留在身边。"

细柳对于针线活等家务事不太经心，却对田产的位置，租税的盈欠等事十分留意，按账簿记录详细查问，唯恐了解得不详尽。时间长了，就对高生说："家中的大小事情，你以后放下不必操心，让我自己处理，不知能否当好这个家？"高生同意了，半年中家事处理得很有条理，高生也认为她的确有持家的能力。有一天，高生到邻家赴宴，刚好来了个催收欠税的差役，进门后说了些难听的话，细柳叫仆人去赔礼道歉，差役还是不走。就赶紧叫书童请丈夫回来。差役走了以后，高生笑着说："细柳，现在才知道聪明的女人不如傻乎乎的男人吧？”细柳听了，低着头哭起来，高生吃惊地扶着她悉心劝慰，但细柳始终高兴不起来。高生不忍心让家事烦累细柳一个人，还想自己处理，细柳又不同意。早起晚睡，经营得更勤快了。常在前一年就把下年的赋税准备好，所以一年当中没看见一个催税的差役上门。又用这种提前预算的方法计划衣食等开销，所以经济上更加宽裕。高生非常高兴，开玩笑说：“细柳有多细啊，眉细、腰细、脚细，可喜心思更细。”细柳说：“高郎实在高啊，品高、志高、文才高，但愿年寿更高。”

村里有人要卖一口上好的棺材，细柳不惜花高价买，钱不够，就从邻里亲戚手中去借。高生认为是不急用的东西，一再不让买，细柳不听。买了一年多，一个富人家死了人，愿出两倍的价钱来买这口棺材，高生因有利可图就把这事和细柳商量，细柳不答应。问她原因，她不说，再问，她眼泪汪汪只想哭。高生心里奇怪，但不忍让细柳为此事伤心，也就算了。又过了一年，高生二十五岁，细柳禁止他出远门，回家稍晚一点，书童和仆人去催他的一路不断。所以他的朋友都因细柳把他管得严和他开玩笑。一天，高生到朋友家喝酒，觉得身体不舒服就回家，行至途中从马上掉下来，当即死了。当时正是盛夏，幸好细柳早就准备好了寿衣和棺材，邻里人才佩服细柳有先见之明。

长福十岁，才学习写作文章。父亲死后，他懒惰厌学，常逃学去和牧童玩耍。细柳责骂他，不肯悔改，又用荆条打他，仍然顽固不改。细柳没办法，于是把他叫到跟前教训说：“你既然不愿读书，我也设办法强迫你读下去。但家贫不能有闲人，去换了衣服，和仆人一道干活。否则我要用鞭子打你，可不要后悔。”于是给他穿上破衣服，叫他放猪。每天回家，让他拿着陶钵和仆人一起吃粥。过了几天，他觉得太苦了，哭着跪在庭院里，要求回去读书。细柳转身把脸对着墙，不理他。长福不得已拿着鞭子哭着又放猪去了。秋去冬来，身上没有换洗的衣服，脚上没鞋穿，冰冷的雨水湿透衣服，缩着头像乞丐一样，邻里都很可怜长福。娶了后妻的，都叫她们不要学细柳，说了她许多坏话。细柳渐渐听到了，并不在意。长福受不了这份苦，丢下猪逃跑了。细柳发觉后，听任他自便，根本不予追问。过了几个月，他讨饭都找不到地方，瘦骨伶仃地跑了回来，但不敢立即回家，请邻居老太太向母亲求情。细柳说：“他如果愿意受一百下杖打就来见我，不然，趁早走开。”长福在门外听见了，急忙跑进来，哭着说愿受杖打。细柳问：“现在你知道悔改了吗？”长福说：“我后悔了。”细柳说：“既知后悔，无须责打，可以安心放猪，再犯不饶。”长福大声哭着说：“情愿受责打一百，求母亲让我再去读书。”细柳不肯答应，邻居老太太又帮着说情，才答应了他读书的请求。细柳让长福洗了头发，换上新衣服，和弟弟长怙一同上学。

经过苦中磨砺，长福勤奋读书锐意进取，和过去厌学时的情绪截然不同，三年就考中了秀才。巡抚杨公，看了他的文章很器重，按月补助他伙食费，帮他支付开销。

长怙智力不佳，反应迟钝，读了几年书连姓名都记不住。母亲让他停止读书去种地。长怙平时闲散惯了害怕吃苦，细柳生气地说：“士农工商各有自己的专业，既然不能读书，又不愿种地，岂不是要饿死在路边上了吗？”马上把他打了一顿。从此他每天领着用人去耕田，哪一天早晨起来晚了，就要遭到母亲的责骂。在吃穿饮食方

面，母亲总是把好的给长福。长怙虽然嘴里不说，但心里却不服气。

田里的农活做完后，母亲拿钱让他去做生意。长怙嫖娼赌钱，钱一到手就花光，向母亲撒谎说被强盗抢走了或运气不好赔了本。母亲觉察到了，把他往死里打。长福跪着向母亲求情，愿意替弟弟受责打，母亲才消了气。从此长怙一出门，细柳就暗中派人监视。他的行为才稍有收敛，但他并非真心改过，只是害怕母亲而已。一天，他向母亲请求，要和其他几个商人到洛阳做生意。其实是想借出远门的机会，在外面随心所欲玩个痛快。他心里惴惴不安，生怕母亲不答应他的请求。母亲听说后，根本没有怀疑，马上拿出三十两银子给他，又细心地准备了行李。后来又给他一锭金子，说："这是你祖父当官时留下的，不能动用，压压行装而已，以备应急。况且你初次远行，也不敢指望你挣大钱，只要这三十两银子不赔进去就行了。"临走又嘱咐了一遍，长怙答应得好好的，扬扬自得地出门了。

到了洛阳，长怙谢绝了同来的商客，自己住到名娼李姬的家里。才十多天，就把三十两银子花光了。自己觉得口袋里还有大金块，根本不担心把钱花光以后怎么办。等他把金子拿出来凿开鉴别，原来是假的，他吓得大惊失色。妓院老板娘见他钱花光了，就用冷言冷语中伤他。长怙心里不安，但口袋没钱无处容身，还希望李姬念在过去的情分上，不马上赶他走。忽然两个衙役拿着绳子走进来，套住他的脖子。他吓得不知如何是好，哀伤地问是什么原因。原来是李姬偷了他的假金子到官府报案了。他被押到公堂，无法置辩，被打个半死，下到狱中。又没钱疏通关节，受尽了狱吏的折磨，只好向别的囚犯讨口饭吃，勉强维持生命。

当初，长怙要去洛阳时，母亲对长福说："记着二十天后，你要去洛阳一趟，我的事很多，怕到时忘了。"长福想问为什么，只见母亲神色黯然，不敢再问就退了出来。过了二十天，长福问到去洛阳的事，母亲叹息说："你弟弟现在浮荡的情形，和你当年不肯读书一样。我当时如果不承受虐待你的恶名，你怎么能有今天？别人都说我狠心，但晚上我的泪水把枕头都湿透了，只是别人不知道罢了！"于是落下泪来。长福站在一边恭敬地听着，不敢细问。母亲止住哭泣，说："你弟弟游荡的心不死，所以给了他一锭假金子，让他受些折磨，我估计现在他已经被关进监狱了。巡抚大人待你很好，你去向他求情，能救你弟弟性命，也可以让他产生悔改之心。"长福立刻出发。等到了洛阳，长怙已被关了三天。长福到狱中去看他，长怙已奄奄一息，面目难看得像鬼，看见哥哥后，哭得抬不起头来，长福也难过得流泪不止。当时长福受巡抚大人特别的宠爱，所以远近都知道他的名字。县令听说长怙是他弟弟，连忙把他释放了。长怙回到家里，还怕母亲生气，跪着爬到母亲面前。母亲盯着他说："你的愿望实现了吧？"长怙涕泪齐下不敢作声，长福亦陪弟弟跪下，母亲才喝叱叫他起来。从此长怙痛改前非，对家中大小事情，精心料理。即使偶尔有些疏漏，母亲也不再呵叱责问他。母亲一连几个月也不跟他提做生意的事，而他想再去经商，又不敢对母亲说，就把自己的意思告诉了哥哥。母亲听说了很高兴，便抵押家产借贷了很大一笔钱交给他。半年就赚了一倍的钱。这年，长福考上了举人，三年后又考上了进士。弟弟的生意也越做越大，成了资本巨万的富商。本县有客居洛阳的人，看到过太夫人细柳，年过四十，还像三十多岁的模样，但穿着很朴素，和普通人家一样。

异史氏说："父亲娶了继母，孩子就不免受虐待，古今都一样，实在太可悲了！有的后母为不受别人毁谤，又常矫枉过正，以至眼看前妻的子女行为放荡而置之不理，这和虐待有多少差别？生母每天打骂自己的孩子，别人不说她残暴，要是打了前妻的孩子，各种指责跟着就来了。细柳并非只对前妻的孩子狠心，要是自己所生的孩子如果很贤能，又怎么能使自己的苦心得到世人的谅解？但她却不避嫌疑，不顾别人的毁谤，终于使两个儿子一个富有万金，一个身为贵官，在世人中间显得非常出众。这种过人的见识不但在妇女中少见，即使在大丈夫当中也是出类拔萃的。"

梦狼

白老汉是直隶地方人。大儿子白甲在南方做官，两年没有消息。有个姓丁的远亲来拜访，他热情招待。丁某平时走无常——通过假死去给地府当阴差。闲谈中，白老汉就询问阴曹地府的事，丁某回答说虚幻迷离，白老汉不大相信，只是一笑了之。

过了几天，白老汉正在睡觉，梦见丁某又来了，邀他一道去玩。他跟了去，进了一座城门。过一会儿，丁某指着一座大门说："这儿是你外甥家。"当时白老汉的姐姐有个儿子在晋地任县令。他惊讶地问："我外甥怎么会在这里？"丁某说："如果不信，进去看看就知道了。"老汉走进门去，果然看见外甥头上戴着貂皮帽子，身上穿着绣着獬豸图案的官服，坐在大堂上。两旁站着拿矛戟，打旗幡的卫士。没人给通报，丁某就拉他出来，说："你家公子的衙署距此不远，你也想去看看吗？"老汉同意了。不一会儿来到一座官衙门口，丁某说："进去吧。"老汉往门里偷偷一看，见一只大狼挡住路，老汉害怕不敢往里进。丁某又说："进去吧。"又进了一道门，看见堂上、堂下，坐着的、躺着的都是狼。再看台阶上，白骨如山，老汉更害怕了。丁某用身体挡着往里走。公子白甲正好从屋里出来，看见父亲和丁某非常高兴。坐了一会儿，便叫侍从去办筵席，忽然一只大狼衔了个死人进来。白老汉战战兢兢地站起来说："这是干什么呀？"白甲说："让厨子

对付着做几样菜。”老汉急忙阻止。心里惶惶不安，想离开这里，但是被一群狼拦住了去路。正在进退两难时，忽然发现狼群嗥叫奔逃，有的逃到床下，有的钻到桌底下，老汉惊奇地不知发生了什么事情。不一会儿两个穿着金色铠甲的猛士瞪着眼睛跑进来，拿着一条黑亮的铁链子把白甲绑起来，白甲倒地变成一头猛虎，牙齿又尖又长。一个猛士拿出利剑要砍掉虎头，另一个说：“且慢！且慢！这是明年四月的事，不如暂且把牙齿敲掉。”便拿出大锤敲虎的牙齿，虎牙纷纷落地。虎疼得大吼一声，震得地动山摇。白老汉吓坏了，忽然醒来，才知道是一场梦。心里觉得奇怪。派人去请丁某，丁某推辞不来。老汉写了一封信，信中详细记述了恶梦的始末，让次子去看大儿子白甲。老汉在信中多方劝戒，情词哀切。老二到了白甲的衙门里，看见哥哥门牙全掉光了，惊奇地问是怎么回事，原来是喝醉酒从马上掉下来摔掉了，问他摔下的时间，刚好是父亲做梦的那天晚上。老二更害怕了，拿出父亲写的信交给哥哥。白甲读了信，脸色变了，但稍迟一会儿说：“这不过是和梦境偶合罢了，有什么奇怪的。”原来当时白甲向当权的官员行了重贿，被保举重用，所以没有把父亲的怪梦放在心上。

老二在哥哥家住了几天，看见白甲的手下都是些贪赃枉法之徒，行贿的、走关系的日夜不断。他流着泪规劝哥哥。白甲说：“你整天生活在乡下，所以不知道当官的窍门。罢官和升官的大权，决定于上司而不在百姓。上司高兴，便是好官，只知道爱百姓，怎么能讨上司的喜欢呢？”弟弟知道无法劝哥哥改邪归正，便回家了，把哥哥的情况告诉了父亲。白老汉听了大哭。没有别的办法，只能捐献家财救济贫民，天天祈祷上天，只请求上天报应白甲时，不要连累全家。

第二年，有人报喜，说白甲被推荐为吏部主事，来贺喜的宾客天天不断。只有白老汉躲在暗中哭泣，托病卧床不出来。没多久，传说大儿子在入京途中碰到强盗，主仆都遭了劫难。白老汉才起床，对客人说：“鬼神的怨怒只报应他一人，保祐我家人平安的恩德实在太重了。”于是烧香拜谢上天。前来安慰老汉的都说这消息不真实，只有老汉对此深信不疑，定下日子给白甲准备丧事。

其实白甲开始并没死。原来，他在四月离任赴京，才走出县境就碰到强盗。白甲把所有的银两都给了强盗。强盗们说：“我们来是为全县百姓雪洗冤仇的，哪只专门为了这几个钱！”说完便砍下了他的头。强盗又问：“司大成是谁？”司大成原是白甲的心腹，帮助白甲残害百姓。仆人们供出了他。强盗也把他杀了。还有四个鱼肉百姓的衙役，是帮白甲搜刮钱财的坏蛋，白甲准备把他们带到京师做爪牙。都被搜出来杀了。处决完这批坏人之后强盗才分了钱装进口袋，飞驰而去。

白甲的鬼魂伏在路旁，看见一个官员从这里路过，官员问前面开路的随从：“被杀死的是什么人？”随从说：“是某县的白县令。”那官说：“他是白老汉的儿子，不要让老汉看到他这副凶惨相，应把他的头接上。”于是有一个人捡起白甲的头接到颈上，说：“邪人的头应该是歪的，让他的嘴巴对着肩膀好了。”头接完都离开了。

白甲的头接上不久，又慢慢活了过来。妻子去收尸，发现他还有点气，就把他抬上车运回，慢慢给灌些汤水，可以咽下去。由于钱财被抢光了，没有路费回家，只好住在旅店。半年左右，白老汉才得到确切消息，派老二去接白甲回来。白甲虽然又活了，但他的眼睛只能看到自己的后背，又怪又丑，没人再把他当人看。白老汉姐姐的

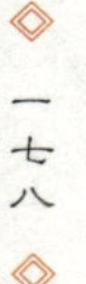

儿子因政绩出色名声好，这年被提拔为御史。这两件事都应了白老汉的梦。

异史氏说："私下叹息当今天下官如虎而吏如狼的情况到处都是。即使官员不做虎，但吏役们还要当豺狼，况且贪吏比贪官还凶猛呢！人做事担心不能知道后果，苏醒过来使他不得不朝后看，鬼神的惩罚太微妙了！"

邹平县人李匡九进士，当官非常廉明清正。曾有富人被罗织罪名关进监牢，吏役威胁被抓来的富人："县太爷要你交两百两银子，快点送来，不然，对你不利！"富人害怕了，答应出半数。吏役摇手说不行。富人苦苦哀求。吏役说："不是我不给你出力，只怕当官的不允许。到听审时，当着你的面我替你说情，他是否允许，你也可以看个清楚。当然也让你明白我没有别的企图。"不一会儿，李匡九来审案子。吏役知道李已经戒烟了，便靠近李低声说："你吸烟吗？"李摇摇头。吏役走到阶下跟听审的富人说："刚才我说给一百两，他摇头不同意，你不是亲眼看到了吗？"富人相信了他的鬼话，答应出二百两银子。吏役知道李匡九爱喝茶，又靠近李问："你想喝点茶吗？"李点点头，吏役借口去烧茶，走下去对富人说："办成了，刚才老爷点头同意，你不是看见了吗？"不一会儿就结束了，富人无罪释放。吏役收下二百两银子的贿赂，而且另外勒索一份谢金。

唉！官员自以为清廉，但是骂他是贪官的人满路都是，这是放纵豺狼般的吏役去干坏事而自己不知道的。世上像这一类事例多得很，可以作为当官的一面镜子。

霍　女

朱大兴是彰德府人，家中很富有但特别吝啬，不是男婚女嫁，家里就不留客人，厨房里也就没有鱼肉之类菜肴。但他生性轻薄，乱搞女人，为了搞女人，不惜耗费重金。每到晚上，就爬墙出村，跟不正经的女人睡觉。一天晚上遇到一个单独行路的女子，估计她是逃出来的，就强行挟持她跟着自己一起回家。点灯一看，女子绝顶漂亮。自己说姓霍。进一步仔细盘问，她便很不高兴地说："你既然收容我，何必又盘问，如果怕连累，不如早些离开。"朱不敢再问，便和她睡在一起。霍女不肯吃粗茶淡饭，又讨厌肉食，必须是燕窝、鸡心、鱼肚白做汤，才能吃饱。朱没办法，尽力供养她。又爱害病，每天需一碗参汤。朱开始不肯答应。霍女不断呻吟呼喊好像就要死了，朱不得已，只好买给她吃，病马上就没了。于是以此为常。她穿的是绸缎衣裳，过几天就嫌旧了。这样过了一个多月，花的竟不计其数，朱大兴渐渐供应不起了。霍女便哭泣着不肯吃饭，要求离开。朱害怕了，又委曲求全设法满足她的欲望。每当她感到懑闷不快活，朱就隔十来天请一次戏班子来家里演戏，演戏时，朱在帘外放一个凳子，抱着儿子坐在那里看戏。霍女看了戏，脸上还是没有笑容，屡屡讥骂，朱也不太分辩。过了两年，朱家日渐衰败。朱只好委婉地请求霍女降低一点开销，她答应了，各种费用都减少一半。时间长了，仍然无法满足，她也能吃些肉粥，又渐渐地吃

普通食物也行了，朱暗暗高兴。一天夜里，她忽然打开后门逃走了。朱大兴惆怅万分好像失去魂魄。四处打听，才知道在邻村姓何的家里。

何家是个大家族，世代当官，豪奢放纵喜欢结交宾客，常常彻夜灯火通明。这夜忽然看见一个美人来到他的房中。一盘问，原来是从朱家逃出来的小老婆。朱大兴的为人，一向被何某瞧不起，又喜欢霍女长得漂亮，便留下了她。缠绵了几天，便被她迷住了。于是穷奢极欲，供养得和在朱家一样。朱大兴得到消息，便向何家要人，何某根本不当回事。朱大兴又告到官府。官府因此女姓名来历都不清楚，放在一边不予受理。朱卖掉财产到官府行贿，才答应抓来对质。霍女对何某说："我到朱家，本来就不是明媒正娶的合法婚姻，何必怕他？"何某非常高兴，打算和朱大兴在官府对质。何家有位门客对何某说："收留逃亡的女人，已经犯了国法，况且这个女人进门每天消费无度，即使是千金之家，又能维持多久呢？"何恍然大悟，不打这场官司了，把霍女归还朱大兴。

过了一两天，霍女又逃跑了。有个黄生是贫士，没老婆。霍女敲门进去，自己说出来历。黄生看见忽然来了一个美人，惶恐得不知如何是好。黄生向来守法，坚决不肯留她。霍女不离开，对话之间，风姿无比娇媚，黄生心动，留下她，可是担心她不能安于贫困的生活。但霍女每天起来很早，亲自操持劳苦，比黄过去的妻子还勤快。黄为人文雅潇洒，对女人有内在的魅力，于是只恨相逢太晚，只怕消息泄露出去，欢情维系不久。朱大兴自从那场官司以后，家境更贫穷了，又料想霍女不会安于贫困，便放下此事不再追究了。

霍女跟黄生几年，感情深厚。一天，霍女忽然提出要回娘家，要黄生送他。黄生问她："以前你说没家，为什么前后这么矛盾？"霍女说："以前是随便说说。我是镇江人。过去跟着一个浪荡公子流浪江湖，于是到了这里。我家里相当富有，你把所有的家资拿出来跟我去镇江，一定不会吃亏的。"黄生听了霍女的活，雇车船前往镇江。到了扬州地界，把船停在江边，霍女正在靠着窗子向外看，有一个大商人的儿子从旁经过，见她这么漂亮非常吃惊，便掉转船头尾随在黄生坐的船后边，而黄生却不知道。霍女忽然说："你家很贫困，现在有一个治贫的方法，不知道你是否愿意听从？"黄生问她是什么办法，霍女说："我跟你过了好几年了，没有给你生育男女，心里一直放心不下。我虽然不漂亮，幸而还不老，如果有谁愿出千两银子相赠，便把我卖给他。这笔钱可使房屋、田产、妻室都有了。你说这计策怎样？"黄生大惊失色，不知是什么缘故。霍女笑着说："你不要着急，天下美人多的是，谁愿意花千两银子买我呢？让我到外头说句笑话，看有没有人愿出这个价钱。卖与不卖，当然在于你自己。"黄生不答应。霍女自己向船夫的妻子说了，船夫的妻子用征询的眼光望着黄生，黄生漫不经心地同意了。那妇人去了没多久，返回到船上说："邻船有个商人的儿子，愿出八百两银子。"黄生故意摇头刁难那商人的儿子。船妇过一会又回来了，说可以遵照你的意见办，就请过船交钱。黄生微微冷笑。霍女说："叫他暂时等一会儿，我嘱咐黄郎几句，马上叫他过去。"船妇走后，霍女对黄生说："我每天用价值千金的身心侍奉你，现在你该明白了吧？"黄生说："用什么话去推托呀？"霍女说："你马上去签契约，去不去原本在我。"黄生不答应。霍女逼着催他去，黄生不得已去了。对方马上兑付银子。黄生叫人封好银子加上标记，说："我因贫穷，竟弄成这样结果，突然间分手不是件容易事。假如我的妻子不愿跟你，我仍旧将银子原封不动还给你。"正在运银子到自家船上的时候，霍女已跟船妇从船尾上了商人的船。她回头远远地和黄生道别，没一点伤心和留恋之情。黄生难过得神不守舍，气梗得说不出话来。一会商船起锚开走了，行驶得像箭一样飞快，黄生号啕大哭想叫船夫开船去追，船夫不答应，开船渡长江向南去了。

不久抵达镇江，黄生把银子搬上岸。船夫急忙解开锚把船开走了。黄生烦闷地守着行李，不知向哪去好。望着滔滔流去的江水，好像万箭穿心一样难过。正在掩面哭泣间，忽然听到一个娇嘀嘀的声音喊道："黄郎。"他吃惊地回头一看，见霍女已经走在前面的路上，他这下高兴极了，背着行装跟在后面。他问："你怎么这么快就来了？"霍女笑着说："再迟些时候，你会疑心我跟别人跑了。"黄生还是怀疑这件事做得很古怪，反复追问根由，她笑着说："我平生对吝啬的人就破败他的家，对心术不正的人就欺骗他。如果如实和你商量，你一定不肯答应。我上哪给你弄到千两银子呢？现在钱装满了你的口袋，妻子也回来了，你的希望都满足了，何必还问个没完？"黄生这才雇了仆人挑着行李带着妻子一起回岳父家。

到了水门里，有一处向南开门的宅院。直接进去，不一会，老太爷、老太太，男人妇女，纷纷出来迎接，都说："黄家女婿来了！"黄生进去参拜岳父、岳母。有两个青年人和他作揖见礼，陪着说话，这两人是霍女的兄弟大郎和三郎。筵席上菜肴品种不多，四个大白盘子，把方桌摆满了。鸡、螃蟹、鱼、鹅，都切得很碎却保持原样。两个青年人用大碗饮酒，谈起话来都很豪放。饭后又把他们夫妇领到另一个院子里，让他俩单独住到一处。被子枕头都很光滑柔软，而床铺都是用熟牛皮代替棕藤。每天有丫鬟女仆送三餐饭来，霍女有时整天不出门。黄生在岳父家居住时间长了，觉得很寂寞苦闷，多次要求回家，霍女坚决阻止。有一天，霍女对黄生说："现在替你着想，请买一个女子给你留下后代。可是如果买丫鬟婢女要花很多钱，你装成我的哥哥，让我父亲到外面给你议婚，良家女子不难娶到。"黄生不答应，霍女却不管他答不答应。有个姓张的贡生，他女儿新近死了丈夫，提出要一百贯钱的聘金。霍女强迫黄生将其娶了过来。新媳妇小名阿美，长得秀丽端庄。霍女以嫂子称呼她。黄生拘束不安，而霍女很坦然。一天，她对黄生说："我和大姐到南海去探望姨妈。一个多月就能回来，请你们夫妇安心住在这里。"说完就走了。

黄生和阿美独处一院，霍家按时送饭过来，饭菜也很丰盛。但自从阿美来后，再也没有人来过他们俩的居室。每天早晨，阿美去拜见婆婆，说过三言两语就退出来了。在旁的兄弟媳妇，只是相视一笑。即使多坐一会儿，也都觉着没什么话可说。黄生进见霍翁时也是如此。偶而霍家兄弟聚在一起谈话，黄生一到，就谁也不说话了。黄生心存疑虑可又没人商量。阿美觉察不对劲，问黄生："你既然和他们是兄弟，为什么一个月来像陌生的客人一样？”黄生仓促中回答不上来，结结巴巴地说：“我在外十多年，才回来没几天。”阿美又仔细盘问黄生有关公公婆婆的门第家族，和兄弟媳妇娘家的情况，黄生非常狼狈，不能再隐瞒下去，一切底细都暴露出来。阿美哭着说：“我家虽然贫穷，没有给别人做小老婆的，难怪众人都轻视我，不把我当回事。”黄生惶恐不安，不知道该怎么办，只是长跪在地上听候阿美发落。阿美一看，止住哭声把黄生扶起来，转过头商量怎么办。黄说：“我哪敢有别的打算？只好一个人离开这里回老家。”阿美说：“我既然嫁了出来，又回到娘家去住，在情理上怎能忍心？霍女虽先和你在一起，是私奔；我虽后到，却是明媒正娶。不如姑且等她回来，问问她既然出了这个主意，打算把我摆在什么位置上？”

住了几个月，霍女始终不回来。一天夜里，听到客厅里喧闹饮酒。黄生偷偷往厅堂里看，看见两个武夫打扮的客人坐在上席，一个头上包着豹皮围巾威风凛凛像天神一般，东边那人用虎头皮做头盔，虎口蒙在前额上，虎头上的鼻子耳朵都很完整。黄生吃惊地返回来，把所看到的情景告诉阿美，到底猜不出霍家父子是什么人。夫妻俩惊疑恐惧，想到别处租房另住，又怕霍家猜疑。黄生说：“老实告诉你，即使到南海的霍女回来了，名分辩证清楚了，我也不能在这里安家。现在想带你一起走，又怕你家老人有别的意见。不如暂时分开，两年内我再来。你能等我，就等两年，如果想另外找人家，也由你自己决定。”阿美想要告诉父母一声跟黄生回老家，黄生不肯。阿美痛哭，要他发下誓言，才分别回了娘家。黄生到霍女父母那告别。当时霍家兄弟都出门了，霍翁挽留他等兄弟们回来再走，黄生不听而出门走了。

黄生一个人凄凉地登上归舟，黯然伤神。到了瓜洲时，回头忽然看见一只小船飞快驶来。渐渐靠近，原来按剑坐在船头的那人是霍家大郎。老远就说：“你急着要回去，为什么不再三想想，丢下夫人走了，两三年间，谁能等待？”话才说完，船已靠近了。阿美从船中出来，大郎扶着她上了黄生的船，又跳回自己的船径直走了。开始，阿美回家正向父母哭诉，忽然霍家大郎驾驶车马来到，拿着宝剑威胁她的全家，逼阿美快走。全家吓坏了，没有人敢阻拦追问。阿美描述着当时的情景，黄生不懂大郎这样做是为了什么。但阿美跟着回家他很高兴，便开船赶路回到了家里，黄生拿出资财经营产业，家里已相当富有。阿美常想念父母，希望黄生去探望一趟，又怕霍女一道跟来，妻妾的名分出现麻烦。过了不久，阿美的父亲寻访到来，看见家里房舍整齐，心里很感安慰。对女儿说：“你从家里走了以后，马上到霍家打听消息，看见门窗都关闭起来，房主也不知道他们的行踪，半年内没一点消息。你母亲每天哭泣，说你被坏人骗走了，不知流落在什么地方。现在有幸没出什么问题吧？”黄生把实情告诉了岳父，都猜测霍女是神仙。

后来阿美生了个儿子，取名叫仙赐。长到十多岁，母亲就让他去镇江探望外公外婆。到了扬州地界，在旅舍休息。随从都出去了。有个女子进来，牵着仙赐到了别的房间。放下窗帘，把他抱到膝盖上，笑着问他叫什么名字，仙赐告诉了她。女子问：“取这名字是什么意思？”回答：“不知道。”女子说：“回去问你父亲自然就知道了。”于是给仙赐梳头挽上发髻，摘下自己头上的花给仙赐簪上，拿出金钏戴在他手上。又拿出一块黄金放到他袖子里，说：“拿去买书读。”儿问她是谁，她说：“儿不知还有

个母亲吗？回去告诉你父亲，朱大兴死了没有棺材，应该帮助，不要把这件事忘了。”老仆人回到旅店，不见了小主人，找到别的房间，听见他在和别人说话，偷偷一看，原来是从前的主母。便在外轻轻咳嗽一声，打算请示一些事。女子把仙赐推到床上，一晃就不见了。问房主，并不知道有这个人。

过了些日子，仙赐从镇江回家，把事情告诉了黄生，又拿出所赠送的东西。黄生感叹不已。等打听朱大兴的情况，已死去三天，尸体暴露在外面没有埋葬，黄生便厚葬了他。

异史氏说：“霍女是神仙吗？换了三个丈夫算不上贞洁。但对吝啬的人，她破其财，对贪淫好色者她促使其堕落，她不是无义的人。但是破了他的财就不必再怜悯，贪淫鄙吝者的尸骨，丢在沟壑里有什么可惜呢？”

司　文　郎

平阳府人王平子，到顺天府参加举人考试，在报国寺租房子住下。寺中已有余杭县的一个书生先住在那里。王平子因和余杭书生住房相邻，所以递过名片要拜望他。余杭书生不予理睬。早晚见了面也没一点礼貌。王平子讨厌他狂妄傲慢的样子，便断绝来往。

一天，有一位青年游报国寺，白衣服白帽子，看上去很魁伟。接近和他交谈，言谈诙谐文雅，王平子很尊敬喜欢他。询问他的家乡和姓氏，回答说：“登州府人，姓宋。”王叫仆人摆好座位，两人对面坐下有说有笑地交谈起来。余杭书生刚好从这里经过，王、宋二人都起来让坐，他公然坐在了上位，一点也不谦让。突然他问宋生：“你也是来参加考试的吗？”宋回答说：“不是。我才疏学浅，早就没了飞黄腾达的念头。”又问：“你是哪个省的？”宋生又告诉了他。余杭书生说：“你不求进取，足可看出你的高明。山东、山西都没有通晓文墨的人。”宋生说：“北方人通文墨的固然不多，但不通的人里面未必就有小生我，南方人固然通文墨的人很多，但其中未必包括先生你。”说完，鼓起掌来，王平子也附和宋生，弄得哄堂大笑。余杭书生又羞又恼，竖起眉毛挽起袖子大声地说：“敢当场命题，比一比八股文吗？”宋生眼看别处笑着说：“这有什么不敢的？”余杭书生便跑回寓所，取出经书给王平子。王随手一翻，指着书说：“就是这句‘阙党童子将命’（阙里有个学童不知礼节，孔子让他在接待客人中受些训练）作题目。”余杭书生起身去拿纸笔。宋生拉着他说：“口讲就是了。我的破题已做好了：‘在宾客来往的地方，却看到一个无知的

人。'"王平子捧腹大笑。余杭书生发怒了，说："你完全不会作文章，只会变着法子骂人，这算什么人？"王尽力排解，建议另选一个好题目。王又翻开书说："做这篇'殷有三仁焉'（殷纣王时有比干、箕子、微子三个志士仁人）吧。"宋生立即应道："三个人走着不同的道路，但目标一致。那目标是什么呢？就是'仁'啊！君子能做到'仁'就行了，何必追求做法也一致呢？"余杭书生便不作了，站起身说："这个人是有点小聪明。"就走了。

王平子从此更加敬重宋生。就请他到书房来，很投机地谈了好半天，把自己写的文章都拿出来请宋生指教。宋生浏览得特别快，一会工夫就看完一百篇。看过后说："你对作八股文也是深有研究的。但在下笔时，虽没有非中不可的念头，还存在着侥幸考中的心理，这样，就落到下品里了。"便拿着看过的文章作讲解。王平子非常高兴，像对待老师一样对待他，让厨师用蔗糖做饺子招待他。宋生吃过后觉得又甜又香，说："生平未吃过这种饺子，麻烦以后再做一次。"从此两人相处得非常融洽。宋生每隔三五天就来一次，王平子就给他做甜水饺吃。余杭书生有时也碰见，虽不和宋生深谈，但他那目空一切的傲气却收敛多了。

一天，余杭书生拿自己的文章给宋生看。宋生看到文章已被别的朋友密密麻麻地圈点过，看了一眼，推到桌子一边，一句话也没说。余杭书生怀疑他没看，再次请他看一遍。宋说已经看过了。余杭书生又怀疑他没看懂，宋说："有什么难懂的？只是写得不好罢了。"余杭书生说："只看了一下评点，怎么就知道不好？"宋生就背诵那文章，就像早先读过一样，而且一边背一边指出文章的毛病，把余杭书生弄得无地自容，汗流满面，一句话没说就走了。过一会宋生走了，余杭书生进来，非要王平子的文章，王不给他看。余杭书生硬是自己给找出来了，看见文章多处已被宋生圈点过，嘲笑地说："这些圈圈很像水饺啊！"王生本来性格质朴内向不善言语，只是羞惭罢了。第二天宋生来了，王平子详细地告诉了宋生。宋生非常生气，说："我以为那南方人已被降服了，这无赖竟敢如此放肆，一定好好报复他一下。"王生极力劝他不要轻率用事，宋生深深佩服王平子的忠厚宽容。

考试结束后，王平子把应试的文章给宋生看，宋生非常赞许。两人偶然来到大殿前游览，看见一个瞎眼和尚坐在廊下，摆好摊子卖药行医。宋生惊奇地说："这可是个奇人呀！最能评断文章好坏，不能不去请教一番。"于是叫王生回书房去取文章。碰上了余杭书生，便和他一起来了。王平子参见瞎和尚并喊师父。和尚以为是来求医的，便问他有什么病症。王平子细述了请教文章的心意，和尚说："是谁多嘴？眼睛看不见怎么能评论文章？"王平子请他用耳朵代替眼睛。和尚说："三篇文章有两千多字，谁有耐心听那么久？不如把文章烧了，我用鼻子闻一闻就知道了。"王平子照办了。每烧一篇，和尚闻过点一点头，说："你开始效法大家的手笔，虽然没达到逼真的程度，也很接近了。我刚才是用脾脏领受的。"王平子问："能考中吗？"和尚说："也能考中。"余杭书生不大相信，先把古代大家的文章烧了试探他。和尚闻了又闻，说："好哇！这篇文章是我用心领受的，如果不是归有光、胡友信，怎么能写出这样的文章？"余杭书生大为吃惊，才开始烧自己写的文章。和尚说："刚才只领受一篇文章，还未闻到三篇所有的，为什么忽然换了另一个人的文章来？"余杭书生撒谎说："刚才那一篇是朋友写的，只那一篇，现在这才是我的。”和尚闻一下刚才剩下的灰，呛得咳嗽了好几声，说：“不要再烧了！格格不能入，我勉强用胸膈领受了，再烧，就作呕了。”余杭书生惭愧地走了。

几天后发榜，余杭书生竟然中了举人，王平子落榜了。宋生和王平子一起去告诉和尚。和尚叹息着说：“我虽然眼睛瞎了，但鼻子还管用，那些考官连鼻子也不管用了。”不一会余杭书生来了，得意扬扬地说：“瞎和尚，莫非你也吃了人家的水饺？现在到底怎么样？”和尚说：“我所评论的是文章，不是和你论命运。你不妨把所有考官的文章都找来，各烧一篇，我便知道谁是你的老师。”余杭书生和王平子都去找试官们的文章，只找到八九个的。余杭书生说：“如有差错，怎样进行处罚？”和尚气愤地说：“弄错了，你再剜掉我的瞎眼珠。”余杭书生开始烧文章，每烧一篇，和尚都说不是，到第六篇，忽然面对着墙拼命呕吐，屁响如雷。在场的人都笑了起来。和尚擦去眼泪对着余杭书生说：“这真是你老师的文章！开始不知道，猛然一闻，刺痛了鼻子，肚子也被弄得像针刺一样，连膀胱都承受不了，一直从肛门里冒出来才好受些！”余杭书生大怒，走的时候说：“明天就见分晓了，不要反悔，不要反悔！”过了两三天，竟然没有见到他，到他寓所一瞧，已经搬到别处去了。这才知道那位考官果然是他的老师。

宋生劝王平子说：“我们读书人不应该怨天尤人，要多反省自己。不怨人就德行日益光大，多严格要求自己就学业日益进步。这次落榜，本来是命运不佳，凭良心说，你的文章也没达到登峰造极的地步。那么从此更加倍地磨炼自己，天下总有不瞎眼的考官。”王平子听了，心里更敬佩宋生。又听说第二年还要举行乡试，便索性不回去了，在这里跟宋生学习。宋生说：“尽管京中物价特贵，但费用不用担心。你房子后面有埋藏的银子，可以取出来用。”就把埋银的地方告诉了他。王辞谢说：“前人窦仪、范仲淹尽管贫困，但还保持廉洁，我现在幸好还能维持生活，怎敢用非分的钱玷污自己！”

一天，王平子酒醉睡着了，他的仆人和厨工偷偷地打开了钱窖，王平子忽然醒来，听房后有声响，偷偷出去，看地上堆满了银子。仆人见事情已败露，便害怕地说出了实情。王平子正在大声责骂，忽然发现银上刻着字，仔细一看，刻的是祖父的名字。原来王平子祖父曾在明代南京城任六部郎。进北京时住在报国寺，突然得病死了，这些银两是他当年留下的。王平子非常高兴，称了一下，共八百多两。第二天便去告诉宋生，并把银子拿给他看，王平子想和宋生平分这些银子，宋生坚决拒绝。他便拿了一百两银子送瞎和尚，但瞎和尚已经走了。

以后一连几个月，王平子学习更加刻苦。应试前，宋生说：“这次要是还没考中，才真是命运不济了。”不久因王平子违反考试规则被除名。王自己还没说什么，宋生却痛哭不止。王反过来安慰宋。宋生说：“我不被上天所喜欢，穷困潦倒一辈子，现在又连累到好友身上。这是天命啊！这是天命啊！”王平子说：“万事原本有命数。像先生你无意猎取功名，和命数无关。”宋擦着眼泪说：“有些话我早就想说了，怕你吃惊奇怪。我本不是一个活人，而是一个漂泊的游魂，年轻时很有才气名声，科考不得志。装作发狂来到京城，希望找个理解我的人，把我的书传授下去。甲申年死于李闯王之乱，从此年年到处漂泊。幸好得到你的理解爱护，所以我竭力帮你琢磨攻读，要使我平生没有实现的愿望，在好友的身上得到实现，聊作我最大的快慰。现在文章的命运还是这样，谁还能无动于衷啊！”王平子也感动得哭起来。问宋生：“你为什么淹留不投生？”他说：“去年上帝有命令，委托孔圣人和阎罗王审核遭劫的冤鬼，德才兼备的留在阴曹地府做官，剩下的就让他们转世投生。我已被录用，之所以还没到职，是想享受一下飞黄腾达的快乐罢了。现在要分别了。”王平子问：“你考录的是什么职务？”宋生说：“文昌帝君府里缺一名司文郎，暂时由一个聋耳人代职，所以现在文运颠倒。万一我能得到这个位置，一定使圣人的教化发扬光大。”第二天，宋生高高兴兴地来了，说：“我的愿望实现了。孔圣人叫我写一篇《性道论》，他看后很高兴，说我可做司文郎。阎罗审查我的档案，说我犯过口孽，不想录用。孔圣人据理力争才被任职。我拜谢圣人后，他又把我叫到文案前边嘱咐说：‘因为你爱惜人才，才提拔你担任这清高显要的职务。应该洁身自爱把事办好，不要犯以前的错误。’由此可见，阴曹对人的品行看得比文才还重要。你一定是因为修养不够才没考中的，但只要积累善行不放松，一定会考中的。”王平子说：“如果真的是这样，余杭书生的德行又在哪里？”宋生道：“不知道。不过阴曹赏罚严明，很少出差错。前天的瞎和尚也是个鬼魂，是明朝八股文名家。因生前糟踏字纸太多，被罚为瞎子。他给人医治疾病，是为了消除前生的罪孽，所以在街市上罢了。”

王平子让人摆酒给宋生送行，宋生说：“不必了。我打扰你一年多，这最后一次，再给我做顿冰糖水饺就心满意足了。”饺子端上来，王平子悲伤得吃不下，让宋生坐下来随意吃。一会工夫，就吃了三大碗，拍着肚子说：“这顿饭可以饱三天，我这是为纪念我们之间的友谊啊！以前吃的都在房后，已长成菌子，收起来当药引子，能增长小孩的智慧。”王平子问以后什么时候能再见面，宋说：“有了官职在身，遇事要避嫌疑。”王又问：“如果到文昌帝君庙里去焚香祭拜，你能收到祭品吗？”宋回答：“这都没有用处。人世和九天相隔太远，只有洁身自爱多做好事，地府官员自然会向上禀报，我一定能知道。”说完，告别而去。王平子到房后一看，果然长了很多紫菌，便摘下来收好。旁边有个新土堆，原来吃的水饺埋在里面。

王平子离京回家后，对自己的品行要求更严了。一天夜里梦见宋生坐着张盖的马车来看他，说：“你过去曾因一点小事生气，误杀了一个丫鬟，被削去了禄位。现在你诚心向善，过去的处罚已经撤消了。但命薄不能做官。”这年，王平子考中了举人。第二年，又考中了进士。以后没再出去当官。他得了两个儿子，有一个非常笨，把紫菌给他吃了，于是变得非常聪明。后来因事到了南京，在旅店遇见了余杭书生，两人畅叙久别之情，余杭书生非常谦逊，但是两鬓已经斑白了。

异史氏说：“余杭书生公然自我吹嘘，想来他的八股文章，未必全不值得一看。但他那骄傲刻薄的情态和神色，却叫人一刻也不能忍受。上天和世人早就讨厌他了，所以鬼神都要戏弄他。假如能够注重人的道德修养，那么只会写臭文章的考官，还是容易碰上的，何至于仅仅碰上一次呢？”

邵士梅

进士邵士梅是济宁人。最初授任登州府教授，有两个老秀才送上名片，看到这两个人的名字，好像很熟识，凝神想了半天，忽然回忆起前生的事。又问学舍杂役，某生是不是住在某村，又说起他的神态和模样，一一吻合。一会儿，两个秀才进门了，邵士梅和他们拉着手倾谈，高兴得像见到了老熟人。谈话中间，邵向他们打听高东海家的情况。二人说："他死在狱中二十多年了。现在还有一个儿子，是这乡里一个普通百姓，你怎么知道他？"邵士梅笑着说："是我原来的亲戚。"

原先，高东海平时有些不务正业，但性格豪爽，不看重钱财而很讲义气。有人欠了租子而把女儿卖了，他把所有的钱拿出去替那家把女儿赎回来。他和一个妇女有私情，那妇女窝藏过盗贼，官府追捕很急，她逃进高家藏了起来。官府知道了，把高抓起来，拷打得很残酷，他始终不屈服，不久死在狱中。高东海死的那天，正是邵士梅的生日。后来邵士梅到了高东海住的村里，照顾他的老婆孩子，远近都知道这不平常的事情。这是高侍郎说的，邵士梅就是高侍郎的公子高冀良的同榜进士朋友。

陈锡九

陈锡九是邳州人。他父亲陈子言是本地名士。有个姓周的富翁，仰慕陈子言的名声和威望，便把女儿许配给陈锡九。陈子言多次参加乡试都没中举，家境日趋萧条败落，便到秦地游学，多年没有音讯。周某暗中产生了悔婚的念头，他想把小女儿嫁给王举人做继妻，王家给了周家丰厚的聘礼，迎亲的仆人和车马都十分排场。因此也更加讨厌贫穷的陈锡九，下决心和他解除婚约。便去问女儿，女儿不同意。周某一赌气，就让女儿穿着粗劣的衣服戴着不值钱的首饰嫁到陈家。陈家这时已穷得揭不开锅，但周某一点也不同情照顾。有一天，周某让一个老女仆给女儿送去一篮食物，进门向陈母说："主人让我看小姑姑饿死没有。"儿媳怕婆婆难为情，强作笑脸进来打断她难听的话。便从篮子里取出食物放在婆婆面前。女仆阻止说："不必这样。自从你嫁到陈家，连一杯温凉水都没给过我们周家。料想你婆婆也没脸吃得下。”陈母气极，脸色都变了。那女仆不服，用难听的话辱骂陈母，正在纷纷乱乱的时候，陈锡九从外面回来，听后大怒便抓住她的头发给她几个耳光，把她赶出门去。第二天，周家来接女儿，女儿不肯回去。第三天，又带了一些人来，这一批人吆吆喝喝，好像是找碴打架，陈母强劝儿媳回去，儿媳才流着泪上车走了。过几天，周某又派人来逼迫陈锡九写离婚书。陈母又强迫儿子给周家写了离婚书。只希望陈子言早些回来，再作别的打算。

这时有人从西安来，知道陈子言已经死了，陈母哀痛，气愤成病而死了。陈锡九在悲痛和穷困潦倒中，还是希望妻子能够回来。可是很久没有消息，更加悲伤气愤。他卖掉家里仅有的几亩薄田，购置棺材把母亲安葬好，一路讨饭到西安寻找父亲的尸骨。到西安后，他访遍了当地居民，有人说几年前有个书生死在客店里，被埋在城的东郊，现在坟墓无法找到了。陈锡九没有办法寻觅，只好白天上街乞讨，夜晚在野外的破庙里安身，希望能遇见个知道情况的人。

有天晚上，陈锡九路过一片坟场，有好几个人挡住他的去路，逼迫他交出饭钱。陈锡九说：“我是个外乡人，每天在城市讨饭，哪里欠谁家的饭钱？”那伙人听了大怒，把他摔倒在地，用一块埋死孩子的破棉絮塞住他的嘴，当陈锡九力竭声嘶濒临死亡时，那伙人忽然惊讶地喊道：“什么地方官府的人来了？”都放开手不敢作声。不一会儿有车马到了，车上的人问：“躺在地上的是谁？”马上有好几个人把陈锡九推到车前，车中人说：“这是我儿子。孽鬼怎么敢这样！把他们全部捆起来，不要让跑了一个！”陈锡九觉着有人把他口中的棉絮拿掉了，定了一下神，仔细一看，真是自己的父亲。痛哭着说：“儿为了找你的尸骨找得好苦哇。现在你还在人间啊！”父亲说：“我不是活人了，是阴曹的太行总管。这次也是为你来的。”陈锡九哭得更伤心了。父亲再三劝慰他。他又哭着述说了周家逼着离婚的事。父亲说：“不用担心，媳妇在你妈那里。你妈非常想念你，咱爷俩暂时去一下。”于是和父亲坐在一车辆里，车速快得像风一样。不一会儿就到了一个官署的门前，陈锡九下车，跟父亲进了好几道门，看到母亲在里面。陈锡九悲痛欲绝，父亲劝止他。他止住哭声听父亲吩咐。看见妻子在母亲身边，问母亲说：“儿媳也在这里，莫非她也死了？”母亲说：“不是的。是你父亲把她接来，等你回家后就送回去。”陈锡九说：“儿在这服侍父母，不愿回去了。”母亲说：“你历尽艰辛痛苦跋涉到这里来，为的是寻找你父亲的尸骨。你如果留在这里不回去了，怎能实现当初的志愿呢？况且你的孝行已经传到上帝那里，上帝赐给你金子一万斤，你们夫妻享用的日子还长着呢，怎么能说不回去？”锡九低着头哭了。父亲再三催他快走，陈锡九痛哭失声。父亲生气地说：“你真的不走了吗？”陈锡九害怕了，止住哭声，才问父骨葬在什么地方。父亲拉住他的手说：“你去，我告诉你：离那乱坟场一百多步，有两棵大小白榆树的地方就是。”父亲拉着走得很急，他竟没来得及和母亲告别。门外有两个身体强健的仆人牵马在那里等他。等他上了马，父亲嘱咐他说：“在你往日住过的地方，给你留了点路费，赶快整顿行装回家，向你岳父要妻子，不要回妻子，决不罢休。”陈锡九答应着走了。马跑得飞快，鸡叫头遍就到西安了。仆人扶他下马，正要拜托他向父母致意，人和马都不见了。

陈锡九找到原来的住处，靠墙闭目休息，等待天明。坐的地方有拳头大的一块石头硌着大腿，天亮一看，原来是块白银。便用这块白银买了棺材，租了车马找到那两棵树下，取出父亲尸骨装殓好运回老家。陈锡九把父母的遗体合葬后，家里只剩下空房子。幸好乡亲们同情他是个孝子，大家都给他饭吃。他想去向周家要老婆，考虑自己不能用武，便和族兄陈十九一同去。到了周家门口，看门的不让进去。陈十九平时是乡里刁狡、横行之徒，张口就骂些极为难听的话。周某让人劝陈锡九先回，愿意马上把女儿送去，陈锡九才回来了。早先，周某把女儿逼回家后，便当着女儿的面骂女婿和他母亲，女儿不作声，只是对着墙流眼泪。她婆婆死了，周家也不让她知道。当周某逼陈锡九写了离婚书时，他故意把离婚书丢给她说："陈家把你休了！"女儿说："我未曾做忤逆不孝的事，他家为啥休了我？"要回陈家问明原因，周某又把她关起来。后来陈锡九去了西安，周又伪造凶信说陈锡九病死，想用此来断绝女儿回陈家的念头。这个"凶信"一经传出，便有内阁中书的姓杜的来议亲，周某竟然答应了。迎亲的日子都定了，女儿才知道，于是哭着不肯吃饭，整天蒙头躺着，没出几天，就只剩下一口气了。周某正愁无法可想，忽然听说陈锡九又来要老婆，张口说话又很难听。周料想女儿必死无疑，便派人抬到陈锡九家，想等到女儿死后诬陷为陈锡九所害，以发泄私愤。陈锡九回到家还没坐稳，周家送女儿的也到了。这些人深怕陈锡九看妻子病危不肯收留，刚一进门，放下就走了。邻居都替他担心，一起给他出主意让他把这奄奄一息的病人抬回去，陈锡九不听，把妻子扶到床上，再看已经断气了。这可把他吓坏了。正当他惊惶失措的时候，周某的儿子带着好几个人手拿武器闯了进来，把门窗都砸碎了。陈锡九吓得藏了起来，这些人还不停地搜寻。乡里人都为陈锡九抱不平，陈十九召集十多个人不顾一切前来帮忙，把周某的儿子和帮凶都打伤了，鼠窜逃去。周某一听更生气了，便告到官府，官府派人抓了陈锡九、陈十九等人。陈锡九被抓走之前，把妻子的尸休托给邻居大娘照看，忽然听到床上似有呼吸的声音，靠近一看，妻子已微微睁开了眼睛。又过一会儿，已经能翻身了。邻居大娘非常高兴，到官府说了这一切。县令对周某诬陷好人非常生气。周某害怕了，给县令很重的贿赂才免于治罪。陈锡九从官府回到家里，夫妻相见，悲喜交加。

原来，陈锡九妻子绝食昏睡，立誓宁死不嫁。忽然有人拉她起来说："我是陈家人，赶快跟我去，夫妻可以相见，不然就来不及了。"不知不觉身体已经出门，两人扶她上轿，一会儿来到一个官署，看见公婆都在那里。她问："这是什么地方？"婆婆说："不必多问，容些时候就送你回家。"有一天，看见锡九来了，非常高兴。锡九一见面就匆匆告别，她心里感到疑惑和奇怪。公公不知忙于什么公务，经常几天不回家。昨晚忽然回来，对婆婆说："我在武夷山多耽搁了两天，难为你守着孩子，快些把孩子送回去。"便用车马把儿媳送了回来。忽然看见家门，就像从梦中醒来。妻子和陈锡九一起叙述以前发生的事，两人又惊又喜。从此夫妻俩和谐地生活在一起，但过着朝不保夕的拮据日子。陈锡九在村中办了一个给小学生启蒙教育的私塾，他一边教书谋生，一面自己刻苦攻读。常常暗中自语道："父亲曾说上帝能赐我黄金，但目前只空空四堵墙，难道教书能发财？"

一天，从私塾中回家，遇见两个人，这两个人问他："你是陈锡九吗？"陈锡九回答："是。"两个人取出铁索把他锁起来。陈锡九不知是什么原因。不一会儿，村里人都来了，问发生了什么事情，才知道他被府城里的一宗盗窃案所牵连。众乡邻都同情他受了冤枉，凑钱贿赂公差，总算在押解途中没受到折磨。到官衙见了知府，详细讲述了自己的家世。知府吃惊地说："这人是名士陈子言的儿子，这样一个温文尔雅的人，怎么会当强盗？"命差役去掉他身上的铁索。把盗贼带上堂来严刑拷问，才供出是周某用钱买通他诬陷陈锡九的。陈锡九又叙述了翁婿间反目为仇的由来，知府更加生气了，立刻下令拘留提审周某。知府又请陈锡九到官署去谈谈几代人的友好交谊。原来知府是当年邳县令韩公的儿子，这韩公就是陈子言教过的学生。知府送给他一百两银子做读书费用，又送了两头骡子当脚力。又让他经常到府里来，考核学业。知府向各位上司宣扬他的文才和孝行，所以从总督以下的官员都给他送了钱物。陈锡九骑着骡子回到家里，夫妻俩甚感欣慰。

有一天，陈锡九的岳母哭着来到陈家，见了女儿就伏在地上不起来。女儿惊奇地问这是为什么，才知道周某已经带着刑具关押在监狱里了。陈锡九妻子痛哭不止，认为父亲的罪行都是由她自己引起的，只想去寻死。陈锡九不得已，只好到官衙替岳父求情，知府让周某自己出钱赎罪，罚他出一百石谷子，批赐给孝子陈锡九。周某被放回去了。他回家后从仓里取出谷子，掺上糠秕装上车送到陈家。陈锡九对妻子说："你父亲以小人之心度君子之腹，他怎么就知道我一定会收谷子呢？还小里小气地掺些糠秕在谷子里。"陈锡九笑着让来人把谷子拉回去。

陈锡九家比以前稍好了一些，但院墙仍然是残破不全的。一天夜里，一群强盗闯了进来。仆人发觉后，大声呼喊，强盗只偷走了两头骡子。半年以后，陈锡九夜里攻读，听见敲门声，问是谁，又寂静得没一点声音。叫仆人起来看看，刚一开门，两头骡子跳进来，原来是半年前丢的骡子。它们一直跑向槽头，身上冒着汗，咻咻地喘着气。拿蜡烛一照，每头骡子的背上驮着一只皮口袋，解下来打开一看，两个皮口袋里装着满满的白银。陈锡九十分奇怪，不知从哪里来的。后来听说大盗贼抢劫了周家，把口袋装满走了。后来碰上巡逻的官兵，便丢下抢来的东西逃命去了，两头骡子记得原来的主人家，直接跑回来了。

周某从狱中回到家里，受刑的伤口还没好，又遭盗劫，气得大病一场死去了。他女儿夜里梦见父亲穿着囚服被铁链锁着来找女儿，说："我平生所做的坏事，后悔也来不及了。现在我受着阴间的处罚，除了你公公谁也帮不上忙，你替我求求你丈夫，给他父亲写封求情的信。"周女醒后哭泣不止。陈锡九问她，她把梦境详细告诉了他。陈锡九早就想去太行山，当天就出发了。到了太行山，准备了香烛三牲等物，向父母祷告，并露宿在那里，希望能见到父母，一整夜都没动静，就回家了。周某死后，周家母子更贫困了，依靠二女婿的接济。二女婿王举人经过考试当了县令，因为贪污被撤职，全家流放到沈阳。周家母子更没了依靠，陈锡九时常照顾他们。

异史氏说：“善行当中没有超过孝行的，这道理鬼神相通，是理所当然的。如果是崇尚美好德行的通达之士，即使是孝子终身贫穷，仍然选他为女婿，哪里会去考虑这孝子日后一定要昌盛起来呢？有人把身边的娇女，嫁给须发斑白的老头，还扬扬自得地说：‘某贵官，是我的东床快婿。’唉！女子年纪轻轻的，漂亮娇柔还未变，而做高官的女婿却已死去而蒙皇恩回家乡安葬，这情景太凄惨了。而何况一个年轻妇女跟着因贪污受贿而被治罪的丈夫去充军边疆呢？”

凤　　仙

刘赤水是平乐府人，从小生得聪明俊秀，十五岁便在州学读书。父母死得早，他便在游游逛逛中荒废了学业。家中生活虽很拮据，但是爱好修饰打扮，穿着、被褥及床铺都很精美。

一天晚上，他被朋友请去喝酒，忘了吹灭蜡烛就走了。喝了几杯酒以后才想起来，急忙跑回家去。不料听到房里有人小声说话，从门缝往里偷看，见一个青年抱着一个漂亮姑娘躺在自己的床上睡觉。他的家靠近富人家的一所闲院，那里常有鬼狐出入，心想床上这二位也一定是狐狸精。他也不害怕，进去叱责道：“我的床铺岂容你们在上面胡来？”床上两人惊慌失措，抱起衣服光着身子跑了。走得匆忙掉下一条绸裤，裤带上系着一个精致的针线包。刘心中非常高兴，唯恐被那青年男女再偷回去，藏进被子抱在怀里。一会儿，一个蓬头的丫鬟从门缝里挤进来，向刘赤水要绸裤。刘笑着要报酬，丫鬟说送他好酒，刘不答应。丫鬟说送给他银子，他还不答应。丫鬟笑着走了。一会儿丫鬟回来说：“我家大姑娘说，如果把裤子还给她，愿意送个美人作答谢。”刘问：“你家大姑娘是谁？”丫鬟回答：“我家姓皮，大姑娘小名八仙，和她睡在一起的是胡郎。二姑娘水仙，嫁给了富川的丁官人。三姑娘凤仙，比两个姐姐都漂亮，你见了肯定不会不中意的。”刘赤水怕她失信，要求立刻就能等到好消息。丫鬟回去一会儿，又回来说：“大姑娘让我告诉你，好事哪能仓促办成？刚才向凤仙提出嫁给你的事，反受到一顿痛骂。只要你同意暂缓些时日，自有办法，我家不是那种轻易许诺而又不守信的人。”这回总算相信了，刘赤水把裤子还给丫鬟让她拿走。

过了几天，一点消息也没有。一天黄昏，刘从外面回来，关上门刚坐下，忽然两扇门自动打开，两个人用被子抬着一位姑娘进来，两个人抓

住被子的四个角抬入后，说："送新娘的来了！"然后笑着把姑娘放在床上离开了。刘赤水近前一看，姑娘沉睡没醒，还散发着酒香。醉脸似霞，好一倾国倾城的绝代佳人！刘这下可高兴极了，马上拿起她的脚给她脱掉袜子，抱起她解开衣带，脱下衣服。这时凤仙已微微觉醒，睁眼见到刘赤水，手脚不听使唤，只是口里恨恨地骂道："我被八仙这坏丫头卖了。"这时刘赤水亲热地抱着凤仙，两人肌肤相近，凤仙嫌刘的皮肤冰冷，微笑着说："今晚是怎样一个夜晚，碰上你这全身冰凉的人呀！"刘赤水接口道："美人呀美人！你要拿这凉人怎么办呀？"于是两人在锦衾帐里尽享男欢女爱之乐。凤仙说："八仙这无耻的家伙，玷污了别人的床铺，却拿我来换裤子！我一定小小报复她一下。"从此，没有一个晚上不来的，两人的感情紧缠密绕如胶似漆，十分亲爱。凤仙从袖中取出金钏一枚，对刘赤水说："这是八仙的东西。"又过几天，怀揣一双镶珠嵌玉做工十分精美的绣鞋来，凤仙又把鞋交给刘赤水嘱咐他故意向外界张扬，刘赤水果然拿出这双绣鞋在亲友面前炫耀。想看绣鞋的人出钱出酒给刘赤水，以求一睹为快。刘赤水便把金钏、绣鞋作为奇货珍藏起来。一天晚上，凤仙前来告别。刘赤水奇怪地问她是怎么回事，凤仙说："八仙因绣鞋的事，非常恨我，想带着全家搬到远方去，以此来断绝我们的关系。"刘害怕了，愿把金钏和绣鞋还给八仙。凤仙说："不必了。她正要用搬家来要挟我，如果还她，正好中了她的计谋。"刘问："你为何不一个人留下来？"回答说："父母都迁到很远的地方，一家十多口人的生活都靠胡郎一人经管。如果不跟大家一块走，恐那搬弄是非的长舌妇造谣生事。"从这以后再也没来过。刘赤水难免惆怅万端。

过了两年，刘赤水不堪相思之苦，欲见凤仙。偶然在路上遇见一个女郎，骑着一匹行动迟缓的老马，由一个老仆人牵着，擦肩而过。这女郎掀开面纱看刘，刘也注意到这是一个丰姿艳丽的漂亮女子。一会儿，一个青年从后面赶上来，问："这女子是谁？似乎生得很漂亮。"刘赤水也极力称赞。青年向刘拱一拱手笑着说："你太过奖了，这是我的妻子啊。"刘惊惶羞愧地向青年道歉。青年说："没关系，南阳诸葛三兄弟，你把龙拴走了，剩下一般的又何足称道。"刘对青年的话迷惑不解。青年说："你不认得偷偷睡在你床上的人了吗？"刘赤水才想起是八仙的郎君胡公子。便和他谈起了连襟的友谊，两人友好地开着玩笑。青年说："岳父岳母新近才回来，我正要去拜望，一同去好吗？"刘非常高兴，跟着青年来到了萦山。这山上有一所城里人避乱住过的旧房子。八仙下马走了进去。不一会儿，好几个人出门来迎接客人，说："刘官人也来了！"刘便进去拜见岳父岳母。有一个不曾见过的青年已经先在里面就座了，他穿着华丽的皮靴和长袍。岳父说："这是富川的丁姑爷。"两人作揖见礼后坐下。不一会儿，美酒佳肴纷呈筵席。翁婿间谈笑风生，非常融洽。岳父说："今天三个女婿都来了，可以说是个美好的聚会。桌前又没外人，可以把女儿叫出来，作一个大团圆的聚会。"一会儿，姐妹们全出来了。岳父让仆人给女儿摆好座位，每个人都坐在丈夫的身边。八仙看见刘赤水，只是捂着嘴笑。凤仙则找机会嘲弄八仙。水仙容貌比不上姐姐和妹妹，但性格沉静温和，满座的人谈得兴高采烈，只有她端着酒微笑。于是座位下鞋子交错，脂粉的香气四溢撩人，全家人十分欢畅。

刘赤水发现床头放着各种乐器，便取出来一支玉笛吹奏，为岳父祝寿。岳父很高兴，叫擅长乐器的人各自取出一件演奏，于是满座的人争着去拿自己会用的乐器，只有凤仙和丁郎坐着不动。八仙说："丁郎不会弹奏也就算了，难道你也不肯屈指弹一弹吗？"便把拍板扔到凤仙怀里。拍板一响，各种乐器的声音都响了起来。老翁高兴地说："家人的这次团聚真是好极了！女儿们都能歌善舞，为什么不各尽所长表演一下呢？"八仙站起来，拉住水仙说："凤仙向来把她的歌声看得像金玉一样贵重，不敢劳驾她，我们二人合演一个《洛妃曲》。"两人刚把歌舞演完，正好丫鬟用金托盘捧着水果进来，众人都不知这水果叫什么名字。老翁说："这是'田婆罗'，是从真腊国带来的。"于是便捧了几颗水果放在丁郎面前。凤仙不高兴地说："对女婿的爱憎，难道还以贫富作标准吗？"老翁只是微微一笑没有答话。八仙说："爸爸因丁郎是外县人，是远客，若论年龄长幼，难道只有凤妹妹有个拳头大的穷酸女婿吗？"凤仙始终感到不痛快，脱下华丽的衣服，把板拍交给丫鬟，唱了一段《吕蒙正风雪破窑记》。一曲唱完，声泪俱下，情真意切，然后一甩衣袖就离开了。满座的人都感到非常扫兴。八仙说："这丫头还像往常一样任性。"追出门去，却不知道她跑到哪里去了。刘赤水感到很羞愧，也告辞离开了。走到半路，看见凤仙坐在路旁，叫他过来坐在一起，说："你也是个男子汉，就不能给妻子争口气吗？黄金屋就在书里面，希望你好好发奋读书。"又抬起脚来说："出门时走得太急，荆棘把鞋划破了，赠给你的东西，还带在身边吗？"刘赤水从怀中取出绣鞋，凤仙穿在脚上，换下旧鞋。刘赤水要留下那双旧鞋，凤仙笑着说："你也真是个大无赖，谁见过有把老婆的东西带在身边的？你如真心爱我，有一件东西可以赠送给你。"马上取出一面镜子交给他说："想要找我，就到书本里去找，不然，就永远见不到了。"说完就不见了。

刘赤水无精打采地回到家里。拿出镜子看看，只见凤仙背着脸站在镜中，好像望着百步开外的一个人。他想起凤仙临别时的嘱咐，便闭门谢客，专心读书。一天再拿镜子看看，见镜中的凤仙忽然现出正面，秋波流动，含情欲笑，便更加爱惜珍重这面宝镜了。在无人时，常和镜中的凤仙默默相对。过了一个多月，锐意进取发奋读书的意志消退了，常常游玩忘了回家。再看镜中的凤仙，凄惨得好像要哭，隔一天再看，镜中的凤仙和当初一样背着脸站着。才知道这是因为自己荒废学业的缘故。于是关上门刻苦研读，日夜不停。过了一个多月，凤仙的镜影又朝外了。从此，刘赤水便用镜子来检验自己的学习态度，每逢因事荒废学业，镜中的凤仙就哭丧着脸。刻苦攻读几天，镜中的凤仙就面带笑容。于是早晚将镜子挂在对面墙上，如同面对老师一样。这样刻苦攻读了二年，一下就考中了举人。自己高兴地说："现在我可对得起我的凤仙了！"这次拿着镜子再看只见她那眉黛又弯又长，洁白如玉的牙齿微微露出，一副笑容可掬的样子，似乎就在眼前。他越看越爱，便目不转睛地盯着凤仙看。忽然听到镜中的凤仙说："'影子里的情郎，图画中的爱人。'大概就是说我们今天的情形吧！"刘赤水又惊又喜，四处看来看去，见凤仙就站在自己身边。他拉着凤仙的手询问岳父母生活起居情况。凤仙说："我和你分别后，就没曾回过家，每天藏在离这不远的山洞里，整天关注着你勤学的情况。"刘赤水要到城里去参加一个宴会，凤仙要求和他一起去。刘赤水同意了，两人共坐一辆马车前往，人们即使在对面也看不见她。在宴会快要结束时，凤仙暗中对刘赤水说，把她假说成是从城里娶回来的媳妇。凤仙回到刘家，才出来见客人，开始经管家中的事情。人们对她的美貌感到惊奇，但不知道她是狐仙。

刘赤水能考中举人，是由富川县令评卷录取的，他因此要去拜见这位老师。路上遇见丁郎，丁热情地邀请到他的家里，招待得很优厚。丁郎对刘赤水说："岳父岳母最近又搬到别的地方去了，我妻子水仙回娘家快回来了。我一定写封信去报告喜讯，并和他们到你府上祝贺。"刘赤水原先以为丁郎也是狐仙，等问起他的家世，才知道他是富川县大商人的儿子。当初，丁郎夜晚从别墅回来，碰到水仙一个人走夜路。丁郎见她长得漂亮，便偷偷地看她，她便要求丁郎带他乘车一块走。丁郎求之不得，高兴地用车把她拉到自己家，让进书斋，当晚丁郎就和水仙住到了一起。水仙能从窗户的雕花格子进出，丁郎才知道她是狐仙。水仙说："你不必怀疑我会害你。我见你对我深爱不移，所以才甘愿将终身托给你。"丁郎确实喜爱水仙，竟然没再娶别人。

刘赤水回家后，借了一户富贵人家的大院子做客人饮宴休息的地方。他叫仆人把房子打扫得干干净净，只是苦于缺少帷帐等物。可隔了一个晚上，第二天那陈设就焕然一新了。过了几天，果然有三十多人举旗挂彩，抬着酒和其他礼物来到，车马众多，把街巷都填满了。刘赤水作揖行礼接待岳父、丁郎、胡郎等人，把各位亲戚让进客厅。凤仙也把母亲和两个姐姐让进内室。八仙说："丫头今天富贵了，总该不再埋怨我这媒人了吧！金钏和绣鞋还在吗？"凤仙找出来交给她，说："鞋子还在，早被千人看破了。"八仙用鞋在凤仙背上一拍，说道："该打你，把鞋给了刘郎。"于是把它扔到火里烧了，随即祝颂道："新时如花开，旧时如花谢；珍重不曾着，姮娥来相借。"水仙也代祝说："曾经笼玉笋，着出万人称；若使姮娥见，应怜太瘦生。"凤仙拨弄火堆说："夜夜上青天，一朝去所欢，留得纤纤影，遍与世人看。"便把鞋灰弄进盘子里，堆成十几份，看见刘赤水进来，托着盘子送给他，只见绣鞋满盘，样式做工和原来的一模一样。八仙急忙追了出去，把托盘推翻到地上，地上还有一两只绣鞋，八仙伏在地上把绣鞋的形迹吹灭。到了第二天，丁郎和水仙因为道远，先回去了。八仙想和凤仙多玩几天，不愿动身，父亲和丈夫胡郎多次催促，直到午饭后才出来和大家一起走了。

老翁一行人刚来的时候，排场大，随从多，看热闹的人像赶集一样。有两个盗贼看这一行人中有漂亮女人，魂都丢了，于是策划在他们回去的途中抢走漂亮女人。探察到他们离开村子，就一直跟在后面。眼看相隔不到一箭的距离，两盗贼骑马飞奔可就是追不上。后来到了一个两崖夹道的地方，一行人的车马走的缓慢了一点，两盗贼赶了上来，拿着刀大声吼叫，人都吓得四散奔逃，两盗贼下马掀开车帘一看，里面坐着个老太婆。正在怀疑是错抢了美人的母亲，正要往别处再找，不料被刀砍伤了右臂，一会儿工夫就被抓住捆上。定眼一看，两边并不是山崖，而是平乐府城门。车中坐的是李进士的母亲，刚从乡下回来。另一个盗贼迟后赶来，被砍断马腿落下就擒。守城门的士兵把两个盗贼送到知府处，一审讯就认罪了。当时正有两个大盗贼没有抓获归案，经过盘问，就是这两个案犯。

第二年春天，刘赤水考取了进士。凤仙恐怕招来灾祸，所以辞谢娘家人亲临祝贺。刘赤水也没有再娶别人。等到他升为郎官时，才讨了个小老婆，生了两个儿子。

异史氏说："唉！人情冷暖的变化无常，神仙和凡人原来并没差别啊！'少壮不努力，老大徒悲伤。'可惜没有凤仙一样争强好胜的佳人，变作镜中或悲或笑的人影。我希望有像恒河的沙子那么多的仙人都派娇女和凡人结为婚姻，那么在贫穷的大海中，芸芸众生就会少吃不少苦了。"

佟　　客

徐州人董生，喜欢击剑。常常慷慨激昂，自负武艺高强。偶然在路上遇见一个客人，骑着驴子和他一块走。董生和他交谈，发现客人的谈吐很有些豪爽气概。他便问他的姓名，客人说："辽阳人，姓佟。"董生又问："到哪里去？"回答说："我离开家乡二十多年了，刚从海外回来。"董生说："你遨游四海，认识的人很多，曾经遇见过不同寻常的人吗？"佟客说："什么样的人算不同寻常？"董生说了自己的爱好，对于没有得到异人的传授感到遗憾。佟客说："这种不同寻常的人什么地方没有？但被传授者必须是忠臣孝子，不同寻常的人才肯把武艺传授给他。"董生又毅然自称是忠臣孝子，并取出利剑，弹着剑柄歌唱。又用剑砍断路旁的小树，炫耀佩剑的锋利。佟客捋着胡须微笑，要把董生的佩剑借过来看看。董生把剑交给佟客。佟客接过来随便挥舞了两下，说："这是用旧铠甲之铁铸成的，又被汗臭熏染过，是最下等的剑。我虽不懂高明的剑术，但有一把剑还管用。"便从衣服底襟里取出一尺来长的一把短剑，用它来削董生的佩剑，像削青葫芦一样干脆，手起剑落，董生的剑便斜断成马蹄一样。董生非常吃惊，也请佟客把剑让他看看。接过佟客的剑用袖子再三擦拭后又交给佟客。他把佟客邀请到家里，坚持留佟客住了几天。他谦恭地向佟客请教剑术，佟客说真的不懂。董生两手按着膝高谈阔论，佟客只洗耳恭听而已。

到了夜深人静，忽然听到隔壁院里发出纷纷杂杂的吵嚷声，董生的父母就住在隔壁的院里。董生又惊又疑，靠近墙凝神细听，听到大声呵斥道："叫你儿子快点出来受刑，就放了你！"过一会儿，似乎开始拷打，呻吟声不断传来，真是董生的父亲。董生抓住戈矛想过去，佟客拦住他说："你过去恐怕活不成了，应该想个万全之策。"董生惊惶不安地向佟客请教，佟客对他说："强盗指名要抓你，打死你才甘心。你有没有其他兄弟，应该向你老婆吩咐后事，让我开门把仆人书童都叫起来。"董生答应了，进去把情况告诉了妻子。妻子拉着他的衣襟哭泣，不放他走。董生舍身救父的念头一下子打消了。便和老婆上楼寻找弓箭，

准备强盗来时也好自卫。正在仓皇间，听见佟客在房檐上笑着说："幸好强盗已经走了。"他点蜡烛往房上一照，佟客已不见了。畏畏缩缩地出门查看，只见父亲手提灯笼从邻居家喝酒刚回来，只是房前堆了许多刚烧过的芦秆灰。这才知道佟客原来就是他要找的不同寻常的人。

异史氏说："忠孝本是人的血性，古往今来做臣下和儿子而不能为皇帝和父母牺牲的人，难道开始就没有过执戈勇往的瞬间吗？总是一念之差所贻误的。从前解缙和方孝孺相约以死来殉建文皇帝，但解缙最终食言了，怎知道不是相约以后回到家，禁不住老婆的哭泣呢？本县有个捕快，常常几天不回家，妻子便和同巷中一个无赖通奸。一天捕快回来了，正赶上这无赖从老婆的屋里出来，他非常怀疑，拼命盘问老婆，老婆不承认。接着在床头发现了无赖掉下的东西，老婆这才无话可说了，只能跪在地上哀求宽恕。捕快怒气冲天，把一根绳子扔给她，逼她上吊。妻子请求让她梳妆以后再死，捕快同意了。妻子到屋里去打扮，捕快自斟自饮等着，不断地大声骂她快点出来吊死。不一会儿，妻子穿着华丽的衣服出来了，哭着给他叩头说：'你真的忍心让我死吗？'捕快非常生气地骂她。妻子返身走进屋里，正准备把绳子挂起来，捕快把杯子往地上一摔，大声说：'唉！回来！戴上一顶绿头巾，或许还压不死人。'于是夫妻和好如初。这个捕快也是和解缙同一类型的，可发一笑。"

爱　奴

河间府人徐生，在恩县设学馆教书。腊月初回家，路上遇到一个老汉。他细看了徐生以后，说："徐先生放假啦。明年到什么地方教书？"徐生回答："仍旧在原处。"老汉说："我叫施敬业，有个外甥要请一位高明的老师教他。前些天托我到东疃去聘吕子廉先生，但他已经接受了临淄的聘金。您如果屈尊答应教我外甥，我愿出比恩县多一倍的聘金。"徐生用已经和别人有约为由推辞。老汉说："你真是个守信用的君子。但离明年还有几天，我诚心地送上一两黄金作礼金，请暂时留在这里教教他，明年的事另外再商量好吗？"徐生答应了。老汉下了马，递上礼函说："我住的村子离这不远，只是房宅简陋狭窄，多养牲口不方便，就请让仆人牵马先回村，咱俩散步走回去不也很好吗。"徐生听从了他的意见，把行李放在老汉的马背上。走了三四里路，天快黑了，才走到他家门口，门上嵌着金钉兽头的门环，完全是世家大族的派头。老汉把外甥叫出来拜见老师，是一个十三四岁的小孩。老汉说："我的妹夫蒋南川原来是个指挥使。只留下这个孩子，不迟钝，但是太娇生惯养了。能受你一月的精心教诲，应该胜过十年呀。"一会儿工夫，摆上酒席，菜肴丰盛又精美。席上斟酒送菜的都是丫鬟女仆。有一个十五六岁的丫鬟拿酒壶站在旁边斟酒，生得非常有风韵，徐生的心暗暗被这丫鬟所动。酒过席散，老汉叫丫鬟安排好床铺，才告辞离开。

第二天天还不亮，小孩便来上学了。徐生才起床，就有丫鬟拿来毛巾脸盆侍候他洗梳，这丫鬟就是昨晚端壶斟酒的漂亮女郎。一日三餐都由她管理照料。到晚上，她又来清理床铺，徐生问他：“家中怎么没有男仆？”丫鬟只笑不回答，铺好被子就走了。第二天晚上又来了，徐生用不庄重的话挑逗她，丫鬟笑笑不表示反感。便大胆地亲近起来。于是丫鬟告诉徐生说：“我家里没有男人，外面的事情就请施老舅帮助办理。我叫爱奴。夫人很尊敬先生，恐怕别人不干净，所以叫我来侍侯你。今日咱俩的事要严守秘密，恐怕被别人发现，于我俩脸上无光。”有一天夜里，两人睡到一块，天亮了也不知道，被公子撞上，徐生非常惭愧不安。到了晚上，丫鬟来对徐生说：“幸好夫人很敬重先生，不然就坏事了！公子回去把看见的场面告诉了夫人，夫人忙捂住他的嘴，好像深怕被你听到。只是警告我不要在书房停得太久。”说完就走了。徐生很感激夫人。但是公子不爱读书，老师责备他，夫人为儿子求情。开始还只是叫爱奴替她传话求情，后来渐渐亲自出面干涉了，隔着窗子给儿子说情，常常心疼得直流眼泪。但每天晚上又来打听公子功课如何。徐生很不耐烦，变了脸说：“既要放纵儿子偷懒，又要让他把功课学好，这样的老师我做不惯，请允许我告辞离开。”夫人叫丫鬟来赔不是，徐生才留下来。徐生自从到蒋家来教书以后，很想出去散散心，但蒋家经常关紧大门不让出去。一天，徐生喝醉了，心里发烦，叫爱奴来问主人为什么不让出去。爱奴说：“没有别的原因，夫人怕荒废公子的学业。如果一定想出去，就请等到夜里。”徐生气愤地说：“收了别人的几两银子，就应当关在房子里憋死吗？叫我晚上跑到哪里去？我早就以白吃饭为耻，礼金还在钱袋里。”便拿出金子放在桌子上，整好行李准备走。夫人从里屋走出来，默默不语，只是用衣襟捂着脸抽抽噎噎地哭，叫丫鬟送回酬金，打开门送出去。徐生觉得门户很狭窄，走了几步，日光透了进来，原来自己是从一个陷下去的坟墓里走出来的。往四处一看，满目荒凉，原来是一座古墓。徐生很惊恐。但又感激她们的恩义，于是用夫人给他的酬金，给古墓培上黄土栽上树木后才离开。

过了年，徐生又经过这个地方，到古墓上祭拜后上路。远远地看见施老汉笑着向他问候，热情地邀请。他虽然心里知道是鬼，但想问候一下夫人的情况，便同老汉进了村子，买酒一起喝。不知不觉天黑了下来。老头站起来还了酒钱。就说：“这里离住处不远，我妹妹也正好回娘家了，希望能劳您大驾，替老夫消除灾祸。”出村几步，又来到一个村落，老汉敲开门进去，点起蜡烛接待客人。不一会儿，蒋夫人从里面出来了，徐生这才细看了一下，她是一个四十岁左右的美貌的妇人。她拜见徐生并致谢道：“我这衰落的家族，门庭冷落，承蒙先生施恩于地下的枯骨，真让我无以报答。”说完掉下泪来。接着叫爱奴出来，对徐生说：“这丫鬟是我喜爱的人，现在把她送给你，也好使你在寂寞的客居生活中得到些照顾和安慰。你如有什么事要办，她也还算善解人意。”徐生连连答应。不一会儿，施老汉兄妹都走了，爱奴留下来陪徐生睡觉。鸡叫头遍，施老汉便来催促徐生整理行装上路，夫人也出来了，嘱咐爱奴好好侍候先生。又对徐生说：“从此更须谨守秘密，你和她的私情是一种奇特的姻缘，恐怕喜欢搬弄是非的人说闲话。”徐生答应，告别了施老汉兄妹，和爱奴共骑一匹马向前赶路。到了学馆，徐生要了个单独的房间，和爱奴一同住在里面。有时来了客人，爱奴回避，客人也看不见她。徐生每要办什么事情，意念一产生，爱奴就替她办好了。爱奴还懂

巫术，一按摩疾病就好了。

清明节，徐生回家。经过蒋夫人的墓地，爱奴下马和徐生告别。徐生嘱她向夫人致谢，她答应道：“好。”便不见了。徐生在家住了几天返回学馆，正打算去墓地拜谒，只见爱奴穿着漂亮衣服梳妆整齐在树下等他，两人便一同上路。徐生长年来往于河间和恩县之间，也就常常和爱奴在蒋夫人的坟墓附近见面和分手。徐生想把爱奴带回家去，但她执意不肯。

年末，徐生辞退学馆的教职回家，和爱奴相约后会的日期。爱奴送徐生到从前坐过的地方，指着石堆说：“这是我的坟墓，夫人还未出嫁时，我便在身边侍候她。我夭折后，便埋在这里。你以后如果经过这里，烧上一炷香凭吊，我们就能见面。”徐生告别爱奴回到家里，十分怀念爱奴，就到爱奴的坟上去祭祷，不料毫无踪影。于是到集镇上买了棺材，挖开墓穴，想把爱奴的尸骨搬回家去安葬，来寄托自己的爱恋之情。墓穴挖开后，他亲自揭开棺盖，见爱奴的脸色跟活人一样，皮肤虽然没有腐烂，衣服却败朽如灰了。头上的玉饰、手上的金钏都和新制做的一样。再看腰间，缠着几块金锭，便把首饰和金锭包起来放在怀里。才脱下自己的长袍盖在尸体上，抱着放到棺材里，租车将棺材运回。把棺材停放在别的房里，给她换上绣花衣服，一个人就睡在棺材旁边，希望有灵验的效应。忽然看见爱奴从外面进来，笑着说：“劫墓的强盗原来在这里呀！”徐生非常惊喜地慰问她。爱奴说：“前些日子跟夫人去东昌府，三天后回来，我的房子已经空了。过去蒙你多次邀请，之所以不肯跟你回家，是因我从小受到夫人的厚爱和恩宠，不忍心离开她。你现在既然把我劫到这里，就请尽快安葬，这将是你对我的最大恩德。”徐生问：“古代有的人死了一百年以后还可以复活，现在你的身体完好，何不也来个起死复生呢？”爱奴叹息道：“这是有定数的。世间传说的那些灵异的事迹，大多数是人们幻想出来的。如果想让我恢复生命也没有多大困难，只是不能像活人一样饮食和生育，所以也就不必了。”说完就打开棺盖进去。尸体立即站了起来，亭亭玉立十分可爱。徐生摸了摸她的心窝，像冰雪一样凉。于是爱奴想再躺进棺材等候下葬，徐生坚决不让。爱奴说：“我蒙夫人的过分宠爱，主人从外地回来，带回几万两黄金，我偷偷拿了一些，她也不加追问，我临死时，没有别的亲属，便藏在身边给自己殉葬了。夫人可怜我早夭，又把珍宝首饰给我戴上才入殓。身体这才不曾腐烂，不过是受金宝之气的保护罢了。如果活在人世，哪能保持长久呢？如果你一定让我留在人世，切记不要强迫我吃东西，吃了东西灵气会消散，那样游魂也将消失。”徐生便建了一所漂亮精美的房子，和爱奴一起住在里面。爱奴起居谈笑和平常人没什么不一样。只是不吃不喝不呼吸，不见陌生的人。一年多以后，有一天徐生有点喝醉了，拿着喝剩的残酒强行灌到爱奴嘴里。她立刻倒地，口中流出血水，一天过去，尸体变坏了。徐生伤心悔恨已经无济于事，就隆重地葬了爱奴。

异史氏说："蒋夫人教育孩子，和人世并无两样，但对老师的待遇多么优厚！不也很贤德吗？我认为艳丽的行尸走肉不如风雅的鬼魂，竟因为一个穷秀才的粗俗鲁莽，致使爱奴不得享长寿之福，太可惜了！"

章丘县有个朱生，向来刚强耿直，在某贡生家里教私塾，每当他处罚学生时，贡生夫人常派丫鬟去请求免于处罚。朱生不予理会。有一天，夫人亲自来到窗外向朱生求情。朱生大怒，拿着戒尺大骂追出。夫人吓得连忙逃跑。朱生追了上去，一戒尺打在夫人的屁股上，打得屁股皮肉铿铿作响。让人笑破肚皮。长山县有个老汉，每次聘请家庭教师，必定把一年的薪水按全年的实际天数合计，算出每天的酬金数额。又把老师离开私塾和回私塾的日期详细记在账簿上。到了年终，就当着老师的面按教学天数计算工钱。有个马生受雇在他家开设学馆，见他拿着算盘来，询知原因后非常惊奇。后来暗想了一个办法，便反怒为喜，随他怎么核算，一点也不计较。老汉非常高兴，坚持订出明年的教书合同。马生找了个借口推辞不干，便向老汉推荐了一名性格非常乖僻的教书先生取代自己。那位教书先生一到学馆后，动不动就把老汉痛骂一顿，老汉没办法，全都忍受下来。年末，老汉端着算盘来了，教书先生勃然大怒，姑且听他去算。老汉又把路上、节假日的时间算在老师误工的账上，教书先生不接受，坚持要算到教学账上去。两人争执不下，每人都拿根长戈对准对方，彼此打得头破额烂，到公堂上去打官司。

小　梅

蒙阴县有位世家公子王慕贞，偶尔到浙江一带游览，看见一个老妇人在路上哭。王公子问她哭什么，她说："我去世的丈夫只留下一个儿子，现在犯了死罪，有谁能把他救出来？"王公子向来慷慨。当下记住犯人的姓名，从自己的口袋里拿出钱给这个死刑犯四处奔走活动，终于帮他开脱了罪责。这人从监狱出来，听说是王公子慷慨解囊救出自己，莫名其妙，不知是什么缘故。便找到旅店，亲自向王公子致谢并问明是怎么回事。王公子说："没什么原因，只是怜悯你母亲年纪大了。"这人吃惊地说："母亲已经死了多年。"王公子也感到奇怪。

到了晚上，老妇人来向王公子致谢。王公子责怪她不应该撒谎骗人。老妇人说："老实告诉你吧，我是东山的一只老狐狸。二十年前曾和这孩子的父亲相好过一个晚上，所以不忍心看他父亲在阴间由于没儿子而成为饿鬼。"王听了肃然起敬，想再问点别的事情，她却不见了。

从前，王公子的妻子很贤惠，一心向佛，不吃荤，不喝酒。打扫出一间干净的屋子，里面悬挂着观音菩萨的神像，因为没儿子，天天都在里面烧香祷告。而这观世音又特灵验，常常托梦给她，指示她趋利避害，所以家中事情的好坏都取决于观音的旨意。后来王妻病了，而且很重，便把床移到挂观音神像的那间屋子。又另外在内室铺设锦绣被褥，把门窗关紧，好像在等什么人。王对她的行为很不理解，只是认为她病得昏迷，所以不忍心阻止她这些让人费解的行动。她一病就是两年，讨厌嘈杂的声音，常赶走别人独居一室。暗中偷听，似乎她在和别人谈话，开门一看又非常寂静。在病中她没什么牵挂，只不放心十四岁的女儿，天天催王生准备嫁妆把她嫁出去。女儿出嫁后，她把丈夫叫到床前，拉着他的手说："现在该分别了！刚得病时，菩萨告诉我，命里本当死得快些。心中放不下的，就是幼女未嫁。于是观音给了些药，让我延续生命到现在。去年，观音要回南海，留下了她案前的侍女小梅服侍我。现在我快死了，我这薄命人又没生儿子。保儿是我喜爱的，怕你娶个凶悍的后妻，使他们母子没有依靠。小梅姿容秀美，性情又贤淑温和，可以娶她做后妻。"原来王公子有个小老婆，生个儿子叫保儿。王公子认为她的话很荒唐，就说："你向来敬重菩萨，现在说出这种话，不是太亵渎神灵了吗？"王妻说："小梅侍候我一年多，已不分彼此，我已经婉言求过她了。"王公子问："小梅在哪？"回答道："屋里的不是她吗？"王公子正要再问，妻子闭上眼睛死了。

王公子夜里守灵，听见里屋传出隐隐约约的哭泣声，吓坏了，怀疑是鬼。叫丫鬟小老婆开门进去看看，原来是一个十六七岁的美人，穿着丧服坐在屋里，众人都以为她是神女，一齐围着她叩头。她收住泪把她们扶起来。王公子凝神注视着她，她只是低着头而已。王公子说："如果亡妻说的是真话，请到厅堂接受儿女和仆人的朝拜。如果你不同意，我也不敢妄想，给自己招来罪过。"小梅羞红着脸走出来，直走到北面正厅。王公子让丫鬟给小梅一个面南的坐位。王公子先给她行礼，小梅也还了礼。以下按年龄长幼身份尊卑依次俯伏叩见，小梅神情庄重，坐着接受众人的叩拜。只有王公子的小老婆跪拜时，小梅把她扶起来。自从夫人卧病以后，丫鬟们开始懒惰，仆人们乘机偷偷摸摸，家里早就不成样子了。众人参见完结，恭恭敬敬地站在一旁。小梅说："我感激夫人的盛情，把我留在人间，又把家里的大事委托给我，你们应该各自洗心革面，好好为主人效力。从前犯过的错误，一概不予追究。不然，可不要说家里没主妇！"众人望着座上的小梅，真像悬挂的观音画像时时被微风吹动的样子。听着小梅的话，众人心里都有些畏惧惊慌，异口同声地回答了小梅。小梅就先安排夫人的丧事，一切都办得井井有条。从此大小奴仆没有敢偷懒的。小梅经管着内外大小的事务，王公子要做什么事情，也先告诉她一声才去做。他们虽然早晚都见面，但私下里并不说话。给夫人下葬后，王生很想履行以前的婚约，不敢直接跟小梅说，嘱咐小老婆暗中示意小梅。小梅说："我受了夫人的谆谆嘱咐，从道义上讲是不容推辞的，但是婚娶是重要的事情，不能草率从事。年伯黄先生位尊德重，如果请他主持结婚仪式，那么我将唯命是听。"当时计水县人黄老先生曾任太仆卿，这时退休在家闲居，是王公子父亲的朋友，两家往来密切。王公子便亲

自去见黄老先生，把实情告诉他。黄老先生感到奇怪，就同王公子一块来了。小梅听说，马上出来参拜黄老先生。黄老先生一见，惊奇得以为是仙女下凡，谦逊地辞让，不敢接受她的叩拜大礼。接着送她一份丰厚的贺礼，主持完婚礼才回家。小梅在黄老先生临走时，给他赠送了枕头，鞋子，就像孝敬公公婆婆一样。从此以后，两家的交往更加亲密了。

结婚后，王公子总认为小梅是观音侍女，便在亲热中带几分恭敬，并常向她打听观音娘娘起居情况。小梅笑着说："你也太迂腐了，哪有正直的神仙下嫁凡人的？"王公子再三追问小梅的来历，小梅说："你也不必过分追问，你既然认为我是神仙，早晚小心供奉着，自然不会有灾祸。"小梅对丫鬟们非常宽厚，不笑不说话，但丫鬟们做下贱的游戏时，远远看见了她，就不作声了。小梅告诉大家说："难道你们真以为我是神仙吗？我是什么神仙呀！其实我是夫人的姨表妹，从小在一起相处得很好，我表姐在病中很想见我，私下里让南村的王姥姥把我接来。但因随时可能碰到姐夫，为避男女之嫌，所以假托是观音娘娘的侍女，关在里屋，其实不是神人。"众仆还是不相信。但每天都生活在她身边，看见她的行为举止和平常人没有差别，各种传言渐渐消失了。然而即使是顽劣的仆人，迟钝的丫鬟，王公子平日用鞭子抽打也改不了的，小梅轻轻吩咐一句话，没有一个不乐意奉命行事的。都说："真不知道是什么原因。确实不是怕她，只要看见她的笑容，就自然心软，所以不忍心违背她的吩咐。"因此，原来许多没有办好的事情都兴办起来了。几年之中，田地纵横连成片，仓里存万石粮食。又过了几年，王公子的小妾又生了一个女孩。小梅生了个儿子。儿子生下来，左臂上有个红点儿，于是取名小红。小红满月，小梅叫王公子摆上丰盛的酒席，邀请黄老先生来赴宴。黄老先生送来了很丰厚的贺礼，但推说年纪老迈不能出远门。小梅派了两个年纪大的女仆坚决邀请，他才来了。小梅把孩子抱出来给黄老先生看左臂上的红点，以示取名字的意思。又再三向黄请教这红点的凶吉征兆。黄老先生笑着说："这是喜红，可以增加一个字，给他取名喜红。"小梅非常高兴，再次出来叩头拜谢。这一天，满院的鼓乐声不停，显贵的亲戚像赶集一样。黄老先生住了三天才告辞离去。

忽然一天门外来了车马，接小梅回娘家。小梅到王家十多年，从未听说有什么亲戚娘家，大家都议论这件事，而小梅置若罔闻。收拾打扮好以后，把孩子抱在怀里，要王公子亲自送。王公子答应了。送了二三十里路，路上寂静没有行人，小梅叫车夫停下车，叫王公子下马，屏退了其他人，对丈夫说："王郎呀王郎，我们在一起的时间短，离别的日子将会很长，你说伤心不伤心？"王公子吃惊地问原因。小梅说："你知道我是什么人？"回答说："不知道。"小梅说："你在江南拯救出一个死囚犯人，有这回事么？"回答说："有。"小梅说："在路上哭的老妇人是我母亲。她感激你的恩义一心要报答，便借你夫人信佛的机会，假托是神仙。实际上是让我来报答你。现在幸好生了这襁褓中的儿子，这个心愿也实现了。我看出你倒霉的时运快到了，把孩子留在家里，恐怕不能长大。所以借口回娘家解除这孩子的危难。你记住：家里有人死了时，应当在鸡叫头遍时，到西河柳堤上去，见到有提葵花灯的人路过，便拦在路上苦苦哀求他，可以免除灾难。"王公子说："记住了。"便问什么时候回来。她说："不能预定。总之应该牢记我的话，相会的日子也不会太远。"临别时，两人拉着手伤心地

流着眼泪。一会儿，登上车像风一样地疾驰去了。王公子一直到看不见踪影了，才回家。

小梅走了六七年后，一点音信都没有。忽然四周乡里瘟疫流行，死的人很多。王公子一个丫鬟病了三天就死了。王生想起小梅临走时的嘱咐，对此十分关心。这天和客人喝酒，大醉后便睡着了。醒来后，听见鸡叫了，急忙起来到堤上，见灯光一闪一闪刚刚过去。赶紧追，只隔百十来步，愈追愈远，渐渐看不见了，懊恼悔恨地回到家里。过了几天突然得病，不久就死了。王公子的本家有很多无赖，他们合伙欺负王公子的小老婆和保儿，公然砍伐树木抢庄稼，家境一天天败落下去。过了一年，保儿又死了，一家人更没有了主心骨。同族的人越发横行无忌了。瓜分他家的财产，把圈里的牛马牵走，还想瓜分他的房子。因他小老婆住着房子，又叫来一伙坏人将她强行卖掉。小老婆舍不得小女儿，母女俩对面哭泣，四面邻居为之悲惨伤心。正在危难之中，忽然听到有轿子进来，一看是小梅领着小儿子喜红从车里走出来。小梅四周一看，纷纷乱乱像赶集一样，她问："这是些什么人？"小老婆哭着述说了所发生的事情。小梅脸色沉下来，便叫跟随来的仆人关门下锁。那些同族的人想要抗拒，可手脚不能动弹。小梅命令仆人把他们一个个捆起来，拴在走廊的柱子上。每天只给三碗稀粥。马上派老仆人跑去告诉黄老先生，然后进里屋哀伤地哭了起来。哭过以后，对小老婆说："这都是天命。本打算上月就回来，刚好我母亲病了，便耽误到现在。想不到转眼间家败人亡了。"她又问起过去的丫鬟和女仆，原来都被族人抢走，更加难过哭起来。过了一天，丫鬟和仆人听说小梅回来了，都自己偷着跑回来。见了女主人没有不痛哭流涕的。被拴在柱子上的同族人都狂喊喜红不是王公子的亲生儿子，小梅也不和他们争辩。接着，黄老先生来了，小梅领着喜红出门迎接。黄老先生拉住喜红的手，捋起左边衣袖，只见一颗红痣宛然在目，并指给大家看，证明这确实是当年的喜红。于是清查丢失的物品，登记造册，黄老先生亲自去找县令。县令把这帮无赖抓去，各打四十板子，给他们带上手铐脚镣关进监狱，严格追查失物。没过几天，田产牛马，全部归还原主。黄老先生要走了，小梅拉着喜红哭拜道："我不是世间人，叔父心里明白。现在我就把喜红托付给老人家了。"黄老先生说："只要我老汉一息尚存，不会不给他作主的。"黄老先生走后，小梅把家里财产盘查清点就绪，把儿子托给小老婆照看。便准备了祭品为丈夫扫墓。去了半天的时间也没回来。到墓地一看，只见祭品摆放得好好的，可是人不见了。

异史氏说："乐于帮助别人保住后人的人，别人也照样保住他的后人。这虽是人事而实际上天意。至于有的所谓好朋友，人在的时候，便能出入同车，豪饮同席；一旦人坟头长草，妻子儿女受尽欺凌时，那昔日同车的朋友则远远望上一眼躲开了。对死去的朋友挂在心上念念不忘，对帮助过自己的人感恩图报，只有谁呢？狐仙啊！假如你有大宗的财产，我一定做你忠实的管家。"

绩　女

绍兴府有个老寡妇在夜里独自纺麻线，忽然有一个青年女子推门进来，笑着说：“老妈妈不是太辛苦了吗？”看姑娘娘有十八九岁，容貌端庄秀美，衣着华丽。寡妇吃惊地问：“你从哪里来的？”女子说：“我可怜老妈妈孤身一人，所以来和你做伴。”老妇怀疑她是公侯之家逃出来的姬妾，再三盘问。女子说：“老妈妈不必害怕。我的孤单，也和你一样。我喜欢你这里整洁清静，所以才来。两个人都可以免除寂寞，难道不好么？”老妇又怀疑她是狐狸精，犹豫不回答。女子干脆上床代替老妇纺麻，说：“老妈妈不用耽心，这种活计，我能做得很好，肯定不会在吃穿用等方面给你增加负担。”老妇见她温和可爱，便安心把她留下。

夜深了，女子对老妇说：“我带来的被褥枕头等卧具还放在门外，您出去解手时，麻烦您帮我拿进来。”老妇出门一看，果然有一包衣物等。女子解开包裹将被褥铺在床上，不知是什么锦绣，无比的光滑柔软芳香。老妇也打开自己的铺盖，铺好棉布被褥，和女子睡在一张床上。女子刚把衣裙解开，一缕奇异的香气便充满房间。两人睡下后，老妇暗自心想：遇上了这么漂亮标致的姑娘，可惜我不是个男人。女子在枕头上笑着说：“老人家已经七十岁了，还那么胡思乱想吗？”老妇不好意思地说：“没有。”女子说：“既然没胡思乱想，为什么惋惜自己不是男人？”这下老妇更确定女子是狐仙，非常害怕。女子又笑着说：“要做男人，为什么又怕我呢？”老妇吓坏了，两条腿发抖，抖得使床摇动起来。女子说：“唉呀！这么胆小还想做男人！实话告诉你，我真是仙女，但是我来并不是要加害于你。只是需要谨慎，千万不能让别人知道，我保你丰衣足食。”老妇早晨起来，在床前跪拜。女子伸出手拉她起来，手臂光滑细嫩好像香脂一样，暖烘烘的散发着芳香，一触老妇的肌肤，老妇马上感到皮肤都松弛轻快了。老妇心旌摇动，又开始胡想。女子嘲笑说：“老太婆两腿战栗才停，心又想到什么地方去了！如果让你做男人，肯定会为情而死。”老妇说：“假设是男人，今天晚上哪能不死！”从此两人的心非常贴近，每天共同纺麻。再看女子纺的麻又匀又细又光滑，织成布闪闪发亮像锦绸一样，价钱要比平常的价钱高出三倍。老妇每次出门就把门锁上。有人来找她，就在别的房间接待。女子在这里住了半年，竟然没有人知道。

以后老妇把女子的事情渐渐地对亲近人的讲了，同村居住的姊妹们都求她帮助说情，希望能见见女子。女子责备她说：“你说话太不谨

慎了，我不能在这长期住下去了。”老妇后悔说走了嘴，深表自责，但是求见的人也越来越多，甚至有权势的人威胁老妇。老妇哭着向女子陈述了被逼迫的情形。女子说：“如果只是些女伴，见见面也没什么关系。恐怕招来轻薄的男儿，难免受到调戏侮辱。”老妇一再恳求，女子才答应接见。到了第二天，大群的老太婆、年轻姑娘媳妇，拿着香烛来拜见，沿途络绎不绝。女子很讨厌这些人烦乱，无论富贵贫贱，都不和她们说话。只是沉默地端坐那里，听任她们朝拜叩头。乡里青年男子听说女子长得漂亮，神魂颠倒，老妇拒绝了他们的求见。

有个费生，是本地名士，拿出所有的家产变卖，用大量的钱贿赂老妇。老妇答应，替他求。女子已经知道他们暗暗交易，责备她说：“你出卖我吗？”老妇伏在地上交代了收受贿赂的过程。女子说：“你贪图他的钱，我感谢他的痴心，可以同他见一面。但我们的缘分尽了。”老妇又跪地叩头。女子答应明天相见。费生听了，非常高兴，拿着香烛来到，进门就恭恭敬敬地向女子一揖到地。女子在帘内和他说话：“你破产求见，不知有什么话要指教我？”费生说：“实在不敢有所冒犯。只因为古代的西施、王嫱都仅仅是传说，如果能不因平庸迟钝而不理睬的话，让我一开眼界，在下就十分满足了。至于吉凶祸福都是命中注定，并不是我想知道的。”忽然看见布幕之后的女子，容光照射，修长眉黛樱唇小口，都充分显现，好像没有帘幕隔挡一样。费生神魂激荡如醉如痴，禁不住拜倒在地。起身以后，而帘幕沉厚阻隔，只听得见声音却不见人。正惆怅间，又暗自遗憾没有看到女子的下体，忽然看见帘子下面翘出一双绣鞋，尖尖瘦瘦还不到一指长。费生又拜。女子在帘中说：“你回去吧，我已经累了。”老妇人在另一间屋子里请费生喝茶。费生题写一首《南乡子》词在墙壁上：

隐约画帘前，三寸凌波玉笋尖，点地分明莲瓣落，纤纤，再着重台更可怜。花衬凤头弯，入握应知软似绵，但愿化为蝴蝶去，裙边，一嗅余香死亦甜。

写完就走了。

女子看了题词很不高兴，对老妇说：“我说过缘分已经完了，现在看来一点不假。”老妇伏地叩头请罪。女子说：“罪过也不全在你身上。我不慎偶然堕落在情网中，把自己的容貌给人看，才遭到淫词的亵渎，这都是自找的，于你有什么罪？如果不赶快从这里搬出，恐怕身陷感情的魔窟，再历劫难不得脱身了。”便整理行装走出门去，老妇追出挽留她，转眼已经不见了。

张　鸿　渐

永平府人张鸿渐，十八岁就成了本地区的名士。当时卢龙县的赵县令贪婪残暴，百姓们都遭受到这贪官的祸害。有个范生被他用刑杖活活打死。同学们都为范生含冤惨死而义愤填膺，想要到巡抚衙门上告，并请张鸿渐写状纸，邀他一道去打官司。张鸿渐同意了。张鸿渐的妻子方氏长得漂亮而且很贤惠，听说了要替范生告状申冤的事，

劝他说："秀才们做事情，只能享受成功的快乐，却不能一块承受失败的打击。如果官司赢了就都想争头功，官司打输了，众人就纷纷瓦解，不能心聚一处。现在是个有势才有理的世界，是非曲直很难按道理进行判定，你又没有兄弟。假设案情恶化，有谁能解救你的急难！"张鸿渐认为妻子的话很对，后悔不该答应同学的请求，便委婉地推辞了，只给他们写好状纸就离开了。

状纸递上后，巡抚衙门只草草地过一次堂，也没断出个是非曲直。赵县令用大笔银子买通大官，反诬秀才们结党而将他们抓了起来，并且追查写状纸的人。张鸿渐吓坏了，赶紧逃到外地。到了凤翔府地界，路费都花光了。到了傍晚，他还在旷野里徘徊不定，找不到住宿的地方。忽然看到一所小村庄，便赶紧跑了过去。看到一个老太婆正在关门，她看见张鸿渐，问他想做什么，张如实相告。老太婆说："吃饭住宿这都是小事，只是我家没有男人，留客不方便。"张鸿渐说："我不敢有过分的要求，只要容我在门里住一夜，能够躲避虎狼就行了。"老太婆让他进到门里，然后关上门，给他一张草垫，吩咐说："我可怜你无处安身，私自留你在这里过夜。明天天亮前早点离开，恐怕被我家小姐知道会怪罪我的。"说完老太婆走了。张鸿渐靠着墙闭上眼睛休息。忽然看见灯笼的光亮一闪一闪，是老太婆领着一个女郎走了过来。张鸿渐因被老太婆私自留宿门里，怕被女郎发现，急忙躲在黑暗的地方，偷偷对来人看了一眼，原来是一个二十来岁的姑娘。姑娘来到门口，看见草垫，问老太婆，老太婆把实情告诉了姑娘。姑娘生气地说："我们家都是弱女子，怎能留下一个来历不明的人在家里过夜？"又问："那个人去哪里了？"张鸿渐惶恐地走出来跪在阶下。姑娘仔细盘问过他的宗族姓名、住址等情况后，脸色稍微开朗一些，说："幸好是个风雅的读书人，留下也没什么关系，然而这老奴竟不来禀报一声，草率地接待一位君子，难道是合礼数的吗！"于是让老太婆带客人到房间里去。一会工夫，便摆上了酒席，菜肴食品都精致洁净。饭后又给张鸿渐设置床铺，铺上锦绣被褥。他心里非常赞赏这姑娘的贤德，便暗中向老太婆打听她的姓名。老太婆说："我家姓施，老爷和太太都去世了，只留三个女儿。刚才看见的是大姑娘舜华。"老太婆走了，张鸿渐看见桌子上有一本《南华经》注，便拿了过来放在枕头上，俯伏在床上翻阅起来。忽然舜华推门进来。张鸿渐忙放下书去找鞋和帽子。舜华拉住他在床边坐下，说："不必多礼！不必多礼！"说完自己也靠近床边坐了下来，有些腼腆地说："你是位风流才士，想要把这家托付给你，便犯了瓜田李下的嫌疑。你该不会因此嫌弃我吧？"张鸿渐惊慌不安地不知怎么回答，只是说："我不愿欺骗你，家中已经有妻子了。"舜华笑着说："这就可以看出你诚实，不过这也关系不大。既然你不讨厌我，明天我就请媒人来。"说完，就想离开。张鸿渐从床上探出身子用双手拉住她，舜华也半推半就留宿在张鸿渐的床上。天还没亮就起来了，送给他几两银子，说："你拿去作游览的零用钱。黄昏后，再晚点

回来，害怕被别人发现。”张鸿渐按舜华说的去做，早出晚归，半年之内天天如此。一天，回来得很早，到原来的地方一看，村庄房屋全不见了，张鸿渐感到非常吃惊和奇怪。正在犹豫徘徊的时候，只听老女仆说：“你怎么回来得这么早！”转眼间，院落又像从前一样。而他自己又在屋子里了，越发觉得奇怪。舜华从里屋出来，笑着说：“你怀疑我了吧？该对你说实话了，我是狐仙，和你前世有缘，如果一定要生我的气，请马上分手。”张鸿渐留恋舜华的美貌，还是安心留下了。夜里张鸿渐对舜华说：“你既然是仙人，那么千里之路不过是呼息之间罢了，我离家已经三年，心里常常想念妻儿，能带我回去看看吗？”舜华好像有点不高兴，说：“论夫妻情分，我自己认为对你够忠诚的了，而你却守着我心里想着她，这说明你对我的恩爱都是假的呀！”张鸿渐道歉说：“你怎么能这样说话呢！俗语说：‘一日夫妻百日恩’，以后我要是回家后想念你，不也像今天想念她一样吗？如果有了新的忘了旧的，你能喜欢我这样做吗？”舜华这才笑了，说：“可我却有偏心，对我，希望你永远不要忘记，对她，希望你早点忘掉她。至于你想回家的事，这也不难，你家不就在眼前吗？”便拉着张鸿渐的袖子走出门，只见天色昏暗看不清楚道路，张鸿渐小心翼翼地不敢前进。舜华拽着他向前走，不多时，说：“到了，你回家去吧，我走了。”他停住脚仔细地辨认了一会儿，果然看到自己的家门。他从矮墙翻过去，看见房子里灯还亮着。便走近前去用两指敲门，里边问是谁，张鸿渐详细地讲了事情的经过。屋里的人举着蜡烛打开了门，果然是方氏。夫妻俩又惊又喜，手拉手走进卧房。鸿渐看见儿子睡在床上，感慨地说：“我离开时儿子才到膝盖那么高，现在已长得这么高了。”夫妻俩紧紧依偎在一起，恍恍忽忽好像在梦中一样。张鸿渐把这几年的遭遇从头至尾讲了一遍。问到那场官司，才知道秀才们有的被关死在牢里，有的被充军远方。他更加佩服妻子的远见卓识。妻子扑向他怀里撒娇说：“你有了漂亮的情人，根本就不再想着冷被窝里还有个孤独的泪眼人了！”张鸿渐说：“不想着你，怎么会来呢？我和她虽说感情很好，终究不属同类，唯独她对我的恩义是终生难忘的。”方氏说：“你认为我是谁？”张鸿渐仔细一看，竟然不是方氏，原来是舜华。用手一摸儿子，是消暑的竹夫人。张鸿渐非常惭愧，一句话也说不出来。舜华说：“你的心思我总算了解了！按理说应该就此分手，幸好还没忘记对你的恩德，还可以弥补不足的一面。”过了两三天，舜华对他说：“我看，痴心恋着一个不属于我的人，没啥意思。你天天埋怨我不送你，现在我刚好到京城去，可以顺路把你送回。”便顺手从床上拿起竹夫人一同跨上去，并让他闭上眼睛，感觉离地不远，耳边飕飕风声。不一会儿，就落到地面上。舜华说：“从此就分别了。”张鸿渐正想临别叮嘱几句，舜华已经消失得无影无踪了。

张鸿渐惆怅地站了好一会儿，听见村里狗叫，在苍茫的暮色里那树木房屋，都是故乡的景物。他沿着熟悉的小路走回家去，爬过矮墙去敲房门，和前次敲门的动作一样。方氏被惊起后，不敢相信是丈夫回来了，经过盘问证实后，才挑着灯笼呜呜咽咽地出来开门。见了面，哭得抬不起头来。张鸿渐还怀疑是舜华弄的幻象，又看见床上睡着一个孩子，和昨晚上见到的一模一样。于是笑着说：“你又把竹夫人带来了吗？”方氏不懂他说的是什么意思，生气地说：“我盼望你回来，度日如年，枕上的泪痕还在，好容易才得见面，你竟然没有一点悲伤和依恋的感情，到底是什么心情所致呢？”

张鸿渐看出她的感情是真实的，确定是方氏之后，才抓住她的手臂呜呜地哭起来，详细地讲述了几年在外的经历。又问到那场官司的结局，和舜华说的一样。正在两人各述感慨的时候，听见门外有脚步声，问了几声，没人答应。

原来村里有个无赖某甲，早就看上了方氏的美貌，这天夜里从外村回来，远远看见一个人翻墙进到张家，心想一定是和方氏有奸情赴约会的，就跟在他后边一起进了张家。某甲以前没见过张鸿渐，就伏在窗下偷听。等到方氏问他是谁，他却反问："屋里的人是谁？"方氏骗他说："屋里没人。"某甲说："我听了很久了，特地来捉奸的。"方氏不得已，只得实说丈夫回来了，某甲说："张鸿渐的案子还没了结，即使回家了，也要把他捆起来送到官府。"方氏苦苦哀求他别声张此事，可这无赖口出淫词，用轻薄的话调戏方氏，步步进逼。张鸿渐胸中怒火燃烧，拿把刀直接冲了出去，一刀砍在某甲的头上。某甲倒在地上还在嗥叫，张鸿渐又连砍几刀，某甲被砍死。方氏说："事情已经到了这地步，你的罪更加重了。你赶快逃走，杀人的罪就让我来顶着。"张鸿渐说："大丈夫死就死个光明磊落！怎么能连累老婆孩子而自己去逃命呢？你不用担心我的死活，只要你能让儿子继承张家读书的门第，我即使死了也可以闭上眼睛了。"

天亮，张鸿渐到县衙去自首。赵县令因为张鸿渐是朝廷追查的犯人，只是暂且稍加惩治，不久又将他由州押解京城，一路上张生备受折磨非常痛苦。途中遇见一个女子骑马从身边走过，一个老太婆给她牵着马缰绳，原来骑马人是舜华。张鸿渐喊住老太婆想要搭话，话还没说，眼泪先掉下来了。舜华掉转马头，用手掀起面纱，惊讶地说："是表兄，怎么弄成这个样子？"张鸿渐简单地把事情经过说了一下。舜华说："根据你平时的所作所为，本该扭头走开不管，但我还是不忍心。我家离这不远，就请两位公差一道去坐坐，也可送给你一点路费。"三人跟着舜华走了二三里路，看见一个山村，楼房高大整齐，舜华下马先进去了，让老女仆打开客房请他们进去。接着摆好了美酒佳肴，好像早有准备一样。又让老女仆出去对三人说："我家没有男人，张官人就向两位公差大人多劝几杯酒，前边的路上还要两位大哥多多照顾。小姐又派人筹办几十银子给官人作路费，并一起酬劳两位公差大哥，去筹钱的人马上回来。"两个公差暗暗高兴，纵情畅饮，只是不提上路的事。天渐渐黑了下来，二公差都醉了。舜华出来，用手往刑具上一指，刑具纷纷堕地。她拉起张鸿渐骑到一匹马上，马飞奔像蛟龙腾云一样。不一会儿，舜华催张鸿渐下马，说："你从这下去，我和妹妹相约在青海见面，为你的事已经耽误了半天，一定有劳她们久等了。"张鸿渐问："以后什么时候能再见面？"舜华不作回答。再问一遍，舜华把他从马背上推下，骑马走了。天亮后打听这是什么地方，原来已经到了太原府。便到城里租间房子在那里教学。改名叫宫子迁。过了十年，打听到追捕逃犯的事情渐渐没人过问了，才再一次小心试探着往东方家乡走。到了村外不敢冒然进，事到夜深了才进村。到了自己家门口，看见围墙修得很高很结实，不能像以前那样翻过去，只得用马鞭敲门，过了好一会儿，妻子才出来问话。张鸿渐小声告诉妻子。妻子非常高兴地把他接回家中，故意呵斥说："少爷在京城缺乏费用，就应当早些回来，怎么派你半夜跑回来？"两人走进内室，各自叙说两边发生的事情。张鸿渐知道二位公差逃亡外地至今没回来。谈话时帘外常有一少妇走来走去，张鸿渐问她是什么人，妻子回答："是儿媳呀！"张鸿渐问："儿子在

哪？”回答：“上京赶考还没回来。”张鸿渐感慨地流着泪说：“我在外逃亡十几年，儿子已经长成大人了，没想到还能继承家里的书香门第，真是把你的心血都熬尽了！”话还未说完，儿媳已温好酒摆上莱，饭菜摆了满满一桌子。张鸿渐高兴的是家中的事情在妻子方氏的操持下，一切都大大超出了自己所寄托的。在家住了几天，天天躲在书房里，恐怕别人知道。一天夜里，刚刚躺下，忽听外面人声喧闹，接着又是急促的敲门声。两人很害怕，一块起来。又听到有人说：“有后门没有？”方妻更加害怕，急忙找来门扇当梯子，送张鸿渐翻墙逃走。然后才到门口问明敲门的原因，原来是儿子考中了举人。方氏非常高兴，深深后悔不该帮助丈夫逃走，但已无法挽回。

张鸿渐这天夜里慌忙穿过草地和乱树丛，急不择路，到了天亮已经疲倦得不成样子了。他开始的本意是向西逃走，向过路人一打听，才知道距离去京都的大路已经不远了。便走进一个村子，想把衣服卖掉换饭吃。看见一所高门，贴着报喜的纸贴，走近一看，知道是位姓许的考中了举人。过了一会儿，一个老头从院里走出来，张鸿渐上前行礼说明来意。老头儿见他的举止文雅，知道不是骗饭吃的，便请他进去接受款待，并问他要去哪里。张假托说：“原在京城教书，回家的路上遇到了强盗。”老头儿留他在这里教他的小儿子。张鸿渐略问一下老人的家世，才知道老头儿是退居的京官，那新科举人是他的侄儿。过了一个多月，许家新科举人和一位同榜的举人回到家里。客人是永平府姓张的新举人，十八九岁。张鸿渐因为客人的籍贯、姓氏都和自己相同，暗地里怀疑是自己的儿子。但乡里姓张的很多，只好暂时不作声。到了晚上，许举人解开行李拿出一本记载同科举人简历的同年录，张鸿渐赶忙借来看，原来这客人真是自己的儿子，禁不住流下眼泪。大家问他哭什么。他就指着同年录上的姓名说：“张鸿渐就是我”。便将自己的遭遇从头至尾讲了一遍。张举人跟父亲抱头痛哭。许家叔侄两人劝解安慰张家父子，两人才收住泪转悲为喜。许家老翁还给御史写了书信，送了礼物，进行疏通，张家父子才一同回家。

方氏自从收到儿子中举的喜报后，每天都为张鸿渐仓惶逃走而伤心。忽然听说中举的儿子回来了，更加感到难过。不一会儿，父子俩一起进了家门，她惊奇万分，以为丈夫是从天而降。问明原委，全家人转悲为喜。某甲的父亲看见张鸿渐的儿子做了举人，不敢再产生报仇的念头。张鸿渐也格外照顾他，又对他讲述了当年情况，某甲父亲又惭愧又感激，于是两家相处很好。

云萝公主

安大业是卢龙县人。他刚一出生就会说话，母亲让他喝了狗血才不说了。长大以后，潇洒漂亮，对着镜子自我打量，知道没人敢和自己比美。他聪明而又酷爱读书，很多名门世家都想把女儿嫁给他。母亲梦见有人对她说：“你儿子注定要娶一位公主。”她相信了，等到安大业长到十五六岁，一直没有应验，她也渐渐后悔相信梦中之言。

有一天，安大业独自一人坐在房中，忽然闻到一股奇异的香气。一会儿，一个漂亮的丫鬟跑进来，说："公主来了。"接着有婢女用一卷长毡铺地，从门外一直铺到床前。正在他吃惊疑惑的时候，见一个女郎扶着丫鬟的肩膀走进房来，华贵的衣服和艳丽的容貌，照得四壁也发出光彩。丫鬟把绣垫放到床上，扶女郎坐上去。安大业仓促间不知该做些什么，向女郎鞠躬行礼，问道："是哪里的神仙，敢劳大驾光临？"女郎微笑着，用长袍的袖子掩着口。一个丫鬟介绍说："她是圣后府中的云萝公主。圣后相中了郎君，要把公主下嫁给你，所以叫她亲自来相看房宅。"安大业又惊又喜，不知说什么好，女郎也低着头。两个人对坐无言。安大业一向爱下棋，常把棋盘放在座位旁边。一个丫鬟用一块红绢帕掸一掸棋盘的灰尘，拿到桌子上，说："公主每天都爱玩棋，不知道和驸马相比谁能赢？"安大业便移到桌子边坐下，公主也笑着坐过来。才下了三十多着，丫鬟便弄乱了棋子，说："驸马输了！"把棋子收入盒子里，说："驸马是人间高手，公主只能让六个棋子。"便把六颗黑子放在棋盘上，公主也就默许了。公主坐时，就让一个丫鬟趴在座位下面，把一只脚放在她的背上。左脚踩地时，那么右脚就放在趴在右边的丫鬟背上。此外还有两个小丫鬟站在她的两边服侍她。每当安大业凝神思考时，公主就肘弯曲起来伏在小丫鬟的肩上。棋子快下完了，还没决出输赢，小丫鬟笑着说："驸马输了一子。"丫鬟又接着说："公主累了，应该回去了。"公主就倾下身子和丫鬟耳语了几句。丫鬟出去了一会儿又返身回来，把一千两银子放在床上，告诉安大业说："刚才公主说这房子有些低下矮小，麻烦你用这钱把这房子稍加扩大装修，房子翻新后再相会。"另一个丫鬟说："这个月犯天刑，不适合建房造屋，下个月才吉利。"公主站起身来要走，安大业拦住她不让走，还关上了门。丫鬟拿出一个样子很像鼓风的皮囊，放在地上鼓起风来，一股股的云气从中吹出来，一会儿云气便从四面合拢在一处，昏暗中什么都看不见，再去找她们，一点踪迹也没有。

安母听说了这件事，怀疑是妖怪。可是安大业心驰神往，梦中也想，没有办法再把公主忘掉。急着把房子改建好，也不顾忌不吉利。连催带逼限期完工了，房舍焕然一新。

以前，有位滦州的书生袁大用，寄住在附近的街上，送名片到安家，要登门拜访。而安大业平常很少和人交往，便推说不在家。又等着袁外出不在时去回访。一个多月以后，两个人正好在门外不期而遇，原来袁大用是一位二十岁左右的青年人。身穿宫绢缝制的单衣，脚穿丝质的黑鞋，头上扎着漂亮的丝绸缎带，神态十分优雅飘逸。两人刚交谈了几句，便可以看出他待人温和语言谨慎。安大业很喜欢他，请他到家里做客。又请他下了几盘围棋，互有胜负。然后又摆设了酒宴招待他，谈笑非常融洽。第二天，袁生又邀请安大业去他的寓所做客，山珍海味，美酒佳肴，应有尽有，招待得殷勤周到。袁大用叫一个十二三岁的小童拍板清唱，又跳跃翻扑做表演。安大业酒醉不醒，不能走路了，袁生就叫小童背着他送回家去。安大业虽醉，也知道小童身体纤弱，恐怕背不动。袁公子坚持让小童背。不料小童背起他来绰绰有余，轻松地把他背回家，安大业惊奇不已。第二天，给小童一些银子酬谢，小童推辞了好一阵才收下。从此后安袁二人交往非常密切，每隔三五天便来往一次。袁大用不爱言谈，但慷慨大方，喜欢助人，有一个人欠债没法还，到集市去卖女儿，他便拿钱把女孩赎回交给她的父母，毫不吝惜。安大业因此更加敬重他。过了几天，他去安大业家告别，送给他象牙筷子、楠木珠等十多样东西，还有银子五百两，资助安大业修建房子。安大业把银子退给袁大用，收下其他礼物，回赠五匹锦帛绢丝。

过了一个多月，乐亭县有一个官员带了很多财物回乡。盗贼夜里进去，抓住主人，用烧红的烙铁给这家主人上私刑，逼他交出财物，于是把他家抢劫一空。这家的仆人认出袁大用，官府下公文追捕袁大用。安大业的邻居屠氏和安家关系不睦，看到安家大兴土木，暗中怀疑妒忌。正赶上安家的小仆人偷了主人家的象牙筷子，卖给了屠家，屠家知道这筷子是袁大用赠的，于是报告了县令。县令派兵包围了安家。当时安大业带仆人外出没回来，县令抓走了他的母亲，由于安母年迈体弱，受此惊吓后仅有一息尚存，两三天没吃东西。县令下令把她释放回家。安大业听说母亲被官府抓去，急忙跑回家中，但母亲病情已非常沉重，过了一夜便死了。等他收殓母亲刚毕，便被捕役抓走。县令见他年轻斯文温顺，心中暗想是被别人诬陷了，故意恐吓喝问。安大业如实讲述了和袁大用的交往过程，县令问："你家为什么突然间富裕起来？"安大业说："母亲积攒了些银两，因为要给我娶亲，所以用来修建一下原来的旧房子。"县令相信他的话，开具公文把他押解到郡府结案。邻居屠氏得知他将无罪释放，便用重金买通解差，让解差在途中把他杀掉。在经过一座深山时，安大业被解差拉到靠近峭壁的边缘，想要把他推到峭壁下的山涧里。情势十分危急，忽然一只猛虎从草莽中窜出，咬死了两个解差，用嘴把安大业叼走。到了一处重楼叠阁的地方，老虎进入，把他放下。见云萝公主扶着丫鬟的肩膀走出来，悲伤地安慰他："我想把你留下，但婆母死后还没下葬。你拿着公文，保证平安无事。"于是取下他胸前的带子，打了十多个扣结，嘱咐他说："见到知府时，拿起这带子把扣结解开，就能消灾免祸。"安大业按云萝公主说的，拿着公文去见知府投案自首。知府对他的诚实很高兴，看了公文知道是冤枉的，便勾销了罪名，放他回家。在回家的路上，遇见了袁大用，下马握手，详细讲述了自己的遭遇。袁大用听后气得变了脸色，沉默着没有说话。安大业说："凭你的风度和才华，为什么干玷污自己名声的事呢？"袁大用说"我所杀的都是不义之人，所抢的也是不义之财。如果不是不义之财，即使掉在路上的，我也是不会捡的。你劝我的话确实有道理，然而像屠氏，岂可让他留在人间作恶！"说完，飞身上马而去。

安大业回到家中，安葬完母亲，就闭门谢客。一天夜里，忽然有强盗闯进屠氏家，父子十多口人全被杀死，只留下一个丫鬟。把他家的钱财与童子分别带走。临离开前，拿着灯对丫鬟说："你看清楚，杀人的是我，和别人无关。"并不开门，飞檐走壁而去。第二天，丫鬟到官府报了案。官府怀疑安大业知道内情，又把他抓去询问。县令声色俱厉地呵斥他，他便在堂上抓着胸前的带子一边辩解一边解开扣结，县令盘问不出疑点，又把他放了。回家后，他更加隐身匿迹，专心读书不再出门，家里只有一个跛脚的老太洗衣做饭。守丧期满，每天都把院子打扫干净，等待云萝公主前来的好消息。有一天，满院奇异的香气，登上阁楼去看，内外陈设已经焕然一新。他悄悄揭开画帘，原来公主盛装端坐在里面。急忙拜见公主，公主拉住他的手说："你不相信命数，乱兴土木造成灾难。又因婆婆丧亡，你要守丧三年，当然也推迟了婚期，这便是想快点达到目的反而使事情推迟了，世间的事大都是这样。"安大业想拿出些钱整治酒饭。公主说：“不需要你再去办了。”丫鬟把手伸进食品柜，端出菜肴羹汤好像才从热锅里盛出来一样，酒也十分芳醇浓烈。喝了一会儿酒以后，天已接近黄昏，为公主热脚的丫鬟一个个都溜走了。公主的四肢娇懒惯了，两条小腿一会儿伸一会儿缩的，好像无处安放。安大业亲热地把她抱到怀里。公主说：“你暂且松手，现在有两种方案。任你自己选择。”安大业又用臂弯揽着她的脖颈问是什么样的方案，公主说：“咱俩若是做棋酒朋友，就有三十年的长期聚会；若是贪图床笫之欢，就只能过六年欢快的日子。”安大业回答：“我想先快乐六年，以后再商量。”公主默许了，于是两人便行男欢女爱之乐。公主说：“我知道你免不了要追求世俗间的享乐，这也是命中的定数。”于是公主让安大业收养一批丫鬟女仆，让住在南院，叫她们负责做饭、纺织和其他日常事务。公主住的北院不动烟火，只有棋盘酒具等。北院的门经常关着，安大业每次推门，门就自动开启，其他人不得进入。然而南院中人做事是勤快还是懒惰，公主都知道，每次让安大业去责罚偷懒的人，没有不服气的。公主平时不爱多说话，也不喜欢大声喧笑，安大业和她谈事情，她总是低头微笑。当她和安大业并肩坐着时，总喜欢斜靠在他身上。他顺势把她举起来放在自己的膝盖上，轻得像抱婴孩一样。安大业说：“你身体这么轻盈，可以像赵飞燕一样在掌上跳舞。”公主说：“这有什么难的！不过那是小丫鬟们的事情，我不屑于做。赵飞燕原来是我九姐的丫鬟，常常因举止不稳重而被治罪。惹得九姐发怒，把她贬谪到人间，又不守妇道贞操，现在已经把她囚禁起来了。”

公主住的楼阁到处都用锦缎装饰着，冬天不冷，夏天不热。公主在严寒的冬天也只穿轻软的绸衣，安大业给她做的鲜艳衣服，强逼着穿上，过一会儿又脱下来，说：“这种被世俗污浊的东西，几乎把我的骨头压伤了。”有一天，安大业又把她抱到膝盖上，忽然觉得比以前重了，感到很奇怪。公主笑着指着肚子说：“这里面怀上俗种了。”又过了些日子，她皱着眉头不想吃东西，对安大业说：“最近我害了阻滞不通的毛病，很想吃些尘世间的食物。”安大业就派人给她准备了一些可口的饭菜，从此她的饮食逐渐和常人一样了。一天，她对安大业说：“我体质单薄，承受不了生孩子的痛苦，丫鬟樊英身体健壮，可让她替我生出孩子。”说完就脱下自己的贴身内衣给樊英穿上，把樊英关在内室。不一会儿，便听到了婴儿的哭，开门一看，是个男孩。公主高兴地说：“看这孩子面相很有福气，将来一定能成大器。”于是给孩子取名大器。把孩子包好以后，放到安大业怀中，便交给奶妈，放到南院抚养。自从生了小孩之后，公主的腰又恢复到以前那么苗条纤细，又开始不吃尘世间饭菜。

一天，公主忽然向安大业告辞，要暂时回娘家看看。安大业问她什么时候回来，回答说“三天”。又像以前一样鼓起皮囊，喷出云雾，然后在云雾蒸腾弥漫中就不见人了。到了三天没回来。过了一年多，没有一点音讯，安大业不抱希望了。他便关上房门，放下帘幕，刻苦攻读，于是考中了举人。只是始终不娶妻，每每独宿北院，沐浴在公主留下的芳香之中。一天夜里，在床上翻来复去睡不着，忽然看见有灯光照到窗子上，门也自动打开了，一群丫鬟簇拥着公主进来。安大业特别高兴，起身问她为什么违约了。公主说："我并没有超过期限，我在天上才过了两天半。"安大业很得意地夸耀考中了举人，心想公主一定很高兴。公主却忧伤地说："你考取功名是无用的，没有光荣或耻辱，只能折损人的寿数罢了。三日不见，你进入世俗的魔障又深了一层。"从此，安大业不再追求功名。又过了几个月，公主又要回娘家，安大业特别凄惋留恋。公主说："这次离开一定早些回来，不用望眼欲穿，况且人生离合都有一定命数，凡事有节制地去做就可延长，任意放纵就会缩短。"说完就走了。这次只去了一个多月就回来了。此后，总是一年半载回娘家一次，常常几个月后才回来，安大业也习以为常，不再责怪。这时公主又生了一个儿子。公主举起来说："这是豺狼呀！"马上叫人把他丢掉，安大业不忍心，把孩子留了下来，取名叫"可弃"。可弃刚满周岁，公主就赶忙给他选定亲事。许多媒婆接踵登门，公主问对方生辰后，都说命数不合。她说："我要给这豺狼作成一个能关住他的深圈，一时找不到，就得让他败家六七年，这也是命中定数。"又嘱咐大业说："千万记住，四年后，侯氏生女孩，左边胁下有个小痣，那女孩就是我们的儿媳妇。要把她娶过来，不要计较门第高低。"当即叫安大业写下来记住。后又回了娘家，竟然没再回来。安大业把妻子的嘱咐跟亲友说了。果然有侯氏的女儿，生下来左胁下有一个小痣。侯某不但家境贫贱，而且品行不好，大家都瞧不起他，安大业居然和他家把婚事定了下来。

大器十七岁就考中了进士，娶云氏为妻，夫妻俩很孝敬友爱。父亲特别爱他们。可弃渐渐长大了，不喜欢读书，常常偷着和当地无赖在一起赌博，经常偷家里的东西去还赌债。父亲被他气得大发脾气，狠狠地打他一顿，但他始终不改。家人互相提醒注意防着他，不让他有机会偷家里的东西。他就夜晚出去，翻墙去偷东西。为主人发现，绑着交给县令。县令审问他的姓名及家庭情况，便叫差役拿着自己的名片把他送回家去。父亲和哥哥一齐把他绑起来，严酷拷打，打得几乎断了气。哥哥大器替他向父亲求情，才把他放了。父亲气病了，食欲突然减少。于是给两个儿子立下分家产的文书，父亲把楼阁和肥沃地田分给大器。可弃又怨又怒，夜里拿刀闯进哥哥的卧室，想要杀死哥哥，误砍嫂子。原来公主留下了一条裤子，质地非常轻软，云氏捡起来做了件睡衣穿在身上。可弃一刀砍在这件睡衣上，火星四射，可弃吓坏了，慌忙跑了出去。父亲听说后，一生气，病情更加剧了，过了几个月，就病死了。可弃听说父亲死了才回来。哥哥对他仍然很好，而他更加放肆。过了一年多，他分到的那份田产快卖光了，跑到郡府去告哥哥的状，知府知道他的为人，把他骂了一顿赶出衙门。从此兄弟断绝了往来。又过了一年多，可弃二十三岁，侯氏女儿也十五岁了。大器想起母亲的话，赶快准备叫他完婚。他把可弃叫回家中，清理出好的房屋给他住，把新媳妇迎娶过来。又把父亲留下的良田全部登记在田册上交给侯氏，并对她说："这几顷薄田家产，是我们为你拼死保留下来的，现在全部交在你的手上。我弟弟品行不好，即使把一根草交给他，也得败坏掉，今后家业的兴衰全在你身上了。如果你能使他改邪归正，那么就不用担心挨饿受冻。不然，我做哥哥的也不能填满无底洞啊！"

侯氏虽然出身卑微之家，但聪明漂亮，可弃很爱她，又很怕她。妻子说的话他一点儿也不敢违抗。每当外出办事，都规定回家的时刻，超过规定的时间，就是挨一顿痛骂，还不给饭吃。因此，可弃的劣行稍有收敛。一年多，侯氏生了一个儿子。她对可弃说："我以后不再有求于人了。有几亩好田，母子俩还发愁不能温饱！即使没有丈夫，也可以过日子。"刚好赶上可弃从家里偷粮食出去赌钱，妻子知道了，拉弓箭挡在门前，不让他回家。可弃非常害怕，吓得躲了起来。他偷看妻子进去了，也小心翼翼地跟了进去。妻子发觉了，拿刀站起来，可弃反身往外跑，妻子追出来，一刀砍破了可弃的衣服，把屁股也砍伤了，血把袜子和鞋都粘在一起了。可弃非常气愤，到哥哥那里告状，而哥哥根本就不理睬，就又委屈又惭愧地离开了。过了一夜又来了，给嫂子跪下，伤心地哭泣，恳求嫂子在妻子面前先替他通融一下，结果妻子坚决不收留他。可弃发怒了，要回去杀死妻子，哥哥不吭声。可弃愤怒地站起来，拿起一根戈矛直接冲了出去。嫂子惊呆了，想要制止他。哥哥用眼神示意妻子别理。等他离开后，大器说："他故意作出这副姿态给人看，其实不敢回家。"就叫人悄悄跟出去偷看他的去向，已进了家门。哥哥听说才有点担心，想跑去制止，可弃已灰溜溜地进来了。原来可弃进家门时，妻子正在逗孩子玩，看见他回来了，把孩子扔在床上，找了一把菜刀，可弃害怕了，提着戈矛反身往外跑，妻子一直追出门外才转身回去。哥哥早已知道了情况，故意问他。可弃不说话，只是脸对着墙角哭，两只眼睛都肿了。哥哥很同情他，亲自把他送回去，妻子侯氏才收留了他。等大哥走了，妻子罚他长时间跪在地上，让他发重誓之后，才用瓦盆盛饭给他吃。从此，可弃才真的改恶从善。在侯氏运筹计划之下，家道日渐丰盈。可弃只是仰仗依赖现成的罢了。后来他七十岁了，儿孙满堂，侯氏还经常抓住他的胡须，让他跪在地上用膝盖行走。

异史氏说："凶悍妒忌的老婆，遇上的人就像生在骨头上的毒疮，直到死了才算完事，难道毒得不厉害吗？但是砒霜、附子是天下最毒的药了，假如用得适当，头晕目眩的病也能治好，不是人参茯苓等药物能代替的。要不是云萝公主对可弃的五脏六腑看得那么清楚，又哪敢把毒药留给子孙呢？"

章丘县举人李善迁，青年时风流倜傥不拘礼法，对各种曲词和乐器都非常精通。两个哥哥都中了进士，可李善迁更加轻佻。娶了夫人谢氏，对他稍加禁止，他就逃离了家庭，三年没有回来，到处都找不见。后来在临清城的妓院里找到了他。家人进去，看见他面朝南坐着，十多个年轻女人服侍在他的两边这些人都是拜在他门下学艺的。在他临回家前，积存的衣服就有好几箱子，全是这些女弟子送的。李善迁回家后，夫人把他关在一间屋子里，桌子上堆满了书籍。然后用一根绳子系在床脚上，另一端从窗棂间拉到外面，绳头上系一个大响铃，把它挂在厨房里。李善迁一旦需要什么东西，就用脚踩系在床腿上的绳子，绳动铃响，外面的人可以询问他需要的东西，然后送给他。夫人谢氏亲自开设当铺，隔着帘子收取别人送来典当的物件并估出价钱，一手拿筹码，另一只手作笔录。年纪大的仆人只跑些外面的事情罢了。由此积存财货发了家。夫人常因比不上两妯娌显贵而感耻辱，关闭三年，李善迁终于考中举人，妻子高兴地说："三个蛋两个都孵出了小鸡，我以为你是一个孵不出小鸡的死蛋呢，现在也破壳啦！"

进士耿崧生也是章丘县人。夫人每天夜里都点着灯绩麻陪着他读书，绩麻的人不停工，读书的人也不敢休息。偶而有朋友旧交看他，夫人就在外面偷听他们的谈话，如果谈论的是诗文的话题就给他们煮茶准备饭菜；若是随便开玩笑，谈些不伦不类的话，那么就恶声恶气地下逐客令。耿生每次考试，若取得一般成绩，就不敢进家门；如果得了超等成绩，妻子才笑脸相迎。教书所得酬金，全交给夫人，丝毫不敢偷留下一点。所以东家馈赠东西，他常常连极轻微细小东西都加以计较。有的人嘲笑他太小气，却不知道他回去交账又是何等的艰难。后来被岳父家请去教小舅子。这一年小舅子考进了县学，岳父酬谢十两银子。他收下礼品退回了银子。夫人知道了说："他虽然是亲戚，但是教书讲学是一种口舌的劳作，应该收报酬。"到底追回来送礼的人而要下十两银子。耿崧生不敢和她争辩，但内心总觉得对岳父很抱歉，考虑私下攒点钱设法补偿给岳父。于是每年教书的酬金数目向夫人总是少交一点。积攒了二年，有若干两。忽然夜里梦见一个人告诉他说："明天去登高，十两银子就能凑够。"第二天，出门登高眺望，果然拾到了几两银子，恰好是所缺的数额，便偿还给岳父。后来考中了进士，夫人还是呵斥责骂他。耿崧生说："现在我已经做官了，怎么还能像以往一样对待我？"夫人说："俗语说：'水涨船高'。即使做了宰相，难道就大了吗？"

天　　宫

京城有个郭生，二十多岁，长得容貌俊美身材修长。有一天傍晚，有个老妇人送给他一杯酒。他对无缘无故送一杯酒给自己感到奇怪。老妇人笑着说："不用问是为什么，只管喝了它，然后必然有美好的境遇出现。"说完便走了。他揭开杯子盖轻轻一闻，酒香浓烈，于是把酒喝了下去。忽然间酒醉不醒，昏昏沉沉地什么都不知道了。

等到醒过酒来，就发现和一个人枕在一个枕头上睡觉，用手一摸，皮肤光滑得像涂了香脂，一股浓重的香气散发出来，原来是一个青年女子。问她话，她不回答。于是和她交欢。完事后，用手一摸墙壁，墙壁全是石头，隐隐约约有点土气味，像坟墓。他吃惊，怀疑自己被鬼魂迷住了。便问女子："你是哪路神仙？"女子回答："我不是神，是仙人。这是仙人的洞府。我和你有前世姻缘，你不必惊讶，只需耐心地住在这里。往里再进一道门，有个透光的地方，可以到那解手。"接着女子起了床，关上门走了。待了很长时间，郭生感至到有点肚子饿，于是就有个女童送来面饼、鸭汤给他吃。洞府中漆黑一片，也不知道是黑夜还是白天。没过多久，女子来睡觉，才知道是晚上了。郭生说："白天看不见太阳，夜里见不着灯火，吃东西也不知道从哪下口，常此以往，那么嫦娥和罗刹有什么不同，天堂和地狱有什么区别！"女子笑着说："这是因为你是世俗中人，爱多说话容易泄密，所以不想让你看见形象和颜色。况且即使在黑暗中摸索，漂亮和丑陋也可以分得出来。何必要用灯烛？"过了几天，郭生感到非常烦闷，多次请求暂时回家。女子说："明天晚上我和你到天宫游玩一次，然后就分手。"

第二天，忽然有个小丫鬟提着灯笼来了，说："娘子等候你很久了。"郭生跟着她走出了洞府。在星斗的光亮之中，见有无数的亭台楼阁。经过几道曲曲折折的画廊，才来到一个地方，堂上挂着珍珠帘幕，点着大红蜡烛，照得厅堂里如同白天一样。走进厅堂，只见一个美人脸朝南坐着，年龄二十左右，华贵的锦绣长袍耀人眼目。头上的首饰嵌着颗颗明珠，沿着凤冠的周围垂下来，随着动作摇来摇去。地面上都点着小蜡烛，连裙底下的金莲都照得清清楚楚。这位真的是天仙啊！ 郭生神魂颠倒，慌乱失措，下意识地跪了下去。美人叫丫鬟扶起并让他就座。一会儿，罗列着山珍海味的宴席准备好了，美人给他敬酒说："喝了这杯酒以后，便送你回去。"郭生鞠躬说："以前我有眼不识泰山，对面不识仙人，实在惶恐后悔。如果能让我自己赎罪的话，希望你收我做个忠贞不二的奴仆。"美人对丫鬟微微一笑，就让她们把酒席搬到卧室里去。卧室里挂着丝线穗子装饰过的丝绸绣帐，锦被缎褥温香滑软。让郭生坐到床上。喝了两杯以后，女子一再说："你离家这么长时间了，暂时回家看看也没关系。"又喝了一轮，郭生还不提回家的事。女子叫丫鬟点上灯笼送他走。郭生不说话，假装喝醉了睡在床上，丫鬟们推他，也不动。女子叫丫鬟脱光他的衣服。一个丫鬟拨弄他的阴处，说："这个男人的容貌长得很温雅，这东西怎么一点也不斯文！"丫鬟们把他抬到床上，大笑着走了。女子也过来睡觉，郭生才转身。女子问："你喝醉了吗"郭生说："我哪里醉了，见到仙人，神魂颠倒！"女子说："这里是天宫，天不亮就要早点离开。如果嫌洞府中憋闷，不如及早分别。"郭生说："现在夜里有名花陪伴，闻着她的香气，摸着她玉肌雪肤，却苦于没有灯火，不能一瞻仙姿，这种情形叫人怎么忍受得了？"女子笑了，答应给他点灯。漏声已及四更，女子叫丫鬟提着灯笼抱着衣服把他抬回洞府。进到洞里以后，看见洞中的彩绘十分精美，睡的地方铺的皮褥棕织的毡毯有一尺来厚。郭生脱了鞋子抱过被子盖上，丫鬟迟疑着不想离开。郭生定眼注视着她，发现她很有风韵，便开玩笑说："说我那东西不斯文的是你吧？"丫鬟笑了，用脚踢着他的枕头说："你应挺尸了！ 不要再多说。"他一看丫鬟的鞋尖上嵌着豆子大的珍珠，便抓住脚拉她，丫鬟倒在了他的怀里，就做起爱来，丫鬟忍受不了痛楚而呻吟着。郭生问她："年龄多大了？"她笑着回答："十七岁。"郭生又问："处女也懂得调情吗?"她回答："我不是处女，但是有三年没干这事了。"郭生便向丫鬟打听仙人的姓名和乡籍排行。丫鬟说："不要问，既不是天上，也不是人间。你要是非得知道准确消息，恐怕死无葬身之地。"郭生也就不敢再问。第二天晚上，那女子果然拿着灯烛来了，和他一起睡觉吃饭，而且每天如此。一天夜里，女子说："本来希望能结百年之好，想不到人情总是和人的愿望相违背，现在要清除天宫，没办法再留你了。请让我敬上这杯酒和你告别吧。"郭生难过地流下了眼泪，要求女子能送他些胭脂之类的化妆品做纪念。女子不同意。送给他一斤黄金，一

百颗珍珠。郭生喝完三杯酒以后，忽然昏沉沉地醉倒了。

醒来以后，他觉得四肢像被捆绑着一样，缠绕得很密，大腿伸不开，头也钻不出来。他用尽力气翻滚转侧，晕头晕脑地掉到床下。伸出手一摸，原来是被一床锦被像口袋一样包着，外面还用细绳捆住。挣脱捆绑从包裹里出来，便坐着仔细回想这是什么地方，隐约地看到了窗棂，才知道仙人已把他送回到自己的书斋里。当时他已离家三个月了，家人以为他已经死了。开始郭生不敢明白地向别人讲述这段经历，怕被仙人责怪。但还是暗暗怀疑不是天宫。私下里把个别情节告诉了至交好友，没有人能猜测出究竟是什么地方，见到的是什么人。把被子放在床上，满屋充满了香气。把被子拆开看来，原来被子是最好的丝绵里面加进香屑缝制而成，便将它珍藏起来。后来有个达官听说这件事后详细地盘问他，然后笑着说："这是有人在耍弄晋惠帝的贾皇后当年玩过的旧把戏，仙人怎么能干出这种事呢？即使这样，这件事也应该绝对保密，泄露出去，会使家族毁灭。"有个巫婆曾经出入过贵人之家，说郭生所讲述的楼阁形状，和权贵严家的极其相似。郭生听说后，吓得要死，带着全家逃往外地。没多久，严被嘉靖皇帝杀了。这时郭生才回来。

异史氏说："高楼亭阁模糊不清，若隐若现，奇异的香气弥漫帏帐，女奴们迈着小步行走，她们的鞋尖上还嵌着明珠。如果不是放纵荒淫的权贵，骄横奢侈的豪门，怎么会有这种情况呢？那些与妇人交合后用的白绫巾扔下后，原来金屋所藏的娇女，便公开住进了长门宫，用少女嘴做的唾壶未干，过去柔情蜜意耕出的情田如今已长满了茂草。被抛弃独守空床，日日伤怀，只好也暗烛偷情而博取销魂一刻光阴。她既在玉台之前不展愁眉，又在宝幄之内妄自凝眸。便让喝醉了酒的郭生走进天宫，误把温柔乡中百般媚态的荡妇当成了仙女。粗俗鄙陋的家伙生活淫乱，本来就不知廉耻，但对那些三妻四妾情田广大而自己荒废的人，却是很好的警戒。"

乔　女

平原人乔生，他的女儿又黑又丑，豁了一个鼻孔，瘸了一条腿。已经二十五六岁了，还没有来提亲的。县里有个穆生，四十多岁上死了妻子，家里穷没钱续娶，便聘娶了乔女。三年后生了一个儿子，没过多久，穆生死了，家境更加萧索。家中非常贫穷时，乔女便请求母亲的帮助，母亲很不耐烦。乔女也生气了，以后再也不回娘家，只靠纺纱织布维持生活。

有个孟生死了妻子，留下一个儿子叫乌头，才一岁。由于没人喂养孩子，孟生着急续娶后妻，但是媒人给他介绍了几个，他都相不中。忽然看见了乔女，非常满意。私下里传口风暗示乔女。乔女推辞了，她说："家里穷困到挨饿受冻的地步，若跟了官人吃饱穿暖，哪有不愿意的道理？但是我生得丑陋又有残疾，实在比不上别人，我值得自信的只有品德，况且又嫁两个男人，官人能看上我哪一点呢？"孟生

更认为乔女贤惠，更加敬佩她，让媒人拿着很重的礼金去劝她母亲。她母亲特别高兴，亲自到女儿家去说服她。乔女守节的志向不改变。母亲对孟家表示不好意思，愿意把小女儿嫁给孟生，家人都很高兴，但乔女根本不愿意。没过多久，孟生得急病死了。乔女很伤心地去给孟生吊丧。孟生本来没有近亲和本家，他死后，村里的无赖都来欺负他家，家里的什物用具被抢劫一空，正在策划瓜分他的财产土地。家里的仆人也都偷了东西离开了孟家，只有一个老太婆抱着孩子躲在帷幕里哭。乔女问明情由，气愤不平。听说孟生与林生是要好的朋友，就亲自到林生家，对他说："夫妇，朋友，在人伦中占有很重要的地位。我因为生得丑陋，被世人瞧不起，唯有孟生理解我，他生前的求婚虽然被我坚决拒绝，但在心里却把他当作知已。他现在死了，孩子年幼，我理所应当用自己的行为报答知已。可是要保护他的儿子容易，对付外人的欺凌困难，他又没有父母兄弟出面，别人，尤其是朋友，坐看他子死家灭而不救，那么在五伦中就可以不再要朋友了。我没有更多的要求麻烦你，只求你替我写张状纸告到县令那里，抚养孤儿的事，是我不可推卸的责任。"林生说："可以！"乔女告别林生回来。林生想按乔女的意见写份状纸告到县令那里，那群无赖知道后大怒，都说要用刀子和他寻仇，林生非常害怕，关上门不敢再出来。乔女等了好多天没有音讯，等到再一打听，孟家的财产田亩已经被人瓜分光了。

乔女非常气愤，挺身亲自去找县令。县令问她是孟生的什么人。乔女说："大老爷掌管一县百姓的命脉，您所依据的是公理。如果我说的是谎话，即使是至亲也难逃罪责。如果我的话合乎情理，即使是过路人的话也可以听信。"县官生气乔女的话顶撞了他，大声斥责后把她赶了出来。乔女满怀冤屈无处申诉，便到那些官绅家哭诉。有一个士绅听了，认为她很讲义气，代她和县令说明原委，县令经过审查，果真像乔女说的那样，彻底整治了那群无赖，把他们抢去的东西全部归还孟家。有人提议留下乔女住孟家的房子抚养孤儿乌头，乔女坚决不同意。她锁上了孟家的门，让老太婆抱着乌头跟她回自己家，把她们安置在一间房子住下。凡是乌头平常所需用的东西，就和老太婆一起回孟家开门去取，粮食等物由她亲自经管和处理，自己丝毫不贪占一点，领着儿子和从前一样过着清苦的日子。

过了几年，乌头渐渐长大了，乔女请老师教他读书，叫自己的儿子学种田。老太婆劝她让儿子跟乌头一起读书。乔女说："乌头的费用是他自家的，我花人家的钱教自己的儿子读书，我报答乌头他父亲的心迹怎能表白清楚？"又过了几年，乔女给乌头积攒的粮食有好几百石，又给他娶了一个名门望族的女子过来，修理了他家的房子，让乌头住回他家的房子。乌头哭着要求乔女搬过去和他住在一起，乔女同意了，就跟他一起居住，但是还和从前一样纺线绩麻。乌头拿走了纺绩工具，乔女说："我们娘俩坐在这里吃闲饭，怎么能心安理得呢？”便早晚替他管理家政，让她儿子在田间巡回察看，像当雇工一样。乌头夫妇如果有小的过错，她就责骂毫不留情，要是他们不肯改悔，就不高兴要搬回去。夫妻俩跪在地上保证以后不再重犯，她才不离开。没过多久，乌头考进了县学，她又想告辞回到自己家去。乌头不让，拿出礼金给乔女的儿子娶了妻。乔女又让儿子媳妇搬回去住。乌头留也留不住，暗中派人在穆家附近的村子里给乔女的儿子买了土地一百亩，然后送回家。后来乔女病了，要回到儿子那边去，乌头不让回去。病重了，她嘱咐乌头说：“一定要把我葬到穆家。”乌头答应了。乔女死后，乌头私下里送些钱给乔女的儿子，打算把乔女与孟生合葬。到出殡这天，棺材重得三十个人都抬不动。乔女的儿子忽然倒在地上七孔流血，自言自语地说：“不孝顺的儿子，怎么能随便出卖自己的母亲！”乌头也害怕了，跪拜祈祷请求宽恕，乔女的儿子才好了。便又把棺材在家停放了几天，直到把穆生的坟墓修好，才将乔女合葬在穆生的墓穴里。

异史氏说：“为了报答知己对自己的理解之情，答应把一生的精力献出，这本是性情刚烈的男子汉应该做的。乔女并没有受到高深的教育，而她的行为怎么会如此雄奇伟大呢？如果遇到九方皋相人，一定会把她看成一个男子汉。”

神　女

米生是闽地人，讲故事的人忘了他的名字和籍贯。他一次偶然到郡城，喝醉了，路过闹市时，听到一处大宅院里响着雷一样的箫声和鼓声。就问当地人，说是办生日宴会，但门前很冷落。再一听，里面的音乐奏得更加热烈，吹拉弹唱，一浪高过一浪。因在醉中，特别喜欢，于是也不问主人是谁，就在街头买了贺礼前去拜访。到了门前，递进一张自称晚辈字样的名片。有人见他衣着简陋，就问：“你是这家的什么亲戚？”米生回答什么都不是。那人便说：“这户人家不是当地的，侨居在这里。不清楚是什么官，但很有身份。既然不是亲戚，到这里求什么？”

米生听了很后悔，但名片已经递进去，想走也不行了。这时，两位少年出来迎客，绮丽的衣着耀人眼目，气质高雅，风采过人。行了一礼，请他进去。

院中一位老人面向南坐着，东西两面摆着几桌酒案，有六七位客人，都像是贵族世家。看见他，都站起来为礼。老人也拄着手杖站起来。米生站着，等老人过来好行礼，但老人却始终没有离开席位。两位少年说道：“家父年老体衰，迎来送往很困难。让我们兄弟代谢您的光临”。米生再三谦谢，兄弟俩才做罢。

于是又增加一席，紧挨着老人那一席。不一会儿，有女子在下面演奏。座位的后面，有玻璃屏风，用来挡住女眷。音乐大作，客人也难以交谈了。宴会将要结束时，两位少年站起身，分别用大杯向客人敬酒。那杯子太大了，能装三斗酒。米生感到为难，但看客人都接受了，因而也就接受了。接着又四面一看，主人客人全都喝干了。

米生只得也喝干了，这时，少年又来斟酒，他觉得困极了，就站起身要离席。少年硬拉着他的衣襟拦住，想不到他大醉了，竟躺倒在地上。直到觉得有人往自己脸上洒凉水，才恍惚觉得一觉醒来。起身一看，客人早已散了，只剩一位少年扶着送他，于是告别。以后又到这里来，但人已经搬走了。

从郡城回来后，一次去集市，看见一个人从酒馆里出来，邀请他去喝酒，看看，不认识，也去了。进去一看，见自己的街坊鲍庄已经先在那儿了。于是问那人的情况。鲍庄说："那人姓诸，是集市上磨镜子的。"于是又问姓诸的，怎么认识自己的。姓诸的说："前些日子祝寿的那个人，你认识吗？"米生说不认识。姓诸的说："我对他们家很熟。那老人姓傅，但不知道哪里人，什么官。你去祝寿时，我就在台阶下，因此认识你。"三人直喝到日落西山才分手。这一夜，鲍庄死在回家的路上。

鲍庄的父亲不认识姓诸的，就指名状告米生。经检查，鲍庄身上有重伤，因而就以谋杀罪把米生抓了起来，上枷带锁，饱尝苦头。由于抓不到姓诸的，案子不能审结，只能先把他关起来。直到一年多以后，巡按御史视察地方得知他的冤情，才放了出来。这时，家中一切都已变卖了，学籍也被取消了。寄希望向上申诉，于是打点了行李到郡城里去。日落西山，步履困难，就在路旁休息。远远来了一辆小车，跟着两位使女，已经过去了，又忽然停住。不知车中人说了些什么，就见一位使女走来问道："你是不是姓米？"米生很惊奇，忙站起来说是。又问他怎么贫困到了这步田地。米生就讲了原因。使女回到车旁讲了，又回来叫米生到车跟前来。车中人用纤纤细手掀起帘子，米生抬眼一望，是一位绝代佳人。她说道："不幸遇到飞来的灾祸，真为你叹息。现在的学政衙门，空手是行不通的。路途上没有什么好送给你……"说着从头上取下一朵珠花，送给米生说："这东西可卖一百两银子，请你好好收藏着。"米生跪拜下去，并想问问她的来历。但车子走得很快，转眼间已经很远了，无从知道她是谁了。但就珠花推想，上缀明珠，绝不是凡世间的东西。就小心翼翼地珍藏着，继续赶路。

到了郡城，递上状子，苦于上下勒索，又身无分文。拿出珠花来看看，怎样也舍不得卖。只好又返回去。家已经没有了，只能寄居在哥嫂家。多亏哥哥通情达理，多方为他谋算，使他不因贫困放弃学业。

第二年，他到郡城参加学籍考试，迷了路，错走到深山里。正是清明节，游人很多。几位骑马女郎走过来，有一位正是去年送花的女子。看到他后停下马，问他到哪里去。回答说参加学籍考试。女郎非常惊讶，说："你的学籍还没有恢复吗？"米生神情凄凉地从怀中拿出珠花说："我不忍心将它卖掉，所以到现在还是童生身份。"一抹红晕浮上女郎面颊，停了一下，女郎吩咐他在路边等着，便身姿婀娜地离开了。

很长时间后，一位婢女骑马奔来，把一包东西交给他，说："娘子说：今天学使大人门庭若市，送你二百两银子，作为疏通之用。”米生推辞道：“娘子给我的恩惠太多了！我自料考试还有把握，如此重金实在不敢接受。请告诉娘子的姓名，我要为她画像，焚香供奉，就心满意足了。”婢女不理，把东西撂在地上就走了。他从此用度充足。然而生性不愿意逢迎讨好，也就免掉了上下疏通的花费。后来以第一名恢复了学籍，就把银子给了哥哥。哥哥善于经营，三年后，家业又都恢复起来。

恰巧福建巡抚是他祖父的学生，特别照顾，兄弟俩都成了巨富人家。但他生性清高梗直，虽然和在位大官是世代交情，却从不去拜访走动。一天，有位身着盛装骑着马的客人来到家门，竟没有人认识。米生出来一看，竟是傅公子。行礼请进，互致问候。米生要摆酒设宴，傅公子推辞说太忙不打搅了，但又没有要走的意思。不一会儿，酒菜都备好端上，傅公子却起身说有事相告，米生就和他一块进到内室。一到内室，傅公子就跪拜下去，伏在地上。米生很惊讶，忙问：“怎么回事？”傅公子悲伤地说道：“家父刚遭大祸，有求于巡抚大人，非你不可。”米生立刻拒绝道：“我和他虽然世代交情，但因私事求人，我生平从不干。”傅公子依然跪在地上，哀求哭泣。米生厉声说：“我和公子，只是喝过一次酒的交往，为什么竟要逼着我丧失气节！”公子惭愧极了，只有起身告别。

第二天，正独自坐着，忽见一个丫鬟进来，一看，正是山中送银子的婢女。米生惊讶地站起身，丫鬟说：“你还记得珠花吗？”米生连说：“当然，当然，从不敢忘。”丫鬟说：“昨天来的公子，就是娘子的胞兄。”米生听了，心中暗喜，借口说：“这很难让人相信。如果能亲见娘子说一声，就是油锅也敢跳。不然，不敢遵命。”丫鬟婢女转身出去，上马飞奔而去。

到了夜半的时候，丫鬟敲门进来，说：“娘子来了！”话未落，女郎一脸悲伤地走了进来，面对墙哭着，一言不发。米生拜倒说：“我不是你，绝不会有今天。只要有吩咐，敢不竭尽全力？”女郎说：“被人求的人常常骄横对人，求人的人常常怕人。半夜奔波，一生中哪里受过这份苦，只是因为怕人的缘故，还有什么好说的！”米生忙宽慰说：“我之所以没有马上答应，是怕错过机会而再见你就难了。让你半夜奔波，我知道自己的罪过。”说着挽住她的袖子，抬手暗暗抚摸。女郎很气愤，说：“你真不是个正人君子！全不顾当初的恩义，竟想乘人之危！我错了！我错了！”愤然出门，上车要走。米生忙追上请罪谢过，跪在地上拦着。丫鬟也为他求情。女郎情绪才略有好转，就在车中对米生说：“实话告诉你：我不是凡人，是神女。家父是南岳都理司，偶尔失礼于地官，将被上奏天帝，非本地官的信印，则无法解救。你如果不忘以前的恩义，就用黄纸一张，替我盖上巡抚的信印。”说完，就驱车走了。

米生回家后，害怕担心不已。就借口要驱邪，告诉巡抚要盖官印。巡抚觉得这事像巫术，没答应。米生就用重金贿赂巡抚的心腹，虽然答应了，却一直没有机会。米生只好先回来。丫鬟等在门前，米生讲了经过，她什么也没说就走了，样子像是怨他不尽心。米生追上送她，说：“回去告诉娘子，如果事情不成，我会以性命报偿的。”到家后，翻腾一夜，也想不出什么办法来。偶然听说巡抚大人的爱妾正在买珠宝，就把珠花送上，这位爱妾高兴极了，就偷偷给盖上了。刚拿回家，正碰上丫鬟来了，就笑着说：“幸好不辱使命。可是多年来，就是在贫困要饭时都不愿意出让的东西，今天到底为了它的主人而舍弃了！”于是把情形讲了，并说：“黄金扔了，我不会可惜，告诉娘子，珠花是一定要赔的！”

几天后，傅公子登门道谢，并带来一百两黄金。米生很生气，说：“我之所以这么做，是因为令妹无私地帮助我，不然的话，就是万两黄金也不能改变我的气节！”强要他收下，便更加声色俱厉，傅公子很难堪地离开，说：“事情不算了结。”

第二天，丫鬟奉女郎派遣，带了百颗明珠前来，说：“这些足够赔偿珠花了吧？”米生说：“我看重的是花，而不是珠子。假如当时送给我的是价值数十万的珍宝，直接就卖给富豪人家了。怀有它而甘于贫贱，为什么呢？娘子是神人，我哪里敢有什么其他想法，有幸能够报答大恩的万分之一，就死而无憾了。”丫鬟把珠子放在桌子上，米生就对明珠朝拜，拜后坚决不要。

几天后，公子又来了。米生吩咐准备酒菜，公子就让自己的随从到厨房去做。两人放开酒量，大喝一场，你欢我笑，如同一家。有人送给米生一种米酒，公子认为美极了，一喝就是上百杯，脸都红了。对米生说：“你是一位正直无私有气节的人，我们兄弟不能早一些认识你，真是比女子都不如。家父感谢你的大恩德，没有什么可报答，就想把妹妹嫁给你，只担心因人神两界而使你不满意。”米生又喜又惊，不知该说什么好。公子临别时又说：“明天是七月初九，新月如钩，星如拱辰，天上织女有小女儿要下嫁，是吉日，你把新房准备好。”

到了第二天晚上，果然如约将女郎送来，一切都和常人一样。二天后，女郎对兄嫂一家甚至仆人都有赠送和赏赐。她又非常贤慧，对待嫂子就像对待婆婆一样。因几年没有生育，就劝米生再娶妾。米生不肯。

碰巧他的哥哥因做生意到江淮，替他买了个少女带回来。少女姓顾，小名博士，长得清秀甜美，米生夫妇都挺喜欢。博士头上戴着朵珠花，很像是当年的那枝。摘下一看，果然是。很奇怪，就同她。回答说：“当年有位巡抚的爱妾死了，她的婢女偷出来卖，我父亲觉得便宜，就买了。我很喜欢它。父亲没儿子，只生我一个，所以，要什么都给。后来父亲死了，家业衰败，我就寄居在顾婆家。顾算是我姨姨辈的。见珠花，屡屡要卖，我跳井寻死不答应，所以才保存到今天。”

米生夫妇非常感慨，说：“十年前的东西，现在又回到原主人手中，真是定数啊！”女郎又拿出另一枝珠花，说：“这件东西很久没伴了。”于是赐给博士，并亲手给她戴上。

博士退下后，就详尽地打听女郎的家世，家里人都不直说。博士就悄悄对米生说“我觉得娘子不是人间的凡人，她的眉目之间有神气。昨天给我戴珠花时，离得很近，我发现她的美丽是内里发出的，而不是像凡人那样以黑了白了五官长得是地方那样来表现的。”米生笑笑。博士又说：“你别说，我准备试探试探：如果她是神，只要有愿望，在没人的地方焚香求告，她一定能知道。”

女郎的绣袜特别精美，博士非常喜欢，但从没敢说，于是就在自己房中焚香祷告，诉说这个愿望。女郎早上起来，突然翻开箱子，找出袜子，叫丫鬟送给博士。米生笑了起来，女郎就问缘故，米生一一说了。女郎笑道：“好狡黠，这婢子！”因聪慧而更加喜爱她了。但博士更加恭谨，每天早上一定沐浴熏香来朝拜。

后来博士一胎生了两个男孩，两人就各带一个。米生八十岁时。女郎依然像少女。米生病了，女郎亲自监工做棺材，比一般的大一倍。死了，女郎也不哭，等其他人走开了，女郎就进入棺中也死去了，于是一同安葬了。至今传说是“木材冢”。

异史氏说：“女郎确是神了，而博士却能认出她是神人，这依据了什么法术呢？可见人的聪明智慧，原来有超过神的了！”

湘　　裙

晏仲是陕西延安人，和哥哥晏伯住在一起，友爱和睦，感情深厚。晏伯三十岁时去世，没有儿女。不久，他的妻子也去世了。晏仲哀悼思念之际，常想生两个儿子，把一个儿子作为哥哥的后代。可是刚生了一个儿子，妻子就死了。因担心后妻对儿子不好，就准备买个妾算了。

邻村有人要卖婢女，晏仲就去相看，没有中意，心绪很坏，被朋友请去喝酒，大醉而归。半路上，遇见读书时的同窗梁生，拉着他的手很殷切，请他到家中去。因为酒醉，也忘了梁生已经死了，跟着就去了。到了一看，不是原来的样子，奇怪而问他。回答说：“才搬的。”进门要备酒席，家中自酿的酒已没有了。梁生就要他先坐着，自己拿了瓶子去买酒。

晏仲到大门口去等，就见一个妇人骑着驴经过，有个孩子跟着，年龄有七八岁，那眉目神态，极像他的哥哥。心中一动，忙跟了上去，问那孩子姓什么。孩子说姓晏。晏仲更加惊奇，又问孩子的父亲叫什么，孩子说不知道。说着话，已经到了孩子的家，那妇人下驴进去了。晏仲就拉着孩子问：“你父亲在家吗？”孩子答应一声进家了。

过了片刻，一个年纪大的妇女探出头观望，竟是他嫂子，很惊讶晏仲怎么来了。晏仲很是悲伤，随着嫂子进了门。见房子重新收拾过，齐齐整整。就问哥哥哪去了。回答说：“要债去还没回来。”问：“骑驴的是什么人？”说：“你哥哥的妾甘氏，生了两个男孩。大的阿大，到集上还没回来，你见到的是阿小。”

坐得时间长了，酒渐渐醒了，才意识到见的都是鬼。由于兄弟情深，也就不怕。

这时，嫂子正在温酒做饭。晏仲急着想见哥哥，就催着阿小去找。过了很长时间，阿小哭着回来了，说：“李家欠债不还，还跟父亲闹。”晏仲一听，跟着阿小跑去了。见两个人将哥哥正摔在地上，晏仲怒从心起，挥起拳头冲了过去，敢阻拦的，都被打得连连后退。先将哥哥救起来，对手却跑了。追上去抓住一个，一阵痛打才放手。起身抓住哥哥的手，跺脚大哭，很是伤心，哥哥也哭了。

到家后，全家都来安慰，收拾好酒菜，兄弟俩举杯庆贺。没多久，一个少年进来，有十六七岁。晏伯叫他阿大，要他拜见叔父。晏仲拉住他，哭着对哥哥说：“大哥地下有两个儿子，却没有人扫墓；弟弟我儿子少又单身，怎么办啊？”晏伯神情也很凄凉悲哀。嫂子对他哥哥说：“让阿小跟他叔去，不就行了吗。”

阿小听说，依偎在叔的身边，眷恋着不愿离开。晏仲抚摸着他，更加辛酸。问："你乐意跟着我去吗？"阿小说："乐意。"心想鬼虽不能算人，但有了总比没有强，好歹是个安慰，心情也就好了些。晏伯说："带去后，不要娇惯，多给他吃些血肉，在阳光中曝晒，直到中午过后。六七岁的孩子，经过春夏两季，肉和骨头就会形成，也能娶妻生子，只是恐怕活不长而已。"

说话间，有少女在门外听着，情态温顺柔婉。晏仲猜想是哥哥的女儿，就问。晏伯说："她叫湘裙，是我小妾的妹妹。孤身一人，无家可归，就寄养在这，已有十年了。"晏仲问是否已有人家了。晏伯说："还没有。近来有媒人提说东村的田家。"少女在窗外小声说："我不嫁田家放牛娃。"晏仲很动心，但不好明说。过了一会，晏伯在书房中支了床，留弟弟过夜。晏仲本不愿留，但心中留恋湘裙，想设法探探哥哥的意思。于是就留下来去睡觉了。

当时正是初春天气，还比较冷，书房中又从不生火，寒气逼人，面对孤灯独坐，极想喝杯酒。正想着，阿小推门进来，把一杯羹一斗酒放在桌上。晏仲高兴极了，问谁弄的这些。回答说是湘姨。酒快喝完时，又将火盆放在床下。晏仲问："你爹娘睡了吗？"回答说："早已睡了。"问阿小睡在哪儿。回答说："和湘姨一块睡。"等他睡下了，阿小关门离开。

晏仲心想湘裙贤惠又善解人意，更加爱慕。又因为她能带阿小，要她的念头更坚定了。翻来覆去，一夜都没睡着。

早上一起来，就对大哥说："我孑然一身，没有伴偶，拜托大哥多留心。"晏伯说："咱们家也不是那种只有一瓢一担家当的人，想找自然有的是。但地下即便有佳人美女，恐怕对弟弟也没什么好处。"晏仲说："古人也有娶鬼妻的，有什么不好？"晏伯似乎明白了，就说："湘裙还不错。但凡地下人，用大针刺人迎穴，要是流血不止的，才可以嫁给世上人做妻子。哪能随随便便。"晏仲说："只要湘裙能抚育阿小，也就行了。"晏伯摇头。晏仲反复求个不停。他嫂子说："把湘裙叫来刺一下看看，不行就算了。"说着就拿着针往外走。一出门碰上湘裙，伸手抓住手腕，竟然血迹斑斑。原来，湘裙听了晏伯的话，早已自己试过了。嫂子笑着放开手，进房告诉晏伯说："她早已自有主意了，还用得着你替她操心吗？"湘裙姐姐一听，很是愤怒，冲到湘裙跟前，手几乎戳到眼睛上，说："淫荡贱妇不知羞！ 想和小叔私奔吗？ 我绝不让你如愿。"湘裙又羞又气，痛哭寻死，全家都闹翻了。晏仲很没意思，就告别兄嫂，领着阿小回家。晏伯说："你先回去。不要让阿小再回来，怕伤了他的生气。"晏仲记下了。

回去后，往大里虚报阿小的年龄，说是哥哥卖掉的婢女所生的遗腹子。大家见孩子极像晏伯，也就信了。

晏仲教阿小读书，总是让他在中午时抱着书曝晒在日光下读。开始很痛苦，时间长也就习惯了。酷暑六月，桌椅烫人，阿小边读边玩，一点也不抱怨。阿小聪明，一天能看半卷书，晚上和叔叔一起睡觉时，竟都能背出来。晏仲很宽慰。因忘不了湘裙，所以也就不再想重娶的事了。

一天，有媒人来为阿小提亲，因家里无主妇，心里很是焦躁发急。突然间，哥哥的妾甘氏来了，说："阿叔别奇怪，我送湘裙来了。先前因为这丫头太不知羞，所以我有意挫折羞辱她一下。阿叔这样的一表人才不跟，还能跟什么样的呢？"看到跟在后边的湘裙，晏仲很是高兴，忙请甘氏坐。因前面有客人，就告诉甘氏，先去周旋一下。随即又返回身，但甘氏已经走了。湘裙也已换衣服下到厨房里，厨房里响起一片切菜做饭声。工夫不大，饭菜就一一端了上来，可口宜人。

送走客人，进来一看，湘裙已收拾得整整齐齐端坐在房中，于是两人就相拜成亲。到了晚上，湘裙仍打算和阿小一块睡。晏仲说："我正在用阳气温润他，不能分开。"于是就让湘裙单独住在一间屋子里，只是在晚上去喝杯酒欢聚一下。

湘裙对晏仲前妻生的孩子就像自己生的，使晏仲更觉得她贤慧无比。一天晚上，两人意好情浓时，晏仲开玩笑问："阴间也有美人吗？"湘裙想了好一阵子，说："没见到过。只有邻房葳灵仙姑娘，大家都说她美。但我看也不太出众，只是很会收拾打扮罢了。我和她交往很长，心里很看不上她的放荡。如果想见她，马上就可以。但这种人，还是不见的好。"晏仲急着想见。湘裙提笔准备写，但随即又扔下笔说："不行，不行。"晏仲再三再四地要求写，她就说："千万不要被迷住。"晏仲答应。湘裙就裁纸画了几幅画一样的符，在门外烧了。不一会儿，门钩有响声，帘子掀动，听到吃吃的笑声。湘裙起身拉进一个人来，高高的发髻，流行的式样，就如画中人。

湘裙扶她坐在床头，一起举杯互相问候。那女人刚见到晏仲时，还用衣袖掩着口，不随意说什么。几杯酒过后，则又笑又闹亲热过分，一点禁忌也没有。渐渐地，竟伸出只脚来踩晏仲的衣服。晏仲意乱神迷，像是丢了魂一样。但碍于湘裙在跟前，而湘裙也有意提防，一刻不离左右，葳灵仙突然起身，掀开帘子往外走，湘裙跟在后面，晏仲也跟上。葳灵仙就拉住晏仲的手，快步走到其他房里。湘裙恨极了，但又无可奈何，气愤地回到自己房里，只能由他们去了。

过了一会儿，晏仲来了。湘裙责备说："不听我的话，只怕以后想拒绝也办不到了。"晏仲认为湘裙嫉妒，不欢而散。

第二天晚上，葳灵仙不请自来。湘裙讨厌她来，很不礼貌地对待她，葳灵仙却拉着晏仲一块去了。一连几个晚上都是这样。湘裙看见她来就骂她数落她，但她却依然如故，推不出去。

就这样有一个多月，晏仲就病得卧床不起了，这才后悔，叫湘裙和自己睡在一起，希望能避开葳灵仙。但无论白天晚上，只要稍有疏忽，则晏仲和葳灵仙就已交欢上了。湘裙拿棍子赶她，她气愤了，就和湘裙对干，湘裙体弱，手上脚上都被她打伤了。晏仲的病愈来愈重，湘裙哭道："我怎么见我姐姐啊！"又过了几天，晏仲就昏死过去。

晏仲刚死时，见二个差人拿着公文来，就不由自主地跟着走了。上了路，苦于没路费，就邀差人一同顺便到哥哥家中去一趟。晏伯一见，大惊失色，问："你近来干什么了？"晏仲说："没别的，只是被鬼缠上罢了"就把经过讲了。晏伯听后说："明白了。”就拿出一包银子对差人说：“请笑纳。我弟弟罪不该死，请放他回去。我让我的儿子跟你们去，或许不会不合适。”叫阿大陪着差人喝酒，自己到屋里给家里人说了经过。于是叫甘氏到隔壁去叫葳灵仙。

过一会儿，葳灵仙来了，见晏仲在这儿，就要跑。晏伯赶上揪回来，骂道：“淫妇！活的时候是荡妇，死了还是贱鬼，大家早已不能容忍了，竟又祸害我弟弟！”上手抽她，抽得头发散乱，妖艳之态立时去了许多。很长时间，来了一位老太太，趴在地上苦苦哀求。晏伯责备她放纵女儿淫乱，训斥责骂了好一阵子，才让她和葳灵仙走了。晏伯送晏仲出门，飘忽之间就到了家门，直入卧室，明明白白像睡去又醒来，这才知道自己刚才已经死了。

晏伯责备湘裙说：“我和你姐姐认为你贤慧能干，所以让你跟了我弟弟，你反而要促使我弟弟死呀！如果不是有弟媳的名分关系，一定狠狠打你一顿。”湘裙又羞又愧又怕，抽泣呜咽，跪在地上向晏伯请罪，感谢指教。晏伯看见阿小，高兴地说：“儿子居然成了阳间人了！”湘裙准备做饭，晏伯阻止说：“弟弟的事还没了结，我顾不上吃饭。”阿小已十三岁，也知道恋父了，见父亲要走，就哭着要跟。晏伯说：“跟着叔叔最快乐，我走了还要来的。”说着就转身走了。从此以后，就再也没有往来了。

后来阿小娶了妻子，生下一个儿子，也是三十岁时就死了。晏仲抚养阿小的孩子，就像对阿小活着时一样。晏仲八十岁，阿小的儿子二十多了，就让他独立门户了。

湘裙没有生过儿女。一天，对晏仲说：“我先入坟墓行吗？”盛装躺在床上就死去了。晏仲也不悲伤，半年后也死了。

异史氏说：“天下人中兄弟友爱像晏仲的，有几个呢？应该让他不死而活得更长。阳世绝后，而从阴间继承上，这全是不忍心兄长死去的诚心所致。在人绝无此理，在天难道有这种运数吗？在地下生子，希望继承自己生前的产业，这种人想来不会少。只是害怕继承了那绝后人的产业的贤兄贤弟们，不肯收养抚恤罢了。”

三　生

湖南某人，能记得自己的前生三世。

第一世当县令，参与主持科举考试。有位名士兴于唐落榜了，愤闷致死，到阴间后为此告状。此状一告，和他是同样原因而死的数以千万计的鬼，推他为代表，大家抱成一团。某人就被阴间勾去了魂，对质此事。阎王问：“你既然是评判文章的，为什么使名士落选而让平庸的考上？”某人辩解说：“上面有总裁，我不过是奉命行事罢了。”阎王立刻发下传票，把主考官勾来。勾来后，阎罗把某人的话讲了一遍。主考官说：“我不过是总其大成的，虽然有上好文章，但是阅卷官不推荐考上，我又怎么能够见到呢？”阎王说：“此事举要互相推诿，论失职都一样，按规矩应受抽打的刑罚。”正要用刑，兴于唐不满意，大声号叫，两阶旁的鬼齐声响应。阎王问原因，兴

于唐高声道：“抽打的刑罚太轻，一定要挖掉两眼，作为不知文章的报应。”阎王不肯，众鬼更加厉声号叫。阎王说：“他们未必不想得到好文章，只是见识卑下罢了。”众鬼又要求剖他们的心。阎王不得已，就让人扒去他们的衣服，拿刀破胸挖心。两人嘶声痛喊，鲜血淋漓。众鬼才大快，说：“我们含怨负屈埋没地下，从未有能一伸此气的，多亏兴先生，怨气全消了。”说着便一哄而散。

某人剖心后，被押往陕西投生为平民的儿子。二十多岁时，碰上盗贼作乱，自己身陷盗贼之中。官府派兵征剿，抓获了大批盗贼，某人也在其中。暗想自己不是盗贼，希望说清楚后能被解脱。等见到公堂上官员，仔细一看，是兴于唐。大吃一惊，想：“我该死了！”随后，那些俘虏都释放了，某人最后被提审，不容置辩就杀掉了。

某人到阴间状告兴于唐，阎王没有立刻把他勾来，而是等他的阳寿完时再说。一等三十年，兴于唐才到。当面对质，以草菅人命罪罚兴于唐投生为畜牲。又考核某人的行为，曾打过父母，惩处与兴于唐是一样的，也为畜牲。某人怕来生再被报复，就要求罚做大畜生。阎王就罚他为大狗，兴于唐为小狗。

某人托生在顺天府街市店铺里。一天，躺卧街头，有位从南方来的客人，带着一只金毛犬，大小像狸。某人一看，是兴于唐。心里认为他小好对付，上去就咬。小狗扑上来咬住他的喉咙，死死不放，像铃铛似的系在脖子上摆不脱，大狗摆扑嗥窜，市场上的人也无法将他们分开。不一会儿，就都死了。

两个人一同到了阴间，各讲各的理。阎王说：“冤冤相报，何时算了。今天就为你们解开此结。”就判兴于唐来世为某人的女婿。

某人生于庆云县，二十八岁考中举人。生了一个女儿，娴静娟好，世家大族争相求婚，某人都不答应。偶然到临郡，正碰上学政大人录取考生，所取第一名姓李，即兴于唐转世。某就把他请到自己住的地方，对他非常好。问他家中情况，知他还未婚配，就将女儿许配给他。大家都说某人爱才，但哪里知道这是前世因缘。

不久，李生就将某人的女儿娶走，两人相称美满。然而女婿常以自己的才华欺侮丈人，一两年也不上门一次。丈人也都忍了。后来女婿中年潦倒背时，很难有所作为，丈人就千方百计为他谋划经营，这才使他在科举中得志扬名。从此以后，女婿和丈人和好得像父子一样。

异史氏说：“一次落榜而三世结仇不解，怨竟到了如此程度啊！阎王的调解固然好，然而阶下千千万万的冤鬼，如此纷繁，岂不是要成了天下的爱婿都是阴间地府中悲鸣号恸的怨鬼吗？”

长　亭

泰山附近有一个叫石太璞的人，很喜欢驱鬼压邪之术。

一天，遇到一位道士，见他聪明睿敏，将他收为弟子。道士打开函套，取出两卷书，上卷讲驱狐，下卷言驱鬼。便将下卷给了石太璞，说："你有了这部书，吃的穿的和美人就都有了。"石太璞问道士姓名。道士告诉石太璞他是汴城北村玄帝观的王赤诚。道士在石太璞家里留住了几天，每天教他禳鬼要诀。

从那以后，石太璞精于符术，名声大噪，前来请他施法的人络绎不绝。

一天，来了一位老者，携带厚礼，口中称自己姓翁，女儿被鬼缠住，危在旦夕，恳请石太璞亲自去为女儿消灾。石太璞听说病危，不肯接受礼物，姑且与老者一块去一趟，走了十里多路，进了一座山村，到了老者的家。只见红墙青瓦，房舍华丽。

进屋后，见一位少女躺在绉纱帐里。丫鬟进来轻轻挽起纱帐，少女有十四五岁，仅有气息，形容枯槁。石太璞凑上去端详，她突然睁开眼说道："好医师来了啊！"家人见了，不胜惊喜，因为她不说话已经有好几天了。

石太璞命丫鬟放下纱帐，走出闺房，向她父亲询问病状。老者说："大白天的，就有一个少年翩然而至，与我女儿睡在一起。等我们去捉他时，他就无踪无影了。过一会儿，又神不知鬼不觉地回来。他这样来无影去无踪，我们猜想他一定是鬼无疑。"石太璞说："如果真是鬼，驱除它并不难；我怕它是狐精，果真如此，就不是我所能行的了。"老者连连说："不是狐精，不是狐精。"

石太璞于是交给一道符佩，这天晚上就住在老者家。半夜时分，有一个衣冠整齐的美貌少年走了进去。石太璞以为他是家中的人，便撑起身问少年来找什么人。少年回答说："我是鬼。老者家的人是狐精。我是喜欢老者的女儿红亭，姑且到这里来的。鬼给狐精作祟，不伤害阴骘，你又何必拆散别的姻缘而保护狐精呢？红亭的姐姐叫长亭，生得美丽绝伦，我并不沾她，而是留着给你的。老者如愿把她许配给你，你再给治疗。我自然就会走的。"石太璞心下喜欢，便答应了。少年说罢走了，红亭不久便清醒过来。

天亮后，老者听说女儿神态清楚，开口说话，便喜孜孜来告诉石太璞，并请他一道进房探看。石太璞取下旧符烧了，坐在红亭床前诊视。偶然抬头见绣帐后立着一位倩女，天姿艳丽，宛若仙人，心想一定是长亭无疑。为红亭诊完后，他要水来洒纱帐。长亭忙去取了一碗水递给石太璞，往来之间，眉带情波，石太璞意动神摇，心思早已不在驱鬼上了。他告别老者谎说是去做药，可一连几天没有回来。老者的家闹鬼更加厉害，除长亭以外，家中所有妇人丫鬟都被鬼淫惑。

老者急得派人去请石太璞，而石太璞推说自己有病，来不了。第二天，老者亲自来请。石太璞故意装成腿有病，拄着拐杖困难地迎了出来。老者上前问他这是怎么了，石太璞叹口气说："这是我独身生活造成的呀！前几天夜里丫鬟给我送暖脚壶，不小心摔在地上打了，烫了我的两脚。”老者问他：“夫人逝去后，先生为什么不续娶呢？”石太璞道：“恨不能找到像您家那样的清贵门第！”老者听了，默默不语地走了。

过了几天，老者又来了，见了跛足的石太璞，慰问了两三句话，说：“先生如果能为我家逐去鬼魅，便全家上下安然，小女长亭十七岁，愿将她嫁与先生。”石太璞大喜，连连叩头道谢，让人备了马，随同老者一道去。

看视完病人后，石太璞担心翁家会背约悔婚，便请求和长亭的母亲订立盟约。那老妇人听说，匆忙出来说：“先生为什么要怀疑我家背约呢？如若不信，有我家长亭头上所插金簪为信。”便让人取了金簪给了石太璞。石太璞欣喜地谢了，便将老者家上下人召集来，为他们一一祓除。只有长亭没有露面，石太璞便写了一道符，让人拿着送给长亭。

这天夜里，鬼再没有来搅扰，全宅格外安宁，只有闺房中的红亭仍旧不断呻吟。石太璞向她身上洒了法水，口中念念有词，不一会儿，红亭就安然入睡了。石太璞见红亭好转，便要告辞回家。老者再三挽留，石太璞只好又待了一天。到了晚间，老者准备了饭菜，殷勤款待石太璞。二更时，老者才起身离去。石太璞正要入睡，突然听见一阵急促的敲门声，开门一看，竟是长亭。长亭一脸惊惶，上气不接下气地对石太璞说：“我家里的人要对你下毒手，你快快逃吧！”说罢，又匆忙转身去了。

石太璞一听，吓得战战兢兢，面无血色，急忙跳墙跑了。正跑间，远远望见前方火光闪动，便飞快奔到跟前，是夜间打猎的人，这才放心。等这些人打完猎，石太璞随他们一起回去。他心中怨恨，一肚子气又无处发泄，准备到汴城去找王赤城；又一想家中还有老父亲，生病卧床很久，自己走了，谁人来照顾？不由地犹豫不决。

忽然有一天，两辆车子驶到他家门前，原来是老妇人亲自将长亭送来了。老妇人对石太璞说：“你和我有盟约，而你为何一走再不露面呢？”石太璞见了长亭，所有的怨恨都烟消云散了，也不介意老妇人的话。接着，老妇人催促两人拜了天地。石太璞正要设宴款谢岳母，老妇人摇着手说：“我又不是外人，何必这么多客套？我家老头子年老糊涂，如果有什么事的话，你肯代长亭顾念我么？假如能这样，便是我的造化了。”说罢，上车而去。

原来，老者谋杀女婿的事，老妇人起先并不知道，石太璞被吓跑后，她出门去追，不见了踪影。回来后，她听说了这事，心中气愤，便骂老者不仁不义。长亭在旁不住地嘤嘤哭泣，连饭也不吃了。老妇人这次将女儿送上门成亲，也不是老者的意思。等到长亭过门后，石太璞追问此事，长亭才说出了前后经过。

两三个月后，老者派人来接长亭回娘家。石太璞怕长亭一去不回，便加以阻止。长亭见丈夫不同意自己回去，便时常啼哭。一年多后，长亭生下一个儿子，取名叫慧儿。石太璞无比喜爱，花钱雇了一个奶妈，精心哺育孩子。那慧儿好哭闹，夜里一定要母亲哄着睡觉才行。

一天，老者又派车来接长亭，来人说老妇人很想女儿，请石太璞念母女之情，让长亭回去与她见上一面。长亭听了，更加悲痛，泣不成声。石太璞心软下来，再也不忍心强留她。长亭想带慧儿一道回去，石太璞不同意。长亭便随家人回娘家去了。临走时，约定一个月后便回来。可是一眨眼半年过去了，却没有一点消息。石太璞派人去打探，回来后说翁家租住的房子已很久没人居住了，至于长亭，更没了音讯。

又过了两年，石太璞仍打听不到长亭的消息，便绝了念头。慧儿整夜啼哭，不能安睡，使石太璞心如刀割。不久，他父亲病故，使他愈加伤心，接着也卧病不起，不能接受宾朋的吊唁。这天，他正在昏睡间，忽听见一个妇人哭着进来。仔细看去，见长亭一身孝服立在当地。石太璞一见，突然大放悲声，哭死过去。一旁丫鬟见了，大声惊呼，长亭这才停住哭泣，抚摸着石太璞，好久才苏醒过来。石太璞怀疑自己已经死了，问长亭是不是在阴间相遇。长亭说："不是啊！是我不孝，不能取得父亲的欢心，使我三年不能回来，的确有负于你！刚好家里人由东海经过这里，得到公公故去的噩耗。我尊父命绝了儿女之情，但再也不敢失了翁媳之礼。我来这里时，只有母亲知道，悄悄瞒着父亲！"

说话间，慧儿欢叫着投入母亲怀中。长亭抚摸着儿子，哭着说："因为顾念了父亲，结果使我儿没有了母亲啊！"慧儿也呜呜大哭，一旁人见了，也都掩面哭泣。哭了一会儿，长亭抹抹泪，起身理理衣衫，把公公灵前供品摆放整齐，一副恭恭敬敬的样子。这使石太璞心情得以安慰。他想起身，却因身体虚亏，情急间不能动弹。等石父丧事一过，长亭便要回去，准备接受违背父命的责骂。丈夫挽留，儿子号哭，便不忍心离去。

这时，有人来报说长亭母亲生病。长亭对石太璞说："我是为公公。"长亭告别丈夫爱子，一路悲泣着走了。这一走，又是好多年没有回来。时间一久，父子俩对长亭也淡忘了。

一天，天气凉爽宜人，石太璞打开门透风，不意长亭飘然而至。石太璞很惊骇，问她是怎么来的。长亭神色悲哀地坐在榻上，叹道："在闺阁时，看一里路也相当远；如今一天一夜而奔走千里，几乎累死了！"石太璞细细盘问，长亭欲言又止。他再三追问，长亭这才哭着说："近年迁居山西地界，租住赵官人的房屋，最初两家关系友善，父亲将红亭嫁给了赵家公子。赵公子生活放荡，闹得赵家上下不能相安。红亭回来告诉了父亲。父亲大怒，将红亭留住，半年中不让她回赵家去。赵公子动了气，不知从哪里找了一个恶人，呼神唤鬼，将我父亲绑了去。这一下，全家又惊又怕，登时四散奔逃了。"

石太璞听了，竟卟哧一声笑了起来。长亭见了，怒不可遏，愤愤诘问几句，拂袖而去。等石太璞追出来时，已没有了长亭的身影，不禁怅然后悔。

过了两三天，老妇人与长亭一道来了，母女俩见了石太璞，双双跪在地上。石太璞惊愕不止，连忙询问是怎么回事。长亭哭着说："听母亲说，绑走我父亲的，是你的师父哇！"石太璞一听，松了口气道："果真是师父的话，这事便容易多了！"

于是他疾忙起身到汴城，打听到玄帝观，王赤诚出外刚回来不久，石太璞便进观拜见师父。王赤诚见石太璞前来，问道："徒弟来这里为何事啊？"石太璞用眼看去，见厨房内有一只老狐狸，前腿穿了洞用绳子系在那里，便笑着对师父说："弟子这次来，是为这条老狐狸。"王赤诚盘问老狐狸是他什么人，石太璞说是岳父，又将实情一一告知师父，王赤诚因那狐狸狡诈，不肯轻易放掉它，架不住石太璞苦苦相求，这才应允了。石太璞又向师父数说老狐狡诈之处，那老狐听了，藏在灶中，一脸羞惭的样子。王赤诚笑着说："那老狐狸羞耻之心还没有丧尽啊！"

石太璞将老狐狸牵出，用刀割断绳索抽出来，老狐痛得直咬牙。石太璞放慢节奏一点一点地抽，笑着问："你老痛了，不抽可以吗？"老狐眼冒火光，神色中含有愠怒。老狐得了救，摇着尾巴窜出观去。石太璞也辞别师父回家。

三天前，已经有人告知老者的消息，老妇人已前去寻找，让长亭留下来等候石太璞。石太璞回来，长亭迎上来拜伏在地。石太璞将长亭扶起。长亭告诉他要回去看看父亲，三天之后一定回来。石太璞对她的话早已不相信，见她如此说，只当又是信口道来，便不再挽留，只由她去。不想长亭走后，两天后便回来。这次倒让石太璞不胜惊奇，问道："怎么这么快就回来了？"长亭说："我父亲因为你曾在汴城戏弄过他，一直不忘怀，整日叨叨，我不想再听，所以早早回来了。"从此，长亭与娘家常来往，而石太璞和岳父之间却再不理会。

异史氏说："老狐狸性情反复无常，狡诈得很。悔婚之事，对两个女儿用的一种手法，诡谲也就可知了。但是以要挟来求婚，这样便从一开始就开了老狐狸悔婚之端。况且女婿既然爱妻子而救岳父，只应当捐弃前嫌而用仁义来对待才行；竟然还要戏弄于危急之中，怎能怪老狐狸没齿不忘啊！天下有岳父和女婿之间相互不和睦的，大抵这样。"

席方平

东安县人席方平，他的父亲名叫廉，生性戆厚拙朴。因和同乡的富户羊某有过节，羊先死，羊死后几年，廉也病了，生命垂危时，对人说："羊某现在用钱买通阴差要拷打我了。"说着就浑身红肿，号叫惨呼地死去了。

席方平悲伤难抑，食不下咽，说："我父亲朴实木讷，现在被强鬼欺凌，我要到阴间去代他伸张冤气。"从此，席方平不再说话，时而坐着时而站着，样子像发痴，原来灵魂已经离开了躯体。

刚出门，他不知道往哪去，只要见到路上有行人，就问城在哪里。不久，就进了城。他父亲已被押在狱中。到了狱门，远远望见父亲倒卧在房檐下，样子很狼狈。抬头看见儿子，眼泪潸然而下，说："狱吏都因受贿，日夜拷打我，腿脚都打坏了！"席方平愤怒之极，大骂狱吏道："我父亲就是有罪，自有王法在，难道是你们这些死鬼能决定的吗！"于是转身出来，拟写诉状。

正值城隍上早衙，就喊冤告状。羊某害怕，就上下打点，打点完毕，这才上堂听诉。城隍以所告证据不足驳回，根本不当回事。席方平的冤屈无处诉说，就又在黑暗中奔走一百多里赶到郡城，将此事上告。拖了半个月，才见审理。郡府长官打了他一顿，依然把此事又交回城隍重审。

回到城衙，席方平饱尝了刑枷的折磨，悲惨冤屈难以述说。城隍怕他再次上告，就派差役将他押送回家。送到后差役离去，席方平不肯进家，就又脱身奔到阎王府中，状告郡府长官的贪酷行径。阎王立刻将有关人员传来对证。那两个官员就暗中派心腹和席方平交涉，要他通融，答应给他千金。席方平不答应。

过了几天，席方平所住客店的老板告诉他说："你斗气也斗得过分了，官府求和，你竟固执得不听。现在听说他们在阎王前各有所进，只怕你的事情要坏了。"席方平认为只是街头闲话，并不相信。可随即就有两个黑衣人来叫他到阎王府去。

一升堂，就见阎王脸有怒色，不容分说，就下令打他二十板。席方平厉声问道："我有什么罪？"阎王漠然置之，就像没听见一样。席方平挨打时，喊道："打得好，该打！ 谁让我没钱呢！"阎王更加恼怒，下令施用火床。两个鬼上前拉下席方平，见东台阶上有架铁床，下面烈火熊熊，床面烧得通红通红。鬼扒掉席方平的衣服，把他放在铁床上，翻来覆去又按又压，痛苦极了，骨黑肉焦，使人恨不得立刻死去，但又死不了。有一个多时辰，鬼说："行了。"就扶他起来，催他下床穿衣。还好，脚虽跛了，但还能走路。又来在堂上。阎王问："敢再告吗？"席方平说："大冤未伸，寸心不死。要说不告，是骗你阎王。非告不可！"又问："告什么？"回答说："遭遇的一切，都要告！"阎王大怒，下令锯了他。

两个鬼拉席方平下堂。见那儿竖着一根木头，有八九尺高，下面放着两块木板，血迹模糊。正要绑他，就听堂上大喊："席方平。"两个鬼又押他上去。阎王又问："还敢告吗？"依然回答："非告不可！"阎王立刻要拉他下去锯了。

到了堂下，两个鬼用木板把他夹起来，捆在木头上。锯一拉，他就觉得头被劈开，痛不堪言，但并不号叫，强忍着。只听一个鬼说道："好样的，硬汉子！"随着隆隆的锯声，已到胸前。又听见一个鬼说："此人大孝无罪，锯时稍斜一下，别伤了心。"就觉得锯在胸前拐了一下，那痛苦更加厉害。不大工夫，便被劈成两半。放开夹板，两半身子分别倒地。

鬼上堂大声报告，堂上传呼，把身子合起来见阎王。两个鬼就把两半身子推合在一起，拉着上堂。席方平明显感到有条锯缝，极痛，像要裂开一样，刚迈步就倒下了。一个鬼从腰间抽出条丝带给他说："送这个给你，作为你孝行的报答。"接过来系上，立刻康复，一点也感不到痛了。上堂后趴伏在地上，阎王又问他，他怕再受酷刑，就回答说："不告了。"阎王便下令立刻送他回阳间。

阴差带着他出了北门，指了一下路，便返身回去了。席方平心想阴间比阳间更黑暗更无理，又没有办法使天帝知道。世上传说灌口的二郎神是天帝的亲戚，而且功高位显，并说这位神聪明正直，只要求诉，定有灵验。暗喜两位阴差已经走了，便转身向南去找二郎神。

正在奔走中，有两个人追了上来，说："阎王估计你不会回家，现在果然如此。"就又把他抓回去见阎王。心中暗想：阎王将会更加愤怒，罪罚也会更惨。没想到阎王一点也不恼怒，对他说："你确实是孝子，但你父亲的冤枉，我已经为他洗雪了，现在已投生在富贵人家，用不着你再奔走呼告了。现在送你回去，给你千金家产，百岁长寿，你满意吗？"说着写在簿籍中，并盖上大印，让席方平亲自看过。

席方平道谢下堂，鬼差和他一同出门，要送他回家。走在路上，鬼差连打带骂："奸滑的贼骨头！频频反复，把人快让你折腾死了！再犯，就把你放在大磨子中，研成粉末。"席方平瞪起眼睛斥责道："鬼小子想干什么！我从不怕刀砍斧锯，就是忍受不了打骂。走，一块回去见阎王，如果他愿意让我自己走，哪里用得着你们送。"反身朝回奔去。两个鬼差害怕了，忙说好话赔情劝他回来。

席方平故意走得艰难缓慢，走几步，就歇在路旁，鬼差心里不满，但又不敢说。半天光景，走到一个村子里，有一户人家房门半开，鬼差带着他一块到门前休息，席方平坐在门坎上。趁他不注意，鬼差就把他推到了门里边。

席方平大吃一惊，静下来一看，自己成了刚生下的婴儿，很愤怒，啼哭不止，奶也不吃，三天就死了。漂泊的灵魂依然不忘去灌口。奔走了有几十里路，忽然看见一队仪仗，旗帜飘扬，剑戟横路。他想到路旁避一下，但因冲撞了仪仗，被前卫抓住，押到车前。抬头见车中坐着一位青年人，仪表不凡，形体高大。问席方平："你是什么人？"席方平满腔怨愤正无处申诉，想这人一定是高官，或许握有主宰大权，于是细说悲惨遭遇。车中人命人放开他，让他跟着一块走。

不一会儿到了一个地方，见有十来位官员站在路旁迎候，车中人各有问讯。随后，指着席方平对一位官员说："这个尘世中的人，正要到你处申诉，应该立刻替他申明判决。"席方平问随行的人，才知道车中人是上帝殿下九王，他所吩咐的人即是二郎神。席方平打量二郎神：个子高，多胡子，不像世上所传说的样子。

九王走了以后，席方平就跟着二郎神来到一座官衙，见父亲和姓羊的和那些衙役们都在。过了一会，从囚车中又走出几个犯人，竟是阎王、郡府长官和城隍。当堂审讯，席方平所说句句是实。三位犯官浑身发抖，就像趴在地上的老鼠。

二郎神随即提笔判决，片刻之间，便发下判决书，命案中人一块看。判决书写道：

查阎王者：担当王爵之职位，深受上帝之恩宠，理应清正廉洁为下属做出表率，不该贪赃枉法使人们怨言纷出。虽然名列王侯，但空有尊贵的地位，像羊一样的狠，像狼一样的贪，竟玷污了一个当政者应有的品格和道德。斧敲斫，斫入木，妇子之皮骨皆空；鲸吞鱼，鱼食虾，蝼蚁之微生可悯。当掬西江之水，为你洗肠，即烧东壁之床，请君入瓮。城隍、郡司是小民百姓的父母官，为上帝代行管理照顾他们的职责，虽然职位低下，但对鞠躬尽瘁忠于职守的来说，是不辞为民请命的。即使被高官所迫，只要有这种志向也是不会屈服的。你们竟然上下勾结伸出鹰鸷一样贪婪的手，一点也不顾念民贫；而且气焰嚣张肆虐着野兽般的奸谋，更不嫌鬼瘦。真是人面兽心！如此作为，先罚死在阴间，然后去掉人形换上兽皮，允许投胎为兽类。隶役者：既然当了鬼差，就不再属于人类。只有一心在公门中修行，以求再有做人的机会。怎么敢在苦海中生出波澜，更造出弥天的罪孽来？飞扬跋扈，狗脸生出六月之霜；上蹿下跳，虎威断绝条条生路。在冥间逞尽淫威。人人都把狱吏奉为至尊；帮昏官施尽暴政酷刑，像屠夫一样人人害怕。应该在法场上剁去四肢，再放在汤锅中煮烂。

羊某：富有而没有仁心，狡猾而又诡计多端。以钱行事，使阎罗殿上一片阴霾；铜臭熏天，使枉死城中暗无天日。小钱即能用鬼，大钱竟能通神。应将羊某家产尽数没收，以报偿席方平的一片孝心。着即押赴东岳施行。

又对席廉说："考虑到你儿子的孝行大义，以及你的性情良善懦弱，可再赐给你三十六年的阳寿。"

便派了两个人送他们回归阳间。席方平将判决书抄了一份，父子俩在路上一起看。

到家以后，席方平先苏醒过来，叫家人打开棺材看父亲怎样，尸体僵硬冰冷，直等了一天，才渐渐活了过来。席方平问父亲要判决书，已不见了。

从此以后，席家日益富足，三年间，良田遍野，而羊某的子孙却衰败了，楼阁田产，全都归了席家。同乡人有买羊某田产的，夜间便梦神人叱责说："这是席家的东西，你不得占有！"开始还不太信，等种了以后，终年一点收获也没有，于是再卖给席家。席方平的父亲直到九十多岁后死去。

异史氏说："人人都说净土，却不明白生死隔世，意念都已迷离，况且不知道自己是从哪里来的，又到哪里去；更何况像席方平这样的死了一回又再死，投生了一次又复生呢？忠孝志坚，就会历万劫而不移。不同寻常的席方平，多么伟大！"

素　　秋

俞慎，字谨庵，是顺天府世家子弟，他到都城参加考试，住在城外郊区。常见对门有位青年，长得貌美如玉。心里喜欢，就找机会接近交谈，发觉谈吐极为风雅。很兴奋，就拉着胳膊到自己住的地方，设宴款待。问他姓什么，自称："金陵人，姓俞，名士忱，字恂九"。公子听说和自己同姓，更加亲近，就结拜为兄弟。青年人就把自己的名字去掉一个字，单名叫忱。

第二天，公子到他家拜访，见书房光亮洁静，但门庭冷落，更无一个仆人。俞忱领他到里面，叫妹妹出来拜见。她十三四岁，肌肤晶莹光泽，铅粉美玉也没有她白。稍后，亲自端茶献客，似乎家中也没有婢女或老妈子。公子很奇怪，说了几句话就告辞了。

从此以后，彼此友爱就像同胞兄弟一样。俞忱没有一天不到他这来。有时留他住下，就以小妹无人陪伴推辞。公子说："你侨居千里之外，竟然连个门前招呼的小仆人也没有。你们兄妹纤弱，怎么生活呢？想来不如跟我走，我家中还有地方让你们住，怎么样？"

俞忱很高兴，约好在考试后去。

考试完后，俞忱邀公子到他家去，说："中秋明月亮如白昼，妹妹素秋准备了些酒菜，不要辜负了她的心意。"直接拉着他直到家内。素秋出来略微问候了一下，就到套间里，放下帘子准备。略过了一会，自己出来烫酒。公子起身说："让妹子亲自操劳，于心何忍。"素秋笑笑进去了。过了一会，帘子掀开，出来一位婢女捧着壶，一位老妈子端着鱼送上来。公子很惊讶，说："这两人从哪里来的？不早早做事，而让妹子操劳？"俞忱微微一笑，说："素秋又做怪了。"只听到帘子里有吃吃的笑声，公子不明白怎么回事。过了一会儿吃完饭，婢女和老妈子撤盘子，公子咳嗽，不小心弄到了婢女身上，婢女随声倒地，碗也碎了，酒也撒了。再看那婢女，竟是用帛剪成的小人，只有四寸多。俞忱大笑。素秋也笑着出来，把小人拾进去。随后那婢女又走了出来，依然像刚才那样忙碌着。公子奇怪极了。俞忱说："这不过是妹子年幼时，学得柴姑的一点小手段罢了。"公子于是问："弟妹都已成年，为什么都还没有成家？"俞忱回答说："先人去世，我们还没有定好落脚之处，因此迟到现在。"于是商定好动身的日子，卖掉房子，俞忱带着妹妹和公子一起动身向西。

到家后，收拾了一处房子让他们住，又派了一个婢女服侍。公子的妻子，是韩侍郎的侄女，特别喜爱素秋，吃饭也不分开。公子和俞忱同样。俞忱非常聪明，读书一目十行，试着写一篇八股文，连长于此道的老手也比不上。公子劝他考童子试。俞忱说："我之所以做这些，只想分担一下你的辛苦而已。我知道自己福分有限，不堪在仕途作为。更何况一入此途，就不能不患得患失。所以我不操此业。"

又过了三年，公子参加考试又未中选。俞忱为此大为不平，奋然说："榜上登个名，没想到这么艰难！我当初不想受此诱惑，因而宁愿默默无闻。现在看大哥竟不能一显身手，不觉心中发热，虽然现在我已经十九岁了，从未进学，但愿意效仿初生小驹驰骋一下。"公子很高兴，到考试时送他入场，县考、府考、道考均为第一。从此益发和公子一起刻苦用功。第二年科试，两人均为府、县冠军。俞忱名声大噪，远近的人都争着和他结亲，俞忱全拒绝了。公子极力劝他，他也以乡试后再说来推托。

时间不长，乡试结束，倾慕他的人争相抄录下他的文章，彼此传诵。俞忱也自认为第一名非自己莫属。等发榜时，两人竟都落选。当时，两人正在喝酒，公子还能强作笑颜，俞忱却脸色大变，酒杯落地，扑倒在桌子上。扶到床上，人已快不行了，忙叫来妹妹，睁大眼对公子说："我们两人情同手足，但却并非同一家庭。我自知已登上鬼簿，深受恩顾却没有什么可报答。素秋现已成人，既得到嫂子的抚爱，你就收她为妾吧。"公子正色说："这真是胡说八道！不是让人说我是人形而畜行吗！"俞忱流下泪来。

公子立即派人不惜重金买来上好棺木。俞忱叫人抬到跟前，用尽全力自己爬进去。吩咐妹妹说："我死后，急速阖棺，不要让任何人打开看。"公子还有话要说，而俞忱的眼已闭上了。公子不胜悲伤，如同死了兄弟。但心里觉得他临死的嘱咐有些奇怪，等素秋因事离开时，打开棺木去看，只见衣服头巾像蜕下来一样，空摆在那里，揭开一看，有一尺多长的蠹鱼，僵躺在那里。诧异惊恐中，素秋突然进来，极悲哀地说："兄弟间有什么隔阂？之所以如此，并不是避你，只怕飞扬流传，我也不能长留下来了。”公子说：“礼是依据情而定的，只要情谊在，就是异类又有什么关系呢？妹妹难道不明白我的心吗？即使妻子，我也不会讲的，不要担心。”于是立刻找出下葬的吉日，很隆重地办了丧事。

起初，公子打算将素秋嫁给世家，俞忱不同意。现在俞忱死了，公子就和素秋说，素秋仍不同意。公子说：“妹妹现已二十岁了，年龄大了而不嫁，人们将会怎么说我呢？”回答说：“如果是这样，那就听兄的安排。但我自知没有福相，不愿入侯门，寒士就行。”公子答应了。

不几天，媒人纷纷前来提说，但没有中意的。先前，公子妻弟韩荃来吊唁时见到素秋，心里喜爱，想买回去做小妾。和姐姐商量，姐姐忙止住他不要说，怕公子知道。韩荃回去后，始终放不下，就托媒人找公子，许诺为他打通乡试关节，公子听了，大怒，斥骂一通，将媒人打了出去。从此以后，连交往都断了。

恰巧有位前任尚书的孙子某甲，将要娶亲时未婚妻突然死了，也派媒人来。此人高房大厦连成一片，公子早就知道。但想亲自见见人，就和媒人约好，让他到家来。到那天，将内室帘子放下，让素秋自己看。某甲来了，前呼后拥，盛装华丽，哄动街坊四邻。人也长得清秀文雅，一如处子。公子很高兴，见到的人也都齐声赞美，但素秋却不喜欢。公子不听，竟应允了婚事。嫁妆丰厚，花费极多。素秋极力劝阻，只要一个年岁大的婢女供自己使唤就行。公子也不听，最终还是给了丰厚的陪嫁。

出嫁后，夫妻倒也琴瑟和谐。只是兄嫂常常挂念，就每月都回来探望一下。来时，凡陪嫁的珠宝珍品，总要带回几件，交给嫂子要她代为收藏。嫂子也不明白她的意思，就接了下来暂替她保管。

某甲很小就失去了父亲，只有一个寡母，因而溺爱娇惯得非常厉害，天天交往一些行为不轨的人，被逐渐勾引得又嫖又赌，家传的书画古玩尽被他卖掉还债。韩荃和他有来往，请他喝酒打探，说愿意用两个妾和五百银子换素秋。某甲起先不肯，韩荃再三要求，某甲心动了，但害怕公子不答应。韩荃说：“我和他是最近的亲戚，素秋又和他没什么干系，如果事情已经成了，他没有什么办法。万一有问题，我全担了。有老父亲在，哪里怕他一个俞谨庵呢？”说着，让两个妾盛装陪酒，并说：“如果行，到时按约进行”。到约定时间，某甲怕韩荃使诈，晚上等在半路，果然有车轿来，打开帘子一看，两个妾都在，就领回去，暂且安顿在书房内。韩荃的仆人又把五百两银子交付明白。某甲跑入内室，骗素秋说：公子因暴病而来请她。素秋也顾不上收拾，草草地就出了门。

上了路，夜色茫茫，迷失方向，走了很远很远，还没有到。忽然，有两只巨大的火烛迎来，众人暗自欣喜可以问问路了。转眼间来到跟前，原来是巨蟒的两只眼睛。众人恐惧极了，逃窜而去，车轿丢在路旁。天快亮时，才又陆续回到这里，但只剩下空车斩了，猜想定是被蟒蛇吃了。回去告诉韩荃，只能是垂头丧气而已。

几天后，公子派人来看妹妹，才知被人骗走之事。开始时并不怀疑是某甲干的。等把那随身婢女接回来细问各种情况后，才明白就里。愤怒之极，向府、县都提出控诉。某甲害怕，向韩荃求救。韩荃因为妾和银都白扔了，心里正没好气，一口回绝。某甲呆头呆脑早已没了主意，各处传票到来时，只好行贿以求不被带上公堂。一月多，金银珠宝、衣服首饰都变卖一空。

公子到按察使衙门催促得很紧，各县官员都被命令要严办此事，某甲知道躲不过去，就到公堂上，一五一十地讲了事情的经过。按察使发传票拘韩荃对质。韩荃害怕了，把经过告诉父亲。他父亲当时退休在家，对他做出这样的违法之事很生气，把他交给了衙役。到公堂上，韩荃讲了遇蟒的事，但没人相信，认为是谎话，把那些家人拷打遍了。某甲也多次被打，多亏他母亲每天卖掉田产，上下营救，这才得以在行刑时轻一些，保住了性命。而韩家的仆人已被折磨死了。

韩荃长时间关在狱中，愿意花一千两银子帮某甲去贿赂公子，哀求他不要再追究此事。公子不答应。某甲的母亲又请加上那两个妾，只求暂时将此事做为疑案先挂起来，等找到素秋后再说。公子的妻子也承家命，早也说，晚也劝，公子才答应了。

某甲家已经贫困不堪了，用房子换现钱，急切中又不能立刻出手，就先把二妾送来，求公子能延缓延缓。

几天后，公子晚上在书房中坐着，素秋突然带着一位老妇人来了。公子惊问道："妹妹一直都好吗？"素秋笑着说："遇蟒蛇不过是小妹的小法术罢了。当夜跑到一个秀才家，被他母亲收留。秀才自己说认识兄长，现在门外，请他进来吧。"公子倒穿着鞋就往外走，用灯一照，不是别人，竟是周生。他是宛平县的名士，公子平素就因彼此性情相投而和他关系很好。拉着胳膊进到书房，款待十分周到。倾谈之后，才清楚事情的原原本本。

原来，那天天快亮时，素秋敲周生家的门，周母收留了她。问她，说是公子的妹妹。就要来报信，被素秋拦住了。留下来和周母住在一起。因她聪慧，善解人意，周母很喜欢。由于儿子还没媳妇，心里就很属意素秋。借事说起，素秋以没有兄长的允诺来推辞。周生也因和公子交情深厚，而不愿作无媒之合，只是频频打听有关此事的情况。了解到讼事已有眉目，素秋就告诉周母说打算回家。周母就让周生带一位老妇人送素秋，并嘱咐老妇人就此说亲。公子因素秋在周生家住了这么长时间，心中有把她嫁给周生的想法。等老妇人一提亲，很高兴，立刻和周生当面订了亲事。

本来，素秋所以要夜里回来，是想让公子得到银子后再告诉大家她回来的事。但公子认为这不必，说："以前是心中愤恨无处发泄，因此要钱以促使他们败家。现在又见到妹妹了，就是万金也不换的！"就派人告知那两家，免了。又想到周生家本不宽裕，道路又远，迎娶很困难，就把周母接来，住在俞忱原来的宅院里。周生准备了迎娶的物品鼓乐，举行典礼成婚。

一天，嫂子逗素秋说："现在有了新夫婿，和以前丈夫的枕席之爱，还记得吗？"素秋微微一笑，回头看着婢女说："还记得吗？"嫂子不明白，究根追底，原来三年间的床上之爱，都是用婢女替代的。每到晚上，用笔在婢女的两道眉毛上一画，驱使她去，即使面对着灯烛坐着，某甲也分辨不出。嫂子更觉惊奇，就要学她的法术。素秋只是笑不说话。

第二年举行乡试，周生打算和公子一块去，素秋认为没必要。公子硬拉着去了。这一次，公子考中举人，周生落榜回来，内心有了退隐之意。过了一年，母亲去世，就再也不提进取功名之事了。

一天，素秋告诉嫂子说："以前问我法术，原本是不愿用此来惊人视听。现在离告别远行的日子近了，请让我悄悄地传授给你，也可以避一下兵灾。"惊讶地问她，说："三年后，这里将会变得没有人烟。我很柔弱，难以担惊受怕，打算到海滨去隐居。大哥是富贵中人，不能同去，所以说要分别了。"就将法术教给嫂子。过了几天，又告诉公子。留不住，公子流下泪来。问到哪里，也不说。早上鸡叫起身，带了一位白须老奴，骑着两匹驴走了。公子派人暗中跟着送行，到胶州、莱州一带，尘雾遮天，等天晴后，已不知到哪里去了。

三年后，李闯王起兵，村舍化为废墟。韩夫人剪帛放在门内，贼兵到后，看见白云绕着一丈多高的韦驮神，便吓走了。因而使家中人和物得以保全。后来村里有位商人到海上，见一位老头很像那白须老奴，但胡子头发全是黑的，仓促间不敢认。那老奴停住脚笑道："我家公子还健康吧？借你带句话，素秋姑娘也很安乐。"问他住在何处，只说："远了，远了。"就匆匆离去了，公子得知后，派人在那地方到处找遍了，一点踪迹都没有。

异史氏说："读书人无发达的福相，由来已久。俞忱不求功名的想法很明智，却竟然不能坚持。哪里知道花了眼的主考官从来都是看命不看文的。一试不中，就溘然长逝，蠹鱼之痴，多么可怜！可悲啊，俞忱奋然，不如周生退隐而成仙。"

胭　脂

东昌府人卞氏，是位兽医。他有个女儿，小名叫胭脂，生得人品出众，贤惠美丽。卞兽医格外喜欢她，想将她嫁给大户人家，而那些名门显贵因他家贫寒，地位低贱，不屑于和他家联姻，所以到成年还未出嫁。

卞家对门住的是位姓龚的人家，妻子王氏，性情轻佻，喜好玩笑，是胭脂的常客。一天，胭脂与王氏说了一回话。王氏走时，胭脂将她送到门口，偶然见到一位少年从门前经过，身着白衣袍，头戴白巾帽，丰采奕奕。胭脂一见，怦然心动，忙将秋波去追逐那少年。少年已走很远了，胭脂仍眼睛一眨不眨地看着他的背影。

王氏在一旁看了，顿时猜出了胭脂的心思，便开玩笑地说："以姑娘的才貌，如果能配这位少年，是绝对没有什么遗憾了。"胭脂脸上飞红，默默无语。王氏问她："你认识这位少年么？"胭脂说："不认识。"王氏说："他是南巷的秀才鄂秋隼，是已故举人的儿子。我曾经和他家是邻居，所以认识他。世间的男子，没有像他那样性格温和委婉的。今天他身穿白衣，是因为他的妻子刚死去，丧服还没有脱。姑娘如果有意，我可以捎话给他，让他托人说媒。”胭脂没有回答，王氏会心地一笑，走了。

过了几天，王氏那边并没有什么消息，胭脂在这边等得心急，怀疑是王氏没有时间去鄂秋隼家，又怀疑鄂家不肯要她，因此闷闷不乐，终日徘徊，牵肠挂肚。渐渐地，饭也不想吃，竟生了病。王氏听说胭脂病了，便过来探看，打听她的病因。胭脂答道："我也不清楚。只是从那天我俩分别后，便觉得心中不快，在家早晚等你的消息。”王氏小声说：“我丈夫出外经商没有回来，因此还没告诉鄂郎。你的身体不适，莫非是因为这件事么？”胭脂羞得红了脸。王氏逗她说：“如果是为了这事，病也病了，你还顾忌什么？ 先让他夜里到你家来聚一聚，他还有不肯的？”胭脂叹息道：“事已至此，也顾不得什么害羞不害羞了，如果他不嫌弃我家贫寒低贱，便让他派媒人来，我的病就可痊愈。如果私下约会，是绝对不可以的！”王氏连连点头，便去了。

王氏小时曾和邻居书生宿介通奸，她出嫁后，宿介得知她的丈夫出外，总是找上门来和王氏寻旧欢。这天晚上，宿介又来了，王氏便笑着向他说起胭脂的话，开玩笑说让宿介去告诉鄂秋隼。宿介早就知道胭脂生得很美，听王氏一说，心下暗喜，庆幸自己这下有机可乘了。他想和王氏同谋，又怕她生出妒意，便假做和王氏搭讪，打听清楚胭脂闺房的情况。

第二天夜里，宿介偷偷翻墙进院，摸到胭脂窗下，用手轻轻敲着窗户。胭脂被惊醒，在里边问：“是谁？有什么事？”宿介回答：“我是鄂秋隼。”胭脂听了心中一阵狂跳，但还是说：“我之所以思念你，是想和你相爱百年，而不是为了缱绻一夜。你如果真爱我，就应该托人来说媒；若只是为了私合，我断断不敢从命。”宿介暂且答应了胭脂。又苦苦哀求，说是只请胭脂允许他握一握她的手，才能为信。胭脂不忍心过于拒绝他，便打开了门。宿介疾速进房，猛然将胭脂抱住就要欢爱。胭脂没有力气抗拒，倒在地上，连连喘气，宿介忙将她拉了起来。胭脂说：“哪里来的恶少，一定不是鄂郎；如果是鄂郎，他为人温顺，知道我的病因，应当怜惜，怎么能如此狂暴！你如果再这样，我要叫了。你品行这样亏损，对我们两人都不利！”宿介害怕露出真象，不敢再强迫，只向胭脂请求以后相会的日子。胭脂便以迎亲那天为期。宿介嫌远，又再次请求。胭脂怕纠缠，便推说等病好后再相约。宿介向她索要信物，胭脂不给。宿介便抓住胭脂的脚，脱下她的绣鞋而去。胭脂叫住他说：“我已将自已许给了你，又有什么可吝惜的，只怕画虎不成反类犬，而遭人污辱耻笑。现在绣鞋已到了你手，料想也要不回来。你如果负心于我，我只有一死！”

宿介从胭脂家溜出来后，又到王氏家去过夜。躺下后，心中还惦念着绣鞋，悄悄地摸衣袖中的鞋子，哪知鞋子已不见了。他急忙起身点着灯，抖着衣服找；又盘问王氏，王氏不答应。他怀疑是王氏将绣鞋藏了起来，王氏也故意笑着逗他。宿介无法隐瞒，便将实情告诉王氏。说完，又拿着灯烛在门外到处寻找，连影子也没有。他心中无比懊恼地回到王氏房里睡下，暗中思忖可能是遗落在回来的途中。第二天，他早早地起身出去寻找，仍旧没找到。

先前，同一街巷中有个叫毛大的，是个游手好闲之辈。他曾经挑逗过王氏而没有得手，又知道王氏和宿介关系密切，想着要抓住他俩的把柄，以此要挟王氏。这天夜里，毛大经过王氏家门，上前推了推，门竟然没有拴，便偷偷潜入院中。刚到窗外，脚下踩住了一个东西，软得橡棉花一样。他拾起来一看，却是用汗巾裹着的女人绣鞋。他趴在王氏窗下仔细偷听，听见宿介正在向王氏述说刚才的经过，心下暗喜，便抽身出来。过了几天，一天晚上，他翻墙到胭脂家，因不熟悉门户，误敲了胭脂父亲卞老汉的窗户。卞老汉隔着窗户一看，见是一个男子；又听他的声音，知道是为了女儿而来。卞老汉大怒，便拿起一把刀开门出来。毛大一见怕极了，返身就逃。正要攀墙而走，卞老汉追了过去，毛大情急之中找不到逃路，便夺过刀子，卞老妇人起来大呼大叫，毛大急了，举刀杀了卞老汉，越墙而逃。这时，胭脂病情刚有好转，听见屋外有嚷闹声，便起身下床，点上灯烛。出外一照，见父亲脑袋破裂，不能说话，一会儿便死了。卞老妇人在墙下捡到绣鞋，仔细看，是女儿的东西。她紧紧逼问女儿，胭脂哭着将实情告诉了母亲，因为不忍心拖累王氏，便说是鄂秋隼自己来的。

天亮以后，卞老妇人到县衙告状，县令派衙役拘捕鄂秋隼。鄂秋隼为人谨慎木讷，年纪有十九岁，见人总是像孩子一样容易害羞。他突然稀里糊涂地被拘捕，吓得要死。到公堂上后不知道该说什么，浑身只是筛糠。县令见他这副模样，更加相信鄂秋隼是杀人凶手，便对他施以重刑。鄂秋隼耐不住皮肉之苦，屈打成招。之后，县衙将他解送郡府。郡府官衙对他也是像县衙那样施以酷刑。鄂秋隼胸有冤气难平，每次总提出要和胭脂当面对质；而当二人公堂相遇时，胭脂总是大骂鄂秋隼。鄂秋隼却张口结舌不得申辩，因而郡府官衙便判他死罪。后来，又反复审了几次，历经几位官员，均没有对此案提出异议。后来，委托济南府复查审理。

当时任济南府知府的是吴南岱，一见鄂秋隼，怀疑他不像是杀人的人，便暗中派人从容审问，使鄂秋隼可以充分辩白。由此，吴公更加认定鄂秋隼一案纯系冤案。他考虑了几天，才开堂审理。他先问胭脂道："你二人订约，有知道的人么？"胭脂答："没有人知道。"吴公又唤鄂秋隼上来，用温和的言语宽慰他。鄂秋隼说："我曾经路过她家门口，见我家从前的邻居龚氏的妻子王氏和一位少女出来，我便立即快快走过避开了，并没有和她说过一句话。"吴公喝斥胭脂道："你刚才说一旁没有其他人，为什么又有邻居妇人呢？"便要动刑。胭脂害怕了，说："虽然有王氏，但是与她没有关系。"

吴公便命暂停审理，去拘来王氏。几天后，王氏拘到。吴公为了不让她和胭脂通气，立即开堂再审。问王氏道："杀人的人是谁？"王氏答："小妇人不知道。"吴公又诈她说："胭脂供说杀卞老汉的事你都知道，怎么敢再隐匿不说？"王氏叫道："冤枉啊！那淫妇自己想男人，小妇人虽然有过提媒的话，也只是开开玩笑而已。她自己把奸夫引到院中，小妇人怎么能知道！"吴公细细盘问王氏，王氏便叙述了她与胭脂两次开玩笑的话。吴公又将胭脂唤上堂，大怒道："你说王氏不知道情由，现在又作何解释？"胭脂哭着说："我自己不好，使父亲惨死刀下，官司不知要打到什么时候，又连累他人，的确不忍心啊！”吴公又问王氏“你和她玩笑后，曾经对什么人讲过？”王氏说：“没有告诉过任何人。”吴公大怒道：“夫妻同床，没有不说的话，怎么会没有说？”王氏供道：“小妇人的丈夫出去经商，没有回来。”吴公道：“即使这样，凡爱开玩笑的人，都喜欢笑别人的愚蠢，以炫耀自己的聪明。你真没有向任何人说么？你在欺骗谁？”便命人用夹子夹王氏的十根手指头。王氏不得已，便如实供道：“小妇人与宿介说过。”

吴公便释放了鄂秋隼，拘捕宿介。宿介押到后，只推说不知道。吴公说：“凡与妇人奸宿的必定不是好人！”命严刑拷打。宿介受刑不过，供认道：“我想赚到胭脂是实情。自从鞋子丢掉后，没有敢再去，杀人的事我实在不知道。”吴公怒道：“能翻墙的人什么事做不出来！”又命人用杖狠打。宿介不堪酷刑，便供认杀了卞老汉。吴公结了案，将案卷报上，无不称赞他的神明。

此案铁证如山，宿介也只有伸长脖子等待秋天斩决了。那宿介虽然放荡无德，却是齐鲁地区的名士。听说学使施愚山最称贤能，并具有怜才恤士的德行，便写了一纸控诉状叙说冤情，语言无比悲怆恻然。施公见了状纸，便讨来宿介的招供，仔细看了后，凝神静思。不一会，他拍案道：“这个书生是冤枉的！”他向巡抚和按察使请求，将案子交给他再进行审理。

宿介押到后，施公问宿介：“你把绣鞋丢到了什么地方？”宿介道：“我忘了。但是在敲王氏门时还在袖中。”施公又转而盘问王氏：“除了宿介以外，还有几个奸夫？”王氏道：“没有了。”施公不信，问：“淫乱之妇，怎么能只私通一个人？”王氏供道：“小妇人与宿介从小便交好，所以不能谢绝；后来不是没有挑逗的人，只是小妇人不敢相从。”施公命王氏说出有什么人曾经挑逗过她。王氏供道：“同巷的毛大，好几次挑逗小妇人，而被小妇人拒绝了。”施公道：“那你为什么拒绝他呢？”王氏不答，施公命衙役用板子打，王氏连连叩头，血流满面，只说再也没有奸夫。施公这才作罢。又问王氏：“你丈夫远出，难道就再没有托故而来的人么？”王氏道：“有某甲、某乙都借口借钱、送礼，曾有一二次来小妇人家。”某甲、某乙都是巷中游荡子弟，对王氏虽有心，但均未表明，施公一一记下了他们的名字，一并拘来。等人犯押到后，施公亲自到城隍庙，让他们伏在神案前。便说：“不久前，我梦见神人告诉我杀人犯不出你们四五个。现在面对神明，不能有胡言乱语。如果肯自首，我这里可以宽待他；如果有假话，从重而治，不得有赦！”这几个人听了，异口同声地说他们没有杀人。施公命人将刑具放在地上，准备把他们铐起来，又将他们的头发束起，剥光衣服，几个人齐叫冤枉。施公命将他们放下，说：“既然自己不从实招来，我就请鬼神指出是谁。”他命人用毡褥将大殿上的窗子全部遮盖住，不得有一点缝隙；把赤裸上身的嫌疑犯赶到黑暗处，给他们每人一盆水，命他们自己洗手，然后把他们绑在墙壁下，严令警告：“面对墙壁，不许乱动，杀人的，自当有神在他的背上写出名字。”不一会儿。施公将他们叫出来验看，施公指着毛大说：“这是真正的杀人犯！”

原来，施公先让人用灰涂了墙壁，又用烟煤洗了嫌疑犯的手，杀人者害怕神来书写，所以就会将脊背藏在墙壁那一边，因而沾有灰色。临出来时，他会用手护着背，故而沾有烟色。施公原来就怀疑毛大是杀人犯，到此更加确信不疑。他命人对毛大施加毒刑，毛大终于全部吐出实情。施学使判道：

案犯宿介：重蹈盆成括杀身之覆辙，获得登徒子好色的名声。只因两小无猜，成就了野鸭如同家鸡之恋；又为一言有漏，以至于得陇又起望蜀之心。“将仲子”翻院墙就像鸟儿落地，进了卞家；假“刘晨”入天台，好比洞口遇仙，骗开房门。对女子动手动脚，老鼠尚且有皮，怎么能够这样？动脑筋折花折柳，文人竟然无行，算是什么东西！幸而听病燕之娇啼，还有怜香惜玉之心；怜弱柳之憔悴，并无雨骤风狂之暴。罗网中放了幺凤，还有点文人之意；金莲下抢走绣鞋，岂不是无赖之尤！蝴蝶有心过墙，不料隔窗有耳；绣鞋不意丢失，谁知落地无影。假中假由此而生，冤外冤有谁能信？祸自天降，终于受酷刑，差点丧命；孽由自作，几乎砍脑袋，不得复生。翻墙钻洞的淫行，固然玷辱书生名声；李代桃僵的误会，也真难消心头冤气。责打可以稍为宽缓，抵他已受的苦刑；秀才姑且降为童生，给他自新的出路。

至于像毛大这种人：刁猾无赖，市井凶徒。挑逗邻居女子遭到拒绝，淫心不死；探察偷情男人已经入港，贼智顿生。迎春风进了门户，庆幸随张生入室；求茶水得到美酒，妄想学韩寿偷香。不想天夺走六魄，鬼摄去三魂。乘天筏直入寒宫，撑渔船错闯桃源路。就使情火顿熄烈焰，欲海横生波澜。刀横直前，下毒手毫无顾忌；狗急跳墙，起恶心丧尽天良。翻墙进入人家，只想张冠李戴；夺刀落下绣鞋，就成金蝉脱壳。风流道上竟然出这种恶魔，温柔乡中怎会有如此鬼蜮！即将该犯斩首示众，以快人心。

至于胭脂：尚未许嫁，已达婚龄。以月里嫦娥之貌，自应有郎如美玉；似《霓裳羽衣》之姿，何愁藏娇无金屋。感“关关雎鸠”而思“君子”之“好逑”，竟然萦绕绩妇之春梦；怨“摽梅”之实而想诱女子“吉士”，几乎成了离魂之倩女。只因一线情丝牵缠，致使万种魔魇毕至。争一少女芳心，恐失胭脂之美色；惹众饿狼垂涎，都借秋隼的名义。绣鞋抢走，难以保全纯洁真挚的爱；闺房敲开，几乎糟蹋价值连城之玉。红豆嵌进骰子，入骨的相思竟惹出灾难；父亲死在刀下，可爱的美人真成了祸水。幸而尚能自守贞操，终于白璧无瑕；虽然陷入牢狱之灾，还可重归闺房。拒绝非礼的行为，其情可嘉，还是清白的情人：“掷果潘郎”的心意，其愿可遂，也是风流的雅事。仗仰县官，担任媒人。

此案了结，远近传颂。自从吴公审案，胭脂才知道鄂秋隼是冤枉的。二人在堂下相遇，她腼腆含泪，痛悔的话几次想脱口而出，终究没有说出。鄂秋隼也为她的眷恋之情所感动，对胭脂也爱慕更深；但一想到她出身低微，况且每天登公堂受审，被千人指指点点，担心娶了她被人取笑，所以犹豫不决，无法下决心。判决下来后，他才拿定主意。县令为他做媒，并送乐队吹吹打打地迎亲。

异史氏说：“太严重了！审狱的人不可以不慎啊！纵然能知鄂秋隼代为承受冤枉，谁又想到宿介也是委屈的呢？然而案情虽然不清楚，是总会有痕迹留存，要不是细审密察，便不能得出正确结论。唉！人人都佩服先哲判案高明，而不知道他们的用心良苦啊！世上高居于百姓之上的人，常常以下棋打发时光，在绸被里判案。下边民情的艰难，却不肯忧思一下。到百姓敲鼓鸣冤时，衙门大开，他们高坐公堂，对那些喊冤的，用桎梏来使之平静，无怪乎刑狱中多有沉冤啊！”

施愚山先生是我的老师。初见时，我还是儿童。亲见他奖励后进学生，拳拳之心，唯恐不尽；小有冤屈，必定曲意加以保护，呵责禁止侵害的行为，从来不肯在学校里摆威风，来向权贵献媚。他真是孔子的护法神，不仅是一代文宗，评判文章不屈抑读书人而已；而爱才如命，更不是后世学政使虚应故事装装门面所能及的。

曾经有位名士应试进了考场，作以“宝藏兴焉”为题的文章，误把山里宝藏理解为水下宝藏；文章誊写完毕才发觉，料想没有不落第的道理。于是作《黄莺儿》一曲写于文后，说：

宝藏在山间，误认却在水边。山头盖起水晶殿。瑚长峰尖，珠结树颠，这一回崖中跌死撑船汉！告苍天，留点蒂儿，好与友朋看。

施愚山先生阅卷至此，也作曲一首与他唱和：

宝藏将山夸，忽然见在水涯。樵夫漫说渔翁话。题目虽差，文字却佳，怎肯放在他人下。尝见他，登高怕险；哪曾见会水淹杀？

这也是先生风雅之一斑，爱才之一例。

仇大娘

仇仲是晋地人，具体乡里不清楚。正遇天下大乱，被贼兵抓去两个儿子名叫福和禄，都还小，后妻邵氏抚养他们，所幸现有产业还能保持温饱。但连年收成不好，又加上恃强凌弱之徒的挤对剥夺，竟到了连糊口都困难的地步。

仇仲的叔父尚廉要把邵氏嫁出去以谋利，就多次劝说，邵氏丝毫不为所动。仇尚廉就暗中将她许给一大户人家，打算强行要她出嫁。都说好了，也没人知道这事。同乡有个叫魏名的人，本性狡猾多诈，和仇仲家早有积怨，因邵氏守寡，就放出流言蜚语中伤她，败坏她的声誉。大户人家听到后，憎恶邵氏无德而中止了娶亲。

时间长了，仇尚廉的手脚，魏名的中伤，也就传到了邵氏耳中，气闷抑郁，集结在胸，但又没有办法，只能伤心流泪，从明到夜。时间一久，身体也就垮了下来，只能躺在床上。大儿子仇福才十六岁，由于家中无人缝缝洗洗，就匆匆忙忙为他完了婚。

媳妇是姜屺瞻秀才的女儿，称得上贤能，一应事情全凭她操持。从此后，家用逐渐富裕，就让二儿子仇禄拜师读书。

魏名非常忌恨，但表面却做出很友善的样子，频频招待仇福喝酒，仇福把他认作知心朋友。魏名就乘机说：“您母亲有病，不能料理家人生产；弟弟又白吃白喝，什么也不做：你们夫妇为什么要做牛做马呢！况且你弟弟要娶亲时，将会大耗钱财。为你着想，不如早分开，这样，穷的是你弟弟，而富的是你自已。”仇福回来，和媳妇商量，媳妇让他收了这种想法。但仇福禁不住魏名整天嘀咕，渐渐动了心，昏了头，直接把自己的念头说给了母亲。母亲被激怒了，狠狠地骂了他一顿。仇福更加不平，对金钱粮食不再珍惜，就像别人的东西一样，随意乱用，像是扔掉一样。魏名又乘机引诱他去赌博，家中的存粮渐渐被掏空。媳妇虽然知道，但不敢说，直到家中断粮，被婆婆惊问，才以实相告。仇福母亲虽然愤怒至极，但也没有办法，只好分家。多亏姜女贤慧，早晚为婆婆做饭洒扫，侍奉一如平时。

分了家，仇福更加无所顾忌，大肆嫖赌，没几个月，田地房产全都赌了进去，他母亲和妻子连知道都不知道。仇福财产丧失殆尽，无计可施，就要抵押妻子来换钱，只苦于没人接手。当地人赵阎罗，原是个漏网的大盗，横霸一方，也不怕仇福说话不算话，很痛快地就把钱借给了仇福。仇福拿了钱，没几天又挥霍一空。心里不知怎么办，打算赖账。赵阎罗眼睛一瞪，吓得仇福心中发抖，只好把妻子骗来交给赵某抵债。

魏名得知，心中暗喜，连忙跑到姜家报信，意在借此机会搞垮仇家。姜秀才大怒，告到官府。仇福害怕，逃了。

姜女到赵家后，才知道被丈夫卖了，大哭不止，只想一死。一开始，赵用甜言蜜语安慰宽解，姜女不理；赵某又强行威逼，姜女痛骂；赵某大怒，用鞭子抽打，姜女还是不从，并拨下笄子刺向自己的喉间，赵某急忙拦阻，已刺穿了食道，鲜血直流。赵某忙用丝帛包上她的伤处，还想慢慢设法收服她。没想到第二天传票已到，赵某却满不在乎。到了衙门，县官验查姜女如此伤重，就下令对赵某施行笞刑，但衙役们面面相觑，没人敢动。县官早已听说赵某横行残暴，现在更加深信不疑，怒不可遏，就叫出自己的仆人行刑，立刻将赵某打死在堂上。姜秀才带着女儿回家。

从姜秀才告官以后，邵氏才知道了仇福种种不肖作为，痛心疾首，长哭一声，几乎背了气，昏昏然病体更加沉重。仇禄只有十五岁，孤独无依，不知该怎么办。

先前，仇仲的前妻有个女儿名叫大娘，嫁到远处。她性子刚烈勇猛，每次回娘家，如果给她的东西不合心意，就冲撞父母，常常是愤愤离去。因此，仇仲很恼怒讨厌她；加之路远，也就多年不问一声情况。邵氏病危，魏名就想叫她来挑她争斗一番。碰巧有个商贩，和仇大娘住在一个地方，就托他带话给仇大娘，并说家产可图。几天后，仇大娘果然带着自己的小儿子来了。一进门，见年幼的小弟侍奉着病中的母亲，情形凄惨，心中不由黯然神伤。就问仇福怎么回事，仇禄一五一十说了。仇大娘听了，不平之气堵住了嗓子，说："家里没有成人，才让人蹂躏到这种地步！我们家的田产，怎么能让那些贼东西赚去！"说完，到厨房点火煮粥，先给母亲，然后招呼弟弟和儿子一块吃。

饭后，气冲冲出去，到县城递状子，告那些赌博之徒。这些人害怕，就凑钱贿赂仇大娘。仇大娘拿了钱，照告不误。县令把赌徒抓来，各加惩处，但并不管田产的事。仇大娘愤愤不已，带着儿子到府城告状。知府最恨赌博。仇大娘极力陈说家中的孤苦无依，赌棍的恶劣手段和骗局，言语表情，慷慨激昂。知府大为感动，就下令县令追回仇家田产，但要惩处仇福，以警诫那些不肖子弟。

等仇大娘从府城回来时，县令已遵照上司指示，将田产全部追回并还给他们。因此，原有的家产又回到手中。仇大娘此时已经守寡很长时间了，就打发小儿子回去，嘱咐他和哥哥一块操持家业，不要再来了。仇大娘从此就住在娘家，奉养母亲，教护弟弟，里里外外，井井有条。母亲很高兴，病也渐渐好了。家中一切事务，全都交给

仇大娘管理。凡当地的豪强之徒们，敢有欺凌强暴的，仇大娘就拿着刀找上门去，仗理直言，没有不低头认错的。

住了一年多，家中的田产日益增多。仇大娘常常买些药饵珍肴，送给弟媳姜女。见仇禄渐渐成人，就屡屡要媒人为他寻亲。魏名对人说："仇家的产业，已全数归了仇大娘，只怕将来不可能退回来。"人们都相信，所以没人肯和仇家结亲。

有位范子文公子，家中有座名园，在整个晋地都属第一。园中名花夹道，直通内室。有人不知道而误入里面，正碰上公子举行私宴，怒不可遏，当贼抓起来，几乎打死。正遇清明，仇禄从书塾回家，魏名就带了游玩，领到这园子来。魏名与园丁是老相识，就进去了。游遍了亭台楼榭，来到一个地方，这里溪水奔流，有彩绘的小桥，朱红的回栏，直通向一座油漆的院门，遥望门内，繁花似锦，这就是公子的内宅。魏名骗他说："你先进去，我要方便一下。"仇禄也就信了，沿小桥入门户，来到一座院子里，听有女子的笑声。正停步间，走出一个婢女，看到他，立刻转身往回走。仇禄大吃一惊，忙拔脚便跑。这时，公子出来了，令家人拿着绳子追他。仇禄窘迫间，就跳入溪中。公子见了，反怒为喜，让家人把他拉上来。看他容貌衣着不俗，就叫他换了衣服鞋袜，拉到一间亭子里，问他姓什么叫什么。和颜悦色，态度可亲。随后快步进去，不一刻又马上出来，拉着仇禄的手，走过小桥，来到刚才的地方。仇禄不懂这是什么意思，犹犹豫豫不敢进去。被公子强拉了进去。只见花丛中隐隐约约有美人在探看。坐定后，一群婢女上酒。仇禄辞谢说："我年幼无知，误闯了闺房，承蒙您宽大饶恕，已超过了我的期望，只希望您能放了我让我早点回去，这恩惠已经非常大了。"公子不听。不一会，佳肴摆满一桌。仇禄又起身，说酒多了，饭也饱了。公子按他坐下，笑着说："我有一个乐曲的拍名，你如果能对上，就放你走。"仇禄连连答应。公子说："拍名'浑不是'。"仇禄默默思索，很长时间，答道："银成'没奈何'。""没奈何"相传是一种用千两银子铸成的大圆球。公子大笑，说："真是石崇啊！"仇禄一点也不明白。

原来，公子有个女儿，名叫蕙娘，不但人美而且有学问，每天为她选择佳偶。夜里梦见一个人告诉她说："石崇是你的女婿。"问："在哪儿？"说："明天掉在水里的。"早上起来告诉父母，大家都觉得奇怪。仇禄恰好符合梦中之兆，因而被请到内室，以便让夫人和女儿一块相看相看。

公子一听所对之辞非常高兴，说："拍名是小女拟的，反复思索也没能对上，现在成了对，也是天缘。我打算把女儿嫁给你，寒舍中也不乏宅第，就用不着再劳你迎亲了。"仇禄惶惶然不知如何是好，忙说自己不配，婉言辞谢，并以母亲有病不能入赘为理由。公子就叫他先回去商量一下，派园丁背着他的湿衣服，用马送他回家。

到家后，告知母亲，母亲吃了一惊，认为不是好事。由此也知道了魏名的阴险。

然而因凶得吉，也就不以为仇，置之不理了。只是告诫儿子不要再搭理他了。

过了几天，公子又派人向仇禄母亲致意，仇禄的母亲始终不敢答应。仇大娘觉得行，答应了，立刻请了两个媒人行纳采礼。不久，仇禄入赘到公子家。一年多的入学读书，使他才学名声大扬。妻子的弟弟渐长成人，对他的尊敬也差了些。仇禄气恼，就带着妻子回家。母亲已能扶着拐杖行走了。年复一年，全仗着仇大娘的经营管理，宅第也非常完好。新妇归来，使女仆人多如云集，宛然有大家气象。

魏名因仇家不再理会他，嫉妒怨恨更深，只恨没机会下手。就找了个旗下的逃犯，诬告仇禄窝藏财物。清初立法极严，按刑律，仇禄被流放口外。范公子上下托人打点，仅仅使惠娘免遭一同流放；仇家所有田产被没收，多亏大娘拿着分家的字据，挺身而出，据理相争，把新增加的若干顷良田，全写在仇福的名下，才使得母女二人能够安居。

仇禄自想难以回来，就写了离婚书给岳父家，自己孤零零地上了路。不几天，到了京城北边，在店中吃饭时，见一个乞丐畏畏缩缩地站在门外，样子极像兄长，近前一问，果然就是。仇禄讲了一下自己的情况，兄弟相对黯然。仇禄脱下夹衣，分出些钱，要仇福回去。仇福哭着接了，相互告别。

仇禄到了关外，在一位将军帐下做奴仆，由于文弱，就让他管文书。众奴仆住在一起，彼此询问家世，仇禄说了自己的，其中一人惊奇道："是我儿子啊！"原来，仇仲先为贼寇牧马，后来贼寇投诚，把仇仲卖给了旗人，这时跟随主人屯守关外。向仇禄讲述了这些和以往的家事，两人知道真是父子，抱头大哭，满屋的人都为他们感到辛酸。

仇仲愤然道："这么个逃犯，竟讹诈我儿子！"哭着告诉了将军。将军就让仇禄代理文书。他又给亲王写了信，交给仇仲，让他进京城。仇仲等到亲王车驾出来时，投上诉状申冤，在亲王的帮助下，得以申冤昭雪，命令地方官将没收的产业归还仇家。

仇仲回来后，把经过一说，父子两人都很高兴。仇禄仔细问父亲现在的情况，打算为父亲赎身。才知道父亲到旗下，两次娶妻，但没有儿女，现在独身一人。仇禄便收拾行装返家。

当初，仇福和弟弟分手回家，跪伏在地下爬着进门。仇大娘让母亲坐在堂上，自己手中拿着木杖问仇福："你愿意挨打受责罚，就暂且留下。不然的话，你的田产早完了，也没有你吃饭的地方，你仍走你的。"仇福流泪哭泣着趴在地上，愿意受杖打。仇大娘扔掉木杖，说："卖妻之人，不值得惩罚。只是你以前的案子还未了，再犯告官就行了。"就派人去告知姜女。姜女骂道："我是仇家的什么人，来告诉我呢！"仇大娘就屡屡把这话说给仇福听，以揶揄讥刺他，仇福惭愧得气也不敢出。

半年中，仇大娘虽然吃穿用等都给他很充备，但却像仆人一样地加以役使，仇福毫无怨言，将金钱交他经手，也决不马虎。仇大娘考察他没有什么其他毛病，就告诉母亲，求姜女再回来。母亲觉得不太可能。仇大娘说："不一定，她如果肯侍奉新人，哪里能自找苦吃呢？ 要不然的话，她哪能有这样深的不满呢？"于是就自己带着弟弟亲自去登门请罪。岳父母讥诮挖苦很是尖刻。大娘叱责他要他跪好，然后请姜女相见。再三再四地请见，姜女坚决避而不见，大娘就进去找着拉出来。姜女指着仇福连唾带骂，仇福羞愧难当，汗流满面，姜母这才拉着让他起来。

仇大娘问姜女什么时候回去。姜女说："我一向受大姐的恩惠太多了，现在有您的吩咐，哪里还有什么其他话！只是怕不能保证他不再卖我！ 况且恩义已断，更有什么脸面和这黑心无赖的家伙一同生活呢？ 请您另准备一间房子，我去侍奉老母亲，同削发出家相比也就够好了。”仇大娘就代仇福说明了他的悔过，约好了第二天来接，便告辞回去。

第二天一早，车轿来迎，仇福的母亲迎在家门前跪拜她。姜女趴在地上，放声大哭，仇大娘苦劝才止住。摆酒庆贺，让仇福坐在桌子旁。仇大娘举起酒杯说道：“我之所以苦争家业，并不是为了自己得利。现在弟弟悔过，坚贞的弟媳归来，我就把这些账册交还你们。我孑然一身来，也孑然一身走。”仇福夫妇脸色立时变了，离席跪倒在地，悲伤地哭泣着，叩拜哀求，仇大娘才不说要走了。

没多久，昭雪的命令下来了，田产宅院全部归还。魏名大惊，不知道是什么缘故。只是恨无法再用什么办法进行报复。碰巧仇家西邻发生火灾，魏名借救火之机，暗中用席箔点着了仇禄的宅子，又遇大风突起，火借风势，把仇禄的宅院几乎烧得一点不剩，只剩下仇福住的两三间屋子，全家人就只好都住在这里。没多久，仇禄也回来了，见面后，悲喜交集。

当初，范公子接到离婚书，拿去和蕙娘商量。蕙娘见了，放声痛哭，把离婚书撕得粉碎扔在地上。范公子成全她的志向，也不再勉强她。仇禄回来后，听到她还未嫁人，就高兴地来到丈人家。公子知他遇了火灾，要留下他，仇禄觉得不行，就告辞回家。

多亏仇大娘有藏金，拿出来修宅院，仇福挖地时，挖到钱窖，夜里就和弟弟一块挖。见有一丈见方的石砌池子，里面是满满的银钱。因此，大兴土木，盖起了连片成群的楼舍宅第，其壮丽不亚于世代贵族之家。

仇禄感激将军的恩义，准备了一千两银子去赎父亲。仇福要去，就派了健壮的仆人和他起去。仇禄迎回了蕙娘。不久，父亲和仇福一同归来，举家欢腾。

仇大娘自从住在娘家后，禁止儿子来看自己，怕让人议论自己有私心。父亲归来了，就坚决辞别要走。兄弟们于心不忍，父亲就把财产分成三份：儿子二份，大娘一份。大娘坚决不要。兄弟俩哭泣道：“我们不是姐姐，哪里还有今天！”大娘这才收下。派人去叫儿子，把家迁来一块住在这里。有人问仇大娘：“异母兄弟，怎么竟关切到这种地步？”仇大娘说：“只知道有母亲而不知道有父亲的，只有禽兽才如此而已，难道人要效仿它们吗？”仇福、仇禄听到后都流了泪，让工匠给姐姐修宅院，规模一如自己。

魏名扪心自问：十多年来，多方祸害，但都使被害者更加得福，真是惭愧，后悔不该如此。又仰慕仇家的富有，就想结交讨好，借祝贺仇仲作台阶，准备些礼物来了。仇福要拒绝，仇仲不忍心伤了面子，接受了送来的鸡和酒。鸡用布条捆着脚，逃到灶房，灶火点着了布，鸡又飞到柴堆上，使女童仆见了也没管。不一会，柴堆烧了起来，波及到房子，多亏人手众多，很快就扑灭了，但厨房中的所有东西都完了。兄弟两人都觉得魏名的东西不祥。后来，仇仲祝寿，魏名又送来一只羊，谢绝不掉，就收下来，把羊拴在院子里的树上。夜里有小童被仆人殴打，愤怒中来到树下，用拴羊的绳子上吊死了。兄弟俩叹息道：“他的祝福不如他的祸害啊！”从此后，魏名再殷勤，也不敢接受他的一点东西了，宁肯给他丰厚的酬谢算了。后来魏名老了，因穷成了乞丐，仇家就周济他粮食布匹而以德相报。

异史氏说：“唉咳！造物的特别是不由人的！越害人而越增人的福分，那机谋巧诈者没有意思也到极点了。反过来，接受敬赠，却反倒有祸，不是更加奇异吗？由此也就可以明了，盗泉的水，就是一捧，也足以构成污染。”

珊　瑚

有个叫安大成的书生，是重庆府人。父亲是举人，很早就死了。弟弟安二成还年幼。安大成娶妻陈氏，小名叫珊瑚，性情娴静淑惠。安大成的母亲沈氏，性情凶悍暴躁，待珊瑚极不好，经常虐待，而珊瑚毫无怨言，每天早晨梳妆打扮好后就是向婆母请安。安大成生病，沈氏说是珊瑚冶容妖艳诱惑造成的，狠狠斥骂了珊瑚一顿。珊瑚退下，卸妆后再去见婆母。沈氏更加恼怒，叩头碰地而用手打自己的嘴巴。安大成素来孝顺母亲，用鞭子狠狠打妻子，沈氏的气才略微消了些。从那以后，沈氏更加憎恶媳妇。珊瑚虽然小心谨慎地侍奉，婆母始终不与她说一句话。久而久之，沈氏心中不愉快，经常指桑骂槐地恶语中伤，实际上都对的是珊瑚。安大成说：“娶妻子是为侍奉公婆，如果像现在这样，还要妻子干什么！”便将珊瑚赶出家门，派一位老婆婆将珊瑚送回去。刚出里巷大门，珊瑚哭着说：“我身为女子，却不能做人妇，回去后有什么面目见双亲？不如死了拉倒！”便从袖中抽出剪刀向咽喉刺去。老婆婆急忙去救，鲜血已溢出，溅了老婆婆一衣襟，所幸珊瑚的伤口并不深，老婆婆急忙将珊瑚扶着到了安大成的一位族婶家去。

这位族婶王氏，自丈夫死后，一直寡居，就将她留在家里养伤。老婆婆回去后，将此事告诉安大成，安大成一再叮嘱她不要向任何人透露，心中暗暗担心母亲会知道。

过了几天，安大成打听清楚珊瑚伤口渐渐转好，便去族婶家，请族婶不要再管珊瑚的事。王氏唤他进去，他不进，只是发着脾气撵珊瑚走。

不一会儿，王氏领着珊瑚出来，看见安大成，便问道：“珊瑚有什么罪？”安大成说她不能好好地侍奉母亲，珊瑚一语不发，只是低头哭泣，眼泪竟是红色的，身上的浅色长衫很快被全部染红，安大成见了，也觉惨然，话没说完就退了出去。

又过了几天，沈氏风闻此事，便怒气冲冲地到王氏家恶声恶气地讥诮王氏。王氏毫不示弱，理直气壮地历数沈氏的不是，并且说："你媳妇已被赶了出来，怎么还是你安家的人？我自已要挽留珊瑚，并不是留安家的媳妇，你又何必插手干预别人家中的事呢！"沈氏被王氏一诘问，气极，理屈词穷，又见王氏气盛，又羞惭又懊丧，大哭着回家去了。珊瑚心中不安，便想着到其他地方去。

安大成有一个姨母于婆婆，是沈氏的姐姐，已有六十多岁，儿子死了，留下一个小孙子和寡媳。于婆婆对珊瑚一向很好。于是，珊瑚便辞别了王氏去投靠于婆婆。于婆婆问明了原因，指责妹妹横暴无礼，就要把珊瑚送回安家。珊瑚极力说不可以，恳求于婆婆千万不要吱声，于婆婆这才作罢。珊瑚和于婆婆住在一起，就像是婆媳一般。

珊瑚有两个哥哥，听说了妹妹的境遇，格外怜悯，想把妹妹接回家，另择人家。珊瑚执意不肯，只是跟着于婆婆纺纱织布，聊以度日。

安大成自从把珊瑚休掉后，沈氏多方为儿子谋划婚事，但她的凶悍之名到处传播，远近的人家都不愿将女儿嫁与他儿子。过了三四年，安二成渐渐长大，只好先为安二成完婚，安二成的妻子叫臧姑，生性骄悍乖戾，比起沈氏有过之而无不及。沈氏怒形于色，臧姑出声大骂。安二成懦弱，不敢有所偏向。沈氏对臧姑没一点办法，威风减去不少，轻易不再去触犯她，反而看臧姑脸色，时常笑着逢迎。尽管如此，仍然不能得到臧姑的欢悦。那臧姑指拨沈氏就像使唤婢女一般，安大成见了，也不敢言语，只有自己代母亲去干洗刷洒扫的事。母子俩常在没人的地方相对而哭。

不久，沈氏忧郁成疾，病倒在床，大小便和翻身的事全靠安大成。安大成日夜守在床前，不能安睡，两眼布满血丝。他实在支持不下，便喊安二成代他干干。安二成刚进门，臧姑就将安二成叫走了。安大成没办法，想来想去，只得到姨母于婆婆那里，希望姨母来家看看。见了姨母，安大成哭着诉说前事。话没说完，珊瑚从帐帏中出来，安大成满面羞惭，立即打住话头，便要出去，谁料珊瑚叉开双手挡住了门。安大成窘迫极了，从珊瑚的肘下冲了出去，跑回家中，不敢向母亲提起此事。

没过多久，于婆婆来到安家，沈氏见姐姐亲自上门，高兴地将她挽留住。从此于婆婆家没有一天不往这里来人，来的人总是将好饭好菜带给于婆婆吃。于婆婆让人给媳妇捎话："我这里不饿，以后别再送东西来了。"然而，家中仍旧不断送东西来，从不间断。于婆婆却不肯尝一尝，总是让给病人送去。沈氏的病有了好转。于婆婆的小孙子又常受母亲指派送来好吃的慰问沈氏。沈氏叹道："你的媳妇真贤惠啊！姐姐到底修了什么样的德啊！"于婆婆问："妹妹休了的儿媳像什么人呢？"沈氏说："唉！她确实不像现在这个二媳妇过分，然而也不如外甥媳妇贤惠！"于婆婆说："媳妇在时，你不知道劳苦的滋味；你发怒时，媳妇忍气吞声，事后没有一句埋怨；这难道不如我的儿媳妇么？"沈氏这才流下了眼，表示后悔之意，并问："珊瑚嫁没嫁人家？"于婆婆答道："不晓得，等我打听打听。"

过了几天，沈氏病已全好，于婆婆准备回去。沈氏见姐姐要走，哭着说："姐姐走了，我仍旧会死的啊！"于婆婆便与安大成商量，与安二成分开居住。安二成将这个主意告诉了臧姑。臧姑不高兴，说话也不好听，骂了安大成，也将沈氏捎带上。安大成被她骂得没办法，只好提出把好地都分给安二成，臧姑这才高兴了。当下立了地产文契。于婆婆才走了。第二天，于婆婆派人用车来接沈氏。沈氏便随来人去了。

沈氏到了姐姐家，先让外甥媳妇来见，极力称道外甥媳妇的妇德。于婆婆说：“小女子即使有一百个好处，还能没有一个疵点？我是能容忍的。即使你的媳妇像我的媳妇一样，恐怕你也不能享用。”沈氏说：“啊呀呀，冤枉！以为我像木石鹿猪一样，我有嘴巴鼻子，难道分不来香臭么？”于婆婆说：“被你休弃的儿媳珊瑚，想起你会说些什么？”沈氏答道：“骂我罢了。”于婆婆道：“你如果反省自己，觉得根本没有可骂之处，人家怎么能骂你呢？”沈氏说：“人都有毛病缺点，就是因为她不能说我好，所以知道会骂我的。”于婆婆说：“该怨的不怨，那么待她好些就可想而知了；该离的不离，那么留她下来也可想而知了。你生病时，送东西伺奉你的，本来就不是我的媳妇，而是你的媳妇啊！”沈氏大惊道：“姐姐怎么讲？”于婆婆说“珊瑚在我这里住了很久了。先前她送的东西，都是她夜里纺织卖了后换来的”。沈氏听了，泪如雨下，说：“我有什么脸面见我的媳妇啊！”于婆婆便叫珊瑚出来。珊瑚眼中含泪而出，跪伏在地下。沈氏惭愧痛心地自己打自己，经于婆婆极力相劝方才罢休。自此后，婆媳二人和好如初。

十多天后，婆媳二人一同回家。家中的几亩薄田，不够几口人自给自足的。只有依靠安大成为人抄写卖文，珊瑚做些针线活儿养家度日。安二成日子过得富足，然而兄长并不低声下气地向他祈求，而他也不过来看顾母亲及兄嫂。臧姑鄙薄嫂嫂被婆家休过，珊瑚也厌恶臧姑凶悍泼辣不屑于提起她。兄弟隔院而居。臧姑时常隔墙骂人，安大成这边的人将耳朵捂起来。

臧姑没处施虐，便转而虐待丈夫和婢女。婢女受不了她的虐待上吊死了。婢女的父亲状告臧姑。安二成代臧姑上公堂，挨打不说官府仍拘捕了臧姑。安大成听说后，跑上跑下托人说情，仍没有免除臧姑的罪责。臧姑被夹了十指，皮肉都脱尽了。官吏贪财，向安二成索要钱物。只有典地借钱送给官吏，臧姑才被放了回来。

债主索债一天紧似一天，安二成迫不得已，便将好地卖给村里的富户任翁。任翁因为土地的一半是安大成让给安二成的，要安大成在契约上签字。安大成去了后，任翁忽然对安大成说道：“我是安举人。任某是什么人，敢买我的祖业！”又对安大成道：“阴间被你们夫妻的孝心所感动，所以让我暂时回来与你见一面。”安大成激动地流出了眼泪说：“父亲在天有灵，快救救弟弟！”安举人说：“逆子悍妇，是不值得怜悯的！你快回家备办金银，赎出我的血产。”安大成说：“我和母亲眼下只能养活自己，哪里有金银？”安举人说：“紫薇树下藏有银子。你可以取出来用。”安大成还想再问，任翁已不说话了。不一会儿，他醒了过来，茫茫然什么也不知道。

安大成回家将此事告诉了母亲，母亲并不太相信。臧姑便领着几个人前去挖，挖下去四五尺，只看见了些砖石，并没有什么金银，便悻悻而去。安大成听人说臧姑在挖金银，便告诫母亲和妻子不要去看。见臧姑什么也没有挖到，沈氏偷偷去看，见砖石混杂在土中，就回去了。珊瑚随后来了，却见土内全是白银，急忙去喊安大成来看。安大成认为这是先人留下的，不忍心自己全拿走便唤安二成来平分白银。将所得白银平分后，兄弟俩各自装了回家去。

安二成回来与臧姑一同验看，打开袋子，里边装满了瓦砾，大惊失色。臧姑疑心被安大成愚弄了，便让安二成悄悄去看安大成那边动静。刚巧见哥哥正把白银放在桌上，和母亲一道相庆。安二成便把刚才所遇告诉了哥哥，安大成也吃惊不小，心中很是为安二成惋惜，就将自己的白银送给安二成一些。安二成这才高兴了，拿白银去还了债，回去后向妻子说起哥哥的恩德，很是感激。臧姑说："从这件事能看出哥哥的奸诈，如果不是他心中有愧，能肯将自己所分的白银再让给别人么？"安二成听了，也不免心疑。

第二天，债主派仆人来，说安二成昨天偿还的白银全是假的，债主打算把他绑了去见官。夫妻二人脸上顿时灰白。臧姑说："这可怎么办啊！"安二成怕极了，赶忙到债主家去哀求，债主怒不可解，安二成便将土地的契据都给了债主，听凭他自己去出卖。安二成便取了假白银回来。

到家后，他和臧姑仔细看那假白银，见二锭折断的白银表面仅用一点点真银裹着，韭菜叶薄厚，中间尽是铜。臧姑想了想，和安二成商量了一个主意：留下断了的白银，其余的仍送还哥哥。并且教安二成说："几次受哥哥的照顾，实在于心不忍。我留下二锭白银，用来领受哥哥的情义。家中所余下的财产，和哥哥一样多，我也用不着太多的田产，都已卖尽了，赎不赎在哥哥。"

安大成不晓得安二成的用意，坚辞不收。安二成语气也很坚决，安大成这才收下。他将白银称了称，少五两多。便命珊瑚将妆匣送到典铺当了，换来银子，凑够了赎地的钱财，带了去找债主。债主怀疑这些白银是上次送来的假货，用剪刀剪断，仔细检验，见成色足，便收下银子，将契约还给了安大成。

安二成自从将假白银还给哥哥后，估计必定有风波。不久，他听说田产已被哥哥赎了回来，惊奇万分。臧姑疑心发掘白银时，哥哥先将真银藏了起来，便忿忿地去找哥哥，厉声指责诟骂。这时，大成才明白了二成送还白银的缘故。珊瑚迎上来，笑着说："田产还在，发的什么火！"她让安大成将契据给了她。

一天夜里，安二成梦见父亲责备他说："你不孝不悌，死期已近，现在你名下的每寸土地都不是你的，你干什么还占着赖着！"安二成醒来后，将梦告诉了臧姑，想把田产归还哥哥。臧姑直笑安二成太愚笨。安二成有两个儿子，大的七岁，小的三岁。不久，大儿子生天花死了。臧姑才害怕了，让安二成把契约凭证退还给哥哥。安二成再三说明，安大成只是不接受。没有多长时间，小儿子又死了。臧姑更加恐惧，亲自将契约送到嫂嫂那里去。

春天快要过去，田里长满了草，没人耕种，安大成不得已便耕种了。臧姑自此更改品行，伺奉婆母如孝子一般，敬嫂嫂如同姐姐。没有半年，沈氏生病而死。臧姑哭声哀动，茶饭不思。她沉痛地对人说："婆婆早早死了，我不能再侍奉她老人家，这是上天不允许我赎罪啊！"她怀了十胎孩子都没有养育成，便把安大成的儿子过继来做养子。他夫妻都活到寿终正寝。安大成三个儿子，两个中了进士，人们都说是上天对他能孝顺父母、友爱兄弟的报答。

异史氏说："不遭受跋扈恶人的虐待，就不知道安分尽责之人的忠诚，家庭和国家是同样的道理。不孝的妇人有所感化，而婆母却死去了，说明满堂孝顺，她是无德来承受的。臧姑说上天不许她赎罪，如果不是悟道的人，怎么能说出这样的话？然而她本应很快就死，却寿终正寝，看来上天已宽恕她了。古人认为忧患能够使人生存，是有道理的！"

恒　娘

京都人洪大业的妻子朱氏，姿色颇佳，二人恩爱，感情笃厚。后来，洪大业将婢女宝带纳为妾。宝带长相远不如朱氏，而洪大业却格外喜欢她。这使朱氏心中愤愤不平，两人经常为争宠而翻脸。洪大业知道朱氏厉害，虽然不敢和宝带公开睡在一间房中，然而心更加贴近宝带而疏远朱氏。

后来，洪大业搬了家，邻居姓狄，是做丝帛生意的，妻子叫恒娘。住下来后，恒娘先过这边来拜见朱氏。恒娘年龄有三十来岁，相貌中等，但伶牙俐齿，很会说话。交谈中，朱氏便喜欢上了恒娘。第二天，她便过狄府回拜恒娘，见她家中也有一位小妾，年约二十，生得很美。二位主妇说了会儿话，朱氏便回家了。

住了将近半年，朱氏并没有听见狄家妻妾骂过架或有什么嫌隙，狄家主人只钟爱恒娘，而小妾只是摆设而已。一次，朱氏遇见恒娘，便打问道："我向来说男人爱妾，是因为怜悯她处在妾的地位，总是想将妻子的名分改做妾。而如今，我才知道不是这样。你有什么办法？如肯愿教，我情愿当你的弟子。"恒娘听了，嫣然一笑道："嘻！你这是自己疏远丈夫，却又归咎于他。你早晚在他耳边叨叨不停，时间一长，他心生厌恶，心却越放在小妾的身上，这无异于为丛驱雀。倒不如放开他，让他放心去小妾房中，即使他要来亲近你，你也别接纳他。你先这样试试，一个月后，我再为你出主意。"

朱氏听从恒娘的话，送给宝带许多衣裳、首饰，让宝带打扮得格外艳丽，让她每天和洪大业同房住。吃饭时，也让宝带和她一道同丈夫共坐在饭桌上。一旦洪大业提出要与朱氏共寝，朱氏就婉言拒绝，劝丈夫去宝带房中。于是，朱氏贤惠的名声人人皆知。

就这样，一个多月后，朱氏去见恒娘。恒娘早已听说，一见朱氏就喜笑颜开地说："姐姐不愧聪明绝顶！第一步你走了，可贺可贺！这次，你回去后，不要打扮，也不要穿华丽的衣服，更不要涂脂抹粉，而是蓬头垢面，敝衣旧鞋，和家中下人一起劳作。一个月后，姐姐可再来。"朱氏回去后，按恒娘所说，素妆素服，下厨与仆人一道干活。衣服破了，补上补丁，身上整天脏兮兮的，除了纺纱织布外，别的事一概不问。洪大业一见她如此模样，不由心生怜悯，便让宝带去帮她干些事，而朱氏却执意不肯，总是将宝带支使走。

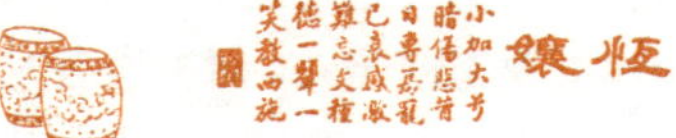

一个月后，朱氏又到恒娘家中，详细地向恒娘叙述了一遍，恒娘先是拍手和她逗趣："你这孩子可教哇！"而后，她正色对朱氏说："后天是三月三上巳节，你丈夫必定要带你去踏青。你可脱掉这身破旧衣服，全换上新的，然后先过来让我看看。"朱氏答应着去了。

上巳节那天，朱氏一早起来。按照恒娘所说，对镜精心打扮了一番，之后便过恒娘家来。恒娘把朱氏上上下下打量了一番，高兴地说："可以了！准把丈夫勾引得魂儿出窍呢！"她为朱氏梳了个凤髻；见朱氏衣袍袖子做得不合适，让朱氏脱下拆了，改裁了一下；又说朱氏的鞋样子太笨，从针线筐中取出鞋样，三下两下剪出来，和朱氏一道做成一双精巧的绣鞋，让朱氏穿在脚上。朱氏临走时，恒娘取来酒让朱氏喝下，叮嘱她说："你回去后，故意见见你丈夫，只让他看清了你，你便回房中闭门睡觉，等他来敲门时，你只装作没听见。呼喊三次，可让他进来一次，但不能与他亲热。你只这样办，半个月后再来。"

朱氏依言，回家后换上盛装去见丈夫洪大业。洪大业不胜惊讶，先是斜着眼端详她，笑逐颜开，和平时大不一样。朱氏只说了几句出外游览的话，便用手托着腮，显出一副慵态，然后起身进房，关门睡觉。一会儿，洪大业果然前来轻轻敲门。朱氏躺在床上动也不动，洪大业只好讷讷地走了。第二天又是如此。

再过一天，洪大业责备她，朱氏却正色道："我习惯独自睡觉，不愿让人搅扰。"待太阳偏西后，洪大业便到朱氏房中坐着不走。掌灯时，夫妻二人坐着说了会儿话，洪大业早已等不及，催着朱氏灭灯上床。这一夜，夫妻间百种恩爱，恰如新婚。末了洪大业说明日还来。而朱氏却只让他每隔三天到她房中来一次。

半个月后，朱氏去找恒娘，恒娘关上门后，笑眯眯地对朱氏说："从此以后，你可以专房了呀！可是你虽长得美丽，却少些娇媚。以你这如花般的姿色，再加上十分的妩媚，便可夺西施之宠，更何况一个小妾呢？"于是，恒娘指点着朱氏，如此这般。朱氏试着学她递送媚眼，恒娘见了嚷道："不好，不好！眼角不好看！"恒娘又试着让朱氏笑，朱氏照着做了，她又说："不对，左边腮帮有毛病。"说罢，她干脆自己做着示范，眼中秋波送娇；又微露皓齿，笑意频频，让朱氏仿效。这样学了几十遍，朱氏才掌握了大概。临走时，恒娘嘱咐她："你放心回家去吧！拿着镜子反复熟习刚才我教过的。至于床上的事，你看着办，总之，投其所好。这些都是只可意会不可言传的哟！"朱氏会意地笑着道别，到家后抱着镜子练习。

朱氏果然笑靥动人，秋波送爽，洪大业无比喜欢，心和神均被那一笑一颦勾了去，唯恐被朱氏疏远或拒绝。每到天将黑时，就到朱氏房中和朱氏调笑，寸步不离左右，天天如此，竟然赶也赶不走了。越是这样，朱氏越是善待宝带，凡是房中设宴，她总是让宝带出来与她一道坐在榻上。这时，朱氏艳容娇美，风流妩媚；而宝带却相貌平平，毫无风韵可言，犹如一个乡间农妇。相形之下，洪大业看宝带丑陋，便心生厌恶，酒席还没散，便将宝带遣回房去了。席散后，朱氏劝丈夫与宝带同寝，然后将门窗关好自去了。洪大业虽上了床，但却整夜不碰宝带一下。宝带又羞又愤，从此以后，更加恨洪大业无情无义，对人说起时，总是抱怨不止。话传到洪大业耳中，他恼羞成怒，渐渐地对宝带施以拳脚和皮鞭。宝带更加忿恨，一气之下，每天头不梳，脸不洗，更不修饰，破衣脏鞋，蓬头垢面，没个人样。

一天，恒娘问朱氏道："我的办法怎样呢？"朱氏答道："妙极了！可是弟子虽能按你所说去做，但始终不明白个中的道理，为什么要先放纵丈夫呢？"恒娘神秘地笑笑说："你没听人说过，男人往往容易喜新厌旧、重难而轻易么？丈夫爱妾，并不一定是因为她长得美，让他和小妾去亲近，时间久了，就像山珍海味吃多了容易厌倦一样，更何况那种毫无美味的野菜羹呢！"朱氏仍不明白，问恒娘："起初是故意毁败自己的容貌，继而又刻意炫耀自己，这又是为什么呢？"恒娘嘿然一笑，答："丈夫将你冷落到一边，看也不看多便与久别无异；忽然一天见你艳妆盛服，人面桃花，仿佛换了一个人，就将你看作是新来的佳丽，就好像穷人猛然间得到了粱肉，而认为谷米没有滋味了一般。虽然如此，你却不能轻易让他和你接近，道理很简单：因为在丈夫眼中，宝带是故人而你却是新人，她要取得丈夫的宠爱容易，而你却比较难，这就是你把取代你妻子地位的宝带又推回到小妾地位的办法啊！"朱氏听了大为高兴，和恒娘相互交好，两人竟成一对密友。

几年后的一天，恒娘忽然对朱氏说："你我二人情同姐妹，像一个人似的。有好几次我想说而又担心你会起疑心。现在，我将要走了，才敢将实情告诉你：我是一只狐狸。从小受继母虐待，把我卖到京都。我丈夫对我很好，所以我不忍心与他很快分手，恩恩爱爱直到今天。明天，我的父亲要羽化升仙，我要前去探看，此一去便不再回来了。"朱氏一听，拉着恒娘的手唏嘘流泪，难分难舍。

第二天，她一早便去狄家探看，见狄家正在惊慌之中，那恒娘已没了踪影。

异史氏说："买珠宝的人不认为珠宝贵重而却将盛珠宝的匣子看得很贵重，喜新厌旧、重难轻易的心理，千古以来，不能破开这种疑惑；于是将憎恶变为爱恋的办法，得以在其间施行啊！古时奸佞臣子事奉君王，不让君王接近儒生，不让君王读书。才明白保住宠幸和优荣，都是有心传的。"

书　　痴

徐州人郎玉柱，他的先辈曾官至知府，很清廉，得到俸钱不用来置办经营产业，只收藏书，满屋子都是。到郎玉柱自己，更是爱书如痴，家里极穷，什么都卖了，只有父亲的藏书，一本也不舍得出手。

父亲在世时，曾亲笔抄了《劝学篇》，贴在他的书桌座位右边，郎玉柱每天诵读，又用素纱保护着，只怕磨灭了。他读书不是为了求得一官半职，而是确实相信书中真有美人金钱。昼夜研读，不论寒暑，从不间断。二十多岁了，也不设法提亲成婚，期望书中的美人自己来到。见到客人亲戚，不知道问候，三五句话后，便大声自顾读起书来。客人进退两难，只好一走了之。每当学政大人抽查测试时，都将他列在前面，但遗憾的是难以中举。

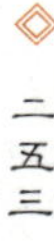

一天，他正在读书，突然一阵大风把书卷走了。连忙去追，一脚踏在地上，却陷了进去，用手一探摸，洞里有腐烂的草，挖开一看，是古人的粮窖，存粮已朽败得像粪土一样。虽然已经无法再吃了，但更加使他坚信“书中自有千钟粟”的说法不假，更加起劲读书。

又一天，顺着梯子爬到书架高处，在乱书堆中发现有一辆长达一尺的金车，喜出望外，认为是“书中自有黄金屋”的应验。拿出去向人展示，发现是镀金而不是真金的。心里暗自怨恨古人骗自己。过后不久，和他父亲同年考中进士的人被派到此处做道台，这人本性好佛。有人就鼓动他把金车献出来做佛龛。道台很是高兴，就赠给他银子三百两，马两匹。玉柱很高兴，认为金屋、车马都应验了，因此读书更加刻苦。

然而这时他已经三十岁了。有人劝他成家，回答说：“‘书中自有颜如玉’，我用得着担心没有漂亮老婆吗？”又苦读了二三年，一点结果都没有，人家都拿这开玩笑。当时民间传说：天上织女私逃下凡。有人就逗郎玉柱：“天上仙女私奔，就是为了你啊。”郎玉柱知道是戏弄自己，也就不加理睬。

一天晚上，读《汉书》到第八卷，快到一半时，见有纱剪的美人夹在里面。吃惊说：“‘书中自有颜如玉’，难道就应验在这上面吗？”心里怅然若失。但仔细看那美人，眉目如生，背上隐隐有两个小字：“织女”。很感奇怪。就天天放在书卷上，反复端详赏玩，以至连吃饭睡觉都忘了。

一天，正看着，美人突然弯腰起来，坐在书上微笑。郎玉柱吃惊得要死，忙趴在地上叩拜。等拜完抬起头，那美人已有一尺高了。更怕，又叩头。那美人已从桌子上下来，亭亭玉立，宛然一位绝代佳人。郎玉柱问：“您是什么神？”美人笑说：“我姓颜，字如玉，你早已知道我了。天天蒙您格外垂青，假如不来一下，恐怕千载而下再也没有相信古人的人了。”郎玉柱高兴极了，就和她睡在一起。枕席虽恩爱倍至，但郎玉柱却一点也不懂得男欢女爱的事情。

每当读书时，必定要如玉坐在身旁。如玉叫他不要再读了，他不听。如玉说：“你所以不能飞黄腾达，原因就在于只读书啊。试看那些中举的人，像你这样读书的有几个人呢？ 你如果不听我的，我就只好走了。”郎玉柱当时听了，但转眼间就忘了，读书声又琅琅响起。过了一会，找如玉，但不知到哪去了。失魂落魄，祈求祷告，但一点踪影都没有。突然想到如玉藏身之处，把《汉书》拿出来仔细翻找，寻到原来发现的那一页，果然找到了。呼唤她，动也不动，就趴在地上哀求发誓，如玉才从书上走下来，说：“你再不听，就永远断绝！”叫他找来棋具、赌具等，每天同他纵情游戏。但郎玉柱心思根本不在这上面，只要瞧见如玉不在跟前，就暗自拿书来读。怕如玉发觉，就暗中把《汉书》第八卷混杂在其他地方，让她找不到老家。

一天，读书入迷，如玉来了，他竟一点没发觉。突然看见，忙把书合上，但如玉已不见了。很怕，拼命找，把所有的书翻遍了，一点踪影没有。最终，还是在《汉书》第八卷中发现，仍在以前的书码处，一点不差。于是又跪拜祈求，发誓再不读书，如玉才下来。和他下棋，说：“三天内棋艺不熟，我就再回去。”到第三天，他不知怎么竟在一局中赢了如玉两子。如玉很高兴，又教他乐器，规定他五天内练熟一支曲子。郎玉柱手上弹着，眼睛看着，已没有闲暇去顾及到其他事情了。时间长了，随手弹奏，

都合节拍，自己也感到鼓舞。如玉又天天和他喝酒游戏，郎玉柱乐而忘读。如玉又让他走出家门，广交朋友。从此，郎玉柱风流潇洒的美名顷刻间名扬远近。如玉说：“你可以参加科举考试了。”

有天夜里，郎玉柱突然对如玉说：“男女住在一起就会生孩子，我和你一起住了这么长时间了，怎么不是这回事呢？”如玉笑了，说：“你整天读书，我一直认为没什么好处。就连夫妇间的事，你还尚未了解懂得：枕席这两个字大有功夫。”郎玉柱惊奇地问：“什么功夫？”如玉笑笑没说话。一会儿暗中凑到郎玉柱跟前，主动与郎玉柱交欢。郎玉柱快乐到极点，说：“我想不到夫妇间的快乐，还有用语言不能形容的。”于是，碰到人就说，没有人不被逗得捂着嘴笑他。如玉知道了，责怪他。他说：“打洞翻墙的事，才不可告人。夫妇间的天伦之乐，人人都有，有什么好忌讳的。”

此后过了八九个月，如玉生了个男孩，雇老妈子带着。突然有一天，如玉告诉郎玉柱说：“我跟你两年了，现在也生了孩子，可以就此分别了。时间长了，怕给你带来灾祸，到那时后悔也晚了。”郎玉柱听了，哭着趴在地下不起来，说：“你不想那正在呱呱啼叫的孩子吗？”如玉也很悲伤，满面凄惨。很长时间，如玉说：“你一定要留我不走，就把书架上所有的书都丢掉不要了。”郎玉柱说：“这些书是你的故乡，也是我的性命，怎么说出这种话？”如玉也不勉强，说：“我也知道是定数，但不能不预先告诉你罢了。”

原来，亲族中看到如玉的人，都惊奇得要死，由于没听说郎玉柱和哪家结了亲，就去盘问。郎玉柱不会说谎话，只好默不作声，人们更猜疑，传得纷纷扬扬远近都知。最后，传到县令史公耳朵里。史公是福建人，年纪轻轻就中了进士。听说后心中涌动，很想一睹丽容。就要将郎玉柱和如玉抓来。如玉得知消息，就避匿得无影无踪。史公大怒，把郎玉柱押入狱中，革去功名，带械上刑，一心要问出如玉的下落。郎玉柱被拷问得死去活来，但一句供词也没有。就拷问家中使女，含含糊糊知道一点，但又说不太清楚。史公认为是妖精，就亲自带人到郎家。进屋后，见到处是书，多得无法搜查，就放火烧了。烟气凝结在院子上空，浓重得像阴云密布。

后来，郎玉柱被放了出来。他到远方找到父亲的一位学生，求得一封说情书信，重新复议此事，恢复了他的秀才资格。当年考中举人，第二年考中进士。他对史某恨之入骨。供着颜如玉的牌位，早晚祈祷祝愿说：“你如果在天有灵，保佑我一定到福建当官。”

后来，果然到福建任巡按御史。到任三个月，查出史某的劣迹，抄没他的全家。当时郎的中表亲为司法官员，逼着史某把自己的爱妾送给郎，假说是买的婢女，暂且安顿在官署里。案子了结后，郎当日就自我弹劾，带着那妾弃官回家了。

异史氏说：“天下的东西，积聚太多就会招来忌妒，太爱好就会走火入魔：女子的妖异，就是爱好书之走火入魔。事情离奇荒诞，史县令查究一下未尝不可。但施展秦始皇用火烧的暴虐，也太惨了些！史县令存心不良，也活该得到这样刻毒深重的报复。咳！有什么奇怪的！”

任　秀

鱼台县人任建之，是做皮货生意的。带上所有的钱到陕西，路上遇到一个人。那人自称是宿迁人，叫申竹亭。相谈投机，就结拜成兄弟，结伴而行。到了陕西，任建之一病不起，申竹亭照顾得很好。

过了十多天，病情更重。就对申竹亭说：“我家里没有固定的收入，八口人的吃饭穿衣，全靠我一个人奔波得来。现在不幸要死在异地了。你就像我的亲兄弟一样，离家两千里之外，除了你还有谁呢！我带了二百多两银子，你拿出一半，为我置办一些装殓用的东西，剩下的就权作你的旅途费用；另一半你就寄给我的妻子儿女，使他们能够把我运回故乡。如果你肯将我的尸骨带回故乡，一切花费不必计较。”扶在枕头上写好遗书交给申竹亭，到晚上就死了。申竹亭花了五六两买了一口薄棺材装殓了，客店主人催他搬移出去。申竹亭借口找寺院寄放棺木，竟一去不返了。任建之家中直到一年多后才得到确实的消息。

任建之的儿子名任秀，当时只有十七岁，正在从师读书。得到消息后就停了学，要去寻找父亲的灵柩。母亲可怜他年幼，不忍心，任秀就伤心地哭着，悲哀得要死。母亲只好借了钱送他上路，并派了个老仆人和他一起去。半年后将父亲尸骨运回。殡葬后，家里穷得一贫如洗。多亏任秀聪明，孝期满后，考入鱼台县学成为秀才。但他轻浮好赌，母亲虽然管教得很严，却始终不改。

一天，学政大人亲临考察，任秀只得了四等。母亲气得直哭，饭也不吃。任秀这才感到惭愧不安，对母亲发誓要改过。从此关门读书，一年多时间，以成绩优等取得官费秀才资格。母亲劝他设立学馆教学，但由于他的行为随意不知检点，人们都讥笑小看他没人请。

任秀有个表叔张某，在京城做生意，劝他到京城去，愿意带他一块去，一切费用都用不着他花。任秀很高兴，就跟着去了。到了临清，船停泊在关卡外。当时，有许多盐船停在那里，帆樯密密匝匝，多得像林子一样。睡下后，只听水声人声，吵得难以入眠。夜深人静时，忽然听到邻船上传来清亮的骰子声，入耳萦心，不觉手上发痒。暗中细听，船上的人都已睡熟了。自己口袋里还有一千文钱，就想到邻船上玩一下。悄悄起来，解开钱袋，伸手掏钱时就犹豫了，回想母亲的教诲，就放下钱把口袋系好。可睡下后，心里不安宁，睡不着，很难受，就又起来解钱袋。如此折腾了好几次，兴致更加强烈，无法再忍，就拿着钱直奔过去。到了那邻船上，见两个人正在赌，赌注很大。就把钱放在桌上，立刻要入局。两人很高兴，就和他一块赌，任秀大赢。其中一人输完了，就拿出一大锭银子向船主换成钱，逐渐把赌注加到十多贯钱。正赌得热闹，又来了一个人，全神贯注看了好长时间，也将身上所有的银子拿出来，约有一百两，抵押给船主换成钱，入局一起赌。

任秀表叔张某夜里醒来，发现他不在船上，又听到骰子声，心里就明白了。来到邻船上，打算阻止他。但去了一看，见任秀身旁钱堆得像山一样，也就不说什么了，拿了几千文钱回去，并叫船上的人都过来拿，来回搬了好多次，还有数十千钱摆在那里。不大工夫，那三个赌客都败了下来，全输光了。船上没有现钱了，那三人就要赌银子，但任秀已心满意足，不想再赌，就借口非现钱不赌来为难他们。张某也在旁边一个劲地逼任秀回去。三个人急了。船主想得抽赌之利，就到别的船上兑换现钱，有一百多千。三人得了钱，赌得更凶。但没多久，又全归了任秀。这时，天已亮，开关放行了。任秀就和张某等人一块把钱搬回去，那三个人也走了。

船主看那抵押的二百多两银子，竟都是些金箔灰。大吃一惊，找到任秀船上，讲了这事，想要任秀赔偿。等问了姓名籍贯，知道是任建之的儿子，就缩着头流着汗羞愧地走了。任秀找到船夫一问，知道这人就是申竹亭。任秀到陕西时，也曾听过他。现在，鬼已经报复了他，任秀也就不再找他算过去的账了。就用这些钱和表叔北上合伙做生意，年终时获得了成倍的利润。于是捐了个监生。此后更加意经营生意，十年时间，就称富一方。

晚　　霞

五月五日端午节，吴越之地有斗龙舟的民间游戏。人们砍伐树木，把船做成龙的样子，龙身绘上鳞甲，装饰得金碧辉煌，上部有雕栋朱槛，所挂的船帆旌旗全部使用锦绣。船的末端是龙尾，高达丈余，上空悬一木板，用布绳牢牢系住。游戏时，一个男孩在木板上翻滚倒立，表演各种技巧。木板下是滚滚江水，稍不小心，便有掉落水中的危险。男孩是买来的，买时便告知了他父母，然后预先调教训练，如果堕落水中淹死，莫要后悔。而吴门一带，则是使用美女表演的。

镇江有个姓蒋的男孩叫阿端，刚七岁，聪明伶俐，敏捷灵活，同岁儿童中，没有能超过他的，于是，他身价倍增。十六岁了还操此艺，船到金山脚下失足掉下江中溺死了。蒋母就阿端一个儿子，听说儿子死讯，哭得死去活来。

阿端并不知道自己已死，觉得有两个人引着他走去，见水中别有天地；回头一瞧，

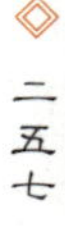

身后波流回旋，像石壁直立。一会儿走进一座宫殿。见一人戴头盔坐着，这时，一旁走出两个人，对阿端说：“这位便是龙窝君。”就催着阿端下拜。龙窝君面色和蔼，吩咐那两个说：“阿端的技巧不错，可让他到柳条部去。”二人将阿端引到一个处所，内里殿堂宽广，庭院方正。走上东廊后，出来几个少年，向阿端行礼，看上去大都是十三四岁。不一刻，走出一位老婆婆，众少年见了，忙呼“解姥姥”。解姥姥应了，令阿端当场献技。阿端便使出浑身解数，为解姥姥表演了一场。完了，解姥姥又教给阿端钱塘飞霆之舞，洞庭和风之乐。只听见鼓钲声聒耳，各院均响。随后各院都平静了。但解姥姥怕阿端不能很快熟悉舞乐，又絮絮叨叨地调教阿端；而阿端只需一遍，就清楚明白了。解姥姥高兴地说：“这孩子性灵，绝不在晚霞以下！”

第二天，龙窝君巡视各部，各部群集在大殿前。龙窝君首先巡视夜叉部，均是鬼脸，穿鱼服。这时，鼓钲敲响，那大钲周长足有四尺多；鼓也可四个人合抱，声音就像是巨雷轰响。接着，部属又跳起舞来，人动水动，霎时，波涛汹涌，横流星空，那浪竟击落了一颗天星，坠下地陨灭了。龙窝君见了，忙命停住，命乳莺部进见。乳莺部一色年轻貌美的丽人，只听见笙乐之声奏起，清风习习，适才还喧嚣无比的河底，顿时波平声息，水渐渐地凝成水晶般的世界，上上下下一片明亮。一曲舞毕，燕子部依次进来——原来尽是少年儿女。其中有一位十四五岁模样的姑娘，拂袖低头，跳散花舞。她舞步轻盈，翩翩如飞，袖中衣下抖出五色花朵，随风扬下，飘洒了一庭院。乐声住后，姑娘跟着她的燕子部立在西边丹墀。阿端忍不住斜视了姑娘一眼，心中不禁生出喜爱之情，他悄悄向燕子部的人打听姑娘姓名，知道她就是解姥姥说的晚霞。不一会儿，又叫柳条部上前。龙窝君要特地试试阿端的舞艺。阿端上前拜过，大大方方地跳了起来，他忽为柳条沐风，舞姿柔软多变；忽如金刚力鼎，身架力量贯注，节奏有序，舞步合拍。龙窝君大喜，极力夸奖阿端聪慧灵悟，赐给他诸多宝物。阿端谢过，和众部下堂来到西边丹墀，阿端在人群中远远地去看晚霞，却见晚霞也在往他这边瞄。停了一会儿，阿端徘徊着向部北端靠，晚霞也渐渐地趸出来向南挨近，尽管相隔咫尺，却因法度威严而不敢走出部伍一步，两人只是四目传神，暗送秋波而已。待蛱蝶部巡察完毕后，各部鱼贯而出。柳条部跟在燕子部后，阿端急忙走到部前，而晚霞也有意落在部后。她回头脉脉含情地看了眼阿端，故意丢下一支珊瑚钗。阿端手疾眼快，俯身拾起藏在袖中。回去后，他想念晚霞，竟然患了病，不思茶饭，夜难成寐。解姥姥心疼他，派人送来好吃的，她自己也每天来看望三四次，殷切安抚，阿端的病仍不见好转。解姥姥深深为阿端忧虑，却无任何办法，只好叹道：“眼看吴江王寿辰已近，阿端病未痊愈，这可怎么办好？”

到天将黑时，一个男孩子前来，坐在阿端床上和他搭讪。那孩子说他是蛱蝶部的人，又直截了当地问阿端道："你是为晚霞生的病吧？"阿端不由惊问："你怎么知道的？"男孩笑说："晚霞也和你一个样子噢！"阿端听了，神色凄然地撑起身来，问男孩自己该怎么办好。那男孩问阿端："你现在能走路么？"阿端说："勉强能支撑着走。"男孩便搀扶着他出来，向南打开一扇门，进去后，又折向西，再进一门。只见眼前豁然开朗，面前有好几十亩莲花，奇怪的是这些莲花竟长在平地上，瓣叶像床席一般大，花大如盖，地上堆的花瓣有一尺厚。男孩将阿端引进来后，对他说了声："你先在这儿等着。"就走了。没多久，一位美人拨开莲花进来，阿端凝神一看，正是晚霞。两人相见，分外惊喜，彼此倾诉了相思之情，各自又叙述了家世。末了，他们用石头压住硕大的荷叶，以作遮蔽，又将荷花瓣铺在地上，然后躺在其中亲热睡觉。离别时，两人约定每天黄昏时相见，这才依依不舍地告别而去。阿端回来后，病也好了。从那以后，两人每天一次在荷花地里相会。

几天后，各部随同龙窝君去吴江王处祝寿。寿庆完毕，各部全都返回，只留下晚霞和乳莺部的一个人在宫中教舞，几个月没有一点消息。阿端不禁怅然若失，整天无精打彩的。一天他偶然得知解姥姥每天来往于吴江府，不由一阵狂喜，便去见解姥姥，假说晚霞是他的表妹，请求解姥姥带他去见见晚霞。解姥姥答应了。到吴江府后，因宫禁森严，晚霞无法出来与阿端见面，阿端只好闷闷不乐地回来。这样又过了一个多月，阿端只觉得度日如年，想晚霞几乎到了痴狂的程度。

一天，解姥姥来了，哭着对阿端说："真可惜啊！晚霞投江死了！"阿端大惊，眼泪唰唰流了下来。他踩坏了冠帽，又撕破了衣服，将金珠藏在怀中冲出门，想要随晚霞一道去死。但是那江水如石壁般坚硬，凭他怎么用头去撞也进不去。他正想再回来，又怕人再问起官服，增重罪责。正在通身大汗，彷徨犹豫间，忽然看见壁下面有一株大树，便灵机一动，攀援而上，快到树梢时，他使出全身力气，猛地跳下，连衣服也没有沾湿，就已浮到了水面之上。在这一瞬间，阿端恍恍惚惚就如看见了人世，随即顺水漂流向岸边游去。不一会儿，阿端终于游到岸边。在江边坐着休息了一会儿，突然想念起家中老母，便乘着一叶小船前往家乡。抵达乡间时，他四面打量村中房舍，恍然有隔世之感。到家后，忽然听见窗中有女子说话的声音："你儿子来了！"那声音听上去格外耳熟，极像晚霞。片刻，一女子与阿端母亲一同迎了出来，阿端定睛一看果然是晚霞。两个有情人见面，高兴得忘了悲哀，而阿端母亲却是又悲又疑又惊又喜，均合作一处了。

当初，晚霞在吴江，突然觉得肚子里有了动静。宫中法规森严，她担心生下孩子，会被狠狠鞭笞，再加上与阿端见不得面，便只求一死，便投了江。投江后不久，她的身体浮出水面，被一只客船的人救起。人家问她是哪里人，家在何方。晚霞原是吴地的名妓，投水没有死，妓院又不能再去，便告诉人家说镇江蒋氏是他的夫婿，那人便掏钱为她租了条船，将她送到蒋家。阿端母亲怀疑她认错了人；晚霞却一口咬定没有说错，并将详情细细告诉了阿端母亲。老婆婆爱晚霞丰艳美丽，待她极好，只是担心她年纪轻，未必肯终身寡居。晚霞却孝顺谨慎，见家中贫穷，便将所戴珍奇宝饰变卖了，得了几万钱。阿端母亲看她并无二念，这才放下心来。阿端母亲担心儿子不在，儿媳一旦产下孩子，会被乡邻笑话。晚霞说："只要得到真孙子，何必怕人知道？"阿端母亲听了，想想也是，便安下心来。这时恰逢阿端回家，晚霞怎能不高兴？阿端母亲却怀疑儿子并没有死，趁夜间偷偷地挖开儿子的坟冢，见骨骸仍在，回去又细问儿子，阿端才恍然知道自己已经死了。怕晚霞知道自己不是人后会厌恶，遂叮嘱母亲别再说了。阿端母亲又告知邻里，说当年得到的并不是儿子的尸体。她始终忧虑儿子会不会生育。没过多长时间，晚霞又生下一子，和普通人家孩子一样，阿端母亲这才转忧为喜。

时间一长，晚霞渐渐感觉到阿端不是活人，责备他说："为什么不早说！凡是鬼穿了龙宫衣裳，经过四十九天，魂魄坚固凝聚，与活人一样的。如果得到宫中的龙角胶，可以续骨节、生肌肤，只可惜当初没有早早买下来！"阿端取出身上带的夜明珠出卖，被一位西域商人用百万金买走。从此以后，蒋家变成巨富。

一次，阿端为母亲作寿，阿端夫妻俩双双起舞，消息传到王府，王爷想将晚霞夺过来。阿端吓慌了，忙去面见王爷，对王爷说他夫妻二人全是鬼。王爷不相信，让人检验阿端，果然没有影子，这才作罢。王爷又命晚霞在宫中别院教宫女舞技。晚霞用龟尿毁了自己的容貌然后去见王爷。晚霞在宫中教了三个月舞，宫女们到底不能全部学会，后来也就离去了。

白 秋 练

直隶有位姓慕的读书人，小名蟾宫，是商人慕小寰的儿子。聪明，好读书。十六岁的时候，父亲认为学文太迂腐，让他学经商，跟随自己到楚地。

在船上没事时，他就吟诗诵文。船到武昌，父亲留他住在客店，看守货物。乘父亲外出，他拿着书本读，音节铿锵。就见窗上人影憧憧，似乎有人在偷听，但也不觉得奇怪。一天晚上，父亲出去赴宴，很长时间没回来，慕生吟诵更加刻苦。有人在窗外徘徊，映着月光，非常清楚。很奇怪，就出来看，原来是位十五六岁的美貌少女。看见他，忙避开了。

又过了二三天，装上货返回，晚上停靠在湖岸旁。父亲碰巧外出，有位老妇人上船说："你害死我女儿了！"慕生很吃惊，问她。回答说："我姓白。有个女儿叫秋练，很通文字。说在郡城时，曾听到你的吟诵，现在还铭刻在心，以至饭不吃觉不睡，想和你结亲，你不能拒绝。"慕生心里很乐意，但顾虑父亲责备，就实话告诉了妇人。妇人不相信，就要他拿出信物。慕生不肯。老妇人发怒说："人间婚姻，有人求亲还不答应。现在我自己做媒送上门，反而不要，这耻辱也太过分了！不要再想向北走了。"说完就走了。过了一会，父亲回来了，慕生就委婉地说了此事，暗暗期望父亲答应。但父亲认为远离家乡，加上看不上女子求嫁的缘故，一笑了之。

停船的地方，水深没过船橹，但一夜间，突然堆起沙石，船被拥住不能动。一年当中，常有船被这样困住，等到第二年桃花水涨时，其他的船还没到，被困船上的货往往能涨百倍以上。由于这一原因，慕生的父亲也就不太忧虑奇怪。只是想到明年南来时，还要一些本钱，就留下慕生，自己一个人回去了。

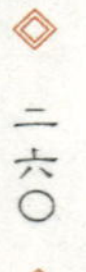

慕生暗暗高兴，后悔没有问清老妇人住在哪里。没想到，太阳落山时，老妇人和一位婢女扶着姑娘来了。让她解开衣服，躺在床上。老妇人对慕生说：“人已经病成这样了，别高枕无忧像没事人一样！”就离开了。刚一听说，慕生吃惊，忙端灯去看，见白秋练病态含娇，秋波流转。就问候安慰，白秋练嫣然一笑。慕生就硬要白秋练说句话。她说：“‘为郎憔悴却羞郎’，可说是写我的啊。”慕生欣喜若狂，就想和她亲热，但怜惜她柔弱，就伸手在怀里抚摸着吻她。白秋练不觉高兴起来，调笑说：“你为我吟诵三遍王建的‘罗衣叶叶’，我的病就好了。”慕生照办。才两遍，白秋练就披上衣服坐起来，说：“我好了！”再读，就用娇颤的声音一起相和。慕生更是神采飞扬，就灭了灯，和白秋练一同睡了。

天不亮，白秋练就起来了，说：“老母亲要来了。”不久，老妇人果然来了。见女儿收拾齐整，高兴地坐在那儿，很感欣慰，要女儿一块走，女儿低头不语。老妇人就自己走了，说：“你高兴和郎君一起玩，就由你吧。”慕生这时就问白秋练住在何处。白秋练说：“我和你不过是偶然相识的朋友，婚嫁还不一定，何必让你知道家中情形。”

一天夜里，白秋练早早起来，点上灯，打开书，突然脸色悲戚，泪光莹莹。慕生忙起来问她。说：“你父亲就要来了。我刚才用书占卜，打开后，翻到的是李益的《江南曲》，词意不祥。”慕生就安慰宽解她，说：“头一句‘嫁得瞿塘贾’，就非常吉利，哪里有什么不祥！”白秋练这才略微好些。起身告别说：“我们暂且分手，天亮后，会被人指指戳戳的。”慕生抓住白秋练胳膊，哽咽地问道：“如果好事如愿，我到哪儿告诉你。”回答说：“我常让人打听着，如果不如愿我会知道的。”慕生要送白秋练，白秋练坚决不让，自己走了。不久，慕生父亲果然到了。慕生渐渐说出实情。父亲怀疑他招妓女，怒气冲冲地训骂他。仔细审视船中财物，没少一点，这才不骂了。

一天晚上，慕生父亲不在，白秋练突然来了，见面后，两情眷恋，难舍难分，不知该怎么办。白秋练说：“好坏有定数，先图眼前。暂且留你二个月，然后再说吧。”临别时约定以吟诗为相会暗号。从此后，只要他父亲出去，就高声吟诵，白秋练就来了。

四月都要过完了，货物已错过黄金季节，众商人没办法，就凑钱到湖神庙祈祷求助。端阳节后，雨水突然来了，而且很大，船可以走动了。慕生随船到家后，相思成疾。他父亲很担心，又是请巫师，又是请医生大夫。慕生悄悄对母亲讲了此事，说：“我的病不是药和巫术所能治好的，要想有救，只有白秋练到来。”

开始时，他父亲对此大怒，但时间长了，慕生愈来愈不行，这才感到害怕，就租了车带儿子到那地方去，依然停在原来停船的地方。寻访当地住户，并没有人知道白老妇人。碰巧湖面上有位操舵的老妇人，听说后，自称就是。慕生父亲登上她的船后，看到白秋练，心中暗自高兴。就问家中情景，原来是以船谋生的。就实说了儿子的病情原因，希望白秋练能到自己船上，先解救儿子的重病再说。老妇人因没有婚约的原因，不答应。白秋练露出半片脸来，专注地听他们说话，见不行，眼角的泪都要下来了。老妇人看着白秋练的样子，加上慕生父亲苦苦哀求，也就答应了。

到了晚上，慕生父亲出去后，白秋练果然来了，走到慕生床前，哭着说道："往年我相思成病，现在轮到你了！这里的滋味，不能不让你体味一下。但你虚弱萎顿到这种样子，急切中怎能马上就好呢？请让我也为你吟诵一下诗吧。"慕生高兴了。白秋练吟诵的仍是王建的那首诗。慕生说："这是你的心事，治其他人怎么有效呢？"但听到你的声音，我的精神就已爽快了。试着为我朗颂'杨柳千条尽向西'，这首诗吧。"姑娘照着做了。慕生赞叹说："太惬意了！你以前朗诵词，有首《采莲子》中说'菡萏香连十倾陂'，我心里还记着。烦你再拉长声为我吟诵一遍。"姑娘又照着办了。刚读完，慕生一跃而起说："我何曾病过！"就忘情地搂抱在一起，缠身重病似乎顿时不见了。随后问："我父亲见你母亲说什么？事情行吗？"白秋练已觉察到慕生父亲的意思，就直说道："不行。"

过了一会儿，白秋练走了，慕生父亲回来，见儿子已能起来了，高兴得很，但只是说些安慰宽解的话。并说："姑娘的确好。但从小把舵摇橹听船歌，低贱不说，只怕不贞洁。"慕生没说话。他父亲出去后，白秋练又来了，慕生就转说了父亲的意思。白秋练说："我都看明白了。天下的事情，越急越难成，越迎合越要拒绝。应该让他自己改变主意，反过来求我。"慕生问有什么办法。姑娘说："凡是商人，获利是最大心愿。我有办法知道什么货物能卖上价。刚才看了船上的货物，没多少利润。替我告诉你父亲，买什么有三分利，买什么有十分利。等回去后，我的话应验了，那么我就成了最好的媳妇了。你们再次来这的时候，你十八岁，我十七岁，有的是相亲相爱的日子，有什么可忧愁的。"

慕生就把白秋练所提到的货物说给父亲。父亲颇不相信，就姑且从办货剩下的钱中拿出一半置办白秋练所说的货。谁知回去后，自己所办的货大亏本，幸亏置办了些白秋练所说的货，得到很厚的利润，才略微持平。因此，很是心服白秋练的神算。慕生又夸赞白秋练有本事，说是她说过，能让自己大富。父亲听了，就筹办大笔本钱，再次南下。

到了以前停船的地方，几天中都不见白老妇人的影子；又过了几天，才见她把船停在岸边柳树下，于是就去送聘礼。白老妇人全不要，选择吉日把姑娘送到船上来。慕生父亲就另租了条船，为他们举行了婚礼。白秋练就叫慕生父亲更向南走，把应办的货一一开列出来交给他。老妇人就邀请女婿过来，把家安在自己船上。

三个月后，慕生父亲办完货返回到这里。其所办货物的价格已翻了倍。从这里启程回去时，白秋练要求带些湖水。到家后，每次吃饭时都要加一点，像用酱油醋一样。因此，以后每次南行，都要带几坛子回来。

三四年后，白秋练生了个儿子。一天，突然哭了，想回家。慕生的父亲就带着她和慕生一同回到她的故乡。到了当地湖中，却不知道老妇人在哪儿。白秋练就扣着船舷呼叫母亲，脸色神情都变了。催着慕生沿着湖去打听消息。遇到一个钓鲟鳇鱼的人，钓到一条白色鲤鱼。慕生近前一看，是个大家伙，样子全像人，乳房阴部都具备。感到奇怪，就告诉白秋练。白秋练大吃一惊，说自己一直都有放生的愿望，嘱咐慕生买来放了。慕生就去找那钓鱼的商量，要价极高。慕生回来告知姑娘。姑娘说：“我在你家，帮助谋算挣的钱有多少万，如此区区小数也值得讲价！如果一定不听我的，我就投湖死了算了！”慕生害怕了，也没敢告诉父亲，就自己悄悄偷出钱买来放了。办完事回来，不见白秋练了，找也找不着。直到天快亮了，白秋练才回来。问到哪去了。说到母亲那去了。又问：“你母亲在哪里？”白秋练很不好意思地说：“现在不得不实话告诉你了：刚才所赎的，就是我母亲啊。母亲一直都在洞庭湖中，被龙王委派主管来往行旅。近来龙宫中要选妃子，我被那些说闲话的称赞为美人，于是龙宫中就找我母亲要人。我母亲实言上奏，龙王不听，把我母亲流放到南岸，母亲饿得要死，所以才遭了这一劫难。现在劫难虽然逃过了，但流放处罚依然在。你如果爱我，替母亲去求真君便可以免除处罚。如果你认为我是异类而憎恶我，请让我把儿子扔还给你，我走，龙宫中的享受，未必不比你家强过百倍。”慕生大惊，决心办，但忧虑不能见到真君。白秋练说：“明天午后，真君应该来。你看见一个跛道士，就赶紧拜他，他进水你也跟着。真君喜欢文士，必定会得到他的怜悯和允诺的。”就拿出一方鱼腹绫，说：“如问你要求什么，你就把这拿出来，求他写一个‘免’字。”慕生就按姑娘所说的等着，果然有个道人一跛一拐地来了。慕生就趴下叩拜。道士连忙往前走，慕生紧紧跟着。道士把手杖扔在水里，跃身登上。慕生竟也跟着他跳上去，一看，登上的并不是手杖，而是一条船。又叩拜。道士问：“求什么？”慕生就拿出白腹绫求他写字。道士展开一看说：“这是白鲤鱼的翅，你怎么得到的？”慕生不敢隐瞒，把前前后后经过详详细细地说了一遍。道士笑道：“这东西很风雅，老龙怎能如此荒淫！”就拿出笔草写了个“免”字，就像画符的样子，然后掉转船头送他上岸。上岸后，见道士仍在手杖上，顷刻间就不见了。慕生回到船上，白秋练很高兴，但嘱咐他不要将此事告诉母亲。

几人回到慕生家，又过了二三年，慕生父亲南行，几个月过去了还不回来。所存湖水用完了，新的又迟迟不来。白秋练就病了，日夜急喘。吩咐说：“如果我死了，别埋，应在早晨、中午、晚上三个时侯，吟诵杜甫《梦李白》诗，我的尸体就不会腐烂。湖水拿来时，倒在盆里，关上门解下我的衣服，放在里面浸着，就活了。”

喘息了几天后，便死去了。过后半个月，慕生父亲回来了。慕生就按所说的办法赶紧去做。在水中浸了有一个多时辰，慢慢醒过来了。从此后，便想着要回南方。后来慕生父亲死了，慕生就遵循白秋练的意思，把家迁到楚地。

织　成

洞庭湖中，常常有水神借船的事。只要是条空船，船上的缆绳扣便会自动解开，漂然游去，一旦听见空中音乐大作，船夫们躲藏到船角落里，紧闭双眼听着，而不敢抬头仰视，任船漂游。等水神游玩后，船又泊回原处。

有位柳生，落第归来，喝得大醉，躺在船上睡得呼呼的。猛然间，船夫听见头顶上方鼓乐大作，知道水神前来借船。船夫拼命推柳生，醒不来，只好自己躲藏在甲板下。不一会儿，有人揪拉柳生。柳生仍昏然睡着，随拉随倒，全然无觉。那人也就算了。

柳生正睡得香，忽然听见耳边一阵鼓角喧闹声。他微微睁开眼睛，闻到一股兰、麝香味；偷眼看去，见满船都是美女佳丽。柳生明白碰见了怪异之事，闭上双眼。没过多久，有人传呼织成，随即过来一个侍女，站在柳生脸边。柳生微微睁开眼，见绿袜紫鞋裹着细瘦如指的尖脚，心中喜欢便悄悄地用牙齿去咬那只紫袜。过一会儿女子移动跌倒在地。船上首坐的一个人，忙问女子发生了什么事。女子上前说了原委，那人大怒，命人立即将柳生砍了。话音刚落，上来几个武士，扭住柳生，提将起来。柳生看见南面坐着一人，穿戴打扮像位君王，便边走边说道："我听说洞庭君姓柳，我也姓柳。从前洞庭君落第，如今我也是落第秀才。洞庭君遇上龙女而成仙，现在我却因为醉中调戏一女子而死，为什么幸运和不幸之间会有这样大的悬殊呢！"大王听了柳生的话，忙将柳生叫住，问道："你是落第秀才吗？"柳生说是。大王便让人取了纸笔，令柳生作一首《风环雾鬓赋》。柳生原是襄阳名士，但构思迟缓，握笔在手中，凝神细思了很长时间，大王讥诮柳生道："名士哪能是这样？"柳生放下笔，对大王说："从前左思作《三都赋》，深思熟虑，十年才成。可以见文章贵在精，而不在于快！"大王笑了。听认他慢慢地写。从辰时到午时，用了几个时辰，文章才写完。大王拿在手中展卷浏览，大喜说："真不愧是名士啊！"便命人赐给柳生酒食。

片刻之间，各种美味佳肴纷纷送上。柳生与大王正说话，进来一个小官吏，手中捧着一个簿子，向大王奏道："溺籍已填写完毕，请大王过目。"大王接过，问那小官吏："上面有多少人？"回答说有一百二十八人。龙王双问："签差的是什么人？"小官吏道："是毛、南二位将军。"

柳生起身告辞。大王赠他十斤黄金和一把水晶戒尺，对他说："近来湖中有一些劫数，你拿着这件东西可以免于灾难。"柳生正要拜谢，忽见一队车仗排水而出，立在水面，大王下船登车，很快便消失不见了，湖面仍旧一片寂然。

船夫从甲板下出来，便荡舟向北而去。正行驶间，江上突然刮起了风，船逆风而行，不好前进。猛然间，水中浮出一只铁锚，吓得船夫大叫："不好了！ 毛将军出来了！"同行的几条船上的商人都伏倒在船上，瑟瑟发抖。不一会儿，湖中有一根木桩直立，不停地摇动，好像在捣着什么。众人魂飞魄散，恐惧地叫道："南将军也出来了！"话刚落音，湖面上波浪大作，浪峰冲起几十丈高，遮天蔽日，湖中船舶，一瞬间全部被浪头打翻，而柳生手中举着水晶戒尺，端坐在船上，那滚滚的波涛涌来，一到船边，顷刻间便消失了，柳生保全了性命。

柳生回去后把这次奇遇，每每向人说起。说船上的侍女，虽然没有看清她的容貌，但裙下那双金钩般的小脚，是世间所没有的。

后来柳生因事去武昌，碰见一个姓崔的老妇人卖女儿，出千金她却不卖，只说她有一把水晶戒尺，如果谁能和她这把相配，便将女儿嫁给谁。柳生心中诧异，取了自己那把水晶戒尺，去找崔老妇人。老妇人爽快地接待了他并叫出女儿，年纪十五六，生得妩媚风流，美丽无比，向柳生略微行了礼就转身回屋去了，柳生一见，觉得心动神驰，对老妇人说：“小生也有一件东西，不知道是否和你家所藏之物相称？”一齐将戒尺拿了出来比较，长短不差分毫。崔老妇人高兴万分，便向柳生问清住的旅舍所在，并请柳生马上回去雇车来接姑娘，将戒尺留下作为信物。柳生不肯，老妇人笑道：“官人也太小心了！我怎么能为了一把戒尺而抽身窜走呢？”柳生再不好推托，将戒尺留下。出门后，他雇了辆车急忙返回，却见家中无一人影。柳生大惊，问遍了左邻右舍，回答都说不晓得。太阳已经偏西，柳生神情沮丧，郁郁不乐地回去。途中有一辆马车过来，车帘被揭起，有人问：“柳郎为什么这么迟才来？”柳生看去，正是崔老妇人，高兴地问道：“到哪里去？”老妇人呵呵笑道：“你一定怀疑我拐骗了你的戒尺跑了吧？刚才你走后，恰巧有辆便车前来，我想到你眼下寄居在旅舍，备办车子有诸多不便，因此直接送女儿到船上去了。”柳生恳求老妇人将车赶回，老妇人不答应。柳生又急又慌，不敢轻信老妇人的话，急忙跑回船上，见姑娘和一个婢子正在里面。姑娘看柳生气喘吁吁地进来，便面带微笑迎上前来。柳生看见她的绿袜紫鞋，和从前船上所见的那个侍女没有什么区别！心里惊奇，不住地来回打量，姑娘笑着说：“死死地盯着人看，是没见过我还是怎么？”柳生俯下身去偷看姑娘脚下，见袜子后边他咬过的齿痕仍在，不由惊奇地问姑娘：“你是织成吗？”姑娘只是微笑，并不作答。柳生作长揖说：“你如果真是神人，请早直说了，可免去我的迷惑！”姑娘说：“我如实告诉你，从前船上遇到的，是洞庭君。他仰慕你的才华，便想把我送给你；而王妃喜爱我，所以回去和王妃商量。如今我来这里，是奉了王妃之命的。”柳生大喜，便净手拈香，向着湖水朝拜。之后，带着织成回家。

后来他去武昌办事，织成请带她一道去，顺便回娘家。到洞庭湖后，织成拔下头上金钗掷进水中，忽然间，一条小船从湖中漂出，织成一跃上了船，如鸟一样轻盈，转眼无影无踪。柳生坐在船头，在织成失踪的地方凝神看着。一会儿，远远地来了一只楼船，到柳生船边，楼船上一扇窗子打开，忽然好像七彩羽毛的鸟儿飞过，而织成已回来了。有一个人从楼船窗中向这边投递金珠珍品，都是王妃赐给的。从此以后，织成每年去洞庭湖朝拜一两次，成为惯例。所以柳生家拥有很多珠宝，每拿出一件，连行家也摇头说不认识。

相传唐时有位叫柳毅的在洞庭湖遇到了龙女，龙王便让他做驸马。后来，龙王将王位让给了柳毅。因为柳毅为读书人，相貌举止斯文，不能震慑水怪，龙王便给了柳毅一副鬼面具，让他白天戴上，夜里去掉。时间一久，柳毅渐渐习惯，到晚间忘记取掉，面具便和脸皮合在一起了。他常常对镜自愧。所以，行人泛舟湖上时，他见有人指点什么，就怀疑是指自己；用手遮额头，他也疑心对方是偷看自己。于是突然掀起风波，往往将船覆没。因而第一次乘船的人，船夫一定会将此事告诫乘客。不然的话，就牺牲祭享后，才能渡湖。一次许真君偶然到洞庭来，因湖上浪大，船不能行走。许真君极为恼怒，将柳毅绑了投入郡府牢狱中。狱座清点囚犯时，总是多一个犯人，搞不清是怎么回事。一天晚上，柳毅托梦给知府，恳请他救自己出狱。知府因仙界与人间各有其路不相通，无能为力。柳毅对知府说："真君近日要来此地，只要求求他，我一定会得救的。"不久，真君果然又来了，知府便代柳毅在真君面前求情，真君这才放了柳毅。这以后，湖上禁忌才稍稍有所松懈，平安了许多。

竹　青

鱼客是湖南人，不清楚他的籍贯是哪里。他家中很穷，科举落第后回家。没了路费自己又不好意思讨着吃，饿极了，暂且在吴王庙休息，向神拜祷。拜毕，出了大殿，躺在房廊下。忽忽悠悠地有一个人过来拉起他，将他引去见吴王，那人跪在吴王面前奏道："黑衣队眼下缺一个士兵，可以让鱼客去补个缺。"吴王同意了，又授给鱼客一身黑衣服。鱼客穿上黑衣服后，突然变成一只乌鸦，振翅飞去。飞着飞着，见前面有一群同类，便飞入群中，与它们一道落在船帆柱上。船上的旅客见了，急着向上抛肉，乌鸦轰然振起，在空中接抢肉吃。鱼客也学着同伴的样子去做，不一会儿，就将肚子填得饱饱的。接着，他停驻在树梢上，想到混饱肚子竟如此容易，不禁得意扬扬。

过了几天，吴王可怜鱼客孤身一人，便给他配了一只雌乌鸦，名叫竹青。竹青来了后，和鱼客彼此相爱。鱼客每次取食吃，总是很驯服，没有防人的心机。竹青经常劝诫，但鱼客还是不听。一天，有满兵经过，用弹弓打中了他的胸部。幸亏竹青及时衔走他不致掉落下去被满兵捉去。这下可惹恼了群鸦，鼓动翅膀，激起水浪，波涛涌起，船只全部倾覆。鱼客受伤后，竹青每天觅食来喂养他，但鱼客因为伤势太重，最后还是死了。

猛然间，鱼客从梦中惊醒，见自己睡在庙中廊下。先前，来往庙中的人以为他死了；不知他是谁，摸他身上，见有温热，所以不时有人来查看。见鱼客醒转来，问起他为何睡在这里，鱼客如实告之，众人凑钱给他，将他送回家去。

三年后，鱼客又路过吴王庙，进庙中拜神。他设下酒食，呼唤鸦群下来吃。乌鸦们争相啄食时，鱼客祈祝说："竹青如果在的话，应当让她到这里来与我见一面。"乌鸦们吃完后，忽喇喇飞走了。后来鱼客考中举人，回家时拜谒吴王庙，用猪、羊祭祀吴王之后，大设吃食，慰劳那些乌鸦朋友，又祝竹青一番。这天晚上，他投宿在湖村，在灯底下坐着，忽然几案前像有飞鸟飘落，仔细看去，是位二十岁左右的美人站在案前，娇声问道："别来无恙么？"鱼客大惊，忙问女子是谁。 女子嫣然一笑，款款地说："你难道不认识竹青了么？"鱼客一听面前的女子是竹青，喜笑颜开，问竹青从哪里来。竹青说："我如今成了汉江神女，所以回家乡的时间就少了。前些日子，乌鸦使者两次向我说起你对我的情意，心中感动，特地来与你相聚。"鱼客一听竹青此话，更加欣慰，两人宛如夫妻久别，非常欢恋。鱼客打算和竹青一道回南边家中，而竹青却想让鱼客随她一同向西，两人各不让步。等鱼客一觉醒来时，竹青已经起身了。鱼客睁开眼细瞧，见高堂之上烛光通明，竟不是在船中，便惊跳起来问竹青："这是在哪儿？"竹青咯咯笑道："这里是汉阳。我家也是你家，何必再南去！"这时，天渐渐亮了，婢女和婆子们摆上酒菜，在大床上放了矮几，夫妻俩斟酒对饮。鱼客问竹青："我的仆人在哪儿？"竹青答："都在船上呢。"鱼客担心船夫不肯久等，竹青说："不妨事的，我会替你告诉他们的。"于是，夫妻二人日夜饮宴，鱼客也乐而忘归了。

船夫从梦中醒来后，忽然发现是在汉阳，吓得什么似的。仆人们不见了主人，也四处寻访，然而毫无音信。船夫见雇主失踪，想离开汉阳而去，怎么也解不开缆绳，无法，只好和仆人守在船上。

两个月过去，鱼客忽然想起应该回去了，便对竹青说："我在这里，就会和亲戚们断绝了来往。况且你与我名为夫妻，而却不愿认家门，这可叫我怎么办好？"竹青说："无论如何我也不能去；纵然去了，你家里自有妻子，将会怎么对待我呢？不如让我住在这里，作为你的另一个家。"鱼客只是恨路途遥远，不能时常来此。竹青取出一件黑色衣服，对他说："你从前穿的这件旧衣服还在这里，想我时，穿上这件衣服就可以来我这儿；你来后，我可以帮你解去乌鸦之形。"于是竹青命人设下酒宴，为鱼客饯行。

鱼客喝得大醉，倒头而睡。等他醒来后，发现自己在船中躺着。再向外看，船仍在老地方停泊着。船夫和仆人也都在船上，他们突然间看见鱼客，均不相信自己的眼睛，纷纷盘问鱼客到哪里去了。鱼客故意装出吃惊的样子，说自己一点也不清楚。鱼客见枕头边有个包袱，打开检看是竹青送他的新衣新鞋，那件黑色衣服也叠放在一起。再一摸，腰间系有一只绣袋，打开一看，里边尽是金银钱币。于是鱼客让船夫将船向南划去。到岸后，他重重地酬谢了船夫，向家乡方向而去。

回家后，几个月间，他一直念念不忘汉水上的竹青，便溜出家门，穿上黑色衣服。顷刻间，他觉着两胁下生出双翅，羽翼一张一合地凌空飞去。大约有两个时辰，鱼客已飞达汉水。他盘旋着向下看去，见江水中的一个孤零零的岛屿中有一群楼舍，便飞落下去。有一个婢女远远看见了，呼叫道："官人来了！"听见喊声，竹青出来，命众婢女为鱼客松开衣服上的结子，鱼客只觉得羽毛砉然脱落，浑身轻松。竹青拉着他的手进入房中，说道："你来得正好，我早晚要临盆了。"鱼客开玩笑地说："是胎生还是卵生？"竹青道："我现在已羽化为神，脱骨换胎，应该和从前有所不同。"过了几天，竹青果然生产，胎衣厚厚地裹着胎儿，像一只巨大的卵，将它弄破后，是个男孩。鱼客高兴极了，给孩子取名叫汉产。三天后，汉水神女纷纷前来贺喜，送来不少服饰珍宝，作为礼物。这些神女个个生得仙姿绰约，美不可言，均在三十岁以下。她们进房后，坐在竹青的榻上，用细纤的手指轻轻地按婴儿的小鼻子，说这叫"增寿"。等她们去了以后，鱼客问竹青："刚才来的神女都是谁？"竹青说："都是和我一样的神女。走在最后穿藕白色衣裙的，就是人们所说‘汉皋解佩’故事中的神女。”

鱼客在竹青这儿住了几个月，便要回去，竹青用船送他走。那船不用帆和楫，飘然而行。到达岸边后，岸上已有人牵着马等他，遂上马归去。从此后，鱼客在两地之间来往频繁。

过了几年，汉产长得秀美可爱，鱼客对他喜欢得了不得。他的妻子和氏，因为没有生育，总是想见见汉产。鱼客便将此事告诉了竹青。竹青就准备行装让汉产跟随父亲一道家去，约定三个月以后让汉产回来。父子俩到家后，和氏见了汉产，喜爱得像是自己生的儿子，十来个月过去了，仍不舍得让汉产回去。突然有一天，汉产得病而死，和氏伤心极了，哭得死去活来。鱼客也丢魂落魄，急忙去告诉竹青。刚进门，见汉产光着脚睡在床上，顿时转忧为喜，闻竹青是怎么回事。竹青回答道：“你违约的时间太长了。我在这里想念儿子，所以招他回来的。”鱼客向竹青说明和氏爱汉产而恋恋不舍所致。竹青说：“等我再生孩子后，便让汉产回去。”

一年多后，竹青又产下一对孪生男女，男孩名叫汉生，女孩名叫玉佩。鱼客无比欣喜，领着汉产返家。后来，因为每年常常和竹青见三四次面，极为不便，就举家迁往汉阳。汉产十二岁时，竹青认为人间没有佳丽之人，将汉产叫了去，为他娶了妻，才让他回来。汉产的妻子叫卮娘，也是神女所生。

和氏死了，汉生和妹妹玉佩，一起前来吊丧。和氏下葬后，汉生留了下来，鱼客带着玉佩走了，从此再没回来。

香　玉

在崂山下清宫中有耐冬和牡丹。耐冬高二丈，大几十围；牡丹高一丈多，开花时节，光彩灿烂如同锦绣。胶州的黄生，借住在里面读书。一天，从窗户中看到有位姑娘穿着素色衣服掩映在花丛中。心想寺观中怎么会有姑娘，出来看，已不见了。此后又多次看到。于是就藏在树丛里，等着她到来。不一会，素衣姑娘和另一位穿红衣的姑娘来了，放眼望去，真是艳丽双绝。慢慢走近了，红衣姑娘往后退，说：“这儿有生人！”黄生就突然跳出来，吓得姑娘转身就跑，衣袖飘拂，香风四溢；追过矮墙，已是无影无踪了。黄生爱慕之心更切，就在树下题诗说：

无限相思苦，含情对短窗。
恐归沙吒利，何处觅无双？

回到房中，苦思冥想，姑娘突然来了，黄生惊喜不已地迎进来。姑娘笑说：“你气势汹汹像强盗，让人害怕；没想到你还是个风雅之士，无妨见一下。”黄生就问姑娘情况。说：“我小名香玉，原籍平康巷。被道士关闭在山里，实在不是所愿。”黄生问：“道士叫什么？我去为你一洗此辱。”姑娘说：“不必，他也不敢逼我怎样。借此机会与风流雅士长相幽会，也不错。”又问：“穿红衣服的是谁？”说：“她叫绛雪，是我的义姐。”于是，两人相拥嬉戏。等醒来时，曙光已映红了窗子。姑娘急忙起身，说：“只顾贪欢，连天亮都忘了。”穿衣收拾，并说：“我和你一首诗，别见笑。”

良夜更易尽，朝暾已上窗。
愿如梁上燕，栖处自成双。

黄生握住她的手说：“你秀外慧中，让人爱得要死。一日分别，就像远隔千里。你有机会就来，别等到夜里。”姑娘答应了。由此夜夜都来。黄生常要她邀绛雪来，总是不来，黄生感到很遗憾。姑娘说：“绛雪姐生性落落寡和，不像我痴情一片。我慢慢劝她，别性急。”

一天晚上，姑娘忧伤地进来，说：“你连陇地都守不住，还期望蜀地吗？现在要长别了。”忙问：“到哪去？”姑娘擦着泪说：“这是定数，很难对你说。昔日的佳作，现在成了谶语了。‘佳人已属沙吒利，女士今无古押衙。’就是我的写照啊。”追问，不说，只是呜咽抽泣。一夜不睡，天亮就走了。黄生很奇怪。

第二天，有个姓蓝的即墨县人到这里游览，看到白牡丹，很喜欢，就挖了带走。黄生这才悟到香玉本是花妖，心中怅惘叹息不已。过了几天，听说蓝某人移花回去后，花就一天天枯萎憔悴了。黄生恨极了，作了五十首哭花诗，天天到挖走花的地方哭泣。

一天，凭吊完后往回走，远远看到绛雪在那里哭泣，就从容走过去，姑娘也不避。黄生就拉着她的衣服，两人相对垂泪。随后，挽着请她到自己房里去，姑娘也就去了。感慨说：“从小一起的姐妹，突然间就生离死别！听到你的悲伤，更增添我的哀痛。泪滴九泉，或者因为你的挚诚而感动再生；但死去的神气已散，一时间怎能再和我们两个谈笑呢！”黄生说：“我命薄，妨害情人，该是无福消受双美。以前频频托香玉传达我的心意，为什么不来呢？”姑娘说：“我以为青年书生，十有八九都薄情，没想到你竟是一个至情的人。但是我和你交往，以情不以淫。若昼夜亲热狎戏，那我做不到。”说完，告别要走。黄生说：“香玉已经长别了，让人寝食俱废。指望你多待一会，也是一份安慰，怎么这样决绝！”姑娘这才留下，过了一夜离开了。

此后几天再也不来了。凄清的雨，幽冷的窗，使他更加苦苦思念香玉，辗转床头，泪湿枕席。夜不能寐，披衣起来，点上灯又用前首诗的韵写了首诗：

山院黄昏雨，垂帘坐小窗。
相思人不见，中夜泪双双。

忽然窗外有人说：“作诗不能没人和。”听声音是绛雪，就开门迎进来。绛雪看了诗，就在后面续道：

连袂人何处？孤灯照晚窗。
空山人一个，对影自成双。

黄生读了流下泪来，埋怨见面太少。绛雪说：“我不能像香玉那样热烈，只能略微安慰一下你的寂寞罢了。”黄生就要拥抱亲热。绛雪说：“相见的欢乐，何必就是这个。”于是在他无聊时，姑娘才来一次。来了或饮酒或吟诗，有时不睡就离开了，黄生都随她。说：“香玉是我的爱妻，绛雪是我的良友阿。”常问绛雪：“你是院子里的第几棵？求你早早告诉我，我要把你抢回去种在家里，免得像香玉一样被恶人夺走，遗恨百年。”绛雪说：“故土难移，告诉你也没用。妻子尚且不能始终相从，更何况朋友呢！”黄生不听，拉着她的胳膊出去，每到牡丹前，就问：“这是不是你？”绛雪不说话，捂着嘴笑。

不久，腊月将尽，黄生回家过年。到二月间的一天，突然梦见绛雪来，伤心道：“我有大难！你快点来，还能相见，迟了就来不及了。”醒来觉得很奇怪，急忙叫起仆人备好马，连夜急奔上山。原来道士要盖房子，有一株耐冬妨碍动工，工匠要砍了去。黄生赶忙制止了。夜里，绛雪来致谢。黄生笑说道：“以前不老实告诉我，该遭此难！现在已知道你了，如果你再不来，就用艾炷烫你。”绛雪说：“我本来就知道你会这样，所以以前不敢告诉你。”坐了一阵，黄生说：“现在面对良友，更思念艳妻。好久没有哭祭香玉了，你能陪我一起去吗？”二人就去了，对着花坑洒泪。有一更多，绛雪收泪劝他，这才止住。又过了几天，晚上，黄生正寂寞地坐着，绛雪笑着进来，说：“给你报个喜信，花神为你的至情所感动，让香玉重新降临宫中。”黄生问：“什么时候？”回答：“不知道，大概不会太远吧。”天亮起床时，黄生嘱咐说：“我是为你来的，别长时间地让人孤寂。”降雪笑着答应了。过了两夜都没来，黄生就去抱着那耐冬，又摇又拍，连声呼唤，但一点声息也没有。就返回来，在灯下做艾团，准备去烧树。绛雪立刻进来，夺过艾团就扔了，说：“你真恶作剧，弄得人满身疤，就和你绝交。”黄生笑着把她拥进怀里。还没坐稳，香玉从外边盈盈走来，黄生一见，泪流满面，忙起来一把拉住。香玉一只手拉着绛雪，相对悲咽。等坐下时，黄生觉得握得很空，像自己的手握着自己的手似的，很惊讶，问她。香玉泪眼婆娑，说：“以前，我是花的神，所以凝在一起；现在，我是花的鬼，所以散成这样。今天虽然相聚了，但不要认为是真的，只当作是场梦吧。”降雪说：“妹妹你来了太好了！我被你家男人纠缠得要死了。”说完就走了。香玉依然像从前那样谈笑嘻戏，但依偎拥抱间，仿佛和影子一样。黄生闷闷不乐，香玉也自恨这样。就说：“你用白蔹末掺一点硫黄，每天给我浇一杯水，明年这时候，就能报答你的恩情了。”说完就走了。

第二天，黄生到那原来的地方，见牡丹已发了芽。黄生就加意培植，又用栏杆保护起来。香玉来，万分感激。黄生商量要移种到自己家里去。香玉不肯，说：“我体质弱，再经不起折腾了。何况生在哪里都有定数，我本来就没打算到你家，违背了反到会损了年寿。只要彼此怜爱，合好自会有日子啊。”黄生遗憾绛雪不来。香玉说：“一定要她来，我能做到。”就和黄生拿着灯到耐冬下，找了根草，用手做尺子，在它的枝干上从下往上，量了四尺六寸，按着那地方，让黄生用两只手一块抓挠。随之就见绛雪从背后出来，笑骂说：“婢子来，就是要助纣为虐啊！”两人就拉着拥着她一块到了房子。香玉说：“姐姐别见怪！暂且烦你陪伴一下郎君，一年后不再打搅了。”从此后，就习以为常了。

黄生看着花芽一天比一天长大，越来越茁壮，春天完时，已长到二尺多高。此时他要回家，就给道士许多钱，嘱咐他好好养育看护。第二年四月又来看视，牡丹上只有一朵花，含苞未放。正在流连间，那花摇摇欲开，不多久，就灿然怒放，大得像只盘子，俨然有个小美人坐在花蕊间，才三四指的样子，转眼间飘然而下，就是香玉。笑着说："我忍受着风风雨雨等着你，你怎么来得这么迟！"就到了房子。绛雪也来了，笑着说："天天替人作妻子，今天有幸能退下来做朋友。"于是三人便一起谈笑说话。到了半夜，绛雪才走。两人同床而眠，欢爱相合一如从前。

后来，黄生妻子去世，黄生就进了山，不再回去。这时，牡丹已长得像胳膊粗了。黄生常指着说："我以后寄托魂灵在此，就长在你的左边。"香玉绛雪笑说："你不要忘了。"十多年后，黄生忽然病了。儿子来到，看着他很是悲哀。黄生笑着说："这是我的生期，并不是死期，干吗悲伤！"对道士说："以后牡丹下有赤色花芽长出，一出来就有五片叶子的，就是我。"随后就不再言语了。儿子用车把他带回家就死了。

第二年，果然在那牡丹下生出一个大花芽来，叶子有五片。道士认为很奇异，就用心培育。三年间，高达数尺，粗有满把，只是不开花。老道士死了，他的弟子们不知爱惜，把它砍了。砍后，白牡丹也憔悴死了；没多久，耐冬也死了。

异史氏说："情到深处，鬼神可通。花已成鬼还要跟随，而人又以灵魂寄托，不是他们情到深处能这样吗？一个离去了，两个陪着去，即使不算坚贞，也是为情而死了。人不能做到坚贞，也是因其情不深罢了。孔子读唐棣时所说的'未思"确实如此啊！"

嘉 平 公 子

嘉平地方有个公子，生得风姿秀美仪表堂堂。他十七八岁时，离开家到府城去参加童子科考试。他偶然路过一家姓许妓女家的门，眼睛向里一瞥，见门内有一位十五六岁女子，于是注视着她。美貌女子冲他颔首微笑，公子就像魂被勾走了似的，上前与女子说话。女子问公子道："你住在哪里？"公子便将自己的寓所告诉了女子。女子又问："你房中还有别人么？"公子答说没有。女子说："晚上我到你那儿拜访，你可不要告诉别人。"公子回来，到黄昏时分，支开童仆。女子果然翩然而至。自称："我小名温姬。"又说："因仰慕公子风流，所以背着妈妈前来。小小心思，就是情愿侍奉公子终身。"公子也很高兴。

从那以后，温姬每隔两三夜总要来一次。一天晚上，温姬冒雨而来，进门脱下身上的湿衣服，搭在衣架上；又脱去脚上的小靴，让公子代她擦去上边的泥污，她自己则上床拉开被子盖在身上。公子看那小靴，靴料为五纹新锦，全部泡透了，为之可惜。温姬说："我不敢用这不值钱的东西来劳动公子，是想让公子明白我的一片痴情。"她听见窗外雨声不止，便吟道："凄风冷雨满江城。"温姬请公子读出下句。公子以不懂写诗推却。温姬道："像公子这样的人，怎么能不知道风雅？好叫我扫兴！"温姬劝他学写诗，公子点点头允诺了。

温姬和公子往来频繁，童仆们无不知晓。公子的姐夫宋氏也是世家子弟，听说内

弟与温姬有交情，便私下里央求公子让他见温姬一面。公子便向温姬说了，温姬一口回绝。宋氏悄悄躲在童仆的房中，等温姬来了以后，就趴在窗子上偷看，神魂颠倒，几至发狂地猛地推开房门进去。温姬忙起来，翻墙而去。

宋氏见了温姬后很向往，于是准备礼物去见妓院的老鸨许妈妈，指名要见温姬。许妈妈对他说：“以前确实有个温姬，但已死了很长时间了。”宋氏惊愕退出，将实情告诉了内弟。公子才知道温姬是鬼。到了晚上，公子便将宋氏所说的告诉了温姬。温姬说：“我的确是个鬼。不过你想得到美女，我也想得到美男。我们俩各自如愿就足够了，又何必要管是人鬼呢？”公子连声称是。

等公子考完试回家，温姬也随同他一道回去。旁人看不见她，而只有公子才能看见。到家后，公子独自住在书斋中歇息而不回房睡觉，父母便生产了怀疑。一次温姬回娘家去，公子才将前事向母亲讲了。母亲吃惊不小，劝戒公子和温姬断绝来往。公子不听从。父母愁得不得了，用各种办法来驱除不能遂愿。

有一天，公子写了一张留给童仆的便条，放在几案上。那上面写的错字很多，把“椒”错成“菽”，“姜”错为“江”，“可恨”错为“可浪”。温姬便在便条子后写道：“何事‘可浪’？‘花菽生江’。有婿如此，不如为娼！”便告诉公子说：“当初我以为你是世家之后，才高八斗，学富五车，所以以身自荐。却不料你只是徒有其表！我以貌取人，莫不要被天下人耻笑了吗！”说罢，忽然不见了。公子虽然觉得惭愧，仍然将便条交给仆人。遂一时传为笑谈。

异史氏说：“温姬也太认真可爱了！像这样翩翩公子，又何必去苛求他呢！以致后悔不如娼妓，那他的妻妾就要羞得直哭了。然而用什么办法都赶她不走，而一见便条就慨然长叹，看来，这‘花菽生江’，和读了令人不敢生病的杜甫诗句‘子章髑髅’，有什么两样啊！”

《耳录》上说：有人在路边施舍茶水，招贴上写道：“施恭结缘。”把“茶”误写成“恭”，也够使人一笑了。

有一大户人家的子弟，衰落穷困后，在大门上贴了一张招贴，写的是“出卖古代淫器”。把“窑”误写成“淫”。下面还写着“有要宣淫、定淫的，大小皆有，入内看货论价”。宣窑和定窑都是名贵的古磁器，世家大族的后代有许多不通的就是像这样，哪里仅是“花菽生江”呢？

纫　　针

虞小思，东昌府人，做的是屯居积奇的买卖。他妻子姓夏，从娘家探望回来时，见门外有个年老的妇女带一个少女在哭，哭得很伤心。夏氏就问她们，年老的妇女擦了擦泪讲了原因。这才知道他丈夫叫王心斋，也是官宦的后代。家道中落，没有吃穿的来路，求人担保借富人家黄某的钱去做买卖。半路上碰上强盗，钱全被抢走了，侥幸活了一条命。到家后，黄某要债，本钱和利息一共是三十两，但他们家里实在拿不出这笔钱，也没有东西可用来相抵。黄某看到她女儿王纫针长得漂亮，就想把她弄来做妾。让保人实话告诉王心斋说：“如果愿意，抵债外，再给二十两”。王心斋和妻子商量。妻子流泪说：“我即使穷，也是官宦人家的后代。他以当差发迹，怎么敢要我的女儿去做妾！况且纫针女儿自己本来就有女婿，你怎么能擅作主张！”

先前，同县的傅举人的儿子和王心斋交情好，他有个男孩叫傅阿卯，两家在襁褓中就订了婚。后来傅举人到闽地去做官，不到一年多就死了。剩下妻子儿子回不来，音信也断绝了。由于这一原因，纫针已经十五岁了，还没有订亲。

王心斋听妻子说起此事，也没了话，只是想怎么办。妻子说：“万不得已，我去找两个弟弟想想办法。”原来他妻子范氏，爷爷曾在京城任职，两个孙子手中还有不少田产。第二天，范氏带着女儿去找两个弟弟，求他们帮助。两个弟弟听任她哭诉，连一句要帮忙的话都没有。范氏就痛哭着往回走。刚好碰到夏氏问，就边说边哭。

夏氏听后很可怜她们，又见王纫针长得温柔娇媚，十分可爱，就更加替她悲伤。于是请她们到自己家，拿出酒饭款待。安慰说：“你们母女两个不要伤心，我会尽力帮你们的。”范氏还没来得及道谢，王纫针已哭着趴倒在地上。夏氏看了，更加怜惜她。谋划说：“我虽然有些积蓄，但要拿出三十两也很困难。我拿东西去抵押成钱给你们。”范氏母女二人再三叩谢。夏氏约好三天后给她们。

送走母女二人，夏氏千方百计凑钱，也没敢给丈夫说。三天到了，还没有凑齐，就派人到自己母亲那里去借。这时，范家母女来了，就告诉她们情况，要她们明天来。到了晚上，从母亲那里把钱借来了，就把所有的钱包在一起，放在床头。夜里，有强盗钻墙进来，点着灯。夏氏发觉了，悄悄一看，见一个人臂上挎着短刀，样子非常凶恶。吓坏了，不敢出声，假装睡着了。那强盗走近箱子，想要打开，回头一看，见夏氏枕头旁有包东西，就伸手拿去，靠近灯解开一看，就装入口袋，不再翻箱子就走了，夏氏这才喊起来。家里只有一个小婢女，隔着墙喊邻居，等邻居来了，强盗也走远了。夏氏就对着灯啜泣。见使女睡熟了，就在窗棂上上吊了。

天亮时，小婢女发觉了，忙喊人救下来，四肢已经冰冷了。虞小思知道后赶忙回来，问了婢女才知道因由，很惊奇，哭着为她办丧事。当时正是夏天，但她的尸体不僵也不腐。过了七天后，才入葬。

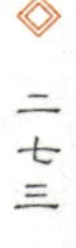

葬后，王纫针悄悄跑出来，到她坟上哭。突然暴雨来临，雷声大作，炸开了坟墓，震死了王纫针。虞小思听说后，连忙跑去看，棺材已经打开，妻子在里面呻吟，就抱她出来。看见女尸，不知道是谁。夏氏仔细辨认，才认出来。正在惊骇奇怪，没多久，范氏来了，看见女儿已经死了，哭着说："我本来就猜她在这，现在果然听到夫人上吊，她日夜哭个不停。今天晚上对我说，要到坟上来哭，我没有答应。"夏氏感激她的情义，就和丈夫说，把她埋在了这儿。范氏拜谢了她。虞小思背着妻子回去，范氏也回去告诉丈夫。

范氏回家后，听说村子北面有人被雷劈死在路上，身上有字是："偷夏氏金贼"。随后又听到邻家有妇人的哭声，就知道被雷击的是她丈夫马大。村里人告到官府，官府把那妇人抓去拷问，得知了原由。原来，范氏因夏氏筹钱替她赎女儿，感动得哭着对人说，马大赌博无本，听见后就有了贼心。官府就押着马大老婆搜赃，就只剩二十几两，又翻马大的尸体找到四两。官府就判决将那妇人卖了补偿。夏氏更为高兴，把所有的钱都给了范氏，让她还给债主。

王纫针被埋后第三天夜里，电闪雷鸣刮着大风，坟墓又被打开，王纫针也顿时活了过来。没有回家，直接到夏氏家去敲门。原来她认出是夏氏的墓，猜夏氏复活了。夏氏被惊醒，隔着门问她。王纫针说："夫人果真活了！我是王纫针啊。"夏氏怕是鬼，就叫邻居老太来问，知道她也复活了，高兴地把她拉进屋子。王纫针说："我情愿为夫人服役，不再回去了。"夏氏说："这样一来，人们不是要说我拿出钱来是为了买婢女吗！你死后，我已经把你家的债还了，不要再乱想了。"王纫针更是感动，流下泪来，要把夏氏当作自己的母亲。夏氏不答应。王纫针说："孩儿我能干活，不会坐着等饭吃。"天亮后，派人告诉范氏，范氏高兴极了，连忙赶来，也同意女儿的做法，把女儿给了夏氏。

范氏回家时，夏氏强把王纫针送回去。到家后，王纫针思念夏氏，哭个不停。王心斋就自己背着女儿来到夏家，把女儿放在门内就走了。夏氏见了，很惊讶，问后才知道缘故，也就安心留下她。虞小思来时，王纫针忙拜见，叫他父亲。虞小思一直没子女，又见王纫针实实可爱，很感欢心。王纫针纺纱织布做衣服，勤快肯干，什么都做得很好。夏氏偶然病重，王纫针就昼夜服侍，看到夏氏吃不下，自己也吃不下，脸上常挂着泪痕。对人说："母亲如果有个万一，我绝不活着！"夏氏听到后感动得流出泪来，说："我四十岁了，还没有儿子，只要能生个像纫针样的女儿也就足够了。"夏氏从未生育过，第二年忽然生了个男孩，大家都认为这是行善的报答。

过了二年，王纫针更大了。虞小思就和王家商量，不能再坚持那原先的婚约了。王心斋说："女儿在你那，婚姻就全凭你作主了。"十七岁的王纫针，聪惠美貌无比。此话一出，上门提亲的一个接一个，夏氏夫妻两个就为她挑选。那富户黄某也派媒人来，虞小思厌恶他为富不仁，极力推掉了。最终选择了冯家的儿子。

冯某是这一地方的名士，儿子聪慧能文。虞小思去告诉王心斋，王心斋出去做生意不在，虞小思就自己答应了。黄某因被虞小思拒绝，就假装做生意，找到王心斋那里，设宴邀请，又给他资本，渐渐两人关系好了。就说自己的儿子多么好，自己是给儿子求亲的。王心斋感于他的情分，又看重他的财富，就答应了。回去后，去找虞小思，而虞

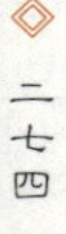

小思昨天已经接受了冯家的求婚书。听王心斋一说，不高兴，叫女儿出来，告诉这些。女儿说："债主，我的仇人！让我去服侍仇人，只有一死！"

王心斋感到很惭愧，托人告诉黄某已经许给冯氏了。黄某发怒说："女儿姓王，不姓虞。我订亲在前，他订亲在后，怎么能够违约！"就告到县官那里。县官想按订约的前后判归黄某。冯氏说："王某把女儿交付给虞家，本就说好婚嫁不再干预，况且我有订婚书，他们只不过是喝杯酒谈谈罢了。"县官判不清，准备由王纫针自己看愿跟谁。黄某又用金钱贿赂县官，让他偏袒自己。因此，拖了一个多月也没判。

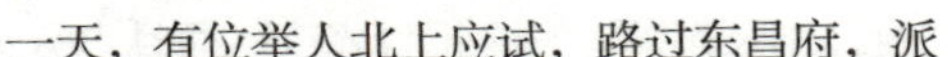

一天，有位举人北上应试，路过东昌府，派人打听王心斋。刚好问到虞小思，虞家就问怎么回事。原来这举人姓傅，就是阿卯。已入了闽籍，十八岁时已乡试中举。因为有以前的约订而未婚。他母亲吩咐他顺路去找一下王心斋，问问他女儿是否已经出嫁了。虞小思高兴极了，邀请傅阿卯到家里，把整个情况讲了一下。然而因他从千里之外来，担心没有什么凭证。傅阿卯打开箱子拿出王心斋当年答应婚事的书面凭证。虞小思把王心斋叫来，查验后果然是真的，都很高兴。这天，当县官再审此案时，傅阿卯递上名片拜访了他，这案子就撤销了。选了吉日定好迎娶之事，就离开了。

参加会试后，傅阿卯买了迎娶的礼品，在自己家的老宅里举行了婚礼。这时，他考中进士的喜报已到了闽地，又报到东昌府。傅阿卯又被选入尚书省，就再次到京都，了解政务后回来。王纫针不乐意到闽地，傅阿卯也因祖宅祖坟都在这里，就独自去到闽地把父亲的灵柩和母亲接回来。又过了几年，虞小思死了，儿子才七八岁，王纫针待他比自己的弟弟还好。让他读书，使他进入县学，家中也非常富有，都是傅阿卯帮助的。

异史氏说："神龙中也有游侠吗？扬善惩恶，或生或死都使用雷霆，这就是'钱塘破阵舞'啊！轰轰隆隆多次雷击，都为的是一个人，怎么就知道王纫针不是被贬下凡的龙女呢？"

粉　　蝶

阳日旦是琼州府读书人。一次他从外地回来，船行海上，突然遇上飓风，就在船只将覆没时，不知从哪里漂过来一只空船，阳日旦急忙跳上去。等回过头看时，原来那只船已覆没了。这时，风越来越狂，只好闭上眼睛，一任风将船吹向何处。

不知过了多长时间，风渐渐息了。他睁开眼，忽然见前方有一座岛屿，岛上有成片的屋宇。急忙划船，泊近村口。村中悄无人声，鸡不鸣，狗不吠，走着走着，见有一个向北开的院门，里边松竹蓊翳，苍翠欲滴。当时天已是初冬，院墙内不知是什么花的蓓蕾绽放，春意盎然。阳日旦越看越爱，在门口犹豫了一会儿，便走了进去。远远的，传来一阵琴声，阳日旦停下脚步侧耳听。这时，有个婢女从里边走出，看上去有十四五岁，生得飘逸俏丽，袅娜妩媚。她瞥见有生人来，急忙转身进房。里边的琴声即刻止歇了，门里闪出一位少年，面带惊讶之色，问阳日旦从什么地方来。阳日旦便将前后经过向少年说了。少年又问阳日旦的族望，他也如实说了。不想那少年高兴地说："真巧！ 真巧！ 你是我的姻亲！"说罢便将阳日旦请进院子。阳日旦打量了一眼，见院中房舍建造得精美华丽，又听到琴声，进房后见里面端坐着一位少妇，正用纤指拨弄琴弦，有十八九岁，光采照人。她望见来了客人，急忙推开琴想要回避。少年阻止住她说："不要走，他是你家的亲戚。"便代阳日旦说了族望和身世。少妇又惊又喜地说："是我的侄子。"于是问阳日旦道："祖母还健在么？ 父母今年有多大年龄了？"阳日旦说："父母今已四十来岁，身体都还健朗；只是祖母六十，而且患有重病，连走路都需要人扶着。侄儿实在不知道姑母是哪一房的，请明告侄儿，以便回去向父母说明。"少妇说："山高水远，路途迢迢，我和家中联系已中断很久了。你回去后只对你父亲说，'十姑问家中消息'，他自然便清楚了。"阳日旦又问道："请问姑父姓什么？"少年回答道："我姓晏，叫海屿。这岛叫神仙岛，离琼州府三千里，我寄居这里的时间也不长。"十娘转身进内，叫婢女取酒食待客，海鲜蔬果，也叫不上来名称。

吃完饭，引他在园中游玩，桃李含苞，阳日亘深感奇异。晏海屿说："这里夏季没有大热天，冬季没有大冷天，花四季开放。"阳日旦高兴地说："这里真是仙乡！ 我回去后告知父母，将家搬到这里，与你们做邻居。"晏海屿只是微笑。

从园子回书斋后，就点起灯烛，见一张琴横放在几案上，便请姑父弹奏一曲。晏海屿便坐下来调弦正音。十娘从房内出来，晏海屿道："来，来！ 你快来为你侄儿弹琴！"十娘就坐下，问阳日旦道："侄儿想听什么曲子！"阳日旦说："侄儿从不读《琴操》，实在说不上来想听什么。"十娘说："你只随意说个题，都可以弹成曲调。"阳日旦笑道："海风引舟也可以弹成一支曲调么？"十娘说："可以。"随即拨弦挑勾，奏出一曲，如同有旧谱，声调激越奔腾，起伏跌宕，静心领会，就像自身仍在船中，被飓风所颠簸震荡，剧烈摇晃。阳日旦惊叹不止，问道："我可以学么？"十娘把琴给他，试让阳日旦用手指勾拨琴弦，然后说："可以教。你想学什么曲子？"阳日旦说："刚才弹奏的'飓风曲'，不知道用几天时间可以学会？ 请先将曲子抄写下来，以便我吟诵。"十娘说："这曲子没有文字，我是依据意境谱就的曲。"十娘又起身取来一张琴，比画作出勾剔手势技法，让阳日旦仿效。阳日旦一直练到一更多，等音节基本合拍后，夫妻俩才离去。

阳日旦聚精会神、屏声静气地在烛光下继续抚琴，弹着弹着，突然悟到曲中真谛，不觉缓缓起舞。他猛抬头，忽见那个飘逸俏丽的婢女站在灯下，便惊异地问："你原来还没有走吗？"婢女嫣然一笑，说："十娘命我服侍先生睡下，关上门移开烛。"阳日旦细细看去，见婢女美艳绝伦，两眼如秋水盈盈，有无限娇媚，不由心荡神摇。他先是用话去挑逗，婢女只是低头含笑。阳日旦更加难以控制，猛然站起来搂住婢女的脖颈。婢女对他道：“别这样！ 天将亮，主人就要起身，假如彼此有意的话，明天晚上也不迟。”正亲热间，突然听见晏海屿呼叫“粉蝶”。婢女脸色突变道：“坏了！”急忙跑去。阳日旦偷偷潜到晏海屿住房窗下窥听。只听晏海屿说：“我本来就说这婢女尘缘没有绝灭，你一定要收下她。现今怎么样呢？ 应当狠狠地打三百鞭！”十娘说：“男女之情一旦萌发，就不好再使唤了，不如为我侄子发落了她吧。”阳日旦又惭愧又害怕，回到书斋中吹灭灯烛上床睡了。

天亮后，有个童子进房来伺候阳日旦盥洗，不再见粉蝶。阳日旦心中惴惴不安，生怕为昨夜的事受谴责，将自己赶走。一会儿，晏海屿同十娘一道出来，似乎压根就没有将昨夜的事放在心上，只是盘问他习琴的体会。阳日旦为他们弹奏了一曲。十娘说道：“虽然还未入神，但十已得九，反复练可以达到美的境界。”阳日旦向二人请求再教他曲。晏海屿便教他一曲“天女谪降”，指法较“海风引舟”曲难，练了三天，才弹奏成调。晏海屿说：“大概就是这样的，自此以后，你只要反复弹奏，直至熟练。弹了这两支曲子，就再没有能难住你的曲子了。”

阳日旦离家日久，很是想念，便对十娘说：“侄儿住在这里，承蒙姑母收留，过得很是快活。只是家中挂念。此地离家有三千里路，哪一天才能到家啊！”十娘说：“这并不难。你来时的那条船还在，我可助你一帆风力。你现在还没家室，我已将粉蝶打发去了。”送给阳日旦一张琴，又取出一包药，说：“回去后，用它医治祖母的病，此药不仅能治病，也可益寿延年。”便将阳日旦送到海岸边，让他上了船。阳日旦在船上找不到桨楫。十娘道：“不需要那东西了。”她解下衣裙，缠绕成风帆。阳日旦担心茫茫大海之上容易迷失方向。十娘说：“不要担忧，你只听凭帆荡漾就是了。”十娘系好帆，走下船去。阳日旦神色凄然，正要与姑母拜别，这时吹起了南风，船离岸已很远了。

阳日旦看船中准备着干粮，可是只够一天吃的，心中暗暗埋怨姑母吝啬。肚子饥饿时，他不敢多吃，唯恐干粮一下子吃完后再没办法，吃下一个胡饼，顿时感觉里外甘甜芳香。余下六七个胡饼，珍存起来。吃下胡饼后，肚子也不再感到饥饿。不久，夕阳西下。阳日旦后悔回来的时候没有向姑母索要烛火。眨眼的功夫，远远地望见了人烟；再细看，却是琼州。阳日旦不由大喜过望。船很快靠了岸，阳日旦解下衣裙，将胡饼包了，向家走去。

进了门，全家老小惊喜异常，他离家已十六年了，才知道他遇见了仙人。阳日旦见祖母老病更加严重，便取出药让祖母服下，沉疴立即除去。家人都感奇怪，纷纷问阳日旦是怎么回事，他便向家人述说了自己的所见所闻。祖母哭着说：“正是你姑母。”

早先，老夫人有个女儿，名唤十娘，天生仙姿。十娘长成后，许给了晏家。晏家女婿十六岁那年进山后，一去不返，十娘等到二十余岁，忽然无病而亡，安葬已有三十多年。听了阳日旦所说，家人都怀疑十娘没有死。阳日旦取出十娘脱下当风帆的衣裙让家人看，认出是十娘在家时的穿着。阳日旦又将胡饼拿来与大家一同分着吃，吃一个，一整天腹中不饿，精神倍增。老夫人命人挖十娘的墓验看，见那棺木尚在，内中却是空的。

阳日旦离家前，曾聘了姓吴人家的女儿，还没有婚娶。阳日旦十几年不归，吴家女儿便另嫁了人。大家都相信十娘的话，翘首等待粉蝶的到来，然而一年多了，没有一点音讯，才准备另作打算。临县的钱秀才，有个女儿名叫荷生，是远近有名的美人。芳龄十六，未出嫁就死掉三位未婚夫。于是与钱家定下婚约，行了婚礼。荷生入门后光艳无比。阳日旦看她，正是粉蝶。吃惊地问她从前的事，粉蝶却茫然不知。大概粉蝶被驱逐的时刻，就是她降生的日子。

阳日旦每次为她弹“天女嫡降”琴曲，她总是支着腮凝神静想，像是有所领会似的。

锦　瑟

沂水县人王生，小时候就成了孤儿，没有同族的人。家里很清贫，但是风度翩翩，是个很潇洒的小伙子。兰富翁见到他后很喜欢，就把女儿嫁给他，并许诺给他盖房子置办家产。王生娶了兰富翁女儿时间不长，兰富翁就死了。妻子的兄弟们都瞧不起他，理也不理。妻子更是盛气凌人，常像对待奴仆用人们一样地对待他。自己吃的是美味佳肴，给他的则是粗茶淡饭，折根草棍当筷子摆在他面前。王生都忍耐了。

十九岁那年，王生去参加童子试，没考上。从城里回来，妻子正巧不在，锅里煮着羊肉，熟了，就拿出来吃。妻子进来，没说话，把锅端走了。王生非常羞愧，把筷子扔在地上，说：“这样对待我，还不如死了！”妻子恼了，问他什么时候死，并给他绳子上吊用。王生气得把碗扔过去，砸破了妻子的额头。

王生满含悲愤走出家，心想还真不如死了，就拿着绳子下到一个深谷中，到一棵树下，正找地方系绳子，忽然看见崖壁中稍略出一点裙摆，眨眼间，走出一个婢女，看见他，又急忙返回去，像影子一样消失了，那崖壁上也没有一点破的痕迹。很清楚是妖异，但正要找死，所以也不害怕，就放开绳子坐下来看。过了会儿，又露出半张脸，一看又缩回去了。想这些鬼怪，找到他们一定有可以死的药。就抓起块石头敲那崖壁，说：“如果地下可以进人，求你们给我指条路！ 我不是找快乐的，是个找死的人。”等了很长时间，没有回音，就又说了一遍。只听崖壁中说：“求死请暂且回去，可以晚上来。”那声音清楚尖锐，小得像蜜蜂在飞。他就答应一声退后几步坐着等。不多久，已是繁星满天，崖壁间突然成了高级宅院，两扇大门静悄悄地敞开着。他就沿着台阶走进去。进去后才几步，就有一道溪流横在面前，冒着气像是温泉。用手一试，热得像开了一样，也不知道有多深。猜想是鬼神指给他的找死的地方，就纵身一跳。

热流透过几层衣服，皮肤痛得像烂了一样。侥幸的是浮在上面没沉下去。泡得时间长了，也适应了，连抓带爬，极力挣扎，这才到了南岸，侥幸没有烫伤。继续往前走，远远看见那大房子里有灯光，就向那边走。猛然间冲出条狗，连扑带咬，袜子衣服都扯坏了。捡起块石头砸去，狗略退了一下。又来了一群狗吠叫着要咬，个个大得像牛犊。危急时刻，婢女出来喝退了狗，说："求死郎来了吗？我家娘子可怜你穷困潦倒，让我送你到安乐窝，从此后再不会有灾难了。"拿灯照着路领他去。

打开后门，在黑夜中走着。到了一户人家门前，明亮的灯光射出窗外，说："你自己进去，我走了。"他进去四下一打量，原来又回到自己家了。转身往外跑，碰到妻子的老妈子，说："整天找你，又到哪去？"就拉着他进屋。妻子用手帕裹着伤，从床上下来笑着迎上来，说："我们做夫妻一年多了，常有些出格荒唐的玩笑，难道你还不清楚吗？我也知道自己错了。你遭受讥诮是虚的，我却被实实在在地打伤了，这样，你的怒气也可以消解一点了。"就从床头拿出两块很大金锭，放在他怀里说："以后吃饭穿衣，都照你的意思办，行了吧？"他不说话，扔下金子夺门而出，仍想到那深谷中，去敲那宅院的门。到了野外，那婢女脚小走得慢，远远还能看到她拿着的灯。他就一边猛追一边喊，那灯停下来。追上后，婢女说："你又来了，辜负娘子的一片苦心。"王生说："我要去死，不想再求活的事。你家娘子是大户人家，地下也应该需要人手。我愿意服役，的确不认为活着是什么快乐。"婢女说："好死不如赖活，你的想法也太古怪了！我家没其他事，只有淘河、除粪、喂狗、背尸体等事；干得不合规矩，就要割耳朵、割鼻子、砍腿砍脚。你行吗？"回答说："行。"又从后门进去。王生问："怎么会有这些事？刚才说背尸体，哪来这么多死人？"婢女说："我家娘子慈悲，设置了'给孤园'收养那些最下层的身遭横死无家可归的野鬼。这些野鬼数以千计，每天都有死的，必须抬出去埋了，你过去看看就知道了。"又走了一会，来到一个地方，门上写着"给孤园"。进去后，见里面房屋错杂，臭气熏人。园中的鬼见了灯光就聚过来，都是些少头没腿的，不堪入目。王生掉头要走，看到有具尸体倒在墙下，走近一看，血肉狼藉。婢女说："死了半天没抬出去，就被狗咬了。"就让他搬走，王生感到为难，婢女说："如果不行，就请回去享你的安乐去吧！"王生没有办法，只好背起尸体放到一个偏僻的地方。就求婢女替他说情，别让干这差事。婢女答应了。

走到一所房子旁，婢女说："你先坐在这，我去说一声。喂狗的差事比较轻松，我替你谋来，也差不多可以因功折罪了。"去了一会儿，跑出来说："来，过来！娘子出来了。"他就跟着进去。见正房中四处悬挂着灯笼，有位姑娘靠门前坐着，有二十多岁，非常美貌。王生就跪在台阶下。姑娘叫人拉起他，说："这是个读书人，怎么能喂狗；让他住在西屋，掌管文书档案。"王生很高兴，磕头致谢。姑娘说："你看来还老实忠诚，要认真做好你的事。如果出了差错，罪责可不轻啊！"王生连连答应。婢女领他到西屋，见里面很清洁，很喜欢，感谢婢女。问娘子的情况。婢女说："娘子小名叫锦瑟，是东海薛侯的女儿。我叫春燕。你早晚有需要，就请告诉我。"出去后又马上回来，拿来了衣服被褥放在床上。王生很高兴有了这样一个托身的地方。

第二天天一亮，王生就早早起来做事，整理那些录鬼簿。家中的所有仆役都来探望他，送给他许多酒和肉。王生为了避嫌，都推辞了。每天两餐，都从里边送来。娘子看他清廉谨慎，就特意赐给王生读书人的头巾和漂亮衣服。凡是有所赏赐，都让春燕送来。春燕很有风姿，熟了以后，常以眉目传情。王生却小心翼翼，不敢有一点出格，只是假装迟钝不明白。就这样两年多，赏赐的比他该得的多得多，但他依然谨慎小心严格要求自己，和以往一样。

一天夜里，正在睡觉，听到宅院里人声喧闹。赶忙起来，提着刀出来。只见火把映得满天通明。进去一看，见院子里到处是强盗，仆人们吓得四处逃窜。一个仆人催他一块逃，他不肯。把脸涂黑勒上腰，混在强盗堆里喊："不要惊了薛娘子！只管把钱财搜寻出来，不要漏了。"当时各个房子里的强盗正在找锦瑟，都找不到。王生知道锦瑟还未被抓住后，就独自一人到院子后面去找。老妈子趴在那儿，才知道娘子和春燕都翻过墙去了。王生也翻过墙去，见主仆二人趴在黑暗的角落。就说："这里怎么能藏得住？"锦瑟说："我再也走不动了！"王生就扔下刀，背起她。跑了二三里路，累得汗流满身，才到了深谷，就放下她让她坐下。突然，冲出只老虎。王生大吃一惊，正要迎面挡住，那老虎已咬住了锦瑟。王生就一手抓住老虎的耳朵，尽全力把胳膊塞进老虎嘴里，以替代锦瑟，老虎被激怒了，放开锦瑟，猛咬他的胳膊，喀嚓有声。胳膊咬断掉在地上，老虎也就转身走了。锦瑟哭道："你受苦了！你受苦了！"慌乱中他也不知道痛，只觉得血哗哗流得像水一样，就叫春燕撕衣服给自己包上。锦瑟拦住了，低头找到断臂，亲自用手接上，然后让春燕包上。

这时，天已经快要亮了，就慢慢往回走。到了家里，就像废墟一样。天亮以后，仆人女佣才逐渐回来。锦瑟亲自到西屋去看视王生。解开包扎，断骨头已接上，锦瑟又拿出药来涂在伤口上，才离开。从此以后，锦瑟更加看重他，无论什么，都和自己享有同等规格。胳膊好了以后，锦瑟就在自已的内屋摆酒请王生。再三让他坐，才在案角坐下。

锦瑟举杯劝酒，就像对待请来的贵客一样。坐了很长时间，说："我的身子已接触到你的身子了，想要像楚王的女儿因钟建背了她而嫁给他那样。只是没有媒人，羞于自己提出来罢了。"他感到非常惶恐，说："我蒙受你的大恩大德，就是献出生命也不能报答。这对我来说太过分了，惧怕遭到雷劈，实在不敢答应。如果你可怜我没家室，把婢女赐给我，也就很过分了。"一天，锦瑟的大姐瑶台来了，是一个四十多岁的美人。到了晚上，叫王生来，让他坐下，说："我从千里之外来，是来替妹妹主婚的，今天晚上就可以把她嫁给你了。"王生又站起来推辞不敢。瑶台就叫人拿酒，让他们两个喝交杯酒。王生一个劲推辞，瑶台就夺过他的酒杯和锦瑟的交换了过来。王生就跪在地上叩头谢罪，然后才接过来喝了。喝完交杯酒，瑶台就出去了。锦瑟说："实话告诉你：我是仙女，因有错被贬。我自愿住在地下，收养那些冤魂，以此来赎天帝的惩罚。又碰上天魔的劫难，就和你有了身体相合的缘分。从远方邀请大姐来，

一方面让她主婚，一方面也是让她管家事，以便和你一同回去。”王生站起身恭敬地说：“地下是最快乐的地方！ 我家里有个很厉害的妻子，房子也窄小简陋，一定不能使你委屈地和她生活在一起。”锦瑟笑着说：“没关系。”酒醉后两人上床睡觉，恩爱欢恋备至。

又过了几天，锦瑟对他说：“阴间相会不能长久，请你先回去，把家事处理好了，我自已就来了。”给了他一匹马，打开门让他出去后，那崖壁又合上了。

王生骑着马回到村子，村里的人都吃惊不小。来到家门前，只见房子早已变成光彩照人的新房了，又高又大，连成一片。原来，王生离家的那天，他妻子把两个哥哥叫来，准备狠狠揍他一顿。等到晚上，也不见回来，就回去了。有人在沟里捡到他的鞋，怀疑王生已经死了。接着一年多也没消息。陕西有个商人到这来，找媒人去和兰家提亲，就在王生的房子里和兰氏成了婚。半年时间，就修起了连片的新屋。商人出外经商，又买了个妾回来，从此，也不安分起来。那商人也常常几个月不回来。

王生问清了情况，大怒，把马拴好就进去了。见到原来的老女佣，老女佣吃惊地跪在地上。王生斥责痛骂了一阵，让老女佣领他到妻子的住处，已经逃出去找不见了。随后在房子后面找到了她，已经上吊死了。王生就让人抬着她的尸体送回兰家。又叫那妾出来，有十八九岁，风姿仪容满不错，就和她住在一起。那商人托村里人和王生说，求王生把那妾还给他。妾知道了，哭着叫着不肯去。王生就准备了一份状子，要告商人霸占自己的产业和妻子的罪行。那随人一看，不敢再说什么，收拾了生意铺子向西去了。

王生正怀疑锦瑟负约，一天晚上，正和妾喝酒，忽然有车马来到门前，开门一看，锦瑟来了。锦瑟只留下春燕，其他跟来的人打发回去了。进了内室，妾来拜见。锦瑟说：“她有宜生男孩的骨相！ 可以代我受生育之苦。”就赐给她锦缎衣服和珠子首饰。妾跪拜接受，站在一边侍候，锦瑟拉她坐下，说说笑笑，很开心。时间长了，锦瑟说：“我醉了，想睡觉！”王生也脱鞋上了床，妾就回自己房子。到了房子里一看，见王生躺在床上，很奇怪，就返回去看，那边已经熄灯了。

王生没有一夜不在妾的房里睡。一天夜里，妾悄悄起来到锦瑟那里偷看，竟看到王生正和锦瑟谈笑。惊奇极了，就忙跑回去告诉王生，可王生已不在床上了。天亮以后，悄悄告诉王生；王生也不知道是怎么回事，只是觉得有时留在锦瑟那儿，有时和妾睡在一起就告诉妾，要她不要把这怪事说出去。

时间长了，春燕也和王生有了私情，锦瑟就像不知道似的。一天，春燕突然要分娩，胎儿难产，只是大喊“娘子”。锦瑟一进来，孩子就生下了；抱起来一看，是个男孩。锦瑟剪断脐带，把孩子放在春燕怀里，笑着说：“婢子别再这样了！俗缘多了，割爱的时候就困难了。”从此后，春燕就不再生了。妾生了五个儿子两个女儿。三十年间，锦瑟不时回家看看，来去都在夜里。一天，带着春燕走后，就不再回来了。王生八十岁时，一天夜里忽然带着个老仆人出去，再没回来。